Les jardins du Fraxinet

Du même auteur

La Princesse barbare,
roman, Balland

L'Ombre du Prophète,
roman, Balland

Nicole Fabre

Les jardins du Fraxinet

ROMAN

Albin Michel

22, rue Huyghens, 75014 Paris

ISBN 2-226-09268-4

A Denyse, ma mère,
qui exprime par la couleur
ce que j'exprime par les mots.

« Deux démons à leur gré partagent notre vie,
Et de son patrimoine ont chassé la raison ;
(...)
J'appelle l'un amour, et l'autre, ambition. »

La Fontaine, *Fables*, « Le Berger et le Roi ».

« À mes yeux, la tolérance est la plus belle et la plus noble des vertus. Rien n'est possible sans cette disposition de l'âme. Elle est une question préalable à tout contact humain. La tolérance ne fait renoncer à aucune idée et ne fait pas pactiser avec le mal. Elle implique simplement qu'on accepte que d'autres ne pensent pas comme vous sans les haïr pour cela. »

Paul H. Spaak,
Deuxième Congrès de « Fraternité mondiale »
Bruxelles, 1955.

DYNASTIE DES CAROLINGIENS
(Tableau simplifié)

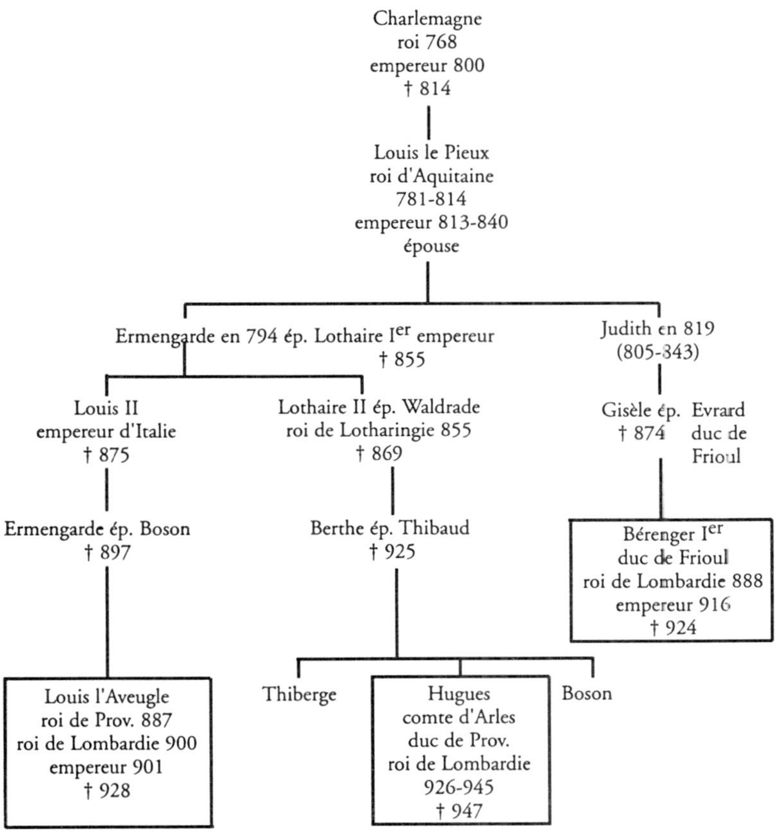

En encadré, les protagonistes du roman.

1

Les Sarrasins

Printemps 896

Les giboulées avaient grossi la rivière. Le courant était rapide à cet endroit.

Lambert se dépouilla de son bliaud et de ses braies et plongea un pied dans l'eau glacée. Nez levé tel un chien à l'arrêt, il inspecta les lieux.

L'aube nacrait la campagne qu'un vent du Sud caressait doucement. Dans l'herbe drue, les premières jonquilles dressaient leurs collerettes d'or. Hormis le babil des oiseaux et le chant cristallin de l'eau, pas un bruit.

Les tenanciers du domaine de Moutargue venaient rarement dans ce coin isolé. Ils devaient déjà se trouver à pied-d'œuvre de l'autre côté de la colline, dans les terres à blé.

Rassuré par cette tranquillité, le braconnier s'avança vers le grand saule et se glissa entre les branches ployées. C'était là, dans l'eau vive qui courait entre les racines immergées de l'arbre, qu'il savait les trouver. Penché au-dessus du courant, il s'immobilisa, muscles bandés. A cet instant, le soleil éclaboussa l'écume, accrochant un rayon d'argent qui filait dans l'eau. Dieu était avec lui !

Il se jeta promptement en avant et sortit une magnifique truite. Entre ses mains agiles, le poisson scintillant se débattit en vain.

Ce fut en ramenant sa prise sur la berge qu'il les vit : quarante, peut-être cinquante cavaliers portant lances et haches d'arçon et coiffés de mighfars [1], s'avançaient en colonne silencieuse sur le chemin.

Les Sarrasins ! Les païens ! Après Vence, Glandevès et Sénès, c'était le tour du pays d'Apt !

---

1. Capuchon de maille.

Un frisson qui ne devait rien à la température de l'eau lui parcourut l'échine. Il se coula derrière les branches du saule, priant le Ciel qu'aucun des guerriers n'avisât la truite qui continuait à s'agiter sur l'herbe.

Sitôt le dernier cavalier disparu au détour du chemin, Lambert fonça vers la berge. Vite, il fallait faire très vite. Ses mains tremblaient si fort qu'il déchira son bliaud en l'enfilant. La peur lui poignardait le ventre.

Sans prendre le temps de mettre ses braies, il coupa par le maquis. Ses pieds nus semblaient voler au-dessus des cailloux poussiéreux. Sa masure se trouvait sur le passage du domaine ; à cette heure, sa femme et son fils devaient encore s'y tenir. Arriver à temps ! Les sauver ! Sainte Mère de Dieu, y parviendrait-il ? Ce raccourci emprunté tant de fois lui paraissait soudain interminable. Ses jambes de pauvre hère mal nourri pouvaient-elles rivaliser avec les courts et nerveux chevaux des païens ? Il courait les yeux rivés sur le bouquet d'arbres abritant sa maison. Pour le moment, tout semblait paisible.

Il déboula dans la cour, semant la panique parmi les maigres volailles et poussa la porte à la volée. Assise devant la table de la pièce sombre et sale, sa femme triait des raves. L'intrusion intempestive la fit sursauter et le petit se mit à pleurer.

Au-dehors, un martèlement de sabots se fit entendre. Dans un instant ils surgiraient. Sans une explication, il noua fébrilement à sa ceinture sa fronde et son sac de pierres puis, arrachant l'enfant du sol de terre battue, il poussa sa femme vers la porte de derrière ouvrant sur la forêt.

Pas le temps de prévenir les gens de Moutargue. Inutile de tenter de s'y retrancher. Le domaine était perdu.

La paisible clairière où il avait si souvent coupé du bois prenait tout à coup des allures menaçantes de par son étendue.

Au visage de son mari, la femme comprit que le péril était grand. Dieu n'épargnerait-Il jamais les miséreux ! Cette peur viscérale qui habitait les démunis et ne la quittait pas, ralentissait sa course.

Alors qu'ils allaient atteindre l'orée des grands arbres, les jambes de la malheureuse la trahirent. Elle s'étala dans l'herbe avec un cri de désespoir. Entendant cela, le braconnier, déjà à l'abri des feuillages, déposa l'enfant près d'un buisson et revint sur ses pas. Clouée à terre par la panique, sa femme ne bougeait plus.

Avec force invectives, Lambert tenta de la relever. Tout près, retentit un hennissement. Les démons arrivaient.

– Non! Non!

Saisie d'une crise de nerfs, la femme se tordait à présent sur le sol, refusant de s'agripper à la main tendue. A bout de ressources, son époux attrapa les longues tresses et entreprit de la tirer vers la forêt.

A l'accélération subite du pas des chevaux, il sut qu'ils étaient repérés. Jetant un coup d'œil par-dessus son épaule, il les vit débouler, tout de fer et de cuir bardés.

Lâchant la malheureuse, il défit avec des mains tremblantes la fronde de sa ceinture. Son esprit n'intervenait plus. Sous ses doigts, l'arme qui avait occis tant de lièvres et d'oiseaux reprenait vie.

Il ne vit pas le geste d'apaisement du Sarrasin qui menait la troupe. Tout en visant, il leva le bras et fit tournoyer la fronde. La pierre partit en sifflant et atteignit au front l'un des cavaliers qu'elle désarçonna. Lambert ne put réarmer. Il eut juste le temps d'apercevoir l'éclat métallique du tabarzin avant que la lame n'atteignît son cou.

La bouche ouverte sur un cri muet, la femme, toujours à terre, vit la tête de son époux rouler grotesquement sur l'herbe. Elle n'opposa aucune résistance au guerrier brun qui l'arrachait du sol et la couchait en travers de sa selle. Ce ne fut que, lorsque à quelques pas de là, l'enfant se mit à pleurer, le voile noir se déchira. Avec un hurlement de bête, elle se redressa, bras tendus vers son fils qu'un diable sombre brandissait.

Cour de Vienne

– Les démons païens ravagent le pays d'Apt, ô reine, et razzient femmes et enfants. La peur vide nos campagnes et bientôt les bras feront défaut pour cultiver la terre. Au nom de Notre Seigneur Jésus-Christ et pour le salut de tes sujets, notre évêque te supplie d'intervenir et de lever l'ost. Dieu n'octroiera point la victoire aux Infidèles, noble souveraine. Il donnera à tes hommes la force de les vaincre...

Les yeux de la reine survolèrent le crâne tonsuré du moine incliné. D'en bas monta un brouhaha familier mêlé de bruits de sabots. Des cavaliers investissaient la cour. Abandonnant l'homme d'Eglise à ses gémissements, elle s'approcha de l'ouverture.

Parmi les jeunes seigneurs qui mettaient pied à terre, elle aperçut la frêle silhouette de son fils, le roi Louis ; à ses côtés, près de sa monture écumante, son inséparable cousin, le prince Hugues, aisément reconnaissable à sa haute stature et à son arrogant port de tête. Pourquoi le Très-Haut ne lui avait-Il donné un tel fils à la place de sa pâle progéniture ! Comment Boson, son défunt époux, conquérant dans l'âme, avait-il pu engendrer pareil enfant ! A croire que le Malin avait dilué sa semence !

Sans paraître s'apercevoir du désintérêt de la reine pour son discours, le moine poursuivait sa monocorde litanie.

A l'autre bout de la salle, Thibert, duc de Provence, se leva avec une grimace de son siège et s'approcha d'Ermengarde. Ses vieux os le faisaient souffrir par ce printemps humide. Il suivit le regard de la souveraine et s'assombrit.

Lui aussi s'inquiétait pour l'avenir du royaume. Depuis que, sur son lit de mort, le roi Boson lui avait confié l'éducation du prince Louis, Thibert s'était efforcé de tremper l'âme diaphane de l'enfant et de le former à l'exercice du pouvoir. Il y avait mis tout son cœur et y avait usé ses forces. En vain ! Cela faisait neuf années que Louis portait la couronne de Provence-Viennois sans mériter le titre de roi. Neuf années qu'avec la reine Ermengarde, lui, Thibert, devait continuer à assumer la régence sans que les seize ans de Louis leur donnent l'espoir d'un changement.

De leurs leçons, seul son cousin, le prince Hugues, tirait bénéfice ; ce qui accroissait l'inquiétude de l'illustre Thibert. Comment ne pas voir un danger dans ce jeune loup au caractère fort et à l'ambition dévorante ? En sa présence, l'on oubliait de s'adresser au roi pour ne plus voir que lui ; et, loin d'en prendre ombrage, le jeune souverain partageait l'admiration de ses féaux pour son cousin. Les mises en garde voilées du vieux duc contre Hugues, ses recommandations de prudence au jeune Louis faisaient l'effet d'un coup d'épée dans l'eau. Et Hugues, qui en avait vent, vouait à Thibert une haine féroce.

Le moine prit soudain conscience du silence environnant. Il releva la tête et osa un coup d'œil discret vers la reine Ermengarde. Visiblement, elle n'écoutait plus. Une main posée sur le rebord de l'ouverture, elle offrait aux rayons du crépuscule un profil de médaille. En dépit de la lumière rasante qui mêlait des fils d'or à ses tresses pâles, elle ne cillait pas. Ses doigts jouaient distraitement avec la ceinture d'argent de son bliaud de cendal blanc galonné d'orfroi. L'ecclésiastique fut frappé par la majesté qui se dégageait d'elle. Eût-elle été vêtue de bure, cette Carolingienne de sang impérial en eût encore imposé.

Il tenta alors d'accrocher le regard du duc Thibert. Celui-ci n'était-il pas le premier personnage du pays après la reine ! Il fut surpris de lui trouver un air si las. Entre les mèches neigeuses, le front noble se creusait de profondes rides. Sans doute accusait-il les plus de vingt années passées au service de la famille royale de Provence-Viennois. Fidèle parmi les fidèles du défunt roi Boson, il continuait à veiller sur la veuve et sur l'héritier. Parfois, la tâche lui paraissait fort lourde à assumer. Trop.

Devinant la distraction des deux éminents personnages, soucieux de remplir sa mission coûte que coûte, le moine se racla la gorge et reprit doucement :

– Haute reine, permets à l'humble homme de Dieu qui te parle d'insister...

– Inutile !

Ermengarde se retourna et jeta au moine un regard qui le cloua sur place.

Son onctuosité l'agaçait. Pourquoi avait-elle accepté de le recevoir ? Que venait-on encore l'ennuyer avec cette histoire de pillards sarrasins dont elle n'avait cure ! Chaque royaume devait supporter son lot de brigands. Son souci présent prenait les traits de son fils Louis et se révélait d'un autre ordre !

La brise qui s'infiltrait dans la grande salle aux parois humides la fit frissonner. Instinctivement, elle se rapprocha de l'âtre dans lequel flambait un tronc entier.

– Dis à ton évêque, reprit-elle moins durement, que nous sommes sensibles à ses maux et informerons le roi de ses doléances. A présent, va aux cuisines te restaurer, et prendre quelque repos avant de repartir. Dieu t'accompagne.

Le moine ouvrit la bouche puis se ravisa. Le regard impérieux accroché au sien le dissuadait d'insister. Après un salut respectueux à la souveraine et au duc Thibert, il s'éloigna d'un pas lourd, conscient de l'échec de sa démarche.

Arles

– Seuls les sots prétendent que la chirurgie est science mineure à abandonner aux barbiers et charlatans. Pour atteindre la source du mal, un médecin digne de ce nom doit savoir ce que recèle l'intérieur du corps. Fièvre, rougeurs, frissons et autres symptômes de surface sont l'expression de maux plus profonds. Si l'on ignore la texture, l'emplacement et la fonction de chaque organe, l'on ne saura jamais soigner les humeurs malignes qui s'en emparent. Autant revenir au règne des crapauds et amulettes.

Dans l'officine illuminée par des dizaines de chandelles, Tammam, lancette en main, s'animait en parlant. Ses prunelles vert et or plus brillantes que jamais, Tyra écoutait son maître en médecine avec une attention religieuse.

Assis dans un coin de la petite salle où il avait passé toute sa vie à fabriquer poudres, onguents et baumes, et à soigner les humbles, Sédéchias, le vieux médecin juif, contemplait avec amusement l'étrange tableau que formaient l'enfant de seize ans aux longues tresses châtains et au regard éclairé par la soif du savoir, et l'homme mince, dégingandé, au teint bistre, portant la cinquantaine belle. Entre eux, sur la table de châtaignier, nu et rigide, un cadavre gisait sur un drap blanc.

Un sourire espiègle éclaira le visage ridé du vieillard. Depuis qu'il avait invité Tammam à venir le remplacer dans son office et lui avait ouvert sa maison, la vie y était revenue.

Tout en goûtant désormais un repos mérité, il prenait plaisir à suivre les enseignements du fantasque et génial praticien cordouan que ses dissections de cadavres humains avaient contraint à fuir al-Andalus [1] et ses religieux.

Sentant ses jambes s'engourdir, le vieillard changea de position. L'incommodité de son siège sans dossier lui évitait de céder à la somnolence. Il ne put retenir un soupir. Le temps avait fui comme un cheval fou. Les ombres du passé avec lesquelles il partageait ses moments de mélancolie passèrent devant ses yeux sans âge.

Il retourna quarante années en arrière et revit son vieil ami Roncelin, grand-père paternel de Tyra, alors régisseur du domaine de Fabrègue, venu vendre en Arles le surplus des récoltes. Une embardée de son mulet l'avait jeté au sol. Un témoin compatissant avait indiqué au blessé la demeure du médecin Sédéchias, au cœur du quartier juif. Voilà comment, à la suite d'une mauvaise chute, était née leur amitié. La mort de Roncelin y avait mis un terme...

Le vieux médecin s'en voulait de ce désir irrépressible qui le poussait à fouiller dans ses souvenirs comme dans une plaie vive. Ces attendrissements lui laissaient pressentir l'approche de sa fin. Celle-ci

1. Espagne musulmane.

ne le troublait pas. Son seul regret serait de ne point voir éclore Tyra, cette fleur qui promettait tant.

Un bruit léger ramena Sédéchias au présent. D'un pas félin, Subâhu pénétra dans la pièce. Le serviteur indien, qui maniait le lacet étrangleur comme d'autres le poignard, veillait sur Tyra tel un aigle. Tous s'étaient habitués à la présence silencieuse de ce colosse bronze dans le sillage de la mince jeune fille. Subâhu se campa devant la porte, bras croisés. Il pouvait demeurer immobile des heures durant.

Le puissant parfum qui se dégageait des divers onguents alignés sur des étagères, dans des pots de terre, ne parvenait pas à vaincre le fade relent qui émanait du mort. L'homme, un mendiant, avait trépassé la veille. Subâhu avait attendu la nuit pour le transporter. Tout comme la loi musulmane, le code chrétien interdisait les dissections humaines. Il s'agissait d'être prudent.

Tyra assistait pour la troisième fois à cette sorte d'expérience. La soif de savoir lui permettait de surmonter sa répugnance. Toutefois, elle ne s'attendait pas à ce qui allait suivre. Tammam lui tendit la lancette.

– A toi maintenant.

Le ton n'admettait pas de refus. La jeune fille fixa tour à tour la lame et son maître. C'était la première fois qu'il lui demandait d'opérer.

Refoulant de toutes ses forces la panique qui montait, elle prit l'objet. Lentement elle approcha la lame du cou.

L'intervention consistait à inciser entre le troisième et le quatrième anneau de la trachée, peu largement et en travers, de façon à ne point léser les cartilages et à toucher seulement la membrane. Délicate opération qu'il faudrait pratiquer sur un patient en proie à la suffocation.

Bizarrement, cette pensée fut sur elle du meilleur effet. L'inertie du gisant la rassura. Avec des gestes précis, elle s'appliqua à faire ce qu'on lui demandait. Elle incisa, laissa quelque temps la plaie ouverte afin d'éviter l'étouffement, puis réunit les deux lèvres de celle-ci, ne comprenant dans la ligature que la peau sans les cartilages.

Quand, épuisée, elle redressa la tête et vit l'expression triomphante de Tammam, elle comprit que c'était gagné.

2

La reine Ermengarde

Mai-juin 897

Il régnait une tension extrême dans la salle du palais viennois. Ermengarde y réunissait ses plus proches conseillers.

Tous évitaient de porter les yeux sur la place vide du roi Louis. Parti chasser dès l'aube avec sa troupe de jeunes seigneurs, il n'était pas reparu.

Les cloches de Vienne sonnèrent sexte. Faudrait-il commencer une fois de plus sans lui ?

Assise très droite, lèvres serrées, la souveraine tapotait nerveusement ses accoudoirs d'ivoire. Près d'elle, les anciens compagnons de son défunt époux qui constituaient son conseil restreint, sentant croître son courroux, s'entretenaient à voix basse.

La reine considéra l'un après l'autre ces piliers du pouvoir sans lesquels elle ne se serait pas senti la force d'assumer la régence. Eux aussi prenaient de l'âge. Qu'il s'agît du duc Thibert, de Rostaing, métropolitain d'Arles, de Bernoin, archevêque de Vienne, ou d'Adalelme, comte de Valence, leurs cheveux blanchissaient.

La fureur d'Ermengarde s'accrut. Comment ces puissants féaux qui avaient lutté aux côtés de son époux supportaient-ils de servir son inconséquent héritier ? Elle-même, sa mère, finissait par le prendre en détestation. Louis ne mesurait point sa chance d'être entouré de la sorte !

La souveraine ne décolérait pas en fixant les battants de l'entrée. La séance se révélait ce jour-là d'une importance capitale pour l'avenir du royaume de Provence-Viennois. Depuis leur base du Fraxinet, les pillards sarrasins qui gangrenaient le territoire depuis huit années venaient d'étendre subitement l'aire de leurs dévastations. L'on était loin des quelques razzias effectuées sur le pays d'Apt. Abbayes et petites propriétés de l'intérieur n'étaient plus les seules touchées. Les païens prenaient pour cible désormais les grands domaines alleutiers de la Provence orientale, grenier à blé du pays. Impossible de minimiser plus longtemps le fléau. Il fallait lever l'ost.

Ermengarde prit dans la bourse d'or accrochée à sa ceinture un petit carré de lin imbibé d'eau de verveine et le passa sur son front moite. Le ciel menaçait depuis le matin et l'épaisseur des murs ne parvenait pas à atténuer la touffeur de l'air.

Du coin de l'œil, le duc Thibert observait la souveraine avec inquiétude. La santé de celle-ci le préoccupait depuis quelque temps. Ses bliauds flottaient autour de son buste amaigri et, sous le ricinum [1], les arêtes de son visage devenaient plus vives chaque jour. Les tentatives de Thibert pour la persuader de se laisser visiter par un médecin s'étaient heurtées à un refus. Elle allait bien.

L'orage éclata au-dehors avec un fracas de fin du monde et l'averse s'abattit sur la cité.

Ruisselant, le roi Louis fit alors son entrée. Son pas saccadé trahissait mieux que tout son manque d'assurance.

Ermengarde blêmit. Il n'avait même pas pris la peine de se changer. Sur sa poitrine creuse, sa tenue de chasse portait des auréoles du sang des bêtes abattues. Des traînées boueuses s'y mêlaient. Tel quel, il ressemblait plus à un garçon d'écurie qu'au petit-fils de l'empereur d'Italie Louis II, descendant en ligne directe de Charlemagne.

Il s'avança en souriant pour saluer sa mère. Celle-ci n'y put tenir. Levant un bras tremblant de fureur, elle le gifla violemment.

La main sur sa joue brûlante, Louis la fixa, hébété. Autour de lui, ses vêtements dégoulinants répandaient une flaque sur les dalles de pierre. Les conseillers retenaient leur souffle.

Alors qu'elle allait parler, la souveraine fut saisie d'une quinte de toux sèche qui lui arracha la gorge. Quand elle releva la tête, Rostaing, l'archevêque d'Arles assis près d'elle, se figea. Sur le petit carré de lin qu'elle venait de porter à ses lèvres et se hâtait de dissimuler, une tache de sang s'élargissait.

Assis sous la treille de la cour intérieure, Tammam, Sédéchias et Tyra goûtaient la douceur du crépuscule. C'était sabbat, jour de repos hebdomadaire pour les juifs. Du quartier ne montait aucun bruit.

---

1. Voile de tête exigé par la bienséance.

Jambes croisées, Subâhu passait le temps en taillant une canne dans du bois d'olivier qu'il destinait au vieux médecin.

Paupières mi-closes, Tyra dégustait un gobelet de lait d'amande. La musique de la fontaine de marbre trônant au centre de la cour l'engourdissait. Les lieux embaumaient le jasmin et le myrte.

Tandis que Sédéchias somnolait sur son siège, Tammam observait sa jeune disciple d'un œil mi-amusé, mi-attendri.

En cinq ans, l'impétueuse fillette avait fait place à une adolescente paisible et sage. Devant le profil finement ciselé, il éprouva un sentiment de culpabilité. Ne lui volait-il pas sa jeunesse en lui enseignant ce qu'il savait ? En cette saison pleine de promesses, alors que les jeunes filles tressaient dans les champs des couronnes de fleurs, Tyra fabriquait des onguents, nettoyait des plaies et découpait des cadavres. Ne le lui reprocherait-elle pas un jour ?

Le lumineux sourire qu'elle lui adressa le rassura. Elle était le diamant, lui seulement le joaillier soucieux d'éviter que la taille en fût confiée à des mains malhabiles.

L'intrusion de Vigtis, la nourrice de Tyra, interrompit ce moment de quiétude.

La vieille femme avait été la servante d'Inga, la mère de Tyra. Depuis les brumes du Grand Nord d'où elles venaient toutes deux, elles avaient partagé chaque épreuve. C'était tout naturellement qu'elle avait suivi en Arles celle qui, dans ses bras, avait poussé son premier cri. Une présence réconfortante pour Inga attristée de se séparer de Tyra et inquiète de la voir quitter si jeune le toit familial.

– Un homme demande à rencontrer Tammam, dit-elle. Il porte la tenue des gens d'Eglise.

– Par Allah, que peut me vouloir un adorateur de la Croix ?

Tiré de sa somnolence, Sédéchias se redressa péniblement.

– Pour le savoir, ô ami, le plus simple est encore de le recevoir.

Tammam le retint par le bras.

– Muhammad m'ôte la vue si tu dois t'esquiver de ta propre demeure quand on me rend visite. Je n'ai nul secret. (Puis à Vigtis :) Qu'il entre donc.

Le chanoine s'avança avec répugnance vers le musulman. Sa seigneurie Rostaing ignorait combien lui coûtait cette visite à un païen dans le quartier des assassins du Christ.

La face blafarde du chrétien trahissait si bien son sentiment que Tammam sentit se réveiller son goût pour la provocation. Après un clin d'œil complice à Tyra, il se releva et invita le visiteur à s'asseoir sur les coussins de soie.

– Dieu te protège, homme d'Eglise ! Prends place parmi nous et partage notre collation. Désires-tu goûter de ce beurre de chamelle que m'envoie d'al-Andalus un mien ami ? Ou bien de ce gâteau au miel pétri par une jeune vierge durant la pleine lune ?

Faisant mine de prendre ombrage du mouvement de recul du chanoine, il affecta l'offense :

– Crains-tu, chrétien, que je t'empoisonne ?

L'autre se hâta de le détromper :

– C'est fort affable de ta part mais le message dont je suis porteur ne souffre nul délai : monseigneur Rostaing te demande sur l'heure au palais archiépiscopal pour une affaire d'importance.

– Sur l'heure ?

Sourcils levés, Tammam hocha la tête d'un air pensif. Cela ressemblait à un ordre et il n'aimait pas les ordres.

– Est-ce au praticien que l'on en veut ?

Le chanoine ne put réprimer un rictus méprisant :

– Penses-tu qu'il te mande pour débattre du Très-Haut ?

Le médecin se frappa la cuisse.

– Par Muhammad, notre Prophète, pourquoi non ? Nos religions ont Dieu et Satan en commun, pour ne citer qu'eux ! Nous pourrions trouver bien des points d'entente !

Effaré, le visiteur se signa à trois reprises. Ses craintes prenaient corps. Le primat l'avait envoyé chez un suppôt du Malin. Cette étrange mèche blanche que le musulman portait sur le milieu d'une chevelure ébène en était le signe.

Le regard inquiet de Tyra incita Tammam à abréger la plaisanterie. Un moment plus tard, il traversait les venelles de la cité sur les traces du chanoine.

Dès qu'ils eurent quitté le quartier juif, la ville les happa dans sa cohue. C'était jour de marché en Arles et des charrois débordants de marchandises encombraient les ruelles. Ils débouchèrent sur la grande place éclaboussée de lumière. Un désordre propre aux pays du Sud y régnait.

Une âcre odeur d'olives et d'anchois en saumure ramena Tammam à Cordoue. Il ferma un bref instant les yeux. Oublier les bliauds grèges ou bruns. Retrouver la foule bigarrée des rues andalouses.

Il bouscula une grosse marchande chargée de paniers d'œufs et essuya une bordée d'invectives. Cela le dissuada de courir après le passé.

Ici, il ne retrouverait jamais ces relents de beignets frits, d'épices et de cuir tanné qui prenaient l'étranger à la gorge ; ni l'arôme entêtant que dégageaient en été les moulins flottants broyant les feuilles de henné au-dessus des eaux jaunes du Guadalquivir. Avec sa puanteur, ses parfums outranciers et ses couleurs criardes, ses minarets et ses églises, al-Andalus était unique.

Il franchit d'un pas vif les portes du palais archiépiscopal. Connaître ce primat auquel l'on prêtait des ruses de renard sous des dehors placides l'excitait soudain.

Immédiatement, il sut que l'homme était à la hauteur de sa réputation. Il suffisait de croiser une fois le regard d'eau dormante qui avait par moments des fulgurances métalliques pour s'en persuader.

En dépit de son embonpoint, le métropolitain d'Arles se leva prestement à l'entrée de son visiteur. Il semblait préoccupé.

Le décor du cabinet de travail de l'archevêque révélait son goût pour les biens terrestres et le confort qu'ils procuraient. Sans les fresques bibliques avivant les murs et la riche croix d'ébène suspendue au-dessus du bureau incrusté d'ivoire indien, on n'eût jamais deviné l'état du maître des lieux.

Tammam retint un sourire narquois. Coffres ouvragés, sièges garnis de coussins brodés, tapis de prix et luminaires de bronze n'incitaient pas au sacrifice.

Il laissa le prélat venir. Ce dernier l'avait fait appeler ; c'était à lui de parler le premier.

Rostaing prit d'un coup d'œil rapide la mesure du musulman et l'invita à s'asseoir face à lui.

– Aux dires de certains, attaqua-t-il, tu viendrais de Cordoue où ta réputation te valait la faveur des princes. Quelles raisons te poussèrent à abandonner terre et honneurs pour venir soigner les humbles en territoire chrétien ?

Tammam fit un geste évasif.

– Dieu nous guide où Il le juge bon. La voie qu'Il m'a tracée passe par ta cité, ô prince d'Eglise. Voilà tout.

– Voilà tout...

Surpris par la pureté du latin dans lequel s'exprimait le païen, le primat sentit son intérêt grandir.

– Tu sembles pourtant homme à choisir toi-même ton destin... A moins que certains événements t'aient amené à t'en remettre à Dieu...

– N'est-ce pas ce que doit faire en toutes circonstances celui qui croit en Lui ?

Ce fut au tour du métropolitain d'être amusé. Ces adroites dérobades le changeaient de la crainte onctueuse de son entourage. L'Arabe l'intéressait de plus en plus. Il devinait cependant derrière son exil « volontaire » une raison trouble qu'il lui fallait éclaircir. Il tenta de se souvenir des détails fournis par ses espions. L'un d'eux traversa son esprit comme un trait de lumière.

– J'ai ouï dire que certains médecins de la cité usaient sur des trépassés de pratiques contraires aux lois dictées par l'Eglise. En sais-tu quelque chose ?

Tammam soutint sans ciller le regard du prélat.

– Dieu n'a que faire d'un corps putréfié. Seule lui importe l'âme qui vient à Lui.

– Sacrifierais-tu à ces pratiques si l'opportunité t'en était offerte ?

Le musulman ne se déroba pas :

– Certes, si celles-ci m'apportaient une connaissance propre à sauver des vies.

– Ne craindrais-tu pas le courroux de Dieu ?

Une lueur narquoise passa dans les prunelles noires.

– Les hommes prêtent au Très-Haut de vils sentiments qui leur sont propres ; le crime est bien plus grand.

Comprenant qu'il n'en viendrait pas à bout, Rostaing battit en retraite. L'homme lui plaisait, et plus encore l'intelligence de son discours. Sans transition, il en vint au but de son propos :

– Je te sais gré d'avoir répondu si vite à mon appel, étranger, car, dans l'affaire qui me préoccupe, le temps nous est compté.

L'angoisse qui perçait dans sa voix n'échappa pas à Tammam.

– J'irai droit au fait : l'on te prétend le meilleur médecin de la cité et des environs. Or la reine Ermengarde est souffrante. Très souffrante. Son trépas prématuré mettrait le royaume en péril. Tu dois la sauver.

Tammam prit son temps pour répondre.

– Qui te dit que je puis le faire ? Il me faut d'abord la voir et trouver le siège de son mal. Et quand bien même le découvrirais-je, il m'est impossible de t'affirmer pouvoir sortir vainqueur d'un tel combat. Mes années de pratique, comme sans doute les tiennes, prince d'Eglise, m'ont appris l'humilité.

Rostaing se pencha vers son interlocuteur, lui dévoilant d'un coup sa face la plus humaine. Le visage du roi Boson passa devant lui. Il revit les yeux pâles de ce dernier, brillants de fièvre, et crut réentendre ses quintes de toux horribles. Toutes les médecines de Sédéchias le juif auquel il avait fait appel alors s'étaient révélées inefficaces. La reine Ermengarde partirait-elle du même mal que son époux ? De toutes ses forces il repoussa cette éventualité. Oubliant qu'il s'adressait à un musulman, il lui donna sa bénédiction d'un signe de croix.

– Dieu t'aide à accomplir l'impossible, souffla-t-il d'une voix cassée.

Les remparts antiques de Vienne se profilèrent, à demi effacés par le rideau liquide. Trempée en dépit de son épaisse chape, Tyra crispa ses mains sur les rênes de sa mule.

Le long de l'enceinte, Cappro, Eumanius, Quiriacus, Propiciacus, Sospolis, les austères forteresses romaines dont Tammam énumérait les noms, fichaient dans le ciel bas leurs murailles redoutables.

La jeune fille frissonna. Sous les nuages gris plomb, la capitale du royaume de Provence-Viennois, enclose depuis les rives du Rhône dans son sinistre serpent de pierre, avait un aspect peu engageant. Bâtie sur plusieurs collines, cette ancienne cité des Allobroges, résidence préférée des rois burgondes, ne laissait voir du dehors que sa face la plus dissuasive.

En détaillant l'architecture de la forteresse, Tyra se souvint de l'histoire du défunt roi Boson, usurpateur d'une partie de l'héritage de Charlemagne pour les uns, héros de légende pour d'autres dont le nom claquait comme un étendard ou un coup de fouet dans les mémoires des gens du pays. Ne disait-on pas que l'armée coalisée des rois carolingiens avait piétiné dans la boue deux années durant devant la cité maudite avant que celle-ci ne cédât sous ses assauts répétés ? Deux années d'humiliation pour les descendants du grand empereur ; deux années au terme desquelles, suprême honte, ils avaient appris que seule la reine Ermengarde tenait la ville tandis que Boson, son époux, battait la région et levait des troupes.

De ce roi rejeté désormais au royaume des ombres, l'adolescente ne savait que ce que ses parents avaient subi. La lutte entre Bourguignons de l'entourage du souverain d'alors et seigneurs provençaux avait endeuillé bien des familles. Comme toujours, les humbles avaient pâti ; les humbles et les innocents.

Tyra tenta de donner un visage à Aude, cette sœur qu'elle n'avait pas connue. Celle-ci avait péri lors de l'intrusion des hordes bourguignonnes au domaine de Fabrègue où leur père était régisseur. Un domaine appartenant au seigneur Fouquier de Valensole, ennemi de

Boson. L'enfant avait été fauchée dans sa septième année, par des haines qui ne la concernaient pas.

Tyra rapprocha sa monture de celle de Tammam. Elle qui depuis cinq ans accompagnait le médecin partout où sa pratique le requérait, ressentait une angoisse inexprimable. Le fait de se rendre pour la première fois à la cour royale n'y était pas étranger. Ni les riches bliauds taillés dans les superbes pièces de soie dont Tammam lui avait fait présent, ni sa tutelle protectrice ne parvenaient à la rassurer.

Hélas, il fallait désormais composer avec la notoriété grandissante du musulman.

Une rafale plus forte leur fouetta le visage, arrachant leur capuche. Vrai, ce mois de mai se parait de parfums d'automne.

Cinglés par une pluie glacée, Tammam et Tyra suivis de Vigtis et Subâhu passèrent les portes de Vienne, le dos arrondi sous l'averse.

Ils marquèrent une hésitation. Un torrent chargé d'immondices dévalait, droit sur eux, la venelle pentue. Les mules freinèrent des quatre fers et émirent des hennissements craintifs. Ils durent batailler des rênes pour les persuader d'affronter l'eau furieuse.

Tyra regarda alentour. Pas âme qui vive. Les habitants devaient se terrer dans les maisons en attendant la fin du déluge.

Ils débouchèrent enfin sur une aire dégagée. Le cœur de la jeune fille battit plus vite. Au centre, sombre et lugubre sous sa chape liquide, se dressait le palais. Un éclair veina les pierres de traits glacés. D'emblée, l'écrasante bâtisse découpée d'étroites et hautes ouvertures déplut à Tyra.

La pluie martelait avec une force égale les pavés de la cour du palais lorsqu'ils en franchirent les portes. Ici aussi l'averse immolait la vie. Point d'encombrement de charrois ni de serviteurs pressés ainsi qu'il devait en aller d'ordinaire.

Deux gardes impassibles et ruisselants veillaient, lances croisées, sur l'entrée. Ils semblaient là depuis les origines du monde. Sur un côté de la cour, sans doute devant les cuisines, un homme déchargeait des futailles.

Les voyageurs se rangèrent dans un coin et mirent pied à terre. Un grondement se fit alors entendre. D'abord sourd, il se précisa vite. Des chevaux. Une troupe arrivait.

Une horde bruyante s'engouffra dans la cour. En un rien de temps, l'endroit si désert un instant plus tôt fut investi par une vingtaine de cavaliers. Hommes et destriers étaient maculés de boue. De l'ensemble se dégageait une telle impression de force brute et de violence que Tyra frémit.

Elle se tourna vers Tammam. Il lui fit signe d'attendre. Les cavaliers bloquaient l'entrée.

Des valets d'écurie accoururent. Le seigneur qui paraissait mener la troupe attrapa en riant le sanglier couché en travers de sa selle et le leur jeta.

– Par la queue fourchue du Diable, la bête me fit courir ! Portez-la aux cuisines et ordonnez qu'on la mette en broche pour le dîner ! J'ai hâte d'y planter les crocs !

Tyra se trouvait trop loin pour juger de ses traits et remarqua seulement sa haute stature et l'assurance de son discours. Elle crut entendre l'un des valets l'appeler « prince ». Mais déjà son attention se portait ailleurs.

Avec des rires gras, les autres seigneurs jetèrent à leur tour le fruit de leur chasse à terre en prenant soin de viser les serviteurs qui se pressaient autour d'eux. Leur hilarité redoubla en voyant ceux-ci choir dans le cloaque sanglant. Très vite, les sabots des chevaux ne heurtèrent plus les malheureux par hasard et des cris de douleur fusèrent sous l'œil imperturbable des gardes.

Pétrifiée, Tyra ne pouvait détacher ses yeux de la scène. Des plus proches seigneurs, elle apercevait les faciès rouges et le chaume des cheveux. Tous étaient jeunes. « Des Bourguignons, » songea-t-elle, se rappelant que feu le roi Boson en avait ramenés avec lui en Viennois. La Cour, disait-on, en comptait beaucoup. Au grand dam des seigneurs provençaux dont ils prenaient les privilèges.

– Selon toute vraisemblance, confirma Tammam froidement, nous avons devant nous la fine fleur de la noblesse de Provence-Viennois !

Tyra demeura silencieuse. Elle retenait sa respiration. Qu'adviendrait-il si ces rustres tournaient la tête et les remarquaient ? Les prendraient-ils pour cibles d'un nouveau jeu ?

Le prince se dressa sur ses étriers. Sa voix résonna haute et claire :

– Allons, mes amis, nous réchauffer dans la salle haute ! Nous y ferons monter du vin chaud et des garces !

Il mit pied à terre. Les autres seigneurs l'imitèrent.

– Le Paradis contre un ventre accueillant, s'écria l'un d'eux, s'engouffrant à la suite de ses compagnons dans le palais.

Avec l'air peureux et mauvais qu'ont les bêtes battues, les valets ramassèrent le butin de la chasse. D'autres, prenant les destriers par la longe, s'éloignèrent vers les écuries.

– Allons, maintenant, dit Tammam, sautant au bas de sa mule.

Il fit mine d'ignorer l'hésitation de Tyra et sourit en entendant Vigtis jurer entre ses dents.

Bon gré mal gré, il allait falloir se frotter à cette racaille bien née.

– Mumm ! Des mamelles et un cul à damner un saint ! Par Dieu, si le vin de messe avait le goût de ces tétons-ci, je m'eusse fait curé ! Viens par ici, diablesse, que j'y goûte encore !

Le regard ivre du seigneur s'arrêta sur les voyageurs. Son front bas se plissa et, de surprise, il lâcha la ribaude dépoitraillée qu'il tripotait sans vergogne.

Tyra se glaça. Lèvres minces, œil petit et dur, visage bestial, cou de bœuf, l'homme avait tout d'un soudard.

– Qu'est cela ? s'étonna-t-il d'une voix pâteuse, brandissant sa coupe comme une hache.

Il fit un pas mal assuré vers les arrivants :

– Dieu de Miséricorde, voilà que les païens envahissent à présent jusqu'à la grande salle de ce château ! La pluie les fait sortir de leur trou comme rats et grenouilles. A croire que nous ne viendrons jamais à bout de ce fléau. Autant tenter de bouter Satan hors des Enfers !

Tammam concéda à celui qui l'outrageait un sourire narquois. Mortifiée, Tyra se redressa et décocha un regard d'aspic à la silhouette épaisse et courte.

– Paix, Thibaud !

Tyra sursauta. D'autres jeunes seigneurs faisaient irruption dans la salle haute du palais viennois. Des ribaudes à demi dévêtues les escortaient. Aux gestes obscènes des hommes, elles répondaient par des rires de gorge.

Celui qui avait lancé l'injonction repoussa sans ménagement la garce lascive aux oripeaux voyants qu'il tenait enlacée et se détacha du groupe.

Immédiatement, Thibaud battit en retraite. Attrapant au passage sa ribaude par la taille, il s'éloigna vers une autre salle. Ses turbulents amis et leurs compagnes leur emboîtèrent le pas.

Le craquement du bois dans l'âtre troubla le silence revenu. Seul demeurait le seigneur qui avait fait taire Thibaud.

A son fier port de tête, Tyra le reconnut sans peine. Il s'agissait du prince qui menait la troupe un instant plus tôt. Il était grand et bien découplé. Le bliaud de soie fauve qu'il avait troqué contre sa tenue de chasse accrochait la lueur dansante des torches de résine. Une épaisse chaîne d'or brillait sur sa poitrine.

Il se porta vers les voyageurs, visiblement intéressé par l'étrange tableau que formaient le mince musulman au visage racé, la frêle vieille femme dont les yeux rappelaient un ciel d'été et le colosse couleur de nuit qui dominait l'ensemble de deux bonnes têtes.

Près du feu où ils attendaient depuis une bonne heure d'être annoncés, les quatre voyageurs n'avaient pas fière allure, avec leurs vêtements de voyage transformés en charpie par la pluie. Autour d'eux, une flaque s'était formée. Tyra en conçut de la honte. C'était bien la peine d'avoir une malle pleine d'élégants bliauds ! Par la Vierge, cette arrivée tournait au cauchemar.

Quand le prince baissa la tête et s'arrêta sur les prunelles vert et or, son sourire s'effaça pour laisser place à une expression de surprise. Il regarda de plus près le fin visage délicatement coloré par la pluie, autour duquel glissaient, tels des serpents d'eau, de longues mèches châtaines échappées des tresses.

Décontenancée par l'attention qu'il lui portait, l'adolescente baissa la tête. Sur quoi porter les yeux ? A quoi se raccrocher ? La panique la saisit. Jamais on ne l'avait dévisagée de la sorte. Que lui voulait-on ?

Le regard clair brûlait son front et son corps. Sous ses manches mouillées, elle serra les poings. Ne pas bouger. Ne pas fuir. Attendre que la torture cesse. Enfin, il parla :

– Je suis le prince Hugues, cousin du roi Louis. Veuillez pardonner, étrangers, les propos de mon compagnon. Certains seigneurs de cette Cour ont les manières des bêtes qu'ils chassent.

Il marqua un silence, les yeux toujours rivés sur Tyra.

– Quelle raison vous amène céans ?

Hugues s'était exprimé en latin et avec une lenteur calculée afin d'être entendu. Le timbre chaud de sa voix acheva de troubler la jeune fille. Il ne semblait s'adresser qu'à elle. Bien qu'elle s'appliquât à suivre la danse futile des flammes, elle perdait pied sous le regard insistant.

Tammam vint à son secours :

– Nous sommes ici, ô prince, à la demande de monseigneur Rostaing, primat de notre cité, afin de prodiguer des soins à la reine Ermengarde. Je me nomme Tammam et suis médecin de mon état.

Il désigna Tyra :

– De par ses connaissances acquises dans ma science, cette jeune personne m'est fort précieuse et me seconde efficacement.

Il se tourna vers Vigtis et Subâhu qui se tenaient en retrait.

– Quant à nos deux compagnons, la fidélité et le dévouement

avec lesquels ils nous servent depuis moult années méritent le respect. Les païens attachent un grand prix à ceux qui savent se taire et servir.

Hugues eut la subtilité de ne pas relever. A ce moment, survint Rolinde. Celle qui comptait vingt-sept années au service de la reine Ermengarde invita le médecin à la suivre.

Tyra lança à Tammam un regard suppliant. Il comprit et lui fit signe de l'accompagner.

En passant devant le prince, la jeune fille fit l'effort de relever la tête. Elle reçut en plein visage le souffle brûlant de Hugues.

Une quinte plus forte que les autres venait d'épuiser ses forces. Au milieu des coussins, le visage de la reine prenait au repos l'aspect d'un gisant de pierre.

Assis près de la couche, Louis scrutait avec douleur les traits de sa mère, conscient des progrès du mal. Au fil des jours, le teint blanc d'Ermengarde se brouillait. De malsaines taches rosâtres avaient fait leur apparition sur son front et ses pommettes, et ses lèvres se décoloraient.

Avec des gestes tendres, il arrangea une mèche cendrée échappée de la coiffe de lin. Sa main retomba lourdement.

Depuis qu'il la savait gravement atteinte, il n'avait plus goût aux chasses ni aux fêtes. Comment eût-il pu se distraire alors que la vie de celle, qu'à ses yeux nulle n'égalait, lui échappait ?

Le cœur à l'envers, il revit la beauté rayonnante qui consolait ses chagrins d'enfant et contre la poitrine de laquelle il aimait se réfugier. Une boule amère obstrua sa gorge. Aussi loin qu'il se souvînt, il ne l'avait jamais vue faiblir. Elle était sa force, son soutien le meilleur, son conseiller le plus averti. Même ses accès de colère n'étaient pas parvenus à le détacher d'elle. En dépit de l'accession au trône de son fils, huit ans auparavant, elle demeurait la souveraine incontestée du royaume de Provence-Viennois et Louis, comme par le passé, quêtait son approbation pour chaque décision à prendre.

Soudain il lui sembla que le souffle léger s'était tu. Se jetant sur le miroir d'argent abandonné près des pots d'onguent, il le plaça, cœur battant, devant les lèvres inertes. Une montagne de granit lui écrasait la poitrine.

Une légère buée troubla le miroir.

– Merci, mon Dieu ! lâcha-t-il, soulagé.

Prenant sa tête dans ses mains, il s'abîma dans une prière entrecoupée de menaces.

Le Seigneur ne pouvait permettre qu'Ermengarde rejoignît si tôt son époux sous les dalles de pierre de la cathédrale Saint-Maurice. Comme tous l'avaient fait jusqu'alors, la mort plierait devant elle. Il ne pouvait en aller autrement.

Il se rappela d'un coup ce médecin arabe dont Rostaing lui avait vanté les mérites et promis l'arrivée prochaine. Pourquoi tardait-il ? Combien de temps lui fallait-il pour suivre les méandres du Rhône depuis Arles jusqu'à Vienne ? Il passa une main sur ses yeux fatigués.

– Par saint André, mon fils, que perds-tu ton temps à plaider la cause d'une affaire entendue ? Il est vain d'implorer quand le Tout-Puissant a déjà tranché.

Louis sursauta et se tourna vers celle qu'il croyait assoupie. Dans les prunelles d'un bleu glacé qu'adoucissait la fièvre, il lut un mépris de la maladie et de la mort qui lui fit honte. Depuis quand l'observait-elle ? Lui ferait-il l'outrage de ne pas être à la hauteur de son courage ?

Dans un sursaut héroïque, il parvint à sourire et enferma dans les siennes la main brûlante qui reposait sur la courtepointe surbrodée de fils d'or.

– Allons, ma mère, une reine de sang impérial ne peut abdiquer devant le mal, si virulent soit-il.

Ermengarde émit un soupir las. Se laissant retomber sur les oreillers de plume, elle se mit à fixer sans les voir les voûtes humides du plafond. Elle revit le regard pâle de son époux bien-aimé. Elle partait doucement du même mal que lui et le savait. Bientôt, la mort les réunirait à jamais. Elle détourna la tête pour que Louis ne vît pas son rictus douloureux. Chaque inspiration marquait sa poitrine au fer rouge et ses paupières étaient de feu. Elle ferma les yeux, soucieuse de ménager ses forces pour ce fils qui s'accrochait à elle comme à un radeau. Que ferait-il après son trépas ? Elle augurait du pire.

Lui revint en mémoire le pli envoyé en Bourgogne au frère de son défunt époux, le duc Richard d'Autun. Répondrait-il à son appel ? Accourrait-il comme elle l'en priait ? Elle s'en voulut d'en douter. Richard s'était toujours soucié de Louis comme de ses propres fils. Il viendrait.

Se méprenant sur l'air préoccupé de sa mère, Louis s'insurgea :

– Cesseras-tu jamais, mère, de penser un instant au royaume ? Ne comprends-tu point que, pour l'heure, l'urgence est ailleurs ! Peu me chaut Sarrasins et pillards quand le pire ennemi se terre dans cette chambre !

Ermengarde se redressa sur son coude, mue par une saine colère.

– Comment toi, oint du Seigneur, oses-tu tenir ce langage de femme en gésine ? Oublies-tu le serment que tu fis en ceignant la couronne ? Un souverain se doit à son pays ! Au lieu de perdre ton temps à te lamenter devant ma couche, tu devrais, mon fils, t'occuper de lever l'ost afin de nettoyer ton royaume de la lie qui la souille ! Cela donnerait quelque exercice aux jeunes seigneurs de ta suite qui ne connaissent que la chasse pour tout combat ! Ton cousin Hugues saurait les employer à d'autres fins, lui !

La fureur redonnait de la voix à la souveraine. Comme toujours quand sa mère s'emportait, Louis baissa la tête et choisit de se taire.

Au-dehors, la pluie faisait rage. Essoufflée, Ermengarde reprit avec plus de mesure :

– Toi qui te dis si fier d'être le fils de Boson, fais-lui l'honneur de te conduire enfin comme le digne souverain de ce royaume qu'il te tailla par la force du glaive ! Souviens-toi que le sang le plus noble coule en toi !

Elle détacha ses mots :

– Tu es un Carolingien de sang impérial. Ne l'oublie jamais !

Une violente quinte l'interrompit et lui emplit les yeux de larmes. S'astreignant à respirer calmement, elle considéra Louis avec une pitié douloureuse.

– Quand je ne serai plus, mon fils, toi seul supporteras le fardeau du pouvoir. Thibert, Bernoin, Adalelme, Rostaing, nos vieux féaux, et les plus chers, ne pourront que t'aider. Jamais décider en ta place.

Louis ne répliqua pas. La raison s'exprimait par la bouche de sa mère. Tout à coup ses terreurs du passé resurgirent. Il se sentit plus paniqué qu'en ce solennel jour de juin à Valence au cours duquel le frêle enfant qu'il était alors devint roi...

En le quittant, sa mère le laisserait aussi nu qu'à l'aube de sa vie. Avec une volonté farouche qui lui faisait tant défaut par ailleurs, il rejeta l'idée de ne plus l'avoir à ses côtés.

Quand Rolinde vint leur annoncer l'arrivée du médecin arabe envoyé par Rostaing, il y vit un signe de Dieu.

Un regard suffit à Tammam pour comprendre que la souveraine était condamnée. En croisant le fer des prunelles intenses, il devina qu'elle savait.

– Va, mon fils, commanda-t-elle à Louis. Me voilà, si j'en crois notre ami Rostaing, en de bonnes mains.

Le roi déposa un baiser sur les doigts diaphanes et sortit.

D'un geste la reine invita le musulman à s'approcher de la couche. Ses yeux s'arrêtèrent sur Tyra qui se tenait près de la porte.

– Quelle est cette jeune personne ?

Tammam présenta Tyra, vantant ses connaissances et ses mérites.

– Que voilà une étrange voie pour une si jolie jouvencelle ! Enfin ! Pourquoi non ? Je soutins bien un siège en mes jeunes années.

Tyra répondit par un sourire embarrassé aux propos bienveillants. Bien que son air impérieux l'intimidât au plus haut point, elle jugea le regard de la souveraine droit et sans méchanceté. La finesse de ses traits la surprit. Le mal les creusait sans les altérer. Elle ne l'avait point imaginée si belle et lui trouva une vague ressemblance avec Inga, sa mère. Un caractère aussi bien trempé que le sien.

Déjà Ermengarde l'oubliait et se tournait vers Tammam. Son sourire s'effaça.

– Tu me ferais offense, médecin, en essayant de me leurrer sur la gravité de mon mal. Je ne te demande point l'impossible car je ne crois nullement aux miracles. Un mois devrait me suffire pour mettre de l'ordre dans mes affaires. Permets-moi seulement d'atteindre la Saint-Jean et tu pourras considérer ton ouvrage accompli.

Debout devant le grand miroir d'argent poli, la reine se laissait vêtir.

Rolinde ajusta la ceinture de métal devenue trop large autour de la taille d'Ermengarde et serra les lèvres pour ne pas pleurer.

– Allons, ma bonne Rolinde, la gourmanda la souveraine, laisse donc cette mine de funérailles ! Me voir enfin quitter ma couche devrait te réjouir ! Vrai, les médecines de ce païen semblent sorties des mains de Dieu.

Rolinde hocha la tête, incapable de parler. Ses yeux rougis trahissaient le souci dans lequel la tenait la santé de celle qu'elle avait connue enfant et chérissait comme sa propre fille.

Certes, depuis que le médecin arabe s'occupait d'elle, sa maîtresse allait mieux. L'idée de quitter l'humide forteresse de Vienne pour respirer l'air frais et sec des monts du Diois en ces prémices de l'été semblait des plus heureuses.

Pour étranges qu'elles parussent, les méthodes du musulman portaient leurs fruits. Les longues expositions au soleil auxquelles il astreignait, poitrine nue, sa royale patiente, jointes à l'air pur des montagnes et aux divers sirops de sa fabrication, endiguaient ses quintes de toux furieuses.

Dans cette villa royale où le défunt roi Boson aimait tant courir le cerf, Ermengarde semblait recouvrer des forces.

Rolinde examina d'un œil critique le bliaud de cendal blanc. D'élégantes bandes pourpres rehaussées d'or le bordaient sur le devant et le rebord des manches. Elle choisit dans un coffre un ricinum tissé de fils d'or et un bandeau d'orfroi.

Soucieuse de démentir la rumeur qui la disait mourante, Ermengarde se voulait impériale pour la fête qu'elle donnait en l'honneur de son beau-frère, le duc Richard d'Autun, arrivé la veille au soir.

En voyant le bandeau d'orfroi la souveraine fronça les sourcils.

– Est-ce là coiffe de reine ?

Rolinde se troubla. Malmenant d'une main nerveuse le bandeau précieux, elle avoua :

– La couronne me paraît bien lourde, haute reine. Tu es encore si faible...

– Faible !

Ermengarde arracha des mains de la servante le galon qu'elle envoya voler à travers la chambre. Les yeux étincelants, elle se retourna vers la malheureuse qui se mordit les lèvres.

– Sur mon lit de mort, tu décideras de ma vêture, pas avant !

Le visage ridé se craquela comme une terre sans eau et ce fut en pleurant que Rolinde s'exécuta. Elle sortit de l'écrin ouvragé la lourde couronne d'or sertie de gemmes.

Sous l'impulsion de la colère, Ermengarde avait blêmi. Sa respiration devint sifflante. Elle chercha son reflet dans le miroir. L'image glacée qu'elle y vit l'incita à réouvrir en hâte son coffret de fards.

En déposant les couleurs de la vie sur ses lèvres et ses joues, elle se dit qu'elle ne pourrait plus bien longtemps masquer la vérité.

La fête battait son plein dans le pré inondé de soleil. Des pâquerettes éclaboussaient l'herbe de taches blanches et roses. La douceur de l'air se prêtait à la liesse.

Devant la table royale surélevée et installée sous une loge de verdure, des tables couvertes de nappes de lin blanc avaient été dressées. Autour des broches sur lesquelles doraient volailles et venaisons, s'agitait une armée de gens de bouche.

Les plats défilaient sans discontinuer. Il y avait là de quoi nourrir une armée. Chapons, cygnes, perdrix, paons, cerfs, daims, sangliers, moutons, arrivaient accompagnés de pois nouveaux, de ragoûts de fèves et de salades rafraîchissantes.

Le duc Richard touchait à peine aux mets qu'on lui présentait. Ses prunelles noires prenaient un éclat tourmenté quand il se tournait vers celle qu'il avait tant aimée et ne pouvait encore approcher sans un pincement au cœur, sa belle-sœur, la reine.

Ermengarde ne lui avait point celé la gravité de son état lors de l'entretien qu'ils avaient eu la veille, dès son arrivée. Elle lui avait confié ses craintes et demandé de veiller, quand elle ne serait plus, sur son fils Louis dont il avait été l'un des tuteurs. Tandis qu'elle lui annonçait avec calme sa fin prochaine, le duc d'Autun avait dû se faire violence pour demeurer digne. Ce visage amenuisé par la maladie le bouleversait. Le mal maudit s'y lisait de façon indécente.

L'imminence de la mort d'Ermengarde réveillait en lui le feu de cette passion adultérine à laquelle elle n'avait jamais répondu et qu'il croyait ensevelie sous le poids des ans. Il savait désormais que celle-ci ne s'éteindrait qu'avec lui. Il quitterait sans regret une vie que son amour pour elle avait muée en chemin de croix.

Juste châtiment. Dieu devait être las de l'ingrat qu'il avait vainement comblé d'honneurs et de richesses, allant jusqu'à l'unir à la plus douce, la plus sage des épouses. Aélis lui avait consacré sa vie et donné des fils. En retour, elle n'avait reçu qu'un attachement fait de respect et de reconnaissance.

Richard passa une main tremblante sur ses traits fatigués. Il n'avait plus vingt ans et la chevauchée depuis Autun avait été harassante. Sa nuit d'insomnie n'avait rien arrangé.

Le rire d'Ermengarde s'éleva sous le toit de lierre.

– Allons, cher parent, l'apostropha-t-elle, les facéties de ce singe savant ne t'amusent-elles point ?

En levant la tête vers lui, la reine s'exposa à la lumière sans concession de ce milieu du jour. Sous le ricinum de fils d'or supportant la couronne, les cernes mauves masquées par le fard se révélèrent avec une netteté insupportable.

La souveraine intercepta le regard douloureux de Richard et son sourire s'effaça. Avec un élan dont elle n'était point coutumière, elle lui saisit la main.

– Rions, Richard, tant que nous le pouvons encore !

Le duc d'Autun opina sans mot dire, dissimulant son émotion dans sa coupe de vin.

– J'ai ouï dire que certaines jouvencelles dont tu fis tes délices endurent mal ton soudain détachement. Me diras-tu, beau cousin, quelle musique enchanteresse joue à ton cœur cette sirène aux yeux d'or ?

Louis désignait en parlant Tyra, dont les seize ans rayonnaient dans un bliaud de soie aurore. La brise soulevait avec grâce son ricinum pâle, dévoilant les nattes couleur d'automne qui atteignaient ses hanches.

Arraché à sa contemplation, Hugues se fit violence pour cacher son exaspération.

– Sur mon âme, haut roi, la belle qui me retiendra dans ses filets n'est point née !

– Comptes-tu la prendre en ses maillots ?

Content de sa saillie, Louis éclata de rire, imité par ses voisins de table. Heureux de voir sa mère présider la fête et la croyant sur la voie de la guérison, il renaissait.

Hugues ne releva pas et attaqua du bout des dents une aile de volaille. Son cousin lui était également odieux dans le bonheur et dans la peine.

Le rire du roi résonna à nouveau. Louis, ce jour-là, voulait briller à toute force.

En le regardant s'agiter sur son siège, Hugues se détendit. Il avait tort de s'emporter. La bêtise de son cousin le servait. Que la régente vienne à trépasser, et de son rejeton il ferait son affaire. Il réalisa soudain que le duc Thibert l'observait. Levant sa coupe, il le salua avec arrogance. Du vieux féal aussi, le temps aurait bientôt raison. Le visage de Hugues s'adoucit en apercevant, à quelques convives de lui, sa mère, l'altière et toujours belle princesse Berthe. Elle venait souvent passer ainsi quelques jours auprès de son fils préféré.

En tant que proche parente de la reine Ermengarde, Berthe eût dû s'asseoir auprès de celle-ci. Comme d'ordinaire, ni l'une ni l'autre n'y avaient tenu. La petite-fille de l'empereur Lothaire et la souveraine de Provence-Viennois se ressemblaient trop pour s'entendre. Elles se détestaient même cordialement.

C'était de sa mère que Hugues tenait son goût forcené du pouvoir. Un goût que ne partageait point Thibaud, son père, qui vivait retiré dans ses terres. Berthe, elle, se sentait trop jeune pour songer à sa vie au passé.

Elle s'aperçut que son fils Hugues la regardait et une bouffée d'orgueil gonfla sa poitrine. Celui-là était de sa race. Il brûlait de dominer le monde. Avec l'aide de Dieu et celle de Boson, son autre fils, elle lui ouvrirait le chemin du pouvoir.

Une toux reconnaissable entre toutes se fit entendre. Berthe retint un sourire. Inutile de se pencher pour savoir qui en pâtissait.

Tyra avait choisi comme à l'accoutumée une table en retrait qu'elle partageait avec Tammam et un vieux nobliau des environs dont la principale qualité était d'être sourd. La jeune fille arrangea fébrilement les plis de son ricinum. Ces interminables festins réunissant la Cour l'indisposaient de plus en plus. Impossible pourtant de s'y soustraire sans mécontenter la reine qui se montrait si bonne envers elle.

Le soleil arrivait à peine au milieu de sa course. Elle soupira, à la torture. Il lui faudrait encore rester des heures à cette table, dans ce parterre de seigneurs rustres et querelleurs.

Son esprit s'évada vers l'officine de Tammam, son refuge dans lequel l'attendaient mortiers, balances et fioles.

La reine avait dévolu à son médecin une salle claire ouvrant directement sur la forêt. Un lieu que Tyra quittait seulement à la nuit tombée pour regagner sa chambre. Après avoir pris un léger repas ramené des cuisines par Vigtis, elle s'écroulait sur sa couche jusqu'au matin. Ainsi vivait-elle farouchement solitaire au cœur de la cour royale. La souveraine à laquelle Tammam lui laissait prodiguer certains soins lui montrait quelque sympathie. Cela lui suffisait.

Un serviteur chargé d'un plat fumant déposa sur le pain tranchoir de Tyra un blanc de volaille qu'il arrosa d'un jus brun fort appétissant. Elle le remercia d'un sourire qu'il lui retourna instantanément. En quelques semaines, le médecin païen et son assistante avaient su se faire apprécier du corps domestique royal qu'ils n'hésitaient pas à soigner. La chose était nouvelle. Les précédents praticiens qui s'étaient succédé au chevet de la reine n'étaient point coutumiers du fait.

Trois tables plus loin, Thibaud gratifia Tyra d'un sourire aviné. Elle frémit et détourna la tête. Cet homme la souillait par son seul regard. Jamais elle n'oublierait ses propos infamants lors de leur arrivée au palais. Depuis, il ne l'avait plus cherchée. La présence dissuasive de Subâhu devait y être pour beaucoup. A moins que cela ne vînt de plus haut...

– Que le Seigneur m'ôte la vue si j'ai déjà aperçu notre prince Hugues aussi nerveux ! Il n'a point l'habitude qu'on lui résiste ! Vois comme il te boit des yeux, belle amie. Ta réserve de nonne fait merveille. Plus tu te cloîtres parmi tes pots, plus tu éveilles son intérêt. Une méthode qui me donne à réfléchir !

Mathilde partit d'un rire espiègle, découvrant deux rangées de dents éclatantes.

A la gaieté contagieuse de la petite-fille du duc Thibert, nul ne résistait. Tyra avait aussitôt été séduite par la spontanéité et la simplicité de cette grande fille brune au visage rieur. Dès le premier jour, poussée par une saine curiosité, celle-ci était venue lui rendre visite à l'officine. Une surprenante amitié était née entre la studieuse adolescente et la jouvencelle la plus en vue de la Cour.

Mathilde disait vrai. Hugues fixait Tyra à s'en brûler les yeux. Elle baissa vivement les siens, saisie d'un sentiment de danger devenu familier. Que devait-elle faire pour qu'il l'oublie ? Elle ne pouvait se terrer plus qu'elle ne le faisait déjà !

Grâce à Dieu, Tammam regardait ailleurs et n'avait, semblait-il, prêté nulle attention aux propos de Mathilde. Mais celle-ci n'en avait point terminé :

– Quand comprendras-tu que tu l'attises en le fuyant ?

Le visage de Tyra se ferma.

– Dois-je pour le calmer me jeter dans sa couche ? Suis-je une pomme dans laquelle mord qui veut ?

– Pardonne-moi, ma douce. Mon propos était sot, j'en conviens. D'autant que, Dieu m'est témoin, je ne souhaite point te voir tomber dans les mailles de Hugues, si dorées soient-elles. Nombreuses sont celles qui en sont demeurées prisonnières. Je crois que lui-même ne pourrait en faire le compte.

Elle désigna d'un discret mouvement du menton une table aussi isolée que la leur de la table d'honneur. Deux fort jolies jeunes femmes y discutaient sombrement sans cesser d'épier la loge royale.

– La rousse, la renseigna Mathilde, s'appelle Gerberge. L'autre a pour nom Adalinde. La chose t'étonnera sans doute, mais par ta faute ces deux merveilles pâtissent grandement.

– Je ne les connais pas, protesta Tyra stupéfaite.

Mathilde secoua la tête, désarmée par tant de naïveté.

– Tu as devant toi, ma douce, les deux dernières maîtresses en date de notre beau prince Hugues. Il y a quelques mois, elles se haïssaient à un point tel que ni l'une ni l'autre ne prenaient d'un vin ou d'un mets sans l'avoir fait goûter au préalable. Il semblerait que ton arrivée les ait mises d'accord. Désormais, Hugues les délaisse pareillement. D'où la raison de leur soudaine entente.

Adalinde se sentit observée et se retourna. Tyra reçut l'impact de deux flèches claires si venimeuses qu'elle préféra en rire.

– Tout cela est absurde !

– Tu ne devrais pas sous-estimer sa jalousie, la prévint Mathilde, soudain sérieuse. Adalinde est la plus redoutable des deux. Méfie-toi d'elle. De son frère Thibaud aussi il te faut te garder.

– Thibaud est donc son frère ?

Mathilde opina avec un rictus dégoûté :

– Un bouc qui violerait la Vierge Marie et les anges du Paradis s'il le pouvait ! Mais qui tuerait quiconque s'en prendrait à sa chère sœur ou lui nuirait... !

Tyra eut soudain l'impression de marcher sur des braises. Tammam suivait avec toujours grand intérêt le jeu des acrobates auxquels s'était joint un montreur d'ours. Mais Tyra eut cette fois la conviction qu'il ne perdait pas une miette de ce qui se disait.

Elle secoua la tête. Tout cela n'avait pas de sens. Son angoisse devait se voir. Mathilde se releva et l'embrassa.

– Dieu aime les âmes pures, amie.

Tyra la suivit des yeux tandis qu'elle s'éloignait entre les tables.

Le ton montait dans le pré. L'on s'essuyait les doigts souillés de sauce sur les nappes blanches. L'on éructait bruyamment. Certains, effondrés sur les sièges, dormaient, assommés par le vin. Soudain l'un des seigneurs s'étrangla en mangeant. Son visage se violaça et il recracha sur la table ce qui encombrait sa gorge. Parmi les rires, il brandit l'os de volaille qui avait manqué l'étouffer.

– Des rustres ! lâcha Tyra au bord de la nausée.

– Par Muhammad, damoiselle, fit Tammam ironique, ne priserait-on pas les façons de nos princes ?

– Nos princes ? Des barbares qui me sont aussi étrangers qu'à toi le goût du porc !

Tammam partit d'un grand rire.

– Barbare ne l'es-tu point quelque peu, toi la fille d'une princesse viking ?

Tyra sursauta. Le prince Hugues se dressait devant elle. Elle ne l'avait pas vu venir. Il affichait un sourire qui ôtait toute agressivité à ses propos. C'était la première fois depuis leur arrivée qu'il s'adressait à elle.

Il se pencha et saisit délicatement entre ses doigts le pendentif dont la jeune fille ne se séparait jamais : une grossière représentation de Mjoëlnir, le marteau magique de Thor l'invincible. Vigtis lui en avait fait présent. Il avait pour Tyra valeur de talisman.

La stupeur la rendait muette. Comment connaissait-il ses origines ? En reposant le bijou, il effleura par mégarde la peau satinée. Geste anodin qui eut sur eux l'effet d'un coup de tonnerre.

Refusant de baisser les yeux une seconde fois, la jouvencelle soutint le regard clair qui fouillait le sien. Ce qu'elle y lut la souleva comme une lame de fond.

Tammam qui les regardait soupira. De ce repaire de loups, il avait hâte d'éloigner sa trop tendre brebis.

Sous l'ombrage des arbres, l'herbe conservait la fraîcheur de la nuit. Seuls quelques battements d'ailes froissaient le silence. C'était une aube rose et immobile, comme seuls les débuts d'été savent en donner aux hommes.

Tyra aimait venir cueillir des simples dans la forêt jouxtant la villa royale. Elle goûtait particulièrement cet instant où la nature sortait de son repos nocturne.

Déposant son sac d'herbes, elle ôta ses chaussures et fit signe à Subâhu de l'attendre. Comme chaque matin, elle partit pieds nus vers la rivière. Sous ses pas, la mousse était douce et gorgée de rosée.

Après un coup d'œil alentour, elle fit voler le bliaud par-dessus ses épaules et se coula dans l'eau claire. Celle-ci était délicieusement fraîche. De ce bain quotidien dans la rivière, elle ressentait les vertus tout au long du jour.

Gagnée par le bien-être, Tyra laissa son esprit dériver. Elle n'avait guère dormi. L'étrange comportement du prince Hugues, lors du festin de la veille, l'avait tenue éveillée une partie de la nuit. Elle ne comprenait rien à son comportement. Il l'avait quittée aussi abruptement qu'il l'avait entreprise. A quel jeu subtil et inquiétant s'adonnait-il ?

A l'ardeur soudaine du soleil, elle comprit qu'il se faisait tard. Elle revenait vers la berge prendre son pain de savon lorsque des hurlements sauvages mêlés d'étranges cris retentirent.

Presque aussitôt, un goret déboula de la forêt. La bête vilainement tailladée sur tout le corps se vidait de son sang. Arrivée près de la rivière, ses forces la trahirent et elle s'affala, les yeux vitreux.

Surgirent alors quatre cavaliers. Enfiévré par la traque, Thibaud qui se trouvait en tête s'agitait comme un dément sur son cheval.

Dans un ultime sursaut, le goret se redressa. Avec un cri de jubilation, Thibaud brandit sa hache et la lui lança à la tête qu'il décolla à demi.

Aussitôt ses compagnons l'imitèrent et les lames tranchantes fendirent l'air avant de se planter dans la chair palpitante.

Enfin, le silence se fit. Thibaud mit pied à terre et arracha son arme ensanglantée de la gorge de la bête. Puis d'un violent coup de pied il envoya celle-ci rouler en contrebas. Son rire s'étrangla dans sa gorge lorsqu'il suivit le regard de Hugues.

Pétrifié, le prince ne pouvait détacher les yeux de Tyra dont le corps blanc émergeait de l'eau. Révoltée par la barbarie du jeu, la jeune fille n'avait point songé à se cacher.

Thibaud lâcha sa hache et descendit vers la rive, un mauvais sourire aux lèvres.

– Après le porc, pourquoi pas la biche?

– Non!

Le cri de Tyra réveilla Hugues.

– Laisse-la!

Mais Thibaud n'entendait plus que le désir brutal qui lui brûlait soudain le ventre. Cramoisi, mains tendues, il se mit à courir dans l'eau derrière Tyra qui fuyait vers l'autre berge.

Sans la présence du prince Hugues, les autres seigneurs se fussent précipités pour être de la fête. D'autant qu'en sortant de l'eau, Tyra achevait de dévoiler son corps.

– Sang du Chr...!

Hugues bondit à terre. Mais Thibaud avait pris de l'avance et rattrapait déjà sa proie. Il voulut la plaquer sous lui. Elle se débattit et lui griffa durement la joue.

Avec un juron, il tenta de lui saisir les poignets. Mais la peur décuplait l'agilité de la jeune fille dont le corps mouillé glissait comme un serpent entre ses mains.

– Lâche-la ou je te tue! hurla Hugues en sortant son poignard.

Il n'était plus qu'à quelques pas.

Surgi de nulle part, Subâhu ne fit pas de sommations. Prenant Hugues de vitesse, il bondit sur Thibaud et lui empoigna la nuque. Un craquement sec se fit entendre. Un silence glacé accompagna la chute du corps dans l'eau. Tous s'étaient figés.

Tyra était en état de choc. D'un geste doux, l'Indien entoura ses épaules et la ramena vers l'endroit où gisaient ses vêtements.

Ce fut Hugues qui les lui tendit. Comme elle ne réagissait pas, il s'avança et la recouvrit. Sous l'étoffe, il sentit frémir le corps mince et glacé. Lui-même tremblait imperceptiblement.

Il chercha son regard. Elle se déroba et se rapprocha un peu plus du géant sombre. Un violent frisson la parcourut. Elle serra les dents pour les empêcher de claquer. Des seigneurs présents elle ne voyait que celui que le courant faisait danser grotesquement sur le ventre, les bras en croix.

Le prince se tourna vers ses deux compagnons. De toute évidence, son attitude leur échappait.

– Tu ne vas tout de même pas, explosa l'un d'eux, laisser ce singe criminel partir !

– De quel criminel parles-tu ? demanda Hugues doucement. Notre malheureux ami Thibaud a juste fait une mauvaise chute.

Du haut des marches de pierre dominant le parterre fleuri, la reine mère et ses dames regardaient le roi Louis s'éloigner à cheval dans l'allée. A ses côtés chevauchait son cousin, le prince Hugues. Derrière suivaient les seigneurs et l'escorte armée.

Le souverain quittait de son propre chef la résidence d'été et ses réjouissances, détail qui n'allait pas sans intriguer sa mère. Les sages raisons avancées pour ce départ anticipé sonnaient faux dans la bouche de Louis. Au grand étonnement d'Ermengarde, il avait invoqué les temps troublés et une capitale désertée trop longtemps par son maître.

Plus ses forces déclinaient, moins la reine s'accommodait de la présence constante de Hugues auprès de Louis. Aussi avait-elle dépêché en avant-garde le duc Thibert à Vienne. Par lui, elle connaîtrait la vraie raison du départ de son fils.

Son bras s'appesantit un peu plus sur celui de Tyra. En dépit des soins prodigués par Tammam, le mal gagnait du terrain. Elle vit alors que sa jeune compagne continuait à fixer la ligne lointaine dans laquelle s'était diluée la troupe. Son air absent n'échappa pas à la sagacité royale.

– Allons, petite, cesse d'y songer. A cette lumière-ci, les papillons ont tôt fait de se brûler les ailes. Rentrons à présent. Je suis lasse.

Tyra se troubla. Par chance, nul ne se trouvait près d'elles à cet instant. A pas lents, elles regagnèrent les appartements royaux. La maladie tissait entre elles, au fil des jours, une surprenante intimité. Tyra installa la souveraine dans sa couche et prit ses herbes et son mortier. La reine qui appréciait l'intelligence de sa conversation lui avait demandé de préparer près d'elle ses médecines.

– Sais-tu ce que l'on murmure à la Cour ? jeta soudain Ermengarde.

Dans le pot de marbre, le pilon ralentit sa course. Le cœur battant, Tyra attendit la suite.

– Il se dit, reprit la reine, que le trépas de Thibaud ne serait point le fait d'un accident. Qu'en penses-tu, mon enfant ?

Ainsi, la souveraine savait. Instinctivement, Tyra sut qu'elle ne craignait rien.

– Dans le Grand Nord où naquit ma mère, dit-elle, l'on prétend que les hommes tombés au combat partagent le séjour éternel des guerriers morts en héros.

Posant son mortier, elle prit un onguent et se mit à en masser doucement la poitrine malade.

– Ils gagnent le Paradis, en quelque sorte, acheva-t-elle.

Ermengarde l'envisagea avec une attention soudaine. L'allusion au Grand Nord et le profil incliné au-dessus d'elle lui rappelaient tout à coup... Elle se redressa sur un coude.

– Jadis, une femme vint me voir à Vienne afin de requérir mon aide contre les pirates sarrasins qui venaient d'aborder en Provence. Elle prétendait arriver de ces rivages du Grand Nord que tu cites. Arguant de son sang royal, elle me tint tête avec courage. Sa témérité força l'admiration de mon entourage. Je la fis renvoyer. Je le regrette à présent car je ne sus rien d'elle. Sinon qu'elle était de ma race.

L'émotion colora les joues de Tyra.

– Elle a pour nom Inga, laissa-t-elle tomber fièrement, et elle est ma mère.

Ermengarde adressa à la jeune fille un sourire triste :

– Je l'avais deviné.

Sur ces entrefaites, Tammam se présenta pour sa visite quotidienne. La pénombre ambiante lui fit froncer les sourcils. Sans prendre le temps de saluer sa patiente, il fonça vers les tentures et les tira. Aussitôt la clarté du jour baigna la chambre.

– Qui t'a permis, musulman ? Que le Diable m'emporte si l'on m'a jamais manqué de respect de la sorte ! explosa Ermengarde.

– Le mal n'aime ni l'air ni la lumière, jeta-t-il sans s'émouvoir.

Du lit monta un rire douloureux qui s'étrangla dans une quinte.

– Par Notre-Dame... de qui te gausses-tu, médecin ?

Tammam négligea de répondre. Prenant la place de Tyra, il examina longuement la souveraine. Puis il vérifia les préparations de son élève. Le voyant renforcer les dosages, la jeune fille comprit que l'état de santé de la reine empirait. Cette dernière dut en avoir l'intuition.

– Alors, homme de science ? Toi qui connais l'issue du combat, en connais-tu aussi le terme ?

– Tu verras, haute reine, les prochains feux de la Saint-Jean.

– Mon frère, que je suis aise de te revoir ! Voilà plus de huit jours que je t'espère.

Hugues étreignit son cadet avec une joie non feinte. Moins grand, plus brun de cheveux, Boson ne possédait pas la séduction naturelle de son aîné. Depuis l'enfance, il mettait ses pas dans ceux de Hugues dont il s'attachait à servir l'ambition. Observateur, intelligent, efficace, il était pour son frère le meilleur des auxiliaires.

Avisant la tenue poussiéreuse de Boson et sa démarche lasse, Hugues réfréna son impatience et commanda pour son cadet un bain et une collation.

Le roi Louis avait octroyé à son cousin un appartement donnant sur la face sud du château.

Hugues avait apporté à son décor le même soin qu'il mettait à sa vêture. Les meubles étaient de bonne facture. Les tapis aux tons chauds s'harmonisaient avec les tentures. Tout était sobre et d'un goût sûr.

Dans le cuvier, tandis qu'une servante massait ses épaules endolories par la course, Boson se laissait aller, paupières closes, contre le montant de bois. Il avait tant rêvé de ce moment sur les chemins ! Sa mission avait requis une vigilance de tous les instants. Louvoyer à la cour lombarde entre les intrigues de ses princes relevait du défi.

Hugues attendit que son cadet fût baigné et rassasié pour l'interroger.

– Alors, mon frère, as-tu pris le pouls de la noblesse de ce royaume qui nous est cher ?

Boson reposa sa coupe et sourit à son aîné.

– Tu avais vu juste : les princes lombards sont las de la lutte pour le pouvoir opposant les deux grandes familles franques du pays. Le roi Bérenger de Frioul comme son rival Gui de Spolète ont perdu leur crédit auprès du peuple. Là-bas, la voie royale t'est ouverte, mon frère. Les hauts seigneurs me l'ont laissé entendre.

– Elle est ouverte à Louis, rectifia Hugues, au seul Carolingien légitime qui, par son sang impérial, puisse être opposé au roi Bérenger, lui-même petit-fils de Louis le Pieux par sa mère Gisèle.

Boson ne put s'empêcher de sourire. Hugues jouait sur les mots.

– Tu sais bien que ceux qui requièrent notre roi par-delà les monts connaissent ton ascendant sur lui. C'est même ce qui les intéresse. A travers Louis, c'est toi qu'ils comptent voir gouverner leur pays.

Hugues étendit ses longues jambes vers le feu, l'air songeur.

Régner sur Pavie... et peut-être sur Rome... Un rêve fou qu'il n'aurait de cesse d'avoir réalisé. Des prunelles vert et or et un corps laiteux nappé d'une longue chevelure se superposèrent soudain au rêve. Hugues sursauta. Que venait-elle se placer là en cet instant ! Il se releva pour chasser l'obsédante vision.

– Ne crions pas victoire, fit-il de méchante humeur. Il nous faut encore venir à bout des dernières hésitations de Louis.

Surpris par le ton, Boson releva la tête.

– Allons, mon frère. Douterais-tu d'un coup de ton pouvoir de persuasion ? D'ici deux jours, tu auras convaincu Louis que la couronne des rois lombards est faite pour lui.

Hugues vint s'appuyer contre l'embrasure d'une ouverture. Au pied des collines de Vienne, le Rhône semblait un mince fil d'argent.

– Ce n'est pas lui qui m'inquiète, avoua-t-il après un silence, mais sa mère, la reine. Si elle apprend ce qui se trame, elle s'y opposera et Louis pliera une fois de plus.

– Pourquoi l'apprendrait-elle si nous le lui celons ? Un tel dessein mettra du temps à prendre corps. Bien plus que celui qui lui reste à vivre.

– Dieu t'entende, mon frère.

– La couronne de fer ! Imagines-tu ce qu'elle représente pour notre lignée ? Elle a toujours été le premier pas vers Rome. Louis II, mon illustre grand-père, ne la ceignit-il point avant de revêtir la pourpre impériale !

Dans le petit cabinet de travail, le roi s'enflammait en parlant. Sourd aux recommandations de Hugues qui lui avait demandé pour un temps de taire leurs desseins, il n'y avait pu tenir.

Face à lui, Thibert était de marbre. Adalelme, le comte de Valence, n'osait croiser le regard de son vieil ami de crainte d'y lire son propre sentiment.

Tous deux étaient atterrés. Avant Louis, ils avaient servi son père, le roi Boson, et plus avant l'empereur Charles le Chauve. De vrais monarques, craints et respectés. Rien à voir avec ce rejeton aux accents dérisoires qui se targuait soudain de ceindre l'illustre couronne de fer.

Le comte de Valence détourna la tête, gagné par la tristesse. Il revit, entre ces mêmes murs, le roi Boson dont le calme glacé en imposait à tous, et regretta que Dieu l'ait rappelé si tôt.

L'agitation de Louis finit par avoir raison de la patience de Thibert. Il jeta d'une voix vibrante :

– Là où tu vois un chemin de lauriers, je ne vois que des ronces !

Comment peux-tu te fier à ces princes inconstants qui t'offrent leur couronne ? Ignores-tu ce que valent leurs serments ? Ils te louent ce jourd'hui et te piétineront demain ! C'est le péril et non la gloire qui te guette par-delà les monts.

Avec un geste d'impatience, le roi se mit à arpenter la petite pièce tel un ours en cage. Comment avait-il pu croire que ces deux-là partageraient son enthousiasme ?

– C'est la sagesse, haut roi, qui s'exprime par la bouche de Thibert, appuya Adalelme. Ecoute ses conseils. Ils sont le fruit d'une vie passée dans le gouvernement des hommes. Notre âge...

– L'âge tempère les ardeurs, l'interrompit Louis avec fureur. Des vieillards n'ont jamais remporté de bataille !

Derrière eux, un claquement de mains les fit se retourner d'un même mouvement. Entré subrepticement, Hugues applaudissait aux propos de son cousin. Il regardait Thibert avec une telle morgue que celui-ci n'y put tenir.

– Je ne sais que trop bien qui est à l'origine de ces négociations, jeta-t-il, désignant Hugues d'un œil accusateur. Je doute que la reine Ermengarde approuve un tel projet.

– Il suffit !

Louis frappa d'un poing rageur sa table de travail.

– Cours, valet du pouvoir, cours vite prévenir ma mère et prendre les ordres qu'elle te soufflera du fond de sa couche. Mais rappelle-toi que je suis le seul maître du pays.

Thibert blêmit. Il s'inclina avec raideur.

– Sois sans crainte, haut roi, sous peu tu régneras sans partage. Tes desseins vont assurément précipiter les pas de notre reine vers le tombeau.

La porte se referma sur les deux conseillers et le silence prit possession des lieux.

La colère de Louis était retombée instantanément. Ce damné vieillard savait comment l'atteindre !

Hugues se taisait, habité par une rage froide. Il se maudissait d'avoir dévoilé si tôt à son cousin le résultat de ses négociations avec les princes lombards. Comment avait-il pu croire que celui-ci saurait se taire ! Il serra les mâchoires. Il était jeune et vigoureux, Dieu lui-même ne pourrait l'empêcher d'atteindre son but.

L'apparition de la rivière surgit encore devant ses yeux. Cette fille était une envoyée du Diable pour le hanter de la sorte !

« Tôt au tard, toi aussi, songea-t-il, tu plieras devant moi ! »

– Sang du Christ, cet enfant me tuera avant l'heure. La couronne de fer! Pourquoi pas la pourpre impériale? Comment ose-t-il nourrir de telles prétentions quand il se montre incompétent dans le gouvernement de son propre royaume!

Ermengarde chassa d'une main rageuse un insecte qui bourdonnait devant son visage. Elle s'en voulait d'avoir laissé son fils rentrer sans elle à Vienne.

– Que le Très-Haut, reprit-elle, ne me fit-Il la grâce d'avoir le ventre sec! Un enfant fol m'eût moins desservie que ce fils incapable. Je l'eusse écarté sans remords du pouvoir et confié aux soins de quelque monastère.

Ses doigts froissèrent nerveusement le parchemin. Elle ne décolérait pas depuis qu'elle en avait pris connaissance.

Dans son message, Thibert révélait tout des négociations entre Louis et les princes lombards. Il soulignait le rôle d'intermédiaire joué par Hugues. Et, pour finir, exprimait son souhait d'être démis de ses fonctions, prétextant une extrême lassitude.

Ermengarde devinait l'immense découragement que recouvraient ces mots. Le sage Thibert soumis aux caprices de Louis? Un saint n'y eût tenu!

En dépit de l'ombrage du chêne, la chaleur lui fut soudain insupportable. Elle trempa un pan de son voile dans une aiguière d'eau et s'en bassina les joues.

Rostaing, l'archevêque d'Arles, souffrait aussi de la chaleur. D'un revers de main, il essuya son front en sueur. Le soleil n'aimait point les gros et le leur laissait entendre en ce début d'été.

– Au nom de Dieu qui créa le monde, je te supplie, haute reine, de t'apaiser. Ton mal se nourrit d'un tel courroux.

– Comment pourrais-je demeurer calme quand mon fils agit comme si j'étais déjà morte? Le juges-tu capable de régner seul?

Ses mains se crispèrent sur les accoudoirs.

– Il est hors de question, reprit-elle, de se passer de Thibert. Je vais regagner Vienne et lui faire entendre raison. Quant à mon fils...

Elle s'interrompit et ferma les yeux. Tout tournait autour d'elle. La faiblesse, sans doute. Elle se nourrissait si peu.

Le primat d'Arles la regarda, le cœur serré. Malgré la force de ses imprécations, elle paraissait bien frêle dans ce siège à haut dossier. Il comprit les alarmes de l'archevêque de Vienne. En dépit de sa science, le médecin arabe ne viendrait pas à bout du mal. Ne restait plus que la prière.

Elle ébaucha un sourire d'excuse.

– Je te reçois fort mal, mon pauvre ami. Ce message ternit ma joie de te revoir.

– La mienne est grande, ma fille, d'être là à un moment où il te faut t'épancher. C'est Dieu qui m'envoie ce jourd'hui.

L'archevêque but un gobelet de lait d'amande et se remit à ruisseler. Il reposa le récipient d'un geste las, honteux de ne pouvoir partager le courroux de la reine. Qui eût reconnu dans ce vieillard anéanti par les primes chaleurs l'un des instigateurs du couronnement de Boson, le pivot de sa résistance à l'armée coalisée des rois carolingiens ? Le temps tuait les passions. Il en admirait d'autant la fureur de la reine malade. Où puisait-elle encore la force de s'emporter ainsi ?

Un tremblement agitait à présent Ermengarde. Elle se sentait glacée tout à coup.

– Cet enfant me tuera avant l'heure, répéta-t-elle.

– Tu ne dois point incriminer ton fils, dit doucement Rostaing. Il n'est qu'une âme faible entre les mains de Hugues.

– Celui-ci...

Un nouvel accès de toux l'empêcha de poursuivre. Elle dut se redresser pour recouvrer son souffle.

– Celui-ci, reprit-elle, devra partir très vite et très loin s'il veut éviter de subir mon courroux.

– Tiens, la fille du sorcier rentre préparer ses filtres. Signons-nous, mes belles. Le Malin craint la Croix !

Encombrée d'une brassée de simples, Tyra ralentit le pas mais ne s'arrêta point.

Adalinde, l'auteur de l'insulte, lâcha la balle et s'écarta de ses compagnes. Elle s'avança vers Tyra, un mauvais sourire aux lèvres. Enfin, elle la tenait, la criminelle ! L'ensorceleuse ! Et pour une fois, ni le sorcier païen ni le grand singe noir ne l'accompagnaient.

Elle jeta à Tyra un regard meurtrier. D'une beauté à couper le souffle, cette maudite, avec ses prunelles d'or vert et ses traits d'archange. Une beauté qu'elle eût aimé détruire à l'acide pour voir Hugues s'en détourner. Il était à elle. A elle seule. Libre à cette sotte de Gerberge d'accepter sa défaveur. Elle, Adalinde, s'y refusait.

Elle rattrapa Tyra et lui saisit le bras avec violence.

– Que dissimules-tu là-dessous ? siffla-t-elle en désignant les herbes au parfum d'été. Quelque crapaud crevé ? Une peau de serpent ? Les viscères d'un rat ? Me feras-tu la grâce de répondre, engeance du démon, quand je te parle ?

– Laisse Tyra tranquille, intervint Mathilde en se détachant du groupe.

D'un geste, Tyra lui fit comprendre qu'elle désirait régler seule cette affaire. Un silence attentif et avide s'était fait autour des deux adversaires. Tyra ne chercha pas à se libérer. Ses yeux avaient viré au gris sombre.

– Que puis-je répondre à l'insulte sinon l'insulte ? rétorqua-t-elle, glaciale. J'ignore ce qui me vaut une telle haine et ne m'en soucie point. Laisse-moi, je te prie, passer mon chemin. J'ai à faire.

La main d'Adalinde se fit serre sur son bras. Pendue par les pieds à la branche maîtresse d'un arbre, voilà ce que méritait cette ribaude qui avait pris le cœur de Hugues au point de se faire pardonner ses crimes. Jamais elle n'oublierait avec quel calme glacé son amant d'hier l'avait congédiée, elle, Adalinde, la sœur de Thibaud, la victime venue réclamer justice.

Il avait poussé la cruauté jusqu'à repartir sans elle pour Vienne, lui disant sans ambages qu'il s'y rendait pour de hautes affaires non pour passer son temps dans une couche. Depuis, il ne lui avait même pas fait la grâce d'un message.

Elle se rapprocha encore de Tyra.

– Le meurtre de mon frère Thibaud ne trouble-t-il point tes nuits ? Penses-tu que je crus un instant à la version de ses compagnons de chasse ?

Tyra s'efforça de garder un visage uni.

– M'accuserais-tu d'avoir assassiné ton frère ? s'enquit-elle doucement. Si tu le crois, que ne le fais-tu devant la justice royale ? En attendant, je te demande pour la dernière fois de lâcher mon bras.

– Comment oses-tu, maudi... ?

La brassée d'herbes cingla la joue d'Adalinde avec la force d'un fouet. Déséquilibrée, elle tomba en arrière sous les cris de stupeur de ses compagnes.

Tyra la remit sur pied sans ménagement.

– Apprends que je n'aime pas les insultes et encore moins les accusations, lui dit-elle avant de s'éloigner.

Mortifiée, hors de son sens, Adalinde voulut s'élancer à sa poursuite. Elle allait la tuer de ses mains !

Une poigne noire l'immobilisa. Le géant sombre se dressa devant elle. Le cri d'Adalinde s'étrangla dans sa gorge. Ce regard immobile la terrorisait.

– Laisse ma maîtresse aller, conseilla doucement Subâhu.

L'étreinte se relâcha et Adalinde prit la fuite en sanglotant.

– Par la Vierge Marie, voilà coup de semonce qui vaut mille sermons ! jubila Mathilde en rattrapant Tyra. Je ne crois pas qu'elle recommence de sitôt.

Tyra s'abstint de répondre. Laissant son amie, elle rejoignit sa chambre. Celle-ci était sommairement meublée d'un lit étroit, d'une petite table et d'un siège. Vigtis s'affairait devant le coffre à vêtements. Elle ne se détourna pas de son ouvrage en entendant la porte.

Tyra se laissa choir sur sa couche, la tête en feu. Adalinde l'avait publiquement accusée du meurtre de son frère. Qui l'avait renseignée ? Elle écarta le prince Hugues : il la protégeait. Elle revit le visage haineux d'Adalinde. Une haine qu'elle devinait provoquée avant tout par la jalousie.

Le miroir qui lui faisait face lui arracha un sourire de dérision. Avec ses tresses piquées d'herbes et à demi défaites, et son bliaud taché de suc, elle avait vraiment tout pour séduire un prince.

Après avoir revêtu un bliaud propre, elle s'assit devant la petite table et tendit la brosse à Vigtis.

Sans égard pour les nœuds emmêlant la chevelure, la servante se mit à lisser les longues mèches à grands coups. Tyra ne put réprimer un cri.

– Pourquoi diable m'étrilles-tu ainsi ?

Vigtis laissa éclater sa fureur :

– Qu'Odin, premier des dieux, me fasse emporter par le démon des Eaux si je m'attendais à cela ! attaqua-t-elle dans sa langue gutturale. N'entends-tu point par ma bouche tes ancêtres vikings te crier leur colère ? La honte ne t'étouffe-t-elle point, toi, fille d'une princesse de sang royal du peuple de Thor ?

Stupéfaite, Tyra la regardait s'agiter sans comprendre. Familiarisée dès son plus jeune âge par la servante au langage normand, elle n'avait rien perdu des propos de celle-ci. Etait-ce bien là sa douce, son aimante Vigtis, sa seconde mère, qui se redressait autant que le lui permettait son dos voûté, telle une walkyrie aux mèches grises ?

La vieille femme pointa la brosse vers la mince ouverture donnant sur la cour.

– Crois-tu que je ne t'ai point vue ce tantôt ? Tu es fille de guerrière ! Même à ton âge, ta mère ne se serait jamais laissé injurier de la sorte ! Les femmes de notre clan combattaient aux côtés des hommes et répondaient aux coups par des coups ! Pourquoi ne pas avoir fait ravaler ses insultes à cette fille ?

– Mais je l'ai fait.

– Avec une botte d'herbes!

Le rire de Tyra interrompit le flot vengeur :

– Allons, ma bonne Vigtis, me vois-tu fondre sur Adalinde, poignard dressé? Ce ne sont point là façons de chrétiens.

Vigtis saisit le pendentif de Tyra et le lui brandit sous les yeux.

– Mais de chrétiens nous n'avons que l'apparence! Odin et Thor demeurent nos dieux véritables, en dépit du baptême qui nous fut imposé. Mjoëlnir que tu gardes à ton cou est là pour te le rappeler. Ta mère et la sienne avant elle portaient des peaux de phoque et purifiaient leurs mains dans le sang de leurs ennemis. Peu importe le sol qui te vit naître, tu es de notre race!

– Paix, vieille folle, explosa Tyra à bout de nerfs.

Elle arracha la brosse des mains de la servante.

– Laisse-moi, j'ai besoin d'être seule.

Elle avisa alors sur un coin de la table un petit coffret fermé d'un ruban d'orfroi.

– Attends. Qu'est cela?

Vigtis haussa les épaules en signe d'ignorance.

– Un messager l'a apporté tantôt, grommela-t-elle.

Tyra fixa un instant le coffret, en proie à des sentiments contraires. Qui lui envoyait quoi? Pour savoir, le mieux était encore d'ouvrir le coffret.

Il lui échappa des mains et son contenu glissa sur le sol.

La jeune fille se figea : une superbe chaîne en mailles d'or brillait sur les dalles de pierre. Le petit pendentif aux incrustations précieuses qui en tenait le centre n'était autre qu'une copie du modeste pendentif de bois qui ne la quittait pas : Mjoëlnir, le marteau magique du dieu Thor.

Sur la partie intérieure du coffret, elle vit alors le sceau du prince Hugues.

Tammam ne leva pas la tête en entendant la porte s'ouvrir. Penché au-dessus d'une grosse femme aux joues vernissées, il posait un emplâtre d'herbes sur sa main vilainement brûlée.

– Entre et dépose tout sur la table, dit le médecin qui avait reconnu le pas léger de sa disciple.

Tyra se déchargea de son bouquet de plantes et s'assit dans un coin en attendant qu'il en ait terminé.

Avec ses fioles et ses pots auxquels se mêlaient cornues, alambics et balances à cinq plateaux, la salle tenait plus de l'antre d'un alchimiste que de l'officine d'un médecin. En vain Tyra avait-elle tenté d'y mettre bon ordre.

Tammam se redressa et tapota d'une main paternelle l'épaule de la femme, une servante du palais.

– Allez, la belle, reviens me voir demain. Je changerai ton pansement. Et évite, si tu le puis, de mettre cette main dans l'eau. Elle est pour ta blessure aussi terrible que le feu et retarderait sa guérison.

La grosse femme se leva péniblement et saisit de sa main valide celle du praticien qu'elle serra avec reconnaissance. Elle qui servait les grands depuis l'enfance était confondue de voir ce médecin royal s'appliquer à soulager les maux des humbles attachés à la Cour. Ce païen qu'on lui avait dépeint comme le Diable était un saint. Que l'on s'avisât encore de se signer derrière son dos ou celui de sa damoiselle ! Foi de Jehanne la Mafflue, elle ferait regretter son geste à l'impudent !

La porte se referma sur elle.

– N'as-tu point trouvé ce que je te demandais ? s'enquit Tammam, surpris de voir Tyra s'attarder.

Elle ne répondit pas, ne sachant par où commencer.

– Il s'agit donc d'autre chose, conclut Tammam qui l'observait à la dérobée tout en rangeant ses fioles.

– Je veux rentrer à Arles, lâcha-t-elle très vite.

Tammam poursuivit sa tâche, imperturbable.

– As-tu ouï ce que je viens de dire ?

– Certes. Et peut-on connaître la cause de ce désir soudain ?

Elle se troubla, ne sachant quelle excuse invoquer.

Tammam perçut sa confusion.

– Tu es libre de rentrer quand bon te semble et sans m'en fournir la raison puisque tu n'y tiens point.

– Mes raisons sont multiples et certaines ne m'apparaissent point dans toute leur lumière, avoua-t-elle. Je sais seulement qu'il me faut retrouver la paix de la maison de Sédéchias.

Un éclair vite éteint traversa le regard sombre. Il dévisagea la jeune fille avec une tendre gravité :

– Il est des apprentissages que tu dois faire seule, ma fille.

Tyra s'empourpra. A cet instant l'on toqua à la porte. Il s'agissait d'un serviteur. La reine requérait Tammam sur l'heure.

– Me feras-tu la grâce de m'accompagner une dernière fois au chevet de notre souveraine ? demanda-t-il à Tyra.

Le ton était narquois mais le sourire bienveillant. Elle acquiesça, plus heureuse que jamais d'être sa disciple.

Autour des appartements de la souveraine régnait une agitation inhabituelle. Les gens de service allaient et venaient, chargés comme des animaux de bât, dans un désordre propre aux départs imprévus.

Pour accéder à la chambre royale, Tammam et Tyra durent enjamber les coffres qui en barraient l'entrée.

A l'intérieur, Rolinde courait de l'un à l'autre, donnait des ordres, désignait les meubles à emporter, faisait réinstaller ceux que l'on emmenait par erreur, houspillait une servante qui rabattait un couvercle sur un galon précieux.

Etrangère à ce bourdonnement, assise près de sa couche, la reine paraissait épuisée. L'explosion de colère suscitée par la missive de Thibert l'avait laissée sans force. En voyant approcher Tammam et Tyra, elle ébaucha un sourire.

– Voici mes deux anges gardiens. Votre tâche, amis, devient un peu plus malaisée chaque jour que Dieu fait !

Elle se tourna vers Tammam :

– Les affaires du royaume me requièrent à Vienne. Je sais combien il te répugnait de quitter Arles et l'ouvrage qui t'y retenait. Aussi ne t'en tiendrais-je point rigueur si tu voulais me quitter et rentrer.

Connaissant le caractère impérieux d'Ermengarde, Tammam admira l'élégance du geste. Il regretta d'autant d'avoir à lui dire ce qui suivit :

– Ta générosité est louable, haute reine. Ta décision l'est beaucoup moins. Voyager par ce temps relève d'un défi dont le mal sortirait assurément vainqueur. Si tu persistes dans ta volonté de partir, je puis t'assurer que tu ne verras point les feux de la Saint-Jean.

La reine releva la tête. Nulle émotion n'assombrissait son regard bleu.

– Je te sais gré de ta franchise, serviteur du Prophète. De ce temps si précieux je ferai bon usage. M'accompagneras-tu à Vienne ?

Tyra, qui se tenait en retrait, suivait intensément la scène. Avant que Tammam ait ouvert la bouche, elle devina sa décision :

– Tu es vaillante et brave, noble reine, aussi ne te ferai-je point l'outrage d'insister. Auprès du primat d'Arles, je me suis engagé à combattre ton mal et ne me dédierai point. Je serai de ceux qui t'accompagneront à Vienne.

Le couchant étirait sur l'allée l'ombre des tilleuls. Des parfums d'herbes sèches montaient de la terre encore chaude. La nuit s'annonçait.

Perdus dans leurs pensées, Tammam et Tyra marchaient en silence. Ce lieu où ils aimaient se promener au crépuscule ne leur apportait point ce soir-là la paix souhaitée.

Un appel troubla soudain le silence du parc. Soufflant, suant, gêné par son embonpoint, Rostaing peinait pour les rattraper. Parvenu à leur hauteur, il dut s'appuyer contre un arbre pour reprendre son souffle. Il ruisselait.

– T'a-t-elle fait part de sa folle décision ? demanda-t-il à brûle-pourpoint à Tammam dès qu'il put parler.

Devant l'assentiment de l'Arabe, il s'irrita :

– Pourquoi n'as-tu pas tenté de l'en dissuader ?

– Mon rôle se borne à l'informer des risques encourus. Ce que j'ai fait.

Les nouvelles de Vienne n'étaient pas parvenues à le mettre en colère. Cette fois, le placide Rostaing s'emporta.

– Es-tu d'une autre essence que le commun des mortels, homme de science ? As-tu une pierre en la place du cœur ? Elle ne survivra pas à ce voyage.

Tammam s'arrêta de marcher et jeta au primat un regard glacé.

– Elle va mourir, chrétien, dit-il en détachant ses mots. Tu le sais comme moi, et comme elle. Tempête, gémis et prie si cela t'agrée, mais sois digne de son courage et laisse-la choisir l'heure de sa fin.

Laissant là le métropolitain d'Arles, Tammam rejoignit Tyra qui l'attendait un peu plus loin. Quittant la grande allée, ils coupèrent par un sentier donnant sur la rivière.

– Je vais de ce pas écrire à notre bon Sédéchias afin de l'avertir de ton retour prochain, dit Tammam au bout d'un moment.

Tyra se mordit les lèvres.

– N'en fais rien, jeta-t-elle tout à trac. Je t'accompagne à Vienne.

Tandis qu'elle parlait, ses doigts effleurèrent la bourse fine pendue à sa ceinture. Elle contenait le présent du prince Hugues.

Une émotion qui lui fit honte la submergea. Elle sut pourquoi elle avait voulu regagner Arles et, surtout, pourquoi elle ne s'y rendait plus.

Les saules de la berge noyaient dans l'eau leurs branches basses. Le navire fendait la nappe lisse au rythme lent et régulier des rames. Pas un souffle ne troublait la surface du fleuve.

Au détour d'un méandre, les tours antiques barrèrent l'horizon. Ermengarde en oublia le feu qui consumait sa poitrine.

– Tu n'as plus longtemps à endurer, haute reine, assura Tammam. Dans moins d'un couple d'heures, tu seras au palais.

La souveraine opina faiblement. Ce voyage venait de lui donner une idée de l'Enfer.

– Je te dois, ami, lui dit-elle avec gratitude, l'ultime bonheur de revoir ma cité et mon fils.

L'Arabe étreignit la main brûlante tendue vers lui. A sa seule volonté elle devait d'être encore de ce monde. Mais à quoi bon lui avouer que les médecines ne servaient plus à rien ? Depuis deux jours, signe alarmant entre tous, elle refusait de se nourrir.

Assis auprès de la reine, Rostaing leva un regard reconnaissant vers le médecin. Trop éprouvé par la chaleur et le chagrin de voir Ermengarde partir peu à peu, il s'en était remis à celui-ci pour décider du chemin à suivre et s'en félicitait.

C'était Tammam qui avait décidé d'éviter la traversée des montagnes à laquelle elle n'eût point survécu. Lui encore qui avait opté pour le voyage par voie d'eau, et dépêché avec l'aval de Rostaing une avant-garde afin de réquisitionner une nave confortable. Lui enfin qui avait veillé, jusqu'à ce qu'on atteignît le Rhône, à mener un train qui ménageât la souveraine.

Il lui avait promis qu'elle rentrerait vive à Vienne et jamais serment ne lui avait tant tenu à cœur.

Tyra tenta de se ressaisir. Elle n'avait plus guère de temps pour cela. La main sur le franc-bord, elle offrit son visage au soleil d'été. Mais l'angoisse demeura. Chaque coup de rame la rapprochait un peu plus du palais et de Hugues. Que n'avait-elle suivi sa première impulsion et regagné la demeure de Sédéchias !

Retournant auprès de la reine, elle tenta de lui faire absorber un peu de miel. Avec un haut-le-cœur, Ermengarde repoussa la cuillère.

– La douleur me sustente, soupira-t-elle.

En dépit de sa faiblesse, elle remarqua la pâleur de la jeune fille et ses traits tirés. Elle était trop subtile pour en ignorer la cause. Tyra allait s'écarter. Elle la retint :

– Dès que Dieu m'aura rappelée à Lui, regagne Arles avec Tammam. Les princes sont gens à respecter et à servir, point à aimer, Hugues plus que tout autre.

Voyant l'émotion colorer les joues de Tyra, la nostalgie de ses vertes années s'empara d'elle. Beauté, richesse, amour, rang suprême, l'avenir lui souriait.

Elle repoussa l'appel des souvenirs. La mort l'attendait. Pour l'affronter sereinement et sans révolte, point ne fallait se laisser prendre à regarder en arrière.

Tyra redressa la tête. Sous le soleil, ses prunelles avaient des transparences étranges.

« Une beauté propre à tourner le cœur d'un roi », reconnut Ermengarde en son for. En d'autres temps, elle s'en fut servie à des fins politiques.

– Mon souhait rejoint le tien, haute reine, dit Tyra posément. A la Cour n'est point ma place. Je ne m'y attarderai pas.

– Bien. Va maintenant.

Ermengarde se laissa aller sur ses coussins. Chaque souffle lui coûtait. Elle ferma les yeux, soucieuse de préserver ses dernières forces.

Des messagers avaient été dépêchés au palais afin d'annoncer son arrivée, une nouvelle qui ne devait pas réjouir Hugues. On devait les guetter. Le navire manœuvrait pour accoster quand une troupe de cavaliers dévala la colline.

Levant haut sous le fer de sa lance les couleurs de Provence-Viennois, un porte-étendard allait en tête. Derrière chevauchaient le roi, ses seigneurs et des hommes d'armes.

Impatient de revoir sa mère et jugeant trop lent le train de ses compagnons, Louis les abandonna et galopa ventre à terre jusqu'au ponton. Sautant au bas de sa monture, il s'élança sur le pont du navire alors que la coque ne touchait pas encore le bord.

On lui avait dit sa mère éprouvée par le voyage mais, en voyant cette ombre soutenue par Tammam et l'archevêque Rostaing, il retint un cri. Sa maigreur impressionnante, son teint malsain, son regard fébrile lui portèrent un coup terrible. Bouleversé, il tomba à genoux et, lui prenant les mains, les baisa avec emportement :

– Mère ! Oh, mère !

Il ne pouvait dire autre chose, mêlant des larmes à ses baisers.

Ermengarde en oublia un instant ce qui les séparait. En dépit de tous les griefs qu'elle cumulait à son encontre, elle l'aimait, ce fils vulnérable. Enserrant dans les siennes les mains du jeune homme, elle l'invita à se relever.

– Allons, mon fils, un peu de mesure siérait mieux à un roi.

Sur la rive, Adalelme, le vieux comte de Valence, et le duc Thibert dissimulèrent leur chagrin sous un masque digne. Voir leur reine partir du même mal que son époux les replongeait dix années en arrière. Elle ne lui aurait survécu que le temps d'asseoir la souveraineté de leur fils.

Bien qu'il sût que c'était là son devoir, Thibert regrettait d'avoir prévenu Ermengarde de ce que tramaient Louis et Hugues. Nul doute que sa propre défection lui ait porté un coup supplémentaire. Quel démon l'avait poussé à faillir de la sorte à un moment où elle avait tant besoin de lui ? Il serra les mâchoires et ravala ses pleurs. Elle ne lui pardonnerait pas de faiblir une seconde fois.

Tyra tenta de se fondre dans l'ombre de Tammam. Derrière le souverain, Hugues venait d'apparaître.

Le soleil d'été avait éclairci ses cheveux. Son visage semblait auréolé de filigranes d'or. Un corselet de cuir soulignait sa carrure et le délié de son buste. Elle le jugea plus grand, plus beau qu'en son souvenir. Un goût amer envahit sa bouche. Que se prenait-elle à rêver du meilleur parti de la Cour ? Le pendentif qu'il lui avait offert ne signifiait rien. Hugues était riche. Il pouvait se permettre de telles fantaisies.

Tyra détourna les yeux. Quoi qu'il lui en coûtât, elle se jura de s'en tenir au conseil de la souveraine.

Hugues s'avança. Par-dessus la tête du roi toujours baissé, il affronta le regard de la reine mère et retint un sourire. Elle n'entraverait plus bien longtemps son chemin. Il s'inclina avec un respect outrancier, heureux de la voir frémir. En se redressant, il avisa une fleur au milieu du charnier : Tyra ! Son cœur bondit. Il avait tant craint qu'elle ne revienne pas.

A quelques pas de là, un tumulte se fit entendre. Une dizaine de gueux tentaient désespérément de forcer le cordon de gardes.

– Pour l'amour du Tout-Puissant, laissez-nous rencontrer notre roi, supplia le plus jeune. Nous avons marché si longtemps pour le voir... Nous sommes épuisés... Au nom de Notre Seigneur, ayez pitié de pauvres gens que le malheur frappa ! Ouvrez-nous le passage !

– Qui te dit, manant, que le roi est ici ? jeta durement l'un des gardes. Va au palais demander audience et l'on te recevra.

– J'ai reconnu son étendard, insista l'autre en sanglotant. Pitié ! Nous avons fait tant de chemin...

Louis n'écoutait pas. Il aidait sa mère à s'installer dans sa litière.

– Entends, lui conseilla-t-elle, ce que ces malheureux ont à te dire.

Le roi eut un mouvement d'impatience.

– Ce n'est ni le lieu ni l'heure.

La réaction de la reine ne se fit point attendre. Elle foudroya son fils du regard.

– Jamais je n'ai refusé d'écouter l'un de mes sujets venu me requérir. Ne te dérobe point. Tu te dois à eux autant qu'à tes vassaux.

Bien qu'elle n'eût pas élevé la voix, le silence était tel que tous l'entendirent.

Hugues enfonça ses ongles dans ses paumes. Comment osait-elle traiter son fils de la sorte devant la Cour ! Qu'attendait Louis pour réagir ? Se laisserait-il mener par une agonisante ? Il fallut en convenir.

– Laissez passer ces hommes, commanda mollement le roi.

Les gueux se jetèrent à ses pieds et baisèrent le bas de son vêtement.

– Qui êtes-vous, bonnes gens ?

Celui qui avait demandé à parler au roi se releva. Petit de taille, le corps noueux et maigre, il portait sur lui une loque sale et déchirée. D'un ongle noir, il désigna les collines lointaines.

– Notre village se trouvait bien au-delà de ces monts. Nous dépendions du couvent de Lure et pourvoyions aux besoins des hommes de Dieu.

Des larmes s'écoulèrent de ses yeux rougis.

– Puis les païens sont arrivés... Ils s'en prirent aux bâtiments d'Eglise qu'ils pillèrent après avoir massacré les moines qui tentaient de les en empêcher et disparurent en emmenant nos femmes et nos enfants.

– Allons, mon bon, de quels païens parles-tu ? s'enquit Louis pour être agréable à sa mère qui ne le quittait pas des yeux.

– Ils sont noirs comme les Enfers, attaqua un second en roulant des prunelles affolées. Un diable monté sur un petit cheval semblable à un bouc les commande. Ils ont soif d'or et de sang !

– Nous avons, noble roi, reprit le premier, accompli une longue marche afin de requérir ta protection. Toutes les hautes terres sont dévastées par ces brigands et couvertes de ruines. Nous ne pouvons plus vivre ainsi dans la terreur. Nous n'avons que nos bras et des bâtons pour les combattre et ils brandissent des lames tranchantes. Aide-nous, seigneur roi, à les bouter hors de nos campagnes et nous prierons pour toi jusqu'à notre mort.

– Si tu ne viens à notre secours, gémit un troisième, les terres à cultures seront bientôt désertées par les hommes et retourneront à la friche. Et le grain viendra à manquer jusqu'au cœur des cités.

Les seigneurs que les lamentations des malheureux agaçaient piétinaient avec impatience l'herbe de la berge.

En dépit de sa faiblesse, la reine avait prêté une oreille attentive aux paroles des manants. Sur l'identité de leurs assaillants, elle n'avait point de doute. Les Sarrasins signaient toujours leur passage de la même façon : pillages et razzias. Elle se souvint de ce moine venu l'année précédente à Vienne requérir aide et protection pour les gens du pays d'Apt contre les démons païens. L'avait-elle seulement regardé une fois tandis qu'il lui contait ses malheurs ? Une faute de plus dont elle devrait sous peu répondre devant la justice divine.

Tyra s'était figée. Les bandes sarrasines sillonnant la Provence venaient du Fraxinet. De chez elle. Ils n'avaient d'autre point d'ancrage. Des « démons païens », elle connaissait les noms et les familles. A Fabrègue où vivaient les siens, ils se fournissaient en grains et en huile. Huit années que cela durait. Huit années d'occupation pacifique en ce lieu. En ce lieu seulement...

Hugues. Les manants. Les Sarrasins. Les tours de Vienne se mirent à tanguer devant Tyra. Le sol se dérobait. Elle allait tomber et nul ne s'en aviserait tant la presse était grande sur le ponton.

Un bras vigoureux encercla sa taille et la retint. Une voix grave et sensuelle reconnaissable entre mille lui glissa à l'oreille :

– Bienvenue à Vienne, princesse barbare ! Nous sommes heureux de t'y revoir.

Tyra crut que son cœur s'arrêtait. Une fois encore, elle ne l'avait pas vu venir. Comment s'y prenait-il pour toujours la surprendre ?

Dieu, qu'il était grand ! Il la serrait de si près qu'elle sentait son odeur de cuir et de sueur mêlés. Et ce bras qui s'attardait autour de sa taille... Le contact de ce corps puissant contre le sien sécha sa gorge. Elle avait chaud, froid, ne savait plus... Il fallait qu'elle s'écarte de lui, qu'elle s'éloigne au plus vite.

D'un mouvement souple, elle s'échappa de la tendre emprise. Le souffle court et la prunelle brillante, elle s'en fut rejoindre Tammam et la reine.

Avisant le médecin arabe, l'un des miséreux le désigna du doigt.

– Par Dieu, les mécréants ont gagné les faveurs de notre roi ! Nous sommes perdus.

Tammam ne daigna pas répondre. La reine le fit pour lui.

– Paix, mon brave ! jeta-t-elle depuis sa litière, d'une voix ténue mais impérieuse. Le personnage que tu outrages ainsi mérite le respect.

Elle défit une bourse de sa ceinture et la tendit à celui qui avait parlé.

– Voici pour ta peine.

Avec un regard meurtrier à l'adresse de Hugues, elle acheva :

– Quant à chasser hors du royaume les semeurs de troubles, avec l'aide de Dieu, le roi, mon fils, y pourvoira bientôt.

Boson referma la porte et se tourna vers son aîné.

– Louis fait les cent pas devant ses appartements, le renseigna-t-il. La reine refuse de le recevoir avant d'avoir entendu Thibert.

Hugues serra les poings. Il connaissait l'ascendant d'Ermengarde sur son fils. En un jour, elle pouvait défaire l'ouvrage de plusieurs mois.

– Funeste sot ! pesta-t-il.

Quel démon avait poussé Louis à tout dire à Thibert ? Deux semaines de silence de plus eussent suffi. Ermengarde trépassée, le vieux renard n'était plus à craindre.

Il releva la tête.

– Sur son lit de mort, elle peut arracher à son fils les pires serments. Il ne faut pas qu'il la voie seul. Eloigne-le d'elle.

Boson resta interdit.

– Rien ne lui fera quitter la place. Tu le sais.

Hugues tourna vers son cadet un visage grave.

– Notre ennemi doit faire épier le moindre de mes gestes. Je ne puis sortir d'ici sans qu'il en soit informé. Sur toi seul reposent nos dernières espérances. Déploie toute l'ingéniosité qui est tienne et trouve un moyen d'écarter Louis, à l'insu de tous, des appartements royaux. Point n'est besoin d'être devin pour savoir que notre parente ne verra pas le jour nouveau.

Les cloches des églises de Vienne sonnèrent vêpres. Déjà le crépuscule embrasait la ville et ses collines. Nul ne serait surpris de ne pas voir le roi paraître au souper.

Il se tourna vers Boson :

– Une nuit, mon frère, une nuit suffira. Essaie de le tenir loin d'elle jusqu'à demain. Après, il aura tout loisir de pleurer sa dépouille.

Les quintes se firent violentes. Chaque inspiration jetait dans sa gorge un torrent de lave. Elle brûlait. Elle suffoquait.

Le duc Thibert se précipita vers la couche et aida Ermengarde à boire un peu d'eau.

– Ne préfères-tu point, haute reine, remettre cette conversation et prendre du repos ? Désires-tu que je fasse quérir ton médecin ?

La souveraine repoussa le gobelet et secoua la tête. Son souffle semblait un râle. Etait-ce l'agonie ? Combien de temps encore conserverait-elle son jugement ?

Le temps... Il lui en restait si peu et elle avait tant à faire qu'elle paniqua tout à coup. Tammam avait vu juste : le voyage avait abrégé sa vie.

Elle ferma les yeux et tenta de reprendre son souffle. Soudain, l'évidence lui apparut dans toute son horreur : bientôt les soirs d'été seraient pour d'autres. Dans le froid du tombeau, elle ne sentirait plus la chaleur du soleil...

Des larmes roulèrent sur ses joues blêmes. Elle n'avait pas quarante ans. Boson aussi était parti trop vite. Pourquoi la vie n'attendait-elle point que l'on se lassât d'elle ?

Rolinde passa un linge humide sur le visage décomposé. Elle humecta les lèvres craquelées par la fièvre et arrangea les oreillers avant de s'esquiver pour pleurer à son aise.

Des échos de voix passèrent la porte de la chambre. Parmi elles, la souveraine reconnut celle de son fils qui attendait qu'elle acceptât de le recevoir. Ce à quoi elle se refusait avant d'avoir fini d'entendre Thibert.

Après lui avoir dit combien il regrettait son moment de faiblesse et l'avoir assurée de son indéfectible soutien, le duc venait de lui rapporter les derniers événements. Par ses espions, il n'ignorait rien des conversations entre Louis et Hugues ; et connaissait dans le détail les propos échangés entre ce dernier et son frère Boson. Les plus instructifs.

Ermengarde se ressaisit et froissa les parchemins accusateurs déroulés sur sa couche. Il s'agissait de copies des missives rédigées par Louis à l'attention des princes lombards.

Tergiversations, dérobades, assurances de bons sentiments et autres propos habiles portaient le sceau de Hugues. Son fils n'eût point tant balancé avant de céder aux sollicitations.

Elle mesurait d'un coup toute l'adresse politique de son jeune parent. Hugues était né pour gouverner les hommes et les manipuler. L'intrigante et ambitieuse Berthe ne pouvait renier son fils aîné.

– Rien ne sert de l'éloigner, souffla-t-elle. Il reviendrait.

La fièvre donnait à ses prunelles un éclat métallique :

– Que ne l'ai-je fait abattre ! Veille quand je ne serai plus à ce qu'il n'obtienne nulle charge importante à la Cour. Et surtout, fais en sorte de détourner de Louis les princes lombards. Il te suffira pour cela de leur montrer ce qu'il vaut... M'est avis qu'ils chercheront alors une autre tête où poser leur maudite couronne.

Epuisée, elle se laissa aller sur son oreiller.

– A présent, fais entrer mon fils. Je n'ai que peu de temps pour lui ôter de l'esprit ses rêves de conquêtes.

Thibert ouvrit la porte. Louis n'était plus là.

Subâhu déposa la dernière malle et sortit.

Tyra regarda la salle vide, les coffres qui attendaient à ses pieds et soupira.

Restait maintenant à tout déballer. A ranger les dizaines de fioles et de pots sur les étagères. A installer sur la table cornues, balances, alambics ; et veiller à ce que l'ensemble n'ait pas subi de dommages au cours du voyage.

Elle connut un moment de découragement. A quoi bon tout sortir ? Dans deux ou trois jours, la reine ne serait plus et il faudrait partir. A cette idée, son cœur se serra.

Un visage se superposa à celui de la souveraine. Elle revit le regard clair, le sourire d'une séduction diabolique et crut encore sentir la main de Hugues sur sa taille. Un contact qui lui avait brûlé le sang.

« Sur quoi pleures-tu le plus, ma fille ? se gourmanda-t-elle. Sur la fin prochaine de notre souveraine ou sur le fait de ne plus voir ton beau prince ? Ton souhait le plus cher n'était-il pas de rentrer à Arles ? Sais-tu bien ce que tu veux ? »

Avec une frénésie désespérée, elle entreprit de vider un à un les coffres.

Lorsqu'elle ouvrit la dernière malle qui devait contenir les instruments du maître, elle tomba en arrêt devant un tas de vêtements de cendal blancs bordés de galons précieux. Des bliauds de la reine ! Il y avait eu confusion dans le désordre de l'arrivée !

Après avoir chargé Subâhu de rapporter le coffre à Rolinde, Tyra s'en fut en quête de celui de Tammam. Ces instruments valaient une fortune. Il lui fallait absolument les retrouver.

Dans la cour du palais, elle rencontra Josselin, le frère de Mathilde. Brun, régulier de traits, le regard franc, il était, au moral, le contraire de sa pétulante sœur. Calme et réservé, on le disait solitaire. Toutefois, quand Mathilde et Tyra conversaient, il se joignait volontiers à elles.

Ayant quitté la résidence d'été royale en même temps que le duc Thibert, son grand-père, il n'avait revu Tyra depuis plusieurs semaines. La joie qu'il manifesta en la retrouvant la surprit.

– En dépit de la tristesse qui nous affecte tous de voir partir la reine, je ne saurais te dire combien ton retour me réjouit. Mais... tu parais bien soucieuse ?

Elle lui en donna la raison. Il se proposa aussitôt de l'aider à retrouver le coffre de Tammam.

Son secours lui fut précieux. Nombre de bagages étaient encore sur les chariots. Sur ordre du petit-fils du duc Thibert, les serviteurs se mirent en quête de celui que cherchait Tyra et ne tardèrent pas à le trouver.

– Je ne sais, ami, comment te remercier, lui dit-elle, soulagée.

– En m'accompagnant faire une chevauchée.

– C'est impossible. La reine est au plus mal et mon maître peut me requérir à tout instant.

Josselin s'assombrit.

– Il ne le fera point, assura-t-il tristement. Notre souveraine n'a plus besoin que du secours de Dieu. Les métropolitains de Vienne et d'Arles se trouvent à son chevet et lui donnent les derniers sacrements. Rien ne sert de demeurer céans.

Tyra en convint mais n'en démordit pas. Josselin parut si déçu qu'elle ne put se résoudre à le laisser aller ainsi. Spontanément, elle effleura des doigts la joue rugueuse.

– Ton amitié m'est précieuse entre toutes à la Cour. Je ne veux pas la perdre.

Josselin la regarda intensément. Puis il prit sa main et la baisa avant de fuir comme un voleur.

Devant l'une des ouvertures de sa chambre, Hugues s'aspergeait le visage d'eau fraîche. L'heure de fièvre passée dans les bras d'Adalinde n'avait pas donné le délassement escompté.

Persuadée d'avoir regagné les faveurs de son amant, la jeune femme s'étirait nonchalamment entre les draps froissés. Dieu qu'elle avait bien fait de frapper à sa porte ! Tout redevenait comme par le passé.

Un couple qui bavardait dans la cour près des chariots attira l'attention de Hugues. Un pincement inconnu jusqu'alors de lui le persuada qu'il ne se trompait pas.

C'était bien Tyra avec Josselin. Lorsqu'il la vit caresser le visage de son compagnon et que ce dernier baisa la main offerte, un goût de fiel envahit sa bouche. Avait-il été sot de se croire seul sur les rangs ! Certains n'avaient point ses hésitations. Quand donc le clan de Thibert cesserait-il de lui pourrir l'existence ? Jusqu'au taciturne Josselin qui s'en mêlait.

Une rage meurtrière le submergea. Nul autre que lui ne devait toucher à cette jouvencelle ! S'il apprenait que ce maudit l'avait faite femme, il l'abattrait comme un chien.

– Que contemples-tu, mon prince, avec une telle attention ? s'enquit Adalinde, intriguée par la fixité de son regard.

La voix aiguë lui fut insupportable. Il attrapa le bliaud qui gisait sur le sol et le jeta à la face de sa maîtresse.

– Va-t'en !

Mortifiée, Adalinde ravala ses larmes et commença à se rhabiller. Il en venait à la traiter comme une ribaude ! A défaut d'amour, du moins avait-il eu jusqu'alors pour elle quelque égard ! Ignorait-il combien elle l'aimait ? Savait-il qu'elle ne vivait qu'entre ses bras ? Que les regards qu'il portait sur d'autres lui arrachaient le cœur ? Qu'avait-il vu par l'ouverture qui l'assombrît à ce point ?

Son vêtement remis à la diable, elle courut rejoindre Hugues et suivit son regard. La haine l'étouffa en voyant Tyra au-dehors. Avec quels yeux la fixait-il !

– Toujours elle ! explosa-t-elle. Désires-tu, à ce point, copuler avec le Diable ?

Hugues blêmit et leva la main.

– Frappe ! Frappe donc ! hurla-t-elle d'une voix stridente.

La main de Hugues retomba.

– Va-t'en, répéta-t-il, glacial. Tu m'indisposes.

Adalinde eut un rire douloureux.

– Je t'indispose ? Tu ne disais pas cela ce tantôt quand je te permettais de calmer tes nerfs ! Crois-tu que j'ignore avec quel malaise tu appris le retour de notre souveraine ? Je sais bien d'autres choses à ton sujet, beau prince, des choses qui devraient t'inciter à changer de ton quand tu t'adresses à moi.

Les pupilles de Hugues se rétrécirent pour ne plus sembler que deux traits.

Adalinde mesura trop tard son imprudence. Avec des sanglots dans la gorge, elle s'en fut en courant.

Dans le couloir, elle tomba sur Tyra.

– Tu te rends chez lui, n'est-ce pas? l'apostropha-t-elle. Va! La place est encore chaude!

Tyra s'arrêta, interdite. Elle allait s'enquérir de la santé de la reine et n'avait nulle envie de se disputer avec cette fille au visage dément.

– Oublies-tu qu'au bout de cette galerie notre souveraine se meurt?

Mais l'autre n'écoutait pas. Elle fixait avec terreur le fond sombre du couloir où les torches de résine découpaient la silhouette d'un homme. Il s'avançait dans leur direction.

Tremblant de tous ses membres, Adalinde se jeta dans une embrasure.

– Par Dieu, que fais-tu? s'alarma Tyra. Cesse de reculer! Prends garde...

Avec horreur, elle vit Adalinde basculer en arrière et disparaître dans le vide avec un cri déchirant.

Glacée, Tyra se précipita devant l'ouverture. Le corps désarticulé de la malheureuse gisait au pied du palais.

– Par le Très-Haut, quel est ce cri? Que t'arrive-t-il donc?

Encore sous le choc, Tyra se retourna et resta pétrifiée. Devant elle se dressait Hugues. Le geste d'Adalinde valait tous les discours.

– Que se passe-t-il? répéta Hugues, visiblement inquiet pour elle.

– Adalinde vient de tomber, articula-t-elle avec peine. La... la terreur l'a poussée dans le vide. J'ignore ce qui l'a provoquée.

– L'idiote! siffla-t-il entre ses dents.

Tyra n'en crut pas ses oreilles. Etait-ce pour cet homme-là que son cœur vibrait? Elle ouvrit sa bourse et en sortit le pendentif qu'il lui avait offert.

– Je comptais te le faire rapporter par mon serviteur. Mais puisque je te rencontre...

Elle lui tendit le bijou :

– Un tel présent n'a pas de raison d'être.

Avec le pendentif, il s'empara de la main qui le tenait.

– Aimes-tu Josselin?

Outrée, Tyra se dégagea vivement.

– Je n'ai ici de comptes à rendre qu'à la reine et au roi, son fils.

Elle désigna l'ouverture fatale :

– Adalinde t'aimait. Fais-lui au moins l'aumône d'une ultime pensée.

Il comprit qu'il serait vain de la retenir et la laissa partir. L'impatience était une ennemie. Le jour viendrait où Tyra lui appartiendrait.

– Mon fils ! Courez, quérir mon... fils ! Ma fin arrive ! Je...le sens ! Pourquoi Louis tarde-t-il tant ? Je ne puis... partir sans l'avoir... mis en garde !

– Allons, ma fille, la réconforta Rostaing, apaise-toi. Nous l'avons fait quérir. Il sera là sous peu.

Par-dessus la couche de l'agonisante, il jeta à Tammam un regard angoissé. Louis demeurait introuvable.

Ses serviteurs affirmaient qu'il n'avait pas passé la nuit dans sa chambre. En désespoir de cause, Thibert venait de donner ordre de fouiller chaque salle du palais jusqu'aux appartements des princes.

Le silence retomba dans la chambre de la reine. Adalelme, l'archevêque Bernoin de Vienne, le primat d'Arles, se replongèrent dans leurs prières, préoccupés par l'étrange disparition du roi.

Le fils de Thibert se glissa dans la salle. Son père lui avait confié la direction des recherches.

– L'as-tu trouvé ? s'enquit celui-ci à mi-voix.

– Il est chez Boson.

– Le frère de Hugues ? Dieu tout-puissant, j'eusse dû m'en douter. Le coup ne pouvait venir que de ces fils du Démon. Qu'ont-ils fait de Louis ?

– Boson l'a enivré. Le roi est plongé dans un sommeil dont je n'ai pu l'extraire.

Tout s'éclaircit dans l'esprit de Thibert. La ruse était habile et sans danger. A la hauteur de la rouerie des deux princes.

Une sueur glacée perla à ses tempes. La reine haletait. Elle ne verrait pas le soleil se lever. Il fallait agir vite. Son regard s'arrêta sur Tammam. L'Arabe saurait comment arracher rapidement le roi aux brumes de l'ivresse.

En sortant des appartements de la reine, Tammam vit Tyra qui arrivait.

– Viens, lui commanda-t-il sans explication.

Ecroulé dans un siège, Louis ne bougea pas quand la porte s'ouvrit. Le fils de Rolinde, Roricon, son valet, que l'on avait fait appeler, le veillait. Boson était absent. Thibert n'en fut pas surpris.

Tammam et Tyra entrèrent derrière le duc de Provence. L'Arabe déposa son sac de médecines aux pieds du roi. Se penchant, il lui souleva une paupière. L'œil était terne et morne.

Il avisa alors les flacons épars sur les dalles de pierre et les porta l'un après l'autre à ses narines. Vin, alcool blanc, hydromel, fabuleux mélange que le prince Boson lui avait fait prendre là.

– Tu puis retourner auprès de la reine, assura-t-il à Thibert qui attendait anxieusement. J'en fais mon affaire. Dans la demie de cette heure, il sera sur pied.

Le duc sortit d'un pas lourd. Tammam se tourna vers Roricon.

– Apporte-moi vite un récipient d'eau bouillante et un autre d'eau glacée.

Fébrilement, il se mit à fouiller dans son sac.

– Ce jeune imbécile, grommela-t-il, s'est mis dans un triste état.

– Que puis-je faire? demanda Tyra.

– Dévêts-le.

Elle fit ce qu'on lui demandait avec l'impression de dénuder un cadavre tant le corps était pâle et inerte. Que lui avait-il pris de s'enivrer de la sorte alors que la reine était au plus mal? A qui appartenait cette chambre luxueuse?

« Jamais Tammam ne pourra le faire tenir sur ses jambes dans le temps convenu », s'affola-t-elle.

Roricon revint peu après avec ce qu'on lui réclamait. Tammam jeta dans le bol fumant plusieurs sortes de feuilles et racines. D'âcres effluves se dégagèrent aussitôt des volutes blanches. L'odeur était forte et piquait désagréablement le nez.

– Ecarte-toi, intima-t-il à Tyra en soulevant le seau d'eau froide.

A la stupéfaction de Roricon, il en jeta le contenu à la face du roi.

Crachant, éructant, Louis ouvrit les yeux et considéra d'un air vague le médecin. Il n'était pas en état de le reconnaître. Son regard vacilla. Il allait replonger.

Tammam se précipita :

– Par Muhammad, n'y compte pas! lança-t-il, lui assenant plusieurs gifles propres à assommer un bœuf.

Le jeune valet le regardait faire, effaré. Le païen allait décoller la tête du roi s'il continuait ainsi. La méthode fut efficace. Louis battit des paupières et marmonna des mots sans suite. Il reprenait conscience. Tammam prit alors le récipient. La macération d'herbes donnait à l'eau une trouble couleur brunâtre.

– Redresse-le, dit-il à l'adresse de Tyra, et soutiens son menton tandis que je le ferai boire.

Louis entendait à peine ce qui se disait. Il lui semblait que l'on défonçait son crâne à coups de maillet. Un liquide amer et brûlant glissa le long de son gosier.

Il voulut repousser la main qui maintenait sa bouche ouverte. Les forces lui manquèrent. Le goût était affreux. Qui était ce grand diable brun qui l'empoisonnait ? Où avait-il vu les yeux vert et or de sa complice ?

Tammam ne le lâcha que lorsque le bol fut vide. La réaction ne se fit point attendre. Le cœur retourné, le roi rejeta en rafales ce qu'il venait d'absorber. Ses entrailles à présent se tordaient comme un linge mouillé. Fin peu glorieuse que la sienne. Il partait par le haut et le bas.

Ce fut une pauvre chose qui s'écroula dans les bras de Tammam. Mais ce dernier n'en avait pas fini avec lui.

– Fais monter un grand baquet d'eau froide, commanda-t-il encore à Roricon. Et empresse-toi.

Puis il souffla à Tyra :

– Va prévenir la reine que son fils arrive. Cela l'aidera à tenir.

Quand le médecin le précipita dans le liquide glacé, le roi eut un cri bref, le souffle coupé.

Le brouillard se déchira. Il reconnut dans son tourmenteur le médecin de sa mère. Avisant sur le sol les flacons coupables, la mémoire lui revint d'un coup.

Boson ! Jamais il n'eût dû l'écouter et le suivre ! Mais le bras sur son épaule était fraternel et le ton compatissant. Combien de coupes avait-il vidées, il n'eût su le dire.

Tammam lui tendit une petite fiole.

– Ceci achèvera de te rendre tes forces.

Le mouvement de recul qu'eut le roi le fit sourire.

– Le goût en est supportable, assura-t-il.

Louis prit la médecine et la vida d'un trait. Il se sentit mieux.

– A présent, hâte-toi, lui dit Tammam avec gravité. La reine ne pourra t'attendre bien longtemps.

Sa mère ! Comment avait-il pu l'oublier ? Depuis quand était-il là ? La panique gagna Louis. S'il ne revoyait une dernière fois ses grands yeux clairs posés sur lui, il en mourrait.

– Roricon ! hurla-t-il. Aide-moi à me vêtir ! Vite !

Tyra pénétra dans la chambre encombrée de monde et se glissa jusqu'au chevet de la mourante.

– Ton fils arrive, haute reine.

L'ombre d'un sourire se dessina sur les lèvres blanches.

– Merci, mon Dieu.

Elle fit signe à Tyra d'approcher un peu plus.

– Tu vaux... mieux que lui..., souffla-t-elle. Oublie-le. Adieu... mon enfant.

La gorge nouée, Tyra tomba à genoux et posa ses lèvres sur la main froide. Jamais elle n'oublierait cette femme exceptionnelle.

Alors qu'elle sortait, le roi apparut.

– Enfin, murmura sa mère. Laissez-nous... mes amis. Je dois... m'entretenir avec... mon fils. Servez-le... comme vous m'avez... servie. Dieu vous... garde.

Seigneurs et archevêques s'inclinèrent une dernière fois devant leur reine et se retirèrent en silence.

Louis s'écroula devant la couche, blême. La mort se peignait déjà sur les traits adorés. Il fit des efforts surhumains pour demeurer digne.

– Approche, mon... fils.

Louis s'exécuta. Elle passa un doigt glacé sur le visage encore juvénile.

Ce geste acheva de le bouleverser. Incapable de parler, il se contenta d'enfermer dans les siennes les mains maternelles, cherchant à leur communiquer un peu de chaleur et de vie.

– J'avais... tant à te dire. Le... temps... hélas, me fait défaut.

Elle eût voulu encore le mettre en garde contre le péril sarrasin qui menaçait son royaume. Mais déjà le souffle lui manquait. Seul le souci d'éviter à son fils l'écueil fatal la tenait encore en vie.

– Renonce... à la... couronne de... fer. Elle... te perdrait...

La crainte de ne pouvoir achever précipitait à présent son débit.

– Ne... me... laisse... pas... mourir le... cœur... en peine. Au nom... de... Dieu... et... pour l'amour... de moi, jure... d'y renoncer...

– Je fais serment, l'interrompit-il en sanglotant éperdument, devant le Tout-Puissant et devant toi, de renoncer à la couronne de fer. Que m'importe la Lombardie à présent ! Mère, ô mère, ne m'abandonne pas, je t'en supplie !

Le silence soudain qui l'environnait interrompit ses pleurs. Il releva la tête et poussa un hurlement à fendre les murailles.

Les grandes prunelles bleues fixaient l'immensité. La reine Ermengarde avait cessé de vivre.

3

Le Fraxinet

– Dieu du Ciel, vois ton fils ! s'esclaffa Constance. Il fait sur cet arbre plus de dégâts qu'une nuée de sauterelles ! Tes figues confites au miel me semblent compromises.

A cheval sur une branche maîtresse du figuier, Inga écarta les feuilles. Au-dessous d'elle, ses boucles blondes en bataille et son visage souillé de pulpe, Romanus dévorait goulûment le fruit de sa cueillette.

– Cela suffit, mon fils, le tança-t-elle, redoutant l'indigestion. Descends de cet arbre et cours te faire nettoyer par Perrette.

Le garçonnet de cinq ans s'éloigna sans protester. Il commençait à trouver son ventre pesant.

Constance considéra le grand figuier avec rancune.

– Pourquoi les plus beaux fruits sont-ils toujours les plus inaccessibles ? soupira-t-elle en repoussant une mèche brune qui comptait quelques fils d'argent.

Inga leva les yeux vers la cime de l'arbre et un air de défi se peignit sur ses traits.

– Qui te dit qu'ils sont inaccessibles ?

Sous l'œil stupéfait de son amie, elle empoigna la grosse branche sur laquelle elle était assise et se rétablit sur ses pieds avec souplesse. Le reste de l'escalade fut pour elle un jeu d'enfant.

– Prends garde à toi, supplia Constance, atterrée par la danse échevelée de l'arbre.

Que ne s'était-elle cousue la bouche ! Si son amie la plus chère venait à se rompre le col pour quelques figues de la Saint-Jean, elle ne se le pardonnerait pas.

Les branches s'agitèrent à nouveau. Deux jambes fuselées emprisonnées dans des braies collantes apparurent à hauteur du nez de Constance. Inga se reçut sans dommage sur le sol et arbora fièrement son panier plein.

– Allons, amie, tu puis à présent voir de près ces fruits inaccessibles.

L'interpellée opina, admirative :

– De quelle magie uses-tu, ma douce, pour éviter ainsi les outrages du temps ?

Inga eut un sourire énigmatique et mordit dans une figue. Sa magie avait pour nom Nasir. L'amour de Nasir. Une passion aussi brûlante que la terre d'al-Andalus où elle était née, et que le temps n'émoussait pas. Une chose impossible à confier à Constance qui avait si bien connu Audifré, le père d'Aimery et Tyra, ses deux autres enfants !

Elle jeta un coup d'œil discret à son amie qui l'imitait et mangeait un fruit. Constance avait son âge. Mais ses beaux traits s'étaient empâtés au fil des grossesses. Et si ses grands yeux bruns pétillaient toujours, les rides de l'automne les griffaient aux commissures. Les années étaient là.

– Un fils s'en va, un autre arrive, remarqua gaiement Constance, la bouche pleine.

En effet, Aimery, le fils aîné d'Inga, venait vers elles. Sa présence en cette heure était inhabituelle. Les moissons battaient leur plein, requérant tous les bras du domaine. Seules Inga, Constance et Perrette la servante demeuraient afin de préparer le repas des moissonneurs.

Aimery s'avança, l'air emprunté, les yeux baissés. Ses cheveux noirs avaient des reflets bleus sous le soleil matinal. Il releva la tête et Inga crut revoir tout à coup Anskar, son propre frère, mort depuis tant d'années. La ressemblance était frappante. Jusqu'à cet air empreint de gravité qui rendait plus profond son regard de lac sombre. Seule la carrure différait. Aimery était plus massif, moins grand que cet oncle qu'il n'avait pas connu.

Inga songea à cette nuit de cauchemar durant laquelle Anskar ainsi que Gorm, son premier époux, et tous les autres membres du clan avaient péri dans l'assaut de pillards saxons sur une côte de la mer du Septentrion. Le souvenir en demeurait aussi net qu'une entaille au couteau.

– Mère, attaqua Aimery avec un visible embarras, j'ai à te parler.

Il coula un regard de biais vers Constance. Celle-ci se racla la gorge :

– Bien. Il est temps que j'aille prêter main forte à Perrette pour la nourriture de nos moissonneurs.

Aimery attendit que Constance ait disparu. Il avait préparé ses phrases la nuit durant. Aucune ne lui revint. Il s'en tordait les mains de désespoir.

– Alors, mon fils, l'encouragea Inga, le prenant en pitié. De quoi désires-tu m'entretenir ?

– Je veux consacrer ma vie à Dieu, lança-t-il tout à trac comme il se fût jeté dans un précipice.

– Quoi ?

Inga préféra croire qu'elle avait mal compris.

– Je veux entrer dans les ordres et prier ma vie durant dans la paix d'un monastère, précisa Aimery, libéré par l'aveu.

– Enseveli dans un monastère, devrais-tu dire ! Folie ! Autant, mon fils, creuser un trou devant notre maison et t'y enterrer vif ! Tu perds le sens. A dix-sept ans, tes rêves devraient s'accrocher aux pas des jouvencelles, non à ceux d'un dieu !

– De Dieu, corrigea Aimery, révolté par tant d'intransigeance.

Inga serra les poings. Tout cela advenait par la faute de ce Romieux [1] qui, à quelque temps de là, leur avait demandé asile pour la nuit. Encouragé par l'intérêt passionné qu'Aimery accordait à son discours, le pèlerin l'avait longuement entretenu de Dieu et des monastères essaimés sur le chemin de Rome.

– Comment puis-tu prêter foi à un Dieu qui mène ses disciples à coups de sermons par le biais de prêtres dépenaillés, ivrognes et sans jugement ! Que fais-tu de ton désir de remplacer un jour ton père à la tête du domaine ?

– Il me semble, mère, que de ce souci tu m'as libéré. Nasir remplace déjà mon père, et pas seulement au domaine !

La gifle fut à l'image des mots qui l'avaient provoquée.

Une main sur sa joue brûlante, Aimery regrettait déjà ses paroles. Mais le mal était fait.

Inga le dévisageait à présent avec une fureur mêlée d'une telle souffrance qu'il se mordit les lèvres jusqu'au sang. Comment osait-il prétendre après cela à une vie exemplaire !

– J'ai peut-être, mon fils, dit-elle d'une voix coupante, failli en mon rôle d'épouse, point en celui de mère. Ni ton Dieu ni les

1. Chrétien ayant fait le pèlerinage à Rome sur les tombeaux des apôtres Pierre et Paul.

hommes ne sont en droit de me juger. Seul ton père, s'il est encore de ce monde, est en droit de le faire, entends-tu ?

Aimery acquiesça, gorge nouée, au bord des larmes.

– Quant à celui que tu cites avec un tel mépris, continua Inga, n'oublie jamais que pour vous sauver, ta sœur et toi, il s'en retourna en un pays où sa tête était mise à prix. Un père n'eût fait davantage pour un fils, le tien n'en fit pas autant !

Le jeune homme resta sidéré. En peu de mots, sa mère venait de piétiner l'auréole dont elle coiffait jusqu'alors leur père devant lui et sa sœur.

– Mère, mère, vois qui vient !

Romanus, qui ressortait de la maison, désignait du doigt l'entrée du domaine.

Inga se retourna et poussa un cri. Tyra, sa fille bien-aimée, arrivait à dos de mulet, en compagnie de Tammam, Subâhu et Vigtis.

Cela faisait plusieurs mois qu'elle n'était pas revenue à Fabrègue, trop absorbée, au dire de ses messages, par sa tâche auprès de Tammam.

Cette visite inopinée mit un baume sur les tracas d'Inga. En étreignant avec une joie intense sa fille Tyra, Inga surprit le regard douloureux d'Aimery. D'ordinaire, il se fût jeté au-devant de sa jumelle. Là, il ne fit pas un pas.

Inga comprit que le combat serait rude et sa résolution s'en trouva renforcée. Elle remuerait ciel et terre pour empêcher son fils de tomber dans les griffes du dieu des chrétiens. Tyra l'y aiderait.

– Allons, ma fille, fais honneur au repas de Perrette et reprends donc une cuisse de volaille. Te voilà aussi grasse qu'un moineau au sortir de l'hiver !

Tout en parlant, Inga contemplait avidement sa fille, qu'elle jugeait embellie. Elle remarqua, toutefois, les cernes mauves qui ombraient les yeux clairs. Quelque chose préoccupait Tyra, à moins que ce ne fût quelqu'un...

Elle coula vers son fils un regard de biais et se retint pour ne pas faire d'éclat. Le nez dans son écuelle, il ne desserrait pas les dents depuis le début du repas. Bel accueil qu'il faisait à sa sœur, lui qui prétendait tant l'aimer !

Bien qu'elle n'ait plus faim depuis longtemps, Tyra laissa Perrette garnir son pain tranchoir. Tous les fêtaient de façon touchante, Tammam et elle. La servante avait préparé en un rien de temps un festin digne d'un jour de Pâques. Quant à Nasir, sitôt prévenu de leur arrivée, il avait abandonné champs et moissons pour accourir.

Tyra avisa sur la table la marque de l'entaille qu'elle y avait faite étant enfant avec un poignard dérobé à sa mère.

Un trait de soleil s'immisça par la porte entrouverte et réveilla l'éclat mat des étains du dressoir. Le banc où jadis s'installait le vieux Roncelin apparut alors en pleine lumière, comme pour rappeler à Tyra l'absence de ce grand-père qui avait tant compté. Le siège était toujours à la même place, près de l'âtre. Ainsi que, de part et d'autre de l'entrée, les coffres de bois cirés.

« Rien n'a bougé ici depuis mon enfance, songea Tyra. Et cependant, tout est différent. »

Elle réalisa que c'était elle qui avait changé et sut gré à Tammam d'avoir précipité leur départ de Vienne. Un départ ressenti pourtant comme une déchirure...

– Aimes-tu toujours ton ouvrage à Arles ? s'enquit soudain Nasir.

Bien qu'elle ait prévu la question, Tyra sursauta. Connaissant l'exécration de sa mère pour la reine Ermengarde, elle se garda d'évoquer son passage à Vienne. A Tammam, Vigtis et Subâhu, elle avait, avant d'arriver à Fabrègue, demandé d'en faire autant. Respectant leur promesse, ceux-ci demeurèrent imperturbables.

– Arles est une cité plaisante, répondit-elle évasivement, et mon travail me passionne chaque jour davantage.

– Et comment se porte notre vieux Sédéchias ? intervint Inga.

– Bien. Si ce n'est son grand âge qui tourmente son corps.

Inga la considéra plus attentivement et fronça les sourcils.

– Je te trouve bien pâle, ma fille, et peu diserte. Serais-tu souffrante ?

– Le voyage fut éprouvant, par cette chaleur. Je suis seulement lasse.

La réponse ne convainquit pas Inga. Mais elle se garda d'insister.

« Espérons, pria-t-elle en son for, que son souci ait les traits d'un jouvenceau, non ceux d'un dieu. »

La jeune fille intercepta le regard vindicatif que sa mère jeta à Aimery et remarqua qu'il n'avait rien mangé. Plongé dans ses pensées, il émiettait sombrement son pain.

Quelque chose perturbait la paix de la maison. L'enjouement de sa mère sonnait faux et le mutisme prolongé d'Aimery créait une tension. Dès la fin du repas, elle tenterait d'en savoir plus.

Tammam, Nasir et Subâhu ne s'apercevaient de rien et devisaient comme les vieux amis qu'ils étaient, mêlant parfois des mots arabes à leur conversation. Cordoue revenait souvent dans leurs propos. Et l'Indien s'animait, ses traits perdaient leur immobilité pour évoquer cette période durant laquelle il avait, sous les ordres de Nasir, appartenu au corps d'élite de l'armée émirale.

Tyra écrasa par mégarde, sous son pied, une branche de romarin dont était jonché le sol de terre battue. Le parfum des collines la prit à la gorge et elle ferma les yeux.

Aussitôt le sourire arrogant et sensuel du prince Hugues se dessina sous ses paupières closes. L'émotion qui l'envahit alors l'effraya. A croire que ce maudit la torturait de loin. Elle prit d'une main tremblante son gobelet de vin qu'elle but d'un trait. L'alcool la détendit.

En levant les yeux, elle vit que Tammam la fixait et comprit qu'il l'avait devinée. Il la connaissait si bien ! N'était-ce point lui qui lui avait proposé, avec son habituelle finesse, ce détour par Fabrègue ? L'effet conjugué du vin et de la honte colora ses joues. Elle se serait battue !

Romanus quitta son siège et vint la rejoindre. Il la considéra sans ciller comme seuls savent le faire les enfants. Ses prunelles étaient du même azur que celles de Nasir et d'Inga.

– J'ai la plus belle des sœurs, affirma-t-il le plus sérieusement du monde.

Tyra le prit sur ses genoux et embrassa la nuque blonde. Elle se contraignit à écouter ce qui se disait.

– Pourrais-tu me procurer, demandait le médecin à Nasir, un autre sac de farine de son ? J'ai terminé celui que tu me fis parvenir en Arles. Utilisée sous forme de cataplasme, je ne connais remède plus souverain contre les affections de peau.

– Je t'en ferai remettre deux, assura Nasir, ainsi qu'un grand pot d'huile de sève de pin dont tu uses pour fabriquer certains de tes sirops.

– Tiens donc, s'étonna l'Arabe, narquois. Serais-tu parvenu à faire entendre raison à ces ânes bâtés de chrétiens francs concernant l'exploitation de la résine ?

Aimery avait blêmi. Il redressa la tête vivement.

– Les tiens-tu pour des ânes parce qu'ils sont chrétiens ? jeta-t-il âprement.

Tous se figèrent. Jamais le doux jeune homme n'avait provoqué quiconque. Tammam ne se troubla point.

– Ils pourraient être musulmans ou adorer les arbres et les fontaines, rétorqua-t-il sans cesser de sourire. Mais il se trouve, mon garçon, qu'ils sont chrétiens.

Il s'inclina, une main sur le cœur :

– Tu m'en vois fort marri.

– Marri de quoi, païen ? s'emporta cette fois franchement Aimery, les deux poings sur la table.

– Aimery ! s'écrièrent, courroucés, Nasir et Inga d'une seule voix.

– Marri que tes semblables, rétorqua calmement Tammam, se refusent à admettre qu'en de nombreux domaines les « païens » ont beaucoup d'avance sur eux. Apprends, mon garçon, qu'à Cordoue les palais sont en marbre et les coupes en cristal.

– Que n'y es-tu resté, si tu t'y trouvais si bien.

– Cela suffit ! le coupa Nasir, glacial.

– Sors immédiatement, renchérit Inga d'une voix que la colère faisait vibrer.

La porte claqua. Un silence terrible s'ensuivit. Vigtis décocha à Tammam un regard meurtrier. Avec ses propos échevelés, ce grand fou avait gâché leur repas de retrouvailles et poussé à bout le paisible Aimery, « son enfant » à l'égal de Tyra.

– Croyez, amis, dit Tammam, ennuyé, que je regrette cet incident. Si j'avais pu me douter de la réaction d'Aimery...

– Demeure en paix avec toi-même, le rassura Inga dont les traits se crispèrent un peu plus. Il fallait qu'il déverse son fiel !

– Que se passe-t-il ici ? s'inquiéta Nasir.

– Mon fils, lâcha Inga avec effort, s'est mis en tête de prendre l'habit afin de servir « Dieu » – le mot lui arracha la bouche – sa vie durant.

De surprise, Perrette laissa tomber à terre le plat de poires au vin qu'elle apportait. La consternation se lisait sur tous les visages.

– Tu ne peux accepter cela, se révolta Vigtis à l'adresse d'Inga, oubliant la réserve due de par sa condition.

Elle s'était exprimée dans leur langue mais, à l'expression de son visage et au ton de son discours, tous comprirent.

– Il n'a que dix-sept ans, intervint Nasir. Il peut encore changer d'avis.

– Je ne le crois pas.

Tous les regards convergèrent vers Tyra.

– Si Aimery a décidé que telle était sa voie, il n'en démordra pas.

Elle repoussa Romanus et partit à la recherche de son jumeau.

– C'est ce que nous verrons, dit Inga en se levant pour tisonner les braises.

Voilà longtemps qu'elle n'avait éprouvé une telle angoisse. Soudain la tige de fer lui échappa des mains et tomba avec fracas sur un chaudron de cuivre.

Quelqu'un savait ce qu'il convenait de faire. Comment ne pas avoir songé plus tôt à Azélaïs, au pouvoir d'Azélaïs?

Les cigales griffaient l'azur de leurs cris lancinants.

Tyra cligna des yeux, éblouie. Instinctivement, elle s'arrêta sous le figuier qui ombrageait l'entrée de la maison. Le soleil décolorait les pierres de la réserve, la vaste villa du seigneur Fouquier, qui jouxtait la demeure d'Inga et Nasir, et que l'on gardait close. Des manses des tenanciers disséminées autour, ne montait aucun bruit. Les terres cultivées et les prés qui les cernaient vibraient sous l'intense lumière. Un doigt brûlant et impérieux semblait posé sur le domaine, dictant sa loi aux hommes.

Elle contourna les grands gerbiers qui encombraient la cour, passa devant les meules à grains et longea les communs que séparaient les potagers.

En passant devant le manse de Laugier et Constance, elle tendit le cou par-dessus la haie vive pour tenter d'apercevoir Marie, leur fille, et son amie d'enfance. Derrière les courtils où croissaient à l'abri du vent, simples, racines et chanvre, le logis paraissait vide. Tous devaient être aux champs.

A travers les manches de son vêtement, le soleil brûlait ses bras. Pour ne pas prolonger la torture, Tyra évita de traverser le grand pré à usage commun dont tous les tenanciers avaient la jouissance, et prit par le chemin de la forêt bordé de grands frênes.

Enfin se dessina le sentier qui menait au ruisseau. Elle savait qu'il s'était réfugié là, sous le grand chêne de leur enfance. Aimery s'y trouvait, assis au bord du cours d'eau presque à sec.

– Laisse-moi! marmonna-t-il dès qu'il la vit.

Négligeant sa remarque, elle s'installa d'autorité près de lui.

– Je ne suis point venue à Fabrègue pour voir ton dos ou ton air renfrogné. Ne nous étions-nous pas promis de nous entraider toujours quand l'un ou l'autre serait en peine?

Aimery s'adoucit et esquissa un pauvre sourire.

– A ce chagrin-là, ma sœur, nul autre que Dieu peut y porter remède.

Tyra prit la main calleuse et large dans la sienne et la serra.

– Il est vrai que nous n'avons ni l'un ni l'autre choisi des chemins communs. Mais notre mère cédera pour toi comme elle le fit pour moi. C'est affaire de temps...

– Elle ne l'admettra pas. Tu sais comme moi ce qu'elle pense de Dieu. Elle n'accepta le baptême que pour complaire à notre père. Notre père!

Il eut un rictus douloureux.

– Jamais il ne m'a tant manqué! Lui croyait au Christ et eût fléchi notre mère!

– A t'entendre, Nasir n'y croit pas! Il est pourtant chrétien. Je suis sûre qu'il lui fera entendre raison.

Aimery ricana :

– Il naquit en territoire païen et servit un émir des années durant. Je ne puis rien attendre de lui!

La colère souleva Tyra.

– La tolérance, mon frère, n'est point ta vertu première. Il semble que tu veuilles chanter pouilles au royaume entier. Le chemin de ton dieu passe-t-il par la guerre?

– « Ton » Dieu! Voilà que tu parles comme notre mère! Pries-tu comme elle et Vigtis les dieux barbares?

– Notre mère ne croit plus en aucun dieu et tu le sais.

Tous deux s'affrontèrent, adversaires pour la première fois. Aimery s'en avisa avec tristesse.

– Va-t'en, murmura-t-il. J'ai besoin d'être seul.

Tyra comprit qu'il serait vain d'insister et rebroussa chemin, le cœur lourd.

En arrivant, elle vit sa mère traverser la cour d'un pas décidé et dut allonger le sien pour la rattraper. Dans le panier que portait Inga, elle aperçut des fruits, des légumes et un jambon entier.

– Mère! Mère! Où cours-tu ainsi chargée?

– Chez Azélaïs, répondit Inga sans ralentir l'allure.

– Azélaïs!

De surprise, Tyra s'arrêta.

– Que vas-tu faire chez notre ventrière?

Tout à coup, l'évidence lui apparut dans toute son horreur :

– Tu ne vas tout de même pas recourir à sa magie?

Inga poursuivit son chemin sans répondre et Tyra comprit qu'elle ne se trompait point. Elle rejoignit sa mère en courant et la retint par le bras.

– Comment oses-tu user de tels procédés envers ton propre fils ? Que ne respectes-tu son choix ?

– Un choix ? Parle plutôt, ma fille, d'égarement ! riposta Inga en se dégageant.

– Comme te voilà devenue dure avec le temps, remarqua Tyra, les larmes aux yeux.

Inga s'arrêta, plus atteinte par cette réflexion que par tous les reproches.

– Ne crois pas cela. T'ai-je empêchée de suivre Tammam ?

Ses prunelles bleues reprirent un éclat métallique.

– Mais s'enfermer dans un monastère en sa dix-septième année, renoncer à prendre femme et n'avoir sa vie durant pour tout horizon que les mêmes murailles de pierre équivaut à mourir lentement. Et je veux que mon fils vive !

Tyra se tut, trouvant quelque fondement aux raisons de sa mère. Comme si quelque chose de plus fort que sa volonté la poussait, elle lui emboîta le pas.

Elles coupèrent par les champs. Le soleil plombait, impitoyable. Dans un carré voisin, Tyra avisa des moissonneurs. Parmi eux, il y avait des hommes de la base sarrasine.

Le souvenir des pauvres hères désespérés, venus à Vienne solliciter l'aide du roi Louis, lui revint avec un sentiment de malaise. Etaient-ce ces redoutables démons païens qui maniaient ici la faux ?

Dès qu'ils l'aperçurent, les gens du domaine la saluèrent d'un signe amical. L'un d'eux se mit à s'agiter frénétiquement pour attirer son attention. Il s'agissait de Raimbaud, le fils aîné de Constance et de Laugier, le compagnon de jeu de son enfance. Il la suivit des yeux jusqu'à ce que les grands cyprès bordant le champ la lui cachent.

Elles attaquèrent la colline entre genêts et bruyères. Un parfum de miel sauvage et d'herbes sèches fit monter au cœur de Tyra des bouffées d'enfance.

Le sentier qui menait autrefois chez la ventrière du domaine était envahi de ronces. Nul ne se rendait plus ou presque chez la vieille femme, respectant son désir de solitude. De la fin tragique de Gausinde, son unique fille, dévorée par Fenris, le loup d'Inga, après avoir tenté de mettre le feu à Fabrègue, Azélaïs ne s'était jamais relevée.

Prétextant son âge avancé, il y avait deux ans qu'elle n'exerçait plus et vivait recluse dans sa maison de la colline, à l'écart des humains. Craignant qu'elle meure de faim, Inga lui faisait apporter régulièrement des paniers de vivres.

Quand la masure d'Azélaïs apparut sur la hauteur, Tyra fut frappée par son délabrement. Des lézardes couraient sur les parois de pierre. Le toit ne tenait plus que par miracle et la porte bâillait sur l'extérieur, à demi arrachée.

Sitôt franchi le seuil, la puanteur des lieux les saisit à la gorge. L'âtre était éteint et l'on n'y voyait goutte.

– Entrez, mes belles.

La voix nette et claire venait du fond de la salle. S'habituant à l'obscurité, les deux femmes aperçurent un tas de haillons à même le sol de terre battue sur lequel croulait une chevelure blanche.

La même pitié envahit la mère et la fille. Inga plus encore, pour avoir connu Azélaïs jeune et belle. Elle se souvint de la ventrière, telle qu'elle l'avait vue la première fois, au chevet de Constance saisie par les douleurs de l'enfantement. C'était alors une femme dans la force de l'âge, bien tournée et bien mise.

– Tu es très bonne, dit Azélaïs en voyant le panier que déposait Inga sur la table branlante.

Ses yeux verts semblables à ceux d'un chat sondaient les arrivantes.

– Je n'ai plus, hélas, aucun siège à vous offrir.

– Peu importe, dit Inga.

Elle balaya du pied des détritus qui jonchaient le sol et s'assit face à la vieille femme. Tyra en fit autant. Azélaïs continuait à les fixer de façon dérangeante.

– Je suis venue..., attaqua Inga.

– Pour ton fils Aimery, je sais.

Devant la stupeur d'Inga, le sourire de la vieille femme s'accentua.

– Point n'ai besoin de bouger ma vieille carcasse pour savoir ce qui se passe à Fabrègue. Il me suffit de lire dans l'eau de la source qui jaillit derrière ma maison.

– Tu sais donc aussi ce que je viens te demander?

– Je n'ai aucun pouvoir sur Aimery, laissa tomber Azélaïs. Dieu a posé sa main sur lui.

Inga crut que son cœur s'arrêtait. Une peur panique la gagna.

– Je connais tes pouvoirs! Tu peux, si tu le veux, influer sur le cœur des hommes!

Un rictus douloureux déforma le visage ridé.

– Si tel était le cas, dit-elle en désignant Tyra, cette enfant serait celle de Gausinde, non la tienne. Sur le cœur d'Audifré je ne pus influer puisqu'il te prit pour femme à la place de ma fille.

Tyra écoutait, confondue par ce qu'elle apprenait. Sa mère d'ordinaire si déterminée lui parut tout à coup vulnérable.

– Alors que faire? s'enquit Inga désespérée.

Dans la pénombre, les yeux d'Azélaïs prirent un étrange éclat.

– Rien. Nul ne peut modifier le parcours. Il est déjà tracé. Celui de ton fils mène à Dieu... comme celui de son père.

Inga se pétrifia. C'était la première fois que la vieille femme faisait allusion à Audifré.

– Qu'as-tu vu? jeta-t-elle d'une voix blanche. Explique-toi. Audifré est-il vivant?

Le regard d'Azélaïs perdit sa lumière.

– Hélas, je n'en sais pas plus. Avec l'âge, l'avenir ne se dévoile à moi plus que par bribes et pour de courts instants.

Inga se redressa, l'esprit en déroute, soudain désireuse de fuir cette maison et celle qui l'habitait.

– Un danger plane sur le domaine, ajouta Azélaïs. Soyez sur vos gardes.

Refusant d'en entendre davantage, Inga sortit. Que lui avait-il pris de se rendre chez cette vieille folle?

Tyra voulut suivre sa mère.

– Reste.

Le ton impérieux la cloua sur place.

– Laisse ta mère partir. Pour l'heure, tu ne peux rien pour elle. Viens près de moi. Quelque chose m'intrigue en toi. Donne-moi ta main.

La jeune fille sentit ses jambes la trahir. Elle appréhendait les visions de la ventrière. Cependant elle obtempéra et tendit sa main. Celle de la vieille femme était chaude et étrangement douce. A son contact, Tyra éprouva une intense plénitude.

Azélaïs la dévisagea un instant, souriant avec bonhomie.

– Je me souviens comme si c'était hier de tes visites quand tu étais enfant. L'étude des corps t'intéressait déjà. Te rappelles-tu la fois où tu vins quérir chez moi un crapaud mort afin de l'étudier?

Elle rit doucement.

– Cela me valut les foudres de ton père qui crut que je t'initiais à la magie.

Tyra acquiesça, émue à ce souvenir. Tout semblait si simple alors.

Tandis qu'elle parlait, la ventrière caressait les lignes tracées dans la paume tendre. Tout à coup, elle se raidit. Son regard reprit son étrange éclat.

– Cet homme... Il est riche et fait partie des puissants.

Tyra eut l'impression de recevoir un coup dans le ventre. Le mouvement circulaire des doigts recommença dans le creux de sa main. Ils étaient devenus brûlants.

Azélaïs renversa la tête en arrière et ses mèches blanches se tordirent sur le sol tels des serpents diaphanes.

– Sa puissance ne cessera de croître, poursuivit-elle d'une voix qui n'était plus la sienne. Il voudra toucher les étoiles et dominer les hommes. Il y parviendra.

– De qui parles-tu ? s'enquit Tyra dans un souffle, bien qu'elle se doutât de la réponse.

Azélaïs ne sembla pas l'entendre.

– Il régnera sur une terre de violence. Il régnera aussi sur ton cœur. Il y règne déjà comme tu règnes déjà sur le sien. Vos chemins n'arrêteront pas de se croiser et de se séparer. Vous êtes aussi dissemblables que le jour et la nuit. Tu te complais dans l'ombre, lui ne rêve que de gloire. Jamais vous n'eussiez dû vous aimer. Son amour empoisonnera ta vie et tu ne cesseras de hanter ses pensées. Vous vous ferez beaucoup de mal.

La tête bourdonnante, Tyra n'osait plus bouger. Enfin Azélaïs lâcha sa main et la regarda gravement.

– Malgré toi, tu iras vers lui. Vous êtes liés l'un à l'autre. Jusqu'à la mort.

– Non !

Le cri avait jailli de sa poitrine. Un cri de protestation autant que de frayeur. Elle se releva et sortit en titubant.

Azélaïs posa à plat ses mains douloureuses sur le sol frais sans cesser de fixer le rectangle de lumière par lequel les deux femmes s'étaient enfuies.

Elle soupira. Elle ne leur avait dit qu'une infime part de ce qu'elle avait vu.

« Ma sœur bien-aimée,

Lorsque tu liras ce message, je serai loin. Partir comme un larron me déchire le cœur, mais le chemin qui mène à Dieu passe par cette épreuve.

Je sais que notre mère prendra très mal ma fuite et souffrira mille morts. Je n'ai usé pour la convaincre que de trop pauvres mots. Dieu m'a choisi pour m'occuper des âmes comme il t'a désignée pour soulager la souffrance des corps. Je ne puis me dérober. Adieu donc, ma sœur bien-aimée. Que le Très-Haut te protège.

Qu'Il vous protège tous. Depuis ma retraite, je prierai pour vous. Dis à notre mère que je l'aime et lui demande de m'accorder son pardon.

Aimery. »

Le parchemin glissa des mains de Tyra. Elle se laissa tomber sur sa couche, anéantie par la fuite de son frère et les terribles prédictions d'Azélaïs.

– L'une de nos charrettes s'est renversée et Laugier a été blessé. Sa navrure n'est point grave, toutefois il ne pourra me seconder pour diriger les moissons. Quant aux tenanciers chargés du fauchage, deux me font défaut, hélas les meilleurs bras. Et la récolte n'a jamais semblé si prometteuse ! Sans doute recueillons-nous là le fruit de l'installation des premiers canaux d'irrigation. Hakim, ton géomètre, a fait du bel ouvrage.

Nasr Ibn Ahmad, le qâ'id [1] du Fraxinet, approuva d'un hochement de tête. Ils étaient seuls dans la grande salle du fort et les bruits extérieurs arrivaient assourdis par la roche des murs.

– Toi aussi, ami, tu fais du bon travail, assura le qâ'id.

Les récoltes sur lesquelles il prélevait la part revenant jadis au seigneur de Fabrègue assuraient l'indispensable aux gens de la base. Aussi prêtait-il une oreille attentive aux propos de Nasir, le régisseur.

– Combien d'hommes te sont encore nécessaires pour achever les moissons ?

Nasir reposa son gobelet sur la table basse et son regard bleu croisa les lames noires du Berbère. Visage long, émacié, l'homme avait l'œil farouche de ceux que la misère a contraints à sortir du chemin. Une race de guerriers qu'il connaissait bien.

– Cinq suffiront, assura-t-il, passant une main lasse dans ses cheveux.

Plus que les vendanges ou la cueillette des olives, les moissons de la Saint-Jean lui causaient souci. Il ne soufflerait que lorsque le dernier champ serait fauché.

Une fois de plus, Nasr Ibn Ahmad s'interrogea sur son visiteur. Après cinq ans, le régisseur de Fabrègue demeurait pour lui un mystère. De ses origines mozarabes, le chrétien ne s'était point caché. Mais il se dérobait toujours aux questions sur sa vie passée en al-

1. Chef de guerre chez les musulmans ; ici, chef de la base sarrasine.

Andalus. Toutes les tentatives pour le faire sortir de sa réserve s'étaient soldées par un échec. Nasir restait distant et ne fréquentait la base que pour les problèmes propres au domaine.

Nasr Ibn Ahmad caressa son menton d'un air perplexe. Le Mozarabe aiguisait sa curiosité. En dépit de son intérêt pour la terre, il sentait l'homme de guerre à plein nez. Sa taille découplée, ses réflexes, sa façon de réagir au moindre bruit suspect ne trompaient pas. A cela s'ajoutaient un langage et des manières que l'on ne trouvait pas chez la 'amma, le peuple d'al-Andalus. De toute évidence, Nasir venait de la khassa, l'élite aristocratique du pays. Quel crime l'avait contraint à l'exil et au silence?

Cette fois il n'y put tenir et l'interrogea :

– Tu sais l'arabe, le latin et le langage des Provençaux, énuméra-t-il de son timbre voilé. Ton verbe est autoritaire et ton geste mesuré. Tu sembles avoir d'al-Andalus, notre terre, une parfaite connaissance et, à la dureté soudaine des traits de ton visage quand j'évoque nos princes, je devine que tu les connais mieux que moi. Le Très-Haut me souffle que tu n'as pas toujours commandé une armée de moissonneurs.

Nasir se ferma aussitôt.

– Sans intérêt. Puis-je compter sur cinq de tes hommes?

Renonçant à savoir, l'autre acquiesça :

– Ils seront au domaine aux premiers feux du levant.

Nasir sentit dans son dos le poids d'un regard et se retourna. La silhouette longue et maigre d'Okba se découpait à contrejour.

Le régisseur se raidit. Depuis quand l'envoyé émiral se trouvait-il là? La pièce parut plus sombre. La menace pesait à nouveau. Qu'Okba vienne à apprendre que le paisible régisseur de Fabrègue n'était autre que l'ancien commandant du corps d'élite de l'émir Muhammad, devenu proscrit par un malheureux concours de circonstances, et c'en serait fait de sa quiétude. 'Abd Allah, le nouveau souverain d'al-Andalus, avait la dent dure et la rancune tenace. Nasir ne doutait pas un instant qu'il se souvînt de lui.

Comme il le faisait chaque fois, Okba le dévisagea avec insistance. Nasir sentit renaître ses vieux démons.

– Salam, le salua-t-il d'une voix neutre, portant successivement une main à son front, sa bouche et son cœur.

– Salam, Mozarabe.

Le qâ'id réfréna un mouvement d'irritation. Cet Arabe imposé par le gouvernement umaiyade depuis plus de deux mois lui pesait chaque jour davantage. Sa façon silencieuse de se mouvoir était insupportable. Mais Cordoue avait financé, huit ans plus tôt, leur installation et achetait le bois et les esclaves. Nasr Ibn Ahmad ne pouvait refuser la présence de l'envoyé émiral, même s'il devinait en lui un espion plus qu'un observateur.

Il invita Okba à les rejoindre sur le tapis de haute laine, tout en se demandant s'il avait ouï la question posée au régisseur de Fabrègue. Rien dans son attitude ne le laissait supposer.

Tyra cueillait de l'aubépine dans la forêt quand des cris retentirent :

– Dieu, à l'aide ! A moi !

Les appels provenaient du verger, au pied de la colline. La voix était féminine. Tyra lâcha ses plantes et dévala la pente, se griffant les jambes aux buissons sauvages. Les hurlements reprirent avec plus de force, puis d'un coup s'arrêtèrent.

Tyra déboucha dans le verger et découvrit ce qu'elle pressentait. L'homme plaquait la femme au sol et d'une main la bâillonnait. De l'autre, il tentait de relever son vêtement. Près d'eux, un panier de poires était renversé.

Marie ! La malheureuse qui se débattait n'était autre que la fille de Laugier et Constance, son amie. De l'homme qui lui tournait le dos, elle ne voyait que les cheveux frisés, taillés ras.

– Lâche-la !

Mais l'homme n'était pas en état d'entendre raison. Cette pucelle aux seins blancs et aux yeux d'azur le rendait fou. Le désir martelait ses tempes, brûlait son ventre. Il allait clouer de sa virilité ce beau papillon. Et bientôt ses cris se mueraient en gémissements d'un autre ordre.

Tout se brouilla soudain dans l'esprit de Tyra. Des images se superposèrent. Elle se revit poursuivie par Thibaud, se rappela sa fuite éperdue dans la rivière et sa terreur d'alors.

Là, elle ne reculerait pas. Cette bête furieuse ne forcerait pas Marie sous ses yeux ! Arrachant de sa ceinture son couteau à épineux, elle fonça.

L'homme se retourna au moment où elle frappait. La lame se planta dans son œil droit.

Avec un rugissement de fauve blessé, l'agresseur porta ses mains à son visage et arracha la pointe de fer. Il dut s'y reprendre à deux fois pour se redresser. Titubant, la face ensanglantée, il chercha de son œil valide celle qui l'avait mutilé.

Un frisson d'horreur parcourut Tyra en reconnaissant Abbas, le second du qâ'id.

Le poignard de Tyra à la main, il s'avança d'un pas ivre. Un affreux rictus tordait ses lèvres épaisses. Le sang ruisselait sur sa face.

– Fille de Satan ! feula-t-il. Je vais t'ouvrir la gorge ! Par Muhammad, tu vas payer de ta vie ce que tu m'as fait !

Tyra arracha Marie du sol et l'entraîna en courant.

La malheureuse trébuchait à chaque pas. Abbas voulut les poursuivre mais la douleur fut telle qu'il s'écroula dans l'herbe.

– Je te tuerai, hurla-t-il. Par le Très-Haut, je te tuerai !

Longtemps les cris les poursuivirent, entrecoupés de plaintes. Puis la voix perdit de sa force avant d'être étouffée par l'épaisseur des bois.

En vue des maisons de Fabrègue, elles s'arrêtèrent hors d'haleine. Fébrilement, Tyra rajusta sur le sein dénudé de Marie son corsage et arrangea ses mèches noires. Puis elle sortit sa gourde et força son amie à boire quelques gorgées d'eau. Celle-ci tremblait violemment et claquait des dents.

– Calme-toi ! C'est fini.

Marie secoua la tête, au bord de la crise de nerfs.

– Il veut te tuer ! Il l'a dit...

– Ne souffle mot à quiconque de cette histoire, entends-tu ! Si tu parles, ce sera la guerre avec les Sarrasins et il y aura des morts. Laisse-moi régler cela ! A présent rentre chez toi et ne t'éloigne plus seule de Fabrègue.

Des sanglots secs secouèrent les épaules menues et la jouvencelle de quinze ans s'en fut vers sa maison.

Tyra se laissa alors aller contre un arbre, le cœur soulevé, et vomit. Elle qui ne vivait que pour soigner les corps venait de mutiler un homme. Et celui-ci avait juré de se venger.

Inga se trouvait dans le potager en compagnie de Vigtis et Romanus. Tous trois y faisaient des semis de salades et de pois.

Aux plis amers qui barraient les commissures de sa bouche, Tyra sut que sa mère songeait encore à Aimery. De ce fils enfui comme un voleur, Inga refusait de parler. Mais, à table, ses yeux se portaient souvent sur le siège vide. Elle souffrait. Une souffrance aiguë et muette que même Nasir ne pouvait apaiser.

Inquiète, Tyra avait laissé Tammam regagner Arles sans elle, lui promettant de le rejoindre dès la fin de l'été.

En voyant sa fille, Inga fronça les sourcils.

– Serais-tu souffrante ? Tu es blême et tout en sueur.

Tyra éloigna Romanus sous un prétexte fallacieux et relata à sa mère et à Vigtis ce qui venait de se passer.

– Il faut en parler à Nasir, conclut-elle, afin qu'il prévienne le qâ'id et lui explique la raison de mon acte.

– Je retrouve enfin en toi le sang de ta mère ! s'exclama Vigtis.

Inga tenta de réfléchir. La nouvelle ne la surprenait guère. Depuis quelque temps, Abbas rôdait souvent aux alentours de Fabrègue. Pas plus tard que la veille, elle l'avait surpris, espionnant des femmes du domaine qui battaient du linge au bord de la rivière. Elle rangea ses outils de jardinage et essuya ses mains terreuses sur son bliaud de grosse toile.

– Où vas-tu ? s'inquiéta Tyra, la voyant s'éloigner.

– Mettre une vêture propre. Nasir se trouve en ce moment au camp sarrasin. Autant profiter de sa présence pour parler au qâ'id. Celui-ci avait interdit à ses hommes de toucher aux femmes du domaine et l'un d'eux a enfreint ses ordres.

– Je t'accompagne.

– Il n'en est pas question. Tu es trop jeune et jolie, ma fille, pour te promener à visage découvert dans la base. Ta présence passerait pour de la provocation. Sans parler d'Abbas que tu pourrais y rencontrer.

– Et toi, mère ? Oublies-tu combien les Sarrasins prisent les yeux et les cheveux clairs ?

Inga haussa les épaules avec désinvolture.

– Nos affaires m'amènent souvent à me rendre là-haut. Et Kheira, l'une des épouses du qâ'id, est mon amie. Je ne risque rien.

Tyra la regarda partir avec inquiétude. Une voix lui soufflait que les choses ne se passeraient pas aussi aisément que sa mère le croyait.

Inga leva les yeux vers le sommet et soupira. Elle n'était pas encore rendue.

Sous la lumière blanche, avec ses murs de pisé dressés comme un défi, la forteresse vue sous cet angle donnait le vertige. Un véritable nid d'aigle seulement accessible par un tortueux escalier taillé dans la roche entre des buissons d'épineux. De cette arête déchirée, défendue par un profond fossé, les occupants dominaient l'ensemble du massif et la mer.

Inga lança un regard vindicatif au rocher. Ce chemin emprunté tant de fois pour aller visiter son amie Kheira, elle en maudissait ce jour-là la longueur. En gravissant la colline, elle choisissait ses mots pour parler au qâ'id. Etant femme, elle devrait les peser deux fois plus.

Au diable Abbas et son bas-ventre ! Depuis l'installation de Nasr Ibn Ahmad et de ses hommes, il n'y avait jamais eu de problème. Jusqu'alors, Fabrègue, Fraxinetum, Grimaldum, les autres villages du Fraxinet, avaient cohabité sans heurt avec les Sarrasins.

Elle planta une fois de plus son bâton en avant. Du qâ'id, elle et Nasir devraient obtenir qu'Abbas n'approche plus du domaine. Il en allait de l'entente entre les deux communautés.

Un sifflement léger la rappela à l'ordre. Au milieu du chemin, sur la pierre chaude, une vipère se dressait, prête à mordre. Inga n'hésita pas. Le bâton vibra dans l'air et s'abattit sur la tête plate. Le corps du serpent se tordit en tous sens et s'immobilisa. De la pointe de son bout de bois, elle l'écarta de sa route et poursuivit son ascension.

Sa lourde tresse battait son flanc à chaque mouvement et lui tenait chaud. Son front, sa nuque, son dos ruisselaient. Du ciel tombait du feu. La courte tunique de lin adhérait à son dos comme une seconde peau et le contact des braies sur ses jambes lui devenait insupportable. La chose eût réjoui Frambert, le curé de Fraxinetum, qui jugeait cette tenue indécente pour une femme.

Inga se retourna pour évaluer la distance parcourue. Du village de Fraxinetum accroché en contrebas, à flanc de colline, l'on ne voyait plus que les toits de tuiles rouges. Elle y avait laissé sa monture, craignant de la voir se rompre une patte sur le chemin accidenté du fort.

« A mi-pente », jugea-t-elle, découragée.

La sueur brûlait ses yeux et le mistral séchait sa bouche. Elle s'accorda une halte et prit la gourde attachée à sa ceinture. Bien que tiède, l'eau lui fit du bien.

Son regard survola les crêtes vertes des collines. Où était son fils aîné à cette heure ? Vers quel horizon tendait-il ? Arriverait-il sain et sauf où il le désirait ? Tant de gueux couraient les chemins... Elle posa une main sur sa poitrine oppressée et fulmina contre la souffrance presque physique qu'elle ressentait en songeant à Aimery.

Ses doigts effleurèrent par mégarde les seins qui pointaient fièrement sous l'étoffe. Trente-six ans, déjà. Si le temps n'altérait pas encore son corps, il œuvrait autrement. De manière insidieuse et perfide. Ainsi craignait-elle plus qu'avant les orages. Elle en avait tant subi...

Elle arracha une brindille et la porta à ses lèvres. Six ans déjà qu'elle et Nasir s'aimaient. Six années d'un bonheur gagné de haute lutte sur les épreuves...

Un poids l'oppressa à nouveau, d'un autre ordre. Sur son amour pour Nasir, le souvenir d'Audifré, son époux, planait toujours comme un reproche. Elle n'avait jamais cru au dieu des chrétiens, et moins encore au Paradis et à l'Enfer. Toutefois, elle pressentait qu'il lui faudrait un jour s'acquitter de cette passion coupable... et illégitime.

La fatigue du chemin s'abattit d'un coup sur ses épaules et la contraignit à s'asseoir sur la roche.

Audifré ! Comme chaque fois qu'elle pensait à lui, un sentiment de malaise et une grande tristesse l'envahirent. Il lui avait offert un amour sans tempête. Le temps et les épreuves l'avaient terni. Sans cette aventure en terre musulmane, sans doute eussent-ils blanchi côte à côte...

Mais il y avait eu l'Andalousie. Nasir qui l'accompagnait en la place de l'époux. Nasir qui l'aimait en secret depuis tant d'années. Nasir écartelé entre sa volonté de ne pas trahir l'ami et sa passion pour la femme de celui-ci. Nasir, enfin, qui lui avait tendu les bras au moment où elle sombrait...

Puis, après une fuite éperdue, de Cordoue à la mer, il y avait eu le retour. Le navire qui les ramenait vers la Provence, elle, Nasir, Tammam, Vigtis et les enfants, cinq ans plus tôt. Le vent absent deux jours durant comme pour retarder l'inévitable aveu. Elle portait alors Romanus, l'enfant de Nasir...

Il n'y avait rien eu à avouer : Audifré avait disparu depuis deux mois sans que l'on sût pourquoi. Une disparition qui ne résolvait rien. Qu'adviendrait-il s'il réapparaissait ? Inga savait que la même question continuait à travailler Nasir.

Elle se redressa péniblement et réattaqua la pente. Un crâne planté au bout d'une pique lui indiqua qu'elle approchait du camp. Elle cracha au passage sur le masque grimaçant de Bremon. En dépit des années, sa haine pour celui qui avait occupé le premier le Fraxinet demeurait intacte. La mort ne l'absolvait pas de ses crimes ni du rapt de Tyra et d'Aimery.

D'autres l'avaient vengée sans le savoir. Tandis qu'elle et Nasir couraient les chemins poussiéreux d'al-Andalus à la recherche d'Aimery et de Tyra déportés comme esclaves, des inconnus jetaient l'ancre nuitamment au pied du massif. Des gens de Pechina pour la plupart, bien renseignés sur le site et ses occupants, et fort expéditifs. Bremon et sa troupe avaient succombé sous le nombre.

Nasr Ibn Ahmad, le chef des nouveaux occupants, n'avait pas caché aux gens du massif qu'il était mandaté par Cordoue pour établir là un point d'approvisionnement en territoire chrétien et fournir les marchés d'al-Andalus en bois et en esclaves. Ces derniers seraient razziés hors des monts du Fraxinet. Fraxinetum, les villages voisins et le domaine de Fabrègue, le plus riche de la région, seraient compris dans la zone protégée.

En contrepartie, le qâ'id demandait en grains, huile, denrées et matériaux divers, la part revenant de droit à l'ancien seigneur. Bref, le nécessaire vital pour ses troupes.

Face au désintérêt évident des autorités royales pour leur sort, tous avaient accepté le marché. Des violences guerrières, l'on avait trop pâti en ce coin de Provence, et le païen promettait la sécurité.

Le plus grand écueil, la source éventuelle de tension, le nouveau qâ'id avait su l'éviter : le butin humain de ses campagnes dans l'arrière-pays était soustrait à la vue des chrétiens du Fraxinet. L'on parquait les prisonniers dans une bâtisse construite à cet effet en bordure de mer, près du ponton d'embarquement pour la terre d'exil.

Inga eut un rictus désabusé en songeant au seigneur de Fabrègue, Fouquier de Valensole, et au comte de Fréjus. En sept années, ils ne leur avaient pas fait l'aumône d'un message. Elle ne s'en plaignait point. Depuis que durait la cohabitation, la paix régnait. Une paix que menaçait Abbas.

Elle atteignit le premier poste de guet. Les gardes la saluèrent. Enfin, elle prit pied sur la plate-forme semi-circulaire. Les lieux étaient paisibles.

Dans la cour cernée d'habitations, des enfants s'amusaient au milieu des volailles. Sur le pas d'une porte, une femme jetait des seaux d'eau pour rafraîchir sa maison.

Les bavardages allaient bon train autour des citernes d'eau. Ils cessèrent à l'arrivée d'Inga. Au-dessus des voiles aux teintes agressives, les yeux bordés de khôl dévisagèrent l'amie de Kheira. Cette femme qui se promenait librement loin de son logis les laissait rêveuses. Elles enviaient, en outre, sa longue chevelure blonde et ses prunelles bleues, si semblables à celles des belles esclaves que les marchands juifs destinaient au plaisir des princes de Cordoue.

Inga les salua de loin, cherchant vainement Kheira des yeux. Des mains teintées au henné lui répondirent.

Elle s'avança vers la plus grande maison, celle du qâ'id. Ce fut alors qu'Abbas apparut, son œil crevé couvert d'un bandeau de charpie sanglant. L'autre, petit et dur, la fixant avec haine. Il s'avança vers elle :

– Où vas-tu ? gronda-t-il.

Inga se raidit et préféra ne pas répondre. Ce mépris joint à la crainte qu'elle ne parle au qâ'id déchaîna la fureur d'Abbas. Il lui barra le chemin.

– Retourne d'où tu viens ! Tu n'as rien à faire ici.

– La chose est nouvelle, riposta Inga, glaciale. Laisse-moi aller, je te prie.

– Va-t'en, siffla-t-il de plus en plus menaçant, conscient toutefois qu'il ne pouvait s'en prendre ouvertement à la compagne du régisseur de Fabrègue à la vue de tous.

Près de la citerne, les femmes s'étaient tues, attentives.

– Dois-je appeler Nasr Ibn Ahmad depuis cette place ou vas-tu enfin me laisser aller ?

La douleur lancinante qui torturait l'œil d'Abbas augmenta.

– Le qâ'id ne répondra pas à l'appel d'une femme ! Rentre dans ta maison.

Inga n'en put supporter davantage.

– Pour te laisser forcer à ta guise les jouvencelles du domaine ? Apprends, musulman, que dans le pays où je naquis les femmes sont libres d'accompagner leurs hommes jusqu'au cœur des batailles !

Les témoins de la scène faisaient cercle à présent autour d'eux, à l'affût d'un esclandre. Des hommes étaient venus s'ajouter au groupe de femmes.

Abbas était livide. Cette diablesse qui lui tenait tête, jointe à la souffrance insoutenable... Son poignard quitta sa ceinture et se retrouva dans sa main presque malgré lui.

– Que se passe-t-il ?

La voix du qâ'id n'eut sur Abbas aucun effet. Il ne voyait plus que cette grande femme blonde qui le fixait sans peur et le tournait en ridicule.

– Je vais te...

– Tu ne feras rien, l'arrêta Nasir en arabe, lui arrachant la tête à demi en la tirant en arrière.

Il le désarma.

– Effleure seulement une manche de son bliaud et je te tranche la gorge.

Autour d'eux les hommes du fort se firent menaçants. Le qâ'id s'avança et les écarta d'un geste exaspéré.

– Cet homme est sous mes ordres, dit-il à l'adresse du régisseur de Fabrègue.

D'un coup de pied, Nasir envoya Abbas bouler aux pieds du qâ'id.

– Qu'est-ce que cela signifie? questionna ce dernier.

– Ton lieutenant, expliqua Inga, a tenté, ce tantôt, de forcer une jouvencelle du domaine « dans le domaine ». Ma fille l'a surpris et dut le blesser pour la sauver. Je venais t'en informer et te rappeler nos accords concernant les femmes du Fraxinet.

Elle désigna Abbas :

– Il avait tout intérêt à m'empêcher de te parler.

Le teint bistre du qâ'id vira au gris. Sa main s'abattit sur Abbas avec une violence inouïe. Ce dernier chut durement sur le sol. Son bandeau se dénoua, mettant à nu son œil sanguinolent.

Son chef n'en avait pas fini. L'empoignant par le col, il le remit sur pied sans ménagement.

– Rôde encore une fois autour des chrétiennes du Fraxinet et je te tue de mes mains. Et cela est valable pour tous, ajouta-t-il à l'intention des témoins de la scène.

Il partit vers sa demeure sans saluer Nasir.

Abbas reprit son poignard et le remit dans sa ceinture.

– Au dernier de nous deux, murmura-t-il en passant devant le Mozarabe. Muhammad tranchera.

Il s'était exprimé en arabe.

– Qu'a-t-il dit? demanda Inga à son compagnon.

Nasir passa un bras autour des épaules de sa femme et l'entraîna vers l'escalier.

– Rien. Partons.

Elle résista :

– Il t'a menacé, n'est-ce pas?

La main de Nasir se crispa sur son bras. Elle comprit qu'il était en colère.

– Tu as commis une erreur en venant. C'était à moi de régler cette affaire.

Au moment d'attaquer la descente, il se retourna. La cour s'était vidée. En retrait, Okba, l'envoyé émiral, les regardait partir.

– Par Amina mère du Prophète, la femme aux cheveux de lune a perdu l'esprit en venant provoquer Abbas ici!

Exaspérée, Kheira lâcha la tenture et s'éloigna de Fatima. Depuis l'ouverture de l'étage, elles venaient d'assister à l'altercation.

– Jamais Abbas n'acceptera d'avoir été humilié devant tous par une femme, continua Fatima, visiblement excitée par la scène. Il n'est pas bon que ton amie se mêle de ces choses ! Son mari lui laisse trop de liberté.

Refusant d'entamer une nouvelle querelle avec la jeune femme, Kheira entreprit de ranger les coussins qui traînaient un peu partout sur les tapis de la chambre.

La seconde épouse de son mari l'insupportait par sa seule présence. Qu'avait donc trouvé Nasr Ibn Ahmad à cette pie à la voix de castrat ? Restait à espérer pour leur commun époux que ce corps somptueux se défendît aux jeux de l'amour, le seul intérêt que pût présenter pour un homme cet oiseau au ventre sec et à la tête vide.

Le souci d'Inga lui fit oublier Fatima et sa bêtise. Son amie avait manqué de prudence. Abbas était dangereux. Il chercherait à se venger à l'insu du qâ'id.

Elle enleva prestement son vêtement d'intérieur et le troqua contre une ghilala [1] safran. Il était temps de dessiller les yeux de Nasr sur son lieutenant avant que celui-ci ne gangrène la paix du camp.

Devant le haut miroir qui trônait près du lit, elle ajusta sa tenue et disciplina les multiples tresses noires mêlées de perles qui retombaient sur ses reins. De sa compagne, elle n'avait plus la jeunesse. Pour avoir porté quatre enfants, son corps, bien qu'encore beau, avait perdu sa fermeté d'antan. Mais elle gardait cette allure altière qui avait accroché, vingt années plus tôt, le regard de Nasr Ibn Ahmad.

– Où t'en vas-tu ? s'enquit Fatima.

Depuis le seuil, Kheira se retourna. Ses prunelles sombres étirées vers les tempes effleurèrent l'affligeant tableau. Le menton souillé de miettes et de miel, la bouche pleine, Fatima se gavait de gâteaux. L'obésité ne tarderait pas à gâter la chair appétissante. Elle lui tourna le dos et quitta la pièce.

En bas, dans la salle, assis jambes croisées sur le tapis, le front soucieux, le qâ'id Nasr Ibn Ahmad réfléchissait. Il était seul.

Kheira traversa la pièce. Elle s'octroyait le droit de le rejoindre

1. Tunique de fine étoffe.

hors du gynécée, non voilée, à des heures du jour où l'on pouvait y croiser d'autres hommes.

Le qâ'id releva la tête et ne dit rien. Du caractère trempé de sa première femme, il n'avait pu venir à bout. L'avait-il cherché vraiment ! Allah avait mis un esprit sage derrière ce front noble. L'intelligence de Kheira, sa finesse de jugement le servaient. Si le regard ombré de longs cils avait perdu son ascendant sur ses sens, les avis qui sortaient de la bouche encore belle lui importaient toujours.

Voyant son épouse prendre les deux vases de poterie placés de part et d'autre de la lampe de cuivre dans une niche du mur, il comprit. Kheira vint s'asseoir à ses côtés et entreprit de vider dans le creux de sa main une partie du contenu de chaque récipient. Les grains de blé et d'orge glissèrent dans sa paume. Nasr se taisait.

Les doigts fins teintés au henné trièrent avec soin sept grains de blé et trois grains d'orge qu'elle rassembla dans sa main. Tandis qu'elle secouait son poing fermé, ses lèvres bougeaient silencieusement, prononçant de mystérieuses formules.

Soudain, d'un geste sec, elle jeta les grains qui se répandirent sur le sol rocheux près du tapis, attentive au dessin qu'elle seule voyait.

Quand elle releva les yeux, son visage était grave.

– Au travers des chrétiennes du Fraxinet, Abbas s'attaque à toi. Il veut ton pouvoir. Pour l'obtenir, il te nuira et nuira à nos fils. Sois sur tes gardes, mon époux. Viendra le jour où il ne se pliera plus à tes ordres.

D'un mouvement gracieux, elle rassembla les grains épars et les remit dans les pots qu'elle rangea à leur place. Avant de laisser retomber la tenture qui masquait l'escalier, elle coula un œil vers son époux. Il n'avait pas bougé. Mais à la contraction soudaine de ses mâchoires, elle sut qu'il était ébranlé.

De son pas silencieux, elle attaqua les degrés de pierre. Il suffisait désormais de laisser s'agrandir la faille.

L'échec

– Souffre, mon frère, que je te présente les émissaires de nos amis lombards. Qui nous honorent ici de leur présence : le comte palatin [1] Boderad, Anselme, comte de Vérone, et Samson, comte de Pavie.

---

1. Palatin : se disait d'un seigneur chargé de quelque office dans le palais d'un souverain (même en Italie).

Les trois hommes s'inclinèrent tour à tour tandis que Boson les désignait. Leurs cheveux collaient à leurs fronts en sueur et la couleur de leurs vêtures disparaissait sous la poussière des chemins. La chaleur les avait visiblement éprouvés durant leur voyage.

Tandis qu'il répondait à leur salut, Hugues jubilait. Il aurait embrassé son frère pour son habileté dans ces négociations. Pour que le duc Adalbert de Toscane, l'ennemi juré du roi de Lombardie, Bérenger d'Ivrée, s'abaissât à envoyer ses trois plus grands vassaux en ambassade, il fallait que son impatience fût grande de voir Louis prendre le chemin de Pavie.

Hugues trouvait soudain des airs de fête à la lugubre grande salle du palais viennois. D'autant qu'à cet instant ne l'encombrait aucun suppôt de la défunte reine.

– C'est une joie et un honneur pour nous de vous recevoir ce jour à Vienne, dit-il avec une élégante réserve.

Le plus grand des trois, l'œil bleu, le cheveu blond, s'avança. Il s'agissait du comte Boderad.

– L'honneur est pour nous, prince. Le duc Adalbert de Toscane sait le rôle capital que toi et ton frère jouez dans ces négociations. Par notre bouche, il te dit sa gratitude.

Il s'exprimait avec une lenteur calculée. Ses yeux clairs vrillés dans ceux de son interlocuteur, il ajouta :

– Autant que ton roi, le duc de Toscane t'espère. Trop d'indésirables détiennent à cette heure dans notre royaume des charges et des privilèges qu'ils ne méritent pas.

Le cœur de Hugues battit plus vite. Il n'en montra rien et les remercia d'un sourire poli. A ce jeu, point ne fallait trahir son impatience. Il leur indiqua des sièges.

– Veuillez, amis, prendre place. Je vais sans plus attendre vous vous faire servir une collation et vous annoncer à notre roi.

Il les observait tandis qu'ils s'installaient. Tous étaient différents. Les traits taillés à la hache du comte de Pavie trahissaient le guerrier plus que le politique. Quant au comte de Vérone, Anselme, il lui déplut d'emblée. L'homme verrouillait ses pensées et son âme sous un visage lisse. Rien dans son allure ne le distinguait du nombre. Un être neutre, trop neutre.

Louis ne se tenait point en ses appartements. La colère gagna Hugues. Son cousin devait encore gémir devant la sépulture de sa mère. Il y passait ses jours. Le roi se trouvait en effet dans la cathédrale Saint-Maurice. Seul, à genoux sur les dalles, front incliné, il était humble à vomir.

Hugues dut se faire violence pour ne pas l'empoigner par le col et l'arracher à cet accablement indigne.

– J'ai pour toi, cousin, une heureuse nouvelle.

Bien qu'il n'eût pas élevé la voix, il éveilla l'écho des pierres. Le roi leva vers lui des prunelles éteintes. Hugues n'en poursuivit pas moins :

– Les émissaires d'Adalbert de Toscane viennent d'arriver. Dieu semble avec nous en cette affaire.

– Dieu ou le Diable ! fit une voix puissante.

Hugues se retourna vivement et se figea.

Dans l'un des transepts se trouvait Bernoin, archevêque de Vienne. Sans doute ce démon de Thibert l'avait-il chargé de jouer les cerbères.

Le prélat sortit de l'ombre. Le halo des centaines de cierges que le roi faisait brûler en permanence en mémoire de sa mère n'arrivait pas à réchauffer les traits émaciés. Bernoin était sans âge et paraissait sans émotion. Un animal à sang froid. Il s'avança à pas mesurés, les mains glissées dans les manches de son vêtement d'Eglise. Glacial, il laissa tomber :

– Oublies-tu, mon fils, en quel lieu tu te tiens ? L'on s'incline devant Dieu en pénétrant dans sa maison.

Réfrénant sa fureur, le prince s'exécuta, soucieux, en cette heure cruciale, de ne pas heurter Louis qui se butait parfois jusqu'à la déraison. Mais, déjà, celui-ci s'était replongé dans son apathie. L'archevêque s'agenouilla et commença à prier. Louis joignit sa voix à celle du prélat.

Une fureur glacée, gagna Hugues. Bernoin, Thibert, Adalelme, il les écraserait tous jusqu'au dernier !

Devinant la jubilation de Bernoin, il tourna les talons et sortit. La chaleur voilait le ciel. Une lumière blanche, aveuglante éclaboussait le parvis.

Les gardes royaux en faction de part et d'autre de la porte ruisselaient sous leur tenue martiale. Eux aussi espéraient la sortie du souverain.

Trois heures durant, Hugues l'attendit. Trois heures de supplice au cours desquelles il dut se retenir de regagner la nef et de soustraire Louis de force à l'emprise du métropolitain de Vienne. Il en tremblait de rage. Que devaient penser les Lombards ?

– Sur mon salut, prince, j'ignorais que tu prisais le soleil au point de rester à cuire sur ce parvis comme viande sur gril.

Relevant gracieusement à deux mains les longs pans de son bliaud rouge, Mathilde, suivie d'une servante, achevait de gravir les degrés de pierre de la cathédrale.

La petite-fille du duc Thibert était la dernière personne que Hugues eût aimé rencontrer là. D'ici le crépuscule, tout le palais saurait qu'il en était réduit à attendre le roi sur le seuil d'une église.

Il retint une réponse cinglante et parvint même à sourire.

– Puisque tu vas faire tes dévotions, pourrais-tu, damoiselle, rappeler à notre souverain que je l'espère ?

Dans le regard de la jeune fille, s'alluma une lueur narquoise. Il n'en eut cure, obsédé par le souci des émissaires qui attendaient toujours. Des émissaires conscients de leur rang, de leurs titres et de la valeur de la proposition qu'ils s'apprêtaient à faire à Louis de Provence. Une telle attente risquait d'avoir pour eux valeur d'affront.

– Je le ferai, assura la pétulante jouvencelle avant d'être avalée par l'ombre fraîche de l'entrée.

Elle reparut presque aussitôt, un large sourire aux lèvres.

– Dieu m'est témoin, prince, qu'en la cathédrale, hormis un rat que mon intrusion dérangea, ne se trouve âme qui vive.

Hugues bondit à l'intérieur, les deux gardes sur ses talons. Mathilde disait vrai. Le roi et le métropolitain de Vienne avaient disparu. Au fond, dans le chœur, la petite porte donnant sur l'arrière du bâtiment était entrebâillée.

Flanqué des deux gardes inquiets pour la vie du roi, Hugues rallia comme fol le palais. Dans la cour, il tomba sur Boson qui sortait son destrier des écuries.

– Par Dieu, mon frère, que fais-tu ? Oublies-tu nos messagers ?

Boson releva la tête : il était blême.

– Il n'y a plus de messagers. Le duc Thibert en personne est venu leur signifier que le roi refusait de les entendre et qu'ils pouvaient s'en retourner.

– Le chien ! Il nous a possédés. Que n'as-tu invoqué un prétexte pour retenir les Lombards ?

Boson était déjà en selle.

– Crois-tu que je n'ai rien tenté ?

– Attends-moi. Il faut les rattraper. Je me fais fort d'apaiser leur courroux.

Boson secoua la tête.

– Quand bien même les rattraperions-nous, cela ne servirait à rien. Thibert a usé de mots irréparables. Laisse-moi à présent me calmer hors de ces murs.

Il talonna sa monture et franchit les portes de la cour au galop.

Longtemps Hugues fixa l'entrée par laquelle son cadet venait de disparaître. Un goût de sang lui vint à la bouche.

La sensation d'être observé lui fit lever les yeux. Au premier étage, derrière une ouverture, une ombre se devinait. Thibert! Il savourait sa victoire! Hugues se détourna. Ce vieillard maudit ne le ferait pas renoncer à la Lombardie. Jamais!

Dans le couloir du rez-de-chaussée, il avisa une mince silhouette aux longues tresses châtains qui marchait devant lui. Son cœur s'affola. Il courut pour la rattraper.

En entendant son pas précipité, la jeune fille tourna la tête et offrit son profil à la lueur des torches.

Hugues s'arrêta, affreusement déçu. Ce n'était pas elle!

– Qu'est ceci?

Hors de lui, Thibert brandit une ceinture de crin qui gisait sur un coffre. Cela ressemblait fort à un cilice.

Louis ne répondit pas. Nu, à genoux dans un coin de la chambre où il avait fait dresser un petit autel, il priait. Sa couche n'était point défaite. Vraisemblablement avait-il passé encore une nuit à pleurer sa mère.

Cette fois, le vieux duc ne se laissa pas émouvoir. Il releva sans douceur le jeune homme.

– Laisse Dieu aux hommes d'Eglise! rugit-il. Un roi règne debout et non pas à genoux!

– Lâche-moi, réagit Louis, se dégageant d'un bond de chat.

A son cri, les gardes firent irruption dans la chambre. D'un geste, Roricon, le serviteur de Louis qui se tenait près de l'entrée, les congédia. Alarmé par le comportement de plus en plus étrange de son maître, c'était lui qui était allé trouver le duc.

– Je suis ton roi, glapit Louis. Tu me dois le respect.

– Comporte-toi comme tel et je te respecterai, rétorqua le duc.

Il enveloppa d'un regard méprisant la pauvre chose à la poitrine creuse qui s'était rencoignée dans le fond de la pièce.

– Tu es indigne de tes défunts parents. Jamais ton père ne renonça à son royaume, et à sa mort, ta mère gouverna avec sagesse et fermeté en dépit de son affliction. Même au plus fort de sa maladie, elle n'abandonna pas les rênes du pouvoir.

Les maigres épaules tressautèrent. Malgré la pénombre, Thibert devina qu'il pleurait.

– Point n'ai besoin de l'entendre, gémit Louis, la tête dans ses mains. J'ai toujours su que j'étais indigne d'eux.

Ses pleurs se muèrent en sanglots.

– Ils étaient nés pour porter la couronne, hoqueta-t-il. Crois-tu qu'il soit aisé de venir après eux?

Thibert s'avança et lui mit le cilice sous le nez.

– Penses-tu que la réponse se trouve là? Ignores-tu que ton royaume est la proie des pillards? Tandis que tu t'écorches le dos et joues les martyrs, ton peuple souffre et saigne réellement sous les coups des païens!

Il s'arrêta car les mots lui manquaient. Lui aussi était désespéré. Des années durant il avait tenté de faire un roi de cet enfant et il réalisait qu'il avait failli dans son entreprise.

Jetant avec rage le cilice à terre, il sortit en claquant la porte.

L'antichambre de Thibert se trouvait emplie de solliciteurs. A leur vue, la honte s'empara de Louis. Des semaines que le silence régnait aux abords de ses propres appartements. Nul n'en faisait plus le siège.

Les gardes écartèrent la foule.

– Place au roi!

Chez Thibert, il n'y avait qu'un clerc qui recopiait sur un parchemin des notes prises sur une tablette de cire.

Sur le bureau du duc, les rouleaux s'entassaient, sceau rompu.

La honte de Louis s'accrut. Voilà longtemps que son ancien tuteur eût dû le secouer comme il l'avait fait la veille.

A la vue du roi, le clerc se leva si précipitamment que ses travaux d'écriture churent sur le sol. Il s'inclina gauchement.

– Où est le duc de Provence? s'enquit Louis.

– Il tient conseil dans la grande salle, seigneur roi, comme chaque premier jour des nouvelles ides.

Le souverain sortit, mécontent d'avoir oublié ce détail et vexé qu'on ne prît même plus la peine de le convier à ces assemblées qu'il eût dû présider. Pouvait-on lui signifier plus clairement que l'on avait appris à se passer de lui? Un reste de jugement lui fit admettre qu'il était le premier coupable de cet état de fait. A combien de conseils avait-il négligé d'assister, y compris du vivant de sa mère?

Les gardes en faction devant la salle levèrent vers lui un œil surpris. Il entra sans se faire annoncer.

Adalelme, comte de Valence, Bernoin, métropolitain de Vienne, Rostaing, métropolitain d'Arles, ses cousins, Hugues et Boson, et tous les autres grands du royaume entouraient Thibert. Le siège de la défunte reine était vide, comme un rappel de son absence.

Nul ne remarqua l'entrée du roi. Une âpre discussion opposait Thibert et un jeune seigneur du nom d'Adalgaus.

– Trois années que nous n'avons levé l'ost, disait le bouillant Adalgaus. Nos épées rouillent dans leur fourreau et les plus jeunes d'entre nous ne connaissent des glorieux combats que ceux que leurs pères leur content.

Thibert réagit vivement :

– Regrettes-tu de vivre en un pays où la paix règne ?

– La paix ! Oublies-tu les païens qui dévastent nos terres ? Ce n'est point tant la paix qui règne que la lâcheté !

Un grondement d'approbation salua le trait. L'assemblée comptait nombre de jeunes gens qui brûlaient d'en découdre avec les Sarrasins.

– Dieu approuverait un tel combat, appuya un autre. Bouter les païens hors de notre territoire serait un hymne à sa gloire.

– Charlemagne fut un grand empereur parce qu'un preux guerrier. Lorsqu'il rangea son glaive, ses marches craquèrent sous les coups des Barbares.

Hugues prêtait à ces discours une oreille distraite. Lors de chaque Conseil, le sujet revenait échauffer quelques-uns de ses compagnons. Et chaque fois, les vieux cerbères du roi tuaient dans l'œuf leurs élans fougueux.

A ce moment, Adalelme avisa le roi. Ce dernier écoutait attentivement ce qui se disait. Le comte de Valence se leva et s'inclina. Les regards convergèrent vers la porte. Le silence se fit. Tous se dressèrent comme un seul homme et saluèrent le roi.

La fatigue creusait les traits de Thibert. Il ne devait guère consacrer d'heures au repos. Il se redressa plus lentement que les autres, visiblement ému. Depuis le trépas de la reine, Louis n'avait plus franchi ce seuil.

Le souverain s'avança dans la zone éclairée par les torches. Son menton était glabre et il portait des vêtements frais. Sous la couronne de gemmes et d'or, le regard était clair et vif.

Thibert s'inclina :

– Je ne saurais te dire, seigneur roi, à quel point tes conseillers se réjouissent de ta venue.

Il s'effaça, invitant le souverain à prendre sa place.

Louis leur fit signe de se rasseoir. Hugues n'eut pas droit à un regard, ce qui ne le troubla point. Maintenant que le roi reprenait pied parmi les vivants, il se faisait fort de regagner ses faveurs.

– J'ai entendu vos doléances, commença Louis d'une voix haute et assurée, et j'abonde dans votre sens : les déprédations des démons païens n'ont que trop duré. Les temps sont venus d'y mettre un terme.

Tous se montrèrent surpris par le ton nouveau de son discours. Il reprit :

– Tu rêves, Adalgaus, de combats où briller. Les occasions de montrer ta bravoure ne feront point défaut. Il y aura fort à faire pour les âmes vaillantes.

– Pour exterminer l'essaim, s'enflamma Adalgaus, il faut détruire la ruche !

– Prenons le Fraxinet ! intervint un autre.

– Attaquons-les sans plus tarder !

La salle prenait comme de l'étoupe. Les cris fusaient de toutes parts.

Hugues se taisait, plus pâle qu'un linceul. Par ses espions, il savait que la famille de Tyra vivait dans la zone d'occupation sarrasine. Si on livrait bataille contre les païens, les habitants des villages alentour seraient massacrés pour avoir pactisé. Et Tyra avec eux. L'idée lui fut insupportable. Il passa une main fébrile sur son visage.

Quand il avait appris leur départ de Vienne, la belle et son maître arabe étaient déjà loin. Les agents envoyés sur leurs traces n'avaient pu les rejoindre. Ils n'étaient pas allés à Arles. Tout portait donc à croire que Tyra avait fait un détour par le domaine familial et qu'elle s'y trouvait encore.

– D'après nos renseignements, invoqua-t-il, le lieu est d'un abord malaisé. Nos destriers s'y rompraient les pattes. Mieux vaut les attirer dans la plaine pour leur livrer combat loin de leur base. Ces brigands ne savent mener une bataille rangée. Nous les vaincrons.

– Il faut détruire leur repaire ! s'entêta Adalgaus.

– Si nous fonçons tête baissée, protesta Hugues, nous perdrons la moitié de l'ost, si ce n'est plus.

Boson glissa un œil intrigué vers son frère. Pour quelle raison Hugues s'opposait-il à une incursion au Fraxinet ?

– Envoyons des espions reconnaître les lieux et estimer les forces ennemies, proposa Rostaing d'Arles. Je compte quelques hommes sûrs en ces parages.

– Qu'ils se mettent au plus tôt à l'ouvrage, commanda Louis, et nous trouvent un accès plus aisé à ce fort. J'ai hâte à présent de débarrasser mon royaume des pillards qui l'infestent et de faire place nette dans ce massif.

Des vivats l'acclamèrent. En croisant le regard triomphant de Thibert, Louis eut la conviction que sa mère l'approuvait.

Hugues ne partageait pas l'exaltation ambiante. Il n'avait plus qu'une chose en tête : éloigner Tyra au plus tôt de Fabrègue.

– Garde tes espions pour un autre usage, dit-il à Rostaing. Deux des miens sont de Fréjus et connaissent fort bien l'endroit. Ils passeront sans mal les lignes païennes.

Rostaing eut une sourire condescendant :

– Le tout est qu'ils en reviennent.

« Ma mère bien-aimée,

Dans sa grande bonté, Dieu mit sur mon chemin vers l'abbaye de Novalaise, que j'ai choisie pour me retirer du monde, un pèlerin provençal rentrant de la cité sainte de Rome. Par lui, tu sauras que je me porte bien et que rien de fâcheux ne m'est advenu.

A peine empruntai-je la voie des montagnes que je rencontrai un riche marchand se rendant sur les tombeaux des saints apôtres Pierre et Paul. Depuis, je voyage en sa compagnie et bénéficie – bien que je la jugeasse superflue, ayant celle du Très-Haut – de la protection de ses hommes d'armes. Tu n'as, comme tu puis le constater, rien à redouter pour ma sauvegarde.

Je prie chaque jour Dieu de m'absoudre pour ma fuite lâche. Affronter, très chère mère, ton regard douloureux le jour de la séparation m'eût été intolérable.

Pour vivre pleinement heureux dans la gloire du Tout-Puissant, ton pardon m'est nécessaire. Fais-moi savoir que tu me l'accordes et tu me donneras la vie une seconde fois.

Aimery, ton fils qui t'aime et prie pour toi. »

Tyra posa le parchemin sur la table et regarda Inga avec appréhension. Elle fut soulagée que le pèlerin soit reparti sitôt son message remis. Qu'eût-il pensé des yeux secs et durs de leur mère à la lecture de ce pli ?

Devant la porte ouverte, elle se tenait immobile dans le contre-jour. Puis l'orage éclata :

– Dieu ! Le Tout-Puissant ! Le Très-Haut ! Que de mots pour une ombre !

– Il va bien. Seul cela doit compter. Vois ce soleil. Viens, mère, allons au-dehors retrouver Romanus. Nous le négligeons trop depuis le départ d'Aimery.

Le visage d'Inga s'adoucit. Ces quelques semaines passées avec sa fille les avaient rapprochées. Elle se retrouvait, dans cette petite personne solide et déterminée.

– Allons donc, ma fille.

Dans la cour, une oie et quelques poules se disputaient des brisures de grains. Les derniers muids venaient d'être déversés dans les silos. Une bien belle récolte.

Sitôt qu'il les vit, Romanus accourut, surexcité :

– Mère ! Tyra ! Venez voir ce qu'ont fabriqué Salah et Raimbaud !

Il prit chacune des deux femmes par une main et les entraîna à l'autre bout du domaine.

Les tenanciers faisaient cercle autour du Berbère et du jeune Provençal. Avec eux se trouvaient trois autres hommes de la base sarrasine qui avaient aidé aux moissons. Bien que celles-ci soient terminées, ils continuaient à venir aider leurs amis tenanciers à de menus travaux.

Raimbaud discutait fébrilement avec Laugier, son père, et Nasir. Jouant des coudes, le petit Romanus fraya un chemin à sa mère et sa sœur jusqu'à eux.

Raimbaud était un grand gaillard aussi blond que son père à son âge, et qui, de Constance, sa mère, avait hérité le regard brun et chaleureux. En voyant Tyra approcher, il s'éclaira. Le tendre sentiment qu'il nourrissait pour elle depuis leur enfance avait traversé le temps.

– Viens voir, douce amie, la demeure royale que nous venons de concevoir, Salah et moi, pour nos abeilles.

Tyra et Inga s'approchèrent.

Tous les regards convergeaient vers une ruche étrange qui trônait sur des tréteaux. Intriguée par sa texture, Tyra ne put s'empêcher de la toucher.

– En quelle matiè... ?

– Du liège, expliqua aussitôt Raimbaud, se rengorgeant.

Il désigna le Berbère qui se tenait à ses côtés et expliqua :

– Dans son pays, Salah possédait des ruches. Comme le bois dans lequel il les concevait souffrait des agressions du ciel, il essaya cette matière imputrescible issue de l'écorce des chênes. Là-bas, ils l'utilisent pour boucher fûts et flacons. Nous allons revêtir toutes nos ruches de la sorte.

Il se frotta les mains.

– Quel bon miel vont nous faire les mâtines!

Bien qu'il n'eût point tout saisi des propos de Raimbaud, Salah joignit son rire à celui de son ami. Ses bras noueux et ses paumes calleuses indiquaient l'homme de la terre. Il se plaisait à Fabrègue et il ne se passait guère de jours sans qu'on l'y vît.

Laugier prit Nasir à témoin :

– Vois comme ce jeune coq dresse sa crête, se gaussa-t-il en désignant son fils. Je crains que les troncs de nos chênes soient sous peu aussi nus qu'Adam et Eve.

Nasir approuva distraitement. Il était heureux de voir qu'Inga les avait rejoints. Depuis le départ d'Aimery, excepté pour la mésaventure survenue à Marie, elle ne se mêlait plus guère à la vie du domaine.

– Salah!

Le Berbère sursauta. A quelques pas, Abbas se dressait sur son alfaraz, le visage mauvais, son œil crevé couvert d'un bandeau de cuir noir. Quatre de ses hommes l'encadraient.

Visiblement, le malheureux Salah ne savait pas de quelle faute il devait répondre. Le lieutenant du qâ'id avisa alors les trois autres hommes de la base et sa colère redoubla. D'un doigt impérieux, il leur indiqua la sortie de Fabrègue. Sur le terre-plein, un silence tendu s'était fait.

Nasir se détacha du groupe.

– Qu'y a-t-il? s'enquit-il en arabe.

– Ces hommes n'ont rien à faire ici! cracha Abbas.

Jugeant qu'ils mettaient trop de temps à partir, il sortit son fouet.

– Dehors! hurla-t-il.

D'un bond, Nasir arracha la lanière au vol et la jeta à terre.

– Sache qu'à Fabrègue nul n'a jamais été battu.

La fureur empourpra Abbas. Ses quatre sbires se rapprochèrent, menaçants.

– Il s'agit de l'un de *mes* hommes, vociféra-t-il. Ose encore t'interposer et...

– Si le sang est versé ici aujourd'hui, le coupa Nasir, ce sera la guerre. Et je ne crois pas que ce soit là le souhait du qâ'id.

Derrière Nasir vinrent se ranger Laugier et son fils. Les autres tenanciers cernèrent les cavaliers. Certains portaient encore leurs outils tranchants.

Quand Subâhu s'approcha à son tour, Abbas comprit qu'il valait mieux battre en retraite.

– Ça fait deux fois, Mozarabe, hurla-t-il. Deux fois de trop !

Avant de tourner bride, il enveloppa d'un regard venimeux Inga et sa fille.

La troupe s'éloigna dans une envolée poussiéreuse. Salah et ses compagnons allèrent chercher leurs chevaux d'un pas de condamné. Eux non plus ne voulaient pas d'une guerre contre leurs amis.

Depuis l'embrasure de sa porte, Marie avait tout vu. Les ongles enfoncés dans ses paumes, lèvres serrées, elle tremblait aussi fort que le jour du viol manqué.

En dépit des assurances de Tyra, Abbas était revenu à Fabrègue, la menace à la bouche. Tôt ou tard, il se vengerait.

– Par l'ombre du Prophète, c'est un troupeau de bœufs que nous mènerons bientôt si tu n'y prends garde ! L'un fait des ruches, les autres moissonnent, et beaucoup ne fourbissent même plus leurs armes. Si tu veux que tes hommes demeurent des guerriers, interdis-leur de fréquenter les chrétiens du massif.

Abbas s'énervait en parlant, exaspéré de devoir suivre le qâ'id et Hakim dans le dédale des piles de planches.

Depuis la colline dominant la grève, l'un des hommes hurla un avertissement et plusieurs troncs coupés dévalèrent la pente avant de s'échouer sur le rivage.

Nasr Ibn Ahmad sourit. Il se félicitait d'avoir choisi le compétent Hakim pour architecte. Sous sa houlette, le chantier de construction de navires tournait bien. Hakim n'avait rien négligé. Il s'était même rendu à Almería pour y choisir de bons charpentiers de marine.

Le qâ'id considéra avec fierté les deux nefs terminées et mises à flot. Sur cales, une autre prenait forme. Bientôt l'on pourrait se passer des bateaux umaiyades pour aller vendre le butin en al-Andalus.

Nasr parcourut des yeux le golfe Sambracitain. Les eaux étaient paisibles, il faisait beau et il n'avait nulle envie d'entendre les récriminations de son second. Tournant le dos à celui-ci, il invita Hakim à poursuivre son compte rendu.

Abbas ne lui en laissa pas le loisir. Avec impatience, il apostropha Nasr :

– As-tu entendu mes propos ?

Le qâ'id eut un geste agacé.

– Faire des ruches ou moissonner n'ôte en rien à nos hommes leur maîtrise des armes. Que veux-tu qu'ils fassent entre deux raids ?

– Laisse-les prendre goût à ce pays et viendra le jour où ils préféreront le soc au tabarzin ! Ce qui nous perdra.

Le sage Hakim n'y put tenir. Lui qui aimait tant construire détestait Abbas et sa passion du carnage. Ce jour-là, plus encore. La veille, une idée lui était venue en longeant à la nuit tombée le chantier désert. Et alors qu'il s'apprêtait à soumettre son projet au qâ'id, Abbas avait surgi.

– Mieux vaut qu'ils gardent seulement le goût du sang, n'est-ce pas ?

D'un pied rageur, il envoya bouler un pot contenant du qîtran [1] et s'éloigna sous l'œil surpris du qâ'id.

Abbas haussa les épaules et reprit sa violente diatribe, élevant la voix pour couvrir les coups d'herminette.

– Suffit, intima le qâ'id excédé. Que veux-tu ? Que je garde nos hommes enserrés dans la base ? As-tu jugé de la taille du piton rocheux dans lequel nous l'avons creusée ? Toi-même te tiens-tu quiet ? Si j'en crois la femme du régisseur de Fabrègue, tu ne donnes pas l'exemple.

Abbas serra les dents. Il ne souffrait plus l'autorité de ce Berbère, lui, l'Arabe !

– Je ne pactise pas avec les Provençaux, moi, lâcha-t-il aigrement.

Nasr se tourna lentement vers son second et lui jeta un regard de granit.

– Si tu tiens à ta tête, ne redis jamais ça. Tu es sous mes ordres, sache t'en souvenir. Maintenant, va-t'en !

Abbas ouvrit la bouche pour répliquer, puis se ravisa et tourna les talons.

Zaïd, le fils aîné de Nasr Ibn Ahmad, arriva essoufflé.

– Nous venons de surprendre des espions aux abords du camp, annonça-t-il. Nous avons pu en capturer un. Il s'agit d'un chrétien.

Le qâ'id fronça les sourcils. C'était le premier qu'on prenait en huit ans.

– A-t-il parlé ?

Zaïd secoua la tête.

– Nous n'avons pu lui arracher un mot.

Nasr songea aussitôt à son lieutenant rebelle. Nul n'égalait le raffinement d'Abbas en matière de torture. Il saurait faire parler l'espion.

Nasr prit par les cheveux la tête ensanglantée et la releva. Le nez

1. Sorte de goudron.

était tranché et sur les muscles des bras et des jambes écorchés du sel avait été versé.

Afin de le rendre loquace, Abbas avait déployé tout son art. Il avait même fait montre d'un zèle excessif durant une brève absence du qâ'id. Quand ce dernier était revenu, l'espion avait sombré dans l'inconscience avant d'avoir achevé ses aveux.

Le qâ'id laissa retomber la tête de l'agonisant. Il était furibond.

– Par Muhammad, quel djinn t'a poussé à le mettre dans cet état ? Nous n'en tirerons plus rien maintenant !

– Nous savons le principal, se défendit Abbas. Le roi de Provence projette contre nous une expédition. Que veux-tu savoir d'autre ?

Le qâ'id brandit le pendentif serti de gemmes que portait l'espion dans sa ceinture.

– Et ça ? Le fait qu'il se promenait avec un tel joyau ne t'intrigue-t-il pas ?

– Il l'a sans doute volé, maugréa Abbas.

– Par Muhammad, dommage que ton esprit ne soit aussi véloce que ton bras ! Crois-tu que les rois confient de pareilles missions à des gueux ?

Selon son habitude, Okba, l'envoyé émiral, écoutait sans intervenir. Il avait assisté à toute la séance de torture. Nul n'aurait su dire son sentiment. Soudain, comme un prolongement de sa réflexion, sa voix s'éleva :

– Ce bijou a certainement valeur de sceau pour celui à qui l'espion devait le remettre. Reste à savoir le nom du destinataire et le sens de ce pendentif.

Un ignoble gémissement jaillit de la chair palpitante. Les hurlements avaient cassé la voix du supplicié.

– Il reprend connaissance, jeta Abbas, soulagé.

Okba remplit un gobelet et le porta aux lèvres de l'espion. Ses gestes étaient d'une grande douceur mais son regard demeurait froid. L'eau s'écoula aux commissures des lèvres. Sa fraîcheur rendit conscience au malheureux. Il battit des paupières et porta sur ses tourmenteurs un regard tétanisé par la souffrance.

L'envoyé émiral prit des mains de Nasr le pendentif et le mit sous les yeux de l'espion.

– A qui devais-tu le remettre ?

L'autre ouvrit la bouche et Okba dut tendre l'oreille pour entendre.

– Tyra, râla l'homme.

Le qâ'id n'en crut pas ses oreilles.

– La fille d'Inga ?

– Et qui d'autre ? exulta Abbas avec une joie mauvaise. En connais-tu beaucoup qui portent ce nom barbare ?

Nasr ne répondit pas. L'aveu le stupéfiait. Certes, il ne savait de la jeune fille que ce que lui en avait dit Kheira, son épouse. Bien peu de choses, en somme, si ce n'était la pratique qu'elle avait choisie et le fait qu'elle vivait à Arles.

– Par le Prophète, qu'est-ce que ça signifie ? Est-ce le roi qui lui envoie ce pendentif ? Et pour quelle raison ? Parle ! Mais parle donc !

Okba se pencha et chercha à percevoir le souffle de l'homme. Il se releva.

– Il est mort.

Tyra suivait le cours de la rivière. La veille il avait plu, et un parfum mélancolique de fin d'été flottait dans l'air.

Le lendemain, elle s'éloignerait à nouveau des chemins de son enfance. Elle retournerait à Arles.

Soudain elle frissonna. Un pressentiment venait de la traverser, la sensation d'un danger, comme celui qu'elle ressentait en pensant à Abbas et à ce jour fatidique où elle l'avait mutilé.

Elle remarqua que la nuit approchait et décida de s'en retourner. Dans le verger elle aperçut sa mère et Vigtis qui cueillaient des pommes mais ne s'arrêta pas. Elle avait hâte de rentrer. Ce fut avec soulagement qu'elle vit la maison se dresser devant elle.

Il faisait sombre à l'intérieur. Elle referma silencieusement la porte. Du fond de la salle, la voix de Nasir s'élevait :

– Cette histoire n'a aucun sens. Tyra voue sa vie à la médecine. Une telle affaire ne peut la concerner. Il s'agit d'une méprise. Sans doute aurez-vous mal compris !

Bien qu'il se fût exprimé en arabe, Tyra reconnut son nom. L'angoisse ressentie tantôt devint presque palpable. Qui étaient les deux inconnus qui conversaient avec Nasir ? D'eux, elle ne distinguait que le dos dans la pénombre.

Aucun n'avait remarqué son entrée. Avec effort, elle s'avança.

– Qu'est-ce qui me vaut d'être mêlée à vos propos ?

Tous se retournèrent. A la lueur des flammes, les traits réguliers de Nasir semblaient durcis comme une pointe passée au feu. Jamais Tyra ne lui avait vu un tel visage.

Elle reconnut l'un des deux hommes assis face à lui. Il s'agissait de Nasr Ibn Ahmad, le qâ'id de la base. Il se leva et s'approcha d'elle.

– Reconnais-tu ceci ?

Tyra se glaça. L'Arabe brandissait une chaîne d'or au bout de laquelle se balançait le pendentif de rubis et diamants en forme de marteau offert par Hugues.

– Comment es-tu entré en possession de cet objet ? demanda-t-elle d'une voix blanche.

Le poing du qâ'id se referma sur le bijou.

– Ainsi, tu le reconnais !

Nasir se redressa, inquiet tout à coup. Dans quelle histoire Tyra s'était-elle fourvoyée ?

– Un espion portait ce joyau sur lui, dit-il. Avant d'expirer, il cita ton nom.

Le sang se retira du visage de Tyra.

– Mon Dieu, pourquoi ?

Le qâ'id et Okba échangèrent un coup d'œil.

– D'où vient ce pendentif? demanda le premier.

Tyra comprit qu'elle ne pouvait se dérober. Sur la table, il y avait un cruchon de vin de mûre. Elle s'en servit un gobelet qu'elle vida d'un trait. L'angoisse se dissipa. Qu'avait-elle à craindre puisqu'elle n'avait rien fait ?

– Le prince Hugues d'Arles m'offrit, voici quelques mois, ce pendentif, expliqua-t-elle. Un présent que je lui retournai.

Nasir eut du mal à cacher sa stupeur. Avec Inga, ils avaient confié Tyra aux bons soins de Tammam et la croyaient bien protégée par ses enseignements. Quelle liberté ce maudit médecin lui avait-il laissée ? Comment la jouvencelle connaissait-elle les princes de Provence ?

– Je crois que tu nous dois de plus amples explications, dit-il froidement.

Tyra dut se résoudre à tout raconter du rôle qu'elle et Tammam avaient joué auprès de la reine Ermengarde. Elle ne cacha pas l'inclination de Hugues à son endroit, taisant toutefois celle qu'elle ressentait pour lui.

– J'ignore, conclut-elle, pourquoi cet espion voulait me rendre ce pendentif.

– Cela semble pourtant fort clair à présent, intervint Okba, contemplant ses mains longues et fines.

L'inconnu inquiéta aussitôt Tyra. Tout en lui était aigu : les traits, le corps, et les regards qu'il lui décochait.

– Dans un mois environ, expliqua-t-il, le roi Louis lancera ses troupes contre nous. Avant de s'attaquer à notre camp, il décimera les villages où nous faisons loi, ainsi que ce domaine. Sans te révéler tout cela, l'espion devait avoir mission de t'éloigner d'ici pour te protéger. Nous ne saurons jamais de quel prétexte il eût usé. Mais ce pendentif était là pour donner foi à son message.

Un silence succéda à ces mots. L'explication d'Okba innocentait Tyra mais ne résolvait rien.

Une rafale plus forte fit crépiter le feu.

– Nous devrons donc nous battre afin de nous défendre, dit Nasir, accablé par cette perspective.

– Des hommes de la terre contre des hommes de guerre, objecta Nasr Ibn Ahmad, sombrement. Par le Prophète, vous ne résisterez guère.

Okba eut un rictus narquois et regarda Nasir droit dans les yeux.

– Il en est au moins un qui sait combattre, et même fort bien. Notre regretté émir Muhammad Ier ne confiait pas le commandement de son corps d'élite au premier de ses gardes.

Nasir blêmit. Ainsi, l'autre savait ! Au fond de lui, il s'en était douté dès le premier jour.

Le qâ'id ne cacha pas sa stupéfaction :

– Tu commandais les « Khurs [1] » ?

Le Mozarabe maudit Okba et ses renseignements.

– Celui dont tu parles est mort à Cordoue voilà bien des années. Ma vie est ici désormais, à la tête de ce domaine. Pour lui seul et ceux qui l'habitent, je reprendrai les armes.

– Tes tenanciers ne suivront pas, remarqua le qâ'id.

Okba fixait Tyra avec une attention soudain accrue.

– Il ne faut pas faire parler les armes, lâcha-t-il. Si le roi chrétien décide de prendre notre base, il y parviendra. Nous devons le détourner de ce projet.

– Seul Dieu peut le faire ! jeta Nasir.

Okba reporta son regard sur Tyra.

– Dieu... ou une femme !

– Hors de question, réagit vivement Nasir. Tyra n'a plus rien à voir dans cette histoire.

Imperturbable, Okba dévida le fil de son projet :

– J'ai pris mes renseignements sur les hauts personnages de ce

1. Hommes d'armes chrétiens, d'Espagne musulmane, appartenant à la da'ira, corps émiral fort redouté. Beaucoup ne parlant pas l'arabe, on les surnomma « al-khur » : silencieux.

pays. Je sais l'influence du prince Hugues sur son cousin, le roi chrétien. Une influence qui provoque bien des dissensions parmi les grands du palais. De cette influence et de ces dissensions nous pouvons nous servir.

Il désigna Tyra.

– Ainsi que du doux penchant de Hugues d'Arles pour cette jeune personne.

Cette fois, Nasir s'emporta vraiment :

– Tyra n'est pas à vendre. Use de ta diplomatie et acquitte-toi sans elle de cette tâche.

Okba eut un rictus narquois :

– Tu parles d'or, l'ami ! Mais penses-tu qu'en ce moment un Arabe puisse atteindre vivant les appartements des princes de Provence ?

Il désigna Tyra :

– Elle, le peut. Elle franchira sans mal ces portes qui me resteraient closes...

Comme Nasir allait encore désapprouver, Tyra qui s'était tue jusqu'alors intervint :

– Laisse-le parler, je te prie.

Elle dut se faire violence pour écouter la suite avec attention. Sa tête était en feu et sa poitrine se soulevait de plus en plus vite. Hugues avait voulu la protéger. Hugues ! Par quels étranges détours revenait-il se mêler à sa vie.

Quand Okba termina d'exposer son plan, sa décision était prise depuis longtemps.

– J'accepte. J'irai à Vienne parler au prince Hugues.

Nasir comprit qu'elle n'y reviendrait pas.

– Tu me conduiras jusqu'à lui, trancha-t-il. C'est moi qui lui parlerai.

L'abbaye de Novalaise

Sertie de montagnes, au pied du Grand-Saint-Bernard, l'abbaye de Novalaise se nichait au creux d'une vallée herbue. Des pluies annonciatrices de l'automne avaient reverdi les prés malmenés par les grandes chaleurs. Il faisait beau ce matin-là. L'air était d'une pureté de source et de légers nuages caressaient les sommets éternellement blancs.

De l'autre côté de la rivière, les bruits du quotidien montaient des manses de l'abbaye : piaillements de volailles, grincements poussifs de roues de charrettes, pleurs d'enfançons, aboiements, auxquels se mêlait le chant des oiseaux de la forêt voisine. Avec leurs toits de chaume de seigle et leurs vantaux de bon bois, les habitations de torchis au clayonnage soigné n'avaient rien de masures misérables.

En bordure du cours d'eau, les femmes des tenanciers rouissaient du lin. Elles s'appliquaient à cet ouvrage délicat, sachant que de leur adresse dépendrait la qualité de l'étoffe à venir.

Aimery prit une profonde inspiration. L'endroit répondait à ses espérances. La paix invitait à la prière et à l'oubli de soi. Déjà son oreille s'habituait au silence immobile. Son pied foulait avec plaisir le tapis vert et ras sur lequel se dressait l'abbaye.

Tout en cheminant aux côtés du moine portier et du marchand avec lequel il avait voyagé et qui ferait étape pour la nuit ici, il regardait, le cœur en liesse, les bâtiments qui serviraient désormais de cadre à sa vie terrestre ; car, si Dieu le voulait, son voyage à lui prendrait fin là.

Ils dépassèrent les granges et l'étable. Trois charrues rangées dans un coin et sur lesquelles subsistaient des débris de paille rappelaient les récentes moissons.

Un moine chargé de deux paniers de mûres sauvages émergea d'une trouée d'arbres et s'en fut vers une bâtisse. Une épaisse fumée s'échappait de la toiture. Les cuisines, assurément. Sous l'auvent d'une resserre s'empilaient des bûches en tas réguliers. Devant, une hache était fichée dans un billot. Frère Jean leur indiqua l'église d'où s'élançaient des voix vers Dieu. L'on y célébrait nones. Enfin leur apparut l'hôtellerie en laquelle ne manquaient jamais de faire étape les Romieux avant ou après le grand passage des montagnes.

– Sitôt l'office terminé, assura frère Jean, notre abbé viendra vous saluer. Tu pourras, mon fils, ajouta-t-il à l'adresse d'Aimery, lui faire part de ton souhait de te joindre à notre communauté en tant que novice.

Il désigna une large porte en sapin.

– Voici l'entrée de l'hôtellerie. Vous trouverez à l'intérieur gîte, couvert et un cuvier d'eau chaude pour vous baigner. Demandez frère Pierre. Il a la charge de cette bâtisse.

Il prit congé des arrivants et s'en retourna d'un pas serein à ses occupations.

Il faisait bon dans la grande salle. En bout d'une longue table, deux voyageurs se sustentaient d'une soupe épaisse et d'un morceau de pain. Un cruchon de lait complétait leur repas.

Avisant un moine chargé d'une pile de draps, le marchand s'enquit du lieu où trouver frère Pierre. L'interpellé désigna l'un de ses frères. Accroupi devant l'âtre, l'homme y déposait des bûches. Il portait la tonsure, et sous l'habit de bure se devinait un corps amaigri par les jeûnes. Ses pieds étaient nus. Bien qu'il tournât le dos aux arrivants, quelque chose dans son allure parut familier au jeune homme.

Quand il se retourna, Aimery poussa un cri et s'accrocha, chancelant, à son compagnon de voyage.

Frère Pierre n'était autre qu'Audifré, son père.

– Voilà, tu sais tout à présent de notre malheureuse aventure en terre musulmane.

Aimery rejeta en arrière les mèches noires qui retombaient sur son front. Sa tension était extrême. Il avait pesé chaque mot afin que son père ne soupçonnât rien des liens adultérins unissant Inga à Nasir. En ce sens, il avait occulté de parler du présent.

Cet instant où le père et le fils s'étaient reconnus, ni l'un ni l'autre ne l'oublierait jamais. La chose leur paraissait si inconcevable qu'ils avaient marqué un temps avant de tomber dans les bras l'un de l'autre en pleurant de bonheur. Un choc trop soudain, propre à terrasser un cœur vacillant ; et qui, dans l'âme tendre du jeune homme, prenait une force singulière.

Puis, à la joie, avait succédé l'embarras. Comment ne pas être confondu par la vision de ce père vêtu d'un froc de bure et tonsuré ? Par ce regard lumineux qui semblait voir les anges ? Rien de comparable avec l'image qu'il gardait de lui. Il avait perdu, à onze ans, un père régisseur d'un important domaine, impressionnant d'autorité mais chaleureux. Il retrouvait un religieux doux, distant, qui désormais appartenait à Dieu avant d'appartenir aux siens.

Aimery inspira avec effort, le cœur serré dans un étau, l'esprit en tumulte. Les questions se bousculaient dans sa tête, trop gênantes pour être formulées.

Qu'est-ce qui avait conduit son père à partir si soudainement de Fabrègue ? Pourquoi ne point avoir laissé de message expliquant son départ ? Pourquoi, après tant d'années, ne pas s'être inquiété du sort des siens ? Et enfin, quel tourment avait conduit cet homme si épris de sa terre à prononcer ses vœux ?

Aux interrogations se mêlaient des souvenirs qui revenaient tels des spasmes douloureux. Tout au long du trajet du retour vers Fabrègue, six ans plus tôt, il avait rêvé de l'instant où il se jetterait dans les bras paternels.

Seul le froid de l'absence avait accueilli le petit garçon d'alors au domaine. Une absence inexplicable, inexpliquée, qui l'avait plongé dans un désespoir terrible et silencieux, mêlé d'incompréhension et d'amertume ; bien plus grand que celui de Tyra, déjà forte de sa passion pour la science.

Il releva la tête et son regard buta contre les murs rapprochés de la pièce. Dormant comme ses frères dans un dortoir, Audifré désormais frère Pierre ne disposait d'aucun endroit à lui. Aussi, le premier moment d'émotion passé, avait-il entraîné son fils à l'abri des regards, dans l'une des cellules que comptait l'infirmerie.

L'infirmerie était attenante à l'hôtellerie car nombre de voyageurs nécessitaient des soins. Le dénuement des lieux était extrême. Un lit étroit, fait de quelques planches recouvertes d'une natte, d'une mince couverture, d'un couvre-pieds et d'un oreiller, occupait presque à lui seul le réduit. Une petite table où reposaient un cruchon et un bassin de terre cuite, et un siège pliant complétaient le mobilier. Une odeur de plantes médicinales flottait dans l'air.

Aimery arrêta ses yeux sur son père. La peau adhérait aux traits émaciés. Des ridules griffaient le pourtour des yeux bruns. Les cheveux taillés court au-dessus des oreilles s'adoucissaient d'argent. Assis sur le rebord de la couche, les épaules affaissées, il était l'incarnation de l'accablement.

Aimery calcula qu'il devait avoir quarante-quatre ans. Il en accusait bien plus. De toute évidence, sa rencontre avec Dieu n'avait pas fait de lui un homme heureux.

La cloche s'ébranla, annonçant sexte. Audifré sursauta. Il parut s'éveiller.

– Je ne méritais point le bonheur qui me vient de toi, ce jour. Le Miséricordieux est bien trop bon envers les pécheurs de ma sorte. Il eût dû me laisser à jamais dans l'ignorance du sort des miens afin que le remords de ne point vous avoir secourus dans le péril, ta sœur et toi, me ronge sans faiblir jusqu'à mon dernier souffle.

Un gémissement s'éleva de la cellule voisine. Aussitôt, des pas résonnèrent dans le couloir et une voix apaisante interrompit les plaintes.

Le silence retomba comme un linceul sur le père et le fils. Plongé au plus vif de ses souvenirs, Audifré n'était plus là.

– Ce remords, poursuivit-il après un temps, me conduisit à revêtir cet habit que je porte. Mourir m'eût été plus aisé. Autrement difficile était de continuer à vivre avec le fardeau de ma faute…

Parler ne le libérait pas, mais l'enlisait, l'enfonçait plus encore dans son tourment. Il chercha son souffle. Un roc écrasait son cœur.

– Jamais lâcheté ne choisit aussi mal son auteur. Droiture et courage avaient toujours régi ma vie.

Il glissa ses mains décharnées sous les manches de son vêtement, tel un pénitent frileux.

– Lorsque ma défection m'apparut dans toute son horreur, votre mère cinglait déjà vers les côtes des Infidèles afin de vous retrouver, ta sœur et toi.

Un soupir émergea avec difficulté de sa poitrine oppressée. Ces aveux lui coûtaient. Excepté sous le sceau de la confession avec l'abbé Donnivert, il n'avait parlé de son tourment à quiconque. Et voilà que, soudain, il devait se mettre à nu sous le regard de son fils.

– La voie de l'expiation, continua-t-il, s'ouvrit à moi comme la seule possible. Il me fallait trouver un lieu de prière. Le Tout-Puissant conduisit mes pas vers cette abbaye et fit en sorte que l'on m'y acceptât parmi ses serviteurs. Depuis, je Le prie des primes lueurs de l'aube jusqu'au mitan de la nuit. Non pour mon salut, lequel m'indiffère, mais pour celui de mes frères, les hommes et… pour les miens que le temps n'arrachera jamais de mon cœur…

Il se raidit, cherchant à retrouver une attitude digne. Les prunelles bleu sombre, graves et attentives posées sur lui, ressemblaient à cet instant terriblement à d'autres… Le rappel était si frappant qu'il frémit.

– Parle-moi de Tyra, reprit-il, s'efforçant de chasser l'image trop précise. Qu'en est-il de ma fille ? Est-elle belle ?

Aimery sourit, déconcerté par la question.

– Par ma foi, voilà pour un frère déroutante question ! Une âme noble l'habite et sa tournure s'en ressent, il me semble. Elle étudie la médecine en Arles, chez Sédéchias, auprès d'un médecin arabe rentré avec nous d'al-Andalus.

Audifré laissa errer son regard sur les murs suintants. Sa pomme d'Adam sans cesse en mouvement laissait deviner qu'il saignait au-dedans.

Aimery retrouvait le visage de son père.

– Et Ing… ?

Il se racla la gorge.

– Et votre mère ? s'enquit-il d'une voix à peine audible. Comment se porte-t-elle ?

Le jeune homme sentit la glace des montagnes lui glisser dans le dos.

– Notre mère se porte bien, éluda-t-il. Elle demeure toujours à Fabrègue.

Audifré baissa la tête. Impossible de deviner les pensées qui traversaient son front.

– Grande est la noblesse d'âme de celle qui vous donna la vie. Courageuse et louable fut son attitude à votre égard. C'était mon rôle, non le sien, de partir à votre recherche en une terre de péril.

Puis abruptement :

– Jure sur cette bible que tu cèleras à ta mère et à ma fille bien-aimée que tu m'as retrouvé. J'ai fait serment à Dieu de me couper du monde et de n'être plus que frère Pierre. Jure donc, mon fils, et je serai en paix.

Aimery s'exécuta avec un étrange sentiment de tristesse et de soulagement. A sa mère, il n'eût rien dit. Mais avait-il le droit de laisser sa sœur dans l'ignorance de ce qu'il venait d'apprendre ? Quelle que fût la réponse, il devrait, sa vie durant, garder le secret. Il s'y engageait devant Dieu.

Des pas retentirent à nouveau dans le couloir ; des heurts de vaisselle s'y mêlaient. Un appétissant fumet de bouillon de poule passa la porte. On apportait leur dîner aux malades.

Rappelé à ses devoirs, frère Pierre refoula le passé.

– De l'ouvrage m'attend à l'hôtellerie, mon fils. Rejoignons ton ami qui doit t'y espérer. Je vais vous faire servir du pain, de la soupe et du fromage.

La main sur le loquet, il se retourna, frappé soudain par une évidence.

– Ta venue, mon enfant, m'a causé une telle joie que j'en ai omis de t'en demander la cause. Quelles raisons t'ont conduit à prendre la route des montagnes ? Es-tu marchand de ton état ? Romieux ? Ou les deux ensemble ?

Un lumineux sourire éclaira la face encore juvénile. Voilà une question à laquelle il ne craignait point de répondre.

– Ni l'un ni l'autre, père. Mon chemin s'arrête ici. Dieu m'y appelle. Mon seul souhait est de me fondre dans la communauté de cette abbaye et d'y servir le Très-Haut à tes côtés. Je veux être moine.

Tyra arrêta sa monture et tendit l'oreille. Des aboiements à peine audibles montaient de la forêt. Ils étaient sur le bon chemin.

Nasir et Subâhu avaient entendu également.

– Par là, indiqua l'Indien, désignant le levant.

Nasir s'engagea le premier dans le sentier. Les feuilles mortes étouffaient les pas des chevaux. Un ciel crème pesait sur les arbres flamboyants. Les bogues des châtaigniers laissaient voir leurs fruits brun-roux. En ce coin du Viennois, l'automne avait déjà enterré l'été.

Tandis qu'ils guidaient les bêtes sur la pente rendue glissante par des récentes pluies, Tyra devenait nerveuse. Elle écarta vivement son ricinum mauve que le vent rabattait sur son visage. Nasir lui jetait des coups d'œil inquiets. Il avait pour Tyra l'attachement d'un père, et la voir mêlée à une si sombre histoire lui répugnait. C'était pour cette raison qu'il avait tenu à l'accompagner. Une décision qui avait rassuré Inga.

Inga... Une fois de plus, celle qu'il aimait l'avait surpris. Cesserait-il jamais d'en être ainsi ? Durant les révélations de sa fille, elle n'avait pas bronché. Pourtant elle exécrait cette reine Ermengarde qui jadis lui avait refusé son aide alors que Bremon et sa horde menaçaient Fabrègue.

– Garde-toi, ma fille, de croire à la noblesse de cœur des princes chrétiens, s'était-elle bornée à dire à Tyra. Ce Hugues te convoite. Je ne crois guère qu'il acceptera de t'entendre sans contrepartie.

– Je suis convaincue du contraire, avait trop vite protesté Tyra. Sous le regard appuyé de sa mère, la confusion avait rosi ses joues.

Une pluie fine et glacée se mit à tomber. Tyra resserra autour d'elle l'élégante saie vert pâle qui recouvrait son bliaud mauve et réajusta son bandeau de front. La longue tresse qui s'échappait du voile battait le flanc de sa monture. Elle porta un regard sans concession sur les passementeries de fils d'argent et de soie cyprès qui formaient sur le devant de son vêtement de superbes ocelles. Qu'en resterait-il au sortir de cette averse en forêt ? Sous peu, la terre allait devenir boue et maculer chevaux et voyageurs.

Riche idée d'avoir troqué aux abords de Vienne sa tenue de voyage contre cet habit de Cour. Mais pouvaient-ils prévoir la déconvenue qui les attendait au palais ? Rien ne laissait présager qu'ils seraient amenés à courir les bois.

Elle avait tout imaginé sauf que Hugues chasserait le sanglier avec le roi et sa suite à plus d'un couple d'heures de Vienne, et passerait la nuit dans la résidence d'un comte des environs. De là, sans revenir sur Vienne, le prince devait gagner directement ses terres afin de rassembler ses vassaux avec lesquels il rejoindrait l'ost.

L'agitation qui régnait dans la cour du palais confirmait les propos du garde interrogé, et l'aveu de l'espion. Des hommes d'armes en grand nombre allaient et venaient devant les bâtiments royaux. L'on astiquait les haches, vérifiait l'état des pointes de lances et des selles. Tout ce monde circulait dans un beau désordre, entre futailles et sacs de vivres. L'on ne pouvait douter de l'imminence du départ.

Une chasse royale en un pareil moment ne manquait pas de surprendre Nasir. Pas Tyra, qui connaissait l'inconséquence du jeune souverain et son goût forcené pour la traque en forêt.

Ils s'étaient immédiatement lancés sur les traces de Hugues avec, chevillée au cœur, la crainte qu'il ne quittât plus tôt que prévu la chasse royale.

Un éclair au ponant déchira le ciel. L'orage s'éloignait. Le voile humide gênait Tyra dans ses mouvements. Excédée, elle l'arracha et le jeta par-dessus les buissons, enlevant du même coup le ruban qui retenait sa tresse. Les mèches soyeuses reprirent vie sur ses épaules et sur ses reins. Tyra se contenta de réajuster autour de sa tête son bandeau de front.

Cris, aboiements et galopades se précisèrent. L'on se rapprochait du lieu de la battue. La panique s'empara de Tyra. Comment aborder Hugues parmi ses seigneurs? La prédiction d'Azélaïs lui revint brusquement à l'esprit : « Malgré toi, tu iras vers lui. »

– Je la tiens!

Le cri venait de dextre. Nasir fonça, Tyra et Subâhu derrière lui.

Ils atteignirent les abords de la clairière au moment où un cavalier solitaire fichait sa lance dans la gorge d'une laie de belle taille. La bête émit un grognement terrible et s'affaissa, gueule sanglante.

Nasir s'arrêta en lisière du pré. Tyra vint se ranger à son côté.

Le vaillant chasseur n'était autre que le prince Boson.

– Belle prise, mon frère!

La voix de Hugues courut sur la peau de Tyra comme un frisson. Elle vit dans un brouillard le vêtement pourpre, les cheveux clairs. C'était bien lui.

Subâhu jetait des regards surpris à la jeune fille. Pourquoi se taisait-elle? Ce n'était pas à lui de dire à Nasir que celui qu'ils cherchaient se trouvait là, à deux jets de flèche. Qu'attendait-elle?

Hugues mit pied à terre près de son cadet et se pencha sur la bête morte.

– Très belle prise, répéta-t-il en se relevant.

Cris et galopades s'estompaient. Son timbre grave et chaud résonna encore dans la clairière.

– Je crains, mon frère, que dans le feu de la traque, nous n'ayons semé la chasse.

– De qui s'agit-il ? s'enquit Nasir à mi-voix à l'adresse de Tyra.

Subâhu ne lui laissa pas le temps de répondre. Il désigna un point gris qui avançait entre deux buissons en bordure du pré.

– Regarde, dit-il à son ancien maître.

Nasir tressaillit.

– Par Dieu, prenez garde à senestre, hurla-t-il aux chasseurs en jaillissant du bois.

Il sortit son poignard et talonna sa monture. Les deux frères se retournèrent, trop tard pour sauter en selle. Le sanglier, d'une taille impressionnante, les chargeait déjà.

Seul Hugues tenait encore sa lance. Il l'ajusta sur son épaule. Le mâle avisa au dernier moment la pointe de fer dressée. Il fit un écart. La lance l'atteignit au défaut de l'épaule.

La bête poussa un grognement de douleur et entama une danse folle. Secouant sa gueule en tous sens, elle parvint à se défaire de l'aiguillon meurtrier et heurta violemment d'une broche la jambe de Hugues.

Celui-ci poussa un cri. Le visage grimaçant, il plongea pour récupérer sa lance tandis que le fauve s'échappait vers le sous-bois.

– Le Diable nous emporte pour notre imprudence ! fulmina Hugues, claudiquant vers sa monture.

Il était furieux de devoir entamer la campagne avec une jambe blessée. Furieux d'avoir mis pied à terre sans rets ni poignard.

Nasir et Subâhu parvinrent à sa hauteur.

– Couvre-les, jeta le premier au second. Il va revenir.

A peine avait-il dit cela que le sanglier, fou de douleur, chargeait à nouveau les chasseurs. Ceux-ci n'avaient pas eu le temps de se remettre en selle.

Nasir leva son poignard. S'il le manquait, le fauve éventrerait son cheval ou tuerait quelqu'un.

« Maintenant », songea-t-il, se jetant muscles bandés sur la bête en pleine course. La lame passa les soies dures et se ficha dans le haut de l'échine. Dans un sursaut d'une extrême violence, le sanglier précipita son agresseur à terre. Nasir n'avait pas lâché son poignard. D'un coup de reins, il se retourna. A temps. Déjà le monstre couvert de sang était sur lui. Sa lame s'enfonça jusqu'à la garde dans la poitrine du fauve qui s'affala de tout son poids sur Nasir. Mort.

Aussitôt, Subâhu repoussa la bête et aida son maître à se remettre sur pied. Nasir était rouge du sang de la bête mais ne déplorait que quelques contusions.

Hugues n'avait pas remarqué le serviteur indien. Nasir retenait toute son attention.

– Par tous les saints, apprécia-t-il en lui tendant sa gourde, voilà marque de bravoure peu commune !

Il grimaça un sourire. Sa jambe l'élançait violemment.

– Tu as, l'ami, l'âme trempée et la frappe adroite. Tu ne participais point à la chasse, n'est-ce pas ? Quel est ton nom ? Et que fais-tu sur ce breuil royal ?

Un galop lui fit tourner la tête. Son sourire se figea.

Sa chevelure châtaine aux reflets de flammes en guise d'étendard, Tyra venait vers eux.

Elle se redressa.

– Dans moins de deux semaines, prince, dit-elle sans le regarder, tu auras recouvré le plein usage de ta jambe. Ne te restera de cette mésaventure qu'une cicatrice.

– Et le souvenir de ton apparition dans cette clairière, murmura Hugues d'une voix sourde.

Il ne sentait plus les élancements tant le contact des doigts légers sur sa blessure l'avait bouleversé.

En son for, il bénit le sanglier qui lui valait le bonheur d'avoir Tyra auprès de lui. Rien qu'à lui.

La jeune fille ignora la remarque et entreprit de ranger onguents et charpies dans son coffret. Elle avait été bien inspirée de l'emporter. Sortant deux pots en terre et une petite fiole en pâte de verre bleue, elle se hâta de briser le silence :

– Voici de quoi soigner ta jambe jusqu'à complète guérison. Ces pots contiennent un vulnéraire à base d'huile d'olive, d'arnica et de millepertuis. Il faudra en oindre ta plaie matin et soir.

Elle releva la tête et le regretta aussitôt. Il la fixait avec une intensité insoutenable. Elle poursuivit très vite :

– Quant à cette fiole, quelques gouttes de son contenu mêlées à un peu d'eau apaiseront la douleur.

Il s'avisa qu'elle portait sur elle le pendentif en forme de marteau et le prit entre ses doigts.

– Loué soit Dieu pour lui avoir permis de te le remettre.

Tyra hésita :

– Il est mort avant d'avoir pu le faire.

Elle ôta le bijou et le lui rendit :

– Je ne l'ai jamais considéré comme mien.

Il le prit sans rien dire. Elle attendit en vain une question.

Hugues passa une main sur son front brûlant. Il avait soudain chaud. Très chaud. Son souffle s'accélérait. Etait-ce la fièvre ou le fait qu'elle fût là ? Elle était belle comme au sortir d'un lit avec ses cheveux défaits. Il en sentait le parfum depuis sa place. Un mélange d'essences et de course en forêt.

Il la jugea plus ravissante encore qu'en son souvenir et ne se lassait pas de contempler les longs cils qui dérobaient à sa vue les prunelles dorées. Elle était un rêve. Un rêve qu'il désirait à s'en brûler le ventre ! A en devenir fou !

Tyra ne savait plus que faire. Ses pieds étaient de plomb. Elle ne bougeait pas, redoutant un geste de lui, en oubliant le message d'Okba. Que n'avait-elle insisté pour que Nasir la suivît dans la chambre du prince ? Lui à ses côtés, elle eût été moins vulnérable.

Hélas, l'adresse de Hugues avait été remarquable. Impossible pour Nasir de se dérober à ce bain proposé si aimablement, quand ses vêtements n'étaient que boue et sang. De la même façon, Tyra n'avait pu refuser de porter des soins au prince.

Si Dieu existait, comme le prétendait Aimery, il fallait qu'Il se manifeste de quelque manière afin de la rappeler à la raison et d'interrompre ce tête-à-tête au parfum de soufre.

Nasir se trouvait dans la salle voisine. Il comptait sur elle. Et, à travers lui, Inga, Okba et tous les gens de Fabrègue et du massif. Mais comment amener Hugues sur ce terrain ? Comment seulement relever les yeux ? La séduction de cet homme était diabolique. Et du Diable, certes, l'on pouvait parler tant la malchance les avait servis.

Sans cette rencontre fortuite sur le chemin du retour avec les compagnons de Hugues, ils eussent pu délivrer au prince le message d'Okba.

Quelques gracieuses jouvencelles se trouvaient du nombre. La plus avenante, une blonde au corps flexible et aux prunelles d'airain, inconnue de Tyra, avait fait montre envers Hugues d'une familiarité sans équivoque.

La belle hautaine qui répondait au nom de Judith s'était empressée auprès de son amant blessé, méprisant ostensiblement l'intruse à la chevelure audacieusement dénouée. Elle n'avait pu l'ignorer longtemps : Hugues avait tenu à ce que l'inconnue chevauchât à sa dextre, requérant Nasir à senestre.

Durant le trajet, elle avait nettement senti dans son dos le regard acéré de la belle. Et, bien qu'elle s'en défendît, y avait pris un certain plaisir.

Ils avaient gagné sans un mot le domaine du comte Geoffroi, chez lequel la troupe devait passer la nuit.

Tyra avait mis le mutisme et la pâleur de Hugues sur le compte de la douleur et du sang qu'il perdait en dépit du bandage serré qu'elle lui avait fait à la hâte. Dans la chambre, le silence durait, s'éternisait. Il lui fallait le rompre. Vite. Elle se raccrocha au motif de sa venue et prépara ses mots. Mais Hugues qui continuait à la fixer lança abruptement :

– Qui est cet homme et que faisais-tu avec lui au cœur de cette forêt ?

Le ton était uni mais le visage impérieux. Tyra se raidit.

– Ne préfères-tu savoir ce qu'il advint de ton espion ?

– Nous verrons cela après. Réponds de prime à ma question.

Le ton déplut à Tyra et lui rendit sa maîtrise. Elle lâcha froidement :

– Il a pour nom Nasir et remplace mon père à la tête du domaine où vivent les miens... Il est aussi le compagnon de ma mère. Mais ce n'est pas à ce titre qu'il m'accompagne : il a un message à te délivrer. J'aimerais que tu acceptes de l'entendre.

Hugues s'arracha à sa contemplation. Il grimaça un sourire.

– Que de mystères autour de toi, belle amie ! Un Arabe pour maître en médecine ! Pour valet, un Indien aux allures d'exécuteur ! Et à présent, un régisseur qui se bat comme un preux ! A croire que la norme te pèse.

Les jolis traits se crispèrent. Le timbre grave la reprenait, l'enveloppait dans sa musique, la tendait au-dedans jusqu'à la rupture. Craignant de l'avoir blessée, Hugues s'empressa d'ajouter :

– Comment ne pas exaucer si modeste souhait après ce que je dois à... à cet homme !

– Je t'en remercie, dit Tyra, s'activant pour fermer son coffret afin de cacher ses mains tremblantes.

– Ne vois-tu pas un signe dans l'étrangeté de nos retrouvailles ?

– La science ne croit pas aux signes. Et je crois en la science.

Il saisit son poignet.

– L'on ne peut vivre avec la science pour maîtresse, dit-il en fouillant les yeux verts. Encore moins pour amant.

Tout en parlant, il se rapprochait. Son souffle brûlant balaya le visage de Tyra. Elle ne put lutter contre la déferlante qui la poussait vers lui. Les lèvres de l'homme écrasèrent les siennes avec une douce violence. Ce fut comme un orage. Le heurt de deux éclairs. La foudre qui frappe et tue. Une sensation d'une force inouïe, jamais ressentie jusqu'alors ni par l'un ni par l'autre.

Hugues se fit violence pour tempérer le désir fou qu'il avait d'elle. Elle était vierge. Il le savait. Ses mains se perdirent dans les mèches au parfum des bois. Ce contact acheva d'incendier son sang. Incapable de se contenir plus longtemps, il força durement de sa langue la barrière des lèvres closes et la jeta sur la couche.

Cet assaut brutal réveilla les défenses de Tyra. Le visage d'Adalinde passa devant ses yeux.

– Non! protesta-t-elle en le repoussant.

D'un coup de reins, elle se dégagea et sauta hors du lit. Hugues se redressa sur un coude, le sang bouillonnant, la raison brouillée. C'était la première fois qu'une femme se refusait à lui. Et il fallait que ce fût elle! Haletants, ils se mesurèrent. Lui, portant encore le masque douloureux de son désir contrarié. Elle, le souffle court, les prunelles flamboyantes.

Attrapant le broc d'eau qui se trouvait sur le chevet, Hugues s'en aspergea le visage. Il était blême.

– Demande à ton... compagnon d'entrer, dit-il en se servant une coupe de vin.

Il paraissait soudain harassé.

Tyra remit un peu d'ordre dans sa tenue et sortit. Elle reparut presque aussitôt avec Nasir. Il avait fait toilette et changé de vêture.

Hugues fut frappé par sa taille qu'il avait sous-estimée dans la clairière, ainsi que par son allure. L'homme, auquel il donnait entre trente-cinq et quarante ans, était grand et bien découplé. Son corselet de cuir rouge de Cordoue épousait son torse et ses braies soulignaient le délié de sa jambe. Le front noble sous les boucles noires, le regard bleu sans arrogance ni humilité, le menton volontaire, le col puissant et long trahissaient un mélange de force et de tempérance propre aux hommes de raison.

Hugues jugea cependant que peu d'hommes de raison eussent combattu un sanglier de la sorte... Tyra nota avec soulagement que Hugues avait recouvré son sang-froid. Le sourire qu'il adressa à Nasir acheva de la rassurer. Il accueillit son sauveteur d'un :

– Béni soit le Très-Haut de t'avoir mis sur notre chemin, compagnon. Dis-moi sans crainte l'objet de ta venue.

Nasir parla. Longtemps. De cette voix calme et posée qui donnait à ses dires une portée plus grande encore. Hugues ne l'interrompit pas. Tandis qu'il écoutait, son regard allait du Mozarabe à Tyra. Nasir commença par exposer la situation de Fabrègue et de tous les chrétiens du Fraxinet ainsi que leurs rapports avec l'envahisseur. Il relata comment l'espion s'était fait capturer et avait avoué sous la torture l'objet et la cause de sa mission.

– Le chef des « occupants » du fort, poursuivit-il, ne veut pas d'une guerre ouverte contre le roi de Provence. Et il sait que, de celle-ci, tu ne veux pas plus que lui.

– Qu'est-ce qui lui donne à penser cela? s'enquit Hugues.

– Nous savons que la cible que tu vises se trouve par-delà les monts, à Pavie. Un détour par le Fraxinet ne t'apporterait rien et nous causerait grand dommage. Nos intérêts se rejoignent : nous ne voulons ni toi ni nous de cette guerre vaine.

– Et donc... ?

– Le qâ'id te propose ce pacte : si tu parviens à détourner le roi de son projet, ses hommes porteront leurs coups sur les terres de tes ennemis et épargneront les tiennes. Ses guerriers sont efficaces et cela ne te coûtera pas un denier. En outre, nul n'osera te soupçonner d'avoir armé le bras des païens contre tes adversaires. L'avantage est grand et le risque inexistant.

Le silence s'installa. Angoissant. Ecrasant.

– Pourquoi te fais-tu l'émissaire de ces païens? demanda Hugues, enfin. Si le roi prend leur fort, il te délivrera par là même de leur joug.

– Pour retomber sous le sien.

– Préférerais-tu l'autorité d'un mécréant à celle d'un roi chrétien ?

– Juges-tu que les croyances fassent les hommes? Nasr Ibn Ahmad est juste et nous garantit la paix. Cela seul me suffit.

– Il sème sur son passage la mort et la violence.

– Les hommes d'armes du roi Boson saccagèrent jadis notre domaine et massacrèrent femmes et enfants. Le qâ'id ne fit rien de tel.

Hugues se redressa sur son siège, visiblement intéressé par l'homme et l'intelligence de ses propos. Il coula un regard vers Tyra demeurée en retrait. Elle était suspendue à leurs lèvres. Devant ce visage lisse et grave, Hugues se demanda s'il n'avait pas rêvé leur court instant de fièvre.

– Quelle est ton idée sur cette affaire, amie?

La jeune fille soutint son regard.

– Nul n'ignore, prince, combien grandes sont tes ambitions. Des hommes de guerre, la Provence et le Viennois ne regorgent pas. Tu as là une occasion inespérée de t'en offrir à bon compte, et des meilleurs. Seul un seigneur irréfléchi rejetterait une telle proposition.

Nasir considéra Tyra avec surprise. Elle ressemblait bien plus à sa mère qu'il ne l'avait soupçonnée. Il ne fut toutefois point dupe sur la raison d'une telle véhémence.

– Voilà langage net et sans détour, admit Hugues, très neutre.

Puis, à Nasir :

– Où as-tu appris à te battre de la sorte, régisseur?

Le Mozarabe joua la franchise :

– A Cordoue. J'y commandais la da'ira, le corps d'élite de l'armée émirale.

Hugues leva un sourcil, surpris. Il brûlait de fouiller plus avant dans le passé de l'étranger mais le temps pressait. Il se leva.

– Je vais demander qu'on vous prépare un appartement...

– N'en fais rien, prince, l'interrompit vivement Tyra.

Sous le regard appuyé de Hugues, elle faillit perdre contenance mais se reprit.

– Je compte quelques amis à la Cour qui...

– Josselin? s'enquit doucement le prince.

– Et sa sœur Mathilde. Leur rencontre me vaudrait des questions importunes. Mieux vaut que nous regagnions Vienne. Nous trouverons à nous loger dans la cité.

– Qu'il en soit donc ainsi, concéda Hugues.

Puis, à Nasir :

– Laisse-moi deux jours et fais-moi savoir où vous joindre durant ce temps. Si je ne me manifeste point et qu'au matin du troisième jour, comme prévu, la partie de l'ost qui se trouve au palais quitte Vienne, ne vous restera plus à toi et aux tiens que la fuite ou la prière.

Louis achevait de se vêtir avec l'aide de Roricon pour le festin du soir lorsque Hugues se présenta. Celui-ci ne reconnut point d'emblée la vieille femme qui rangeait des effets dans un coffre. Frêle, voûtée, elle avait le geste hésitant de ceux que la mort s'apprête à appeler. Se redressant du mieux qu'elle put, elle salua le prince et quitta la chambre. Alors seulement Hugues mit un nom sur le front parcheminé. Rolinde ! De toute évidence, l'affliction d'avoir perdu sa royale maîtresse aurait bientôt raison d'elle.

Louis sourit à son cousin. L'opération d'envergure qui allait le jeter pour la première fois sur les chemins à la tête de son ost lui donnait de l'assurance.

– J'allais de ce pas, beau cousin, m'enquérir de toi. Les sangliers ne sont point bêtes caressantes, tu devrais le savoir. Mais à te voir, le dommage ne semble pas grand.

– Il ne l'est point, en effet, confirma Hugues.

Puis sans préambule :

– Le comte lombard Boderad vient de m'envoyer un pli dans lequel il s'enquiert de toi, cousin. Louable attention quand on sait l'accueil que tu lui fis.

Louis se renfrogna. Hugues comprit qu'il devait avancer prudemment. Une exaltation chassait l'autre dans l'esprit de Louis. Et l'idée de purifier son royaume du fléau païen l'occupait tout entier.

– Sur son lit de mort, je promis à ma mère de renoncer à la Lombardie, jeta-t-il, bourru. Un parjure me vaudrait les foudres de Dieu !

– Que vaut un serment arraché sous le coup du désespoir ? fit Hugues doucement. Le roi de Lombardie détient la lance de l'empereur Charlemagne. Il serait navrant qu'après l'éviction de Bérenger, qui ne saurait tarder, cette précieuse relique tombât en des mains étrangères à notre sang. Depuis notre illustre aïeul, les Carolingiens règnent sur ce territoire. L'abandonner à d'autres nous gagnerait, mon cousin, encore plus sûrement, les grâces de Satan.

Louis crispa ses mains sur la ceinture à boucle d'or qu'il s'apprêtait à ceindre. Sans pousser plus avant, Hugues claudiqua vers la porte. Il avait du mal à se déplacer. Sur le seuil, il se retourna. Louis semblait de pierre. Hugues sut que la Lombardie se jouait en cet instant. Que n'avait-il songé plus tôt à avancer ce pion ? Maintenant il fallait frapper vite et fort.

– Notre parent, l'empereur Arnulf, est malade et ne durera plus bien longtemps. Notre autre parent de Francie-Occidentale, le roi Charles le Simple, vient d'accepter un humiliant traité qui le contraint à gouverner de concert avec le roi Eudes [1], usurpateur de sa couronne. Depuis la déposition de l'empereur Charles le Gros, voici dix ans, nous perdons un à un les territoires gagnés de haute lutte par Charlemagne.

1. Ancêtre de Hugues Capet ; premier de la lignée à porter la couronne de France.

Hugues s'arrêta, laissant le silence marteler ses propos. Louis était devenu blême. La main sur la porte, Hugues laissa tomber :

– La destitution de Bérenger est imminente et les compétiteurs nombreux et impatients. Le chemin vers l'Empire passe par Pavie. Si tu te perds en de vaines querelles, usant tes forces et les réserves de ton trésor à courir sus à des brigands sans envergure, la pourpre couvrira d'autres épaules que les tiennes. Et alors sonnera le glas de la race royale carolingienne.

Tyra s'éveilla en sursaut. De la chambre voisine montaient des bruits de lutte, de sièges chavirés et des cris de femme. Un incident qui s'était maintes fois répété en deux jours.

« Encore une brute qui se remet mal de sa nuit de débauche », songea-t-elle sans s'émouvoir.

Elle sauta au bas de sa couche et dut se retenir au montant du lit. La tête lui tournait. C'était sa deuxième nuit d'insomnie dans cette chambre infâme où seule la crasse semblait tenir les murs debout.

Elle se laissa retomber sur la couche douteuse. Le repos paraissait proscrit dans ce bouge. Hélas, de ce dernier, il fallait se contenter à défaut de mieux. Toutes les autres hôtelleries de Vienne étaient réquisitionnées par le rassemblement de l'ost.

A côté, le silence revint. Tyra se releva. Trempant un linge dans le broc d'eau posé sur l'unique siège, elle s'en bassina les tempes. Combien de temps s'était-elle assoupie ? Une heure ? Peut-être deux ? La nuit durant, elle avait dû endurer les rires gras des hommes ivres et celui des ribaudes. L'on circulait davantage de nuit, sur ce palier, que sur la grande place d'Arles par jour de marché.

Une ombre gigantesque se dressa dans la chambre. Elle manqua hurler, avant de rire de sa frayeur :

– Par Dieu, Subâhu, je t'avais oublié ! Tu m'as fait grand-peur.

Deux rangées d'un blanc éclatant barrèrent la face sombre. Vu la fréquentation des lieux, Nasir avait tenu à ce que l'Indien veillât sur le sommeil de la jeune fille.

L'obscurité devenait moins dense dans la chambre. Une pauvre lumière filtrait au travers des vantaux disjoints. Les plaques de moisissure réapparaissaient au plafond. Le jour se levait.

L'échéance donnée par Hugues touchait à son terme et il ne s'était pas manifesté. Le découragement s'empara de Tyra. Elle se sentait encore plus lasse que le soir précédent. Deux jours et deux nuits claquemurée dans ce taudis dans l'attente d'un message qui ne venait pas avaient eu raison de sa résistance.

Elle avait connu un moment d'espérance en apprenant le retour du roi dans la cité. Mais nulle nouvelle n'était venue étayer cet espoir. Où se trouvait Hugues à cette heure ? Avait-il regagné Vienne avec la suite de son cousin ? Les hommes d'armes de la taverne interrogés par Nasir l'ignoraient.

Elle effleura ses lèvres du bout des doigts, comme pour chercher la trace d'un sceau. Un geste qu'elle jugea aussitôt ridicule. Chaque fois qu'un pas résonnait sur le palier, elle craignait que ce ne fût lui. Une crainte qui à sa grande honte se teintait d'espérance.

Nasir s'était évertué à la distraire en jouant avec elle aux dés et en lui contant les beautés d'un Cordoue qu'elle ignorait, celui des souks grouillants et du Guadalquivir illuminé la nuit par des milliers de lampes. Malgré sa sollicitude, ces deux journées avaient été interminables.

Sans lui demander son avis, Subâhu ouvrit grand les vantaux de bois. La lumière frileuse d'une aube d'octobre se resserra contre les murs gris. Tyra considéra sa chambre avec accablement. Sordide ! L'endroit était sordide.

L'Indien perçut son désarroi.

– Tes yeux sont tristes et ta peau est trop blanche. Il faut sortir.

La mort dans l'âme, la jeune fille en convint. Le délai imparti par Hugues était écoulé. Il ne servait plus à rien d'attendre.

– Va rejoindre Nasir, le temps que je me change.

La porte se referma. Elle ouvrit la mallette contenant ses effets et, à contrecœur, sortit sa tenue de voyage.

Elle revêtit le bliaud court d'un brun très neutre orné d'un discret galon aux poignets, le resserra à la taille par une large ceinture de cuir, et compléta l'ensemble par des braies collantes d'un rouge sombre sur lesquelles elle enfila des chausses noires roulées et façonnées, à semelles de cuir. Elle brossa ensuite ses longs cheveux et refit sa tresse. Se rappelant le conseil de Nasir, elle dissimula celle-ci sous sa saie et agrafa la fibule de bronze sur son épaule. Il ne faisait pas bon être une femme sur les chemins. Il lui suffirait, en sortant dans la rue, de rabattre sur sa tête la large capuche pour qu'on la prenne, ainsi vêtue, pour un jeune artisan de la cité.

Elle s'apprêtait à rejoindre Nasir quand il se présenta. Il feignit de ne point remarquer sa pâleur et ses cernes. Lui-même ne devait guère avoir plus fière allure. Il fallait convenir de l'insuccès de sa mission et s'attendre au pire. L'intrusion des Bourguignons à Fabrègue ne se perdait pas dans la nuit des temps. Le souvenir en demeurait fort vif en sa remembrance ainsi que celui du carnage qui avait suivi. Et maintenant, outre la vie de sa femme, de son fils et des gens du domaine, c'était celle de tous les chrétiens du Fraxinet qui se trouvait menacée. Il grimaça un sourire.

– Que dirais-tu, ma fille, de prendre un déjeuner correct dans une taverne propre ? lança-t-il sur un ton faussement enjoué.

Tyra baissa la tête.

– Ainsi, toi non plus tu n'y crois plus.

Nasir ne répondit pas. Alors qu'il s'effaçait pour la laisser sortir, des pas de chevaux montèrent de la venelle. A les entendre, leur nombre devait être grand. Nasir et Tyra se précipitèrent vers l'ouverture. Depuis l'étage, ils ne virent d'abord que des gens qui libéraient prudemment le passage. Presque aussitôt apparurent des hommes d'armes. Tyra reconnut en tête de la troupe deux comtes rencontrés à la Cour.

– L'ost qui s'ébranle, murmura-t-elle. Tout est perdu.

Nasir jugea le désordre fort grand. Comment les princes chrétiens conduisaient-ils leurs troupes ? Soudain son regard s'arrêta sur un cavalier aux tempes blanchissantes. Il gardait le cou rentré dans les épaules et le front bas. Accablé.

Tyra remarqua l'intérêt qu'il éveillait chez Nasir.

– Connais-tu ce seigneur ?

– Fouquier de Valensole, seigneur de Fabrègue, indiqua-t-il, amer. « Notre » seigneur. A présent, montre-moi le roi.

Tyra fouilla des yeux la masse de plus en plus compacte.

– Je ne le vois point, avoua-t-elle au bout d'un instant. Peut-être quitte-t-il la cité par une autre porte.

Le Mozarabe saisit la main de la jeune fille.

– Allons-y !

– Par Dieu, où ? s'enquit-elle, courant pour soutenir le train de son compagnon.

– Au palais.

– Qu'allons-nous y faire ? Nul ne doit plus y être.

– Un roi va toujours en tête de ses troupes. Je veux savoir pourquoi il ne s'y trouvait point.

En montant vers la résidence royale, ils durent se plaquer contre le mur d'une maison afin de livrer passage à une seconde troupe. Le comte de Valence, Adalelme, la menait. Il arborait une mine aussi sombre que sa vêture.

La cour du palais était en effervescence. La large porte ne cessait de vomir dans la cité des flots de cavaliers. La forteresse se vidait.

– Sur mon salut, ils ne nous considèrent pas mieux que des esclaves.

Nasir et Tyra s'approchèrent du serviteur bougonnant. Il fixait d'un œil vindicatif un chariot surchargé. Nasir l'apostropha :

– Il te faudra, l'ami, de bien puissantes bêtes pour tirer pareil chargement.

– Que nenni ! jeta l'autre avec hargne. Mes bras seuls devront en supporter le poids.

Il désigna le palais du menton.

– Ses ordres font loi, même quand ils prennent tournure de caprice. Des semaines qu'on nous presse afin que tout soit prêt pour ce jour. A-t-on idée d'une campagne en cette saison ! Seuls les cochons en quête de glandée battent la campagne par ce temps. Et alors que nous voilà fin prêts, à quelques heures du départ, l'on nous somme de décharger et de remiser les attelages. Par Dieu, mais de qui se moque-t-on ? Même les hommes d'armes n'y comprennent goutte. Quant aux seigneurs, plus d'un vient de repartir l'ire au cœur et le blâme à la bouche.

Il s'arrêta, interdit de voir l'étranger compatissant un instant plus tôt et « son jeune garçon » s'illuminer comme une église un soir de Noël. Sa bouche et ses yeux s'arrondirent si drôlement que Tyra éclata de rire. L'homme haussa les épaules et s'éloigna, persuadé que le monde devenait fou.

– Gagné ! Par Dieu, nous avons gagné, souffla Tyra.

Une main lui toucha discrètement l'épaule. Elle se retourna et tomba en arrêt devant un jeune homme pâle et roux qu'elle reconnut pour être un serviteur de Hugues. Son cœur bondit.

– Mille pardons, damoiselle, et toi, seigneur, dit-il, visiblement soulagé. J'arrive de l'hôtellerie où vous étiez descendus et voilà un moment que je vous quiers à travers la cité. Je désespérais de vous retrouver dans cette presse.

Il sortit de son corselet deux rouleaux de parchemin scellés.

– Mon maître m'a chargé de vous remettre ceci.

Il tendit à Tyra celui serré d'un ruban rose et donna l'autre à Nasir. Le Mozarabe rompit le sceau. « J'ai payé ma dette envers toi, disait le message. Nous sommes quittes. » Nasir releva la tête et tendit le rouleau à Tyra. Elle le lut en silence et le lui rendit. Il s'avisa alors qu'elle n'avait point défait le sien mais se garda de lui en faire la remarque.

A bout de résistance, elle finit par l'ouvrir. Aussitôt, les lettres se mirent à danser devant ses yeux. Un mot. Un seul : « Viens. » Dans un état second, elle roula le pli et le glissa dans sa ceinture. Le serviteur de Hugues attendait.

– Va, le congédia-t-elle, plus durement qu'elle ne l'aurait voulu.

– Mais, osa-t-il, n'as-tu aucun message pour mon maître ?

– Dis-lui simplement que je le remercie.

Puis, se tournant vers Nasir et Subâhu :

– Partons.

4

Les années d'espérance

900-901

Pâques revêtait cette année-là un caractère particulier pour les habitants d'Arles. Le roi Louis et sa jeune épouse, la reine Adélaïde, honoraient la cité de leur présence. Voilà deux jours que la Cour avait investi les maisons des notables.

La vieille Arelate des temps romains s'était parée de ses plus beaux atours pour accueillir son souverain. Chaque maison, de la plus pauvre à la plus riche, arborait aux fenêtres guirlandes, tapis, tentures et pièces de drap spécialement brodées aux armes du roi de Provence-Viennois.

Bien des espérances s'accrochaient à un tel accueil. L'on savait l'archevêque Rostaing frappé de paralysie et proche de sa fin. Une fin qui laisserait ses ouailles désemparées. Le métropolitain ne veillait-il point aux destinées de sa ville depuis plus de trente années ? Certes, l'homme n'était point des meilleurs et avait souvent eu la poigne dure. Mais il aimait sa cité et avait choisi d'y résider sa vie durant. Thibert, qui en était le duc, y avait, quant à lui, toujours brillé par son absence. L'état de santé du primat devait être pour beaucoup dans la venue du souverain. Tous connaissaient l'attachement quasi filial de ce dernier pour l'archevêque.

A défaut d'opulence, Arles se révélait prospère. Il suffisait, pour s'en persuader, de passer par le quartier de Trinquetaille, lequel grouillait d'artisans et de négociants. Sous la double protection de leur enceinte antique et de leur guide spirituel, les citadins vivaient en paix. Une paix sans prix en ces temps troublés par les violences sarrasines. Une paix qui, en outre, attirait des marchands grecs, juifs et arabes, et faisait de cette cité l'une des plus commerçantes du royaume. Qu'en serait-il à la mort du primat ? Quel autre prélat investirait son palais, userait de son autorité ou en abuserait? Serait-ce un juste ou un despote? Des inquiétudes qui expliquaient pourquoi la ville entière courtisait le roi Louis.

Tyra allait d'un pas pressé par les venelles de la cité, insensible à leur décor de fête. Sédéchias se mourait. La maison du rabbin Salomon se trouvait encore loin. Arriverait-elle à temps? Le religieux pourrait-il réciter le schéma avant que la vie n'ait déserté l'esprit du vieillard? Il tenait tant à entendre cette prière une dernière fois...

Une boule obstrua la gorge de Tyra. Sédéchias se mourait d'usure. Un mal contre lequel n'existait nul remède. Elle étouffa un sanglot. Le vieux médecin juif avait partagé tant de moments heureux et malheureux avec Roncelin, son grand-père, puis Audifré, son père, enfin avec elle, qu'il emporterait dans la tombe une partie de leur histoire. Elle écrasa une larme. Avant de le pleurer, il lui fallait satisfaire son ultime souhait.

Elle arriva au croisement de deux venelles et réfléchit sur le plus court chemin à prendre. C'était celui qui coupait par le marché. Elle força encore le pas. Il s'agissait de passer la place commerçante avant l'arrivée des commères. Pour célébrer les pâques du lendemain et oublier le carême, l'on garnirait les tables d'abondance. Aussi, ce tantôt, le ventre de la cité verrait-il affluer encore plus de monde que d'ordinaire.

Elle déboucha sur la place alors que les marchands dépliaient leurs tréteaux. Un furieux mistral la happa au passage. Elle resserra frileusement sa chape autour d'elle.

Le soleil se détachait à peine des toits. L'air vif et les ombres allongées des murailles indiquaient le petit matin. Quelle heure pouvait-il être? La nuit de veille passée au chevet du vieil homme lui avait fait perdre toute notion du temps. Elle écarta les mèches qui retombaient sur son visage. Elle n'avait même pas pris un moment pour refaire sa tresse.

Serrant les bords de sa capuche sous son menton, elle baissa la tête et fit front au vent.

Le ciel se déchaînait durant ce mois d'avril, alternant sans repos vent et pluie.

– Par Dieu, damoiselle, regardez donc où vous posez les pieds, bougonna un marchand en redressant un haut panier d'osier empli d'anguilles que Tyra avait heurté du pied.

La jeune fille marmonna de vagues excuses et s'éloigna. En dépit de la fraîcheur, elle atteignit en sueur et le souffle court la synagogue.

Le rabbin y priait à mi-voix, en rallumant les ménorahs. Il accepta aussitôt de la suivre. Pour lui comme pour l'ensemble des juifs de la cité, Sédéchias avait été, sa vie durant, un exemple d'humilité, de savoir et de sagesse. Tous les membres de la communauté l'avaient sollicité à un moment ou à un autre de leur existence. Ses mains habiles en avaient sauvé plus d'un. Et certains allaient jusqu'à prétendre que le quartier juif lui devait la bienveillance des autorités archiépiscopales.

La presse devenait dense. Ils tournèrent enfin le coin de la ruelle de Sédéchias. Tyra s'arrêta, interdite :

– Par Dieu, qu'est-ce donc... ?

Cinq cavaliers se tenaient devant la maison. Des hommes d'armes.

Elle se rappela alors le pli reçu la veille. Profitant de sa présence en Arles, Mathilde la prévenait de sa visite du lendemain. Elle regretta de n'y avoir pas répondu pour différer leur rencontre.

– Allons, mon enfant, se méprit Salomon, nul homme de foi ne s'en prend à un mourant.

Les hommes ne bougèrent pas en les voyant. Tyra nota la présence d'un sixième cheval, un fier étalon noir richement harnaché. Mathilde n'avait point dû passer inaperçue dans les venelles avec un tel animal.

Tyra poussa la porte, déterminée à écourter la visite de son amie. Vigtis qui les avait entendus accourut, visage fermé. Tyra ne lui laissa pas le temps de parler.

– J'ai une visite, je sais. Conduis, je te prie, le rabbin Salomon auprès de Sédéchias.

Ils s'en allèrent vers l'escalier. Tyra arrangea tant bien que mal ses cheveux et lissa de la paume sa tenue fripée. Elle traversa la cour intérieure. La porte de la salle était ouverte. Elle descendit les deux marches et releva la tête.

Son cœur s'arrêta. Comment ne pas reconnaître, même de dos, l'homme qui se trouvait avec Tammam !

En entendant le pas léger, Hugues se retourna. Ils se dévisagèrent. Rien n'avait changé. Enfin, il parla :

– Je viens d'apprendre, amie, de la bouche de Tammam le malheur qui vous frappe et compatis à votre affliction.

– Je t'en remercie, souffla Tyra qui ne trouva rien d'autre à dire.

Echange banal de politesses. Mais que d'éloquence dans les yeux clairs du prince ! Depuis l'épisode de la chasse, ils ne s'étaient pas revus. Trois ans étaient passés. Trois ans durant lesquels elle s'était jetée à corps perdu dans son travail.

Tammam toussota :

– Pardonnez-moi mais je me dois à notre malheureux ami. Adieu, prince.

– Salomon se trouve auprès de lui, protesta Tyra.

– Il est de mon devoir d'y être aussi.

Tyra le regarda partir avec colère. Elle savait qu'il faisait exprès de les laisser seuls.

– Puis-je m'asseoir ?

Sous le regard appuyé, elle perdit contenance. Elle était négligée, décoiffée ; portait une vieille chape grise que Vigtis lui avait jetée à la diable sur les épaules au moment de sortir. Et puis elle était lasse, terriblement triste, et ne parvenait plus à mettre deux idées bout à bout.

Dans un brouillard, elle nota des détails anodins. Les mèches assombries par l'hiver. Les épaules plus larges qu'en son souvenir. L'élégant manteau bleu, très long, qui le faisait paraître plus grand encore. Les heuses [1] fauves, du cuir le plus fin. Poliment, il réitéra :

– Puis-je m'asseoir ?

Tyra comprit que si elle ne réagissait vite, le fragile équilibre gagné de haute lutte sur trois ans de tourment serait réduit en cendres. Hugues n'était pas pour elle.

– Sédéchias se meurt. Le temps me fait défaut. Que veux-tu ?

Le ton glacé et l'impolitesse manifeste souffletèrent Hugues.

« Te voir, rien que te voir, songea-t-il avec amertume. Parce que je n'y tenais plus de te savoir si près. Parce que ni le temps ni mes maîtresses ne t'effacent de ma mémoire. Parce que, même sans fard et sans apprêt, tu es d'une beauté indécente. Parce qu'il émane de toi quelque chose d'unique et d'indéfinissable qui me bouleverse. »

– Rien sinon te voir, répondit-il abruptement. J'ignorais que je tombais si mal et que ma visite t'importunerait autant. Pardonne-moi. Adieu.

La porte claqua. A l'étage s'éleva la voix de récitant du rabbin Salomon : « L'Eternel est notre Dieu, l'Eternel est Un. »

Comme une somnambule, elle s'avança vers la porte. Sa place était là-haut, aux côtés de Tammam et de Sédéchias.

Soudain ses jambes mollirent. Pourquoi le départ de Hugues lui

---

1. Bottes ou jambières lacées, protégeant de la pluie et de la boue.

faisait-il si mal alors qu'elle se croyait guérie de lui ? Quel démon l'avait poussée à le blesser sans raison ?

Au moment de sortir, elle buta sur la dernière marche et chut contre la porte. Ce fut comme une digue qui cédait brusquement. Les pleurs retenus depuis la veille jaillirent d'un coup. La tête appuyée contre le battant de chêne, longtemps elle sanglota.

– Suprême humiliation, Bérenger, notre roi, dut racheter à grand renfort de barres d'argent sa liberté et le départ des Barbares. Comme pour nous éprouver un peu plus, en quittant la plaine les Magyars passèrent devant nous, livrant à nos regards leurs chariots débordant de ciboires et patènes d'or, de vases précieux de nos églises et monastères. Jusqu'aux reliques de nos saints qu'ils emportèrent, ne voyant que l'ivoire, l'or et les pierres fines qui les enchâssaient. Que leurs mains se dessèchent pour ces actes impies !

Le jeune duc Adalbert d'Ivrée, gendre du roi de Lombardie Bérenger, essuya rageusement d'un revers de main la sueur qui perlait à son front. En rapportant au roi de Provence la défaite cuisante de l'ost lombard face aux envahisseurs magyars, il revivait la scène. En la place de son royal beau-père, jamais il n'eût négocié avec les Barbares. Négociations infamantes auxquelles il eût préféré la mort.

Après un silence, il reprit avec la même véhémence :

– Nous dûmes subir les plaintes et supplications des captifs lombards et des jouvencelles arrachés à leur terre. Tous portaient des chaînes et allaient pieds nus dans la neige. Nous savions qu'ils iraient grossir le rang de leurs esclaves chrétiens.

Il redressa le buste. Pour ce prince fier, le plus malaisé restait à dire.

– Voilà, seigneur roi, la raison qui amène ce jour les plus grands princes de Lombardie à te requérir. Le peuple entier désavoue Bérenger. Ses sujets qu'il n'a pas su défendre du péril magyar l'exècrent. Si demain tu décides de passer les monts qui séparent nos deux royaumes, nous t'ouvrirons toutes grandes les portes de Pavie et le peuple t'acclamera.

– Qu'est-ce qui te permet de le croire ? s'enquit Louis, le cœur cognant à tout rompre.

La réponse du gendre de Bérenger fut celle qu'il attendait.

– Ne descends-tu point par ta mère du grand Charlemagne ? L'empereur Louis II qui fit régner la paix sur nos terres lombardes n'était-il point ton grand-père ? Par le sang, tu es l'héritier de la couronne de fer. En la coiffant, tu ne feras que rentrer dans les droits de ta naissance. Des droits que nul ne peut te contester.

Ces propos résonnèrent un instant sous les voûtes.

Sur son trône, dans une attitude qu'il voulait digne, le roi Louis exultait face aux membres de la délégation lombarde. Outre le duc Adalbert d'Ivrée, elle comptait les noms les plus illustres de la noblesse d'outre-monts. Certains comme le comte Boderad, Anselme, comte de Vérone ou Samson, comte de Pavie, étaient sans surprise. Il en allait autrement du roide comte Ingelfred et, surtout, du puissant duc Adalbert de Toscane.

Il fallait que ce dernier, âgé de plus de quarante ans, fût las du roi Bérenger pour s'abaisser à venir soupirer auprès d'un souverain de vingt. Certes, il se taisait et laissait le jeune marquis d'Ivrée plier le genou à sa place. Mais nul n'ignorait que c'était lui, Adalbert, duc de Toscane, qui avait rallié à la cause du roi de Provence les plus intraitables grands de Lombardie.

Une telle marque de considération représentait pour le fils d'Ermengarde et de Boson une immense victoire. Depuis le royaume des ombres, ses parents avaient plaidé sa cause auprès de Dieu. Une cause pourtant difficile après l'affront infligé par Thibert trois ans auparavant à la première délégation lombarde. Cette victoire, Louis la devait aussi à son cher cousin Hugues. Sans son entremise, jamais il n'eût regagné la faveur des émissaires outragés.

Pendant ce temps, forts de son silence, les démons du Fraxinet s'étaient déchaînés avec une force accrue sur son royaume.

Sur les terres du duc de Provence et de ses féaux portaient tous les coups des païens. Thibert taisait ses soupçons et suppliait Louis de lever l'ost. En vain. Le jeune souverain gardait obstinément les yeux braqués sur Pavie.

Afin de le détourner de cette obsession, Thibert lui avait rappelé qu'il était temps de prendre épouse et de donner des héritiers au royaume. Avec la douce Adélaïde, fille du roi de Bourgogne-Transjurane, un rayon de lumière était revenu au palais. Généreuse, complaisante, attentive, elle avait su, très vite, se faire aimer de Louis.

Le roi inspira l'air printanier. Le soleil entrait en force par les ouvertures, décolorant à longs traits les pavements de pierre. Il faisait au-dehors un temps splendide. Vrai, il n'oublierait point de sitôt ce jour béni de mai 900. Une joie immense l'irradiait. Sous peu, il coifferait enfin cette couronne de fer tant convoitée.

Evitant le regard suppliant de Thibert et celui glacé de l'archevêque Bernoin, il se tourna vers Hugues.

– Connais-tu, beau cousin, ce joyau qu'est Pavie?

Hugues eut l'un de ces lents sourires qui faisaient tout son charme.

– Non, seigneur roi. Mais je gage que cette cité vaut le détour.

Louis reporta ses yeux sur le duc Adalbert d'Ivrée.

– Si Dieu me prête vie et agrée nos desseins, avant l'Assomption mon ost sera aux portes de Pavie.

Des vivats accueillirent ces paroles.

Hugues et Boson échangèrent un regard triomphant. Leurs desseins prenaient corps.

En attendant le festin du soir, une collation fut servie aux émissaires et à la Cour. Vins et victuailles firent oublier la solennité de l'heure et délièrent les langues. Les Lombards et leur suite se mêlèrent aux Provençaux et bientôt le brouhaha devint général.

Resserré dans un angle de la grande salle, le clan de Thibert semblait assister à une veillée funèbre. Nul vivat n'avait jailli de ce côté-ci à l'annonce de la campagne. Exilés dans leur encoignure, les adversaires de Hugues s'enfermaient dans une réprobation muette, la seule qu'ils pussent se permettre.

Le roi Louis tendit à son épouse une coupe d'hypocras.

– Buvons à nous, douce amie, lui souffla-t-il à l'oreille, et à notre futur royaume. J'attends de tes flancs un héritier assez solide pour supporter le poids de deux couronnes!

La reine Adélaïde acquiesça, rougissante. Elle aimait cet époux que Dieu lui avait choisi, et espérait lui donner un fils sans tarder. Elle posa une main sur son ventre plat. Pour l'heure, nulle vie ne l'habitait. Mais leurs épousailles étaient récentes et il n'y avait point lieu de s'alarmer. Elle intercepta le regard angoissé que Thibert lui adressait et détourna la tête, troublée.

Pourquoi le duc de Provence cherchait-il à se servir d'elle? Pour ce jeu d'influences elle n'avait pas de goût et ne se sentait point en droit d'user de l'attachement de son époux à des fins politiques.

– Qu'y a-t-il, ma mie? s'enquit Louis notant sa confusion.

– Rien qu'un peu de lassitude, le rassura-t-elle, émue de voir qu'en un tel jour il se souciait encore d'elle.

Thibert détailla sans indulgence la jeune reine qu'il avait placée lui-même sur le chemin de Louis. Un front large et plat que la couronne d'or enserrait sans grâce. Deux maigres tresses châtaines qui dépassaient du ricinum. Des yeux bruns très communs. Un nez fort. Un visage rond qu'aucun fard ne relevait. Une poitrine creuse qu'accentuait la coupe de son bliaud de soie prune...

Il eut une pensée douloureuse pour l'altière et rayonnante reine Ermengarde qui avait occupé cette place durant tant d'années. Il avait misé sur cette jouvencelle sans beauté, pensant que son esprit sage et avisé profiterait à Louis. Point ne pouvait prévoir qu'elle s'éprendrait de son époux jusqu'à perdre tout jugement.

– Louis court à sa perte avec l'appui d'Adélaïde, dit Thibert sombrement à l'archevêque Bernoin.

– Sans doute allait-il à l'encontre des écrits, repartit le métropolitain de Vienne d'une voix unie, que nous sauvions des loups l'agneau du sacrifice.

Thibert darda sur Hugues des prunelles glacées.

– Peut-être. Toutefois, certains vont regretter d'avoir éloigné Louis de son royaume. En l'absence du roi, je suis le maître du pays.

A quelques pas de là, l'ambiance était tout autre.

– Savoure, mère, savoure ce soir la victoire de tes fils, souffla Boson à la princesse Berthe. Le chemin de Pavie s'ouvre à nous comme la mer devant Moïse. Dieu nous aime.

Berthe sourit mais jugea bon de tempérer son enthousiasme.

– La joie t'égare, mon fils. Les Lombards sont venus quérir Louis. C'est sa victoire et non la vôtre, à ton frère et à toi, que nous fêtons ce soir. Et encore, en guise de victoire n'avons-nous pour l'instant que des mots. Louis n'a pas encore investi Pavie.

– Par Dieu, mère, fit Boson surpris, nous tiendrais-tu le frileux discours de Thibert après avoir soutenu nos desseins ?

Berthe répondit d'une gracieuse inclinaison de tête au sourire que lui adressait de loin le duc de Toscane et piocha une cerise dans un grand compotier de marbre.

– L'exaltation est l'ennemie de la prudence, remarqua-t-elle. Autant que je sache, Bérenger porte toujours la couronne de fer et le titre de roi. Tel que je le connais, il ne se laissera pas destituer si aisément que le prétendent nos beaux émissaires.

Hugues entendit la remarque et la jugea fondée.

Il était heureux d'avoir sa mère auprès de lui à la Cour. Son récent veuvage venait de la libérer d'une vie de recluse et d'un époux honni. Au cœur du palais royal et de ses intrigues, elle revivait.

Hugues surprit sur eux le regard du duc Adalbert de Toscane et nota qu'il s'attardait de flatteuse façon sur sa mère.

Celle-ci était certes encore fort séduisante sous ses voiles de deuil galonnés d'orfroi. Son bliaud de cendal, également blanc, se révélait un modèle de sobriété et d'élégance avec ses passementeries noir et or. Elle ne portait qu'un seul bijou : un cercle de front qu'ornait en son centre un rubis d'Almería. La grosseur de ce joyau splendide faisait pâlir d'envie toute la gent féminine présente.

Hugues lui trouva soudain bien des ressemblances avec la défunte reine Ermengarde. Bien qu'il eût combattu celle-ci âprement, il n'en avait pas moins admiré la femme. Berthe avait les mêmes prunelles bleu glacé que sa parente et la taille bien tournée. Son long cou dégageait un visage aux traits racés qui attirait encore bien des regards comme le prouvait celui du duc lombard. Hugues en fit la remarque à sa mère.

– De ce fastueux repas, notre hôte le plus illustre gardera, je le crains, seulement le souvenir de toi, mère.

Berthe eut un sourire énigmatique et ne répondit pas. Elle remarqua alors le bijou en forme de marteau que Hugues portait au bout d'une chaîne d'or.

– Un bien étrange pendentif, mon fils, que tu portes là. Et qui, à mon sens, siérait mieux à une jouvencelle. Celle-ci te boit des yeux, ajouta-t-elle, désignant une accorte brune qui, en effet, le fixait avec insistance.

Hugues s'assombrit. Il ne prit même pas la peine de suivre la direction indiquée par sa mère.

Il était las d'étreindre des corps sans visage. Le seul corps qu'il désirât au-delà de tout lui était interdit.

Hugues cligna des yeux. Le soleil se jetait sur les roses du petit parc comme un amant fougueux. Le haut mur enserrant cet îlot de verdure attenant au palais semblait moins gris sous la lumière ardente. Un jour de mai, clair et parfumé que les oiseaux célébraient de leurs chants. Les préparatifs de la campagne lombarde qui s'annonçait lui avaient fait oublier la douceur du printemps. Instinctivement, il ralentit le pas. Que lui voulait sa mère en cette heure matinale ? Ce n'était point dans ses habitudes de le rencontrer hors du palais pour lui parler.

Quand il arriva en haut des trois degrés de pierre qui séparaient le jardin en deux, elle était déjà là. En voyant venir son fils aîné, elle lui sourit avec tendresse. Elle était fière de ce grand jeune homme bien découplé issu de ses flancs.

Des trois enfants qu'elle avait eus de Thibaud, c'était celui qui lui ressemblait le plus. Thiberge, sa fille, avait un destin tout tracé dans l'ombre de son époux Warnier, comte de Troyes. Boson, quant à lui, était capable et intelligent mais il semblait né pour servir les ambitions de son aîné.

– Dieu tout-puissant, mère, que de mystères pour simplement te rencontrer !

Berthe leva une main vers les arbres, dégageant de la manche évasée un poignet d'une grande finesse.

– Ici, seuls les oiseaux entendront ce que j'ai à te dire.

– Est-ce si important ?

Berthe cueillit une fleur perlée de rosée.

– Très important, répondit-elle en humant les pétales parfumés. J'ai à t'entretenir de deux choses : la première te concerne directement. La seconde t'intéresse aussi, bien que de façon détournée.

– Parle donc, l'interrompit Hugues qu'agaçaient tous ces mystères.

Berthe sourit. Elle se retrouvait dans l'impatience de son fils. Son visage redevint grave.

– Il ne faut pas que tu accompagnes Louis en Lombardie.

Hugues leva les sourcils, stupéfait. Il s'attendait à tout sauf à cela.

– Que me contes-tu là ? Ignores-tu quelles sont mes ambitions ?

Berthe se redressa.

– Tes ambitions, jeta-t-elle roidement. Régner à travers Louis sur Pavie et peut-être sur Rome ! Régner dans l'ombre !

Elle laissa le silence marteler ses propos et reprit :

– Veux-tu ta vie durant jouer le rôle de Thibert auprès de Louis ? Te sens-tu capable de voir ce dernier recueillir des lauriers dûs à ton seul mérite ? C'est lui seul que le peuple lombard acclamera et, cela, tu ne pourras le supporter longtemps.

D'une main impérieuse, elle arrêta les protestations prêtes à jaillir.

– Laisse-moi poursuivre. Depuis l'arrivée des émissaires lombards, je passe mes nuits à songer à tout ce qui peut advenir. Et, chaque fois, une certitude s'impose à moi : Bérenger est pour l'heure un rival trop redoutable. Il aura vite raison de Louis. Sur mon salut, j'en jurerais !

– Nous serons là pour soutenir Louis ! s'insurgea Hugues.

– Mais en dernier lieu, ce sera lui qui décidera et tu devras te plier à toutes ses décisions. Même les plus irréfléchies ! Et Dieu sait qu'il n'en manque point.

– Me crois-tu encore un enfant pour me dire ce que j'ai à faire ? Voilà des années que j'œuvre à ce qui se prépare. Et alors que je suis en passe de réussir, il me faudrait renoncer ?

– Je ne te demande rien de tel, le coupa Berthe. Si tu me permets d'achever, tu comprendras, jeune fol, que je ne cherche qu'à donner corps à tes desseins. Je veux la Lombardie pour toi, mais pour toi seul, entends-tu ? Et par Dieu, si tu demeures ici et me laisses agir, je puis t'assurer que tu ceindras un jour la couronne des rois lombards !

Un bruit de pas les réduisit au silence.

Sourire aux lèvres, le puissant duc Adalbert de Toscane arrivait vers eux.

– Voici venir à nous le deuxième sujet dont je voulais t'entretenir, dit très vite Berthe, se composant un visage avenant. Adalbert de Toscane m'a demandé d'être sa femme. J'ai accepté. Pour toi. En l'épousant, je t'ouvre à deux battants les portes de Pavie.

On venait de quitter les montagnes et l'abri des grands arbres. La plaine vibrait sous la lumière blanche. Pas un souffle. Accablés par les traits de feu qui perçaient le ciel, les oiseaux se taisaient.

L'interminable file de cavaliers avançait lentement. A la vue des broignes, des francisques et des lourdes épées, des moissonneurs lâchèrent leur faux et s'enfuirent à toutes jambes. Amis ou ennemis, les hommes de guerre drainaient la mort dans leur sillage.

Adélaïde essuya son front en sueur avec un pan de son ricinum. Que n'eût-elle donné pour rejoindre ses serviteurs dans le chariot contenant ses effets. Depuis deux jours, des maux de tête l'assaillaient sans relâche et ses yeux la brûlaient atrocement. Chevaucher la mettait à la torture. Elle avait tu ses misères à Louis de crainte de l'inquiéter. Et puis, après avoir tant insisté pour être du voyage, elle jugeait mal venu de se plaindre. Elle se recroquevilla sur sa monture avec un rictus douloureux. A ces souffrances s'ajoutaient depuis l'aube des élancements dans le ventre qui l'angoissaient au-delà de tout.

– Cela ne va pas, ma cousine ?

La reine se tourna vers Berthe qui chevauchait à ses côtés et eut un pauvre sourire.

– La chaleur, juste la chaleur.

Une vague la souleva alors avec une telle violence qu'un gémissement lui échappa. Elle vacilla.

– Au nom de Dieu, aidez-moi, cria vivement la princesse Berthe, retenant tant bien que mal la souveraine.

Les gardes se précipitèrent.

Alerté, le roi qui allait en tête avec ses féaux et ses alliés lombards fit immédiatement stopper la marche et revint à bride abattue rejoindre son épouse. Quand il la vit étendue sur l'herbe, il s'affola :

– Dieu tout-puissant, ma mie, que se passe-t-il ? Allez quérir mon médecin, vite.

Berthe passa une eau de verveine sur le front d'Adélaïde, à demi inconsciente.

– Je crains, seigneur roi, que notre reine ne puisse poursuivre. Un bon lit et des soins lui sont nécessaires.

– Par le Christ, que fait ce maudit médecin ? rugit Louis.

– Me voilà, seigneur roi.

– Ecartez-vous, commanda Berthe avec autorité aux seigneurs et gardes qui les entouraient.

Après un court instant, le médecin se releva.

– Le soleil, seigneur roi. Notre noble reine a pris fortement le soleil. La fièvre s'est saisie de son corps. Il lui faut de l'ombre et un endroit frais.

Louis se tourna vers Hugues et Adalbert de Toscane qui s'étaient rapprochés.

– A combien sommes-nous du premier village ?

– L'abbaye de Novalaise, indiqua le duc, se trouve à moins de deux heures d'ici. Avant sexte, nous pouvons y être.

Un messager fut dépêché en avant-garde à l'abbaye. L'abbé Donnivert fit diligence avec son habituelle efficacité.

Sitôt arrivée, la reine fut conduite en litière à l'hôtellerie, dans la chambre réservée d'ordinaire aux hôtes de marque.

Une appétissante odeur de volailles rôties embaumait la bâtisse. Le bon abbé avait fait mettre en broche la moitié de sa basse-cour.

– A présent que la reine Adélaïde repose, frère Pierre va vous faire servir un dîner.

Le roi Louis remercia Donnivert d'un sourire crispé et l'envisagea pour la première fois. Le religieux était âgé d'environ cinquante ans. Sous les cheveux poivre et sel, les yeux gris reflétaient une âme pure renforcée d'un caractère bien trempé.

– Dieu choisit avec discernement ses serviteurs, remarqua le roi.

Hugues survint à cet instant.

– J'ai fait rassembler l'ost dans le pré qui borde l'abbaye, annonça-t-il. Dois-je faire installer le camp ?

Louis ne répondit pas. Il s'en voulait d'avoir accepté qu'Adélaïde le suive dans cette aventure. Son épouse était de santé délicate, il eût dû s'en souvenir.

– Le repas est servi dans la salle voisine, vint prévenir le comte de Pavie. Nous n'attendons plus que toi, seigneur roi, et ton cousin.

– Commencez sans moi. L'inquiétude en laquelle me tient la santé de la reine m'ôte tout appétit.

Louis et Hugues demeurèrent seuls. Une flamblée fort supportable en ces murs où le soleil n'avait point ses entrées donnait à cette pièce de dimensions intimes un aspect chaleureux. Les bruits de la salle voisine dans laquelle s'installaient les seigneurs leur parvinrent assourdis.

Le roi considéra avec affection son cousin le plus cher.

– Il m'est désagréable de te laisser derrière moi. J'eusse aimé t'avoir à mes côtés quand Pavie s'ouvrira devant nos troupes.

Ses propos retournèrent à Hugues le fer dans la plaie. Il regrettait de s'être proposé d'escorter jusqu'à mi-chemin sa mère en partance pour le duché de Toscane de son futur époux. Pavie n'était plus qu'à quelques jours de chevauchée. Pavie qu'il ne verrait point pour s'être rangé aux arguments maternels. Il se sentait comme un fauve à qui l'on fait humer un morceau de viande sans le lui laisser manger. Si sa mère échouait et ne tenait pas ses promesses, jamais il ne le lui pardonnerait.

– J'eusse aimé y être, assura-t-il, sincère. Mais laisser ton royaume à la garde de quelques vieillards eût été périlleux.

Louis en convint. Thibert comme Bernoin ou Rostaing atteignaient un grand âge. Berthe apparut, l'air soucieux.

– Comment va-t-elle? s'enquit aussitôt Louis en se levant.

– Ce médecin me paraît un âne, jeta-t-elle sans ambages. J'ignore pourquoi il tenait tant à installer Adélaïde en une chambre fraîche. Alors qu'elle brûle déjà de fièvre, il ne cesse d'amonceler sur elle des couvertures, ne lui donnant pour toute médecine qu'une légère décoction de simples. De plus, il a fait quérir un crapaud.

Louis fronça les sourcils.

– Un crapaud! Pourquoi donc, mon Dieu?

– Il prétend qu'enfermé vif dans un coffret sous le lit, cet animal se gonflera des humeurs malsaines qui habitent le corps d'Adélaïde et périra en les emportant.

Louis bondit vers la porte.

– Sur mon salut, je m'en vais faire occire sur l'heure ce charlatan!

Berthe le rattrapa.

– N'en fais rien! Faute de mieux, il nous est pour l'heure nécessaire. Adélaïde est grosse de six semaines. Les chemins jusqu'ici l'ont malmenée et elle risque de perdre l'enfant.

– Quoi ?

Louis retomba sur son siège. Il ignorait tout de l'état de sa femme. Jamais sans cela il n'eût accepté qu'elle entreprît un tel voyage.

Un novice chargé de bûches pénétra dans la salle. Nul ne fit cas de lui.

– A mon sens, elle ne pourra t'accompagner jusqu'à Pavie, continua Berthe.

– Le voudrait-elle, je m'y opposerais, affirma Louis. Toutefois, je ne bougerai point d'ici avant de la savoir hors de danger.

– Tu déraisonnes, jeta roidement Hugues. Ton ost t'attend au-dehors et Bérenger doit déjà savoir que tu marches sur Pavie. Ne lui laisse point le temps de rassembler des forces !

– Parmi les frères de cette abbaye se trouve bien quelque herboriste, avança Berthe. Demandons-lui de suppléer ton médecin.

Louis plongea sa tête dans ses mains. La mort revenait rôder autour d'un être cher.

– Un herboriste..., murmura-t-il, alors qu'elle risque de passer... et mon fils avec elle...

Hugues parut soudain songeur. Une idée folle naissait en lui. Il hésita avant de lancer :

– Je sais deux personnes qui rendront assurément ses forces à notre noble reine. Deux personnes que tu connais bien, mon cousin : Tammam, le médecin arabe d'Arles qui soigna ta défunte mère, et Tyra, la jeune fille qui l'assiste.

Tous sursautèrent. Le novice venait de lâcher brusquement les bûches qu'il s'apprêtait à déposer dans l'âtre.

Un novice qui n'était autre qu'Aimery.

– Que ta mère jette une poignée de ce mélange dans de l'eau bouillante et prenne cette décoction tout au long du jour. Avant le soir, ses entrailles cesseront de la tourmenter.

L'adolescent leva vers Tyra des yeux où se lisait le doute.

– Sois sans crainte, l'assura-t-elle avec dans la voix une pointe d'irritation. Tammam, lui-même, a veillé à cette préparation. Il ne s'agit là que de fragments d'écorces de chêne, de saule, de prêle et de hêtre. Va, à présent. Et reviens dans deux jours me donner des nouvelles.

Le garçon s'en fut en serrant contre lui son petit sac de chanvre.

Tyra se tourna vers Tammam qui, à l'autre bout de la salle, nettoyait méticuleusement ses instruments de chirurgie. Son air amusé acheva de la mettre en colère.

– J'apprécie l'empressement que tu mets à rassurer les gens de la cité sur mes capacités !

Le sourire de Tammam s'accentua.

– La réputation d'un médecin se fait au fil des ans, ma gazelle. Et tu n'es qu'au printemps de ta vie.

– Il n'y a pas que cela et tu le sais. Ils se défient de moi pour la simple raison que je suis femme !

– Certes. Aussi devras-tu te montrer meilleure que je le suis pour leur prouver ta valeur.

Découragée, Tyra lâcha les sachets qu'elle rangeait et quitta la salle.

La douceur du soir se posa sur elle comme une main amie. Une nuit étoilée se préparait. Tyra s'attarda un instant dans la cour, pour savourer les parfums mélangés du myrte, du thym et des roses. Le murmure de l'eau dans la vasque de marbre lui rappela soudain Sédéchias et la rendit triste. Il avait tant aimé goûter la paix de cette cour. Sans doute, en cette heure vespérale s'y fût-il trouvé.

D'un pas las, elle regagna sa chambre. Ce moment de repos avant le souper lui était nécessaire.

L'été mettait à mal les gens de la cité. Les eaux trop basses avaient provoqué une épidémie de dysenterie qui avait fait de nombreux morts. Avec Tammam, ils avaient combattu âprement le fléau. La moitié de la ville était passée entre leurs mains.

La jeune fille s'effondra bras ouverts sur sa couche. Son dos, la plante de ses pieds la brûlaient comme des braises ardentes. Et tout cela pourquoi ? Elle roula sur le ventre et cacha sa tête dans ses mains. Dès le départ, les dés avaient été pipés.

Aimery eût dû naître fille en sa place. Pour prier, cela ne l'eût guère incommodé. Il en allait, hélas, autrement dans la voie qu'elle s'était choisie. Plus Tammam la laissait officier, plus les citadins se montraient réticents. Quel miracle devait-elle accomplir pour qu'ils la jugent capable ?

La porte s'ouvrit sur Vigtis. Derrière elle entra Subâhu, portant le lourd cuvier de bois.

– Un bain te fera le plus grand bien, assura la vieille femme.

Sans attendre l'assentiment de Tyra, elle fit signe à la servante chargée de seaux d'eau d'entrer. Tyra se releva et se dévêtit avec des gestes lents.

– Thor me jette son marteau à la face si avant l'automne je n'ai pas remplumé cette volaille-ci ! jeta Vigtis en désignant le corps nu de la jeune fille. A te tuer à l'ouvrage de l'aube au couchant, te voilà plus mince qu'un roseau. Nous ne retournerons à Fabrègue que quand tu auras recouvert de chair ces os saillants. En te voyant ainsi, ta mère m'ôterait sa confiance.

Tyra sourit et mit un pied dans le cuvier où flottaient des pétales de fleurs.

– Comptes-tu m'engraisser comme chapon à la veille de ripailles ?

Vigtis haussa les épaules et sortit en grommelant.

La jeune fille plongea avec gratitude dans l'eau tiède et parfumée. Elle devait à Vigtis de se rappeler qu'elle avait un corps. Le bien-être et la fatigue aidant, la tête appuyée sur le rebord du cuvier, elle s'assoupit.

– Ce monstre de Tammam a une pierre en la place du cœur. Ne te laissera-t-il jamais souffler ?

Tyra sursauta et mit un instant pour recouvrer ses esprits. Après une intrusion fracassante, Vigtis s'agitait devant le cuvier, un linge à la main.

– Tammam te mande dans la salle. Un messager du roi Louis vient d'arriver.

Tyra prit le linge et se sécha prestement. La nouvelle l'avait réveillée. Que leur voulait le roi ? Sur son corps encore humide, elle enfila le premier bliaud qu'elle trouva et, sans prendre le temps de sécher ses cheveux, fonça vers la salle.

Tammam s'y trouvait en compagnie du messager. Ce dernier, gris de poussière, titubait de fatigue.

– La reine Adélaïde est très souffrante, résuma le médecin, tendant le parchemin à Tyra. Le roi Louis nous appelle à son chevet. Par chance, il a songé dans sa missive à nous indiquer les signes de son mal. Tu peux dès à présent préparer des flacons de belladone et d'aconit.

Le regard de Tyra alla de l'Arabe au jeune messager. Tout recommençait.

– Nous retournons à Vienne ?

Tammam secoua la tête.

– Le roi est en campagne. La reine Adélaïde l'accompagnait quand le mal l'a frappée. Elle se trouve à l'abbaye de Novalaise.

– A l'abb... ?

– C'est bien là que se trouve Aimery, confirma Tammam. Par d'étranges détours, tu vas avoir, mon enfant, le bonheur de revoir ton frère.

Tyra serra les dents pour ne pas gémir en mettant pied à terre. Trois jours qu'ils galopaient comme des furieux par les chemins. Elle s'approcha de la source et but à longs traits l'eau fraîche qui glissait sur la mousse.

– Holà, ma fille, la tempéra l'Arabe toujours vigilant. Par cette chaleur, une eau glacée comme celle-ci peut tuer si l'on en boit trop.

Tyra s'essuya la bouche d'un revers de main. Il était aisé de comprendre l'indisposition de la reine. Voyager par ce temps relevait du défi et elle ne regrettait point d'avoir refusé que Vigtis l'accompagne. Elle défit son bandeau de front et l'imbiba d'eau avant de le remettre. Cette abbaye était au bout du monde.

Subâhu lui rendit son outre qu'il venait de remplir. Ensemble, ils rejoignirent les hommes d'armes qui, après avoir pris d'assaut une source voisine, s'étaient remis en selle et les attendaient.

– Hâtons-nous, les pria le chef de l'escorte. Il ne fait point bon s'attarder dans ces parages.

– Que craignons-nous ? s'enquit la jeune fille.

L'autre désigna un point au loin. Tyra aperçut un groupe de maisons qui émergeaient d'une trouée d'arbres. Ou plutôt ce qu'il en restait... Des murs de torchis calcinés, sans toit. Un dommage récent.

– Les Sarrasins, commenta-t-il sombrement. Ces terres appartiennent à notre duc Thibert. Depuis quelques mois, les païens les mettent à mal. A croire qu'ils veulent ruiner ses domaines. C'est la raison pour laquelle nous sommes ici plus en danger qu'ailleurs. Si une horde de ces démons nous tombait dessus, nous aurions du mal à nous en défaire.

Tyra ne posa plus de questions.

La montagne imposa aux cavaliers un train plus raisonnable. Dans les sentes abruptes ombragées de sapins, il fallut mettre les chevaux au pas. L'on en profita pour se sustenter d'un peu de pain et de fromage. Des framboisiers et des fraisiers sauvages dégageaient des parfums sucrés. La torpeur baignait la forêt. Seules les mouches excitées par la présence des chevaux en sueur ne désarmaient pas. Tyra toucha son bandeau de front. Il était déjà sec. Sur son dos elle sentit le regard du jeune messager qui la suivait. Elle sourit, amusée. Quelle grâce pouvait-il lui trouver dans son bliaud de lin écru et ses braies brunes ? Seule sa longue tresse rappelait qu'elle était fille.

Le chemin s'évasa. Aussitôt, le jeune homme vint se ranger près d'elle. La troupe prit un trot rapide.

Tyra remarqua sur ses poignets dénudés les traces du soleil. Avec un teint pareil, on allait finir par la prendre pour la fille de Tammam. Dans les murs de l'abbaye, Aimery devait être plus pâle. La pensée de voir bientôt son frère lui rendit courage. Trois années qu'ils ne s'étaient revus. Un manque que les rares et brefs messages du jeune homme ne faisaient qu'accentuer.

– A combien sommes-nous de l'abbaye ? demanda Tyra à son voisin.

Le jeune homme rougit. Depuis le début du voyage, c'était la première fois qu'elle s'adressait à lui.

– Nous y serons avant ce soir. Nous sommes dans les temps que nous avaient impartis le roi Louis et son cousin.

Tyra se crispa sur les rênes. Sa monture fit un écart. Toute à la joie de retrouver son frère, elle n'avait songé à aucun moment à l'entourage du souverain.

– Quel cousin ?

La plaine s'ouvrit alors devant eux. L'on remit les chevaux au galop.

– Le prince Hugues, cria-t-il avant de se coucher sur l'encolure de sa monture.

Tyra acheva le voyage dans un état second. Quand l'abbaye se découpa sur son fond de verdure, une peur panique lui tordit le ventre.

Aimery se redressa et frotta à travers son vêtement de novice ses genoux endoloris. Il regarda encore la grande croix ouvragée placée dans le chœur de l'église abbatiale. La nuit durant, il l'avait fixée à s'en déchirer l'âme, sans obtenir du Très-Haut de réponse.

Des pas résonnèrent. Un moine entreprit de rallumer les cierges éteints après complies. Ses gestes étaient lents, encore engourdis de sommeil. L'odeur de la cire chaude se répandit dans l'église. On allait célébrer laudes, l'office de l'aurore.

Le ventre d'Aimery le rappela à l'ordre. Depuis la veille, il n'avait rien mangé. Et encore ne s'était-il sustenté alors que d'une maigre part de la miche déposée par son père sur son lit. Son père si doux, si prévenant à son endroit...

Dix jours qu'Aimery avait surpris la conversation du roi et du prince Hugues. Dix jours qu'il savait que sa sœur allait venir. Dix jours à se torturer pour savoir comment l'annoncer à leur père. Il n'avait pu s'y résoudre. Par lâcheté. Dix nuits aussi à se demander comment réagirait sa sœur en découvrant la nouvelle existence d'un père qu'elle croyait mort. Pardonnerait-elle son silence? Le leur, puisque lui aussi s'était tu, lié par son serment sur les Saintes Ecritures. Un silence qui aurait assurément, pour Tyra, un goût de trahison.

– Cela ne va pas, mon fils?

Aimery sursauta en entendant dans son dos la voix de l'abbé. Donnivert planta son regard gris dans celui du jeune homme.

– Tu as, m'a-t-on dit, passé une nouvelle nuit ici. Une chose te troublerait-elle? Aurais-tu un doute sur ta foi? Tant que tes vœux ne sont prononcés, tu es libre de renoncer. Ici, nul ne te jugera.

Aimery sourit au bon abbé.

– Renoncer à Dieu serait pour moi, mon père, renoncer à la lumière.

Donnivert n'insista pas. Quand le jeune homme quitta l'église, il nota ses épaules basses et son pas de vaincu. Une inquiétude le prit. N'avait-il point commis une faute en acceptant qu'Aimery se joigne à la même communauté que son père? Il commençait à le penser.

Berthe bassina le front brûlant avec un linge. Adélaïde délirait et, dans son visage émacié, ses yeux étaient rouge sang. En quelques jours, elle avait fortement dépéri.

Avant de partir, Louis avait chassé son médecin, le jugeant plus dangereux que compétent. Le moine chargé de l'infirmerie avait pris le relais. Hélas, ses décoctions de simples se révélaient inefficaces.

Berthe remarqua que la chemise de la reine était encore trempée de sueur. Elle se tourna vers la servante qui priait en pleurant.

– De tes larmes ta maîtresse n'a que faire, l'admonesta-t-elle. Aide-moi plutôt à la changer de linge.

Les deux femmes s'affairèrent autour d'Adélaïde. Quand le corps fiévreux fut recouvert d'une chemise propre, la mère de Hugues congédia la servante, insupportée par ses pleurs.

Restée seule, elle posa sur la reine un œil exaspéré. Par la faute de cette trop fragile enfant, et pour avoir promis à Louis de veiller sur elle, elle avait dû laisser Adalbert de Toscane poursuivre seul. Elle soupira. Du moins profitait-elle un peu plus de la présence de Hugues. Comme elle, son fils se trouvait prisonnier de la maladie d'Adélaïde. Louis l'avait chargé de protéger celle-ci et de la ramener à Vienne dès qu'elle pourrait voyager. Il était hors de question qu'elle poursuivît vers Pavie. A ces seules conditions le roi avait accepté de continuer son chemin.

Découragée, Berthe se laissa retomber sur son siège. Combien de temps encore devrait-elle espérer ce médecin arabe ? Quand viendrait-il la libérer de son fardeau ? Elle avait hâte de rallier son futur duché. Se rappelant qu'elle venait de toucher la malade, elle imbiba d'eau de fleurs de thym un carré de lin qu'elle passa sur ses mains. Ce faisant, elle contempla la bague offerte par Adalbert avant son départ. C'était un beau saphir serti d'or et de diamants. Sur l'anneau étaient gravées les armes des ducs de Toscane. Un bijou de famille auquel il attachait grand prix. Il l'avait glissé à son doigt au lendemain d'une nuit passionnée, lui signifiant par ce présent la profondeur de son amour.

La princesse caressa distraitement le joyau. C'était une bonne chose que le roi Louis n'ait point demandé à Boson, comme à Hugues, de demeurer céans. Sur les conseils de sa mère, son cadet avait continué vers la Lombardie dans le sillage du duc de Toscane. L'avisé jeune homme saurait veiller de près aux intérêts des siens.

Elle se leva et s'approcha de l'étroite ouverture qui donnait sur le côté de l'abbaye. Ce moine qui sciait du bois depuis l'aube à quelques pas de là lui portait sur les nerfs. A part lui, nulle âme qui vive au-dehors. Seul changement notable : le carré de pré qu'elle apercevait depuis la chambre commençait à jaunir.

Elle retourna d'un pas de condamnée vers son siège. Cette inactivité, ces heures qui s'étiraient lui rappelaient les années passées auprès de son défunt époux dans leurs terres. Des années grises.

Pour combattre sa morosité, elle prit le pli roulé entre ses seins. Peut-être n'aurait-elle pas perdu entièrement son temps en ces murailles sépulcrales ! Elle relut pour la énième fois le contenu du parchemin et n'y trouva rien à redire. Il s'agissait de la copie d'un message qu'elle venait d'adresser à Rodolphe Ier, roi de Bourgogne-Transjurane et père d'Adélaïde. Sous couvert de lui annoncer la maladie de celle-ci, elle s'enquérait dans sa missive de Wille, autre fille de ce souverain. Elle avait pesé chaque mot, avançant avec la prudence d'un chat. Restait à savoir si le roi bourguignon saurait lire entre les lignes. Elle l'espérait. Pour Hugues. Justement, celui-ci entrait.

Berthe lui désigna la gisante avec un geste d'impuissance.

– Aucun mieux, mon fils. Comme tu le vois, Adélaïde demeure toujours fort éloignée du monde des vivants.

Hugues s'assit près de sa mère, les yeux rivés sur sa cousine. Pensif.

Un serviteur vint annoncer l'arrivée du médecin.

– Loué soit le Seigneur, s'exclama Berthe avec soulagement.

– Est-il seul ? demanda Hugues.

Le léger tremblement de sa voix éveilla l'attention de Berthe. Elle regarda son fils et remarqua la crispation soudaine de ses traits.

– Non prince. La jeune fille l'accompagne ainsi que leur serviteur à la peau sombre.

Hugues eut l'air à la torture. Berthe fronça les sourcils. Il fallait éviter à tout prix que le cœur s'en mêlât. Surtout maintenant !

Elle se leva.

– Je vais recevoir ce médecin ! L'homme m'est trop précieux pour que je lui manque d'égards !

Hugues se leva à son tour vivement.

– Laisse, mère. Je m'en occupe.

Devant l'hôtellerie s'alignaient les montures écumantes. Les chevaucheurs avaient mis pied à terre. Sous la couche de poussière, l'on ne discernait plus la couleur initiale des vêtements. Hugues fouilla le groupe du regard. Il la vit, menue, près de l'Arabe dégingandé et du colosse indien. Aussitôt, la plaie se rouvrit. S'était-elle jamais fermée ?

D'un œil dur, il la détailla, cherchant à percer le mystère de ce qu'elle faisait naître en lui par sa seule apparition. Qu'avait-elle de plus que les autres ? Comment expliquer l'ascendant qu'elle avait sur lui sans que rien ne se soit passé ? Belle, elle l'était. Mais il en avait possédé d'aussi belles, sinon plus. Alors quoi ? D'où lui venait ce goût amer quand il la regardait ? Cette brûlure dans le ventre ? Ce désir fou de l'embrasser et de la battre ? De la sentir frémir sous ses mains et de la jeter dans un cul-de-basse-fosse ? Pouvait-on tout ensemble maudire et adorer ? Haïr et aimer à perdre la raison ?

Ce jour-là, dans sa tenue de voyage bonne à jeter, elle avait l'air d'un jouvenceau gracile et vulnérable. Rien qui, de loin, retînt le regard, si ce n'était, dans l'allure, quelque chose d'étrange. Porté à même la chevelure, son bandeau de front accentuait cette impression. Hugues se demanda à quoi pouvait bien ressembler la mère de Tyra. Cette Viking qui se disait de sang royal et qui, aux dires de certains, avait osé braver la reine Ermengarde dans son propre palais.

La jeune fille ne le vit pas approcher. Elle s'affairait à détacher de son bagage sa mallette de médecines. L'un des cavaliers dans lequel Hugues reconnut son messager voulut l'aider.

– Laisse, intervint Subâhu.

Il souleva d'un seul bras l'ensemble du bagage et le posa à terre.

– Soyez, amis, les bienvenus ! Je vous rends grâce au nom du roi d'avoir fait diligence.

Tyra leva la tête et reçut le choc habituel. Un choc auquel, pourtant, elle ne s'habituait pas. Sous le masque souriant et affable, les yeux clairs la saisissaient, la forçaient sans douceur. S'ensuivit une joute violente et silencieuse d'où nul ne sortit vainqueur. Un goût de sang vint à la bouche de Tyra. Comme un défi qu'elle s'imposait, elle lui rendit son sourire.

Hugues tressaillit, surpris qu'elle ne se fermât pas comme une ville assiégée. Tammam les interrompit :

– Tu nous rendras grâce, prince, lorsque la reine sera hors de danger. Conduis-nous, je te prie, jusqu'à elle.

Tyra se sentit observée et se retourna avec l'espoir de voir son frère. Son regard se heurta à la silhouette altière de la princesse Berthe. Celle-ci la fixait avec une intensité gênante. Hugues s'en aperçut. Sa mère fit aussitôt demi-tour et disparut à l'intérieur de la bâtisse.

– Tyra ! Ma sœur !

Jailli d'une aile de l'abbaye, Aimery accourut. Tyra lui ouvrit les bras. Ils s'étreignirent, riant et pleurant.

Hugues assistait à la scène, stupéfait. Soudain, Tyra se figea. Son visage prit une pâleur mortelle. Le prince suivit son regard et ne comprit pas. Devant l'embrasure de l'hôtellerie venait d'apparaître un simple moine.

Pavie, septembre 900

– Le roi Louis approche de Pavie, haut roi. La Toscane lui est acquise et le peuple l'acclame.

L'espion se tut et baissa la tête, incapable de soutenir plus longtemps le regard froid et calme de Bérenger.

– Et mon gendre ? Que fait-il ?

L'espion se racla la gorge.

– Le duc Adalbert d'Ivrée ouvre la route au roi Louis. Il chevauche à ses côtés ainsi que le duc Adalbert de Toscane et les comtes Boderad, Anselme, Ingelfred et Samson. A leur vue, les autres seigneurs de Lombardie se rallient à la cause du souverain de Provence et lèvent leurs propres troupes. C'est une armée grosse de dix mille hommes qui marche sur nous, haut roi. Et elle grossit un peu plus chaque jour.

D'un signe, Bérenger le congédia. L'homme s'éloigna avec soulagement.

Le souverain lombard se leva et alla se camper devant l'ouverture depuis laquelle l'on dominait Pavie, la Ticinum des Insubres. Aucune trace ne subsistait du saccage perpétré quatre siècles plus tôt par Odoacre, fils d'un conseiller d'Attila de la tribu des Skires. Les Lombards avaient relevé la cité de ses ruines. A l'égal de Rome, Pavie détenait l'étrange pouvoir de renaître de ses cendres. Nul n'en viendrait à bout. Jamais.

Bérenger survola du regard les toits paisibles de sa capitale. Rien ne laissait pressentir ce qui se préparait. Pourtant, demain, dans trois jours ou dans huit, la foule viendrait lui crier sa haine sous les murs du palais. Une haine presque palpable depuis qu'il avait acheté le départ des Magyars mais qui ne l'affectait pas. Il en allait autrement de la trahison de son gendre et de celle d'Adalbert de Toscane.

Un rictus tordit sa bouche. Ses ennemis se découvraient pour un bien piètre personnage. Par ses espions, il savait tout des espoirs de Louis, de ses craintes et de ses travers. L'adversaire n'était pas à sa mesure, ni à celle du royaume qu'il convoitait. Adalbert de Toscane, Boderad, Anselme, Ingelfred, autant d'épées empoisonnées dont Louis ignorait le danger et la force.

Dans la salle, les comtes Hainaut et Teuthard ne pipaient mot. Les événements leur prouvaient qu'ils avaient fait le mauvais choix en demeurant fidèles à Bérenger.

– Il est encore temps pour vous, amis, de rejoindre leur camp, leur décocha le roi qui leur tournait le dos.

Confus d'être ainsi mis à nu, ils choisirent l'indignation.

– Crois-tu que ton pays n'est fait que de félons ? lança Hainaut, rejetant fièrement en arrière sa tête fauve.

– Serions-nous ici si nous voulions te trahir ? appuya Teuthard.

Bérenger se retourna. Le contrejour celait l'expression de ses traits.

– Pauvre Louis, qui ignore ce que valent les serments des princes de ce pays !

Il se détacha de l'ombre. Les deux comtes frémirent en voyant son visage.

– Vas-tu tenter de le repousser ? demanda Hainaut d'une voix mal assurée.

Bérenger eut un sourire glacé.

– Court-on sus à un homme qui se jette dans des sables mouvants ?

– Dieu m'est témoin que je ne cherche nulle excuse. Toutefois, accorde-moi, ma fille, la grâce de m'entendre jusqu'au bout, tenta Audifré en se tordant les mains de désespoir.

– Inutile, le coupa Tyra, frémissante. J'en ai assez entendu.

– Ne comprends-tu pas que c'est sur la volonté de Dieu que nous nous retrouvons tous trois ici ?

Ces propos décuplèrent la fureur de Tyra.

– Des signes ! Tu ne vois partout que des signes. Ton Dieu n'est pour rien dans cette affaire. Je suis ici parce que le roi nous a fait quérir avec Tammam pour soigner la reine. Mais sans doute ignores-tu qui est Tammam ? A moins que mon cher frère ne t'ait renseigné !

Aimery recula, cinglé par l'attaque. Depuis une heure, il vivait un cauchemar. Il avait auguré le pire de ces retrouvailles et le pire advenait. Jamais il n'avait vu sa sœur dans une telle colère. La salle de l'hôtellerie où ils s'étaient retirés semblait trop exiguë pour contenir sa fureur.

– Laisse poursuivre notre père, intercéda-t-il, au supplice.

Tyra lui fit face, l'œil étincelant et dur.

– Pour pleurer avec lui sur les affres dans lesquelles il dut se débattre après notre capture ? Pour compatir à ses remords ? S'ils le torturaient tant, que n'a-t-il pris la mer pour nous retrouver ? Même après que notre mère l'eût fait, il était encore temps. Mais il choisit une seconde fois la fuite en s'enfermant ici. Nous avions besoin d'un père, non de ses prières. Nasir, lui, n'hésita pas ! Pour nous, il revint à Cordoue où sa tête était mise à prix.

– Ce fut une grande chance qu'il fût auprès de votre mère, admit Audifré d'une voix sourde.

Des larmes perlaient sous ses paupières. Sa fille lui travaillait le cœur au couteau.

– Dieu a appelé notre père ici, tenta encore Aimery, troublé, en dépit de sa foi, par les paroles de sa sœur et follement inquiet qu'elle jetât à la face d'Audifré les relations de leur mère et de Nasir.

Tyra regarda tour à tour les deux hommes.

– Je comprends maintenant, jeta-t-elle, méprisante, la répulsion de ma mère pour le dieu des chrétiens !

– Comment oses-tu, ma fille ?

Elle le toisa avec un tel dégoût qu'il regretta de ne pas être mort.

– Nulle puissance divine ne mérite qu'un homme immole les siens sur son autel. Garde ton froc de bure, frère Pierre, et gémis tout ton saoul. Mais ne m'appelle plus ta fille ! Il te reste un fils pour pleurer avec toi.

Elle claqua le battant et se retrouva face à Hugues. Elle comprit qu'il avait tout entendu.

– Viens faire quelques pas au-dehors, lui proposa-t-il avec douceur. Cela t'apaisera.

Elle secoua la tête et des larmes jaillirent.

– Tammam m'attend, parvint-elle à articuler.

Elle essuya avec rage ses yeux et s'en fut précipitamment. Cette fois, pour elle, son père était bien mort.

Précédée de Subâhu, elle s'enfonça dans le long couloir. Il y faisait sombre. Cependant elle reconnut sans mal la fluide silhouette qui sortait de la chambre de la reine au moment où elle allait y entrer. Quand la princesse Berthe posa les yeux sur elle, Tyra ressentit la même impression de malaise que la première fois. Outre la curiosité, il y avait de l'hostilité dans ce regard. La jeune fille bénit la pénombre qui dissimulait son visage en pleurs. Sans un mot, la mère de Hugues s'écarta pour lui livrer passage.

– Par Muhammad, tu as tardé ! lui reprocha Tammam, reconnaissant son pas léger.

Il s'appliquait à ceindre d'un linge glacé la tête de la reine inconsciente. Lorsque Tyra s'approcha, il remarqua ses yeux rouges et son air accablé mais ne posa pas de question. L'urgence était ailleurs.

– Prépare vite de la belladone et de quoi faire baisser la fièvre qui la dévore, lui commanda-t-il. Je ne sais si la malheureuse va seulement survivre à la nuit qui vient. Elle se trouvait grosse de sept semaines et vient de perdre son enfant voilà trois jours. Il ne reste guère de sang dans son corps. Ce sera un miracle si elle en réchappe.

La nuit durant, tous deux se relayèrent auprès de la gisante, changeant le linge qui ceignait sa tête sitôt qu'il tiédissait, glissant entre ses dents, à intervalles réguliers, quelques gouttes d'une décoction de racines de salsepareille et d'écorces de saule dans laquelle avait été mêlée la précieuse belladone.

Sourcils froncés, Tammam ne quittait pas des yeux Adélaïde, comme si, par le pouvoir de son regard, il retenait la vie qui la quittait.

A l'aube il constata avec soulagement que le front de la malade était moins brûlant. Mais son pouls restait aussi faible que la veille. Le cœur résisterait-il ?

Il redressa la tête et vit par l'ouverture le ciel qui pâlissait. Tyra lui tournait le dos. Il s'en voulut de ne point l'avoir envoyée prendre du repos et s'approcha. Elle fixait sur le mur un point invisible avec un air de profonde détresse.

– Allons, dit-il, maintenant que nous avons fait tout ce qui était en notre pouvoir, vas-tu m'expliquer la raison de ces larmes ? Ton frère t'a-t-il causé quelque chagrin ? Tu sais que tu peux tout me dire ?

Le ton bourru et paternel eut raison de Tyra. Les yeux secs mais la voix frémissante, elle se livra à son ami et maître. Tammam l'écouta avec attention jusqu'au bout. Puis il prit dans les siennes les petites mains glacées et la força à le regarder.

– Si ton cœur est empli de haine, lui dit-il, tu ne percevras plus la souffrance des autres. Laisse ton père à ses croyances. Dieu est son ultime refuge. A présent, va te reposer. Tu en as grand besoin.

Elle acquiesça docilement et quitta la chambre. Mais, en dépit du voyage et de sa nuit de veille, le sommeil se déroba. Elle vit une clarté opaque bleuir les murs de sa cellule. Le jour naissait.

Soudain, le souffle lui manqua. Dans cette hôtellerie qu'il régissait, elle allait croiser chaque jour son père en robe de bure. Et cela tant que durerait la maladie de la reine. L'idée lui fut insupportable. Elle ne pouvait s'installer dans cette invraisemblance. Dès ce matin, elle parlerait à Tammam. Il comprendrait et la laisserait rentrer. Son cœur se pinça à la pensée de Hugues.

Une lumière oblique redessinait à présent le chiche mobilier de la cellule. Elle se leva, enfila un bliaud et prit un pain de savon au miel. En arrivant, elle avait aperçu une rivière non loin de là. Il était tôt, nul ne la verrait. Et puis il lui fallait échapper, ne fût-ce qu'un instant, à ces murs oppressants.

Sur le seuil, elle se heurta à Subâhu qui dormait en travers de la porte. Il se leva pour la suivre.

– Je vais faire quelques pas devant l'hôtellerie, l'assura-t-elle. Mieux vaut que tu demeures pour me prévenir au cas où Tammam me chercherait.

Elle traversa la salle déserte et sortit. De l'aurore qui nacrait le ciel, elle ne vit rien. A peine prit-elle conscience qu'elle allait pieds nus dans l'herbe humide. Contournant l'église puis un autre bâtiment, elle s'enfonça dans la campagne. Un ruban de brume lui indiqua la rivière. Le toit d'un moulin à eau s'en détachait.

Tyra fit un détour pour éviter la bâtisse et s'approcha de la rive. L'eau était sombre entre les buissons noirs, et fort peu engageante. Elle n'en eut cure. Otant son bliaud, elle se coula dans l'eau glacée. Aussitôt, le froid mordit sa peau. Cela lui procura une joie malsaine, comme si son corps devait payer pour les tourments de son esprit. Elle se lava à gestes lents, engourdie par la peine, la fatigue et le froid.

Des bouffées d'enfance refirent surface. Elle se revit dans la rivière du domaine, jouant avec Aimery. Dieu, que les jours coulaient doux, alors, entre ceux qu'elle aimait et que le temps ne divisait point encore. Son père, sa mère, Fabrègue et les saisons qui s'égrenaient. Un bonheur simple au goût d'éternité.

Les souvenirs l'assaillaient à présent par vagues douloureuses. Pour combattre la souffrance, elle se mit à frotter son corps avec une rage destructrice. Que restait-il de tout cela ? Son père s'était coupé des siens. Sédéchias était mort. Tammam, Vigtis, Inga prenaient de l'âge. Elle-même avait vingt ans. Et à quoi lui servait sa jeunesse ? Elle repoussait le seul homme auquel elle eût aimé appartenir. C'était un art que de passer à côté du bonheur avec une telle constance.

Les larmes ruisselaient sur son visage. Lâchant le savon, elle plongea dans l'eau froide. S'éloigner de la rive. Se couper des hommes et de la douleur. Se laisser glisser doucement, les yeux fermés, sans respirer, la poitrine brûlante.

– Tyra !

Elle entendit très loin la voix qui l'appelait. Déjà ses oreilles bourdonnaient. Deux mains vigoureuses l'empoignèrent et la tirèrent vers la surface.

– Dieu du Ciel, pourquoi ? hurla Hugues.

Tyra sursauta. Suffoquant, le souffle court, elle ouvrit les yeux. La peur qu'elle lut dans le regard du prince lui causa un choc. Il avait plongé tout habillé et la tenait serrée contre lui de crainte que le courant l'emporte. Par quel miracle s'était-il trouvé là à ce moment, si loin de l'abbaye ? Elle ne chercha pas à comprendre. Elle n'était plus en état de le faire.

Il la ramena vers la rive et la déposa sur l'herbe. Avisant le bliaud abandonné près de là, il courut le chercher et entreprit de frotter vigoureusement le corps glacé et la longue chevelure.

Grelottante, Tyra se laissait faire comme une enfant. Rêvait-elle ? Etait-elle morte ? La chaleur des mains qui s'activaient sur sa peau, le visage bouleversé de Hugues, ses vêtements ruisselants, la détrompèrent. Soudain, il vit qu'elle le fixait et s'arrêta.

– Pourquoi as-tu fait cela ?

Des larmes perlèrent dans les yeux vert et or, et un spasme la secoua. Il lâcha le bliaud et l'enlaça. Elle se laissa aller contre lui en sanglotant. Tout à coup, elle le sentit frémir et perçut l'accélération de sa respiration. Lui prenant sans douceur le visage dans ses mains, il écrasa durement sous les siennes les lèvres froides.

Tyra ferma les yeux. Les mains expertes de Hugues parcouraient maintenant avec fièvre ses épaules, ses seins, son ventre, descendaient vers ses cuisses. Caresses douces et dures à la fois qui l'enflammèrent.

– Viens ! le supplia-t-elle dans un souffle.

Il arracha avec une rage impatiente ses propres vêtements et se coucha sur elle. Lui qui, aux jeux de l'amour, se plaisait d'ordinaire à moduler son désir et celui de ses conquêtes ne maîtrisait plus rien.

Loin de s'effrayer de ce déchaînement si neuf pour elle, Tyra s'y jeta comme folle dans le feu. Ils roulèrent nus et embrassés dans l'herbe, brûlants et maladroits. La douleur qui zébra son ventre quand il la pénétra se mua vite en plaisir. Délirants, le corps enfiévré, ils se prirent et se déprirent avec des gestes saccadés et des gémissements d'une folle violence. Etreinte d'amour et de mort.

Soudain, alors que le soleil se détachait de la montagne, ils s'accrochèrent l'un à l'autre comme des naufragés et crièrent d'une même voix leur fulgurante jouissance. Ils demeurèrent un instant sans bouger, rivés l'un à l'autre. Terrassés. Crucifiés. Enfin, Hugues se redressa sur un coude pour regarder Tyra. Elle semblait morte. Il prit ses lèvres avec douceur et les sentit s'animer. Le fait de l'avoir faite femme, de savoir que nul ne l'avait touchée avant lui, lui procurait un bonheur inouï.

Tyra ne bougeait plus. Elle eût donné dix années de sa vie pour que le temps s'arrêtât. Comment avait-elle pu songer mourir un instant plus tôt !

En effleurant la poitrine menue, il sentit un liquide poisser ses doigts. C'était du sang. Il se détacha d'elle et vit perler entre les seins blancs une goutte rubis qui se reformait. Le pendentif qu'il portait sur lui se balançait juste au-dessus. Il saisit le petit marteau dont les pierreries avaient griffé la peau tendre et l'ôta.

– Ce pendentif vient de marquer sa place, dit-il en désignant la perle de sang.

Il glissa la chaîne autour du cou gracile.

– Tu ne peux la lui refuser une seconde fois.

Il posa ses lèvres sur la goutte de vie et la but. Puis il ajouta gravement :

– Ne recommence jamais, entends-tu ? Jamais.

Tyra opina. Ses prunelles brillaient comme des émeraudes.

La cloche de l'abbaye s'ébranla, lointaine, étrangère. L'on sonnait tierce. Une voix les fit sursauter.

– Tammam te demande.

Subâhu se dressait au-dessus d'eux. Ils ne l'avaient pas entendu venir. Devant les deux jeunes gens nus et enlacés, l'imperturbable Indien s'inclina et repartit de son pas tranquille.

Encore étourdis, ils se relevèrent et se revêtirent en silence. Hugues fut prêt le premier. Il se tourna vers Tyra qui tressait ses cheveux et l'enlaça. Il voulut parler mais se tut, faute de trouver des mots dignes de traduire ce qu'ils venaient de vivre. Après avoir caressé une dernière fois le visage aimé, il s'en fut.

Depuis le seuil de l'église où elle s'apprêtait à entrer, Berthe vit une silhouette familière traverser un pré au loin. Elle reconnut avec surprise son fils aîné. Que faisait-il à cette heure hors de l'abbaye ? Elle fit demi-tour et alla au-devant de lui.

– Je ne te connaissais point, mon fils, ce goût pour le petit matin. Chercherais-tu quelqu'un ?

Hugues ne cacha pas son agacement :

– Dois-je te rendre compte de tous mes faits et gestes ?

L'impertinence du ton ne troubla pas la princesse. Elle glissa son bras sous celui du jeune homme et l'entraîna vers les jardins de l'abbaye.

– L'office commencera sans moi, décida-t-elle. Faisons, mon fils, quelques pas ensemble.

Elle remarqua alors ses vêtements humides.

– T'es-tu baigné tout habillé ? s'étonna-t-elle.

Hugues se dégagea avec une douce fermeté.

– Adélaïde a besoin de tes prières. L'abbé Donnivert que voici se fera un plaisir de t'accompagner. Adieu, mère.

Il la salua avec raideur et s'en fut dans le sens opposé.

Berthe se mordit les lèvres et dut faire un effort pour présenter un visage uni à l'abbé de Novalaise. Celui-ci sortit un parchemin scellé de sa manche.

– Un messager vient d'apporter ceci, dame, à ton intention.

Berthe le prit des mains de Donnivert et son cœur battit plus vite en reconnaissant le sceau du roi de Bourgogne-Transjurane, Rodolphe. Elle prit hâtivement congé de l'abbé et fila vers le verger qui ombrageait l'arrière de l'abbaye.

Quand elle fut assurée d'être seule, elle rompit le sceau.

Elle survola les lignes dans lesquelles le roi de Bourgogne-Transjurane exprimait sa tristesse de savoir sa fille Adélaïde aux prises avec le mal et s'étonnait qu'elle se trouvât en un lieu si retiré. Berthe eut un rictus narquois. Sous peu, le roi Rodolphe entendrait parler de son gendre et comprendrait où sa fille se rendait. Elle poursuivit sa lecture. Un sourire triomphant se peignit sur ses lèvres. Elle venait de recevoir la réponse qu'elle espérait.

– Merci, mon Dieu, exulta-t-elle, roulant prestement le parchemin.

Restait à préparer Hugues. Elle attendrait le moment opportun, sachant combien il aimait conduire lui-même ses affaires. C'était la première fois qu'elle avançait les pions pour lui sans le consulter. Elle l'avait fait sciemment. Mis au pied du mur, il s'inclinerait. Oubliant les prières qu'elle voulait adresser au Très-Haut, elle prit la direction de l'hôtellerie. Ce fut alors qu'elle aperçut Tyra. La jeune femme longeait d'un pas alangui le pré traversé par Hugues un instant plus tôt. Cette coïncidence lui déplut fort. Il y avait urgence à écarter la belle du chemin de son fils.

Elle s'arrêta et l'attendit. Lorsque Tyra leva les yeux vers elle, la princesse Berthe reçut un choc devant la beauté rayonnante de ce visage. Elle remarqua alors la chaîne suspendue à son cou. Saisissant le pendentif précieux, elle fit mine de le contempler. Tyra se raidit.

– Voilà, fit Berthe admirative, jolie manière de récompenser tes services.

Tyra n'osa comprendre.

– De quels services parles-tu, princesse ?

Berthe fit mine de s'étonner.

– Ne dispenses-tu point, mon enfant, au même titre que ton maître, des soins à notre parente bien-aimée, la reine Adélaïde ? Et avec succès. Ce matin, notre souveraine avait retrouvé sa clarté de jugement et réclamait du bouillon de poule.

Elle lâcha le bijou et vrilla ses prunelles bleu glacé dans celles de Tyra.

– Mon fils est fort attaché à la reine Adélaïde. Cela se conçoit : il doit sous peu épouser sa sœur, la princesse Wille.

Aimery mélangea le suc de chou, ajouta la couperose et la noix de galle, puis versa le tout dans le chaudron contenant le vin et la gomme arabique et mit le feu aux brandons. Restait à attendre que l'encre se fasse à la chaleur.

Un frisson le parcourut quand il se redressa. En dépit de la douceur de ce début d'automne, il faisait toujours froid dans le scriptorium. L'hiver, il fallait brûler des bûches tout au long du jour afin d'empêcher l'encre de geler dans les cornettes.

Les moines copistes étaient comme d'ordinaire recroquevillés depuis l'aube au-dessus de leur travail. Fastidieux labeur qui usait la vue et voûtait avant l'âge. Le silence était tel que l'on percevait le crissement des plumes d'oie sur les feuillets d'avourtons veslins. Tandis que dans l'âtre les flammes chauffaient le mélange, Aimery fit le tour de la salle, veillant à ce que chaque moine disposât de deux cornettes d'encre, l'une de couleur rouge, l'autre noire, ainsi que d'une tablette de cire et d'un stylet. Puis il rassembla pour le moine qui lissait les parchemins, pierre ponce, rasoir et poinçon.

S'avisant du goût d'Aimery pour les manuscrits, le maître des novices l'avait chargé de veiller sur le matériel des copistes. Le jeune homme s'acquittait de sa tâche consciencieusement, se plaisant dans l'odeur de peaux patinées et d'encre fraîche.

Ce matin-là, toutefois, il n'était pas à son ouvrage. La nuit passée les yeux ouverts à écouter les ronflements des autres frères dans le dortoir pesait sur ses épaules, et plus encore le souci qui l'avait tenu éveillé.

En rajoutant de l'encre dans une cornette, il en versa à côté et souilla la manche du copiste. Confus, il s'excusa et se réfugia en hâte près du chaudron. Tandis qu'il tournait à l'aide d'un bâton le liquide qui noircissait, ses inquiétudes le reprirent. Depuis la veille, son père n'avait assisté à aucun office et ne s'était point présenté au réfectoire pour les repas. D'un tel manquement aux règles monastiques, il lui faudrait répondre devant l'abbé.

Aimery se mordit les lèvres. Si au moins il avait eu un instant pour parler à son père après leur terrible explication avec Tyra ! Mais le sous-prieur l'avait fait quérir pour lui donner de l'ouvrage. Ensuite, dans le dortoir, il n'avait pu approcher Audifré dont la couche se trouvait trop éloignée de la sienne.

Sortant le bâton du chaudron, il apprécia la couleur et la densité du liquide qui l'enrobait. L'encre était prête.

S'arc-boutant au-dessus du lourd récipient, il l'éloigna des braises.

Puis, n'y tenant plus, quitta la salle. Il fallait qu'il voie Tyra, qu'il fasse appel à sa clémence et la persuade d'absoudre leur père. En lui refusant son pardon, elle le condamnait car il ne s'en relèverait pas.

Il s'apprêtait à entrer dans l'hôtellerie quand le prince Hugues en jaillit. Il semblait vivement inquiet et sans préambule apostropha le novice.

– Sais-tu où est ta sœur?

Aimery fit un geste d'ignorance.

– Je ne sais, prince. Peut-être auprès de la reine. Moi-même...

Mais déjà Hugues ne le regardait plus. Il venait de voir Tammam tourner le coin du bâtiment des écuries. Aussitôt il fonça vers lui, suivi d'Aimery :

– Voilà un couple d'heures que je cherche Tyra, jeta Hugues sans ambages. Dieu du Ciel, où est-elle?

Tammam s'arrêta et le considéra sans indulgence.

– Elle est partie, lança-t-il avant de se détourner pour continuer son chemin.

Hugues le retint par le bras. Il était blême.

– Comment cela, partie? Te moques-tu?

– Que non, rétorqua le médecin, glacial.

– Pourquoi? Pourquoi s'en est-elle allée?

Tammam envisagea l'homme aux traits torturés qui lui faisait face. Il n'avait nulle envie de l'épargner.

– Sans doute connais-tu mieux que moi la réponse, prince.

Dédaignant Hugues, il se tourna vers Aimery qui semblait souffrir mille morts et parut s'adoucir :

– Elle m'a demandé de te remettre ceci, dit-il en lui tendant un rouleau de parchemin.

Aimery l'ouvrit et lut sous le regard avide de Hugues. En le refermant il souriait, les yeux emplis de larmes de joie : Dieu avait intercédé pour lui. Sa sœur pardonnait à leur père.

– Que dit-elle? demanda Hugues d'une voix blanche.

Le novice le regarda, surpris. Que voulait donc à Tyra le cousin du roi?

– Rien, prince. Elle n'exprime rien d'autre que son attachement pour notre père et moi-même et son regret de nous quitter si vite.

Hugues arracha le pli des mains du jeune homme et le parcourut. Avec un juron il le jeta à terre et rattrapa Tammam qui s'éloignait.

– Quand est-elle partie? Où se rend-elle? Sais-tu que les chemins sont infestés de brigands païens?

Le médecin sourit, narquois.
– Tyra se rend chez les siens, à Fabrègue. Au cœur du Fraxinet. A deux pas de la base des « brigands païens ». Elle y sera, j'en suis convaincu, plus paisible qu'ici.
Hugues laissa là Tammam et Aimery et partit à grandes enjambées vers les écuries, l'esprit en déroute. Depuis la chambre d'Adélaïde, Berthe l'aperçut par l'ouverture et s'empressa de le rejoindre. Il préparait sa monture. Berthe se glaça.
– Que fais-tu ?
Hugues négligea de répondre et jeta une selle sur le dos de son étalon.
– Tu vas la rejoindre, n'est-ce pas ?
Il tourna vers sa mère un visage terrible.
– Sur mon salut, j'eusse dû m'en douter ! Que lui as-tu dit ? Qu'as-tu fait ?
Berthe le toisa avec colère.
– Une saignée, mon fils, te serait profitable. Un sang trop vif et des ardeurs de bouc sont fort dommageables pour un prince ambitieux. Oublie cette ribaude, j'ai bien mieux à t'offrir. Le roi Rodolphe te donne sa fille, la princesse Wille, en mariage.
Oubliant qu'elle était sa mère, il l'empoigna par le bliaud. Elle crut qu'il allait la tuer.
– Encore une de tes manigances ? dit-il entre ses dents. Et tu t'en es ouverte à elle ?
– Comment oses-tu ? souffla Berthe étouffée à demi.
Il la jeta violemment à terre. Par bonheur elle atterrit dans un ballot de paille.
– Cours empoisonner la cour de Toscane si cela t'agrée mais ne te mêle plus de mes affaires, entends-tu ? Plus jamais !
Il détacha sa monture.
– Oublies-tu que Louis t'a demandé de veiller sur Adélaïde ? s'affola Berthe.
Seul l'écho d'une galopade lui répondit.

Subâhu approcha sa monture de celle de la jeune femme. Il s'empara de sa bride et tira dessus d'un coup sec. La bête s'arrêta net et sa cavalière manqua verser sur l'herbe. L'Indien ne laissa pas à Tyra loisir de protester. Sautant à terre, il l'enleva de sa selle et la déposa sur le sol.
– Tu dois t'arrêter pour boire, manger et te reposer, lança-t-il péremptoire, en lui tendant l'outre en peau.

Docilement, Tyra la prit et but. Dans sa bouche, l'eau fraîche devint amère. Elle avala péniblement quelques gorgées.

L'Indien donna une tape sur la croupe des chevaux pour les forcer à descendre vers la rivière. Ils étaient en sueur et l'un d'eux boitait légèrement. Subâhu secoua la tête d'un air désapprobateur. Avec le train qu'elle leur faisait mener depuis deux jours, sa maîtresse allait crever les montures.

Tyra le laissa aller et s'assit sur le rebord de la gorge. En contrebas, l'eau verte et transparente glissait au cœur de la fracture blanche. Un méchant vent malmenait les buissons de lavandin agrippés à la pente. Un relief tourmenté, d'une beauté austère. La jeune femme enfouit sa tête dans ses mains. Pourquoi devait-elle payer d'une telle souffrance le moment de bonheur fou vécu dans les bras de Hugues ?

La princesse Berthe pouvait se montrer satisfaite : en une phrase elle avait tout détruit. Tyra revit le visage hautain de la mère de Hugues et crut réentendre les paroles terribles. Quelles visées lui prêtait la princesse pour lui jeter ainsi son venin à la face ?

Subâhu l'invita à le rejoindre au bord de l'eau. Il avait sorti quelques provisions et ne la laisserait point en paix tant qu'elle ne se serait pas sustentée.

Résignée, Tyra se leva. Les monts environnants se firent alors l'écho d'une cavalcade. Quelqu'un venait. En quelques enjambées, l'Indien fut auprès d'elle et sortit son couteau. Le relief n'offrait nul abri. L'affrontement était inévitable.

Dans une grande envolée poussiéreuse surgit un cavalier. Devant la jeune femme et l'Indien, il arrêta sa monture si brusquement qu'elle se cabra. Hugues ! C'était lui.

– Dieu soit loué, te voilà !

Il sauta à terre. Tyra recula, tentant désespérément de maîtriser le tremblement qui s'emparait d'elle. D'un signe, elle éloigna Subâhu et jeta d'un ton cassant :

– Que cherches-tu ? N'as-tu pas eu ce que tu voulais ?

Hugues se figea. Ce masque dur était celui d'une étrangère. Pourtant, il ne rêvait pas les cernes qui ombraient les prunelles claires, la pâleur du visage sous l'austère coiffe de lin...

– Crois-tu vraiment que je n'en voulais qu'à ton corps ? Aurais-je parcouru tout ce chemin pour te rattraper si cela était ? Quel monstre vois-tu en moi ?

Tyra rassembla son courage pour ne pas chanceler.

– Tu es cousin du roi, prince de sang royal carolingien, et je suis la fille d'un régisseur de domaine devenu moine. De toi, que puis-je attendre ?

En dépit de la poussière, Tyra nota qu'il pâlissait.

– Mon amour, murmura-t-il, et tu l'as.

– Garde-le pour la princesse Wille.

– Que m'importe Wille ! jeta Hugues avec colère. Ma mère œuvra à mon insu. Il lui faudra en répondre devant le roi Rodolphe !

– Si ce n'est elle, viendra le jour où tu épouseras une autre jouvencelle de haut lignage.

– Ce jour n'est point venu.

En parlant, il s'était rapproché. Il était si près qu'elle percevait son souffle. Elle serra les poings pour résister à l'envie folle de se jeter contre lui, de sentir une fois encore les bras de Hugues l'enlacer. Elle lança comme un cri de défense :

– Demain, dans un mois ou un an, ton corps sera repu du mien et la clarté de jugement te reviendra. Refuseras-tu alors, avec la même désinvolture, une alliance prometteuse ? J'en doute fort.

Hugues eut soudain l'impression de se battre contre un mur. Ce front buté, cette obstination... Pour elle il avait laissé la reine Adélaïde, en dépit du serment fait à Louis de ne point la quitter. Il avait galopé ventre à terre deux jours de rang sans escorte. Et pour toute récompense...

– Il suffit ! Tu vas regagner avec moi Novalaise.

– Jamais !

– Silence, intima tout à coup Subâhu, l'oreille collée au sol. Des cavaliers arrivent. Ils sont nombreux. Il faut fuir.

Hugues saisit la jeune femme par le bras.

– Suis-moi.

Tyra se dégagea comme s'il la brûlait. Il ne fallait surtout pas qu'il la touche.

– Les Sarrasins, annonça Subâhu qui guettait depuis une avancée de la roche. Zaïd les commande.

Affolée, la jeune femme se tourna vers Hugues.

– Fuis ! S'ils te trouvent, ils te mettront à rançon.

– Je ne pars pas sans toi.

Tyra regarda tour à tour Hugues et le chemin par lequel allaient déboucher d'un moment à l'autre les Sarrasins.

– Va-t'en, jeta-t-elle tout à coup avec feu. Je suis lasse, prince, de tes assauts ! Nul amour ne vibrait en moi quand tu me pris. Seul le désespoir me fit te céder. J'exècre les ambitieux de ta sorte asservis par le goût du pouvoir !

Hugues devint blême et ses traits se durcirent.

– La reine Adélaïde n'a que faire de tes états d'âme. Elle est malade et tu es son sujet, un tout petit sujet. Au nom du roi, je t'ordonne d'accomplir ton devoir. Il en va de la vie de ton cher maître païen.

Tyra comprit qu'il ne plaisantait pas. Les pas des chevaux s'entendaient à présent nettement.

– Je te suis, prince. Pour Tammam. Uniquement pour lui.

– Il est hors de question que je regagne Vienne. Ma place est auprès de Louis, à Pavie.

Adélaïde leva une main encore faible mais impérieuse :

– Laisse-moi finir, cousin ! Je sais quels sont les ordres de mon époux me concernant, et combien il te déplaît de les transgresser. Mais je veillerai à ce que nul reproche ne te soit fait.

Hugues se contint et fit face au visage ingrat, creusé par la maladie.

– Louis n'est pas à Pavie. Pour se faire connaître de ses nouveaux sujets, voilà deux mois qu'il parcourt la Lombardie en tous sens. Nous atteignons l'hiver, le froid est rigoureux et tu es à peine rétablie. Il te faut, ma cousine, raison garder et ne point présumer de tes forces. Franchir les monts par ce temps serait pure folie. Si ma mère n'était partie rejoindre son futur duché, elle te le déconseillerait pareillement.

Adélaïde agrippa les accoudoirs de son siège, furieuse. Le cousin de son époux prenait décidément trop de place et elle commençait à comprendre l'hostilité de Thibert à son endroit.

– Ton souci me touche, mon cousin, et m'indispose tout à la fois. Ta reine a décidé de rejoindre son époux et rien ni personne ne pourra l'en dissuader. Si cela peut te rassurer, sache que j'emmène avec moi la jeune disciple de mon médecin. Elle veillera sur ma santé durant le voyage.

Hugues se décomposa.

– Que n'emmènes-tu son maître ? jeta-t-il d'une voix sourde. Sa compétence est bien plus grande.

Adélaïde eut cette fois un geste d'impatience.

– Discuteras-tu cela aussi ? Dans sa science, Tyra vaut son maître ! Je pus en juger durant ma maladie et lui-même en convient. C'est d'ailleurs lui qui m'incita à la prendre dans ma suite. Justement, la voici.

Serrant les dents, Hugues salua roidement et sortit sans un regard vers Tyra. Celle-ci l'ignora de même.

– Nous partons demain, annonça la reine. Mais te voilà bien pâle soudain ! Mon médecin serait-il souffrant ?

Tyra s'efforça de sourire et secoua la tête. Deux mois que Hugues et elle s'ignoraient et s'évitaient comme deux ennemis. Deux mois de cauchemar entre un père auquel elle avait pardonné mais qu'elle fuyait comme la peste, et un amant dont la présence à l'abbaye la déchirait. Et maintenant, l'annonce de ce départ espéré comme une délivrance la mettait au désespoir. C'était à n'y rien comprendre. Dans un état second, elle visita la reine comme elle le faisait matin et soir depuis le départ de Tammam pour Arles.

Un grand désordre régnait dans les couloirs de l'hôtellerie quand elle sortit. Elle s'en inquiéta auprès d'un moine qui passait.

– Le prince Hugues s'en va, la renseigna-t-il.

Tyra se précipita vers la porte, pour s'en assurer. Elle n'y croyait pas. Il ne pouvait partir aussi vite sans... sans quoi... ? Qu'était-elle en droit d'attendre ? Elle s'arrêta, frappée par la vanité de son mouvement et retourna se terrer dans sa cellule. Là, elle se mit à guetter tous les bruits inhérents au départ. Ils se précisaient.

Tout à coup un pas se fit entendre dans le couloir. Il s'arrêta devant sa porte. Tyra ne respirait plus, tendue à en mourir vers ce battant, à peine repoussé. Combien cet instant dura-t-il ? Il lui parut très long. Soudain, à nouveau, les pas résonnèrent... et décrurent.

Tyra se mordit le poing jusqu'au sang, pour étouffer les sanglots qui montaient. Elle entendit la troupe s'ébranler bruyamment. Hugues était parti.

Rome, février 901

Le cortège s'avança vers la porte Flaminia entre deux haies humaines. Les mains se levaient sur le passage du roi Louis, les bouches scandaient son nom et conspuaient celui de Bérenger. L'espoir et la joie se lisaient sur les visages. Postés de part et d'autre de la voie, les gardes avaient du mal à contenir la foule.

Sur son destrier blanc, coiffé de la couronne de fer qui scintillait sous le frileux soleil, Louis vivait un moment unique. Finis les doutes et les angoisses : Rome l'acclamait. Rome qui s'apprêtait à le sacrer empereur d'Occident.

En moins de six mois, que de chemin parcouru ! Pavie, d'abord. La capitale des rois lombards s'était donnée à lui comme une femme facile. Conscient des forces de son adversaire et de l'élan enthousiaste qu'il soulevait, Bérenger s'était réfugié à Vérone. Et le sang n'avait pas coulé.

Le 12 octobre de l'an 900, à Pavie, le rêve avait pris corps. Sous les vivats du peuple, Louis avait reçu des mains des évêques lombards la couronne de fer. A l'issue de la cérémonie, dons et confirmations de privilèges avaient plu sur ceux qui s'étaient dévoués à sa cause. Et tous avaient loué la générosité du nouveau roi.

Mais le rêve ne s'était point arrêté là. Le pape Jean IX qui avait soutenu Bérenger venait de rendre l'âme en juillet. Lui succédait Benoît IV, libre de tous les engagements de son prédécesseur envers le roi destitué. Désireux de rendre la paix à l'Eglise et au pays, le nouveau souverain pontife venait de faire savoir à Louis qu'il l'attendait à Rome pour le couvrir de la pourpre impériale. Louis qui, à ses yeux, était l'appelé de Dieu et qui saurait rendre à l'empire le lustre dont il avait brillé sous le grand Charlemagne.

Le souverain se tourna vers Adélaïde qui chevauchait à sa dextre et lui sourit. Elle répondit de même, radieuse. Le bonheur la rendait presque belle. Sur sa blanche haquenée, dans sa toilette de cendal bleu constellée de fils d'or, elle rayonnait.

Vrai, elle ne regrettait pas d'avoir désobéi aux ordres de son époux. Celui-ci s'était montré si heureux de la revoir qu'il avait offert à Tyra une cassette de livres d'argent et en avait fait envoyer une autre à Tammam.

Autre bonheur pour le couple royal : Adélaïde était à nouveau grosse, signe que Dieu bénissait les desseins du fils d'Ermengarde et Boson. Soudain Louis ressentit une douleur fulgurante au creux de la poitrine. Son cœur s'emballait. Il s'efforça d'inspirer lentement et la douleur s'estompa. « Trop de joie peut terrasser un homme », songea-t-il. Et que de joie depuis Pavie ! Bologne. Pise. Spolète. Partout la foule avait fait à celui qui les libérait du tyran Bérenger un accueil triomphal. Adalbert d'Ivrée n'avait pas menti. Le pays lui était acquis.

Le cortège royal entra dans Rome et longea le Tibre. Sur l'autre rive, dans un méandre du fleuve, se profila l'austère silhouette du château Saint-Ange, ancien mausolée de l'empereur Hadrien. Puis s'élevèrent à dextre les vestiges des thermes de Néron ; à senestre, ceux de Dioclétien près de l'église Sainte-Pudentienne, célèbre pour la beauté de ses mosaïques.

Louis entendait à peine l'évêque de Milan lui faire les honneurs de la Ville éternelle. Devant lui se profilait le Capitole, la plus illustre colline de la cité. Il l'eût reconnue entre mille tant son père, jadis, lui en avait parlé. Les détails s'étaient gravés dans son esprit d'enfant avec une force telle qu'il lui semblait se retrouver en terre de connaissance. Des larmes d'émotion brûlèrent ses paupières. Le Capitole! Lieu symbolique de la puissance des Césars et de l'Empire! Combien de généraux romains victorieux avaient gravi dans l'allégresse la Voie sacrée pour rendre grâce au dieu Jupiter capitolin. A la gloire de ce dernier avait été érigé sur ce site incomparable un temple de marbre à la toiture d'or. Nul ne pouvait par grand soleil, disaient les écrits de ce temps, affronter l'éblouissante lumière du sommet sud du Capitole.

Louis leva les yeux vers Sainte-Marie de l'Aracœli, la sage église qui s'élevait à la place du fabuleux temple de Jupiter. Il se sentait soudain frère de ces Césars qui avaient tenu le monde dans leur poing. Son regard allait du Capitole au Palatin et au Forum. Et ivre d'une fierté qu'il faisait sienne, il se disait qu'en cet espace désiroire, s'était joué le sort des plus grandes nations barbares.

Profitant d'un élargissement de la voie, Adalbert de Toscane vint se ranger aux côtés du roi, écartant pour ce faire sans ménagement le trop envahissant évêque de Milan.

La vue des princes de l'Eglise agaçait, ce jour-là, le puissant duc plus que d'ordinaire. Il détestait déjà ce nouveau pape qui, sans consulter les grands laïcs de Lombardie, jetait la pourpre impériale sur les épaules du roi Louis. Il n'était point le seul à réprouver une telle précipitation. L'on ne s'était point débarrassé de Bérenger pour supporter si vite un nouveau joug impérial. D'autant que Louis se révélait moins malléable que les princes lombards l'avaient cru. Sa popularité lui donnait une assurance d'adolescent. Il ne semblait plus craindre ni Dieu ni Diable et ses accès d'autorité devenaient dérangeants.

Le duc de Toscane enveloppa d'un regard méprisant ce parterre de bouches vociférantes. Le visage extatique de Louis devant le Capitole lui fut insupportable. Il regrettait de plus en plus d'avoir porté son choix sur lui et il n'était pas le seul.

– Tu admires là, seigneur roi, lança-t-il d'une voix forte pour couvrir les acclamations, le symbole de la grandeur et de la cruauté de Rome. Une prison fut creusée dans les entrailles de cette colline : la Mamertine, de funeste mémoire. Interminable est la liste des malheureux qui y furent jetés. Le sang de nos premiers martyrs coula entre ses flancs. Saint Pierre y subi la torture sur ordre de Néron.

Louis le regarda, surpris. Pourquoi Adalbert lui racontait-il cela en ce jour béni ?

Le front lisse et l'œil affable, le duc de Toscane poursuivit :

– Seule la mort délivrait de la Mamertine. L'on extrayait les corps des trépassés à l'aide de crocs pour les jeter dans le Cloaca Maxima, le grand égoût de Rome. Des noms illustres connurent cette fin immonde : Séjan, ministre félon de Tibère, Jugurtha, souverain de Numidie. Le grand Vercingétorix qui fit vaciller la puissance de Rome y fut précipité après avoir été exhibé couvert de chaînes aux regards du peuple. Depuis son cachot, il vit monter les généraux victorieux vers le temple de Jupiter. La gloire est éphémère ! soupira-t-il. Malheur à qui l'oublie.

Louis ne songeait plus à répondre aux saluts de la foule. Adalbert de Toscane désigna un autre point du Capitole et assena :

– La roche Tarpéienne. Elle fut choisie par la Rome des Césars comme autre lieu de supplice en raison de sa proximité avec le Capitole. Manière de rappeler que la chute menace tous ceux qui touchent le sommet.

Louis blêmit. L'évêque de Milan tourna un visage courroucé vers le duc de Toscane et porta une main à la croix qui pendait à son cou. La couronne impériale suffirait-elle à protéger le roi de Lombardie des loups qui l'entouraient ?

A la demande du roi, Tyra chevauchait tout près de la reine. Chaque détail s'inscrivait dans son esprit. Cette cité sublime, la foule en liesse, l'écho effrayant de ces milliers de voix. L'ensemble soulevait l'âme, l'arrachait à la pensée de Hugues et à son désespoir. Soudain une femme plongea prestement entre deux gardes et se jeta à genoux sous les sabots du cheval de Louis. Les hommes d'armes se précipitèrent. Mais secouant sa crinière fauve, la femme se débattit :

– Pitié, seigneur roi ! En ce jour sacré, montre ta clémence en graciant mon père qui conspira contre Bérenger le félon !

Louis arrêta sa monture et tous durent en faire autant.

– Lâchez cette femme ! ordonna-t-il. Qui es-tu ?

La foule fit silence. Seuls quelques cris clairsemés jaillirent encore. La femme se redressa et sa beauté frappa Louis : des yeux noirs, ardents, consumaient les traits de statue de cette jouvencelle qui ne comptait guère plus de quinze ans.

– Mon père est un seigneur alamam, expliqua-t-elle, frémissante.

Il appartenait à la cour du roi Bérenger. La lâcheté de ce dernier face aux Magyars le révolta et le poussa à trahir. Il le fit par loyauté pour ce pays.

Elle glissa à nouveau à genoux.

– Au nom de cette loyauté et pour l'amour de Dieu, je te supplie, haut roi, de l'arracher au cachot dans lequel il croupit ! Tu te gagneras un féal dévoué jusqu'à la mort.

Le roi écouta distraitement les mots qui sortaient de la bouche ravissante. Il la fixait comme une apparition.

Tyra coula un regard vers la reine. Toute à son bonheur, celle-ci souriait sans méfiance à la belle inconnue.

– Quel est ton nom ? lui demanda-t-elle gentiment.

La jeune fille écarta ses mèches flamboyantes et répondit en regardant Louis.

– Mon nom est Waldrade. Et je suis, seigneur roi, ton humble servante.

Tyra détourna les yeux. La reine Adélaïde allait beaucoup souffrir.

5

Pavie

An 902

Dans ce vallon paisible, choisi comme point de rencontre, les deux groupes de cavaliers francs et sarrasins se firent face. Aucun ne se décidait à quitter l'orée de la forêt. La même méfiance se lisait sur les visages.

Thibert prit d'un regard la mesure de Nasr Ibn Ahmad. Rien de commun avec le sauvage auquel il s'attendait. Le qâ'id du Fraxinet portait un corselet finement maillé qui le couvrait jusqu'aux cuisses. D'étranges saies de bandes de peau et de feutre superposées protégeaient ses jambes. Des bottes de cuir souple le chaussaient. Contrairement à ses hommes, au nombre d'une centaine, coiffés d'un mighfar ou d'un capulet de fer, il allait tête nue.

Soucieux d'en finir, Thibert encadré de son fils et de Josselin, son petit-fils, avança sa monture. Aussitôt le qâ'id l'imita, suivi d'Abbas, son lieutenant, et de son fils Zaïd.

Thibert dont la vue baissait quelque peu avec l'âge put voir plus nettement les traits de celui qui saccageait ses terres depuis plusieurs années. Les yeux noirs, farouches, le visage long, émacié, le corps sans graisse dressé fièrement sur le petit cheval arabe confirmèrent son impression. C'était un guerrier qu'il rencontrait, non un vulgaire brigand. Il nota une ressemblance entre le plus jeune des deux acolytes du païen et ce dernier, et en déduisit qu'il s'agissait de l'un de ses fils. Le regard mauvais de l'autre et sa face brutale lui déplurent d'emblée.

Une main sur le front, puis sur la bouche et enfin sur le cœur, Nasr Ibn Ahmad salua le vieillard aux traits nobles et aux cheveux blancs.

– Salam. Loué soit le Très-Haut qui me permet de rencontrer le seigneur le plus noble et le plus sage de ce pays!

Le païen s'était exprimé en langue franque avec une aisance qui surprit Thibert.

– Est-ce pour avoir ce bonheur que tu ravages mes domaines avec un tel acharnement ?

Le qâ'id afficha un sourire modeste.

– Tes terres, chrétien, sont de loin les plus belles et les plus riches de toutes.

– Celles du prince Hugues le sont autant et ne déplorent aucun dommage. Tu passes là, païen, à côté d'un butin de choix !

Tout en suivant la joute oratoire, le fils et le petit-fils de Thibert ne quittaient pas leurs ennemis des yeux.

Soudain Josselin intercepta un éclair métallique à l'orée du bois. Puis un autre. Il s'aperçut alors que les feuilles de certains frênes bougeaient de façon anormale. Il n'y avait pas un souffle. Une sueur glacée perla à ses tempes. Combien étaient-ils à attendre à couvert un signe de leur chef ? Ce dernier les avait-il postés là par souci de prudence ou s'agissait-il d'un piège ? Si c'en était un, son père, son grand-père et lui-même étaient faits. Jamais leur troupe ne les secourrait à temps.

Josselin maudit la témérité de son aïeul. Quelle idée folle avait traversé l'esprit de ce vieillard d'ordinaire avisé ? Vouloir pactiser avec les mécréants ! Ni lui ni son père n'avaient réussi à faire démordre Thibert de l'idée que Hugues se servait des Sarrasins pour ruiner son domaine ; d'où celle de lui retourner le trait...

Le qâ'id fit mine de s'étonner.

– Ton doigt désigne l'un de tes frères chrétiens et ta bouche le condamne ! Chercherais-tu à le perdre ?

Le duc de Provence se tourna vers son fils. Celui-ci décrocha de sa selle deux sacs de jute et les tendit à son père. Ils paraissaient pesants. Thibert brandit vers le qâ'id les arguments pansus.

– Voici de quoi te faire oublier le chemin de mes terres et te rappeler celui des domaines de Hugues d'Arles.

Nasr Ibn Ahmad ne jeta pas un regard aux sacs.

– Si j'accepte, qui te dit que je tiendrai mon engagement ? Que vaut aux yeux de tes semblables la parole d'un Sarrasin ?

– Rien, admit Thibert, mais je sais que tu le tiendras... pour les dix autres sacs que tu recevras après. Sans compter le butin que tu tireras du pillage des terres du prince Hugues. Un marché fructueux et sans risque.

Le qâ'id le considéra un instant en silence.

– Il faut que ta haine soit grande pour agir de la sorte.

Dédaignant de répondre, Thibert jeta les sacs aux pieds du Sarrasin. Puis il tourna bride et s'éloigna. Nasr Ibn Ahmad le suivit du regard jusqu'à ce que la forêt les eût avalés, lui et son escorte. Zaïd sauta à terre et s'empara des sacs. Tous se rapprochèrent. Les autres sortirent de la forêt et les rejoignirent.

– Loué soit Allah, père ! s'écria Zaïd en riant.

Il brandit lingots d'argent et pierreries.

– Le Franc ne s'est pas moqué de nous. Il y a là une fortune !

Les cris d'enthousiasme fusèrent. C'était un jour faste pour tous car, au retour, le qâ'id effectuerait le partage. Pour l'heure, il regardait d'un œil complaisant ses hommes manifester leur joie. La sienne se révélait d'un autre ordre. Il voyait loin. Beaucoup plus loin que ces deux sacs de métal précieux et de pierres fines.

En le mêlant de plus en plus à leurs querelles, les chrétiens augmentaient sa force de frappe tandis qu'eux-mêmes perdaient la leur. Cela était si évident qu'il se demanda comment ceux-ci ne s'en avisaient pas.

– Pourquoi ne point avoir capturé le chrétien ? explosa soudain Abbas. Sais-tu combien nous aurions pu obtenir de la rançon d'un prince ? As-tu vu le nombre d'hommes qui l'escortaient ? Nous les aurions écrasés en moins de temps qu'il ne faut à l'aigle pour fondre sur sa proie.

Le qâ'id empoigna Abbas par le col.

– Tu parles comme tu frappes, dit-il glacial. Trop vite et sans discernement. Si tu veux que ta langue demeure dans ta bouche et ta tête accrochée à ton corps, garde pour toi tes avis.

Zaïd, qui se tenait à la droite d'Abbas, le vit avancer lentement sa main vers son poignard. Il pria pour qu'il en touchât le manche et lui donnât une raison de le tuer. Mais Nasr Ibn Ahmad lâcha à cet instant son lieutenant et l'autre laissa retomber son bras.

– Maintenant va rassembler les autres ! lui intima-t-il.

Tremblant de fureur, Abbas s'exécuta. Zaïd s'approcha du qâ'id.

– De ce serpent, père, il devient nécessaire de se défaire.

Nasr ne répondit pas. Ses pensées étaient ailleurs. En la place de la masure que les croyants du Fraxinet utilisaient comme lieu de culte, il allait faire ériger une petite mosquée. Manière de rendre grâce à Allah et Muhammad son Prophète de leurs bienfaits. Il allait aussi agrandir la base et prêter attention aux projets d'Hakim, son géomètre, et de Nasir, le régisseur de Fabrègue.

Il se tourna vers le levant et remercia par une prière muette le Très-Haut. Grâce aux haines des grands de ce pays, il savait désormais que les fils de ses fils verraient le jour en Provence.

Un vent tourbillonnant avait, la nuit durant, brassé la poussière des rues de Pavie. Waldrade se redressa sur un coude. Les hennissements paniqués qui montaient depuis l'aube des écuries royales mettaient ses nerfs à vif. Elle tendit un bras blanc vers Louis qui reposait à ses côtés.

– Pour l'amour de moi, mon seigneur, l'implora-t-elle avec une moue gracieuse, demande à tes gardes de faire taire les chevaux.

Louis tourna vers elle un sourire assouvi et heureux. « Le Diable a dû tremper dans la fabrication de cette beauté-là », songea-t-il une fois de plus.

Il écarta avec douceur les mèches flamboyantes et caressa du bout des doigts les pommettes nacrées, le nez court, finement ciselé, les longues paupières frémissantes sous lesquelles couvaient deux braises noires. Ses mains glissèrent le long du cou et firent émerger des peaux de martre les seins épanouis par la grossesse naissante. Il effleura des lèvres les bourgeons tendres. Puis entreprit de dénuder le ventre à peine renflé, les flancs encore juvéniles. La toison fauve et les jambes au galbe parfait apparurent au milieu des fourrures.

– Tu as, ma très belle, un corps propre à damner un saint, souffla-t-il, déjà repris par le désir.

Un an que cette perle de seize printemps lui brûlait le sang. Une année de fièvre qui lui avait fait oublier le chemin du lit d'Adélaïde. Il n'était pas près de le reprendre : retournait-on à l'eau bénite après avoir goûté au vin de Chios ?

Il enveloppa de ses mains impatientes les épaules rondes et but la goutte de sueur qui s'immisçait entre le sillon des deux globes laiteux. Waldrade était sa faim jamais rassasiée, sa soif, sa plus belle récompense. La prendre et la reprendre sous ce ciel si cher au cœur de Bérenger lui donnait des ardeurs de conquérant au soir d'une victoire. Et quelle victoire ! Empereur d'Occident ! Il était désormais le seul maître après Dieu.

Avec une douce autorité, Waldrade saisit la main de son amant et la posa sur son ventre.

– Jamais tu ne me parles du fruit que je porte. Il est pourtant le tien.

Louis sourit, conquis par la féminité de la déesse.

– Que veux-tu que j'en dise alors que tu n'es grosse que de trois mois ?

– Si tu ne venais d'avoir un fils, peut-être te soucierais-tu davantage de celui que je vais te donner.

Le sourire de Louis s'accentua.

– Allons, ma mie, serais-tu soudain jalouse ? Mon épouse aurait d'autres raisons que toi de l'être. Je ne la vois plus guère que lors des banquets officiels.

– Que feras-tu de mon fils ? s'entêta Waldrade agacée par cette molle fatuité.

Il fit un geste d'ignorance.

– Un duc, un archevêque ! Que sais-je... ?

Waldrade se redressa sur son séant, l'œil furibond.

– Ce sera assez bon pour un bâtard, n'est-ce pas ? fulmina-t-elle.

Il resta interdit.

– Mais enfin, qu'espères-tu ? Tu sais bien qu'Adélaïde vient de me donner un héritier légitime. Ce qui d'ailleurs me soulage fort. M'allonger à nouveau contre son corps sans grâce pour en obtenir un enfant mâle eût été pour moi une pénitence.

Roricon pénétra dans la chambre. Y étant seul admis, les plus hauts personnages du palais faisaient son siège pour obtenir une entrevue avec l'empereur.

– Le comte Adalelme revient vous demander audience, Auguste.

– Au diable Adalelme et ses mises en garde ! Jusqu'à quand me harcèlera-t-il avec la même histoire. Qu'il s'en remette au duc d'Ivrée !

– Il est parti ce matin.

– Eh bien, qu'il s'adresse à la reine Adélaïde et me laisse en paix avec Bérenger et ses conspirations.

La porte se referma et les amants se retrouvèrent seuls. Louis se servit une coupe de vin.

– Je suis las d'entendre mes comtes provençaux mettre en doute la fidélité de mes princes lombards ! jeta-t-il sombrement. Une vaine rivalité qui nuit à la paix de l'empire.

Waldrade rentra ses griffes et enlaça le cou de Louis.

– Laisse-les à leurs querelles. Tu es l'Auguste ! Rien ne peut ni ne doit plus t'atteindre.

Se coulant contre le grand corps maigre, elle murmura :

– S'il n'y avait Adélaïde, m'épouserais-tu, empereur ?

Dans la bouche de Waldrade, ce titre sonna comme une marche triomphale. Il reposa sa coupe.

– Comment peux-tu en douter! souffla-t-il, écrasant d'un baiser ardent les jolies lèvres.

Waldrade y répondit avec la même fougue. Elle savait ce qui lui restait à faire.

Tyra examina le chétif nourrisson et fronça les sourcils. Ces membres frêles, cette inertie de plus en plus grande devenaient alarmants. En dépit de ses poudres, élixirs et autres médecines fortifiantes, l'enfant ne cessait de dépérir. Si seulement elle trouvait la source de ses vomissements.

– Alors? demanda la reine Adélaïde avec angoisse.

Tyra rendit le petit prince à sa nourrice qui le remit dans son berceau avant de sortir.

– Je ne comprends pas, avoua-t-elle. Nous avons par trois fois changé de nourrice et j'ai administré au prince tous les remèdes possibles pour de tels maux...

La reine prit les mains de la jeune femme dans les siennes et les serra comme un appel. Ses traits fatigués et ses yeux rougis trahissaient mieux que tout son désespoir d'avoir perdu l'amour de son époux.

– Il n'y a qu'en toi que j'ai confiance en cette cour maudite. Je n'ai plus que mon fils. Sauve-le, je t'en supplie.

Dans un élan de pitié, Tyra répondit à la pression des doigts glacés.

– Tant que je n'aurai point raison de son étrange mal, je ne le quitterai plus.

– En toi seule j'ai confiance, répéta Adélaïde avec un pauvre sourire.

Un serviteur se présenta.

– Les comtes Roubaud et Adalelme demandent à te voir, Augusta.

Adélaïde essuya furtivement ses yeux et redressa le buste.

– Fais-les entrer dans l'autre salle.

Puis à Tyra :

– Viens avec moi. Une présence amie m'est nécessaire pour affronter le regard de mes seigneurs. Je me sens si humiliée...

Les deux comtes provençaux pénétrèrent dans la salle et s'inclinèrent devant l'impératrice.

– Quel est, mes amis, l'objet de votre visite?

Les seigneurs regardèrent Tyra et marquèrent une hésitation.

– Parlez sans crainte, les rassura la reine. Cette jeune personne a ma confiance.

Le vieux comte Adalelme s'avança et mit un genou à terre.

– Nous venons, ô reine, te supplier d'intercéder pour nous auprès du roi. L'heure est grave et il refuse de nous entendre.

Adélaïde se raidit pour ne pas s'écrouler. Depuis un an, sa vie entre Rome et Pavie n'était qu'une succession d'affronts. Louis et Waldrade s'affichaient en sa présence comme si elle n'existait plus. Comment, après cela, osait-on lui demander de peser d'un poids quelconque sur les décisions de son époux ?

– Me ferez-vous accroire que vous ignorez l'estime en laquelle me tient l'empereur ? Me forcerez-vous à vous avouer combien l'indiffèrent mon jugement et ma présence ? Que ne vous adressez-vous à la ribaude qui réchauffe sa couche ou au père de celle-ci ! L'une par les sens, le second par l'esprit règnent sur l'empire !

Roubaud se racla la gorge. Son regard franc se posa avec gêne sur la malheureuse.

– Loin de nous, haute reine, le désir de vouloir te blesser. Mais le mépris de l'empereur pour nos mises en garde et le danger réel qui menace son règne nous poussent à nous en remettre à toi. Tu es, Augusta, notre ultime recours.

Adélaïde les envisagea tour à tour et comprit qu'ils ne mentaient pas.

– Parlez.

D'un signe, le comte Roubaud invita son aîné à le faire. Adalelme accusait plus que son âge ce jour-là. La lassitude creusait ses rides.

– Les uns après les autres, attaqua-t-il, princes et ducs de Lombardie désertent la Cour : le comte Samson prétexta une visite de ses terres. Le comte de Vérone semble avoir été soudainement saisi du même désir. Il en va pareillement du comte de Milan, Sigefroi, du comte de Fermo, Albéric, de Boderad, de Gotfrid et de tous les autres.

Adélaïde ne broncha pas mais ses mains se crispèrent sur les accoudoirs du siège.

– Sait-on où ils se trouvent ?

Adalelme baissa la tête, accablé.

– Ils ont rejoint le camp de Bérenger. Et celui-ci s'apprête à marcher sur Pavie.

La reine sursauta :

– Avez-vous dit cela au roi ?

– Hélas, intervint Roubaud, il n'y croit pas et, devant notre insistance, nous refuse à présent sa porte. A son sens, par sa valeur sacrée, la pourpre impériale le protège mieux qu'une armée.

Un silence s'ensuivit. Adélaïde réfléchissait.

– Quelle erreur, dit-elle après un instant, de ne pas avoir chassé Bérenger de nos marches lombardes. Nous avons dansé sur la dépouille d'un loup qui n'était que blessé. Dieu châtie aujourd'hui notre orgueil !

Elle regarda Adalelme :

– Je suppose qu'il ne faut plus fonder d'espoir du côté d'Adalbert de Toscane ?

– Ni sur le duc Adalbert d'Ivrée, Augusta. Il semblerait que l'épouse de ce dernier, la princesse Gisla, ait œuvré dans l'ombre, à réconcilier Bérenger, son père, et son époux, Adalbert d'Ivrée.

Adélaïde songea avec amertume à ces parjures qui, deux ans plus tôt, avaient destitué Bérenger. C'était à devenir fol !

– Qui reste-t-il ? demanda-t-elle d'une voix sans timbre.

– A part quelques seigneurs lombards sans envergure, dit Roubaud, seuls demeurent les féaux de Provence-Viennois. Et nous sommes trop peu nombreux pour mater les rebelles. S'ils prennent d'assaut la ville et le palais, nous tomberons tous.

La reine était abasourdie. Après la trahison de Louis, venait celle du pays qui le lui avait pris. Quand donc ce cauchemar cesserait-il ?

– Que conseillez-vous ?

– Tu dois, Augusta, pousser Louis à lever des troupes, fit Adalelme. Ton père, le roi Rodolphe, peut peut-être lui en fournir.

– Mon père a déjà bien du mal à garder ses marches de Bourgogne-Transjurane... Et puis, Louis ne m'écoutera pas.

Découragé, Roubaud baissa la tête.

– Alors, pour toute issue, ne demeure que la fuite. Il en va de sa vie, de la tienne, ô reine, et de celle de ton fils. Bientôt, les loups hurleront sous les murs de Pavie.

– Il refusera de partir.

Adalelme se signa.

– Ne reste plus qu'à prier que Dieu retienne le bras de Bérenger au-dessus de sa tête.

Tyra s'agitait dans sa couche, incapable de trouver le sommeil. Les propos des seigneurs provençaux tournaient dans sa tête comme une ronde infernale.

Comment le roi pouvait-il s'endormir de la sorte sur les serments des princes lombards ? Fallait-il mettre cet aveuglement sur le compte de sa passion pour Waldrade ? Qu'allait décider la reine ? Le visage pathétique d'Adélaïde passa devant ses yeux. La passion qu'elle vouait toujours à Louis la détruisait. N'existait-il d'amours heureuses ? Même sur celui d'Inga et de Nasir pesait une ombre : celle d'Audifré, l'époux trahi.

Ses pensées dérivèrent vers Hugues. Avait-il pris épouse ? Jamais il ne s'était montré à la cour lombarde. Seul son frère Boson y était apparu brièvement, une fois, dans le sillage de sa mère, la duchesse de Toscane. Celle-ci avait longuement fixé Tyra sans chercher à l'aborder.

Ses yeux se perdirent dans le noir. La nuit la rapprochait de Hugues et du souvenir de leur brûlante étreinte. Dans la fièvre qui les tenait alors, s'était-il seulement rendu compte qu'il la faisait femme ? Sa main rencontra le pendentif qui ne la quittait pas. Hugues l'habitait comme un mal. Mais un mal que le temps et l'absence atténuaient. L'éloignement l'y aidait. La Lombardie lui était en ce sens profitable. Mais Dieu, que les premiers mois avaient été durs. Combien de fois avait-elle failli demander son congé à la reine et rejoindre Tammam à Arles !

Elle ferma les yeux. Derrière ses paupières closes, les traits du prince se dessinèrent avec une telle netteté qu'elle mordit le drap. Anéantie, elle allongea les jambes. La peau de mouton glissa à terre. Tant bien que mal, elle la ramena sur ses épaules. Cette couche de fortune installée à sa demande dans la chambre du petit prince était d'un grand inconfort. Le nourrisson bougea dans son berceau. Tyra fut aussitôt en alerte. Le souffle régulier du bébé la rassura. Elle lui avait administré, quelques heures plus tôt, une nouvelle poudre de sa fabrication et, apparemment, les vomissements se calmaient.

Derrière la tenture, la nourrice se remit à ronfler. Tyra sourit. La grosse femme aux joues rouges semblait plongée dans un sommeil d'outre-tombe.

Tyra perçut alors un bruit, un frôlement, la sensation d'une présence étrangère. Doucement elle se redressa, le cœur battant. Comment l'intrus avait-il pu s'introduire dans la chambre du prince ? Que faisaient les gardes ? Et Subâhu qui, comme toujours, couchait en travers de la porte ? Maintenant, elle sentait nettement quelqu'un près du berceau. Que n'avait-elle gardé une chandelle allumée ! D'une main fébrile, elle s'empara du petit poignard qu'elle glissait la nuit sous l'oreiller et s'avança.

– Qui est là ?

Un cri du petit prince lui répondit. Un bref cri de douleur. Simultanément, des pas précipités se firent entendre. L'intrus fuyait par la porte latérale donnant dans les appartements de la reine.

– Subâhu ! appela Tyra.

Aussitôt le battant s'ouvrit avec fracas. L'Indien, suivi des deux gardes armés, se jeta dans la chambre.

– Par là, indiqua Tyra avant de s'élancer.

Tous arrivèrent à temps pour voir disparaître dans le couloir une longue crinière fauve reconnaissable entre mille.

– Rattrapez-la ! intima Tyra.

Les trois hommes s'en furent à la poursuite de la fugitive.

– Par la Vierge Marie, que se passe-t-il ? Pourquoi ce tumulte ?

Le regard brouillé d'un mauvais sommeil, la reine fixait Tyra comme une apparition. Derrière elle venaient deux de ses femmes.

Tyra sursauta, soudain affolée.

– Dieu du Ciel, le prince !

Sans prendre le temps de renseigner la reine, elle courut jusqu'à la chambre et ralluma hâtivement une lampe. Elle soupira : bien qu'agité, l'enfant dormait. Près de là, la nourrice ronflait toujours. La reine renvoya ses femmes et se tourna vers Tyra :

– Me diras-tu enfin ce qui provoque une telle agitation ?

– Une femme a pénétré ici, ce tantôt, à l'insu des gardes. Elle s'y est introduite par tes appartements et en est ressortie de même.

Adélaïde accusa le coup. Son visage encadré de deux tresses devint cireux.

– As-tu vu qui c'était ?

A cet instant revinrent Subâhu et les deux gardes.

– Elle a fui par les jardins et nous a échappé, avoua l'un d'eux, ennuyé.

– De qui s'agissait-il ? interrogea encore Adélaïde.

Les gardes parurent mal à l'aise.

– Nous l'ignorons, dit le second, l'œil au ras du pavement.

Tyra questionna Subâhu du regard. D'un hochement de tête, il lui fit comprendre qu'elle ne se trompait pas.

Furibonde, Adélaïde les congédia. Tyra revint près du berceau. La clé de cette intrusion nocturne devait s'y trouver. Tout à coup un détail l'intrigua. Elle approcha la lampe et se figea : c'était bien du sang qui perlait derrière l'oreille de l'enfantelet. Du sang auquel se mêlait une goutte d'un liquide épais et vaguement translucide. Elle en recueillit sur un doigt et l'examina sous la lampe.

– De quoi s'agit-il ? s'enquit la reine d'une voix tremblante.

Tyra était trop absorbée pour entendre. Tout en réfléchissant, elle prit de l'eau dans un broc et nettoya la minuscule piqûre. Depuis quand le nourrisson subissait-il ce traitement ?

Il se rendormit. Avec douceur, elle le dénuda et inspecta, lampe en main, chaque parcelle du petit corps. Derrière la seconde oreille et sous les ongles des orteils, elle découvrit d'autres traces de piqûres. Le doute n'était plus permis.

– Par la Vierge Marie, vas-tu me donner une explication ? s'énerva la reine, folle d'angoisse. Qu'était-ce que cette substance ?

– Du venin de vipère. Une ou deux gouttes chaque nuit empoisonnaient lentement notre prince. Du moins la meurtrière le croyait-elle. Car en fait, selon un procédé cher au cœur du roi Mithridate, elle l'insensibilisait peu à peu à ce poison. Hélas, en l'affaiblissant. Une faiblesse qui, vu l'âge du prince, eût fini par avoir raison de lui.

La reine chancela mais se reprit très vite. Elle leva vers Tyra un regard dur.

– Je sais que les gardes mentent. Ils ont vu cette femme, comme tu l'as vue aussi. Je veux, amie, te l'entendre nommer.

Tyra avait conscience de la gravité d'une telle accusation mais se taire eût été pire.

– Waldrade. C'était bien elle.

– Dieu du Ciel, je n'ose y croire, mumura Waldrade, tremblante de joie.

Depuis une ouverture des appartements de Louis, elle ne perdait rien des préparatifs du départ dans la cour du palais.

Ainsi, c'était fait ! La reine Adélaïde s'en retournait à Vienne, abandonnant la place. Une telle victoire relevait du miracle.

– Je n'ose y croire, répéta-t-elle.

Elle avait eu si peur. Le vent de la disgrâce venait de souffler si fort à ses oreilles qu'il lui semblait encore l'entendre. Et tout cela par la faute de cette femme médecin qui dormait à deux pas du berceau. Elle décocha à Tyra qui s'activait près de la litière royale un regard meurtrier. Cette fille du Diable agissait sagement en partant avec Adélaïde. Foi de Waldrade, elle n'eût point fait long feu à la cour lombarde ! Et son colosse brun pas davantage. Il s'en était fallu de peu que cet étrange et redoutable serviteur l'attrapât dans les jardins. Elle avait juste eu le temps de regagner le souterrain. Sans la crainte de s'attirer d'autres foudres, avec quelle joie se fût-elle débarrassée de ces deux-là !

Un frisson de peur rétrospective la parcourut en songeant à sa fuite nocturne et à l'accusation d'Adélaïde qui avait suivi. Trois jours durant, Louis avait consigné sa maîtresse dans ses appartements et ne l'avait rejointe de trois nuits. Si elle n'avait enfreint ses ordres pour se jeter à ses pieds et lui jurer, lèvres frémissantes, son innocence, peut-être n'eût-il pas pardonné.

Waldrade sourit au souvenir de la scène. Elle avait habilement détourné les soupçons sur Bérenger dont les espions grouillaient au palais. Et Louis y avait cru. Là, elle avait mesuré l'empire qu'elle détenait sur ses sens. Il l'avait jetée sur la couche sans prendre le temps de la dévêtir. Voilà comment elle était sortie lavée de cette accusation et doublement triomphante puisque la reine choisissait de partir.

Grimoald, son père, vint la rejoindre devant l'ouverture. Fauve de poil, la prunelle et la peau pâles, ce géant massif et agile d'esprit gardait de ses origines alamanes une appétence forcenée pour le combat et la violence. Aussi lorsque Bérenger avait acheté, sans livrer bataille, le départ des Magyars, avait-il hurlé haut et fort sa façon de penser. Une franchise qui lui avait coûté la prison d'où l'avait tiré la faveur de sa fille.

Il regarda en silence la reine Adélaïde faire des adieux glacials à son époux et à la Cour. Son enfançon était près d'elle, dans les bras de Tyra.

– Je l'ai vaincue, exulta Waldrade, en caressant son ventre naissant.

– Loin s'en faut, ma fille, la tempéra son père. Le prince Rodolphe est toujours vivant, et l'enfant que tu portes demeure un bâtard.

Waldrade haussa les épaules avec impatience, contrariée par ce rappel propre à gâcher son plaisir.

– Crois-tu que je l'ignore? Qu'y puis-je pour l'heure?

– Toi, rien, ma fille. Moi, beaucoup. Jusqu'à Vienne la route est longue. Il faut traverser bien des monts et surmonter bien des périls. Loups, païens, les défilés recèlent tant de pièges! D'aucuns prétendent même que certains sont mortels.

Tyra chercha des yeux un coin de ciel. Entre les cimes vertigineuses, il semblait un lambeau de drap sale. Rien en ce lieu perdu ne laissait pressentir le printemps. Pourtant mars arrivait. La jeune femme s'emmitoufla dans ses fourrures. L'humidité la glaçait.

Ponctué de grincements de roues et de toux caverneuses, le silence devenait sinistre à l'approche du crépuscule.

A mi-pente de la montagne, une coulée les contraignit à s'arrêter. Une avalanche avait barré le chemin. En maugréant, les gardes mirent pied à terre et sortirent les pelles des chariots. Combien de fois avaient-ils dû déjà déblayer le passage à la force du poignet!

Dans la litière, le prince se mit à vagir. Aussitôt la nourrice mafflue avança un téton. Sous le regard absent de sa mère, la bouche de l'enfantelet se referma avidement sur le sein gras et blanc. Tyra le lui retira doucement et le saupoudra d'un fortifiant, s'attirant de la part du petit affamé des hurlements de protestations. Très vite il réinvestit la place avec un bruit de succion qui en disait long sur son appétit. Tyra éclata de rire.

– Par ma foi, l'air de ces monts réussit à notre prince, constata-t-elle, heureuse de le voir de jour en jour reprendre des forces.

L'esprit ailleurs, l'impératrice ne répondit pas. A l'aller, le voyage avait été aussi pénible, mais Louis l'aimait, alors. Comment prévoir ce qui l'attendait derrière ces montagnes... ! La Lombardie la laissait déchirée, brisée. Un pays maléfique qui changeait les âmes et empoisonnait le cœur des hommes.

Un frémissement parcourut le corps de la jeune reine. Inconséquent dans son gouvernement, faible dans son privé au point de continuer à aimer celle qui avait tenté d'assassiner son fils, Louis se révélait indigne de son empire. Dieu n'y pouvait plus rien. Le Diable avait gagné.

Sous la peau d'ours qui la recouvrait, elle serra les poings. Rien ne lui aurait été épargné. Ultime affront, pour passer ces monts infestés de pillards Louis ne lui avait accordé qu'une escorte de vingt hommes. C'était dire le cas qu'il faisait de son épouse et de leur fils!

Adélaïde pria le Ciel que son messager ait pu rallier Vienne sans encombre. Encore fallait-il que Hugues s'y trouvât et répondît à son appel! Elle comptait tant de défections depuis que Louis la méprisait. A la déloyauté de Hugues, elle refusait pourtant de croire. Il viendrait l'attendre à l'abbaye de Novalaise, ainsi qu'elle le lui demandait, et les reconduirait, elle, son fils et ses gens, en Viennois sous bonne escorte. Ne restait plus qu'à espérer qu'il fît diligence. Depuis la tentative de Waldrade, elle ne cessait de craindre pour la vie de Rodolphe. Sentiment qui s'estomperait sûrement à l'abri des murailles de Vienne. Elle héla le garde qui se tenait près du chariot :

– A combien sommes-nous de l'abbaye?

– A un couple d'heures, haute reine. L'abbaye se trouve dans la prochaine vallée.

Détournant la tête des hauteurs oppressantes, elle croisa le beau regard clair de Tyra. Il s'était voilé.

– Tu vas, amie, bientôt revoir ton frère et ton père, l'encouragea la reine.

« Et Hugues », songea Tyra qui appréhendait plus que tout leurs retrouvailles. Pourquoi devaient-elles encore avoir lieu dans cette abbaye où ils s'étaient follement aimés avant de se haïr ?

Au-dehors, Subâhu inspectait la muraille de neige. Trop régulière pour être naturelle.

– Des hommes ont fait cela, affirma-t-il.

– Pourquoi pas ton frère, le noir Satan ? grommela son voisin, jetant une pelletée de neige sur le côté.

Ses compagnons renchérirent avec force quolibets.

– Paix, vous autres, et hâtez-vous, intima leur chef, homme gris de poils mais encore puissant et qui avait dû être de bien des guerres. Manquerait plus que la nuit nous surprenne sur le flanc de cette mont... !

La roche lui fracassa le dos, le tuant net. D'autres commencèrent à pleuvoir à l'aplomb, écrasant hommes et bêtes, en précipitant d'autres sur la pente au bas de laquelle ils achevaient leur course, le corps disloqué.

– Un éboulement, s'affola l'un des hommes.

Subâhu désigna un point sur une hauteur.

– Non. Une embuscade.

En effet, depuis une avancée du sommet, de plus en plus nombreux des hommes apparaissaient, levant des roches à bout de bras.

– Alerte ! On nous attaque ! hurla un garde.

– Couchez-vous sur le plancher et ne bougez plus, intima Tyra à la reine et à la nourrice.

Elles s'exécutèrent, protégeant de leur corps le petit prince dont les pleurs reprirent. Tyra jeta sur eux des peaux d'ours et de martre, puis alla se poster près de l'entrée. Que faisait Subâhu ?

Une nuée de flèches fondit sur le convoi.

– Ces maudits nous percent d'en haut, hurla l'un des gardes.

La panique devint totale. D'un côté, la paroi, de l'autre, le vide, avec une pente impossible. Ne restait que la retraite. Mais les bêtes se cabraient sous les jets meurtriers, refusant d'obéir. Avec un effroyable hennissement, l'une d'elles s'écroula en travers du chemin, les reins brisés par une roche.

– Sang du Christ, des Lombards ! Ce sont nos frères qui nous tuent !

– Une conspiration !

– Tous autour de la rei... !

Un trait perça l'homme. Un projectile renversa son voisin que sa monture acheva sous ses sabots. La grêle assassine se fit plus drue, frappant hommes et bêtes. Des chariots des dames et des servantes de la reine montaient des hurlements stridents. Celui contenant les provisions de bouche versa dans le ravin, emporté par sa mule qu'une flèche venait de frapper dans l'échine.

Dans le tumulte, Subâhu eut du mal à se frayer un passage jusqu'à la litière royale.

– Il faut fuir, jeta-t-il à Tyra. Vite.

Ce fut alors qu'ils virent la flèche plantée roidement dans l'un des corps dissimulés sous les fourrures.

Tyra se jeta sur l'amoncellement de peaux et l'arracha. La nourrice, c'était elle, morte d'un trait dans le dos. Elle défit sa pelisse et la tendit à Adélaïde qui regardait fixement le cadavre.

– Mets-la et donne-moi la tienne. Mieux vaut qu'ils se trompent de cible !

Dans un état second, Adélaïde enfila le vêtement. Tyra lui mit l'enfant dans les bras et referma la fourrure sur lui. Les pleurs du petit Rodolphe redoublèrent. Capuches rabattues sur le front, Tyra et la souveraine se glissèrent à l'extérieur dans le sillage de Subâhu. Une fade odeur de sang les prit à la gorge. La tuerie continuait sous l'averse de traits.

– Courez à flanc de mont, ordonna Subâhu.

Adélaïde serra les dents pour ne pas hurler en passant devant le chariot de ses suivantes. Bâche éventrée par un rocher, il gisait fracassé. Toutes ses occupantes étaient mortes. Il en allait de même des servantes. Quant aux survivants, sans plus se soucier de la reine ni de son fils, ils se disputaient, à coups de poignard, les dernières montures.

Un bruit de fin du monde fit trembler la montagne. Le bloc rocheux réduisit la litière royale en miettes. Un autre fracas lui succéda, plus terrible encore. Tout un pan de neige s'était détaché de la pente et glissait droit sur eux.

– Contre la paroi ! hurla Subâhu.

L'avalanche les frôla de son haleine glacée et acheva l'ouvrage des assaillants, ensevelissant hommes et bêtes. Tyra se tourna vers la reine et se pétrifia : il n'y avait plus personne.

– Non ! Non ! gémit-elle, se jetant sur le monticule blanc qui se dressait près d'elle.

– Ils descendent, lança Subâhu. Partons vite.

– Pas sans elle ! protesta Tyra, s'acharnant sur la neige.

Un pan de la pelisse d'Adélaïde apparut au cœur des cristaux.

– Aide-moi à les dégager.

Là-haut, ils avaient lâché arcs et roches et dévalaient la pente, hache au poing pour finir leur besogne. Ils étaient bien quarante, alors que du convoi impérial ne restait plus un garde. Un sapin à demi couché par l'avalanche cachait Tyra et Subâhu à leur vue.

En un rien de temps, l'Indien arracha la reine Adélaïde à la neige. La malheureuse n'eut pas un mouvement. Ses lèvres étaient blanches, l'effroi écarquillait ses yeux. Par réflexe, elle continuait à serrer son fils contre elle. Il ne criait plus.

Subâhu souleva la mère et l'enfant dans ses bras et risqua un œil en bordure du sapin. Les assaillants n'étaient plus qu'à un jet de flèches. Rapidement, il évalua les lieux.

– Par là, décida-t-il, désignant la pente.

Tyra crut tout perdu. Des hommes arrivaient pour les tuer. Et la paroi que Subâhu lui indiquait pour planche de salut était presque à l'aplomb, avec le vide, attirant, maléfique.

– C'est impossible !

Mais le précieux Subâhu savait où il allait.

– Suis-moi, dit-il, se faufilant entre les chariots.

Il fallait l'œil de l'Indien pour apercevoir la sente qui s'incurvait sous le chemin. Abrupte, pas plus large qu'un pas, elle dominait la vertigineuse pente.

Les fuyards s'y jetèrent. Quand ils furent à l'abri des regards, Subâhu reposa la reine à terre :

– Ne bougez pas, intima-t-il aux femmes.

En rampant, il regagna le chemin et attira doucement à lui l'un des chariots renversés, jusqu'à dissimuler l'entrée de leur retraite. Puis il retourna auprès des femmes et soupesa leurs chances.

Minces. Fort minces. A trois pas d'eux, la sente reprenait la courbe naturelle de la montagne. En la suivant, ils seraient aussitôt repérés. Il fallait attendre la nuit.

– Cherchez la reine et l'enfant ! lança une voix grave et rocailleuse qu'Adélaïde identifia avec effroi.

– Grimoald, souffla-t-elle, atterrée.

Elle chancela. Tyra la retint de justesse. Un doigt sur la bouche, elle lui signifia de se taire. Si l'enfant se mettait à pleurer, c'en serait fait d'eux.

Ses mains se crispèrent sur un buisson gelé. Des pas crissaient sur la neige, au-dessus de leur tête. L'ennemi était si près qu'elle percevait son souffle. Il y eut un faible cri qui se termina dans un râle. L'homme venait d'achever un blessé.

– Sang du Christ, où est donc cette maudite femelle? rugit Grimoald. Et l'enfant?

– Il n'était pas avec la nourrice, répondit l'un des hommes.

– Fouillez tout, chariots, amas de neige! Soulevez les cadavres de chevaux, poussez les blocs de roche! Mais par Dieu, trouvez-les! Nous ne partirons pas d'ici avant d'en avoir fini avec elle et son rejeton.

Adélaïde se mordit violemment les lèvres. C'était plus qu'elle n'en pouvait supporter. Une folle terreur tétanisait ses membres. Mourir de la main de ce traître eût été une délivrance. Mais il y avait Rodolphe! Lui devait vivre, échapper à la haine de Waldrade. Dans ses bras, l'enfant s'agita. « Dieu tout-puissant, implora-t-elle en son for, fais qu'il se taise! »

Combien de temps demeurèrent-ils au-dessus du vide, dans la froidure du crépuscule? Le temps pour Tyra de comprendre à quel point elle tenait à la vie. Ce désir intense, cette volonté d'en réchapper, finit par juguler sa peur. Une rage froide s'empara d'elle. Grimoald ne les aurait pas! Elle ne pouvait tomber, à vingt-deux ans à peine, sous les coups de cette brute alamane et de ses sbires.

Tout à coup, le buisson auquel se retenait la reine céda. Tyra s'élança et la rétablit contre la paroi. Mais son pied dérapa et le vide s'ouvrit derrière elle.

– Non! hurla la reine, en la voyant tomber.

Son cri se répercuta d'un mont à l'autre comme un jeu de miroirs diaboliques.

Roulée, brassée, projetée toujours plus bas, toujours plus vite, Tyra se vit morte. Sa pelisse s'arracha. D'une épaule elle heurta violemment une planche d'un des chariots qui avait versé. Le bliaud puis la peau se déchirèrent. Cette douleur fulgurante, ce gouffre qui l'avalait... Elle allait percuter un sapin et mourir, le corps disloqué, la nuque brisée.

– Sur la pente, vociféra Grimoald. Des torches, vite!

Subâhu prit l'enfant des bras de sa mère et jeta à celle-ci :

– Il faut sauter. Accroche-toi à moi.

Chargé de son double fardeau, l'Indien s'élança sur les traces de Tyra. Si sa maîtresse n'en réchappait, il se tuerait. Le souffle coupé, dos et cuisses brûlés par la neige, agrippée au colosse indien, muette d'effroi, Adélaïde se sentit aspirée par la pente. Son enfant allait mourir. Cette chute aux enfers le tuerait. Elle les tuerait tous.

Soudain tout s'arrêta et les ténèbres les recouvrirent. Ils étaient morts. Mais quelles étaient ces mains qui palpaient sa poitrine? Et ces petites pierres dures dans son dos meurtri?

– Tu es vivante! lâcha Subâhu soulagé. L'enfant aussi.

– Mon dos... J'ai mal...

– Je reviens.

Fou d'angoisse, il se mit en quête de sa maîtresse. Dans la demi-obscurité, la rivière bordée de galets blancs luisait doucement. Pas trace de Tyra.

Soudain il crut percevoir un gémissement, à quelques pas. Se guidant à la clarté de la lune, il se précipita. Elle gisait dans la neige près d'un bouquet de sapins. Inerte. Pour la première fois de sa vie, l'Indien eut peur. Doucement, il la redressa et écouta le cœur. Une joie intense l'inonda. Elle vivait! Enlevant prestement sa pelisse, il en couvrit la jeune femme. Puis lui frotta le visage avec une poignée de neige. Elle bougea.

– Mon épaule, geignit-elle faiblement. J'ai mal.

Subâhu tendit l'oreille. Leurs ennemis dévalaient le sentier. Ils ne les lâcheraient pas. Enlaçant la taille de Tyra, il la releva. La douleur lui coupa le souffle. Elle ne pouvait plus poser le pied droit à terre et son épaule saignait abondamment. Une nausée la souleva.

– Viens, dit Subâhu, la soutenant. La reine est là.

La rivière suivait un cours capricieux. Chaque pas mettait Tyra à la torture et elle sentait le sang glisser le long de son bras. L'entaille devait être importante. Hélas, Subâhu ne pouvait la porter et ouvrir le chemin. Point d'autre alternative que de serrer les dents et d'avancer.

La reine n'allait guère mieux. Son dos n'était qu'une brûlure et, dans ses bras, il lui semblait serrer un morceau de bois. Quel enfant sortirait vif d'un tel traitement? Le froid, la faim et, derrière eux, une bande de félons qui les poursuivaient... Marcher. Encore marcher. Faire un pas sur les galets ou la mousse glissante. Un de plus. A la seule lueur de la lune.

Au bout d'un moment, Tyra réalisa que sa cheville la faisait moins souffrir. L'échauffement de la marche l'insensibilisait.

De temps à autre, Subâhu s'arrêtait et tendait l'oreille. Rien. Il ne s'y fiait guère. Le courant était tel qu'il pouvait couvrir tout autre bruit. Enfin la pente s'adoucit et une herbe gelée remplaça les galets. Un pré enneigé s'ouvrit devant eux.

– Les bâtiments, lança Subâhu.

En effet, dans le lointain, le halo d'une lampe détachait de l'obscurité une partie des constructions.

– Dieu soit loué, l'abbaye, souffla Adélaïde, chancelante d'épuisement.

Soudain des lumières mouvantes balayèrent le pré et s'arrêtèrent sur eux.

– Les voilà, jeta Grimoald.

Subâhu poussa les deux femmes vers l'abbaye.

– Courez !

Il prit son poignard et visa. Les torches éclairaient une quinzaine d'hommes. D'autres arrivaient au loin. Un seul l'intéressait.

– Attrapez-les avant... Ahhh... !

La lame se ficha au défaut de l'épaule. Avec un cri de douleur et de rage, Grimoald lâcha sa torche et extirpa le poignard de sa chair.

– Fils du Diable ! rugit-il en s'élançant à la poursuite de Subâhu sans lâcher la lame ensanglantée.

Celui-ci fuyait dans une autre direction que les femmes.

– Occupez-vous des deux garces ! cria-t-il à ses hommes pardessus son épaule.

Les fugitives couraient avec la force du désespoir, trébuchant dans la neige poudreuse. La cheville blessée de Tyra lui arrachait des larmes. Le sang qu'elle continuait à perdre par l'épaule commençait à faire danser des papillons devant ses yeux. Tenir ! Tenir encore ! Ne surtout pas s'évanouir ! Derrière, la course se rapprochait et la porte était encore à plus de dix pas. La reine s'écroula alors dans la neige.

– Tout est perdu, sanglota-t-elle en serrant son fils.

Tyra tenta de la relever. Mais son épaule la faisait trop souffrir pour qu'elle pût y parvenir.

– A l'aide, hurla-t-elle, traînant Adélaïde vers la porte. Pour l'amour de Dieu, sauvez-nous !

Elle entendait la course des assassins, leurs pieds s'enfoncer dans la neige. Ils allaient bientôt leur tomber dessus. La porte. Elles y étaient.

– Non ! se révolta-t-elle, tournant comme une folle le loquet fermé.

Attrapant la cloche, elle tira dessus à toute volée, l'œil rivé sur les torches qui n'étaient plus qu'à une vingtaine de pas. Une douzaine... En sanglotant, Tyra continuait à ébranler la cloche.

– Ouvrez-nous ! gémit-elle. Ouvrez-nous !

– Vas-tu cesser, sale ribaude ! brailla l'un des hommes en sortant un poignard.

Huit pas. Cinq. La lame siffla dans l'air et se planta dans le battant de bois. La seconde atteignit Tyra au dos.

Elle cria. La porte céda. Deux bras la tirèrent vers l'intérieur de l'abbaye. Elle eut le temps d'apercevoir deux autres bras qui enlevaient Adélaïde et son enfant, la porte qu'on rabattait, puis tout devint noir. Elle sombra.

Grimoald contourna en courant l'abbaye et s'arrêta. Le mur d'enceinte, la neige et le silence. Plus trace de l'Indien. L'obscurité était totale. Il se maudit d'avoir laissé sa torche.

Brusquement, le ciel lui tomba sur la tête. Quelque chose glissa sur son cou, l'enserra. Il tenta d'arracher le lacet. Mais déjà le souffle lui manquait, ses veines du cou gonflaient, sa poitrine brûlait. L'air ne passait plus. Il eut un dernier sursaut et retomba. Mort.

– Prince ! Prince ! pressa le serviteur. Des traîtres viennent d'attenter à la vie de l'impératrice Adélaïde et à celle de son fils.

Hugues sauta au bas de sa couche.

– D'où tiens-tu cette histoire ? Où est ma cousine ?

– Ici, prince. Dieu lui a permis d'atteindre saine et sauve l'abbaye.

– Qui sont ces maudits ? questionna Hugues attrapant ses vêtements.

Le serviteur haussa les épaules en signe d'ignorance.

– Je ne sais, prince. Nos hommes les ont tous tués.

Dehors régnait l'effervescence. Telles des lucioles démentes, les torches traversaient la cour en tous sens. Des moines entouraient la reine qu'on emmenait en litière vers l'hôtellerie.

Hugues se précipita. Il vit alors arriver Subâhu, décomposé, les vêtements déchirés. Dans ses bras, il portait une femme dont les longs cheveux touchaient terre. Aimery et son père lui ouvraient le chemin, visiblement au désespoir. Une peur panique s'empara de Hugues. Oubliant la reine, il courut vers lui. Son cœur s'arrêta : Tyra. C'était bien elle, blême, couverte de sang, sans doute morte.

L'Indien leva vers Hugues des yeux emplis de larmes.

– Tammam, prince ! Il faut vite la conduire à Tammam ! Lui seul peut la sauver.

– Maître Tammam ne se trouve point céans, prince ! Il a quitté Arles voici quelques jours.

– Dieu, non ! Où est-il ?

Derrière Hugues apparut Subâhu portant dans ses bras Tyra inconsciente, le corps dévoré de fièvre.

– Vierge Marie, notre damoiselle est morte ! s'écria la servante.

Du fond du couloir, jaillit un cri. Aussi vite que le lui permettaient ses vieilles jambes, Vigtis accourut et écarta la servante.

– Tyra, mon enfant !

Hugues la retint d'une poigne ferme.

– Elle n'est pas morte mais cela adviendra si l'on ne me dit où trouver ce médecin !

Vigtis leva vers le prince un regard perdu. A travers un brouillard, elle vit un visage tendu, harassé, au menton mangé de barbe, un front blême sur lequel retombaient des mèches désordonnées.

– Tammam... Tammam vient de partir pour Fabrègue, articula Vigtis. Le qâ'id l'a fait quérir. Il ne va pas bien.

Puis, n'y tenant plus :

– Par Thor, fils d'Odin, oseras-tu m'empêcher d'approcher Tyra ? Que lui est-il advenu ?

– Blessée lors d'une attaque, jeta sommairement Hugues.

Il rappela Subâhu qui s'éloignait vers la chambre de Tyra.

– Ramène-la dans la litière. Il nous faut repartir.

– Non ! paniqua Vigtis qui avait compris. Il y en a pour plusieurs jours de chevauchée. Dans son état, ça la tuera ! Laisse-la ici ! Je m'occuperai d'elle... ! Arles compte d'autres médecins. Je vais faire quérir...

– Inutile, l'interrompit vivement Hugues. Le mien n'a rien pu faire. Des points vitaux semblent atteints. Tammam est son ultime chance.

– En restant elle mourra, appuya Subâhu gravement.

– Je viens, céda Vigtis, ravalant ses pleurs.

L'équipage du prince encombrait la venelle. Pas un enfant n'y jouait. Les mères avaient rappelé leur progéniture à l'intérieur des logis. Même si, depuis quelques années, le quartier juif ne déplorait nulles représailles, la peur des hommes d'armes persistait. D'autant que, désormais, Sédéchias n'était plus là pour défendre la cause de ses frères auprès des autorités.

Avec des douceurs de mère, Subâhu réinstalla Tyra dans la litière.

– Pourquoi la ramènes-tu ? s'étonna Guillaume, l'un des seigneurs de Hugues. Où veux-tu la conduire, à présent ?

– Près de Fréjus. Le médecin s'y trouve.

– Au cœur du territoire sarrasin ? Seigneur Dieu, c'est folie !

Hugues était déjà en selle.

– Pierre, Gerbert, Enguerrand, retournez chez l'archevêque Rostaing prévenir la reine Adélaïde. Je vous la confie, amis. Veillez sur elle durant mon absence. Dès mon retour, je la reconduirai à Vienne.

Les seigneurs restèrent confondus.

– Que va dire la reine ? s'affola Gerbert. Nous nous sommes déjà détournés de notre chemin pour venir jusqu'ici.

– Un détour que ma cousine approuva.

– Ne crains-tu point, insista doucement le paisible Enguerrand, que notre souveraine prenne ombrage de ta défection ? Ne conviendrait-il pas d'aller quérir son accord auparavant ?

– Dieu tout-puissant, qui parle de défection ? Cessez de discuter mes ordres, allez !

Les trois seigneurs se résignèrent, sachant que rien ne l'en ferait démordre. Depuis que cette femme avait échoué blessée à l'abbaye de Novalaise, ils ne reconnaissaient plus Hugues dans cet homme fébrile aux traits ravagés par l'angoisse. Se rendre au Fraxinet n'était qu'une folie de plus. Sans doute la pire : elle risquait de lui coûter sa tête.

– Sais-tu ce que tu encours à mettre les pieds chez les païens ? grommela Guillaume en regardant ses trois compagnons s'éloigner.

– Nul ne te contraint à m'accompagner. Tu peux t'en retourner chez l'archevêque avec eux.

Le visage fier du bouillant Guillaume s'empourpra de colère.

– Me crois-tu assez lâche pour te faire défaut ? Ma mise en garde relève du simple bon sens. Ne vois-tu point combien les Sarrasins s'acharnent sur tes domaines depuis quelque temps ?

Les mâchoires de Hugues se contractèrent.

– Une autre raison pour m'y rendre, dit-il entre ses dents.

Guillaume se tourna vers l'escorte. Elle ne comptait que vingt gardes. Le plus gros de la troupe était resté au palais archiépiscopal.

– Laisse-moi au moins le temps d'aller chercher nos autres hommes chez l'archevêque, insista Guillaume.

– Ceux-là suffiront, l'arrêta Hugues.

Il se pencha vers l'intérieur de la litière. Tyra gisait sur sa couche, narines pincées, lèvres blanches. Elle ne s'agitait plus. Cette inertie parut à Hugues plus angoissante encore. Le cœur serré, il donna le signal du départ. Cela tiendrait du miracle si elle en réchappait.

Un ciel bas pesait sur la grève d'algues humides. Un aigre vent d'est échevelait les canisses et jetait sur la côte des paquets de mer sale. Les rares masures de pêcheurs rencontrées tombaient en ruines.

Pour la énième fois, Hugues vint se ranger contre la litière. Tyra souffrait d'un nouvel accès de fièvre. Elle délirait.

– Mal, gémit-elle, tournant la tête sur l'oreiller comme pour repousser ses démons. La reine ! Fuir ! Non... !

S'ensuivirent des mots incohérents en langage viking.

– Paix, ma douce, murmura Vigtis dans la même langue, en bassinant le front brûlant.

Des larmes glissèrent le long des joues ridées. D'une voix étranglée, elle entama une berceuse de son pays. Tyra s'apaisa. Sous la coiffe de lin qui enfermait ses cheveux, son visage était d'une blancheur irréelle. Depuis Novalaise, ses yeux restaient désespérément clos. Les rouvrirait-elle jamais ?

Un soleil frileux s'échappa des nuages. Sur la poitrine de la jeune femme, les gemmes du pendentif en forme de marteau reprirent vie dans la lumière.

Hugues détourna les yeux. Un étau écrasait sa poitrine. De la folie qu'il commettait pour elle en se rendant en territoire sarrasin, il avait pleinement conscience et se jugeait sévèrement. Mais l'idée qu'elle risquait de passer lui était insupportable. Pour la sauver il se fût jeté dans le feu. Libre au Diable d'en rire. Il talonna sa monture et rejoignit Subâhu qui ouvrait la marche.

– Dans combien de temps serons-nous rendus ?

– Bientôt, lâcha l'Indien laconique.

En tuant Grimoald, il avait cru dérouter ses hommes. Une erreur que Tyra payait. Si elle perdait la vie, il s'étranglerait avec son lacet pour ne point l'avoir protégée de la lame meurtrière.

Hugues leva les yeux vers les roches dures aux flancs desquelles s'agrippaient quelques pins et buissons. Trop hautes pour être des collines. Trop basses pour des montagnes.

Entre ces pics stériles et la mer, une plaine sans vie avec, çà et là, des bonniers de vignes envahies de mauve ; des champs au dessin indécis où se devinait encore l'empreinte d'une araire ; des oliviers, des amandiers au tronc à demi étouffé sous les herbes. Et le long de cette étendue morte, quelques amas de pierres noires signalant l'emplacement d'un hameau détruit.

Subâhu obliqua à nouveau vers la plaine, ce qui surprit Hugues.

– Pourquoi ce retour dans les terres ?

– A partir d'ici, les collines plongent dans la mer et la côte devient inaccessible.

Près des deux hommes, Guillaume chevauchait en silence. Sous sa crinière blond pâle, ses yeux bruns fulminaient. Que dire de l'attitude de celui qu'il avait juré de servir jusqu'à la mort ? Hugues, le vaillant prince promis à un destin glorieux, se perdait pour une garce sans naissance qui allait mourir. Et lui, Guillaume, seigneur de bonne race, tomberait à sa suite dans un combat sans gloire, sous les coups d'une horde de brigands païens, trop heureux de rougir leurs lances du sang d'un prince franc.

Il chercha des yeux un manant travaillant la terre. Un berger. Des chèvres. Un signe de vie quelconque qui le détrompât. En ses tendres années, il avait emprunté ce même chemin avec son père pour se rendre à Fréjus. Des villages autour desquels poussaient la vigne, le conségal, l'orge et le froment le jalonnaient alors... De tout cela ne subsistait qu'un paysage meurtri, ayant perdu toute âme. Sans doute en serait-il ainsi jusqu'au Fraxinet !

– Par où faut-il donc passer pour rencontrer des hommes ? s'enquit sombrement l'un des hommes d'armes à Subâhu.

Guillaume comprit qu'il n'était pas le seul à devenir nerveux. A l'approche de la base païenne, les gardes manifestaient des signes de fébrilité.

Fidèle à lui-même, l'Indien fut direct :

– Nous ne rencontrerons personne dans la plaine. Depuis Toulon jusqu'à Fréjus, tout est désert. Les Sarrasins ont ravagé le pourtour de leur territoire.

– Faut-il être sot pour se priver de terres à cultures ! maugréa l'homme qui aurait donné cher à cette heure pour voir ne fût-ce que l'ombre d'un gueux.

Subâhu lui lança un regard de biais. Les Francs suaient la peur. Le prince semblait le seul à n'en point éprouver. Il était pourtant le plus exposé. Il désigna une colline plus haute que les autres.

– Nous sommes repérés.

Hugues suivit son regard. Sur le sommet de ce qui ressemblait à une tour-vigie, il aperçut une lumière clignotante. Depuis la colline voisine, une autre lui répondit. Les avant-postes sarrasins signalaient leur présence.

Guillaume se signa. Les dés étaient jetés.

Nasr Ibn Ahmad détaillait avec intérêt le prince franc. Grand, large d'épaules, délié de muscles, le regard clair et déterminé, le haut personnage qui lui tombait du ciel ne manquait pas d'allure. Il remarqua que ce dernier lui faisait subir le même examen. Difficile de deviner quelles pensées cachait ce front noble. En dépit de sa jeunesse, le cousin du roi de Provence semblait très maître de lui.

D'un geste, il commanda à ses lieutenants d'évacuer la salle, ne gardant près de lui que Zaïd, son fils aîné. Ce mouvement lui arracha un rictus douloureux. Tammam disait vrai : l'entaille était profonde et il faudrait du temps pour qu'il récupérât le plein usage de son bras dextre. Muhammad maudisse ce manant et son épieu! Il n'aurait plus loisir de récidiver. Plantée sur une pique, devant son manse de misère si sottement défendu, sa tête nourrissait à présent les corbeaux.

Nasr Ibn Ahmad invita Hugues à s'asseoir face à lui, sur le tapis de haute laine, et le considéra encore un instant en silence.

– Ton regard est celui d'un homme sensé, dit-il enfin. Qu'es-tu venu te perdre sur mon territoire, presque sans escorte?

– Ton territoire? le reprit Hugues, sarcastique. Cette terre appartient de droit au roi de Provence-Viennois. Le fait que ton étendard y flotte ne le fait pas tien.

Zaïd porta vivement la main à son poignard. Son père l'interpella sèchement en arabe. Le jeune homme se leva et sortit.

– Tu ne m'as point donné de réponse, insista doucement le qâ'id. Quel démon t'a poussé à te jeter dans mes serres?

La colère souleva Hugues. Maintenant que Tyra se trouvait entre les mains de Tammam, les jours d'angoisse et de tension se faisaient méchamment ressentir. Et la morgue de ce chef brigand lui était insupportable.

– Tu tiens plus, païen, du vautour que de l'aigle! assena-t-il. Nul ne peut tirer gloire d'abattre des adversaires qui traînent la charrue et tremblent quand le ciel tonne.

Un sourire narquois effleura les lèvres minces du Berbère.

– J'ai, prince, les adversaires que l'on me donne. Jusqu'ici, nul seigneur de Provence ne m'a disputé ses domaines, les armes à la main. Les terres ressemblent aux femmes : ne sont prises que celles qui se laissent prendre.

Hugues croisa le fer des lames noires du Musulman.

– Tu commets une erreur en t'en prenant aux miennes, lâcha-t-il, glacial. Sache avancer tes pions, païen, et voir au-delà de fugaces profits. En l'absence du roi, le pouvoir appartient au duc. Thibert s'achemine vers la tombe et nul autre que moi ne lui succédera à la tête de la Provence.

– Sauf si je te tue, dit lentement le qâ'id.

Ses yeux n'étaient plus que deux fentes.

– Il est des personnages auxquels mieux vaut ne point toucher. Le meurtre d'un prince carolingien te coûterait ce territoire que tu prétends tien, et la vie.

Pour calmer les esprits, Nasr Ibn Ahmad fit apporter un hanap d'hydromel à l'attention du prince ; lui-même se contenta de lait d'amande.

La finesse des coupes d'argent surprit Hugues. Conduit, sitôt arrivé à Fabrègue, au camp sarrasin entre une haie de cavaliers hostiles, il n'avait rien regardé. A présent, il voyait les tentures dissimulant les murs de roche, les lampes de bronze, les coussins de soie, la table basse incrustée de nacre, un décor raffiné planté au creux d'un roc battu par les vents. L'homme au teint bistre et aux traits émaciés qui habitait ces lieux n'était pas une brute.

Hugues porta la coupe d'hydromel à ses lèvres.

– Ne crains-tu donc point que je t'empoisonne ?

– C'est là arme de femme, rétorqua Hugues en reposant sa coupe vide.

Le qâ'id eut un rire sourd. Le jeune loup révélait une subtilité d'Arabe.

– La prudence, chrétien, n'est point ta vertu première. Ne sous-estime pas mon pouvoir et ma force. Sur ce piton rocheux, je suis le maître. Je peux tuer tes hommes et te mettre à rançon.

Hugues le regarda sans le voir et passa une main lasse sur son visage. La colère cédait soudain le pas à une extrême fatigue.

– Certes, tu le peux.

Nasr Ibn Ahmad leva un sourcil surpris. L'évidence lui apparut alors : le prince franc s'était jeté dans ses filets pour sauver la fille d'Inga. Qu'eût fait Okba en pareil cas ? Pour une fois, l'opinion de l'envoyé émiral reparti pour Cordoue quelques semaines plus tôt lui manquait. Il fallait trancher. Il le fit :

– Tu te trompes, prince. Je n'aime point frapper un ennemi à ma merci. Tu as jusqu'à demain pour quitter mon territoire.

La nuit. Le gouffre. Les cheveux longs et fauves de Waldrade. Elle se retourne. C'est Grimoald ! Il tient une arme. Va frapper. La lame.

La brûlure. Le dos incandescent, couvert de braises. Bouger, s'écarter du feu. Mais la douleur est trop forte...

Tammam fit glisser entre les lèvres exsangues une nouvelle dose de poudre. Ce délire, cette fièvre dévorante qui ne baissait pas, l'inquiétait plus que la blessure.

Inga le sentit.

– Tu crains le pire, n'est-ce pas ? s'enquit-elle d'une voix sourde.

Tammam dissimula son émotion en rangeant ses médecines. Il se racla la gorge.

– Il faut qu'elle passe la nuit qui vient.

Vigtis qui consumait des herbes odorantes dans un pot de terre se remit à pleurer.

– Attends qu'elle soit morte pour cela, la rabroua Inga.

La vieille servante étouffa un sanglot et sortit.

Inga s'assit sur le rebord de la couche et prit doucement dans la sienne la main brûlante de sa fille. Après plusieurs années d'absence, on lui ramenait celle-ci agonisante. De Novalaise, cette abbaye qui lui avait déjà pris un fils.

Tyra s'agita à nouveau :

– Père... Père... Pourquoi ? La croix... comme Aimery... Enlève la croix... Enlève...

Le reste se perdit dans un murmure incompréhensible. Tammam se pencha et lui fit absorber encore un peu de médecine. Les doses étaient puissantes. Ne restait d'autre recours que l'extrême.

– Qu'a-t-elle dit ? souffla Inga d'une voix blanche.

Préoccupé par l'état de Tyra, Tammam n'avait pris garde à ses paroles. En voyant la face blême d'Inga, il comprit.

– Elle délire, éluda-t-il. Ses paroles n'ont aucun sens.

Inga l'obligea à la regarder. Un courant glacé la parcourait.

– Tu mens mal, ami. Que sais-tu ? Pourquoi parlait-elle de son père et d'une croix ?

Tammam soutint le regard bleu sombre accroché au sien.

– Dans sa fièvre, Tyra superpose Aimery à son père. Tous deux sont partis...

– Et tous deux sont moines, n'est-ce pas ? Tu n'as, à présent, plus le droit de te taire ! Parle.

– Lui aussi a choisi Novalaise pour se retrancher du monde des vivants, avoua Tammam ennuyé.

– Moine ? souffla Inga, les yeux écarquillés par la révélation. Audifré, moine ?

Derrière eux, la porte grinça. Inga se retourna. En croisant le regard de Nasir, elle sut qu'il avait entendu.

– Je viens de ramener le prince Hugues du camp, annonça-t-il, très neutre. Il est en bas et désire te voir.

– J'y vais, bredouilla Inga.

Tous deux quittèrent la chambre. Nasir tournait les talons, elle le retint.

– As-tu entendu ce qu'a dit Tammam ? murmura-t-elle, bouleversée. « Audifré s'est coupé du monde des vivants. » Et nous sommes vivants.

Incapable de parler, Nasir lui ouvrit les bras. Elle s'y lova, les yeux clos. Une étreinte silencieuse d'une force inouïe. Jamais ils n'avaient eu autant conscience de leur amour. Restait à continuer à le vivre, en sachant...

L'étreinte se desserra et Nasir s'éloigna sans mot dire. La porte donnant sur l'arrière de la maison claqua. Il était sorti.

Inga tenta de se reprendre. Le prince Hugues l'attendait.

Des pas se firent alors entendre dans l'escalier. Le souffle court, Perrette gravit la dernière marche. Elle portait un petit mortier de marbre destiné à Tammam. En voyant la servante, les soucis d'intendance refirent surface. Il fallait s'occuper d'installer le prince et ses hommes.

– Le maître s'en est occupé, la rassura Perrette. Il leur a ouvert la maison du seigneur Fouquier et laissé Subâhu...

La voix de Perrette se perdit dans un bourdonnement. Audifré, moine ! Audifré, moine ! Ces deux mots tournaient dans la tête d'Inga comme une ronde infernale. Et Tyra qui allait si mal... Elle s'efforça d'écouter les précisions de la servante.

– J'ai mis les volailles en broche dans les cuisines du seigneur, disait celle-ci. Vigtis en surveille la cuisson, aidée de Constance qui est venue nous prêter main forte. Le fricot de mouton que j'avais préparé et des beignets au miel compléteront le repas. Le prince et ses hommes ne mourront point de faim.

Inga interrompit le flot :

– Fais mettre deux fûts en perce, et reste là-bas pour les servir.

– Je m'en vais d'abord porter ceci à maître Tammam, dit la servante en désignant le mortier.

Elle secoua la tête :

– Si c'est pas malheureux de voir notre jeune maîtresse ainsi !

Inga la laissa à ses lamentations et s'en fut rejoindre le prince.

Debout devant l'âtre, il fixait le feu d'un air songeur, un gobelet de vin chaud à la main. Il était seul. Dès qu'Inga parut, il l'interrogea du regard.

– Tammam s'occupe d'elle, prince. Je sais les risques que tu encours en venant ici. Nulle parole ne peut exprimer la profondeur de ma gratitude. Tyra m'est très précieuse.

L'accent étranger subsistait faiblement. Le timbre était grave et voilé.

– Elle l'est également pour moi.

En arrivant à Fabrègue, il avait à peine aperçu la mère de Tyra. Il fut étonné par sa taille. Elle était bien plus grande que sa fille. Etonné aussi par sa tenue : des braies noires et collantes, qui révélaient des jambes finement musclées, une tunique courte de même couleur, retenue par une large ceinture de cuir à boucle de cuivre. Et pour toute coiffe, un bandeau de front en fils multicolores qui se perdait dans une couronne de tresses blondes, laquelle accentuait la hauteur des pommettes et l'éclat des prunelles bleu sombre.

Toute autre qu'elle au même âge eût paru ridicule dans un tel accoutrement. Mais la femme faisait tellement corps avec la vêture qu'il était malaisé de l'imaginer autrement. Il n'eût pas été plus surpris de lui voir porter l'épée. Elle donnait crédit à ces histoires de guerrières vikings qui circulaient dans tout l'empire franc. On les disait aussi furieuses au combat que leurs hommes. « Une reine barbare », songea Hugues confondu par l'étrange beauté de cette grande femme. Il la retrouvait en Tyra, moins sauvage, affinée.

– Je suis heureuse que le qâ'id t'ait libéré, dit-elle.

– Je dois être parti demain.

Inga tenta de remettre de l'ordre dans ses pensées et d'en écarter Audifré. Le prince qui lui faisait face méritait des égards. Elle lui resservit un gobelet de vin chaud. La pluie se mit à crépiter contre la porte. Le vent soulevait dans l'âtre des flammes nerveuses et vives. Il faisait bon. Inga observait Hugues discrètement. C'était donc de ce prince que sa fille était éprise ! Rien d'étonnant. Il émanait de lui une incroyable séduction. Mais pourquoi se taisait-il ? Que voulait-il lui dire ? N'y tenant plus, elle lui livra le fond de sa pensée.

– J'ai du mal à croire qu'un prince franc ait pris tant de risques pour une fille de régisseur.

Hugues reposa son gobelet. Le tourment qui se lisait dans ses yeux s'accordait mal avec l'arrogance naturelle de son maintien.

– J'ai du mal à le croire aussi, reconnut-il, sentant combien il détonnait dans ce logis modeste.

La table, les bancs et coffres en châtaignier, le sol de terre battue jonché d'herbes aromatiques, un décor qui n'avait rien de princier. C'était pourtant celui qu'avait connu Tyra, enfant. Difficile à croire tant l'or et la soie s'accommodaient bien d'elle !

– Dieu se joua de moi quand il mit ta fille sur mon chemin, reprit-il. Sans doute voulait-il me prouver que je n'étais pas plus à l'abri qu'un autre des sentiments extrêmes.

Hugues eut un sourire douloureux :

– Il y parvint au-delà de toute espérance. Dès que je la vis, Tyra entra en moi comme un poison, brouillant mon entendement, détruisant ma raison. Elle n'en fut, certes, en rien responsable et parut en souffrir autant que j'en souffris... et que j'en souffre encore...

Il se ressaisit et chercha le regard d'Inga.

– Jamais vie ne me fut si chère, et de tout mon être je prie pour que Tammam la sauve. Mais ta fille montra plus de raison que moi en voyant combien nos chemins divergeaient. Je suis prince de sang et peut-être ceindrai-je un jour une couronne. Pour ce faire, Tyra doit sortir de ma vie. Ne plus reparaître à la Cour. Jamais. La folie que je commis en venant ici doit être la dernière.

Inga resta saisie par la force de l'aveu. Mais son contenu ne lui en déplut pas moins.

– A cette heure, prince, repartit-elle froidement, la mort s'applique à exaucer ton vœu. Si elle n'y parvient, j'y veillerai. Pour Tyra.

– Que craignent-ils ? Une attaque ? ironisa Guillaume, désignant les cavaliers sarrasins qui, de loin, les suivaient.

Hugues ne daigna pas tourner la tête. Il savait que les hommes du chef païen les escorteraient jusqu'aux limites de leur territoire afin de s'assurer de leur départ. « Tammam la sauvera, songea-t-il, se remémorant les paroles du médecin, le matin même. Elle vivra. » Le poids qui l'oppressait depuis Novalaise perdait de sa force : Tyra n'allait pas mourir. Mais une douleur plus insidieuse naissait en lui depuis qu'il avait pris sa décision.

– Vois ces cultures, s'étonna Guillaume, face aux champs de blé, d'avoine et de plantes fouragères fraîchement ensemencés. Pas une mauvaise herbe. Par ma foi, ces païens sont moins fols que je le croyais. Ce domaine de Fabrègue respire l'opulence.

En arrivant, il n'avait rien regardé tant l'impression de se jeter dans un piège le tenaillait. Depuis qu'ils avaient tourné le dos à la base sarrasine, il se montrait plus bavard. Jamais il n'eût espéré qu'ils s'en tireraient à si bon compte.

Hugues contempla distraitement les terres au tracé rectiligne qui s'étendaient jusqu'au pied des collines. Semblables à des sentinelles en faction, des cyprès les séparaient. De l'autre côté du chemin, une olivaie élançait ses rameaux d'argent vers le soleil revenu. Dans l'herbe encore brillante de pluie se devinaient les premières violettes. Le printemps arrivait sur les jardins du Fraxinet.

Hugues fit taire résolument son cœur. Le temps venait de réagir.

– Connais-tu la princesse Wille ? demanda-t-il abruptement à Guillaume.

Celui-ci tourna vers Hugues un regard surpris.

– La sœur de notre reine ? Dieu, non. Mais on la dit fort belle.

– Le Très-Haut fasse qu'elle ait au moins cette grâce, murmura le prince.

Pavie, juin 902

– Jure sur ce clou sacré de la Sainte Croix que jamais tu ne repasseras les monts et ne reposeras un pied sur le sol de mon territoire ! Si par malheur le Diable te soufflait de renier ton serment, rappelle-toi alors que nous, Bérenger, roi des Lombards, ne te laisserions point partir vif de ce pays une seconde fois.

Louis supplia Dieu de le terrasser, de le soustraire à ce déshonneur suprême. Il leva les yeux vers le parterre de seigneurs et sa vue se troubla. Judas prenait bien des visages ! Excepté les féaux provençaux, tous l'avaient trahi ; jusqu'aux gardes chargés de veiller sur les portes de la cité.

– Lèveras-tu ton bras, s'impatienta Bérenger, ou devons-nous t'aider ?

Lentement, Louis tendit une main tremblante au-dessus de la sainte relique. Dans la grande salle du palais royal de Pavie, régnait un silence impressionnant.

A quelques pas de l'empereur déchu, comme un écu dérisoire, se dressaient les féaux de Provence-Viennois. Tous gardaient la nuque raide et le front haut. Aux félons qui leur faisaient face, ils opposaient leur mépris.

Voyant chanceler Adalelme, le comte Roubaud s'empressa pour le soutenir. Le vieil homme le repoussa avec fermeté. Il tiendrait.

– Nous, Louis, commença le fils d'Ermengarde, une pointe de défi dans la voix, par la grâce de Dieu, empereur...

– « Par la grâce du Malin, devrais-tu dire », le coupa Bérenger, glacial. Dois-je te prier de ne plus t'égarer et de ne mentionner que les titres qui te reviennent ?

Waldrade enfonça ses ongles dans ses paumes. La teinte grège de son bliaud de cendal faisait ressortir sa pâleur et l'éclat fiévreux de ses yeux noirs. La tresse flamboyante piquée de perles fines qui se devinait sous le ricinum blanc atteignait son flanc arrondi par sa prochaine maternité.

Une rage terrible l'animait. Contre Louis qui trompait ses espérances et l'entraînait dans sa chute ; contre Bérenger, son éclatant vainqueur ; enfin contre ces princesses et comtesses lombardes qui la fixaient, guettant de sa part une défaillance ou un accès de désespoir. Elles repartiraient déçues. De Grimoald, son père, elle tenait le courage et ne ferait pas injure à sa mémoire.

Un rayon de soleil vint frapper l'or et les gemmes de la couronne de fer que Bérenger avait ceinte sitôt le palais investi.

Une boule obstrua la gorge de Louis. Il dut s'éclaircir la voix avant de recommencer :

– Nous, Louis, par la grâce de Dieu, empereur des Romains et du grand Occident...

Un grondement de protestation s'éleva dans les rangs lombards. Bérenger, cette fois, ne le reprit point. Un tel entêtement devenait pathétique.

Berthe, duchesse de Toscane, qui se tenait en bonne place sur le devant auprès de son époux sentait ses jambes faiblir. Cette troisième grossesse en moins de trois années l'épuisait. Gui et Lambert, les deux fils qu'elle venait de donner à Adalbert le Riche n'étaient point sevrés. Elle s'évertua à respirer calmement. Dans cette salle comble, l'air se saturait de parfums et d'odeurs corporelles.

Tandis que Louis prononçait l'infamant serment, elle porta discrètement une main à son ventre à peine renflé sous l'ample bliaud vert broché d'or. Cet enfant serait le dernier qu'elle porterait, qu'il atteignît son terme ou pas. En donnant par trois fois la vie en si peu de temps et à l'âge qui était le sien, elle avait suffisamment défié le Ciel.

Elle coula un regard vers Adalbert de Toscane, son époux. Par le cœur et les sens, elle le tenait, son puissant duc. La descendance mâle qu'elle venait de lui offrir renforçait encore sa position. Et par Dieu, il fallait qu'elle fût bien assise en ce royaume où les esprits changeaient de cap au gré des humeurs.

En ce sens, ces deux années passées entre Lucques et Rome se révélaient riches d'enseignements. Elle savait désormais qu'il ne fallait point se laisser endormir par la beauté de ce pays. A Hugues, ce fils adoré entre tous, elle offrirait sur un plat d'argent cette Lombardie qu'il convoitait tant. Pour lui, jour après jour, elle tissait sa toile. Les deux gros garçons qui vagissaient encore dans leurs berceaux seraient les piliers sur lesquels leur frère utérin assiérait son pouvoir. Elle, leur mère, les façonnerait à cette seule fin. Il en irait de même pour ce troisième enfant qu'elle portait encore. Elle ferait tout pour aider son fils aîné à devenir le grand roi qu'il ferait.

Un léger sourire se peignit sur ses lèvres. Le pli qu'il lui avait fait parvenir un mois plus tôt l'avait comblée de joie. Hugues cessait enfin de jouer les rebelles. Elle avait toujours su qu'il finirait par se ranger à ses vues et oublier cette garce aux yeux d'or.

Bérenger se déplaça d'un pas, masquant à Berthe le pitoyable spectacle d'un Louis contraint de prononcer devant tous les termes de sa propre condamnation.

Bérenger... La ruse d'un renard, la cruauté d'un loup. L'homme dégageait une force fascinante et redoutable. Jusqu'à ses rires qui ressemblaient à des morsures. Il était né pour porter la broigne d'argent et d'or qu'il arborait ce jour-là.

Une fois de plus, Berthe se félicita d'avoir conseillé à son fils aîné de demeurer en Provence. Tant que le fauve qui écoutait, visage impénétrable, le serment du vaincu serait vivant, Hugues ne ceindrait pas la couronne de fer. Il fallait attendre que le temps œuvrât.

Elle sentit peser sur elle le regard lourd du vieux comte de Valence et détourna le sien, découragée. Les seigneurs provençaux ignoraient qu'ils lui devaient, ainsi que Louis, d'être encore de ce monde. Pour complaire à sa femme, Adalbert de Toscane avait intercédé auprès de Bérenger afin qu'il épargnât la vie de l'empereur déchu, son parent par alliance. Ne pouvant rien refuser à son vassal le plus puissant, Bérenger avait accédé à son vœu. Aussi avait-il fait en sorte que son adversaire se rendît sans combat. Voilà l'unique raison pour laquelle le sang n'avait pas coulé.

Berthe écarta d'un doigt léger son voile arachnéen et redevint attentive. Louis en avait terminé. Bérenger s'avança vers lui.

– Avant le couchant, toi et ta suite devrez avoir franchi les portes de ma cité. Une troupe vous escortera jusqu'aux limites septentrionales de mon territoire. Tu as deux jours pour quitter la Lombardie.

Sur cet ultime affront, Bérenger quitta la salle.

Livide, les narines pincées, Louis était terrassé. La main qui avait prêté serment le brûlait. Son corps était de marbre.

Voyant les princes lombards se presser vers la sortie à la suite de Bérenger, il n'y put tenir :

– Toi, Adalbert de Toscane, interpella-t-il d'une voix forte et vibrante, toi, Adalbert d'Ivrée, ainsi que toi, Samson, et vous tous, grands félons de Lombardie, osez regarder une dernière fois en face celui que vous venez de trahir !

Tous s'immobilisèrent. Louis paraissait animé d'une fureur divine.

– Nous, petit-fils de l'empereur Louis II, descendant en droite ligne de Charlemagne, oint du Seigneur et empereur d'Occident par la grâce de Dieu, nous vous maudissons ! Par ma bouche, le Très-Haut vous hurle sa colère. Soyez maudits pour avoir foulé aux pieds la pourpre sacrée ! Maudits pour avoir rappelé un roi qui se vendit aux Magyars et leur céda les trésors de nos églises ! Exultez, ripaillez et riez, « amis » ! En vous donnant à Bérenger, vous venez à nouveau de livrer la Lombardie en pâture aux Barbares.

Sous l'œil expert de Romanus, Tyra frappa vigoureusement les branches avec un bâton. Ce geste réveilla la douleur dans son dos, la rappelant à l'ordre. Les forces lui revenaient maintenant si vite qu'elle en oubliait sa récente blessure. Celle-ci datait de trois mois et la cicatrice se faisait encore connaître au moindre mouvement brutal.

L'avertissement calma Tyra, qui poursuivit plus doucement. Les rameaux malmenés lâchèrent leurs fruits et une pluie d'amandes s'éparpilla dans l'herbe.

– Manque un peu de vigueur, critiqua l'enfant avec une moue supérieure. Père n'aurait pas épargné une feuille.

– De vigueur ? le reprit Tyra, faussement courroucée.

Elle lui tendit son bâton.

– Voyons, mon frère, ce que sait faire un colosse de ta sorte ! Vas-y donc, je te prie.

Le garçonnet de dix ans bomba le torse et écarta une mèche blonde qui retombait devant ses yeux bleus. Après avoir fixé l'amandier avec une lueur de défi, il se mit à pourfendre les branches avec l'adresse d'un poulain qui tente un premier galop. Quelques amandes tombèrent de-ci de-là, comme à regret.

– Par ma foi, s'esclaffa Tyra, en repliant son devantier pour y mettre les fruits, voilà une fort douce tempête. Il te sied bien de te gausser de moi !

Vexé, l'enfant haussa les épaules et s'en fut en courant à travers le verger.

Inga les observait en souriant, heureuse de voir sa fille renaître à la vie. Cela avait pris du temps. Il avait fallu attendre le plus fort du printemps pour la voir faire quelques pas hors de la maison. Sa minceur était alors impressionnante. La cuisine de Perrette et les fortifiants de Tammam lui avaient permis de recouvrer ses forces.

Sitôt Tyra sur la voie de la guérison, le médecin s'en était retourné à Arles, laissant sa protégée aux bons soins de sa famille. Il lui avait promis de revenir la chercher à la fin de l'été. Or, l'on y était, et Tyra guettait son maître avec d'autant plus d'impatience qu'elle avait décidé de reprendre du service à ses côtés, si la reine Adélaïde consentait à la libérer. Elle avait encore tant à apprendre de lui.

Une raison plus secrète qu'elle refusait de s'avouer lui faisait attendre son retour. Outre d'un message destiné à la reine, elle l'avait chargé d'un second à remettre au prince Hugues, dans lequel elle remerciait celui-ci des risques pris pour la sauver. Le médecin le lui avait-il remis ? Quelle avait été la réaction du prince ?

Du trajet depuis l'abbaye de Novalaise, Tyra ne gardait nulle souvenance, sinon la vague sensation d'avoir été torturée par les cahots des chemins. Quant à Hugues, elle avait ressenti tout du long sa présence sans jamais l'avoir vu.

A sa demande, Subâhu lui avait conté ce qui s'était passé, l'acte fou, démesuré, accompli par le prince pour la sauver. Cela expliquait d'autant moins la réserve que montrait sa mère dès que l'on évoquait le cousin du roi.

Inga défit son devantier d'un geste las.

Les moissons d'été venaient de s'achever et, avec elles, les gros travaux des champs. Les grains dans les silos, les foins engrangés, les gens du domaine s'étaient mis au rythme de l'été. Les femmes s'attardaient volontiers pour discuter près de la rivière après avoir battu leur linge. Et les enfants en profitaient pour prolonger la baignade.

Mais ce n'était ni la chaleur ni le labeur des champs qui donnaient à Inga ce pas traînant. Savoir son époux toujours vivant la travaillait comme un méchant mal de dents. Que de fois n'avait-elle brûlé de questionner Tyra. Une curiosité étrangère à l'amour voué autrefois à Audifré. Elle eût voulu simplement connaître la raison qui avait conduit cet homme si attaché aux siens à les abandonner pour la croix.

Elle soupira. Le temps diluerait son tourment. Et Nasir était là, toujours aussi épris d'elle qu'elle l'était de lui. Restait à résoudre le problème que posait l'amour de Tyra pour le prince. Pour parler à sa fille, elle avait attendu de la voir guérie. Le moment était venu.

– Allons, ma fille, comptes-tu faire la récolte à toi seule ? l'entreprit-elle avec un enjouement contraint. Point trop ne faut puiser dans tes forces renaissantes !

Tyra brisa la coque avec ses dents et tendit l'amande à sa mère.

– Vois la grosseur de ces fruits ! Même en al-Andalus, je n'en vis de semblable ! La bonne huile que nous tirerons de là.

Cet enthousiasme amusa Inga.

– C'est bien connu, les plus beaux fruits d'Occident se cueillent à Fabrègue !

Elle cherchait ses mots pour amorcer la discussion si délicate et ne remarqua pas avec quelle attention Tyra l'envisageait soudain. Celle-ci venait de voir dans la tresse de sa mère une mèche presque blanche et scrutait à présent le beau visage. Ces ridules aux coins des prunelles claires, aux commissures des lèvres, ce pli naissant à hauteur du bandeau de front, depuis quand se trouvaient-ils là ? Pourquoi le soleil insistait-il sur l'évidence ?

Sa mère avait passé quarante ans. Beaucoup de femmes à cet âge étaient déjà vieilles, ce qui était loin d'être le cas d'Inga dont la taille élancée et les seins haut dressés semblaient ne jamais devoir se gâter.

– Comme tu es encore belle, dit Tyra comme un prolongement de sa pensée.

La remarque fit rire Inga.

– Il est des compliments qui n'en sont qu'à demi : « encore belle » sonne le glas d'un été. L'automne est là et l'hiver se profile. A t'entendre, ma fille, je dois me préparer aux frimas du grand âge.

– Et tu n'es point la seule !

Les deux femmes se retournèrent avec un bel ensemble. Tammam les regardait en souriant.

– Tammam, quel bonheur ! s'écria Tyra en se jetant dans les bras de son maître.

Quelque peu ému de provoquer une telle joie, il écarta Tyra et la considéra. Les prunelles vert et or avaient retrouvé leur éclat, et le teint son ambre naturel.

– Par le sang du Prophète, mon cygne a retrouvé son beau plumage.

– Un plumage, ami, que je te dois.

– Allons donc. Le mal perd souvent la partie contre une tête et un corps sains.

Il tendit les rênes de sa monture à Subâhu qui arrivait à sa rencontre.

– Viens donc te rafraîchir dans la maison, l'invita Inga. Cette chaleur dessèche les gorges et j'ai un lait d'amande...

– Muhammad et ses croyants me pardonnent, mais au lait et à l'eau je préfère ce bon vin de mûre que tu caches dans la resserre sous l'escalier. J'en ai rêvé tout au long du chemin.

Inga éclata de rire et s'en fut chercher ce qu'il lui commandait.

Sur le seuil, Tyra le retint par le bras.

– As-tu des nouvelles de... Vienne?

Tammam sortit de son bagage une cassette aux précieuses incrustations de nacre et d'ivoire indien. Il la lui tendit en souriant.

– Voilà toute la rancune que la reine Adélaïde nourrit à ton encontre pour ta défection.

Comme la jeune femme gardait le silence devant les livres de bel argent emplissant le coffret, il poursuivit :

– Ceci est un gage de sa reconnaissance et de son amitié pour toi. Une belle récompense attend aussi Subâhu, son autre sauveur.

Sans lever les yeux, Tyra demanda :

– As-tu remis mon message au prince Hugues?

Tammam s'assombrit.

– Il ne m'accorda qu'un court instant, trop pris par les préparatifs de... ses épousailles, prévues pour l'Assomption.

– Qui... qui épouse-t-il?

– La seconde fille du roi de Bourgogne-Transjurane : la princesse Wille.

6

Trahisons

– Allons, mon fils, prépare-toi.

La reine Adélaïde lança doucement la balle de crin. Bras tendus, le petit garçon se jeta en avant pour s'en saisir et chut dans l'herbe rase. Son rire clair monta entre les bosquets taillés. Adélaïde y joignit le sien dans lequel perçait une note de tristesse. Que n'eût-elle donné pour que Louis s'intéressât un peu à leur enfant, à défaut de l'aimer !

Quelques pas en retrait, parmi les suivantes de la reine, Mathilde les contemplait avec perplexité. La complicité qui unissait la reine à Rodolphe, son fils unique, restait pour elle un mystère. Jamais il ne lui serait venu à l'idée d'agir de même avec le fils qu'elle avait eu du comte Nictaire, son époux.

Adélaïde respirait à travers le souffle de l'enfant. Le moindre de ses maux l'affolait. Pour compenser son manque d'appétit, elle le gavait de miel, de lait et de bouillon de poule. Jamais dame de ce rang n'avait montré un tel souci de sa progéniture. La Cour s'en étonnait. Tant d'enfants mouraient en bas âge qu'il semblait vain de leur porter un intérêt quelconque avant le cap de la cinquième année.

La petite-fille du duc Thibert remit la capuche de son mantel ourlé de renard blanc. Un vent acide se levait, ôtant toute douceur au soleil hivernal. Sur les branches nues des arbres, les bourgeons se laissaient désirer et les haies vives conservaient leur parure vert sombre. En ce mois de février 905, la nature ne semblait plus devoir se relever des rigueurs de l'hiver.

Le prince Rodolphe courut vers sa mère et trébucha à nouveau. Mathilde ne put s'empêcher de comparer le frêle enfant à la démarche hésitante au robuste garçon qu'avait donné Waldrade au roi Louis, deux ans plus tôt.

A moins que le Malin ne s'en mêlât, Charles-Constantin atteindrait l'âge d'homme. Rien ne semblait moins sûr pour son demi-frère. En dépit des soins prodigués par sa mère, la pousse légitime demeurait fort ténue. Pâle de cheveux et de teint, large de front, brun de prunelles, l'enfant ne tenait en rien de son altière et vive aïeule, la reine Ermengarde.

– Par la Vierge Marie, ma sœur, que ne laisses-tu cet enfant à sa nourrice !

Resplendissante dans son mantel d'hermine dont la capuche laissait apercevoir ses cheveux dorés, Wille ne daigna pas remarquer les dames qui la saluaient avec déférence.

Mathilde dissimula mal son déplaisir. Elle ne pouvait souffrir la morgue de la sœur de la reine et l'évitait autant que faire se pouvait.

Quand le regard bleu, étiré vers les tempes, se posa sur lui, Rodolphe se retrancha dans les plis de l'habit maternel. Il n'aimait pas le ton impérieux de sa tante, ni son visage beau et froid comme un diamant poli.

– Si mon neveu tremble devant une dame, que fera-t-il plus tard face à une épée ? Tu fais, ma sœur, de cet enfant une graine de monastère, point un futur roi !

Confiant Rodolphe à Mathilde, la reine congédia ses suivantes et tourna vers sa cadette un œil furibond. Elles se supportaient déjà mal à la cour de leur père, le roi Rodolphe, mais depuis que Wille habitait le palais, leurs querelles prenaient un tour plus dur.

– Ce que je fais de mon fils ne regarde que moi ! Si Dieu t'en accorde enfin un, libre à toi d'en faire un guerrier dès ses premiers maillots.

L'allusion à sa possible stérilité fit blêmir Wille. Le bât blessait là avec Hugues, elle le sentait.

– Mes propos, répliqua-t-elle, véhémente, n'ont d'autre dessein, ma sœur, que de servir les tiens. A voir l'empressement que met ton époux à regagner ta couche, mieux vaut que tu te résignes à ne point concevoir une seconde fois !

Insensible à la pâleur de celle qu'elle foulait aux pieds, elle poursuivit impitoyable :

– Waldrade tient la place et se trouve encore grosse des œuvres de Louis. Ses bâtards chercheront à se tailler leur part d'héritage, et leur catin de mère fera tout pour qu'ils y parviennent. A toi de préparer ton fils au combat qui l'attend ! La souillure que tu endures ne doit point lui coûter le trône ! Il en va de l'honneur de notre sang royal !

Adélaïde baissa la tête, vaincue par le bien-fondé de ces propos.

Alors qu'elles arrivaient dans la cour du palais, une cavalcade battit les pavés luisants. Les cavaliers, au nombre d'une trentaine, mirent pied à terre. Leurs vêtements de bonne facture portaient les traces d'une longue chevauchée.

Adélaïde se glaça en reconnaissant le duc Adalbert de Toscane et les comtes Boderad et Samson. Ainsi, c'était vrai, ils revenaient à la charge !

Louis conversait dans ses appartements avec Hugues et Thibert. Il était entré dans une fureur terrible en apprenant la guerre ouverte que les deux hommes s'étaient livrée en son absence, une guerre indigne menée par Sarrasins interposés. Tous deux avaient failli à leur mission de protection du territoire. Les coups sanglants portés à leurs domaines respectifs ruinaient toute une partie de la Provence. La plus riche. Celle des terres à blé.

Par chance pour eux, le roi s'en retournait d'une cruelle défaite et n'avait point le cœur à châtier les rares fidèles qui lui restaient. Aussi, depuis trois années, s'efforçait-il de marier l'eau et le feu dans son gouvernement de Provence-Viennois. Le seul qui lui demeurât.

La nouvelle tomba par la bouche anonyme d'un garde. Le duc de Toscane, Adalbert le Riche, venait d'arriver au palais et désirait voir le roi. Un silence succéda à la voix monocorde. Le roi se taisait, n'osant y croire. Certes, Adalbert de Toscane se manifestait à nouveau depuis quelques mois. Ses messages aux accents de repentir laissaient percer des regrets. L'on devinait que ses rapports avec Bérenger tournaient encore à l'aigre. Mais de là à le voir surgir devant sa porte... Il s'éclaircit la voix.

– Qu'il patiente, ordonna-t-il avec une assurance qu'il était loin d'éprouver.

Sitôt le garde parti, il se tourna vers ses conseillers. Hugues s'abîmait pensivement dans la contemplation des flammes et Thibert montrait un visage plus fermé qu'une ville assiégée.

Louis frappa si fort du poing sur la table que la lampe en bronze qui y reposait bascula sur les dalles dans un bruit de quincaille.

– Dois-je vous arracher vos avis par la force ?

– Qu'espères-tu entendre ? dit Thibert d'un ton las. Juges-tu plaisant d'être un pion qu'ils avancent ou reculent au gré de leurs querelles ?

– Il te sied de parler de la sorte, toi qui utilisas en mon absence les Sarrasins pour régler tes comptes, ainsi que toi, mon cousin.

– Te mets-tu, toi, un oint du Seigneur, sur le même pied que ces païens ? réagit à son tour Hugues, pour une fois d'accord avec son vieil ennemi.

Louis leur jeta un regard flamboyant. Après avoir vainement cherché à exprimer les mots qui l'étouffaient, il sortit en claquant la porte. Consterné, Thibert soupira et quitta la salle à son tour, plus voûté que d'ordinaire.

Dans ses appartements, Hugues trouva Wille qui l'attendait, l'œil brillant.

– Sais-tu, mon seigneur, qui vient d'arriver au palais ?

Hugues hocha la tête et se laissa aller sur sa couche. Il voulait réfléchir. Mais il en fallait plus pour décourager son épouse.

– Que va faire le roi ? Et toi, doux ami ? Te laisserais-tu entreprendre par les princes lombards ? Pavie ! La couronne de fer ? Dieu tout-puissant, qu'il m'agréerait d'être reine de ce pays ! Le Viennois est tellement sinistre.

Déterminée à vaincre le mutisme de Hugues, elle s'avança vers la couche. Avec un léger sourire, elle défit son voile de tête et ôta les épingles d'argent qui retenaient sa chevelure. La masse blonde au parfum de jasmin croula jusqu'aux reins. Puis la ceinture de mailles d'or chut à terre avec un tintement, suivie bientôt par le bliaud de cendal bleu et le reste. Le corps blanc et parfait capta aussitôt le chaud éclat des flammes.

Elle s'allongea près du bel époux que Dieu lui avait donné. Jamais elle n'eût pensé trouver l'amour dans les liens sacrés des épousailles. De telles alliances unissaient d'ordinaire deux maisons, point deux cœurs. Et pourtant... Dès le premier regard, il l'avait conquise par sa séduction, son assurance et l'ironie de son sourire. Ils étaient de la même race. Elle l'avait su immédiatement.

Elle caressa doucement du doigt le pli qui barrait le front de Hugues et se coula contre son grand corps.

– Que faut-il donc, murmura-t-elle d'une voix de gorge, pour que mon tendre époux quitte cet air lointain ?

Un petit objet griffa sa poitrine. Elle se redressa.

– Quel est donc cet étrange bijou ? fit-elle, intriguée, en examinant le pendentif d'or et de rubis qu'elle ne lui avait jamais vu. Cela ressemble à un marteau...

Il le lui arracha des mains avec une brutalité qui la laissa pantoise. Quel démon l'avait poussé à demander au joaillier de la Cour de faire une copie du pendentif ?

Avec une rage qu'elle prit pour de la fougue, il écrasa ses lèvres. Le temps et Dieu aidant, il finirait par l'oublier. Des luttes d'un autre ordre l'attendaient. Lui aussi rêvait d'en découdre avec Bérenger. Mais, pour ce combat-là, il lui fallait encore attendre. Il était trop tôt. Beaucoup trop tôt.

Tandis que, les yeux clos, Wille enroulait ses bras blancs autour de son cou, il se dit que cette fois le loup de Lombardie ne laisserait pas repartir Louis vivant.

Vérone, 21 juillet 905

– Quand serai-je ta reine ?

Louis attira Waldrade à lui et posa ses lèvres sur les boucles aux reflets de flamme.

– Bientôt, mon tendre amour. Bientôt.

Tout portait à le croire. Le pape se montrait accommodant avec celui qui venait de le délivrer du joug de Bérenger. Il ne s'opposerait vraisemblablement pas à une répudiation et aiderait Louis à se défaire d'Adélaïde dans un cloître quelconque. Toutefois, il fallait pour cela se rendre à Rome et s'arracher aux langueurs délicieuses de cet été véronais. Ce à quoi Louis se sentait peu disposé pour l'heure.

Il avait chèrement gagné ce répit. Si Pavie s'était offerte à lui sans résistance, Vérone avait joué les rebelles. A Bérenger retranché en ses murs, il avait fallu, quelques semaines plus tôt, enlever la cité par la force des armes. La place avait été dure à emporter. Mais la victoire n'en possédait que meilleure saveur. Une victoire au goût définitif : des bruits couraient sur la mort probable de Bérenger parti se réfugier chez son beau-père, le duc Burckardt de Bavière.

Charles-Constantin se jeta sur les traits obliques dans lesquels dansaient des poussières dorées. Les petites mains battirent vainement le vide. Avec un cri de rage, il se jeta sur les mosaïques polychromes du pavement. Louis partit d'un grand rire et, soulevant l'enfant, le fit tournoyer dans les airs jusqu'à ce qu'il quitte sa mine boudeuse. Sous les boucles rousses virevoltantes, les prunelles noires se remirent à pétiller de joie.

– Par tous les saints, ma dame, plaisanta Louis en reposant le garçonnet à terre, notre fils verse aussi promptement que toi dans la colère et dans la joie. Le mal est double, à présent !

– J'eusse aimé qu'il soit triple, soupira Waldrade, caressant avec dépit son ventre redevenu plat.

Cette fausse couche l'ennuyait. Tous les enfants mâles qu'elle donnerait à Louis renforceraient sa position. Or, celle-ci, malgré ce qu'il en disait, demeurait fragile. Que son amant vienne à se déprendre d'elle et c'en serait fini de ses rêves de couronne.

Louis la reprit dans ses bras.

– Dieu nous en donnera d'autres, ma mie, la rassura-t-il. Vois comme Il appuie nos desseins.

Des éclats de voix leur parvinrent. La porte se rabattit avec violence. Le massif comte Roubaud repoussa sans ménagement le garde ainsi que Roricon qui tentaient de lui interdire l'accès de la chambre.

Louis fronça les sourcils.

– Quelles sont ces façons de soudard ?

Roubaud arrangea sa vêture malmenée par son entrée intempestive. Il affichait un visage furibond.

– Il me déplaît d'en user, Auguste, mais voilà plusieurs heures que je fais vainement le siège de tes appartements, jeta-t-il sans ambages, avec un coup d'œil vindicatif à celle qui faisait manquer Louis à tous ses devoirs. Et l'affaire qui m'amène ne souffre nulle attente.

– Parle donc.

Après un nouveau regard vers Waldrade, Roubaud se retrancha derrière le silence. Impatienté, Louis fit signe à sa maîtresse de sortir et d'emmener leur fils. Waldrade s'exécuta avec un air soumis qui lui seyait fort mal.

– Vas-tu parler, à présent que nous sommes seuls ?

– Dans une taverne, attaqua Roubaud, l'un de nos espions a ouï des propos d'une extrême gravité : l'un des gardes de l'évêché pris de boisson a prétendu que, cette nuit, l'évêque de Vérone Adalard ferait ouvrir les portes de la cité au ro... à Bérenger. Aussi avons-nous convoqué celui-ci. Il est là.

– Sans mon ordre ! explosa Louis. Comment as-tu osé ?

– Avions-nous le choix ? riposta vivement Roubaud. Le jour décline et l'attaque est annoncée pour cette nuit. Que devions-nous faire alors que ta porte nous demeurait close ?

Louis lui tourna le dos et alla se camper devant l'ouverture. Bérenger, vivant ? L'évêque de Vérone, félon ? Dieu se détournait-Il déjà ? Il refusait d'y croire.

Un vol d'étourneaux passa en criant au-dessus des jardins. Tout respirait la paix dans cette villa sur la colline. Par goût autant que par prudence, il l'avait préférée au vaste palais qui l'attendait près du pont sur l'Adige, au cœur de la cité.

Derrière lui, Roubaud bougea. Louis se ressaisit.

– Attends-moi dans la grande salle. J'arrive.

Il resta encore un instant songeur puis alla se plonger dans la pila de marbre emplie d'une eau fleurant la verveine. La chaleur baissait à l'approche du soir. On commençait à être bien.

La fraîcheur de l'eau le revigora. Tandis qu'il se séchait et revêtait avec l'aide de Roricon une tenue pourpre et or, il réfléchissit à la façon d'aborder l'évêque de Vérone et de réparer la bévue de Roubaud. Adalard était puissant dans la cité. L'on ne pouvait l'accuser à la légère.

En voyant les traits décomposés d'Adalard, Louis comprit que le mal était fait. Le petit et corpulent prélat avait perdu ce regard somnolent sous les plis des paupières. Il fixait d'un air glacial les comtes Roubaud, Adalelme, et Boson, fils de ce dernier. Il n'attendit point que le roi parlât le premier et l'interpella d'une voix frémissante :

– Je trouve, grand empereur, fort regrettable de voir ma fidélité envers toi mise en doute sur les errements d'un ivrogne. Dois-je m'abaisser à rappeler qui t'ouvrit à l'insu de Bérenger les portes de Vérone ?

– Une trahison qui fit pleuvoir les bénéfices sur ton église, intervint durement Roubaud.

– Paix, Roubaud ! jeta sèchement le roi.

Durant l'heure qui suivit, devant ses féaux atterrés, Louis s'évertua à calmer le courroux d'Adalard en l'assurant de son amitié. Quand celui-ci prit congé, le fils d'Adalelme intercepta sous les paupières lourdes une lueur de triomphe qui le mit hors de lui. A peine l'évêque sorti, il explosa :

– Dieu bon, voilà que sonne le règne des félons ! Comment as-tu pu le laisser aller ? Tout en lui sent la traîtrise.

Louis bondit hors de son siège. La rage couperosait sa face.

– Chaque divagation d'un faible d'esprit doit-elle tous vous plonger dans de telles alarmes ? Sont-ce là mes fiers vassaux de Provence ?

– Tu devrais, seigneur roi, intervint le comte Adalelme, attacher plus de prix à pareille rumeur. Le vin délie les langues, point les esprits. Un homme ivre n'a pu inventer pareille histoire. Bérenger a vraisemblablement acheté fort cher l'appui d'Adalard. Ces temps troublés sont une manne pour les âmes corrompues.

– Bérenger est mort.

– Le bruit court qu'il est mort, rectifia Roubaud. Nul n'a vu sa dépouille.

– Quand bien même. Par quel tour de force aurait-il pu rassembler des troupes en si peu de temps ? Et avec quoi ?

– Le duc Burckardt, son beau-père, a pu payer hommes et armement, appuya Boson. Il est puissant et riche.

– Soit, concéda Louis. Que l'on m'amène le bavard. Nous jugerons alors du fondement de ses dires.

Tous parurent embarrassés.

– Notre espion le perdit dans le dédale des venelles, avoua Roubaud.

– Eh bien, qu'il fasse le tour des gardes d'Adalard et me vienne prévenir quand il l'aura retrouvé.

– La nuit va tomber, opposa Adalelme, et le temps nous fait défaut. Par prudence, tu devrais, haut roi, changer cette nuit de demeure et t'en aller dormir en quelque monastère voisin de la cité. Si l'homme disait vrai, tu y serais à l'abri des coups de Bérenger et pourrais rallier Milan ou Pavie sans danger.

Louis empoigna le vieil Adalelme par le col, ce qui jeta Boson, fils de celui-ci, dans une fureur noire. Roubaud eut juste le temps de le retenir.

– La peste soit de vos conseils de couards ! fulmina Louis, repoussant violemment le vieillard. Quel est le péril ? Où se terrent les assaillants ?

Le comte Adalelme réajusta lentement sa tenue. Une larme glissa sur sa joue ridée. Il était livide.

– Dieu fasse que tu aies raison et n'aies point à regretter d'avoir renvoyé tes troupes. Seule une poignée d'hommes garde Vérone.

Louis haussa les épaules et sortit. Il avait besoin d'air et de calme. A grands pas, il traversa le péristyle aux colonnes de marbre. Dans la cour dallée cernée de bâtiments, des gardes allaient et venaient. L'un d'eux reconduisait sa monture aux écuries. Des serviteurs vaquaient à leurs occupations. Rien que de très normal.

Tout naturellement, Louis se dirigea vers l'église Saint-Pierre, voisine de sa demeure, dont il appréciait le silence.

Les lieux étaient à cette heure déserts. Après avoir congédié les gardes chargés de sa protection, il gravit presque en courant les degrés qui menaient au clocher. De là, l'on dominait toute la cité. Un crépuscule mauve et rose irisait les toits de Vérone quand il déboucha au sommet. Le vent était tombé. Un bouquet de parfums suaves montait des jardins voisins.

Louis sentit la paix se faire en lui. A ses pieds, battait le cœur de

Vérone, seconde capitale des rois lombards, mais première par la beauté. Il survola du regard les coteaux et le fleuve. Plus que tout, il aimait contempler les ruines prestigieuses de la cité antique nonchalamment lovée dans un grand coude de l'Adige. Ce soir-là, l'Arena du temps des gladiateurs et des courses de chars usait des teintes du crépuscule comme une femme de ses fards.

Un éclat fauve le ramena à la Vérone du présent et son cœur battit plus vite. C'était le bronze du fabuleux portail de l'église San Zeno. Le lendemain, dimanche, l'on y célébrerait sa victoire sur l'usurpateur Bérenger.

Il prit une profonde inspiration et leva vers le ciel un regard de défi. Le Diable pouvait bien s'amuser à semer la peur par la bouche puante d'un garde ivre. Dieu veillait sur l'empereur et sur l'empire.

Impatientée, Waldrade repoussa le grand bras qui pesait sur son ventre. Louis émit un faible grognement et lui tourna le dos. Les ronflements reprirent avec une force accrue.

La jeune femme s'assit sur le rebord de la couche. La touffeur de la nuit n'était point la seule cause de son insomnie. Une angoisse inexplicable enserrait sa poitrine. Un malheur se préparait, elle le sentait. De sa mère, dame Maria, une Toscane, elle tenait le don animal de percevoir l'approche d'un danger.

Elle se leva et s'avança jusqu'à l'ouverture donnant sur l'arrière de la villa. La pleine lune détachait de la nuit arbres et taillis. Une nuit d'été immobile et chaude.

Waldrade passa une main fébrile sur ses épaules moites. De quel événement grave le comte Roubaud parlait-il en venant trouver Louis ? Elle regrettait à présent de ne point s'en être inquiétée. Une voix lui soufflait que la source de son trouble se trouvait là.

Son inquiétude était telle qu'elle décida de réveiller Louis. Ce fut alors qu'elle les vit. Des ombres aux reflets de métal traversaient le parc et s'avançaient vers la chambre.

Terrorisée, elle se rejeta contre le mur. Son cœur cognait si fort qu'il allait alerter l'ennemi. Et elle ne voulait pas mourir. Donner l'alerte ! Surtout ne pas crier !

Louis dormait toujours. Elle fit quelques pas vers le lit. La peur lui coupait les jambes, la paralysait. Elle trébucha sur un tapis et tenta d'appeler doucement son amant. Le borborygme qui sortit de sa gorge acheva de la tétaniser. Pendant ce temps, les ombres devaient progresser vers la chambre. Dans un instant, elles prendraient corps. Il fallait alerter les gardes.

Au prix d'un effort surhumain, elle atteignit la porte. Sa main tremblait si fort qu'elle tâtonna un moment pour trouver la poignée de bronze. Enfin elle parvint à ouvrir le battant. Pas un garde ne veillait sur la chambre. Le couloir était désert.

Alors elle comprit et plaqua une main sur sa bouche pour étouffer le hurlement qui montait. La garde trahissait. Ils étaient perdus. Désespérée, elle se jeta derrière la lourde tenture qui recouvrait un mur de la chambre. A peine était-elle à l'abri que des ombres se dressèrent sur le rebord de l'ouverture et envahirent la chambre. L'une d'elles heurta violemment de sa lame le pavement de mosaïque. Louis s'éveilla en sursaut et se redressa sur son séant, l'esprit embrumé. Il cligna des yeux et soudain s'affola. Rêvait-il ces ombres qui se glissaient dans la chambre ?

– A la garde, hurla-t-il, cherchant fébrilement une arme, un projectile.

– Inutile, assura une voix étrangement calme.

A quelques pas de Waldrade, une ombre se détacha des autres et s'avança lentement vers le lit. L'homme était grand et ne portait pas d'armes. Paradoxalement, ce dernier détail porta la terreur de Waldrade à son comble. Elle se mordit le poing jusqu'au sang pour ne pas hurler.

– Qui es-tu ? cria Louis, sautant au bas de sa couche.

Les ombres se précipitèrent et l'immobilisèrent.

– Mourrai-je sans connaître ton visage de traître ?

– Tu avais pourtant juré sur les saintes reliques de ne pas revenir, reprit la voix. Il eût été plus sage de t'en tenir à ton serment.

– Qui es-tu ? répéta Louis, sentant sourdre une peur innommable.

Une torche perça les ténèbres, prenant dans son halo mouvant les traits glacés de Bérenger.

Hiver, an 906

– Sainte Mère de Dieu, quelle froidure !

Marie rabattit la porte derrière Tyra. Elles défirent les coins de leur devantier et laissèrent choir les pommes de pin près de l'âtre.

La salle leur parut obscure après la belle lumière de cet après-midi d'hiver. Tandis que Tyra ranimait les braises, les yeux de Marie s'habituaient à la pénombre. Jamais la malheureuse Azélaïs que Dieu ou le Diable avait rappelée deux années auparavant n'aurait reconnu sa masure. Les fissures des murs avaient été colmatées, la porte branlante remplacée par un épais battant de chêne et la toiture refaite.

Sur le devant de la petite maison, là où le soleil s'attardait, Tyra avait planté une vigne grimpante. La nostalgie des heures douces passées sous la treille ombrageant la cour du défunt Sédéchias lui en avait donné l'inspiration.

Les pommes de pin éclatèrent avec un bruit sec. Un feu vif et clair s'éleva dans l'âtre. La salle reprit vie. Très vite, une douce chaleur se répandit, exaltant les parfums des collines que dégageaient des sachets de jute rangés sur des étagères. Rien n'y manquait : sarriette, serpolet, origan, fenouil et autres herbes se trouvaient là séchées, répertoriées, prêtes à servir.

L'officine occupait ainsi tout un pan de mur. Sous forme de fleurs, de graines, de feuilles, de racines, elle comptait une diversité de plantes que n'eût point reniées Tammam.

Les pots et flacons de toutes tailles renfermaient des pâtes, poudres, élixirs, extraits, onguents, mellites, sirops, huiles et alcoolats. Il y avait là des heures et des heures passées à filtrer, malaxer, piler, broyer, extraire la quintessence du plus commun au plus rare des simples. Un labeur qui occupait toutes les veillées de la jeune femme et pour lequel Marie montrait un vif intérêt. Celle-ci admira une fois de plus la façon dont Tyra avait su transformer la sinistre masure en un logis avenant.

Coffres, sièges, table, tout était de modeste facture mais disposé avec goût. Un tapis de laine offert par Kheira, amie de sa mère et épouse du qâ'id, ajoutait une note douillette au décor. Une tenture ornée d'ocelles vertes et galonnée de rouge isolait la couche de Tyra du reste de la salle. Des bouquets de fleurs sèches achevaient d'égayer les lieux.

– Sur mon salut, amie, fit Marie, jamais je n'aurais cru que tu puisses rendre vie à cette maison. Voilà peu, les ronces s'accrochaient encore à ses murs. C'est merveille que de voir ce que tu as fait de cette ruine.

– Sans l'aide de Subâhu, de Nasir et de ton frère Raimbaud, jamais je n'y serais parvenue.

Et certes, les trois hommes n'avaient point ménagé leur peine. Elle revit le visage stupéfait puis heureux de sa mère lorsqu'elle lui avait annoncé qu'elle comptait s'installer à demeure quelque temps au domaine. Une décision prise à chaud, sous le coup de l'annonce du mariage de Hugues. Elle avait toujours su que ce moment surviendrait, mais ignorait qu'il l'atteindrait autant. Retourner à Arles, le voir arriver un jour dans la cité accompagné de son épouse, lui avait paru soudain intolérable. Elle attendrait pour cela d'être guérie de lui. Les confidences qu'il avait faites à Inga et que celle-ci avait fini par lui rapporter l'y aideraient. Ainsi que l'ouvrage qui l'absorbait à Fabrègue. Toutefois, de celui-ci, elle n'avait point mesuré l'ampleur...

A peine Tammam s'en était-il allé que la femme d'un tenancier avait été saisie des douleurs de l'enfantement. Le bébé se présentait mal et il n'y avait plus de ventrière au domaine. Aussi avait-on fait appel à Tyra. Et bien qu'elle fût novice en cet exercice, elle était parvenue à sauver la mère et l'enfançon.

Suite à cela, d'autres gens de Fabrègue, puis de Fraxinetum avaient eu recours à elle. Enfin, un jour, le qâ'id l'avait fait quérir pour soigner des hommes du camp blessés au cours d'un raid.

Afin d'officier à son aise, la jeune femme avait décidé de se trouver un logis. Voilà comment elle avait songé à la maison d'Azélaïs sur la colline.

– Nul autre que toi ne se serait risqué à habiter ces murs, dit encore Marie. Tant d'histoires courent toujours sur les pratiques magiques d'Azélaïs... Et puis... demeurer solitaire ainsi que tu le fais, au cœur de la forêt... Peu d'hommes l'oseraient.

Tyra retint un sourire. Aux superstitions des gens du domaine, elle ne prêtait point foi. Leur crainte de la forêt et de ses sortilèges l'amusait. Dans cette petite maison isolée bien que proche de Fabrègue, elle se sentait bien.

– La solitude ne te pèse-t-elle point ? insista Marie. Comment Inga a-t-elle pris ton désir d'habiter la colline ?

– Je ne suis point seule. Vigtis passe la moitié de son temps ici et Subâhu vient la nuit garder ma porte. Quant à ma mère, le fait que je sois revenue vivre ici et que nous puissions nous voir presque chaque jour suffit à son bonheur. Elle respecte mon désir de solitude.

– Ne regrettes-tu point ta vie à Arles ?

Tyra jeta un coup d'œil amusé à Marie. La jeune fille que l'histoire du viol manqué avait repliée sur elle-même semblait loin. Un papillon vif et curieux de tout s'était dégagé de la chrysalide. Les yeux bleus avaient retrouvé leur éclat. Et dans la douce et déterminée jouvencelle, l'on retrouvait Constance, sa mère.

– Arles ne me manque aucunement. Je n'ai jamais prisé de vivre enserrée dans les murailles d'une cité.

Le feu flambait joyeusement et transformait à présent la salle en un cocon douillet.

Avec un linge, Tyra sortit le pichet d'hypocras des braises et le déposa sur la table. Dans une coupelle, elle disposa une poignée de raisins et de figues sèches. Puis emplit les gobelets de terre cuite.

– Voilà de quoi nous remettre des frimas du dehors.

Elles burent en silence. Le vin brûlant et parfumé acheva de les réchauffer. Tyra se tourna vers son amie.

– Comment va le doigt de ta mère ? Son mal blanc se calme-t-il ?

Marie opina.

– Je lui fais plusieurs fois par jour, ainsi que tu me l'as conseillé, des cataplasmes froids de poudre de racines de quintefeuille mélangée à de l'œuf cru. Et par ma foi, elle souffre moins et son doigt a bien meilleur aspect.

Tyra sourit, heureuse de voir au fil des mois son projet prendre corps. Un pari audacieux, fruit d'une dure expérience : peu de temps après son retour au domaine, une épidémie de dysenterie avait mis la moitié de la population du Fraxinet à terre. Tyra s'était retrouvée seule pour combattre un fléau qui couvrait le massif. Bien qu'elle fût allée au-delà des limites de ses forces, certains étaient morts faute de soins plus rapides.

La leçon retirée était simple : le Fraxinet comprenait Fabrègue, le camp sarrasin de plus en peuplé, et quelques villages. Trop de monde et de distance à couvrir. Une organisation s'imposait. Tyra s'y était attelée.

Une personne, sur place, capable de soigner les maux les plus communs et de donner les soins de première urgence pour des cas plus graves se révélait nécessaire. Le choix de Tyra s'était porté sur quatre femmes : avec l'accord du qâ'id, Aïcha, l'une des servantes de Kheira, s'occupait du camp sarrasin. Hélène, la douce et grave fille du forgeron, se chargeait de Fraxinetum. Adeline, la solide femme du potier, faisait son affaire de Grimaldum.

Marie, la plus compétente des quatre, manifestait une grande soif d'apprendre. Tyra lui avait confié Fabrègue. Conscient de l'importance d'une telle tâche, Laugier, son père, la dégageait à cette fin des gros travaux du manse. Il ne se passait guère de jours sans que Marie vînt trouver Tyra qui avec elle poussait plus avant ses enseignements, commençant même à lui confier quelques tâches délicates.

Deux fois par huitaine, Tyra rassemblait ses quatre aides et leur apprenait plusieurs heures de rang les principes de base de sa science.

L'hygiène y tenait une grande place. Combien de fois n'avait-elle vu un membre gangrené, rongé de vermine, pour avoir été lavé avec une eau vaseuse ou serré dans des linges sales ? Outre cela et une approche des maladies et de leurs symptômes, elle leur indiquait les plantes curatives, leur traitement et leur utilisation. Ecoutant ses recommandations, chacune s'était rapidement constitué une réserve de préparations.

Ajouté à ce patient apprentissage, il fallait jouer les barbiers auprès des hommes du qâ'id qui rentraient parfois des raids vilainement tailladés, et préparer les médecines nécessaires. Une somme de travaux qui, le soir venu, jetait Tyra sur sa couche rompue et la tête vide. Exactement ce qu'il lui fallait pour oublier Hugues. Depuis peu, toutefois, elle pouvait se permettre de souffler, ainsi qu'elle le faisait présentement. Ses enseignements portaient leurs fruits. On la requérait moins qu'avant.

Marie dégusta quelques fruits secs et but une gorgée de vin chaud.

– Perrette souffre toujours de la poitrine et j'ai épuisé ma réserve de sirop de coquelicot. T'en reste-t-il ?

Tyra se leva et prit un flacon sur les étagères.

– En dépit de mes infusions de fenouil mêlées de jus d'ail, continua Marie soucieuse, le fils de Jeanne souffre encore de diarrhées. Chez les enfantelets, cela m'inquiète toujours.

Tyra choisit deux autres pots.

– Demande à Jeanne de lui faire des infusions de ces fleurs de molène séchées et deux fois le jour de ce sirop d'églantier. Et surtout qu'elle lui fasse boire beaucoup d'eau, point de lait. Tout devrait très vite rentrer dans l'ordre.

Marie admira la science de son amie.

– Que ferions-nous sans toi ? Pour atteindre ta somme de connaissances, un siècle me serait nécessaire.

Tyra saisit sa main et la serra.

– Tu sais déjà beaucoup de choses. Continue ainsi et, dans quelque temps, ta science des plantes vaudra la mienne.

– Point celle des corps, amie. Hélas.

Elle semblait songeuse tout à coup. Il régnait dans la salle une paix propice aux confidences.

– Ce prince qui prit le risque de te conduire jusqu'ici... l'aimais-tu ?

Tyra se crispa. Sans répondre, elle s'en fut tisonner le feu.

Marie qui l'observait soupira, résignée :

– Par Dieu, je m'en doutais. Mon frère n'a aucune chance. J'eusse aimé te compter au nombre des miens.

Tyra ébaucha un sourire. Elle connaissait les sentiments que Raimbaud nourrissait à son endroit. Tous les gens de Fabrègue le connaissaient.

– Ton frère t'a-t-il placé aux avant-postes ?

– Que non ! Ni mon autre frère ni moi-même ne nous hasardons ces jours-ci à seulement lui parler. Je ne sais quel souci le taraude mais il était encore ce tantôt d'une humeur exécrable.

Elle changea de sujet :

– As-tu des nouvelles de Tammam ?

Un voile de tristesse troubla le regard de Tyra. Son ami et maître lui manquait. Pourtant, c'était elle qui avait, d'une certaine manière, précipité ce voyage projeté depuis tant d'années et toujours remis. Apprenant qu'elle ne regagnait pas Arles, il s'était décidé à partir pour Bagdad, voir son ami cordouan Sulema. L'éminent astronome y dirigeait l'observatoire de Chammasiya.

– Depuis Bagdad les courriers sont rares. Je sais seulement qu'il a rallié cette cité. Sans nul doute ne m'écrira-t-il maintenant que pour m'annoncer son retour.

– Es-tu certaine qu'il reviendra ?

Tyra jugea la question incongrue.

– Bien sûr.

L'on toqua à l'huis et la porte s'ouvrit. La silhouette massive de Raimbaud s'encadra dans l'embrasure. Tout lui était prétexte pour venir saluer son amie d'enfance. Ses fausses excuses attendrissaient Tyra.

Marie n'avait pas menti. Son frère, ce jour-là, paraissait fort nerveux. Apercevant sa cadette aux côtés de Tyra, il ne cacha pas sa contrariété.

– Par Dieu, ma sœur, l'on ne peut plus venir ici sans t'y rencontrer !

Marie prit son amie à témoin :

– Que te disais-je ? Qui voudrait se frotter à un tel oursin ?

– Allons, amis, s'interposa Tyra. Pareilles querelles sont grotesques.

Raimbaud tourna vers elle un visage grave.

– J'ai à te parler.

– Voilà qui est clair, lança Marie en se redressant.

Elle effleura d'un baiser la tempe de Tyra et s'esquiva, chargée de ses médecines.

Tyra attendit qu'il s'expliquât. Rien ne vint.

– Que voici, ami, une mine sévère, plaisanta-t-elle pour tuer le silence. Serais-tu donc souffrant ?

Raimbaud ressentit un pincement. Dieu, qu'elle était belle avec cette tresse lâche qui épousait ses formes ! Ses prunelles paraissaient plus larges, plus limpides que jamais. Même son ample et grossier bliaud de lin écru ne parvenait à lui ôter sa grâce.

Ce masque torturé en rappela soudain un autre à Tyra. Elle frémit.

– Qu'y a-t-il ?

Raimbaud se laissa tomber sur le banc. Le poids du monde pesait sur ses épaules.

– J'ai engrossé une fille de Fraxinetum, avoua-t-il d'une voix sourde.

Embarrassée, Tyra s'assit face à lui. Elle ne savait que dire et ignorait ce qu'il attendait d'elle. Aussi le laissa-t-elle venir.

– Je n'en veux point, dit-il après un moment. Ni de la garce ni de l'enfant. Ce ne fut... qu'un instant de fièvre. Il faut que tu me défasses de ce bâtard. Je sais que ta science des plantes te le permet.

Tyra s'attendait à tout sauf à cela.

– De qui s'agit-il ? s'enquit-elle pour gagner du temps.

– D'Hélène. La fille de Vidal, le forgeron.

Tyra hocha la tête, taisant l'inquiétude que faisait naître en elle une telle révélation. Raimbaud eût mieux fait de calmer ses ardeurs sur d'autres jouvencelles. Quel démon l'avait poussé à toucher à la fleur de Vidal, sa perle, la prunelle de ses yeux ! Le taciturne forgeron le tuerait s'il venait à l'apprendre. A moins que le jeune homme promette réparation, ce qu'il semblait peu disposé à faire. Il se méprit sur le sens du silence de Tyra.

– Pour femme je ne veux que toi, jeta-t-il tout à trac, et cela depuis toujours. Mais je ne sais pourquoi, les mots n'ont jamais pu franchir mes lèvres.

La panique s'empara de Tyra. Raimbaud était son ami, rien de plus.

– Hélène est belle, douce et la façon dont elle saisit tout ce que je lui enseigne prouve qu'elle est loin d'être sotte. Elle ferait pour toi une excellente épouse.

Les traits de Raimbaud se contractèrent.

– Cela t'indiffère-t-il à ce point que je prenne femme ?

Tyra se sentait de plus en plus mal à l'aise. Tout mensonge risquait de l'empêtrer dans des rets dont elle ne pourrait plus se défaire. Aussi choisit-elle d'en finir.

– Tu es mon ami le plus cher. Et j'espère que tu le resteras.

Raimbaud se redressa si vivement que le banc bascula en arrière.

– Pourquoi ne veux-tu point de moi ? lança-t-il avec une violence désespérée.

Il prit le fin visage entre ses mains d'homme de la terre et écrasa sous les siennes les lèvres de la jeune femme.

Elle resta de marbre. Il s'écarta, mortifié.

– Tu n'as que faire d'un tenancier, n'est-ce pas ? siffla-t-il. Je ne suis point digne de toi ? Qui te faut-il ? Un seigneur aux blanches mains tel ce prince qui te ramena à demi morte ?

Il tira sur les quelques maillons de la chaîne qui émergeaient du vêtement de la jeune femme et fit apparaître le pendentif de pierreries et d'or offert par Hugues. Il le brandit avec une rage douloureuse.

– Crois-tu que je n'aie jamais remarqué ce que tu dissimules ? Penses-tu que j'ignore le sens d'un tel présent ? Juges-tu plaisant de rester la catin d'un seigneur ? Car tu ne seras jamais rien d'autre pour celui qui t'offrit ceci ! Sache, ma belle, que les puissants n'épousent point des filles de régisseur !

La porte claqua et le silence retomba. Tyra n'avait plus la force de bouger. La plaie saignait à nouveau. S'était-elle jamais refermée !

Nasir et Hakim, le géomètre, inspectèrent du plat de la main le fond de la canalisation. L'enduit de cuivre recouvrait uniformément la conduite de terre cuite. L'étanchéité serait totale. Une à une, toutes les terres à cultures du Fraxinet avaient été dotées de tels canaux d'irrigation. Désormais, l'on attendait, l'âme sereine, les mois de sécheresse. Seuls les anciens continuaient par habitude à prier saint Pons de leur offrir la pluie. Les deux amis échangèrent un regard satisfait et se redressèrent. Le régisseur livra à Redouane, qui attendait anxieusement, leur sentiment commun :

– Bel ouvrage que tes hommes ont fait là, le complimenta-t-il, dans la langue du Prophète.

Redouane se détendit et les prunelles en amande qu'il tenait de Kheira, sa mère, s'illuminèrent.

– Ceux du domaine y étaient aussi, fit-il, modeste.

– Certes, intervint Hakim en passant dans un geste qui lui était familier une main sur son crâne lisse. Mais il t'incombait de les mener et de veiller sur leur travail. Et tu t'es fort bien acquitté de ta tâche.

Redouane baissa la tête, à la fois confus et heureux de l'éloge. Des quatre fils du qâ'id, il était le seul à ne point priser la guerre. Non qu'il fût lâche. Mais, de Kheira, il tenait le goût du beau et de l'harmonieux. Une finesse qui trouvait son comptant dans le modelage de l'argile, la peinture de poteries et, surtout, dans l'ordonnancement de la nature, à son sens le plus noble présent d'Allah.

Aussi son père lui avait-il confié la conduite de l'exploitation forestière. Il ne le regrettait pas. Les coupes de bois, la récolte du liège, celle de la résine alimentaient, outre le chantier de construction de naves, les ports de Pechina et d'Almería, et offraient, après le butin humain et matériel des razzias, une autre source de richesse.

Nasir contempla avec une joie intense les carrés fraîchement fendus. Le second labour, plus profond, aurait lieu au printemps. La première moisson serait un grand moment. C'était là leur œuvre à Hakim et à lui.

Pour arracher aux paludes ces terres nichées au fond du golfe Sambracitain, leurs gens avaient dû déployer beaucoup d'ardeur et de courage. Il suffisait, pour s'en rendre compte, de regarder les tenanciers nettoyer le dernier essart de ses canisses coupantes comme des rasoirs. Encore Nasir avait-il pris garde de choisir la période des frimas pour ce défrichage afin que nul n'ait à pâtir des moustiques qui pullulaient en ce coin durant la saison chaude.

Le régisseur évalua grossièrement le rapport que pourraient donner ici des plantations d'orge, de conségal et de froment. Le résultat le laissa rêveur. Si l'irrigation de ce sol tenait ses promesses, la part de grains revenant à Fabrègue doublerait la quantité récoltée d'ordinaire. Il faudrait creuser d'autres silos, voire on pourrait envisager de vendre quelques sacs sur le marché d'Arles...

De tels profits achèveraient, du moins l'espérait-il, de convaincre le qâ'id du bien-fondé de ces travaux. La place avait été dure à emporter. Ils n'avaient point été trop de deux, avec Hakim, pour le persuader de dégager des hommes à cette fin ; ceux de Fabrègue n'y eussent suffi. De prime abord, Nasr Ibn Ahmad n'avait point vu la nécessité d'exploiter ces étendues incultes. Et pourtant, de nécessité il s'agissait, avec l'augmentation constante de la population du Fraxinet.

D'al-Andalus, les navires de la base ramenaient chaque fois, outre des armes et des marchandises, un nouveau lot de recrues alléchées par le champ de rapines qu'offrait l'arrière-pays provençal. Des recrues que le qâ'id ne refusait jamais et pour lesquelles les ressources de Fabrègue se révélaient désormais insuffisantes.

– Père! Père! Les bateaux viennent d'aborder!

Romanus arrivait à dos de mule en compagnie de Tyra et Subâhu. L'adolescent sauta d'un bond souple à terre. Nasir avait peine à reconnaître son fils dans ce grand garçon dégingandé, dont la voix virait au grave. Quatorze ans, déjà...

Tyra repiqua dans sa couronne de tresse quelques épingles de tête qui s'en échappaient. Dans sa hâte de voir les cargaisons ramenées d'al-Andalus, son frère leur avait fait mener un train d'enfer depuis Fabrègue. Elle s'y était tenue, pressée de prendre livraison de sa commande d'épices et d'autres produits destinés à ses préparations.

Elle salua les trois hommes et en profita pour examiner la cheville d'Hakim, sur laquelle quelques jours plus tôt une poutre était tombée. Elle avait nettement désenflé.

– Dis de ma part à Aïcha qu'elle peut arrêter les cataplasmes de feuilles d'aigremoine. Te reste-t-il assez de pommade d'arnica pour finir la semaine?

Hakim opina en souriant, ce qui fit saillir sa mâchoire carrée et allégea la gravité naturelle de son visage.

– J'en ai en suffisance, même pour l'autre pied, dit-il avec le lent parler dont il usait pour trouver ses mots dans la langue des Provençaux.

– Tiens, ils l'ont achevée, remarqua Romanus en désignant la colline.

Nasir suivit la direction indiquée par son fils. En effet, la nouvelle tour de guet surplombant sur un côté la mer, sur l'autre la plaine, était terminée. Tout à son ouvrage, il ne l'avait pas remarqué. Comme celle-ci, le qâ'id en avait fait édifier sur chaque hauteur du Fraxinet.

– Est-il besoin d'en construire autant? demanda Romanus.

– Nous sommes une écharde dans le flanc de la chrétienté, remarqua Hakim en arabe. Et que fait-on d'une écharde plantée dans sa chair?

– On l'arrache, répondirent Romanus et Tyra dans la même langue, avec un bel ensemble.

Nasir resta interloqué :

– Depuis quand saisissez-vous l'arabe, tous deux?

– Le fils de Salah ne parle que cette langue et il est mon ami, répondit Romanus.

– Qui n'use ici de l'arabe, appuya Tyra, en est réduit au langage des signes.

Hakim décida de rester pour surveiller les derniers travaux et libéra Redouane qui était là depuis les primes lueurs du jour. Celui-ci se joignit à Nasir, Romanus, Tyra et Subâhu. Le petit groupe s'en fut vers le port.

Dans l'anse la plus abritée du Fraxinet régnait une fébrilité propre à chaque retour des bâtiments. Partis chargés jusqu'au franc-bord de bois et d'esclaves, ils rentraient de Pechina les cales aussi pleines. Toutes voiles rabattues, les nefs au mouillage tanguaient avec grâce sous les allées et venues des hommes qui déchargeaient.

Le froid frustrait, ce jour-là, les enfants de leur jeu favori. Aucun ne se risquait à plonger sous la coque des navires. La moitié de la cargaison se trouvait déjà à terre. Des bâches la protégeaient des galets humides. Entre deux tas de tapis, s'empilait sur les caisses un choix hétéroclite de bassins de cuivre, selles de cuir rouge, pièces de soie aux teintes agressives, pots d'épices et de henné, balles de coton brut. Par un accroc, des pistaches s'échappaient d'un sac de jute. Des jarres vernissées bouchées à la cire gardaient leur mystère. L'une d'elles, malmenée par les vagues ou les hommes et ouverte à demie, exhalait une âcre odeur de câpres au vinaigre.

Plus les tas grossissaient, plus se mêlaient à l'haleine iodée du ressac des fragrances d'ailleurs. Romanus huma d'un nez sensuel l'envoûtant mélange. Il savait que son père était né là-bas. Dans son esprit, l'Andalousie se confondait avec les essences de jasmin, de rose et d'œillet qui iraient parfumer le corps des femmes du camp. Le musc, le nard, la myrrhe et l'encens destinés à exacerber le désir des hommes lui évoquaient une terre de miel et d'ambre.

Telle une nuée de sauterelles, les gens de la base dévalaient la colline. Beaucoup avaient passé commande avant le départ et se hâtaient de crainte qu'un autre n'acquît en leur place les marchandises convoitées. Qui en monnaie, qui en lingots, qui en vases de métal ou en pierres fines, tous pouvaient payer grâce au butin des razzias.

Nasir venait rarement se mêler à la foule les jours d'arrivée. Il fut surpris de voir autant de gens de Fraxinetum. Après réflexion, il convint cependant que cela faisait partie du cours naturel des choses. Treize années d'occupation sarrasine avaient changé la façon de vivre des villageois du Fraxinet. Eux aussi se prenaient à aimer les parfums de myrte et la douceur des tapis de laine. Même Frambert, le prêtre, ne se récriait plus contre les démons païens du piton rocheux. Comment l'eût-il pu alors que les Mozarabes du camp assistaient chaque dimanche à son office ?

Les enfants grouillaient autour des nefs, plus excités que mouches par temps d'orage. L'un d'eux se jeta littéralement dans les jambes de Tyra. Celle-ci avisa sur le bras du garçon une plaie qui lui déplut. Elle l'attrapa au vol et le souleva.

– Montre-moi un peu ce bras.

Le petit qui ne devait guère compter plus de cinq ans se débattit comme un beau diable. En vain. Tyra le tenait fermement.

– Tiens-toi tranquille ou je te jette à l'eau, le tança-t-elle.

Il se calma. Elle put examiner son bras. La coupure point franche, sans doute une mauvaise chute, présentait un aspect malsain : l'infection menaçait.

– Quel est ton nom et de qui es-tu le fils ? lui demanda-t-elle en arabe.

L'enfant la renseigna. Elle le laissa partir, bien décidée à en parler à Aïcha.

Elle aperçut alors Marie dans la foule et lui fit un signe que l'autre ne vit point, trop occupée à fixer quelque chose par ailleurs. Intriguée, Tyra suivit son regard et resta interdite.

Redouane ! C'était lui que son amie considérait avec une telle attention. Quelle ne fut sa surprise de voir celui-ci couler à son tour vers Marie un tendre coup d'œil. Tout cela fut si bref que Tyra douta avoir bien vu. Ainsi ces deux-là s'aimaient. Leur parcours s'annonçait rude. Constance et Laugier, les parents de Marie, en tenaient dur pour le Christ ; et Redouane était musulman. Après les épousailles précipitées et sans joie de Raimbaud et d'Hélène qui venaient d'avoir lieu, une autre épreuve les attendait.

Tyra espéra que Marie et Redouane obtiendraient l'assentiment de leurs familles. Ils seraient alors les premiers à marier les deux communautés. Assurément point les derniers. De ces accordailles qui cimenteraient les liens entre les gens du domaine et ceux de la base, ne pouvait sortir que du bon.

Une bousculade ramena Tyra au cœur de la cohue. Elle dut jouer des coudes pour se frayer un chemin jusqu'à Ismaël, le marchand juif, responsable de la cargaison. Bien qu'il fût plus sollicité que saint Pierre aux portes du Paradis, il avait l'œil à tout. Il le fallait pour éviter les chapardages que suscitait un tel étalage. Ses hommes d'armes le secondaient efficacement en cet exercice et le fouet cinglait parfois un bras trop audacieux.

– As-tu ma commande? lui demanda Tyra.

Ismaël gratta d'un doigt indécis ses cheveux frisés avant de désigner à l'un de ses hommes un coffre à sa dextre. Celui-ci vint le déposer à ses pieds.

– La perle de ce camp y trouvera son compte, dit le marchand en l'ouvrant cérémonieusement.

Tyra répertoria les pots de safran, coriandre, cumin, cardamone et, surtout, la précieuse poudre d'opium. Tout y était.

Tandis qu'elle payait, elle remarqua Nasir qui passait en revue, avec le plus grand sérieux, toutes les pièces de soie. Elle sourit, heureuse de voir l'attention amoureuse avec laquelle il continuait, après tant d'années, à entourer Inga.

La foule fut bientôt telle autour de la cargaison que Tyra se retrouva coincée. Impossible de battre en retraite ni de confier ses pots d'épices à Subâhu, lui-même immobilisé un peu plus loin.

Soudain, quelqu'un se colla dans son dos sans douceur. Surprise, elle se retourna. Abbas, c'était lui. Il la fixait de son œil unique avec une haine glacée. D'un doigt il désigna sa prunelle crevée.

– Cet œil, siffla-t-il à mi-voix, réclame toujours vengeance pour ce que tu lui fis. Ne crois pas, femme, que j'ai renoncé à arracher tes yeux d'or ni à tuer ta mère et son Mozarabe. J'attendais l'heure et elle approche.

– Essaie, repartit-elle sur le même ton avec une violence qui l'étonna, et il t'en coûtera l'autre œil.

La foule se clairsema alors. Comme une ultime menace, il la frôla avant de s'éloigner. Tyra le suivit du regard, encore sous le choc. Plus de huit ans après le tragique épisode de la tentative de viol de Marie, voilà que le serpent sortait à nouveau les crocs. Quel démon le démangeait soudain?

Subâhu la rejoignit. De loin, il avait suivi la scène sans rien entendre de l'échange. Mais au visage crispé de sa maîtresse, il comprit.

– Dis à Subâhu de tuer cet homme et Subâhu le tue.

Tyra ne répondit pas, absorbée par ce qui se passait à quelques pas de là. Sous les vivats d'une vingtaine de ses âmes damnées, Abbas éventrait les caisses et brandissait les armes qu'elles contenaient. Les gardes d'Ismaël leur crièrent vainement d'arrêter et firent siffler leur fouet. L'on courait à l'affrontement.

Redouane s'avança vers Abbas, sourcils froncés.

– Ces armes doivent être remises à mon père et à lui seul, dit-il posément.

Une lueur mauvaise s'alluma dans l'œil sombre d'Abbas. Il assura sa prise autour du manche du tabarzin flambant neuf et fit un pas vers le fils du qâ'id.

– Retourne peindre tes pots avec les femmes et laisse ces armes à ceux qui savent s'en servir.

Les rires des sbires d'Abbas mortifièrent le jeune homme. Le rouge lui vint au front. Un tel affront devant Marie...

– Comment oses-tu, fils de Satan!

Ismaël rappela ses gardes. Il ne voulait pas en perdre dans le méchant règlement de comptes qui s'annonçait. Inquiète, Tyra chercha Marie des yeux. Celle-ci était blême et jetait des regards éperdus vers Redouane. Nasir serra les poings, brûlant d'intervenir. Ce n'était pourtant pas à lui de le faire alors que tant d'hommes du camp se trouvaient là. Enfin, Muhammad, un cousin du qâ'id, s'interposa :

– Laisse Redouane, intima-t-il au perturbateur.

Avec un sourire sardonique, ce dernier leva lentement son tabarzin vers Muhammad qui avait les mains nues.

N'y tenant plus, Nasir saisit un galet de belle taille et visa. La pierre frappa violemment Abbas à la tête et le fit chanceler. Furibond, le front en sang, il désigna Nasir et Subâhu qui, immédiatement, avait bondi auprès de son maître, un poignard à la main.

– Saisissez-vous d'eux, jeta-t-il à ses hommes.

En les voyant approcher de Nasir, la panique gagna Romanus. Ils étaient plus de vingt.

– Père! Père! hurla-t-il.

Il voulut le rejoindre. Mais Tyra s'agrippa à lui de toutes ses forces.

– Qu'attends-tu pour envoyer tes gardes? hurla-t-elle à Ismaël.

– Jette cette arme, ou je te fais clouer à l'entrée du camp entre un porc et un chien.

Abbas se retourna d'un bond. Le qâ'id le fixait froidement. Près de lui se dressaient Zaïd, Yahya et Khaled, ses trois autres fils. Derrière venaient ses gardes et ses fidèles. Trop pour Abbas et sa bande. Un goût de sang lui vint à la bouche. Il leva son bras. Le tabarzin siffla dans l'air et se ficha à trois pas de Nasir.

– Au dernier de nous deux, jeta-t-il, répétant mot pour mot la menace proférée plusieurs années plus tôt.

Puis il fit demi-tour et s'en fut à grands pas vers le camp, suivi de ses sbires.

Furieux, Zaïd voulut le rattraper. Son père l'en empêcha. Nasir arracha la lame des galets et la tendit au qâ'id. Celui-ci la prit sans un mot et la considéra pensivement. Il ne pouvait accepter que Redouane, son propre fils, offrît le flanc aux gausseries des guerriers du camp. Pour se gagner leur respect, il devait être des raids.

L'œil furibond, Zaïd regardait la silhouette d'Abbas s'éloigner sur le sentier dominant la crique. Il était temps que son père comprenne qu'il n'y avait point place pour deux chefs sur le piton.

Devant son miroir d'étain, Inga brossait distraitement ses longs cheveux. Elle était soucieuse. A table, tous lui avaient tu l'incident avec Abbas. Elle le tenait de l'épouse d'un tenancier, témoin de la scène.

Elle sursauta. Dans le miroir, au-dessus du sien, s'encadrait le visage de Nasir.

– Ne te retourne point, commanda-t-il avec un sourire tendre, en dénudant les belles épaules. Ferme les yeux.

L'étoffe soyeuse caressa la peau d'Inga. Elle battit des paupières.

– Quelle beauté ! s'exclama-t-elle, devant la pièce de soie bleu nuit qui recouvrait ses bras.

Elle se lova contre Nasir et lui offrit ses lèvres. Il l'étreignit avec une force qui trahissait son inquiétude. Après l'ombre d'Audifré, planait celle de la guerre.

– Tu songes à Abbas, n'est-ce pas ? s'enquit Inga.

Il était trop préoccupé pour s'étonner qu'elle sût.

– Le qâ'id commet une erreur en acceptant toutes les recrues d'al-Andalus, murmura-t-il en caressant les mèches blondes. A trop racler les fonds, on soulève la vase. Les navires ne vomissent plus que la lie de Pechina, des hommes qui occiraient père et mère pour l'appât du gain. Et tous se rangent derrière Abbas qui gagne en force et en audace.

Il vit dans le miroir ses tempes grisonnantes et ses traits que le temps accusait. Mieux que des mots, ils trahissaient sa lassitude des combats. Contre lui, Inga se taisait, le laissant se livrer jusqu'au bout.

– La rébellion couve, poursuivit-il. Nous sommes tous assis sur un pot de naphte. Plaise à Dieu pour la paix de ces lieux que le qâ'id s'en avise à temps.

– Prie Allah, ma sœur ! Remets la vie de ton fils entre ses mains sacrées ! Lui seul est en mesure d'arrêter tout ce sang.

Kheira ne put supporter plus longtemps les lamentations hypocrites de Fatima et ses yeux de chouette excitée. Elle prit par le bras la seconde épouse de son mari et la poussa hors de la chambre. Puis revint vers la couche où gisait Redouane, son fils cadet. Elle était furieuse contre son époux. Jamais il n'eût dû contraindre le jeune homme à conduire ce raid. Redouane était aussi peu fait pour le combat que Fatima pour la réflexion.

Kheira caressa doucement les mèches noires de son fils. Tout advenait par la faute de ce maudit Abbas. Quel djinn avait poussé Nasr à l'écouter ? Pourquoi tous les fils du qâ'id devaient-ils en passer par le métier de guerre ? Redouane ne tiendrait jamais du loup. Et avec ces seigneurs provençaux qui commençaient à défendre leurs terres, il avait manqué y laisser la vie.

Tyra nettoya la plaie en surface avec une décoction de baies de genévrier. Près d'elle, Aïcha suivait attentivement chacun de ses mouvements. Kheira avait fait le bon choix en la proposant quand Tyra cherchait quelqu'un pour soigner les gens du camp. Sans montrer autant d'aisance que Marie dans cet apprentissage, la replète servante se révélait une consciencieuse exécutante. Sa bonté et son sourire maternel rassuraient, et ceux qui rentraient blessés des expéditions s'en remettaient volontiers à ses soins. Elle était passée maître dans l'art d'arrêter les hémorragies et n'avait plus besoin des conseils de la femme-médecin pour traiter les plaies. Toutefois, devant la gravité de la navrure de Redouane, elle l'avait fait aussitôt appeler.

Tyra acheva de laver la plaie et prit un autre flacon.

– Je vais te faire souffrir, le prévint-elle. Je ne dispose, hélas, d'aucun autre moyen pour empêcher le mal de pénétrer ton corps.

Redouane opina faiblement. Sur la profonde entaille, Tyra appliqua des pétales de lis macérés dans de l'alcool blanc. Le jeune homme, qui n'avait rien dit jusqu'alors, laissa échapper un cri. Ses lèvres blanchirent et son regard se troubla. Il retomba sur sa couche, inanimé. « Une bonne chose », songea Tyra, délivrée du souci d'ajouter à la souffrance du blessé. Elle put examiner la navrure à loisir. Une coupure franche allant de l'intérieur de la cuisse au genou. Celui qui la lui avait faite avait raté de peu l'artère vitale. Redouane s'en tirait à bon compte.

– Le fil et l'aiguille d'or, près du coffret, demanda-t-elle.

Kheira qui les avait devant elle s'exécuta la première. Dans ce mouvement, les perles rouges mêlées à ses multiples tresses s'entrechoquèrent avec un tintement gracieux. Ses pieds nus qu'effleurait sa fluide ghilala vermillon semblaient glisser sur le tapis de laine. Tandis que la fille de son amie officiait, son beau visage restait tendu et ses yeux bordés de khôl ne quittaient pas les mains de la jeune femme. Tyra rapprocha les lèvres de la plaie et appela Aïcha :

– Maintiens-les ainsi, la pria-t-elle. Ne bouge surtout pas.

Elle recousit la blessure avec soin et, après avoir rompu le fil, considéra son ouvrage d'un œil critique. Tammam n'eût pas mieux fait. Elle appliqua dessus une toile d'araignée qu'elle recouvrit d'un emplâtre de racines de quintefeuille et pansa le tout.

– Tu renouvelleras l'emplâtre ce soir, dit-elle encore à la servante. Et avant de toucher à sa blessure, veille à laver tes mains à l'eau bouillie. Si l'infection venait à investir la place, nous aurions du mal à l'en déloger.

Aïcha acquiesça. Tyra sut qu'elle suivrait scrupuleusement ses indications.

Le qâ'id surgit alors. Il se trouvait au port avec Hakim et Nasir quand on lui avait appris que son fils cadet était rentré blessé. Pourtant, ce raid dans les hautes terres ne semblait pas présenter de danger. Qui eût cru que le seigneur provençal de ce domaine sans importance riposterait de la sorte ? Pourquoi Satan lui avait-il soufflé de prendre des mercenaires ?

Dans l'aventure, le Fraxinet venait de perdre dix hommes. Douze autres étaient revenus blessés dont Redouane, le plus atteint.

Nasr Ibn Ahmad fut soulagé de voir Tyra au chevet du blessé.

– Salam, amie. Comment se porte mon fils ?

– Comme un mouton durant la fête des Sacrifices, lâcha Kheira, vindicative.

Nasr fronça les sourcils. Que lui prenait-il d'exprimer son mécontentement devant une étrangère ?

– Il remarchera, assura Tyra.

Elle tendit un sachet à Kheira.

– Si la fièvre s'empare de son corps, fais-lui une décoction de ces feuilles de buis séchées. Je passerai le voir demain.

Elle se tourna vers Aïcha :

– Puisque j'y suis, conduis-moi auprès des autres blessés.

Laissant Redouane à la garde de Kheira, le qâ'id raccompagna Tyra jusqu'à la salle. Aïcha les suivit.

– Dieu te protège, amie, dit-il à Tyra avec gratitude au moment de prendre congé d'elle. Tu es pour nous aussi précieuse que les larmes d'Allah.

« Tous ne partagent point ton sentiment », pensa la jeune femme qui gardait en mémoire la menace d'Abbas.

Zaïd déboula dans la salle, hors de lui. Sans prendre le temps de saluer Tyra, il attaqua :

– Par le Prophète, père, voilà un moment que je te cherche ! As-tu parlé à notre cousin Muhammad ? C'est par la faute d'Abbas que mon frère se trouve dans cet état ! Que ne m'as-tu laissé être de ce raid !

– Explique-toi, fit le qâ'id froidement.

– Qui t'a désigné ce domaine, sinon Abbas ? Qui t'a proposé Redouane comme chef de l'expédition et tes hommes les plus fidèles pour l'accompagner ? Pourquoi n'a-t-il pas insisté pour les suivre, lui qui d'ordinaire se veut de toutes les campagnes ?

– Paix, mon fils ! intima durement le qâ'id. Ta haine pour Abbas t'empoisonne l'esprit. Nul scorpion ne pique à distance.

– Qu'Allah me dessèche la langue si je me trompe. Abbas savait ces terres gardées par des hommes d'armes. Il a précipité Redouane et tes meilleurs compagnons dans un guet-apens afin de les perdre. Notre cousin Muhammad assure qu'ils étaient attendus. Sais-tu ce que cela signifie ? Me laisseras-tu en finir avec ce fils du Diable avant qu'il ne nous brise ?

Tyra n'osait plus bouger. Zaïd barrait l'accès à la porte. Bien que son débit fût précipité, elle avait saisi l'essentiel de ses propos. Près d'elle, Aïcha gardait discrètement les yeux rivés au sol. Nasir et Hakim pénétrèrent à leur tour dans la salle. Ils étaient livides.

– Toutes les nouvelles conduites d'irrigation ont été percées, jeta le géomètre d'une voix frémissante. Elles sont inutilisables.

– Deux de mes tenanciers qui y mettaient la dernière main, enchaîna Nasir, glacial, ont été massacrés.

Le qâ'id se figea.

– Qui a fait ça ?

– Abbas et sa bande, lâcha Nasir. Laugier et son fils, Raimbaud, ont eu le temps de les voir avant de fuir. Au nom de nos morts et pour sauver la paix du Fraxinet, je viens te réclamer la tête des coupables.

– Trouve-moi Abbas, commanda aussitôt le qâ'id à Hakim avec une rage contenue, et rassemble tout le camp dans la cour !

– Il vient de partir avec ses hommes, intervint Kheira depuis l'entrée du gynécée. Pour les montagnes.

Zaïd et son père échangèrent un regard.

– Les villages et l'abbaye! siffla le premier. Le maudit! Il veut les assaillir sans nous. Par Allah le Glorieux, père, laisse-moi prendre des hommes et le rattraper.

– C'est ce qu'il attend, mon fils. Le sabotage des canaux, les morts ne sont qu'une provocation pour nous attirer dans les défilés. Il veut la guerre, il va l'avoir! L'abbaye de Novalaise sera sa dernière campagne.

Le cri de Tyra les fit sursauter. Tous l'avaient oubliée.

– Que... que vont-ils faire à Novalaise? articula-t-elle d'une voix sans timbre.

L'incongruité de la question laissa Zaïd et son père interdits. Nasir s'avança vers eux. L'émotion décomposait ses traits.

– Le père et le frère de Tyra vivent dans cette abbaye, expliqua-t-il. Je veux être de l'expédition.

L'arrivée de la troupe dérangea le repas des corbeaux. Dans un envol précipité de plumes noires, ils s'enfuirent du village. Du moins, de ce qu'il en restait : des ruines calcinées et des morts à demi recouverts par la neige.

Fiché sur un vantail par une lance dans la poitrine, le corps nu et bleui d'une jeune fille qu'on avait visiblement forcée. Les cadavres d'un chien et d'un porc l'encadraient : le sceau d'Abbas. Sa réponse sanglante à la menace du qâ'id lors de l'arrivée des navires.

Les autres villageois... ?

Tordus par le feu, cloués par les lances, ouverts par les tabarzins, les corps formaient dans leur linceul glacé un amas pitoyable. Un carnage en tous points semblable à celui découvert la veille dans un autre village. Aisé d'imaginer la scène : hommes, femmes, enfants, vieillards rassemblés sur cette aire dégagée, Abbas et ses hommes à dos de cheval, les encerclant, tournoyant autour d'eux en riant. Puis le jeu de massacre : les malheureux passés par le fer ou le feu. Une folie meurtrière et gratuite car le seul intérêt d'un tel village tenait dans le butin humain que l'on pouvait en tirer.

Le qâ'id serra les mâchoires pour cacher sa fureur. Parmi les morts, se comptaient nombre d'hommes et de femmes jeunes, d'une bonne valeur marchande, sans parler des enfants. Tout un cheptel détruit par provocation!

– Le maudit! rugit Zaïd en brandissant un poing vengeur vers les montagnes blanches. Où que tu sois, je jure sur Allah de te faire payer ça!

– La haine aveugle et tue les défenses, mon fils, le tempéra le qâ'id. Garde-t'en si tu veux vaincre Abbas !

Nasir dressa l'oreille. Il lui semblait entendre un faible gémissement. Otant son mighfar, il s'approcha des cadavres. L'un d'eux, un adolescent de l'âge de son fils Romanus, se mourait, le ventre ouvert, et le fixait, les yeux dilatés par la souffrance et par l'horreur. Il était perdu. Se faisant violence, Nasir prit son poignard et abrégea l'ignoble agonie de l'enfant d'un coup dans le cœur.

La gorge nouée, il nettoya la lame dans la neige. Il avait occis bien des hommes durant ses années à la tête du corps d'élite émiral, ordonné bien des exécutions. Mais jamais il n'avait dû tuer un enfant. Abbas paierait aussi pour cela !

Le qâ'id appela Salah et Subâhu chargés de suivre les traces des rebelles. A la demande de Tyra, l'Indien guidait la troupe dans ces défilés qu'il connaissait.

– Ils ont pris ce col, ô qâ'id, assura Salah, désignant la paroi vertigineuse qui les dominait.

– Est-ce le chemin le plus court pour l'abbaye ? questionna Nasir, obsédé par l'angoisse d'arriver trop tard.

L'Indien fit un geste évasif et indiqua une autre cime.

– Le passage de ce mont est aisé mais plus long.

Il désigna celui emprunté par Abbas.

– Plus court mais étroit et...

– Parfait pour un traquenard, acheva Nasir entre ses dents.

Des flocons se remirent à glisser doucement. Le ciel bas et laiteux n'augurait rien de bon. Le qâ'id survola sa troupe des yeux : trois cents cavaliers, de rudes Berbères à l'âme trempée et au pied montagnard.

– Abbas n'a pas encore compris que moi seul déciderai de l'heure.

Il talonna sa monture et prit la direction du col présenté par Subâhu comme étant le plus abordable.

A quelques jets de flèches, posté derrière une avancée neigeuse, l'espion d'Abbas lâcha un juron et retourna rejoindre les autres.

– Rien ne sert plus d'attendre, jeta-t-il, sautant au bas de sa monture. Ils ont pris l'autre défilé.

Abbas cracha le morceau de viande cru qu'il mastiquait. Par crainte d'être repéré, l'on n'avait point fait de feu.

– Par Muhammad, que dis-tu ? vociféra-t-il, empoignant l'autre par le cou.

Devant ce rictus haineux, cet œil unique où dansait une lueur de folie, l'homme prit peur et se dégagea d'un bond.

– Sur Allah et son Prophète, je jure que c'est la vérité, protesta-t-il, frottant son cou meurtri. J'ignore pourquoi mais ils ont emprunté l'autre voie.

Tous firent cercle autour d'Abbas et de l'espion. Les visages noirs de barbe s'étaient figés. Un jour et une nuit à guetter dans la neige et par un froid intense la troupe du qâ'id, à avaler une nourriture crue et glacée. Tout cela enduré pour rien ? Les regards commençaient à trahir le doute. Le camp du Fraxinet où l'on ne pourrait retourner avant d'avoir occis le qâ'id hantait les esprits. L'un d'eux, un homme trapu, court de cuisses et fort en gueule, eut le malheur de traduire l'opinion générale.

– Pour atteindre ce point au plus vite et tendre une embuscade, nous avons crevé des chevaux et perdu deux hommes dans l'ascension de ce col de Satan. Nous n'avons presque plus de réserves de viande, gelons sur pied, et une nouvelle tempête de neige s'annonce. C'est nous qui serons piégés par ces monts maudits si... !

La gifle d'Abbas l'atteignit à la bouche. L'homme sortit aussitôt son poignard. Au moment où il levait son bras, la lame d'Abbas l'atteignit à la gorge. Il s'écroula dans la neige, sans un cri. Défiguré par la fureur, Abbas releva son arme sanglante.

– D'autres volontaires ? lança-t-il à la ronde.

L'immobilité de ses comparses le calma. Il rangea son poignard et les considéra un à un de son œil valide :

– Nous les aurons à l'abbaye de Novalaise !

Abbaye de Novalaise, au même moment

– Les mécréants ont détruit mon village et massacré les miens, et tous les habitants.

La main calleuse écrasa une larme au coin des yeux rougis.

– Je ne dois la vie sauve qu'à un amas de neige derrière lequel je me jetai.

Il s'écroula à genoux, incapable de contenir plus longtemps les sanglots qui montaient.

– Père abbé, pourquoi le Seigneur oublie-t-Il ses enfants les plus pauvres... ? Qu'avions-nous fait... ? Dieu tout-puissant, qu'avions-nous fait... ?

L'abbé Donnivert avait écouté attentivement le manant loqueteux. Emu par sa détresse, il l'aida à se relever avec une infinie douceur.

– Apaise-toi, mon fils, et ne doute jamais de la bonté de Dieu pour ses créatures. Près de Lui, les tiens connaissent désormais vie félice et éternelle. Où se trouvait ton village ?

L'autre désigna l'un des monts enneigés qui se fondaient au loin dans le ciel blafard.

– A trois journées de marche de cette montagne-ci.

Donnivert et frère Pierre-Audifré se comprirent d'un regard. Le péril prenait corps. L'abbé se tourna à nouveau vers le manant.

– Va aux cuisines, mon fils. On t'y servira une soupe chaude.

Le pauvre hère embrassa avec reconnaissance les mains blanches de Donnivert.

– Sois loué pour tes bontés, père abbé.

– Rends plutôt grâce au Seigneur, mon fils.

Dès que l'homme eut disparu par la porte des cuisines, l'abbé se tourna vers Audifré.

– Réunis nos frères dans la salle capitulaire, ordonna-t-il.

Quand Donnivert se présenta, l'ensemble de la communauté s'y trouvait déjà. En peu de mots, il exposa ce qu'il venait d'apprendre.

– Les mécréants de Provence infestent à présent nos montagnes, conclut-il en substance. Ils s'en prennent aux villages et avancent vers nous. Demain, dans deux jours ou bien trois, ils seront à notre porte. Nos prières ne suffiront pas à les arrêter. Il nous faut partir, mettre à l'abri le trésor de notre abbaye ainsi que nos manuscrits précieux. Je connais l'abbé de Saint-Benoît de Turin. Il nous accueillera, le temps que le péril s'éloigne.

– Nous ne pouvons laisser l'abbaye sans gardien, protesta l'un des moines.

– Deux d'entre nous demeureront, répondit calmement l'abbé. Je serai le premier.

Des murmures de protestation s'élevèrent. Frère Henri, un colosse chargé de la coupe du bois, traduisit le sentiment de tous. Sa voix puissante résonna dans la salle :

– Tu es, père, le berger de ce troupeau. La charge t'incombe de le conduire hors de portée des loups. Je resterai à ta place.

Frère Pierre-Audifré s'avança.

– Je serai l'autre.

Aimery sursauta et blêmit. Il se tourna vers son père et son cœur se tordit. Sous sa couronne de cheveux presque blancs, ce dernier montrait un visage déterminé. Rien ne le ferait changer d'avis. Donnivert fronça les sourcils, vivement contrarié. Frère Pierre était la dernière personne qu'il eût aimé voir se porter volontaire. Il se sentait vieillir et escomptait bien que celui-ci lui succéderait à la tête de l'abbaye.

Aimery se détacha de l'alignement.

– Je demeurerai aussi, dit-il haut et clair.

– Il n'en est pas question, protesta vivement Audifré, devançant la réponse de l'abbé. Dieu nous soutiendra dans cette épreuve et nous serons assez de deux.

Donnivert ne le rappela pas à l'ordre. Il savait ce qui se jouait entre le père et le fils.

Aimery chercha du secours de son côté.

– Père, supplia-t-il, je te conjure de me laisser en la place de frère Pierre la garde de notre abbaye. Frère Henri et moi-même sommes jeunes et vigoureux.

L'abbé hésita. Mais devant le visage livide d'Audifré, il trancha à regret.

– Frère Henri et frère Pierre resteront.

Un vent tourbillonnant soulevait la neige quand la colonne des serviteurs de Dieu s'ébranla. A leur suite, ils drainaient tous les gens du village qui jouxtait l'abbaye ainsi que les têtes de bétail. Seuls quelques vieillards avaient voulu rester.

Le visage ruisselant, Aimery leva la main pour saluer une dernière fois les deux silhouettes qui les regardaient partir. Celle de son père lui parut si maigre qu'il étouffa un sanglot et serra très fort son chapelet entre ses doigts.

Frère Henri leva les yeux vers le ciel opaque. Balayés par le vent, les flocons tombaient de plus en plus serrés.

– Ce temps est un présent de notre Seigneur, assura-t-il. La neige fraîche effacera très vite les traces de nos frères.

Surpris par le silence de son compagnon, il se tourna vers lui. Frère Pierre-Audifré fixait la forêt dans laquelle son fils venait de disparaître. Il pleurait.

Tout au long du jour, ils marchèrent dos courbés dans les solitudes neigeuses, égrenant leurs chapelets en récitant les Evangiles. Il fallait bien cela pour les encourager. Dans leurs chaussures à lanières de cuir, leurs pieds bleuissaient de froid.

Derrière eux, leur bagage au bout d'un bâton, les villageois traînaient leurs vaches et leur misère. De temps à autre, des pleurs d'enfants troublaient la litanie des frères.

Aimery cheminait, lèvres closes. L'idée qu'il connaissait peut-être les pillards le taraudait. Certes, il n'avait jamais fréquenté la base du Fraxinet mais quelques-uns de ses occupants venaient à Fabrègue... Et si la chance voulait que ce fussent ceux-là qui arrivaient sur Novalaise? S'il pouvait sauver son père?

Le soir tombait lorsqu'ils avisèrent une cabane de berger à demi délabrée. L'abbé décida d'y établir femmes, enfants et vieillards. Lui et les frères dormiraient au-dehors.

N'y tenant plus, Aimery profita du désordre qui accompagnait l'installation du camp pour prendre Donnivert à part.

– Père, lui dit-il, plus je m'éloigne de l'abbaye plus mon tourment grandit. Une voix me commande d'y retourner. Dieu me rappelle là-bas.

L'abbé considéra le visage juvénile avec une suspicion bienveillante.

– Est-ce Dieu, mon fils, ou bien ton cœur qui t'ordonne cela?

Aimery soutint le regard inquisiteur.

– Je l'ignore, père. Je sais seulement que je dois m'incliner. Depuis qu'Il m'appela à son service, Dieu me guide. Si je me trompais, Il me l'eût fait savoir.

Donnivert lut dans les prunelles bleu sombre une telle sincérité qu'il abdiqua.

– Tu as, mon fils, soupira-t-il, ma bénédiction. Le Seigneur te protège!

– Dieu du Ciel, ils y sont déjà!

Nasir talonna comme un fou sa monture et, au risque de se rompre le col, attaqua la descente vers l'abbaye au galop. Force fut au qâ'id et aux autres de suivre sa cadence.

En bas, bien en dessous d'eux, la porte de l'enceinte abbatiale volait en éclats sous les coups de tabarzin. Abbas et ses hommes se répandaient en hurlant à l'intérieur de l'abbaye.

Frère Pierre-Audifré et frère Henri ne s'arrêtèrent pas de prier quand ils les entendirent débouler dans la cour. A genoux sur les dalles glacées de l'église, front incliné, ils s'adressèrent au Seigneur avec une ferveur accrue. A moins d'un miracle, ils subiraient sous peu le jugement dernier et s'y préparaient.

Audifré, cependant, ne pouvait empêcher son esprit de s'éloigner de Dieu. A l'approche de sa fin, le visage d'Inga le hantait. Il ne faisait rien pour le repousser. Il n'y avait rien à faire. Le temps n'avait nullement pansé la plaie et le Très-Haut n'avait pu détruire ce démon de la jalousie qui le dévorait depuis tant d'années ; depuis que ce Romieux provençal s'était cru obligé de lui conter son voyage et son étape dans un domaine ayant pour nom Fabrègue... Il prit une profonde inspiration. Ce souvenir l'affectait bien plus que la perspective de sa mort imminente. Le pèlerin lui avait loué la bonté de Nasir, le régisseur, ainsi que celle de dame Inga, l'épouse de ce dernier dont le nom lui avait paru étrange en ces contrées du Sud.

Audifré ferma les paupières. A son fils et à sa fille, il avait tu qu'il savait. Un secret destructeur, une vérité intolérable. Inga, sa femme, et Nasir, l'ami si cher... Sous peu, les brigands païens le délivreraient de cet enfer.

Il rouvrit les yeux. En la place du Christ en croix dominant le chœur, il la revit telle qu'elle lui était apparue la première fois sur le marché d'Arles, en cette lointaine année 878... Elle était si belle malgré son mauvais vêtement et ses chaînes d'esclave. Une princesse barbare ! Quelle impulsion l'avait poussé alors, lui qui méprisait tant ce commerce humain, à l'acquérir ? Sans doute l'aimait-il déjà...

En dépit du vacarme, l'on entendit nettement une voix chevrotante demander grâce. Frère Henri comprit qu'ils venaient de trouver le vieux Paul, l'ancien potier du village, réfugié dans les communs.

Il serra si fort les poings que son chapelet se rompit et s'égrena sur le sol. Si seulement il n'avait pas juré de ne jamais plus répondre aux coups ! Occire, avant de passer, quelques-uns de ces impies lui eût rendu la mort plus douce. Il s'abîma avec une ferveur désespérée dans ses prières.

Audifré n'avait rien entendu. Il était loin. Très loin. A Fabrègue, quelque vingt-cinq années plus tôt. Inga portait leurs enfants et l'avenir leur souriait. Inga... Sa femme... Sa rebelle...

Au-dehors, le vacarme augmentait. Les païens s'acharnaient à présent sur l'épais battant de l'hôtellerie. Trouver les lieux déserts les mettait en fureur. Les gongs s'arrachèrent et la porte tomba avec fracas.

Cette fois, Audifré entendit. Il n'éprouva nulle tristesse. Le temps lui manquait pour s'apitoyer sur des pierres. Les derniers battements de son cœur, il les réservait aux siens : Inga. Tyra. Aimery. Aude... cette enfant née d'un premier lit, qui avait rejoint les anges en sa sixième année. Il ne la retrouverait pas. Ses fautes étaient trop grandes pour qu'il gagnât le Paradis. La porte se rabattit brusquement et les flammes des cierges vacillèrent. Deux, trois, dix guerriers au teint bistre foncèrent dans l'église, l'arme au poing, et les désignèrent en criant. Des mains les arrachèrent du sol et les traînèrent au-dehors.

– Le trésor, chiens de chrétiens?

Sans un regard vers le Sarrasin borgne et vociférant, les deux moines se remirent à prier. Des coups de pied dans le ventre les arrêtèrent.

– Allez-vous parler ou faut-il vous aider avec des lames et du feu? hurla Abbas.

– Arrache-nous les membres et la langue, maudit, s'emporta frère Henri, plié en deux par la douleur, mais de nous, tu ne sauras rien!

Le tabarzin se dressa et retomba sur le crâne du colosse qu'il fendit comme une noix. Henri s'écroula dans son sang. Mort.

– Veux-tu subir le même sort?

Audifré leva les yeux. Le guerrier coiffé d'un mighfar dardait sur lui une prunelle terrible. Il levait déjà la hache dégoulinante du sang d'Henri. Sans doute venait-il du Fraxinet et connaissait-il Fabrègue... sa terre...

– Dieu te pardonne, murmura-t-il.

La lame rubis zébra l'air froid.

– Le qâ'id! cria alors l'un des hommes d'Abbas.

Le hurlement fit dévier le bras du bourreau et la lame s'enfonça dans le dos d'Audifré. Il s'affala à terre. Abbas fit volte-face alors que les cavaliers envahissaient la cour, dans un grand nuage de neige.

– A cheval! hurla-t-il.

Mais terrorisés par la déferlante qui arrivait sur eux, les montures s'étaient débandées et les hommes n'étaient plus en état de répondre aux ordres. Un vent de panique soufflait parmi les rebelles. Ils étaient une centaine. Leurs assaillants, trois fois plus. Ils mesuraient trop tard le piège dans lequel ils s'étaient jetés en s'enfermant dans cette abbaye et en choisissant le camp d'Abbas. Pour éviter le risque de frapper un frère d'armes, les guerriers du qâ'id portaient tous un brassard vert. Vert, couleur des fils d'Allah!

L'affrontement fut d'une force inouïe. Avec une bravoure désespérée, les rebelles réduits à l'état de piétaille se mirent à frapper dans le plus grand désordre les jambes des montures, celles des cavaliers qu'ils tentaient de désarçonner.

– Allah akbar! Au nom de Dieu, tue! Tue!

Au cœur de la mêlée, donnant du tabarzin de dextre et de senestre, Nasir cherchait fébrilement des yeux les moines. Il en aperçut deux, de loin, qui baignaient dans leur sang : le premier, au crâne fracassé, était taillé comme un forgeron ; quant à celui qui gisait sur le ventre, il s'agissait visiblement d'un vieillard, comme le laissait deviner la tonsure couronnée de cheveux blancs.

Nasir se sentit soulagé : Aimery et Audifré devaient être avec les autres moines, enfermés à l'intérieur de l'un des bâtiments, ou en fuite. Dans les deux cas, ils étaient saufs.

Le combat faisait rage. Une fade odeur de sang montait dans l'air glacé. De plus en plus de cadavres de bêtes et d'hommes jonchaient le sol. Un tabarzin siffla aux oreilles de Nasir. Retrouvant les réflexes d'antan, il l'évita et vrilla sa lame dans les côtes de son adversaire. Celui-ci s'écroula dans la neige.

Soudain, à moins d'un jet de flèche, il vit Abbas. C'était bien lui, occupé à arracher du bras d'un mort son brassard vert, et à le mettre à son propre bras. Nasir tenta de se frayer un passage jusqu'à lui. Mais les autres combattants freinaient son avancée. Après avoir remis son mighfar, Abbas s'était trouvé une monture et se relançait dans la bataille.

Nasir n'en crut pas ses yeux lorsque Abbas frappa l'un de ses hommes. Maintenant, il progressait vers le qâ'id.

– Nasr Ibn Ahmad, tonna Nasir, en tentant désespérément d'approcher. Derrière toi, prends garde !

Trop occupé à se défaire d'un adversaire, le qâ'id n'entendit pas. Son fils Zaïd fonça sur Abbas. Mû par un sens animal du danger, celui-ci se retourna alors que Zaïd allait frapper.

– Fils du Diab... !

Zaïd n'acheva pas. D'un coup bien mesuré, Abbas le désarma. En voyant le fils du qâ'id à sa merci, il eut un sourire terrible. Lentement, il dressa sa hache.

– Allah akb... !

Le sourire devint rictus. Avec une affreuse grimace de souffrance, Abbas glissa à terre. Une plaie béante ouvrait son dos. Zaïd leva la tête et resta interdit. Nasir ! Le coup venait de lui ! Sans lâcher son tabarzin, le compagnon d'Inga sauta à terre et du pied retourna sa victime. Abbas respirait encore.

– Au dernier de nous deux, hein ? lui jeta-t-il.

L'œil déjà trouble vit la hache se dresser. Le coup frappa Abbas au cœur. Un dernier sursaut, puis plus rien.

– Allah akbar ! La bête est morte ! hurla Zaïd à pleins poumons.

La nouvelle se répercuta comme un coup de tonnerre. Un à un les rebelles lâchèrent leurs armes. Le silence succéda au fracas de l'assaut. Un cri déchirant traversa alors l'étendue désolée.

– Non ! Dieu, non !

Gêné par sa robe de bure, Aimery trébuchait dans la neige en courant. Il sanglotait.

– Aimery ! cria Nasir, se jetant à sa rencontre.

– Maudit, ne me touche pas ! hurla le frère de Tyra, comme un dément.

D'un œil halluciné, il parcourait le lieu du massacre, cherchant parmi ces diables noirs qui le dévisageaient... Soudain, il le vit et s'élança.

– Père ! Père !

Fou de douleur, il s'écroula devant le corps sans vie et le retourna doucement. Soudain, la tête bougea.

– Loué soit Dieu, tu n'es pas mort !

Audifré tourna vers son fils un regard vitreux. Au-dessus d'Aimery, une autre silhouette se découpa, qu'il reconnut dans un brouillard pourpre.

– Nasir... ami, exhala-t-il. Inga...

Sa tête retomba. Audifré n'était plus.

– Non ! Non ! hurla Aimery. Pourquoi... ! Dieu, pourquoi...

Pétrifié, Nasir ne pouvait détacher son regard d'Audifré. Le vent redonnait vie aux mèches blanches, les laissait caresser une dernière fois le front ridé. Audifré, ce vieil homme ! Etait-ce Dieu possible ? Audifré, son ami.

Déchiré, Nasir tenta de relever le frère de Tyra.

– Lâche-moi, siffla celui-ci d'une voix glaciale, levant vers Nasir un visage défiguré par la souffrance.

Il désigna l'hôtellerie que les hommes du qâ'id investissaient avec des cris de joie. Déjà, des flammes s'élevaient des communs en bois.

– Cours rejoindre ces monstres. Dieu te maudisse ! Dieu vous maudisse tous !

7

Le prix à payer

Impressionnée par la hauteur des voûtes, les dimensions de la salle et la présence massive des gardes, la foule s'exprimait à voix basse. Pour assister à ce plaid d'été qui se tenait dans la grande salle du palais royal de Vienne, ceux qui occupaient les meilleures places avaient dû faire le siège des portes du château dès les primes lueurs du jour. Ces cours de justice présidées par le comte en personne étaient toujours très attendues par les gens de la cité. Il ne s'en tenait que trois dans l'année : la première aux environs de Pâques, la seconde lors de l'Assomption, et il fallait patienter jusqu'à l'octave de la Nativité pour assister à la dernière.

Aux humbles convoqués pour quelque délit, aux seigneurs ayant volontairement recours à la justice comtale pour des querelles de voisinage, de succession ou d'argent, se mêlaient ce jour-là nombre de curieux attirés par la présence des plus hauts personnages du royaume et l'espérance de sentences spectaculaires. Des décapitations, castrations, énucléations, crémations, introductions de plomb fondu dans la bouche, ordalies et autres exécutions, les citadins se montraient autrement friands que des fêtes religieuses.

D'un œil dur, Aimery fixait les sièges encore vides du comte de Vienne, des douze scabins [1] et surtout celui aux montants d'ivoire dans lequel prendrait place le roi. Des mois qu'il cherchait à l'approcher pour lui rapporter le pillage de l'abbaye, le meurtre des moines... et de son père. Des mois à faire son siège. En vain. Le roi ne recevait plus. Dieu seul savait pourquoi !

Un goût de fiel vint à la bouche d'Aimery en songeant à son

1. Scabin : juge assistant le comte lors d'un plaid.

combat contre l'indifférence des plus hautes autorités du royaume de Provence-Viennois. Le mal sarrasin avait germé à la vue de tous, s'était développé sans que le roi Louis s'en inquiétât. Attendait-il, pour bouger, que les païens s'attaquent aux murailles de Vienne? Lui, Aimery, moine orphelin de père et de communauté par la faute de ces maudits, pouvait témoigner de l'ampleur du péril et de la cruauté de ces monstres à face humaine.

Les paroles de Nasir lui revinrent comme un haut-le-cœur, soulevant en lui une fureur aussi forte qu'en ce jour funeste. Comment le Mozarabe avait-il osé nuancer les crimes des païens? Prétendre qu'Abbas était seul responsable du sac de l'abbaye, après avoir vu les hommes du qâ'id piller l'église, l'hôtellerie, dévaster le scriptorium et, irrités par la maigreur du butin, bouter le feu aux poutres des bâtiments?

Un déchaînement impossible à contenir, selon Nasir.

La sueur perla aux tempes d'Aimery à cette évocation. Il lui semblait voir encore les flammes se tordre sous le ciel blême, entendre les charpentes craquer et s'effondrer dans de grandes gerbes d'étincelles. Et devant l'incendie, les corps sanglants de frère Henri, et celui de son père. Son père qui, avant de passer, avait appelé Nasir « mon ami »... Comment ce dernier avait-il eu l'audace de pleurer sur sa dépouille... lui qui lui avait pris sa femme et sa place au domaine? Que se fût-il produit si Audifré n'avait choisi Dieu? A son retour d'al-Andalus, quelle excuse eût invoquée le couple adultère face à l'époux trahi?

D'un revers de sa manche sale et déchirée, Aimery essuya rageusement son front. A présent, il transpirait comme sous l'emprise d'une violente fièvre. Peut-être en avait-il. Depuis son départ précipité de Novalaise, il n'avait guère dormi ni nourri son corps. Quelques raves arrachées à la terre gelée, parfois un morceau de pain noir offert par un manant encore soucieux de Dieu et pris de compassion pour les misères de son serviteur.

– Ces chiens doivent payer! siffla-t-il sans se rendre compte qu'il songeait à voix haute.

Près de lui, un gros homme à l'air débonnaire, portant l'habit de bon drap d'un artisan prospère, partit d'un rire sonore.

– Tu me parais, moine, plus enclin à prêcher la vengeance que le pardon! Quels sont donc ces « chiens » qui provoquent ton courroux? Pour quel crime va-t-on les juger céans?

L'entrée des membres de la cour de justice évita à Aimery de répondre. Les douze scabins s'avancèrent solennellement par deux dans le passage libéré par les gardes, et attendirent debout devant leurs sièges. Derrière vinrent les notables de la cité.

L'on annonça alors le roi et le comte de Vienne. La foule fit silence. Vêtu d'un riche bliaud rouge bordé d'argent, et coiffé du cercle d'or décoré de seize grosses perles propres à son rang de comte, Hugues venait de pénétrer dans la salle.

Aimery le reconnut instantanément. Ainsi, le prince Hugues était comte de Vienne ! Un fol espoir naquit en lui. Que n'avait-il songé plus tôt à l'influent personnage et à utiliser l'attachement que celui-ci affichait pour Tyra à Novalaise. Pour elle, sans doute l'eût-il entendu.

En voyant l'ombre que Hugues soutenait, il se figea. Ce malheureux si maigre, au regard vide, ne pouvait être le roi ! Il dut, pourtant, en convenir.

Juste après, sous des voiles aussi gris que ses jours, venait la reine Adélaïde suivie de quelques-unes de ses dames. Ses traits fanés avant l'âge, son regard morne laissaient percer une tristesse irrémédiable.

La foule n'avait d'yeux que pour celle qui cheminait au côté de la reine : sa sœur, Wille, l'éblouissante épouse du comte Hugues, habillée ce jour-là de cendal fougère passementé d'orfroi. Un ricinum vert pâle retenu par un épais cercle d'or encadrait son arrogant visage. Son désir de concevoir et ses espoirs toujours déçus avaient franchi les portes du palais et les regards se portaient sur son ventre plat, vraisemblablement sec.

Derrière les deux princesses, venaient quelques dames. Parmi elles, Mathilde, la petite-fille du duc Thibert, revêtue d'un ample bliaud pervenche. Comme pour faire injure à la bréhaigne [1] épouse du comte Hugues, elle portait fièrement sa grossesse avancée.

Aimery ne vit rien de tout cela. Il continuait à fixer le souverain auquel l'on avançait son siège et que Hugues aidait à s'installer.

– Qu'est... qu'est-il advenu au roi Louis ? demanda-t-il à son voisin.

Le jovial artisan le regarda, surpris.

– Tu n'es donc point d'ici !

Il soupira.

– Tu vois là, étranger, l'ouvrage du roi Bérenger. Notre souverain revint, voilà un an, de Lombardie, les yeux crevés ! Louis l'Aveugle, le

1. Bréhaigne : stérile.

nomme-t-on désormais. Loué soit Dieu d'avoir épargné cet affligeant spectacle à feu notre reine Ermengarde. Une bien triste fin pour un empereur !

– Il n'est point mort, protesta Aimery.

– Le juges-tu vivant ? Il n'est qu'à l'envisager pour comprendre que sa mutilation et la perte de son autre royaume l'ont terrassé. Le comte Hugues est maintenant le véritable maître du pays. Le roi lui délègue tous ses pouvoirs. Pour notre plus grand malheur, ajouta-t-il dans un murmure. Mieux vaut éviter de subir sa férule !

Il indiqua un vieillard de noble allure qui marchait d'un pas las derrière le roi et portait la couronne à feuilles d'ache des ducs.

– Notre vieux duc Thibert n'est plus, hélas, de force à lui disputer son autorité. Son fils l'eût fait si la mort ne l'avait fauché voilà deux années. Quant à Josselin, son petit-fils qui l'accompagne ici, il ne semble guère tenté par l'exercice du pouvoir...

Aimery n'écoutait plus. Le roi était enfin à sa portée. Et même s'il ne se trouvait là que pour entendre Hugues rendre justice, force lui serait d'écouter ce que lui, Aimery, avait à dire.

Le comte Hugues leva un bras pour ordonner l'ouverture du plaid. C'était le moment ! Etreignant une dernière fois son chapelet, Aimery se lança. Mais il eut beau jouer des coudes, la masse compacte refusa de s'ouvrir devant lui. Bousculant des quidams sans visage, écrasant des pieds, sourd aux protestations de ceux qu'il malmenait, il parvint à se hisser au premier rang. Se glissant alors sous les fers croisés des gardes, il se jeta aux pieds du roi.

– Seigneur roi, si tu ne puis me voir, accepte de m'entendre !

Deux hommes d'armes le relevèrent sans ménagement :

– Holà, moine, attends ton tour pour cela !

Aimery se débattit, animé par la fureur du désespoir. S'arrachant à l'emprise martiale, il lança très vite à Hugues :

– Prince, me reconnais-tu ? Je suis le frère de Tyra.

Hugues sursauta comme si on l'avait piqué et se tourna vers le plaignant. Ces yeux bleu sombre qui le fixaient avec une telle intensité, ces cheveux noirs ! C'était bien le frère de Tyra, sous une vêture de moine-gueux. Par chance, celui-ci s'était exprimé trop vite pour que l'assemblée ait pu saisir ses propos.

– Que se passe-t-il ? s'inquiéta Louis, serrant le bras de son cousin.

Voyant l'intérêt soudain du comte, les gardes hésitaient maintenant à éloigner le moine et attendaient les ordres.

– Que se passe-t-il ? réitéra le souverain. Qui est ce homme ?

Aimery reprit espoir. Les mots se bousculèrent dans sa bouche :

– Je ne suis, seigneur roi, qu'un simple moine de l'abbaye de Novalaise.

Il baissa la tête :

– Ou plutôt, je n'étais... Une abbaye que tu connus belle et paisible et qui n'est plus que ruines par la faute des pillards sarrasins...

– Ce n'est point ainsi que justice se rend, l'interrompit Hugues, cassant.

L'intervention déclencha des remous dans l'assistance. L'intransigeance du comte face à cet homme de Dieu ne le servait point.

– L'abbaye de Novalaise est donc détruite ? s'enquit Louis, surpris.

– Les païens du Fraxinet l'ont réduite en cendres ! Au nom du Seigneur que ces païens bafouent, je te supplie, haut roi, d'écraser ce nid de...

– En voilà assez, le coupa froidement Hugues. Ne m'oblige pas, moine, à te faire chasser par mes gardes.

Aimery se tourna vers le prince. Où était l'homme de Novalaise, bouleversé devant Tyra blessée ?

– Ne me reconnais-tu donc point ? N'as-tu donc gardé nulle souvenance de ma sœur Tyra ?

Le visage de Hugues se crispa, devint douloureux. Wille, qui cette fois avait entendu, fronça les sourcils. Qui était cette femme dont le seul nom bouleversait son époux ?

– Dieu bon, aide-le ! murmura près d'elle la reine Adélaïde qui avait aussitôt reconnu le frère de son amie.

– Ainsi, tu connais celle qui porte ce nom barbare ? lui demanda sa sœur.

Préoccupée par Aimery, Adélaïde ne répondit pas. Son impuissance à être de quelque secours au malheureux la mettait à la torture.

– L'abbaye détruite par les païens ! murmura encore le roi sans conviction.

– Ils pourfendirent deux des frères. Du Christ en croix de notre église, ils usèrent comme d'une torche incendiaire. A travers nous, c'est Dieu qu'ils ont foulé aux pieds. Dieu qui te fit roi et empereur, Dieu auquel l'onction te lie à jamais, Dieu, enfin, qui t'accorda pouvoir de défendre ses fils et d'abattre leurs ennemis !

La voix d'Aimery se brisa. Dans son dos, la foule réagit en sa faveur, ce qui rendit le roi furibond :

– Dieu qui laissa aussi usurper mon royaume lombard, Dieu qui accepta qu'on me crevât les yeux! Novalaise ne fait plus partie de mon territoire. Va donc te plaindre à Bérenger!

– Mais les païens partent pourtant de ton royaume, s'emporta Aimery. Le Fraxinet n'est point en Lombardie. Si tu ne t'en soucies, qui le fera?

Louis se redressa, hors de lui.

– Gardes! Chassez ce moine!

Aimery n'en crut pas ses oreilles. Une fureur rouge éclata en lui, lui faisant perdre toute prudence.

– Laisseras-tu longtemps encore, l'interpella-t-il puissamment, souiller le nom sacré du Christ par cette engeance qui te nargue depuis son rocher? A défaut de piété, n'as-tu nulle fierté?

Ces paroles soulevèrent une houle hostile. Le teint de Louis vira au gris. Il pointa un doigt vers l'endroit d'où venait la voix.

– Jetez cet homme aux fers! vociféra-t-il.

– Dieu te jugera, hurla encore Aimery à l'adresse du roi tandis qu'on l'entraînait.

Mathilde chercha du secours du côté des siens. Tyra était son amie autant que celle de la reine. Elle ne pouvait laisser tuer son frère. D'un signe, le duc Thibert, son grand-père, l'invita à se taire. Josselin en fit autant. Prendre devant Hugues la défense du moine ne servirait qu'à le perdre plus vite. Il fallait attendre.

– Ne crois-tu point, mon époux, intervint alors fermement la reine, que ce serviteur de Dieu a suffisamment pâti? Son cri était un appel...

– Paix! jeta Louis, mauvais, à l'adresse de celle dont il était heureux de ne plus voir les traits alors que ceux de Waldrade lui manquaient tant, Waldrade qui affichait à son endroit un mépris destructeur depuis qu'il était devenu Louis l'Aveugle.

– Pour l'amour de Notre Seigneur, mon époux...

– Un mot de plus et je le fais exécuter sur l'heure.

Adélaïde jeta un regard éperdu à Hugues. Celui-ci resta de marbre. Mais Wille vit ses poings se refermer. Profitant du brouhaha, elle se pencha vers son époux :

– Qui est Tyra?

Il lui sembla que Hugues pâlissait un peu plus.

– Qu'importe, souffla-t-il, puisqu'elle est morte.

Sans se faire annoncer, la reine Adélaïde pénétra dans l'appartement de Hugues. Il dictait d'un air absent un message à un clerc. Adélaïde nota avec soulagement que Wille n'était pas là.

Hugues ne parut pas surpris de sa visite.

– Puis-je, mon cousin, attaqua-t-elle roidement, m'entretenir un instant avec toi sans témoin ?

D'un geste, le prince congédia son clerc. Adélaïde remarqua alors ses traits tendus et ses cernes. Il n'avait guère dû dormir. Elle voulut y voir un signe encourageant.

– Que puis-je pour toi, noble...

– Ai-je rêvé, l'interrompit la reine, la tendre inclinaison qui, autrefois, t'unissait à Tyra ?

Hugues se referma, son visage devint aussi lisse qu'un couvercle de marbre.

– Le passé de chacun appartient à chacun, lâcha-t-il, glacial.

Adélaïde ne battit pas en retraite pour autant.

– Un sentiment, insista-t-elle, qui, si ma remembrance ne me trahit, te fit, pour la sauver, la ramener à demi morte jusqu'au cœur du repaire sarrasin.

– Que cherches-tu à me faire dire ? réagit Hugues. Que je l'aimais à en perdre la raison ? Crois-tu qu'il sied de s'épancher de la sorte ? Les confesseurs sont là pour ça, que diable !

Adélaïde se rapprocha et lui prit la main. Il lut dans son regard une telle douleur que sa colère tomba d'un coup. Elle semblait éteinte sous ses voiles bruns.

– Je ne sonde point ton cœur, dit-elle doucement, par goût de la torture mais par contrainte. Vois-tu, mon cousin, Tyra sauva mon fils des assauts criminels de Waldrade. Elle reçut en ma place le coup de poignard qui m'eût occise et manqua de peu lui être fatal. Au nom de la double dette que j'ai envers elle et de l'attachement que tu montras à son endroit, je te demande d'intercéder après de mon époux pour obtenir la grâce de son frère. Si la requête vient de toi, Louis y consentira.

Hugues se détourna et alla écarter la lourde tenture qui voilait à demi l'ouverture. Le soleil printanier le frappa au visage, faisant injure à la souffrance qui le rongeait.

– N'attends rien de moi, laissa-t-il tomber. Ce moine a outragé le roi, il subira la peine qu'il mérite : la mort.

Adélaïde resta un instant sans voix.

– Je ne puis croire, jeta-t-elle dès qu'elle fut remise de sa stupeur, que le chagrin qu'éprouvera Tyra en apprenant la perte de son frère t'indiffère à ce point. La passion dont tu brûlas pour elle n'a pu s'éteindre pleinement. De cette sorte d'amour, l'on ne guérit jamais. J'en fais, hélas, chaque jour l'affligeant constat.

– Ne trouves-tu point déplacé, toi, la propre sœur de mon épouse, de me tenir pareil discours ? Dieu m'unit à Wille et à ton lignage, point à Tyra ni aux siens. Recommande-Lui dans tes prières l'âme de ce moine mais ne m'en parle plus jamais.

La colère empourpra les joues de la reine.

– Dieu ne s'égara point en t'unissant à Wille ! Tu ne méritais pas Tyra.

Lui tournant vivement le dos, elle sortit. Mathilde qui l'attendait dans le couloir n'eut pas à l'interroger. Au visage d'Adélaïde, elle sut que la démarche avait échoué.

– Je le savais, lâcha-t-elle entre ses dents.

Soutenant d'une main son ventre pesant, elle emboîta le pas à la souveraine. Soudain, elle s'arrêta. Une idée venait de germer dans sa tête :

– Là où tu échouas, ô reine, Tyra réussira.

Tyra recouvrit la tête de Marie d'un voile carminé qu'elle ceignit d'une couronne de fleurs d'été. Elle recula pour juger de l'effet.

– Comme te voilà belle, s'exclama-t-elle, sincère.

Marie rosit et ses prunelles bleues prirent un éclat ému. Pour calmer sa fébrilité, elle piqua encore quelques violettes dans ses tresses brunes parfumées d'ambre et de musc, et effleura du bout des doigts son bliaud de soie pervenche agrémenté de passementeries rouges et bleues.

Elle ne se lassait pas d'admirer la fluidité de l'étoffe, la finesse des broderies et, surtout, la beauté des perles qui figuraient des cœurs de marguerite. Jamais elle n'avait porté si riche vêture. C'était là un présent de Kheira, l'épouse du qâ'id et la mère de celui qui, avant le crépuscule, deviendrait son époux.

Les choses ne s'étaient pas faites sans mal. Marie avait gagné ses épousailles de haute lutte sur ses parents. Sans l'intervention d'Inga et de Nasir qui avaient âprement plaidé leur cause à Redouane et à elle, jamais ils n'y eussent consenti.

– Tiens, voici nos mères, remarqua Marie, désignant l'ouverture devant laquelle passaient Inga et Constance.

La fatigue se lisait sur leur visage. Aidées par les autres femmes de Fabrègue, voilà plusieurs jours qu'elles préparaient des pâtés, plumaient des volailles, taillaient gigots et rôts dans des pièces de moutons fraîchement abattus. Ces dépenses n'étaient point du fait du modeste Laugier, mais du qâ'id. Une telle abondance pour le mariage d'un fils cadet ne pouvait qu'en imposer à ses hommes et raffermir une puissance quelque peu malmenée par Abbas.

Les deux femmes pénétrèrent dans la pièce voisinant celle où Tyra aidait Marie à s'apprêter.

– Grâce à Dieu, nous n'avons point à nous soucier des desserts, soupira Constance, massant ses reins douloureux.

Kheira et ses femmes s'en chargeaient, ainsi que des sirops de rose, de violette et autres boissons douces que les gens de Fabrègue avaient appris à apprécier.

Rien n'était simple dans un tel mariage. Les écueils inhérents aux différences de croyances des futurs époux se retrouvaient jusque dans la préparation du festin. Afin de ne point heurter les convives musulmans, le porc avait été proscrit de tous les mets. Quant aux vins de mûre, de noix, hydromel, hypocras, eau-de-vie d'arbouse et autres alcools, ils seraient mis à disposition sur une table à part, où chacun irait se servir. Aux dires de Kheira, les hommes du camp ne seraient point les derniers à le faire. Peu d'entre eux respectaient les consignes religieuses concernant ce point. Al-Andalus était loin et le regard sévère des serviteurs de l'islam aussi. En beaucoup de points, ne sacrifierait-on pas aux rites : en raison du manque d'espace dans le camp sarrasin, le festin n'aurait point lieu dans la demeure du mari. Autre étrangeté que n'eussent point prisée d'intègres musulmans : bien que Marie épousât avec Redouane la foi de celui-ci, à sa demande et à celle de ses parents, Frambert, le prêtre de Fraxinetum, bénirait leur union, avant la lecture des textes coraniques. Un surprenant amalgame qui trahissait des liens de plus en plus étroits entre les deux communautés du Fraxinet.

Constance mit du temps à s'habituer à la pénombre de la salle de sa maison. Avec Inga, elle venait de dresser la dernière table sous l'ombre fraîche des cerisiers. Le verger avait été choisi comme lieu de la fête, la cour se révélant trop exiguë pour contenir tous les invités.

Marie pénétra alors dans la salle et virevolta devant les deux femmes :

– Mère, comment me trouves-tu ?

Constance contempla un instant sa fille en silence, puis écrasa une larme d'émotion avec un coin de son devantier.

– Tu es... magnifique, murmura-t-elle.

Puis se tournant vers Inga, elle dit avec une pointe de nostalgie :

– Dieu, que nos vertes années sont loin !

Tyra vit sa mère ciller et s'inquiéta. La terrible fin de son père et la fuite d'Aimery l'avaient bouleversée. Mais Inga semblait plus atteinte encore. En peu de temps, ses traits s'étaient accusés. Elle avait vieilli.

Soudain, une cavalcade au-dehors les fit sursauter.

– Dieu du Ciel, s'affola Marie. Redouane ? Déjà ? Je ne suis point tout à fait prête. Et tu ne l'es pas plus que moi ! ajouta-t-elle, désignant la chevelure de Tyra seulement nouée d'un ruban et son commun bliaud de lin jaune.

– Qu'importe, dit Tyra en riant. De cette fête, je ne suis point reine !

Elle s'arrêta en voyant Nasir dans l'encadrement de la porte. Elle ne s'habituait point encore à lui voir les cheveux entièrement gris. Lui aussi accusait la tragédie de Novalaise.

Apparut sur ses talons un homme couvert de poussière. Depuis le seuil, il jetait des coups d'œil inquiets vers l'escorte sarrasine qui l'avait conduit jusque-là.

– Cet homme a un pli à te remettre, dit Nasir à l'adresse de Tyra.

– De la part de notre noble reine Adélaïde, ajouta le messager, sortant le rouleau de sa ceinture.

Tyra rompit le sceau et commença sa lecture. Très vite, elle changea de visage. Aimery emprisonné et condamné ? Elle dut s'y reprendre à deux fois pour déchiffrer les lettres qui dansaient sous ses yeux. Aimery exécuté lors des prochaines calendes... Combien restait-il de jours ?

Le résultat la glaça : quinze jours ! Elle ne disposait que de quinze jours pour se rendre à Vienne et arracher, par le biais de Hugues, le pardon du roi !

– De mauvaises nouvelles ? s'enquit Inga.

Tyra releva la tête. Tous attendaient avec inquiétude. Devant le visage angoissé de sa mère, elle ne put se résoudre à lui dire la vérité.

– La reine est souffrante. Elle me requiert auprès d'elle.

« Tu céderas, Hugues, se jura-t-elle avec une rage froide. J'ignore comment, mais je t'y contraindrai ! »

– Veuillez, je vous prie, annoncer à la reine dame Tyra.

Les sentinelles se détournèrent dédaigneusement. La colère s'empara de Tyra. L'état lamentable de son bliaud et de ses braies n'excusait point une telle conduite.

– Je viens de chevaucher huit jours de rang ! J'ai crevé deux montures sous moi, la troisième s'est brisé une jambe sur un mauvais talus, et des gueux nous ont dérobé durant la nuit passée celle de mon serviteur. C'est à pied que nous venons de faire le reste du chemin, je suis épuisée et à bout de nerfs! Ne mettez pas ma patience à l'épreuve! Je suis ici à la demande de la reine, veuillez m'annoncer!

L'autorité du ton fit son effet. Les deux gardes perdirent leur raideur.

– Notre noble reine est absente, répondit l'un d'eux.

– Dieu du Ciel, Tyra, enfin!

La jeune femme se retourna et reçut dans ses bras Mathilde qui arrivait. Dans une grande envolée de voiles améthyste, la petite-fille du duc Thibert étreignit son amie autant que le lui permettait son embonpoint provisoire. Brusquement, elle s'écarta comme sous l'effet d'une piqûre et jeta un œil noir à son ventre.

– Sur mon salut, les coups de pied de cet enfant me tueront!

Soudain, elle parut s'aviser de l'état des vêtements de Tyra et de son visage harassé.

– Ne restons pas là. Viens, entrons. L'office se termine. La reine ne devrait point tarder. Dieu me pardonne, mais mon état a au moins l'avantage de me soustraire aux interminables célébrations de notre archevêque.

Tyra la retint par le bras et désigna Subâhu qui attendait un peu plus loin.

– Mon serviteur a lui aussi besoin de repos.

Mathilde se tourna vers les gardes.

– Veillez à ce qu'on s'occupe de lui.

En dépit de son angoisse, Tyra fut sensible à la tristesse qui émanait de l'appartement de la souveraine. Comme celle-ci devait regretter son précédent particulier! Le nouvel, sombre et étroit, donnait sur une cour intérieure. Un entassement de coffres incrustés de nacre et d'ivoire indien, un grand miroir d'argent, un cercle de front en or posé sur un meuble et, dans le fond, un lit aux montants superbement sculptés, témoignaient d'une faveur révolue.

– Qui occupe l'ancien appartement de la reine?

Mathilde eut un rictus méprisant.

– Waldrade, la catin lombarde! Que Belzébuth emporte sur ses cornes cette intrigante! Elle ne cesse d'extorquer au roi des privilèges pour son cher bâtard, au détriment de notre prince légitime. Hélas, notre reine n'a plus que le pouvoir de se taire. Si tel n'était le cas, ton frère ne croupirait pas dans les geôles royales.

– Que s'est-il passé?

Mathilde lui retraça brièvement l'esclandre du plaid.

– Deux jours, conclut-elle. Il ne nous reste que deux jours avant l'exécution.

Un frisson glacé parcourut Tyra. Elle dut s'appuyer contre un meuble tant la tête lui tournait.

– Comment va-t-il ?

Mathilde marqua une hésitation.

– Depuis son enfermement, il refuse de s'alimenter, avoua-t-elle. Sang du Christ, pourquoi as-tu tant tardé ?

En quelques mots, Tyra lui résuma les mésaventures de son voyage.

– Puis-je voir mon frère ?

Mathilde secoua la tête.

– Ce que je sais, je le tiens des geôliers : des brutes sordides mais incorruptibles. Hugues est ton ultime chance.

La reine entra à cet instant. En voyant Tyra, son visage émacié s'éclaira.

– Tyra, précieuse amie ! Le Seigneur m'a donc entendue.

D'un geste elle congédia les dames qui l'accompagnaient. Mathilde demeura. Tyra s'inclina avec respect devant la souveraine.

– Je ne sais, haute reine, comment te dire ma gratitude...

– De vains mots, murmura Adélaïde, la relevant et la serrant contre son corps maigre. En guise d'aide, je n'ai plus, hélas, que mon amitié à t'offrir. Dieu fasse pour ton frère que tu parviennes à émouvoir ce cœur de pierre qui battit si fort pour toi.

Tyra se contenta de presser les mains glacées qui retenaient les siennes.

– Où est le prince H...

– Eh bien, ma sœur, qu'est-ce qui nous vaut tant d'effusions ?

Adélaïde sursauta, comme prise en faute, et s'écarta de Tyra. Celle-ci se retourna. Une superbe créature marchait vers elles en souriant. Elle paraissait glisser sur les dalles de pierre. Dans son élégant bliaud vert tendre surbrodé de fleurs rose et argent, sous ses voiles clairs, on eût dit le printemps qui pénétrait dans une tombe.

Un méchant pincement au cœur fit comprendre à Tyra qu'elle ne se trompait pas. « Ma sœur », avait dit l'arrivante à Adélaïde. Wille, l'épouse de Hugues ! Cette beauté blonde au regard divinement bleu ne pouvait être qu'elle. Rien. Aucun défaut dans le dessin de la statue. Etait-ce possible que cette femme resplendissante fût la sœur de la reine ?

Un goût amer envahit la bouche de Tyra. Hugues jouait de

chance dans ses desseins. Le roi de Bourgogne-Transjurane eût pu inverser l'ordre de son choix et lui offrir sa fille Adélaïde en mariage à la place de Wille.

Elle déglutit avec peine. Si au moins la femme de Hugues avait été moins belle !

– Ma sœur, confirma Adélaïde, la princesse Wille.

Tyra se ressaisit et la salua.

– Et voici..., poursuivit Adélaïde avec l'hésitation qu'elle eût mise à poser le pied sur un terrain glissant, l'excellent médecin qui me suivit en Lombardie et sauva mon cher fils.

– Un médecin ! lança Wille, contemplant Tyra avec l'intérêt que l'on porte à une bête étrange.

Etrange, la damoiselle lui parut déjà dans sa mise. Quelles étaient ces braies collantes et sales ? La jambe semblait, certes, longue et fine. Mais était-ce là tenue de femme ? Sous la poussière, elle distingua de fines passementeries de soie au motif oriental et l'étoffe du bliaud paraissait de qualité. Mais quelle outrecuidance de se présenter ainsi devant la reine, qui plus était, sans voile de tête ! Dans cet accoutrement et avec cette tresse à demi défaite, la belle tenait plus d'une fille follieuse que d'un praticien distingué.

Cependant, lorsqu'elle croisa le regard vert et or, elle fut saisie par la lumière qui en émanait. Propre et bien apprêtée, la garce devait être d'une remarquable beauté.

– Un médecin ! répéta Wille comme pour s'en convaincre. Tu chasses, là, sur des terres investies par les hommes.

Fouettée par le regard inquisiteur et la morgue de la princesse, Tyra redressa le buste.

– Les femmes n'y sont point proscrites, rétorqua-t-elle calmement.

Le sourire de Wille s'effaça. Ses yeux se plissèrent pour ne plus faire que deux fentes. Que fixait-elle avec tant de force ?

Elle s'approcha de Tyra et prit entre ses doigts le pendentif que celle-ci avait omis d'ôter. Il était en tous points identique à celui que portait Hugues.

– D'où tiens-tu ce joyau ? s'enquit-elle doucement.

La formulation déplut à Tyra. Mais elle était là pour sauver Aimery, non pour se heurter à ce bel animal.

– Mes compétences, répondit-elle, très neutre, me valent la confiance des princes et des rois. Ceci en est un témoignage parmi d'autres.

Les yeux de Wille prirent une fixité inquiétante.

– Quel est ton nom ?

– Allons, ma sœur, s'interposa la reine Adélaïde, laisse donc cette jeune femme en paix. Ne vois-tu point comme elle est lasse ?

Wille ne daigna pas l'entendre.

– Quel est ton nom ? réitéra-t-elle.

Tyra s'astreignit au calme. Elle avait faim, soif et chaud. Et cette Wille au teint frais et aux traits reposés commençait à l'échauffer avec ses questions.

– Tyra, noble dame, répondit-elle sur un ton où perçait une pointe d'irritation.

La princesse vacilla. Morte. Hugues avait prétendu cette Tyra morte. Il ne pouvait s'agir que d'elle. Qui d'autre en Provence eût porté ce nom barbare ! Que cachait tout cela ? Feignant la lassitude, Mathilde s'avança d'un pas pesant.

– Pouvons-nous, haute reine, nous retirer, afin que ce médecin m'examine ainsi que je le lui demandai tantôt ?

Adélaïde opina, soulagée.

– Fais, amie. Allez.

Tyra sentit vrillées dans son dos les deux lames bleues de Wille. A peine furent-elles dehors que la voix courroucée de celle-ci passa la porte.

– Que fait cette femme ici... ?

D'autorité, Mathilde entraîna Tyra dans le grand couloir. Un peu plus loin, elle s'arrêta et posa sur le bras de son amie une main apaisante.

– Aie confiance en la reine, murmura-t-elle. Elle se taira.

Tyra prit une profonde inspiration. Se calmer. Retrouver son sang-froid. Oublier Wille et ses questions. Soudain les torches de résine entamèrent une danse folle. Tout se mit à tourner. Elle dut s'adosser au mur et fermer les yeux. D'une bourse dissimulée dans son vêtement, Mathilde sortit un petit flacon d'eau vinaigrée qu'elle mit sous le nez de Tyra.

– Tu es épuisée. Avant d'affronter Hugues, il te faut prendre un bain et manger. Viens, à cette heure, les étuves sont désertes. Je vais nous faire apporter une collation puis nous réfléchirons au moyen d'approcher le prince sans retomber sur son serpent d'épouse.

– Pas le temps, murmura Tyra. Deux jours, amie. Je ne dispose que de deux pauvres jours. Dis-moi seulement où trouver Hugues et ne t'inquiète plus de moi.

– Sainte Mère de Dieu, amie, l'épuisement t'a ôté la raison ! Faut-il que je te mette devant un miroir pour que tu voies à quoi tu ressembles ? Un garçon d'écurie présente mieux que toi. Crois-tu convaincre Hugues en cet appareil ? Fonce ainsi chez lui et tu perdras ta seule chance de sauver ton frère. Allons, ma douce, tu n'es point sotte ! Sache mesurer l'importance que peut avoir l'apparence lors d'une telle démarche.

L'argument porta. Tyra accepta de la suivre, consciente qu'en Mathilde et la reine elle possédait deux très précieuses amies.

– Sais-tu, mon cher époux, qui se trouve au palais ?

Hugues leva les yeux du parchemin qu'il parcourait et fronça les sourcils. Il n'appréciait pas les intrusions répétées de Wille dans son cabinet de travail. Ses conseillers saluèrent respectueusement la princesse. Hugues leur donna congé. Abandonnant le pli qu'il tenait, parmi la dizaine d'autres qui encombrait sa table, il se redressa.

– Qui est au palais ?

Wille s'approcha et lui mit sous le nez le pendentif qui ne le quittait pas.

– Celle qui porte le même et qui n'est pas plus morte que moi !

Hugues se figea. Tyra, ici !

Devant l'effet produit par sa nouvelle, l'angoisse qui ne quittait plus Wille depuis sa rencontre avec l'étrangère se mua en peur.

– Se peut-il que tu l'aimes ? Par Dieu, je refuse d'y croire ! Toi et cette gueuse... !

Hugues la secoua avec violence.

– Tais-toi. Ne me parle plus d'elle, entends-tu ? Plus jamais !

Il la lâcha, stupéfait de sa propre réaction. Wille le regarda, horrifiée. Elle ne reconnaissait pas son dur et arrogant époux dans cet homme bouleversé, presque vulnérable.

– Ainsi, tu l'aimes encore, murmura-t-elle.

Hugues passa une main tremblante sur son visage.

– Sors. Laisse-moi.

Wille repoussa avec rage l'épaisse tresse qui battait son flanc. Dans ce mouvement, elle se piqua durement un doigt avec une épingle de tête, ce qui décupla sa fureur.

– Je ne suis point, mon cher époux, du même bois qu'Adélaïde. Ce qu'elle endure par la faute de Waldrade, jamais je ne l'eusse toléré. Mets dans ta couche, si tu le veux, toutes les ribaudes de Vienne, mais chasse cette femme du palais !

Les yeux clairs de Hugues prirent un éclat métallique.
– Ne me contrains pas à employer la force. Va-t'en.
La porte se rabattit avec violence. Il comprit qu'il était temps d'affronter ses démons.

Tyra se coula dans le cuvier et ferma les yeux. Le bain dégageait une fine senteur de marjolaine et de tilleul. En voyant sur les dalles le tas de vêtements sales, la massive femme qui régentait les étuves ne put cacher son sentiment.
– Dame, marmonna-t-elle, il va falloir user des grands moyens !
Assise près de là sur un banc, Mathilde éclata de rire :
– Va, ma bonne Mahaut ! Et ne lésine point sur les huiles de fleurs et les onguents.
Puis à Tyra :
– Dans un instant, tu seras lustrée comme une livre d'argent fraîchement frappée.
Tyra l'entendit à peine. Sous la caresse de l'eau, ses résistances cédaient et son corps malmené se rebellait soudain. Elle ne savait ce qui lui faisait le plus mal, de ses muscles noués, de ses mains écorchées par les rênes ou de ses pieds échauffés par tant d'heures de marche.
Mahaut déplaça sa lourde carcasse entre les trois cuviers restants, vides pour l'heure, et alla puiser dans un grand coffre de chêne divers pots et flacons, ainsi qu'un grand peigne en os. Son aide, une accorte brunette au visage espiègle, l'aida à transporter le tout jusqu'au large banc de pierre lisse qui se trouvait près du cuvier de Tyra, et devait, comme les trois autres répartis aux angles de la pièce, faire usage de table de massage.
Une douce température régnait dans cette salle souterraine. Les torches de résine doraient les voûtes basses du plafond. Le lieu était fruste et intime à la fois.
Mahaut entreprit de frotter le corps de Tyra avec de la poudre de lierre, puis avec un pain de savon à la lavande. Les mains de la grosse femme se révélaient d'une étonnante douceur.
– Mes effets ! se souvint Tyra tout à coup.
Elle appela la petite servante et la chargea de retrouver Subâhu. Ce dernier lui donnerait le sac contenant ses vêtements de Cour.
– Passe par les cuisines, ajouta Mathilde, et rapporte-nous une collation.
Suant sous son bliaud de lin, Mahaut rajusta son épais devantier

de chanvre et s'attaqua à la longue chevelure de Tyra. Celle-ci aussi avait souffert du soleil et du vent. Mèche par mèche, la servante l'enduisit d'une huile de civette et la lava ensuite à la terre saponaire.

Quand Tyra sortit du cuvier, l'eau n'avait plus de couleur. Devant le corps flexible de son amie et sa taille si joliment dessinée, Mathilde passa une main sur son ventre distendu et soupira :

– Retrouverai-je jamais ma tournure d'antan ?

Elle tendit un grand drap à Tyra.

– Comment se sens-tu ?

Celle-ci lui jeta un regard déterminé.

– Capable, à présent, d'affronter... qui tu sais.

Mahaut voulut la masser avec une huile d'amande. Tyra refusa, maintenant pressée de rencontrer Hugues. La servante se contenta donc d'oindre son corps d'une essence d'iris et de lisser les longs cheveux, déjà presque secs sous la chaleur des torches.

Mathilde admira le résultat. Propre, la chevelure de Tyra luisait comme une châtaigne sous la pluie. Une parure royale. Seul le teint hâlé rappelait encore le voyage. Mais bien que l'on prisât à la Cour les carnations d'ivoire, Mathilde jugea Tyra très belle avec sa peau dorée et ses yeux verts.

– Je te retrouve enfin, apprécia-t-elle.

Se tournant vers Mahaut :

– Laisse-nous, veux-tu.

Dès que la servante fut sortie, elle reprit :

– En attendant vêture et collation, voyons comment approcher...

La porte se rabattit avec violence, faisant sursauter les deux femmes. Tyra se pétrifia : la haute stature de Hugues s'encadrait dans l'embrasure. Mathilde se ressaisit la première et salua le prince.

– Mon époux m'attend, prétexta-t-elle et elle s'esquiva.

Hugues ne la vit ni ne l'entendit. Les yeux rivés sur Tyra, sans l'ombre d'un sourire, il s'avança.

La salle parut soudain s'amenuiser. Le souffle coupé, Tyra le regardait venir, effarée de retomber aussitôt sous le joug de sa séduction ; et Dieu qu'il en avait ! Le temps avait ciselé son allure et ses traits. L'autorité qui émanait de lui était impressionnante.

– Que fais-tu céans ? s'enquit-il durement.

Le ton fit à la jeune femme l'effet d'une eau glacée en plein visage. Elle désigna le drap de bain qui la couvrait.

– Tu vois, je me baignais, fit-elle avec une pointe de défi.

Hugues parut désarçonné par la réponse. Tyra refoula désespérément l'émotion qui la submergeait. Il était là, à deux pas. Après toutes ces années d'absence, il reprenait corps. Et cela faisait si mal qu'elle ne parvenait plus à formuler ce qu'elle voulait lui dire.

Lui aussi perdait pied. Pourquoi, diable, l'avoir poursuivie jusqu'ici ? Il eût dû prévoir qu'elle serait dévêtue, que ses cheveux seraient défaits, qu'elle serait ainsi plus belle, plus dangereuse encore ! Il fallait qu'il parte, qu'il la chasse du palais ainsi que Wille le lui demandait. Mais ses pieds restaient cloués au sol, refusant d'écouter sa raison.

La conscience de sa faiblesse le mit en fureur.

– Va-t'en ! Par Dieu, va-t'en !

La révolte rendit à Tyra l'usage du verbe :

– Pas avant, prince, de t'avoir dit ce qu'il me faut te dire. Mon frère jumeau, l'autre part de moi-même, est condamné à mort...

– Une condamnation méritée et sur laquelle le roi ne reviendra pas.

– Sauf si tu le lui demandes !

Tyra glissa à genoux sur les dalles de pierre.

– De ma vie je n'oublierai les risques que tu pris pour me sauver. Aussi est-ce avec la plus grande répugnance que je viens te supplier, prince, d'intercéder auprès du roi pour obtenir la grâce de mon frère. Je n'ai, hélas, d'autre recours que toi. Après je partirai et plus jamais tu n'entendras parler de moi.

– Par tous les saints, relève-toi.

Il l'enleva du sol si brusquement que le drap qui habillait Tyra glissa à terre. Elle se retrouva nue.

Hugues se figea, comme frappé par la foudre. Ce corps, il en avait rêvé à se brûler le ventre, à en devenir fou.

Lentement, le souffle court, Tyra reprit le drap. Il le lui arracha des mains et écrasa sa bouche sur la gorge blanche. Il prit ses lèvres avec une telle violence qu'un goût de sang leur vint à la bouche. Ils roulèrent sur la table de pierre, noués l'un à l'autre, malades de désir. La tête bourdonnante, Tyra s'accrocha aux épaules puissantes. Plus rien n'existait que ce corps sur le sien et ces mains qui couraient sur ses seins et son ventre. Hugues ôta fébrilement ses propres vêtements et se coucha sur elle. Ce fut une étreinte sauvage, d'une violence inouïe, qui exorcisait cinq années de tourments.

Hugues, l'ambitieux, le redouté prince de Provence-Viennois, n'était plus qu'un homme gémissant, en proie à une dévorante passion. A nulle autre que Tyra, il n'avait montré cette face bouleversée jusqu'à la douleur, ces traits torturés, ce regard perdu. Sous lui, le corps de Tyra répondait au sien avec une égale fièvre. Ils allaient mourir là, étreints, dans cette fusion démoniaque. Le plaisir les souleva. Ils crièrent si fort que leur voix se brisa.

Sur le seuil, la petite servante qui revenait avec sa collation resta saisie, par la force sensuelle de ce cri. Ces corps enlacés, tordus comme deux arbres morts... ? Dieu du Ciel, avec la jeune dame, c'était bien le prince Hugues ! Déposant prestement son plateau et les effets de Tyra, elle s'en fut à toutes jambes.

Ils restèrent ainsi, un instant, foudroyés, tête et corps en feu. Quand Hugues se redressa, Tyra avisa le pendentif qu'il portait et comprit la stupeur de Wille. La pensée de celle-ci la ramena durement sur terre. Hugues aussi revenait parmi les hommes. Un retour tout autant douloureux. Il avait combattu ses démons et il avait perdu.

Il se leva et se revêtit sans un mot. Quand il se retourna vers Tyra, il était redevenu le puissant comte de Vienne.

– Ton frère sera gracié, dit-il d'une voix sans timbre. Mais ne reviens jamais.

Deux mois plus tard

Tyra cueillait du thym et de la sauge derrière sa maison quand une nouvelle nausée lui tordit l'estomac. Cassée en deux, le cœur soulevé, elle rejeta l'infusion de verveine, d'armoise et de trèfle qu'elle venait d'absorber.

Avec effort, elle se traîna jusqu'à la vasque creusée par le temps dans la roche. Le contact de l'eau fraîche sur ses tempes lui fit du bien. Elle se vit alors dans le miroir liquide et s'affola. Ces yeux hagards, cette face blême, ces lèvres blanches... Elle était effrayante.

S'adossant au grand frêne dont les racines s'abreuvaient à la source, elle ferma les paupières. Le doute n'était plus permis. Ce retard prolongé de ses menstrues, ces nausées, ce sommeil qui l'abattait le soir sur sa couche comme sous l'emprise d'une drogue ne trompaient pas.

Elle rouvrit les yeux et regarda sa petite maison, si chaleureuse avec ses murs couverts de vignes flamboyantes. Tout semblait pareil. Pourtant, plus rien ne l'était. De cette folle étreinte dans les étuves du palais, elle portait le fruit. Elle attendait un enfant de Hugues !

Une brise fraîche se leva, aussitôt saturée de mille parfums d'automne. Il avait plu la veille. Des odeurs d'humus et de champignons montaient de la terre humide, se mêlant à la fumée qui s'évacuait par le trou du toit.

Tyra se détourna du vent. Le malaise persistait, enraciné au tréfonds de son être comme cette vie qui s'y imposait. Elle ferma les yeux. Ne plus voir, ne plus penser et, surtout, ne plus se rappeler... Un enfant de lui ! En d'autres circonstances, cela eût été un tel bonheur...

« Allons, ma fille, s'admonesta-t-elle en son for, réveille-toi ! Hugues n'a que faire d'un bâtard ! »

Sans doute en comptait-il déjà une kyrielle, fruits d'étreintes furtives et sitôt oubliées. Fils de ribaudes ou de servantes qui grandiraient dans un bouge ou dans les cuisines du palais mêlés à la marmaille du domestique.

Tyra déglutit avec peine, consciente jusqu'à l'insupportable de la banalité de son histoire. Son amour pour Hugues lui avait valu dix années de tourments pour quelques rarissimes instants de bonheur. Et encore... Pouvait-on qualifier d'heureux ces moments de fièvre intense et de délire ? Cette soif de lui jamais assouvie ? Cette impression de vide atroce quand il s'arrachait d'elle ? Il était sa souffrance, sa plaie toujours ouverte. Une plaie qu'elle s'acharnait maintenant à fouiller pour en extraire toute la purulence.

Elle se recroquevilla sur le sol comme une bête malade. Au-dessus d'elle, d'épais nuages gris étouffèrent le soleil. Le vent devint acide. Elle ne sentit rien. En elle, la tempête faisait rage. Que dire de la brûlante et sordide conception de cet enfant ? Sur une table de pierre dans une salle d'étuves ! Une fille follieuse n'eût pas fait mieux. Il l'avait d'ailleurs traitée comme telle, prenant son corps comme un possédé, avec pour contrepartie la grâce d'Aimery.

Aimery ! Où se trouvait-il à cette heure ? En la quittant, Dieu seul savait pour où, il n'avait pas eu un mot de gratitude. Comme s'il lui reprochait de se voir soustrait à cette mort à laquelle il s'était préparé. Le désespoir la submergea. Elle étouffait. Quel sinistre gâchis...

Le souvenir du moment sublime où Hugues et elle s'étaient unis revint la harceler comme une provocation. Elle le repoussa avec violence. Sans succès. Guérir d'une telle passion n'avait point fait l'objet des enseignements de Tammam. A elle de découvrir le remède : la haine en était un. Et Dieu, comme elle haïssait Hugues à cet instant ! Une haine féroce qu'elle reportait sur cet enfant qui achevait de la réduire.

Elle crispa ses mains sur son ventre plat comme pour en arracher la vie qui y germait. Comment accepter ce rappel constant de Hugues, cette torture permanente ! Sa vue se brouilla. Elle s'aperçut qu'elle sanglotait. Avec une rage désespérée, elle essuya ses joues et se leva. La solution qui révoltait le médecin, la femme venait de la prendre. De cette situation sans issue, elle allait sortir. Elle en avait le pouvoir.

Consciente de la gravité de l'acte qu'elle s'apprêtait à accomplir, elle gagna la maison d'un pas déterminé.

Il faisait bon à l'intérieur. Comme chaque jour au crépuscule, Subâhu venait d'arriver pour garder sa porte durant la nuit et avait rallumé le feu. De hautes et belles flammes jetaient des éclats chauds sur la salle.

Fébrilement, Tyra sélectionna parmi ses pots, flacons, fioles et sachets ce qu'il lui fallait : racines de fougère, feuilles de saule, d'épimède, de rue, d'aloès, graines de giroflée, de safran et de poivre. Rien n'y manquait.

D'une main qui ne tremblait plus, elle fit bouillir de l'eau et mit le tout à infuser. Quand ce fut prêt, elle appela Subâhu qui coupait du bois sur le côté de la maison.

– Si Vigtis ou quelque autre se présente, prétends que je suis partie pour le camp sarrasin. Que personne ne franchisse ce seuil, entends-tu ? Personne.

Dès qu'il fut sorti, Tyra prit le grand bol encore fumant et absorba son contenu jusqu'à la dernière goutte. Ne restait plus qu'à attendre.

La douleur survint au cœur de la nuit. Fulgurante. Atroce. Le souffle coupé, Tyra mordit ses draps pour ne pas hurler. Même Subâhu ne devait pas savoir. Elle évacuerait seule sa douleur et l'enfant. Un nouveau spasme lui arracha le ventre, baignant son front d'une sueur froide. Elle avait volontairement forcé les dosages. Tout devait aller très vite.

Au-dehors le mistral se leva brusquement. Un vent fou, incontrôlé se mit à secouer les arbres. Un véritable déchaînement. Tyra l'entendit à peine. Agrippée aux rebords de sa couche, tétanisée par la douleur, elle allait mourir là, dans sa tanière de la colline, comme une bête des bois.

Soudain une lueur perça les ténèbres. Dans un brouillard de souffrance, elle vit, à son grand effroi, une silhouette se dresser devant le lit. Azélaïs ! C'était elle, auréolée de ses longs cheveux blancs. Ses larges prunelles de chat la fixaient intensément, avec une sorte de commisération.

Tyra se crut morte. Elle était passée sur l'autre versant. Son père allait lui apparaître pareillement, ainsi que la reine Ermengarde, et tous les autres disparus.

– Que fais-tu là ? souffla Tyra d'une voix qu'elle ne reconnut point pour sienne.

Une vague intolérable la souleva alors, lui arrachant un cri. Lorsqu'elle regarda à nouveau, Azélaïs avait disparu. Puis ce fut le trou noir, la chute vertigineuse. Et plus rien sinon la souffrance.

– Mal... si mal... Subâhu...

– Ça va ?

Des mains la secouèrent doucement. Cette tête sombre. Une autre apparition... ?

Le brouillard se déchira. Tyra le reconnut. Elle regarda autour d'elle, cherchant dans ces lieux familiers un signe, un rappel de sa nuit terrible. Mais elle ne vit qu'un beau soleil qui, par la porte ouverte, poudrait les meubles de particules d'or. À en juger par sa hauteur, il ne devait pas être loin de sexte. L'angoisse de Subâhu se justifiait : jamais elle ne dormait autant.

Elle s'assit sur sa couche. Une douleur diffuse irradia son ventre. La mémoire lui revint d'un coup.

– J'ai... mal dormi, prétexta-t-elle. Tu peux regagner Fabrègue.

Sitôt la porte refermée, elle rejeta les draps et se figea. Rien, pas une goutte de sang. Sa médecine avait échoué. Elle portait toujours l'enfant de Hugues.

Durant la semaine qui suivit, elle fit trois autres tentatives, renforçant chaque fois un peu plus les doses, ajoutant à sa composition d'autres plantes réputées abortives. Toutes se soldèrent par un échec. La troisième fois, les douleurs furent telles qu'elle pensa qu'elle allait mourir.

Elle comprit alors tout le sens du regard d'Azélaïs cette nuit-là. Seule sa propre mort pourrait la délivrer de cet enfant.

Elle décida de vivre... et de partir en un lieu où l'ouvrage l'accaparerait si fort qu'elle en oublierait son propre naufrage.

Ici, sa tâche s'achevait. Les quatre femmes qu'elle formait depuis plusieurs années à l'exercice de la médecine en savaient suffisamment pour pouvoir agir seules. On ne pouvait lui reprocher de déserter la place.

Elle choisit de retourner à Arles, prétextant vouloir suivre quelque temps les enseignements d'un praticien juif réputé en chirurgie des yeux.

Si Inga n'y crut pas, elle sut le taire et cacher son angoisse. Sa fille venait d'avoir vingt-sept ans et, depuis longtemps, régissait sa vie seule. Il n'y avait rien à dire.

Seuls Vigtis, qui avait juré sur Mjoëlnir de n'en rien dire, et Subâhu connaissaient le secret de Tyra. Tous deux l'accompagneraient.

Par un frileux matin de novembre, alors qu'au domaine débutait la récolte des olives, elle embrassa les siens et se mit en selle, maudissant Hugues aussi fort qu'elle l'avait aimé.

Le 16 mai 908, dans la maison de Sédéchias, à Arles, assistée de Vigtis, Tyra donnait le jour à un robuste garçon qu'elle appela Tammam, en hommage à son maître.

Il naquit après un couple d'heures de souffrance, au cœur d'un jour ensoleillé. A peine poussait-il son premier cri que toutes les églises d'Arles se mirent à sonner le glas.

La nouvelle se répandit comme un feu de paille, jetant la consternation parmi la population : Thibert, le vieux duc de Provence, et comte d'Arles, venait de rendre l'âme.

L'annonce qui suivit acheva d'accabler le peuple : Louis l'Aveugle, le roi reclus dont on avait oublié le visage, était sorti de son silence pour désigner le successeur de Thibert. Le nouveau duc de Provence, véritable maître d'un royaume où s'étiolait l'ombre d'un roi, n'était autre que Hugues.

Dans Arles, nul vivat ne salua cette nomination. Le dernier rempart contre l'ambition dévorante du prince franc et de ses féaux venait de tomber. Hugues tenait désormais le pays dans sa main. Les dernières grandes familles provençales aux domaines si convoités par le nouveau duc et ses féaux risquaient de payer le prix du sang cette victoire.

Lorsqu'elle apprit la nouvelle, Tyra reposait dans sa couche l'enfant près d'elle dans son berceau. Son fils, qu'un instinct animal lui commandait, maintenant qu'il était là, de protéger.

Hugues pouvait bien resserrer son étau sur Arles, devenir roi, ou porter la pourpre impériale, jamais Tammam ne saurait qui était son père.

8

La peste

Le ciel vira au rouge, puis au violet. Venait l'instant entre chien et loup où ce n'est plus le jour et point encore la nuit. Ce fut alors qu'ils apparurent.

Une trentaine de cavaliers bardés de cuir et de fer se dressèrent au sommet de la colline, lances pointées vers le ciel. Ils dévalèrent la pente et traversèrent le grand champ en jachère, filant droit sur le plus beau domaine du défunt duc Thibert. Ils allaient sans avant-garde, forts de leurs armes que rougirait sous peu le sang des habitants des lieux.

Ils négligèrent les manses aux masures fumantes encadrées de haies vives. Les tenanciers viendraient après. D'abord Josselin, le maître.

La villa semblait encore plus imposante sous le jour finissant. Thibert avait su garder à la bâtisse gallo-romaine sa sobriété initiale. Encadrée de cyprès, cernée d'un péristyle aux colonnes de marbre, elle s'inscrivait si bien dans cette terre d'oliviers qu'elle paraissait née de ses flancs.

Les cavaliers ralentirent l'allure, comme pour mieux goûter ce moment où l'on sent la proie à portée de main. Les épées quittèrent leur fourreau, les haches émergèrent. Seigneur et manants n'auraient pas le temps de se recommander à Dieu qu'ils subiraient son jugement !

Dissimulé en lisière de la forêt, Josselin les regardait fouler les terres de son défunt grand-père. Une bouffée de haine lui monta au visage en reconnaissant celui qui chevauchait en tête : Manassès, neveu du prince Hugues, fils de Thiberge, sœur de ce dernier et de Warnier, comte de Troyes.

Hugues s'était offert un allié de choix en la personne de son neveu : un bras de guerrier au service d'une ambition féroce. Bien que son arrivée fût récente à la cour de Vienne, nul ne se laissait plus prendre à sa civilité et à ses traits lisses de bon fils. Déterminé à ruiner ses ennemis, son oncle lui livrait leurs biens en pâture. Du moins, ceux dont il n'avait pu s'accaparer. Manassès les saccageait un à un avec un zèle glacé.

En dépit de la distance, Josselin crut voir l'exultation se peindre sur les traits effilés du jeune homme.

– Maudit sois-tu ! siffla-t-il entre ses dents.

– Il l'est déjà de par son sang, repartit près de lui, d'une voix frémissante, Aimery, sans cesser d'égrener son chapelet.

Après Vienne, le frère de Tyra avait décidé de rester au service du Christ pour combattre le Diable et ses deux incarnations : les Sarrasins et Hugues. Une raison qui l'avait conduit à rejoindre la lutte de ses frères provençaux, les soutenant de sa seule arme : la prière.

Le comte Nictaire posa une main apaisante sur le bras de Josselin, son beau-frère. Ce dernier en comprit le sens et s'astreignit au calme. La fureur valait pour le combat, point pour la stratégie, et il n'avait point droit à l'erreur. Il vérifia que son épée fût en place, et sa hache d'arçon accrochée à sa selle. Rien dans son allure ni dans ses gestes ne rappelait le doux garçon d'antan.

La perte de ses bénéfices, la tentative d'assassinat de son beau-frère, le comte Nictaire, et de sa sœur Mathilde, enfin le vol déguisé en confiscation de la plupart des domaines de leur famille avaient fiché dans l'âme droite de Josselin une haine définitive à l'encontre du responsable de leurs malheurs : le prince Hugues, nouveau duc de Provence, et maître absolu du pays. Du roi, il ne fallait plus rien attendre ni espérer. Il n'était plus qu'une ombre recluse dans sa nuit et dont le seul bonheur était de s'entendre encore appeler « Auguste empereur ».

Là, une fois encore, les suppôts du duc s'apprêtaient à frapper. A détruire ce dont il n'avait pu s'emparer. Avec en prime, cette fois, la certitude de tenir Josselin, l'héritier de Thibert, et de pouvoir lui régler définitivement son compte.

Ils ignoraient que celui-ci avait été prévenu, et que le comte Amiel, Fouquier de Valensole et une quinzaine d'autres seigneurs provençaux, révoltés de voir leurs biens passer aux mains de Hugues, de sa parentèle et de ses affidés, les attendaient de pied ferme à l'intérieur de la villa.

Un chien surgit des communs et fonça sur les arrivants. Avec un calme impressionant, Manassès dressa sa lance et, d'un jet précis, cloua la bête au sol. Celle-ci émit un hurlement lugubre, puis le silence revint, ponctué par le pas des chevaux et le souffle du vent dans les feuilles d'automne.

Enfin, la bâtisse fut là. Bondissant à terre, les arrivants se jetèrent sous les arcades aux colonnes de marbre du péristyle. A ce qui s'ensuivit, ils ne s'attendaient pas : les hauts vantaux de la porte se rabattirent avec fracas. Amiel, Fouquier et leurs hommes jaillirent de la maison épée au poing et se ruèrent sur les assaillants. L'effet de surprise joua pleinement. Pris en défaut par cet assaut brutal, la troupe de Manassès marqua un temps qui lui fut fatal. Quand ils voulurent riposter, leurs adversaires les encerclaient déjà.

Sur la colline, Josselin se tourna vers Aimery qui égrenait toujours son chapelet, fixant sans ciller le combat.

– Moine, lui lança-t-il, prie pour notre victoire!

Puis à Nictaire :

– A nous de jouer!

Tous deux talonnèrent leur monture et jaillirent au galop du sous-bois, leurs quinze hommes d'armes derrière eux. De loin, Aimery bénit ses frères provençaux et, à genoux, demanda à Dieu de les épargner.

Manassès se battait comme un furieux lorsqu'il entendit dans son dos les sabots des chevaux. D'un coup d'œil par-dessus son épaule, il comprit que la tenaille se refermait sur eux. Avec une foudroyante rapidité, il plongea son épée dans la gorge de son adversaire.

– C'est un piège! jeta-t-il en détalant. Fuyons!

Dans le fracas des fers, nul ne l'entendit ni ne le vit sauter d'un bond souple sur sa monture.

Quand Nictaire, Josselin et leur troupe fondirent sur ses hommes, Manassès s'enfonçait déjà dans la forêt.

Depuis la terrasse de la villa, la vue s'étendait jusqu'aux collines bleues. Dominant la forêt, un ruban de brume signalait la rivière. Les prés reverdis par les pluies d'automne étincelaient sous le soleil. La journée s'annonçait splendide.

– Dieu nous offre pour la fête des Trépassés un soleil qui réjouit l'âme des vivants. Et dire qu'à cette heure, notre royal cousin doit déjà respirer dans la cathédrale Saint-Maurice l'odeur de la cire chaude!

La réflexion de Boson fit naître un lent sourire sur les lèvres de Hugues.

– En adressant de ferventes prières à sa chère mère, acheva-t-il. Il n'est pas le seul à songer aux morts en ce jour. J'ai moi-même une pensée toute particulière pour notre « ami » Thibert dont le Très-Haut nous libéra voilà plus de trois ans.

Boson eut à son tour un sourire pensif. Graisivaudan, Savoie, Bugey, Vaison, Avignon, l'accession de son aîné à la dignité ducale lui valait les plus beaux comtés de Provence-Viennois, celui-ci s'étant arrogé ceux de Vienne et d'Arles.

– A nous deux, mon frère, fit-il, songeant à haute voix, nous tenons le royaume.

Hugues laissa errer son regard sur l'allée de tilleuls qui traversait les prés et se perdait dans les arbres. Par là devait revenir Manassès. Et il se faisait attendre.

– Point encore, mon frère. Tant que nous ignorons si notre neveu a détruit le cœur de l'essaim, il nous faut nous garder des piqûres.

– Josselin n'est point son grand-père, assura Boson. Nous en viendrons à bout, ainsi que de Nictaire, d'Amiel et des autres.

Hugues ne répondit pas, refusant pour l'heure de songer plus avant à ses ennemis. La paix des lieux se glissait en lui, noyait son âme. Dieu, qu'il avait bien fait de quitter Vienne le temps de ces fêtes morbides ! Et tant pis si certains jugeaient son absence aux offices indécente après son tout récent veuvage. Sur la mort brutale de Wille, il n'avait versé que des larmes de convenance. La beauté glacée de son épouse l'avait toujours laissé de marbre. Un cœur et un ventre secs, voilà tout le souvenir qu'il gardait d'elle.

Une brise se leva, drainant dans son souffle des parfums de sous-bois et de terre humide.

Hugues ferma les yeux pour mieux goûter l'instant. Ce domaine perdu au cœur de la nature était devenu son refuge, l'endroit où il venait oublier rang et pouvoir pour n'être plus qu'un homme.

Quinze années de sommeil ne lui avaient rien ôté de son charme. Du temps de la reine Ermengarde, la Cour y prenait ses quartiers d'été. Les prés cernant les bâtiments avaient été le théâtre de fêtes mémorables. Qui ne se souvenait des joutes navales données sur le grand étang aux nénuphars que l'on apercevait depuis les hautes marches de la terrasse. Quinze ans, déjà ! Hugues revit un corps blanc émergeant de la rivière, nappé de longs cheveux châtains. Cela se passait tout près de là. Un corps de vierge qui avait fait perdre son sens et la vie à Thibaud. Un corps contre lequel, par la suite, lui-même s'était brûlé. Tyra n'avait alors que dix-sept ans...

Hugues repoussa la vision, sachant qu'elle reviendrait faire son siège comme un mal de dents qui se réveille chaque fois que l'on mâche dessus. Sans doute tenait-il là la raison profonde de son attachement à ce lieu.

Il leva les yeux vers l'éclatante lumière. Boson avait raison : le temps n'incitait pas à pleurer sur novembre, et la partie de chasse arrêtée la veille promettait de forts moments. Cette réserve royale recelait des trésors pour qui aimait courir cerfs, sangliers et renards. En raison des longues années d'absence de la Cour, les bêtes avaient proliféré et l'endroit se révélait fort giboyeux.

Un grognement pâteux provenant de la grande salle leur parvint. Leurs compagnons avaient du mal à émerger de leur nuit orgiaque. La plupart s'étaient écroulés au milieu des tables et des bancs, trop épuisés pour regagner leur couche.

Des oripeaux voyants et une crinière brune jaillirent d'une ouverture et traversèrent en titubant la terrasse. La ribaude passa à quelques pas du duc de Provence et de son frère, sans les voir. C'était là tout l'élément féminin autorisé par Hugues à séjourner ici lorsqu'il y venait. La chasse le jour, et les garces la nuit! Ses compagnons ne semblaient point s'en plaindre.

– Si l'on veut profiter du petit matin pour courir le cerf, il va falloir aider nos amis à recouvrer leur lucidité, remarqua Hugues.

Interceptant un serviteur, il lui ordonna de réveiller à grand renfort d'eau froide les fêtards.

Quelques instants plus tard, Hugues, Boson et leurs compagnons sautaient sur des destriers piaffant d'impatience.

Les valets leur tendirent rets, épieux et haches et vérifièrent une dernière fois harnachements et sabots des montures. L'un d'eux désigna l'allée. Un cavalier arrivait au petit trop, affalé sur l'encolure de sa monture. Homme et bête avaient l'air épuisé.

– Dieu du Ciel, Manassès! reconnut Boson.

Hugues serra les mâchoires. De toute évidence, leur neveu avait échoué.

A peine celui-ci posait-il pied à terre qu'une mule tirant un chariot empruntait à son tour l'allée de tilleuls. L'attelage allait sans conducteur et dégageait une grande pestilence.

– Débâchez-le, ordonna Hugues.

Les valets s'exécutèrent. Des cris de stupeur fusèrent.

Des cadavres étaient entassés pêle-mêle, couverts de sang noir : les trente hommes d'armes de Manassès. Fiché dans l'œil de l'un d'eux, un poignard retenait un bout de parchemin.

Hugues l'arracha. Son contenu mit un point d'orgue à sa fureur. Le message était bref : « Ils ont rejoint Satan. En ce jour de la fête des Trépassés, priez pour eux. »

– Vengeance, hurla l'un des seigneurs.

Guillaume, le compagnon préféré de Hugues, s'approcha.

– Ce charroi n'est point venu seul. Laisse-nous courir sus à ces pleutres !

Hugues secoua la tête.

– C'est ce qu'ils espèrent.

S'arrachant à sa contemplation, Manassès leva vers son oncle ses yeux clairs et froids.

– Nous étions attendus.

Hugues l'empoigna par le col, blême de rage.

– Une chose que tu n'avais pas prévue, n'est-ce pas ? Une de plus ! Ton assurance, mon neveu, vient de coûter la vie à trente de nos meilleurs hommes.

Il le repoussa si violemment qu'il le jeta à terre.

Mortifié d'être ainsi pris à parti devant les compagnons de ses oncles, Manassès se redressa et, aussi dignement qu'il put, remit de l'ordre dans sa vêture.

Boson fit signe à la troupe de partir sans eux. Ils se retrouvèrent seuls.

– Quelqu'un a trahi et je saurai qui, assura Manassès. Laissez-moi, mes oncles, seulement une chance de réparer, et je puis vous assurer que les morts ne tiendront pas dans un seul chariot.

– Qui parle d'une hécatombe ? rugit Hugues. Pour quelques seigneurs provençaux qui résistent, comptes-tu mettre la Provence à feu et à sang ?

Il tenta de se ressaisir. Le mal était fait. Restait à trouver comment y porter remède. Il fit signe au valet d'avancer sa monture et sauta en selle avec une souplesse qui surprit son neveu. Quand Hugues se tourna vers lui, Manassès eut du mal à soutenir son regard.

– Je vais faire en sorte que tu obtiennes l'archevêché d'Arles. Les domaines de nos ennemis gravitent autour. Tu seras sur place. Ne frappe qu'à coup sûr ! Je ne te laisserai pas une troisième chance.

Tyra souleva le drap et se figea. C'était bien ce qu'elle redoutait. Sur l'aine et l'aisselle de la femme inconsciente, des bubons noircissaient, d'autres naissaient dans les plis du cou. Le troisième cas qu'elle voyait ce jour-là.

De violents frissons secouèrent le corps brûlant. La malheureuse se remit à délirer, alternant gémissements et paroles inaudibles.

– Ecartez-vous ! ordonna Tyra.

Tandis que l'époux et la servante s'exécutaient docilement, la jeune femme sortit de sa mallette un flacon d'alcoolat de calendula et en oignit les parties atteintes. Sans se faire d'illusions. Demain, la femme serait morte.

Quand elle eut terminé, elle répandit de l'eau vinaigrée dans toute la pièce, insistant sur l'entrée. Puis elle passa soigneusement ses mains à l'alcool. Des mesures qu'elle savait dérisoires face à un tel fléau.

Le mari et la servante suivaient chacun de ses gestes d'un air atterré. Assis sur le sol de terre battue, devant l'âtre, les deux jeunes enfants la regardaient sourcils froncés, vaguement inquiets. Face à ces innocents si petits et fragiles, Tyra sentit sa gorge se nouer. Quelle chance avaient-ils d'en réchapper ? Leur vue lui fut soudain insupportable. Elle se détourna.

Après un dernier regard vers la mourante, elle tira la tenture qui séparait la couche du reste de la salle et revint vers l'homme, un modeste tisserand du quartier de Trinquetaille. Juste en dessous, de l'atelier donnant sur la venelle, montait le bruit régulier du grand métier de bois.

– Ton épouse a la peste, lui dit Tyra aussi doucement qu'elle put, toutefois consciente que rien ne pouvait atténuer une telle révélation.

La servante poussa un cri et éclata en sanglots en se signant. Le malheureux s'effondra sur le banc, la tête dans ses mains.

A Arles, quelques décennies plus tôt, l'épidémie avait décimé la moitié de la population. Un épisode noir que tous gardaient en leur remembrance.

Les deux enfants saisis d'angoisse levèrent la tête, menton tremblant, prêts à pleurer.

– Ecoutez-moi, ou demain ce seront eux qui seront atteints, jeta fermement Tyra, désignant ces derniers.

Elle donna à la servante son flacon de calendula :

– Oins le corps des enfants ainsi que le tien matin et soir.

Elle glissa un regard vers l'époux. Il semblait trop affecté pour écouter. Aussi continua-t-elle pour la servante :

– Veille à ce qu'il s'en passe aussi et ne s'allonge point près de sa femme cette nuit. Cette couche porte la mort. Pense aussi à jeter plusieurs fois par jour sur le sol de l'eau vinaigrée.

La servante opina, ravalant ses larmes. C'était une grosse femme aux mamelles de nourrice. Un office qu'elle avait dû remplir auprès des deux enfants. Tyra indiqua du menton la tenture derrière laquelle les gémissements continuaient.

– Quand elle ne sera plus, fais-la enterrer aussitôt dans les vêtements qu'elle porte. Surtout pas de toilette des morts ni de veillée funèbre, entends-tu? Fais brûler le lit avec le linge qui s'y trouve et bouillir toute la vaisselle qu'elle a touchée depuis sa maladie. N'accepte aucune visite ni n'en donne.

– Dieu nous prenne en pitié! gémit la servante, tordant un coin de son devantier entre ses mains.

Tyra ne répondit pas. S'Il existait, il était temps qu'Il se manifeste.

Après l'air vicié de cette demeure où la mort planait, Tyra apprécia le froid vif du dehors.

Décembre s'achevait et avec lui cette année 912 durant laquelle les Arlésiens avaient connu, pour la première fois depuis longtemps, la disette.

Ils payaient là les coups portés par les Sarrasins et les féaux de Hugues aux grands domaines provençaux, grenier à blé du royaume. La farine se faisait rare et le prix du pain avait quintuplé en quelques mois. Mais à qui s'en plaindre? Le comte d'Arles n'était autre que Hugues, le duc de Provence, et le nouvel archevêque de la cité, Manassès, son neveu.

Subâhu attendait Tyra devant la maison, aussi imperturbable que d'ordinaire.

Dans la venelle, où une échoppe touchait l'autre, la foule habituelle se pressait. Tyra frissonna. De par le nombre de ses commerces, ce quartier se révélait le plus fréquenté de la cité. Si le mal s'y propageait, il ferait des ravages.

– Rentrons.

Tout en cheminant vers la maison, Tyra réfléchissait.

– Par notre bonne Vierge, quelle belle façade! Apprêtée comme pour la venue d'un roi! Et juste pour une simple fête.

– Dieu bon, en voilà qui ne seront point en retard. Dix jours avant! C'est folie! Un coup de mistral ou une bonne averse, et c'en sera fait de ce délicat ouvrage!

Les deux commères s 'arrêtèrent devant la maison pour mieux admirer les tentures, tapis et guirlandes de fleurs séchées accrochés aux fenêtres de l'étage.

Machinalement, Tyra suivit leur regard, et stoppa net en pleine rue, réalisant tout à coup que dans dix jours la cité allait fêter les Saints-Innocents. L'on danserait, s'embrasserait et boirait dans les mêmes gobelets. De quoi donner la peste à toute la ville.

– Allons, la belle, on rêve en pleine rue.

L'homme dut faire un écart avec sa mule pour contourner Tyra, pétrifiée au cœur du passage.

– Il faut y aller, murmura près d'elle Subâhu.

Tyra lui jeta un regard absent et parut se réveiller. Elle repartit d'un pas vif.

– Tu as raison, il faut y aller. Et vite.

Se taire eût été criminel. Elle devait alerter au plus tôt les autorités. Mais lesquelles ?

Hugues, qui détenait la charge comtale de la cité ? En cinq ans, il n'était venu qu'une fois tenir un plaid avant de repartir aussitôt pour Vienne. Une hâte qui l'avait alors grandement soulagée, bien qu'il dût ignorer sa réinstallation à Arles.

Restait monseigneur Manassès, le neveu de Hugues. Un malaise indéfinissable envahit Tyra en songeant à lui, le même ressenti chaque fois qu'elle le croisait. Chose étonnante : son train princier dans une cité que la faim tenaillait et qui lui valait d'être perpétuellement en dette auprès des usuriers du quartier juif, sa réputation de débauché et son ambition plus évidente que sa piété n'entamaient en rien l'étrange fascination qu'il exerçait sur ses fidèles. Les offices conduits par le jeune et bel archevêque attiraient une foule incroyable pour laquelle ses sermons avaient valeur de parole divine.

Un engouement qui achevait de rendre l'homme suspect aux yeux de Tyra. Elle connaissait trop bien la force d'un tel pouvoir de séduction. Elle dut pourtant admettre que le prélat était son seul recours. Il fallait qu'elle obtienne le jour même une audience et, pour ce faire, commencer par changer de tenue et... brûler ses propres vêtements.

Tammam ! Soudain la pensée qu'elle risquait de porter le mal et de le transmettre à son propre fils l'affola. Son petit garçon, si beau et qu'elle aimait si fort ! Son soleil ! Sa lumière depuis bientôt cinq ans ! Cinq années d'un bonheur serein entre son fils et son ouvrage, un temps qu'elle n'avait vu passer, une vie qui lui convenait si bien qu'elle ne songeait plus à retourner vivre au domaine...

Tammam ! D'un moment, elle ne devait plus l'approcher. Non ! Cette précaution ne suffirait pas ! Elle devait l'éloigner d'Arles. L'envoyer à Fabrègue. L'enfant s'y plaisait et Inga comme Nasir en raffolaient.

« Comment ai-je pu tenter de le faire disparaître ? » se demanda-t-elle pour la énième fois avec un frisson de peur rétrospective en pensant aux quantités folles de potion abortive qu'elle avait absorbées. Cet enfant était bien la seule bonne chose qui lui fût advenue de Hugues. Elle était si troublée qu'elle se tordit méchamment la cheville et manqua choir dans la rigole centrale de la ruelle. La poigne vigilante de Subâhu la retint.

– Ne me touche pas, lui intima-t-elle en s'écartant, consciente tout à coup de représenter un danger pour tous ses proches.

Elle lut de l'étonnement dans le regard de l'Indien. Comprenant qu'elle l'avait peiné, elle s'en ouvrit à lui.

– L'enfant doit partir, appuya Subâhu quand elle eut terminé. Et Vigtis. Trop vieille pour supporter ça.

– C'est bien mon avis, convint Tyra.

Sitôt qu'elle eut refermé la porte de la maison, la voix de Tammam résonna.

– Mère ! Mère ! Y a un monsieur en habit de fête qui veut te voir.

Le voyant foncer vers elle pour se jeter dans ses bras comme il en avait l'habitude, et en dépit de son désir de le serrer contre elle, elle jeta hâtivement à Subâhu.

– Emmène-le dans sa chambre et veille à ce qu'il y demeure.

L'Indien intercepta l'enfant au passage et l'enleva dans ses bras. La colère empourpra le visage du garçonnet.

– Mère ! Pourquoi ?

De ses petits poings, il se mit à marteler la poitrine de Subâhu :

– Lâche-moi ! Vas-tu me lâcher ?

Dans sa fureur, il ressemblait tant à Hugues que Tyra en fut frappée. Pourquoi fallait-il que cet enfant fût son portrait ! Mêmes yeux et cheveux clairs, même nez, même bouche, jusqu'à l'arrogance du port de tête. Cela avait eu au moins l'avantage de lui éviter les questions gênantes à Fabrègue : Inga et Nasir n'avaient eu qu'à regarder l'enfant pour savoir qui en était le père.

Vigtis entra à cet instant et désigna du menton la pièce voisine dans laquelle patientait d'ordinaire la clientèle de Tyra. Une clientèle qui, après avoir été celle de Tammam, avait peu à peu retrouvé le chemin de sa maison, dès le retour de sa disciple.

– Un homme t'attend.

– Qui ?

La vieille femme fit un geste d'ignorance.

– Fais-le patienter. Je dois me changer.

Mais l'homme apparut derrière Vigtis. Et Tyra comprit soudain ce qu'avait voulu dire l'enfant par « habit de fête ».

L'étranger, visiblement oriental, portait une ample tunique de cotonnade, des braies bouffantes et allaient nu-pieds. De sa calotte de feutre rouge dépassaient des cheveux courts et frisés. Sa peau mate luisait étrangement. Tyra s'aperçut avec surprise qu'il transpirait en dépit du froid et de sa tenue légère.

– Tu es bien Tyra, femme médecin ? s'enquit-il avec un lourd accent et mille difficultés.

A tout hasard, Tyra lui répondit dans la langue du Prophète.

– Je le suis. Qui es-tu ? Et que me veux-tu ?

L'homme parut surpris et soulagé à la fois.

– Mon nom est Haly, fit-il en arabe, recouvrant son assurance, et je viens d'Egypte. Mon navire transporte des épices, des tapis et des étoffes de soie. Nous avons jeté l'ancre devant Arles voilà quelques jours.

Il essuya son front d'un revers de manche et poursuivit.

– La veille de mon départ d'Egypte, un homme vint me voir. Il me dit venir de Bagdad, s'appeler Tammam, et me paya généreusement pour que je te remette ceci.

Il sortit un paquet dissimulé dans son vêtement et essuya une nouvelle fois son front.

– Si je n'avais juré sur le nom sacré d'Allah de le faire moi-même, maugréa-t-il faiblement, j'eusse envoyé un de mes hommes. Le chemin est long depuis le port et je ne vais pas bien.

Tyra prit le paquet d'une main tremblante. Tammam ! Il se manifestait enfin. Après tant d'années de silence. L'émotion rendait ses doigts malhabiles tandis qu'elle défaisait le paquet. Lorsqu'elle l'ouvrit enfin, la stupeur la cloua sur place.

– C'est impossible !

Il y avait là, soigneusement rangées dans différents étuis de peau, les meilleures lancettes de Tammam et toutes ses aiguilles d'or.

– C'est impossible ! réitéra-t-elle.

Tammam ne s'en séparait jamais. Pourquoi les lui envoyait-il ? Une sourde angoisse la gagna. Elle avisa alors, dans l'un des étuis, un mince rouleau de papyrus noué d'un ruban de soie.

« A Tyra, ma fille bien-aimée », lut-elle.

« En terre d'Islam, Dieu, dit-on, offre des enfants mâles à ceux qu'Il préfère. Moi, je reçus une fille que je ne conçus point mais que j'aimai avec plus de force que si elle fût de mon sang. Une fille qui prisait tant la science des corps, que je connus, à la lui inculquer, un bonheur de chaque instant. »

La vue de Tyra se brouilla et elle dut faire un effort pour poursuivre.

« Puis la rose s'ouvrit et s'épanouit. Ma tâche auprès d'elle s'achevait. Rester n'avait plus de sens. Je partis retrouver mes frères arabes. C'est auprès d'eux que je m'éteindrai sous peu, et en terre d'Islam que l'on m'ensevelira, selon mon souhait. Tu souris, ma fille ? Je le comprends. Je ne t'habituai point à un tel discours. Complaire à Dieu ne fut point mon souci. J'eus toujours l'échine trop raide pour bêler au cœur du troupeau. Fasse qu'Il prise les moutons noirs et ait de la conversation, sans cela l'Eternité me paraîtra bien longue.
Là où je vais, et serai sans doute à l'heure où ce pli te parviendra, s'il te parvient jamais, mes lames et mes aiguilles ne me serviront plus. Fais-en bon usage et oublie mes enseignements. Fie-toi à ton savoir et à lui seul. Laisse Dieu aux faibles et aux vieillards de ma sorte. La réponse est en toi.
Adieu donc, ma fille. Poursuis ton chemin en paix.

Tammam. »

Tyra s'agrippa à la table pour ne pas s'effondrer. Tammam, mort ! Intolérable.

Soudain, devant elle, l'Egyptien tituba et glissa à terre, sans connaissance. Sa blouse entrouverte durant la chute laissait voir des bubons.

Manassès enveloppa d'un regard haineux l'homme couché près de lui. Gerbert dormait sur le ventre, livrant à la vue de son amant sa nudité splendide. Ce dernier caressa fiévreusement des yeux les courbes de ce corps qu'il venait d'étreindre pour la dernière fois. Jamais il n'en oublierait le délié des muscles, l'ambre des épaules, la cambrure des reins...

Le visage de Manassès se crispa, devint douloureux. Pourquoi fallait-il que le coup vînt de lui ! Du seul qui pût l'atteindre.

Près de la couche, parmi les coupes de vin et les reliefs de la collation, le couteau était là, planté dans une pomme, terriblement tentant. Il détourna les yeux. Pas maintenant ! Pas ici ! Il serra les poings, maudissant son aveuglement. Un an ! Il avait mis une année avant de découvrir que l'homme qui trahissait, celui qui renseignait les seigneurs provençaux sur ses faits et gestes, n'était autre que son amant ! Une découverte faite quelques heures plus tôt qui, sur le coup, l'avait anéanti.

Manassès se redressa sans bruit et alla dans la petite salle attenante se plonger dans le cuvier. Après une toilette rapide, il se sécha devant l'âtre et se rhabilla.

Ces gestes achevèrent de lui rendre sa raison et l'aidèrent à réfléchir. De ce beau garçon recruté un an plus tôt avec d'autres hommes d'armes, il s'avoua ne rien savoir ou presque. Follement épris de lui au premier regard, il en avait perdu sa méfiance naturelle. L'autre eût pu maintes fois le tuer et s'enfuir sans être inquiété.

Cette constatation troubla Manassès. Pourquoi Gerbert n'avait-il tenté de le faire ? Peut-être, en dépit de sa félonie, éprouvait-il pour lui quelque sentiment ! La réponse évidente lui ôta l'once d'espoir qui naissait en lui. Quel intérêt aurait eu Gerbert à l'assassiner ? Pour voir un autre fidèle du duc Hugues le remplacer, avec les mêmes directives ? Un autre sur lequel il eût perdu tout moyen de contrôle ?

Il l'entendit bouger et revint dans la chambre. Sur l'oreiller, la nuque noire aux boucles courtes se déplaça mais Gerbert ne se réveilla pas. Tant mieux ! Pendant l'amour, repris par la passion, Manassès avait pu lui cacher qu'il savait ! A présent, il ne le pourrait plus.

Aussi devait-il le quitter maintenant pour ne pas lui cracher à la face qu'il l'avait surpris, quelques heures plus tôt, épluchant fébrilement les rouleaux de documents encombrant sa table de travail. Lui, Gerbert, qui se prétendait incapable de déchiffrer son propre nom.

Une rage meurtrière s'empara de Manassès à ce rappel. La maîtrise évidente de son amant en cet exercice prouvait qu'il n'en était point à son coup d'essai. Il n'était qu'à voir avec quel souci, sa fouille achevée, il avait remis chaque parchemin en place.

A l'expression de son visage, Manassès avait compris que l'autre tenait le message concernant Josselin, Amiel et les autres rebelles. Que ne l'avait-il envoyé sur l'heure à son oncle Hugues auquel il le destinait ! Laisser traîner un pli de cette importance sur un bureau ! Un pli dans lequel il se disait prêt à mener contre leurs ennemis, par Sarrasins interposés, une opération définitive. L'archevêque eut un sourire amer. Bien qu'elle lui fît très mal, cette découverte tombait à point nommé pour servir ses desseins.

Avant de sortir, il jeta un dernier regard à son amant. Inconscient de la menace qui planait sur lui, celui-ci continuait à dormir, abandonné, superbe.

Gravant en lui, cette ultime image, Manassès referma doucement la porte, le cœur en deuil. Pour lui, Gerbert était déjà mort.

La voix dans son dos lui fut insupportable.

– Une dame requiert de toi une audience de façon pressante, Monseigneur. Elle prétend notre cité gravement menacée mais refuse d'en dire davantage sans ta présence.

Tout en parlant, le chanoine glissa un regard en coin vers la porte de la chambre.

– Une femme ! C'est pour une femme que tu viens me harceler jusque dans mes appartements ! siffla Manassès, trouvant dans ce religieux austère et asexué un exutoire à sa douleur.

Le vieil homme se fit violence pour garder un visage uni. Remplacer le très noble archevêque Rostaing, paix à son âme, par ce dépravé sodomite qui partageait son temps entre l'intrigue et les fêtes nocturnes était purement scandaleux ! Un lupanar où le Diable avait pris ses quartiers, voilà à quoi ressemblait désormais le palais archiépiscopal.

– Cette personne, insista-t-il roidement, n'est point n'importe qui. Il s'agit de dame Tyra, sans doute le meilleur médecin de notre ville. Une personne digne de considération qui doit avoir, Monseigneur, une excellente raison pour demander à être reçue sur l'heure.

Le reproche à peine voilé n'échappa pas à Manassès. Bien qu'il exécrât l'homme au plus au point, il se méfiait de son influence sur les autres membres de l'archevêché et le ménageait.

– Soit ! concéda-t-il. Recevons donc cette dame Tyra.

Il fut surpris par l'élégance et la prestance de la femme. Et bien qu'il ne prisât point la gent de l'autre sexe, il jugea celle-ci d'une grande beauté. Il lui sembla qu'elle avait pleuré.

Tyra portait pour la circonstance un sobre bliaud d'un rouge profond agrémenté de discrètes passementeries de soie coquelicot. Du ricinum gris tourterelle ne dépassait pas une mèche. Le pendentif étincelant qu'elle portait à son cou accrocha l'œil de Manassès. Sur qui avait-il déjà vu cette étrange joyau de diamants et rubis en forme de marteau ?

Il ne lui tendit pas l'anneau à baiser et elle ne tenta point de s'approcher, se contentant de le saluer d'une gracieuse inclinaison de tête.

– Allons dame, attaqua-t-il sans détour, quelle est donc cette affaire qui ne souffre nul délai ?

A sa voix, Tyra sut instinctivement que le prélat n'aimait pas les femmes. Quand elle leva les yeux sur lui, le choc lui coupa le souffle et sa vue se brouilla. Devant elle, ce n'était plus Manassès mais Hugues. Même allure guerrière et féline à la fois. Même séduction dans le regard. Un regard qui captait, annihilait les résistances. Normal que ses ouailles y succombent.

Mais l'homme bougea et l'éclat glacé de ses prunelles se révéla dans la lumière. Non, ce n'était pas Hugues.

En termes concis, elle rapporta à l'archevêque ce qu'elle venait de découvrir.

– Tout porte à croire, acheva-t-elle, que la source du mal vient du navire de cet homme.

– Et que faut-il faire à ton sens ?

– Isoler le port, refuser que toute marchandise en sorte, mettre ce navire en quarantaine le temps que le fléau s'éloigne. Pour l'instant, les cas de peste semblent se resserrer dans le quartier de Trinquetaille, de l'autre côté du Rhône. Si le mal passe le fleuve et gagne l'autre rive, le cœur de la cité sera touché et nous ne pourrons plus rien.

Manassès s'installa sur un siège et allongea ses jambes, sans inviter Tyra à s'asseoir. Entre ses paupières mi-closes, il la considéra sans aménité. Les femmes intelligentes lui répugnaient plus encore que les autres. Que dire de celle-ci !

– Sais-tu combien rapportent à la cité les taxes prélevées sur les marchandises arrivant au port ?

– Je l'ignore, Monseigneur, fit-elle en s'efforçant au calme. Mais je sais qu'il en coûtera fort cher en vies humaines si celles-ci quittent le quai. L'épidémie se répandra alors dans la ville tel un feu de pinède et fera des ravages.

Elle se tut un instant, puis assena :

– Outre fermer le port, il faut proscrire tout rassemblement de population telle la fête des Saints-Innocents qui se prépare.

Manassès partit d'un rire grinçant.

– Un archevêque, annuler une fête sainte ! Comment puis-tu seulement en concevoir l'idée ?

– Le peuple d'Arles doit être mis en garde pour...

– Puisque ton souci est tel, que viens-tu te présenter devant moi, toi qui depuis l'aube côtoies tous les pesteux de la cité.

La réponse fusa, cinglante :

– Tu ne crains rien, Monseigneur. Dieu te protège.

Les yeux de Manassès prirent un éclat mauvais.

– L'homme est venu mourir chez toi, dis-tu ? Où résides-tu ?

Tyra sentit le danger mais le mal était fait.

– J'habite le quartier juif.

Une joie mauvaise se peignit sur les traits androgynes.

– Le quartier des assassins du Christ ! Es-tu des leurs ?

Tyra blêmit. Elle n'en pouvait plus d'étouffer sa fureur face à ce jeune serpent, de devoir le combattre alors que la nouvelle de la mort de Tammam l'avait terrassée.

– L'un de mes maîtres en médecine était arabe, l'autre juif, et mon père mourut moine, gronda-t-elle. Tous trois appartenaient à la race des hommes, Monseigneur, à laquelle tu appartiens aussi. Quel rapport cela a-t-il avec la peste ?

« Sale femelle, » pensa Manassès, furieux. Puis il eut un lent sourire, qui en rappela instantanément un autre à Tyra. Mais celui-là était froid, malsain comme ce temps de décembre.

– Le Seigneur ne frappe jamais sans raison. Dans le quartier de Trinquetaille, s'ils n'y résident, bien des juifs tiennent commerce et s'enrichissent de façon ostentatoire, provoquant le courroux de Dieu. La peste en est la manifestation. Sans eux, elle n'eût jamais resurgi dans notre cité.

Tyra n'en crut pas ses oreilles. Elle était atterrée.

– Les juifs donnent la peste, c'est cela ? Et les musulmans, que donnent-ils ? Le choléra ? Tu devrais mieux te renseigner, Monseigneur, sur l'origine de tels fléaux ! Les rats ne sont ni juifs ni arabes et fréquentent autant les caves que les églises ! Ce sont eux qui portent ce mal et le donnent aux humains. Dieu n'a vraiment rien à voir dans cette affaire. Grand merci pour ton aide, Monseigneur. Et adieu.

Sans attendre qu'il lui donnât congé, elle tourna les talons. Il la suivit d'un regard railleur et méprisant.

Dans le couloir, elle buta sur le chanoine qui l'avait introduite auprès de l'archevêque. A son air préoccupé, elle comprit qu'il venait d'écouter.

– Tu eusses dû, ma fille, me confier ton souci, lui dit-il.

Il désigna la porte du bureau de l'archevêque :

– Il ne fait point bon lui déplaire. Dieu te garde, mon enfant.

– Qu'il veille plutôt sur les habitants d'Arles, rétorqua Tyra entre ses dents, le laissant là.

Depuis l'ouverture, Manassès suivit des yeux la jeune femme en rouge sombre qui traversait la cour du palais archiépiscopal. Il ne regrettait pas de l'avoir reçue. Les rats! Il se moquait bien que cela fût vrai. Elle venait de lui offrir sur un plateau le moyen d'échapper au harcèlement des usuriers juifs d'Arles et d'en finir avec ses propres dettes. Cette peste tombait décidément à point nommé.

Son cœur bondit en voyant Gerbert traverser la cour en direction des écuries. Il convoqua aussitôt l'un de ses agents et lui commanda de le suivre. Gerbert quitta la cour pavée au galop sous le regard étincelant de son amant. Celui-ci arracha du mur le grand crucifix d'ébène et le fixa un moment, avant de partir d'un grand rire.

Gerbert, Josselin, Nictaire, Fouquier, Amiel, les juifs! Dieu et son Fils allaient avoir sous peu bien de l'ouvrage. Ils ne seraient point trop de deux pour accueillir là-haut tout ce joli monde.

L'église Saint-Trophime était bondée en ce jour de la fête des Saints-Innocents. Cierges et lampes sortaient de l'ombre les voûtes en pierre, révélant toute leur majesté.

La cire, l'encens, les chasubles brodées des chanoines, celle enrichie d'or de l'archevêque, la pluie persistante au-dehors, la tiédeur dégagée par la foule massée, les chants, le glaive de la peste qui se propageait de plus en plus dans la cité, tout concourait à faire de cet office un moment de communion exceptionnel.

Vint l'instant du sermon. Manassès s'avança et contempla un long moment ses ouailles. Elles attendaient, suspendues à ses lèvres, gagnées d'avance. Il écarta les bras comme pour embrasser son auditoire, donnant ainsi de l'envergure à sa tenue de cérémonie. Son regard balaya une seconde fois l'église. Un frémissement sensuel parcourut les rangs. Pas un qui ne fût sensible à la séduction du jeune archevêque. Pressées en nombre sur le devant, dans leur meilleure vêture, pucelles et jeunes femmes le fixaient avidement, prêtes à boire ses paroles.

Jusqu'alors, l'habit de drap d'or qu'il portait n'avait recouvert que des hommes faits ou des vieillards, des prélats sans âge et sans corps. La jeunesse de celui-ci, sa silhouette élégante, ses traits d'archange et son éloquence de tribun lui valaient un engouement dans lequel Dieu n'avait plus sa part. Les chrétiens d'Arles n'avaient plus foi qu'en l'archevêque.

Manassès sourit intérieurement. Ils étaient fin prêts. Ce fut alors qu'il avisa près d'un pilier, trempé, les vêtements maculés de boue,

Mathieu, son homme de main. Le cœur de l'archevêque s'arrêta. N'y pouvant tenir, il l'interrogea discrètement des yeux. L'autre y répondit d'un hochement de tête. Manassès sut alors que ses ennemis étaient morts, et Gerbert avec eux. La douleur éclata en lui comme un coup de tonnerre. Il eût donné, à cet instant, dix années de sa vie pour serrer contre lui une dernière fois le corps superbe de son amant félon. Un corps qui à cette heure devait déjà être raide et froid.

Le regard interrogateur des fidèles l'arracha à son désespoir. Le troupeau attendait. Il les haït alors comme jamais. Que ne tenait-il l'épée au lieu du chapelet! Frapper! Percer ces chairs inutiles!

Dans le désordre de ses pensées, lui revint le sermon qu'il devait faire sur la peste : les juifs! L'exutoire de toutes les souffrances depuis près de mille ans. Dieu bon, il les tenait, ses moutons de sacrifice!

Depuis deux jours, la pluie battait les dalles de la cour avec une admirable constance. Par moments des échos de la fête dont toutes les rues de la ville étaient le théâtre se mêlaient aux crépitements. Il en fallait plus que ce mauvais temps pour décourager les habitants d'Arles. La fête des Saints-Innocents était loin de se borner à l'office du matin qui venait de s'achever. Commençaient maintenant les chants, danses et ripailles où l'on donnait autant du poing que de la voix. Une autre façon, en cette fin d'année maudite, de conjurer la peste et le désespoir.

De désespoir, il était bien question dans la maison du défunt Sédéchias : Vigtis se mourait de la peste. Il faisait sombre dans l'officine. En tâtonnant, Tyra ralluma la lampe. Ce faisant, elle heurta de la manche un objet qui chut à terre et s'y brisa. L'alambic de Tammam!

Les larmes qu'elle retenait depuis qu'elle savait Vigtis atteinte jaillirent d'un coup, en hoquets violents. Vigtis, sa seconde mère, allait partir du mal le plus laid, le plus ignoble qui fût, pour avoir roulé dans un drap l'homme de mer égyptien venu mourir là! Et ce, tandis qu'elle, Tyra, courait prévenir l'archevêque. Que ne s'était-elle abstenue de cette vaine démarche. Manassès, le bon archevêque! Grâce à lui, la peste avait eu tout loisir de se propager. En quelques jours, les cas s'étaient multipliés. L'épidémie tenait la ville.

Du dehors lui parvinrent de nouveaux échos de la fête.

– La fête des morts! persifla-t-elle, songeant à tous ceux qui, ce jour-là, allaient prendre le mal.

Elle essaya de réfléchir : qu'eût fait Tammam à sa place? Tammam, outre le maître et le « père », l'intelligence et la raison ! Comme il lui manquait tout à coup ! Et Vigtis qui s'apprêtait à le rejoindre sur l'autre versant. Le mal l'avait frappée alors qu'avec l'enfant Subâhu s'apprêtait à la conduire à Fabrègue. Désormais, du Fraxinet, il n'était plus question. La peste était dans la maison. Risquer de la répandre au domaine eût été criminel.

Tyra repoussa la peur qui lui tordait le ventre en songeant aux risques qu'encourait son petit Tammam. Elle essuya avec rage ses paupières brûlantes. Sa nuit, elle l'avait passée à se consumer au-dessus des écrits de Galien, d'Hippocrate et de Dioscoride. En vain.

Pour la dixième fois du jour, elle se mit à répertorier les centaines de pots, sachets et fioles qui recouvraient les étagères. Elle ne renonçait pas. Pour tout mal existait un remède. Celui de la peste se trouvait certainement là, dans une composition inconnue à ce jour et qu'elle devait découvrir très vite pour sauver Vigtis. Tandis qu'elle se torturait, un souvenir refit soudain surface. La chose l'avait tant marquée qu'elle l'avait gardée dans un recoin de sa remembrance. Un jour, Tammam lui avait relaté comment, alors qu'il débutait dans sa science et n'avait guère de quoi se nourrir, il s'était fortuitement guéri d'un mal de gorge en absorbant un pot de petit-lait moisi dédaigneusement consenti par une servante de noble maison. D'où il en était venu à conclure qu'un mal pouvait en terrasser un autre, voire que les deux semblaient susceptibles de se détruire mutuellement.

L'idée fit son chemin dans l'esprit de Tyra. La moisissure ! Et si la clé se tenait là ? Quelque chose lui disait de chercher en ce sens. Comme une furieuse, elle fonça vers la cuisine. Sarah, la jeune servante engagée depuis peu, oubliait toujours de donner le pain dur aux indigents et le laissait se couvrir de cette substance verte qui tout d'un coup intéressait fortement Tyra.

Dans le couloir, elle se heurta de plein fouet à Sarah qui, elle, se dirigeait vers l'officine.

– Dame ! Dame ! fit-elle paniquée. Le rabbin Nathan, il est advenu malheur à notre rabbin.

Un petit vieillard, trempé de la tête aux pieds, se jeta sur ses pas.

– Ils s'en sont pris à mon frère ! gémit-il, roulant des yeux affolés. Viens vite, dame, je t'en conjure ! Il est très mal et perd beaucoup de sang.

Tyra eut de la peine à cacher sa contrariété. Cette histoire tombait terriblement mal. Pour Vigtis, le temps était compté et... Devant le visage pathétique du vieillard, elle eut honte de sa réaction. L'affaire ne lui prendrait qu'un moment.

– Calme-toi, vieil homme. Dis-moi seulement quelle partie de son corps est atteinte afin que je prenne ce qu'il faut.

– Ils l'ont frappé à la tête avec le menorah, notre chandelier sacré.

Tyra ne perdit pas de temps à le questionner sur le contenu de ce « ils ». Hâtivement, elle rassembla le nécessaire et, après avoir jeté une chape sur ses épaules, poussa le vieillard vers la sortie.

Une bourrasque chargée de pluie les happa aussitôt. Un torrent mêlé de boue se déversait dans les venelles.

Le quartier juif semblait encore plus misérable que d'ordinaire sous ce déluge avec ses murs lézardés et ses portes de bois rongées par l'âge. La pluie accentuait cette impression de délabrement. De temps à autre, un mur refait de frais, un porche abritant un battant de chêne ouvragé indiquaient la maison cossue d'un marchand ou d'un riche artisan. Voisinage détonnant de misère et d'aisance auquel nul ne faisait plus cas.

A plusieurs reprises, Tyra dut retenir son compagnon qui glissait dans le cloaque. Par endroits, l'eau glacée atteignait leurs genoux. Le quartier, d'ordinaire gai et populeux, prenait soudain un air hostile. « On dirait qu'une menace plane ici », songea-t-elle en frissonnant.

Elle dut se faire violence pour ne pas rebrousser chemin et laisser là le vieux et ses plaintes. Un sentiment qui lui fit honte sitôt formulé. D'où lui venait cette peur étrange? Ces pavés, elle les avait foulés par tous les temps, de jour et de nuit, sans jamais ressentir l'étreinte de l'étau qui lui serrait à présent la gorge, jusqu'à l'étouffement. Mettant cela sur le compte de la fatigue et de la peste, elle écarta le col gorgé d'eau de sa chape et prit une grande inspiration. Le malaise ne se dissipa pas mais elle trouva le courage de poursuivre.

Un brouhaha indistinct se mêla tout à coup à la pluie, puis devint grondement. Et la horde déboucha.

Jamais Tyra ne devait oublier cette foule en furie, ces bouches vociférantes, ces bras armés de tisonniers, de couteaux ou de haches. Des quidams déchaînés, rendus puissants par la force du nombre, qui brandissaient, en guise d'étendards, des têtes au bout des piques. Avec horreur, Tyra crut voir, percé de part en part, un nouveau-né.

– Ce sont eux, gémit le frère du rabbin. Pourquoi? Dieu bon, pourquoi?

– Eux! répéta Tyra, comme pour s'en persuader, cherchant vainement des yeux des hommes d'armes, des tueurs de métier.

Il n'y avait là que des gens ordinaires, grotesques dans leurs habits de fête détrempés, des êtres neutres auxquels la haine donnait soudain de la couleur. Et dans le nombre, des femmes, de braves commères que l'on croisait sur la place les jours de marché.

– Mort aux juifs !

Les portes volèrent en éclats.

– Terrassons la peste !

– Décimons la racaille !

– Tuons les meurtriers du Christ !

Les hurlements se multiplièrent. Extirpé d'une maison, un couple fut massacré dans la boue à coups de barres, de bâtons et de lames par une foule ivre de cris et de sang.

Eperdue, Tyra chercha des yeux du secours. Que faire seule face à une telle concentration de haine ? Si au moins Subâhu avait été là. Les autorités allaient bien se montrer, arrêter ce massacre.

– Loué soit notre archevêque ! glapit alors un anonyme. Appliquons sa parole, pourfendons du juif.

– Maudit ! siffla Tyra entre ses dents.

Manassès, c'était donc lui ! Elle se tourna vers le vieillard et le poussa vers le fond de la venelle.

– Retourne chez moi, vite.

– Ne reste point là, dame, supplia-t-il. Ils sont devenus fous.

Mais déjà Tyra fonçait vers la horde alors qu'on arrachait une femme d'un autre logis et la traînait dans la ruelle par les cheveux. Deborah, la douce épouse du marchand d'épices.

– Arrêtez, lâchez-la.

La fureur de Tyra était telle que l'injonction couvrit les cris de haine. D'autorité, elle se fraya un chemin dans le groupe et parvint jusqu'à Deborah. Celle-ci gisait à terre, le cuir chevelu méchamment entamé, le visage sanguinolent. Reconnaissant Tyra, une lueur d'espoir naquit dans son regard terrorisé. Elle tenta de parler, mais de sa bouche aux lèvres éclatées ne sortit qu'un faible borborygme dans lequel seul émergea le mot « enfant ».

Profitant de l'effet de surprise, Tyra l'aida à se relever. Mais déjà la foule se refermait sur elles.

– Voyez cette putain juive qui nous provoque ! gronda un gros homme à l'œil libidineux, touchant les seins de Tyra du bout de son tisonnier.

– Tu veux ton compte ? grogna un autre à la face rougeaude, brandissant vers elle un couteau à lame épaisse.

Toutefois nul n'attaqua. L'assurance de l'audacieuse, sa façon de fixer sans broncher ceux qui l'agressaient semblaient tout à coup refroidir les ardeurs.

– Par la Vierge, qu'est-ce que vous attendez pour la tuer ? s'emporta une femme. Notre archevêque a dit que tous les juifs l'avaient ! Celle-là est des leurs.

– Et elle l'a peut-être, riposta Tyra, vrillant sur la harpie des prunelles sanglantes. Sais-tu qu'il suffit de toucher le vêtement d'un pesteux pour l'attraper ? Combien de juifs as-tu touchés, ce jour, la belle ? Qui te dit que tu n'as pas déjà pris le mal ?

La femme se décomposa. Un rictus mauvais tordit sa bouche.

– Tais-toi, sorcière !

Tyra se dressa face à elle, soutenant toujours Deborah pour l'empêcher de s'effondrer. Qu'une ou l'autre vienne à tomber et la meute se jetteraient sur elles.

– Touche-nous donc si tu veux t'en aller saluer le Diable. Qu'attends-tu ?

– Arrêtez, laissez-la ! C'est dame Tyra, un noble médecin.

Tyra reconnut le tisserand du quartier de Trinquetaille dont la femme était morte quelques jours plus tôt.

– Elle n'est point juive, ajouta-t-il.

Ce dernier trait mit un comble à la fureur de Tyra.

– Ta femme avait la peste, et elle n'était point juive, Sachez, tas d'ignorants, que ce sont les rats qui portent ce fléau. Les rats qui par ce temps sortent des caves et peuvent, dans ce cloaque, vous mordre à tout instant.

Saisis, tous fixaient à présent cette belle femme au regard étrangement vert et or, qui semblait animée d'une fureur divine. Vrai, en dépit de ses tresses dégoulinantes et de ses vêtements boueux, la dame en imposait.

Des pleurs d'enfant se firent entendre. Ils provenaient de la maison de Deborah. Avec un cri d'animal blessé, celle-ci se jeta à l'intérieur du logis.

– Les enfants juifs pleurent-ils autrement que les vôtres ? grinça Tyra.

Le hurlement que poussa Deborah la fit bondir.

Ecroulée à terre, la malheureuse étreignait son fils de six ans. L'enfant avait un œil crevé. Dans l'autre bras, elle serrait son second fils, âgé de quatre ans, mort les yeux grands ouverts, dans l'épouvante.

Dans le berceau, le dernier-né se mit à vagir, miraculeusement indemne.

Dehors, Tyra entendit vaguement le groupe se débander et s'en aller. Ce fut alors que résonnèrent, dans une rue voisine, les échos d'une seconde horde, puis d'une troisième. Le quartier entier était quadrillé.

La maison ! Tammam ! Il n'y avait pas un instant à perdre.

Enlevant dans ses bras l'enfançon, Tyra empoigna Deborah.

– Viens, ne restons pas là.

Comme une somnambule, la femme obtempéra, traînant derrière elle l'enfant mutilé qui hurlait maintenant sa souffrance, incapable de le porter. Tyra rendit alors le nouveau-né à sa mère et prit dans ses bras le garçonnet blessé.

La pluie cessa d'un coup. La rue était déserte. Tyra tendit l'oreille : une nouvelle meute de ces enragés approchait.

– Courons, vite !

Pour éviter deux nouveaux groupes, elles durent faire un détour. L'enfant que Tyra portait s'était évanoui et pesait terriblement. Elle n'en pouvait plus. Derrière elle, le souffle de Deborah se fit rauque. Elle allait flancher.

– Tyra !

– Mère ! Mère ! Attends !

– Dame ! Dieu soit loué !

Subâhu ! Tammam ! Ils arrivaient vers elles. Le second gesticulant avec force gestes dans les grandes pattes du premier. Sarah, la servante courant sur leurs talons, bliaud retroussé, l'air épouvanté. Derrière, avec beaucoup de peine, suivait le vieux frère du rabbin.

Le soulagement de Tyra fut tel en voyant son fils vivant que ses jambes se dérobèrent. Elle manqua de peu de choir dans la boue avec l'enfant blessé.

– Vigtis ? interrogea-t-elle.

L'Indien secoua la tête.

– Ils ne la toucheront pas. La peur d'attraper la peste ! Mais nous, ils nous tueraient. Ils sont trop nombreux, il faut partir.

– C'est inutile, gémit le vieillard, la mort est sur nous.

– Je ne veux pas mourir ! renchérit Sarah.

– Mère, mère, s'affola Tammam, qui comprenait soudain que ce n'était point un jeu, je veux rentrer.

– Taisez-vous ! intima Tyra, l'oreille tendue.

Hélas, elle ne se trompait pas. Des groupes débouchèrent simultanément aux deux extrémités de la rue.

– Dieu bon, voilà du juif prêt à croquer, jeta l'un des meneurs, désignant le groupe de Tyra.

Mettant sa main en porte-voix, il interpella ceux qui venaient en face :

– Amis, fermez la rue, que nous les serrions dans nos mailles.

– C'est comme si c'était fait, compagnon.

– Sainte Mère de Dieu, sanglota Sarah. Voilà notre dernière heure venue.

– Par là ! jeta Subâhu, s'engouffrant dans une venelle latérale dans laquelle l'on ne pouvait tenir à deux de front.

– C'est une impasse, protesta Tyra.

Mais force lui fut de se jeter sur ses traces puisqu'il portait Tammam.

– Le gibier cherche à passer nos mailles, cria une voix vulgaire, derrière eux.

– Courons-leur sus.

Le cœur au bord des lèvres, l'enfant de Deborah pesant dans ses bras de façon insupportable, Tyra faillit hurler en voyant le mur se dresser devant elle. Des murs sur trois côtés. Une impasse. Dans leur dos, la course se rapprochait.

« Nous sommes perdus », réalisa-t-elle, glacée.

Lâchant le petit Tammam, Subâhu escalada le mur le plus accessible et s'y assit à califourchon.

– Tammam d'abord, fit-il en tendant les bras.

Les muscles de ses bras anesthésiés par la peur et la douleur, Tyra peina pour hisser son fils jusqu'à Subâhu.

– Saute sans peur, mon fils, murmura ce dernier à l'enfant, lui désignant l'autre côté.

Tammam s'élança. Tyra ferma les yeux, terrifiée.

– Toi maintenant, lui dit l'Indien.

Elle comprit alors que son fils était sauf et put respirer.

– Non, fit-elle. D'abord Deborah.

– En voilà déjà un ! exulta un homme.

Tyra se retourna.

– Pas ça ! gémit-elle.

Ils tenaient le frère du rabbin. Le vieillard n'avait pu maintenir leur train.

– La femme, vite ! la secoua Subâhu.

Tyra voulut prendre le bébé des mains de Deborah.

– Non ! protesta celle-ci farouchement. Je mourrai avec lui.

Tyra le lui arracha des mains.
– Grimpe, hâte-toi ! Sarah, aide-la.
Poussée d'un côté, tirée de l'autre, la malheureuse parvint sur le faîte du mur. Tyra lui fit passer son enfançon.
– Saute, lui intima Subâhu.
Comme elle ne bougeait pas, il la poussa. Elle se reçut sans trop de mal de l'autre côté. Le bébé cria. Il était vivant.
– La tête, je veux la tête du vieux juif sur ma pique !
– Sang du Christ, avancez, on étouffe !
– Par saint Pons, cessez de pousser ! On va périr piétinés.
– Quel est ce clapier ?
– Je veux sortir.
– Ce maudit m'a blessé avec sa lame ! Je saigne comme un goret. Viens ici que je t'en serve autant.
D'autres cris fusèrent du tumulte. Tyra jeta un coup d'œil pardessus son épaule. Paradoxalement, l'étroitesse de ce boyau les servait. Etranglée dans ce goulet, la foule s'asphyxiait, bloquée par sa propre densité.
Avec beaucoup de mal, Sarah et Tyra réussirent à hisser l'enfant mutilé jusqu'à Subâhu.
– A toi ! fit Tyra, poussant Sarah vers le mur.
L'Indien jeta à sa maîtresse un regard flamboyant. Elle n'en eut cure. Elle passerait la dernière.
– Par saint Pierre, gardien du Paradis, arrêtez de vous battre et voyez devant : ces assassins du Christ nous échappent. Sus à eux !
Entendant cela, Sarah paniqua si fort qu'elle ne put se raccrocher à la main tendue par l'Indien et retomba lourdement sur le sol.
Une quinzaine d'hommes s'étaient échappés de la masse et couraient maintenant vers eux.
La grande main sombre happa Sarah et la jeta sans ménagement de l'autre côté.
Les hommes n'étaient plus qu'à quelques pas.
– A toi, vite !
Ils arrivaient sur Tyra. Elle saisit la large poigne de Subâhu. Des mains s'accrochèrent alors au bas de son bliaud.
– Je tiens la garce ! glapit l'homme.
Avec la force du désespoir, Tyra lui décocha un coup de pied qui atteignit son agresseur à la mâchoire. Il y eut un cri de douleur, et les mains lâchèrent prise.
Subâhu la souleva jusqu'à lui et, sans la lâcher, s'élança. L'herbe

amortit leur chute. Ils se trouvaient dans un champ en friche au bout duquel subsistait une maison en ruines.

– Par Dieu, nous n'allons pas laisser ces lézards nous filer entre les doigts, rugit une voix derrière le mur.

Subâhu se tourna vers Tyra.

– Où ? demanda-t-il simplement.

La réponse fusa.

– A l'archevêché !

Elle désigna l'enfant inconscient :

– Que Manassès voie de près le fruit de son ouvrage.

Lorsqu'ils échouèrent sur la place de l'archevêché, il n'y avait âme qui vive. La façade de l'imposante bâtisse se dessinait en coupe sombre dans le ciel blanc.

– Par saint Antoine, ils sont là !

Une dizaine de ces enragés avaient fait le mur et les avaient suivis. L'archevêché n'était plus qu'à quelques pas, de l'autre côté de la place. Ils foncèrent.

Devant le palais archiépiscopal, les gardes leur barrèrent l'entrée. Tyra jeta un regard en arrière. La horde était déjà au milieu de la place.

– Si vous ne nous laissez pas passer, siffla Tyra, je puis vous assurer que le duc Hugues vous enverra croupir dans un cachot mangé de vermine jusqu'à la fin de vos jours. Foi de dame Tyra, grand médecin d'Arles.

Sa fougue parut les ébranler.

– Qui désires-tu voir ? maugréa l'un des cerbères avec un regard méfiant vers Deborah en sang et l'enfant mutilé.

– Moi ! Entrez, mes enfants.

Il était temps. Les autres se brisèrent sur les lances croisées des gardes.

Dans l'homme qui venait de parler et s'avançait en habit d'Eglise, Tyra reconnut le chanoine qui l'avait conduite auprès de Manassès. Devant l'état de la femme et de l'enfant, il blêmit mais ne souffla mot.

– Par ici, dit-il, indiquant une porte.

Puis il sortit disperser les poursuivants.

Sitôt refermé le battant de ce qui semblait une petite salle de travail, le masque austère fit place à un visage humain et bon.

– Allonge ton enfant ici, ma fille, dit-il, entassant des coussins sur un large siège.

Puis à Tyra :

– Tu as bien fait de les conduire céans. Que puis-je... ?

– Faire cesser ce carnage! explosa Tyra. Où sont les hommes d'armes de la cité ? Qu'attendent-ils pour arrêter ça ? La peste ne suffisait pas ? Il fallait un massacre ? Quel est cet archevêque qui appelle ses fidèles au meurtre ! Mets-nous en sa présence, qu'il voie de ses yeux ce qu'il vient de faire.

Un éclair de haine passa dans le regard sévère.

– L'archevêque – le mot lui arracha la bouche – a quitté la ville dès la fin de l'office... après avoir donné congé pour la journée à tous les hommes d'armes de la cité. Je viens d'envoyer mes frères religieux dans le quartier juif pour tenter d'apaiser la foule et de faire partir un messager afin d'alerter les plus hautes autorités du pays. Dieu fasse que le duc Hugues entende mon cri. Il est notre seul salut.

Sur son drap de brocart noir, l'épée captait la lumière des lampes à l'égal d'un métal précieux. Hugues passa un doigt sur le tranchant bleuté. Une lame d'une qualité exceptionnelle. Ces forgerons de Francie-Orientale valaient des maîtres orfèvres.

– As-tu vu la beauté du pommeau ? admira Guillaume. Entièrement d'or. Et ces incrustations de gemmes formant des entrelacs de fleurs ? On voit là le prix qu'attachent ces seigneurs francs à demi barbares à tout ce qui touche au combat.

– Tu oublies, ami, remarqua Hugues sans cesser d'admirer l'objet, que, par ma mère, coule en moi du sang de ces princes « à demi barbares », puisque mon aïeul n'était autre que l'empereur Lothaire.

Guillaume se tut, embarrassé.

– Valeureuse, tel sera son nom, fit Hugues, reposant l'épée. Dois-je voir là, compagnon, un gage des bonnes intentions de ce prince à mon endroit ?

Guillaume massa ses reins douloureux. Depuis ce pays franc du Septentrion, le voyage avait été long et pénible avec la neige et le froid. Sans parler des bandes normandes et magyares qui y pullulaient et sur lesquelles ils avaient manqué tomber à maintes reprises.

– Par ma foi, je ne connais guère de haut seigneur qui eût fait forger une telle lame pour un présent de convenances ! Ta proposition l'agrée visiblement. Il ne fut point non plus insensible au coffre de barres d'argent qui l'accompagnait.

– Et la princesse Hilda, à quoi ressemble-t-elle ?

Guillaume tenta d'être le plus neutre possible.

– Sa chevelure est si blonde que les lampes la donnent pour blanche. Ses prunelles sont pâles, ainsi que son teint. Sa taille me parut assez haute.

– La mettrais-tu dans ta couche ?

La question désarçonna Guillaume. A la princesse, il avait porté un intérêt purement politique et ne l'avait regardée que pour être en mesure de la décrire à Hugues. Après réflexion, il ne la jugea ni belle ni laide.

– Elle semble sage, éluda-t-il, avisée et fera sans nul doute une bonne épouse. Tu as tout à gagner à unir sa maison à la tienne. Son père est un puissant prince. De telles accordailles t'allieront les plus hauts seigneurs de Francie Orientale. De quoi calmer les ambitions des autres souverains d'Occident sur notre royaume.

Hugues lui lança un coup d'œil aigu et opina.

– Dieu fasse que son ventre soit fécond et me donne enfin une descendance mâle ! Pour le reste... le pays regorge de garces avenantes et bien tournées, « qui eussent dû déjà me donner tout un lot de bâtards », acheva-t-il en son for, sentant sourdre à nouveau une méchante inquiétude.

Cette absence totale de progéniture commençait à le travailler. La défunte Wille était-elle réellement stérile ? Aucune de ses maîtresses ne lui avait donné d'enfant.

Tyra ! Ses traits gommèrent d'un coup les ombres au corps brûlant qui défilaient dans sa remembrance. Qu'eût-il offert pour avoir d'elle un fils ! Ce jour à Novalaise, où il l'avait faite femme, ils eussent pu concevoir... Et en ce moment de folle fièvre dans les étuves du palais... Il aurait, à présent, un fils de treize ans ou de cinq, sans nul doute aussi beau que sa mère...

Sa main se referma sur le vide. Il but d'un trait sa coupe d'hypocras. Que se prenait-il à rêver l'impossible quand le présent se chargeait de promesses ? Il y avait ses probables accordailles avec cette jeune Hilda, de très haute lignée ; et puis, ce pli de Manassès lui annonçant son triomphe définitif sur leurs ennemis. Plus de Josselin, de Nictaire, d'Amiel ou de Fouquier pour empoisonner son pouvoir !

Jusqu'à la reine Adélaïde qui avait choisi de quitter le devant de la scène après la chute de cheval de son fils. D'un boiteux, il n'était plus question de faire un roi. Le destin de Rodolphe était celé : il deviendrait abbé ou archevêque. Waldrade triomphait : tous les yeux se braquaient désormais sur Charles-Constantin, son propre fils. Mais la reine n'en avait cure. Lasse des assauts venimeux de la catin royale et de la vie de Cour, elle avait choisi de se retirer dans un couvent de Bourgogne-Transjurane proche du monastère où se trouvait son fils. Quant au roi, il n'était plus qu'une ombre que seul le souvenir gardait vivant. A Hugues, il laissait le soin de régner à sa place.

Alors pourquoi ce noir à l'âme... ? Le duc reposa sa coupe d'un geste brusque.

– Laisse-moi seul, à présent !

La sécheresse soudaine du ton peina Guillaume. Hugues le comprit et se contraignit à sourire.

– Une fois encore, je ne puis que me louer de te compter comme féal et ami. Tu t'es, compagnon, bien acquitté de ta mission. Ce domaine que tu convoites, aux environs de la cité, tu peux le considérer comme tien. Prends-le comme un gage supplémentaire de mon amitié.

Guillaume s'inclina et sortit. Tandis que la porte se refermait, Hugues eut le temps d'apercevoir la foule de solliciteurs qui faisaient le siège de son antichambre.

Il y eut un brouhaha, l'écho d'une dispute, puis d'une lutte. La porte se rabattit soudain avec violence. Un homme vint se jeter aux pieds de Hugues et lui tendit un pli scellé.

– Je te supplie, haut seigneur, de le lire très vite.

Intrigué, Hugues fit signe à ses gardes de sortir.

– Qui es-tu ? questionna-t-il tout en faisant sauter le sceau.

L'homme dont les vêtements dégageaient une odeur de froid et de brouillard inclina modestement la tête.

– Un simple messager de l'archevêché d'Arles, grand prince.

Mais déjà Hugues ne l'entendait plus. Il prenait connaissance du pli et blêmissait, atterré. Lorsqu'il releva les yeux, le messager frémit.

– Quand, quand est-ce advenu ?

– Il y a deux jours, noble duc. J'ai crevé sous moi plusieurs montures pour...

– Où est l'archevêque Manassès ?

L'autre fit un geste d'ignorance que Hugues ne vit pas. Il était déjà à la porte.

Les chants vers Dieu se turent. Après un dernier signe de croix, les moines de l'abbaye de Goudargues quittèrent l'église dans un silence frileux, pressés de retrouver la tiédeur du chauffoir. Soudain, perçant la poche de brume, la troupe ducale déboula dans la cour.

– L'archevêque Manassès séjourne-t-il céans ? questionna Boson d'une voix puissante.

Les religieux opinèrent, roulant des yeux apeurés vers les cavaliers en mailles de fer qui attendaient derrière les deux hauts seigneurs. Un sourire glacé passa sur le visage de Hugues. Il avait vu juste. D'aucuns savaient qu'avec quelques amis Manassès venait souvent « faire pénitence » en cette riche abbaye où le vin était réputé pour son excellence, et la nourriture abondante. Mathieu n'eut pas le temps de prévenir son maître. D'un coup du plat de son épée, le prince Hugues lui fracassa la mâchoire et l'envoya rouler dans l'escalier.

Manassès dictait un message à un clerc quand la porte de son appartement manqua s'arracher de ses gongs. La stupeur le laissa sans voix en voyant ses deux oncles faire irruption dans la pièce. Très vite, il se ressaisit et se composa un sourire.

– Voilà visite inattendue qui m'évite un courrier, fit-il désignant le stylet et la tablette de cire du moine.

Il s'empressa de le congédier. Boson referma soigneusement la porte derrière ce dernier.

– Pour m'annoncer quoi, mon neveu? décocha Hugues, glacial. La peste ou le massacre des juifs d'Arles?

Manassès leva les mains en signe d'apaisement.

– Laisse-moi, mon oncle, t'expl...

La main de Hugues gantée de fer s'abattit sur la bouche de Manassès avec une force inouïe. Un second coup suivit, puis un troisième.

– Arrête, tu vas le tuer, intervint Boson.

Hugues empoigna son neveu par le col et le souleva jusqu'à lui. Bien que grand, le jeune homme n'atteignait pas la taille de l'aîné de ses oncles.

– Qu'ai-je fait à Dieu pour qu'Il m'inflige un tel neveu? siffla Hugues, défiguré par la colère. Quiconque doué de sens ne peut commettre de fautes si énormes! Comment oses-tu déserter ta cité en pleine épidémie? Toi, son archevêque! Quel démon t'a soufflé de pousser tes fidèles à décimer les juifs? Sais-tu combien rapporte chaque année au trésor royal l'impôt que nous prélevons sur eux, ainsi que leur commerce avec l'Orient et le Septentrion? A-t-on idée de couper l'arbre aux pommes d'or?

– Ils ont tué le Christ, articula avec difficulté Manassès, étranglé à demi, la bouche en sang et fou de rage.

– Le Christ lui-même était juif, funeste imbécile! A d'autres, tes crises de mysticisme.

Il désigna les peaux de martre et de zibeline qui réchauffaient le sol de pierre, les coussins de soie, les tentures, les meubles incrustés d'ivoire et de nacre.

– La vraie raison tient dans ce luxe. Crois-tu que j'ignore le train que tu mènes ? les fêtes ? les débauches ? et les dettes ? Combien devais-tu aux prêteurs juifs ?

Manassès redressa la tête, comme un serpent prêt à frapper. Ses yeux étincelaient.

– Je ne fis pas que des erreurs. Grâce à moi, tes ennemis rendent à cette heure des comptes à Dieu.

– Et toi, tu en rendras désormais à mon frère ! Son comté d'Avignon étant proche de celui d'Arles, je lui délègue mes pouvoirs dans celui-ci en mon absence.

Manassès regarda tour à tour les deux hommes, préférant ne pas comprendre. D'un revers de manche, il essuya sa bouche en sang.

– En tant qu'archevêque, je dépends de l'Eglise et d'elle seule, opposa-t-il avec virulence. Le comte d'Arles n'a...

Hugues ficha son poignard jusqu'à la garde dans un meuble marqueté et fixa son neveu froidement.

– Dois-je te rappeler à qui tu dois le pallium et la croix ? Boson vérifiera tes comptes et gérera les biens de l'Eglise d'Arles, aussi longtemps que je le jugerai bon.

Comme Manassès allait encore protester, il ajouta doucement :

– Tiens-tu à la vie, mon neveu ?

Le jeune homme se tourna vers Boson, espérant de sa part une réaction. Rien ne vint.

Manassès dut ravaler sa fureur. « Je le leur ferai payer », se jura-t-il. L'éclat du pendentif de Hugues accrocha malgré lui son regard. Où avait-il vu cet étrange bijou ?

– Sur cette femme ! réalisa-t-il d'un coup, sans se rendre compte qu'il s'exprimait à voix haute. Par Dieu, c'est le même.

Voyant ce qu'il fixait, Hugues fronça les sourcils.

– De quoi parles-tu ?

Manassès dut s'expliquer.

– De ce pendentif en forme de marteau. Une femme médecin que je reçus en audience à l'archevêché en portait un identique. Une folle qui, si j'en crois les derniers renseignements de mes agents, s'est mis dans l'idée de combattre la peste avec de la moisissure qu'elle fait absorber aux malades. Comme si la sanie qui les couvre ne suffisait point !

Le cœur de Hugues s'emballa.

– Son nom ?

Cela fut dit sur un tel ton que Manassès fouilla incontinent dans sa remembrance. En vain.

– Elle portait un nom barbare...

– Tyra ? avança Boson sur un ton détaché.

Hugues resta saisi. Ainsi, son frère savait.

– C'est cela, approuva Manassès, de plus en plus étonné. Elle habite...

Il se mordit les lèvres. Le sang noya à nouveau sa bouche. Trop tard. Hugues était devenu livide. Il jeta à Manassès un regard terrible.

– Le quartier juif, n'est-ce pas ? Prie, mon neveu. Prie pour qu'elle ne soit pas morte.

Tyra mélangea de la moisissure au gobelet d'eau et l'aromatisa au miel de châtaignier pour en rendre le goût supportable.

– Bois.

Tammam s'exécuta avec répugnance. Lorsqu'il eut terminé, elle entreprit de le laver à l'eau vinaigrée, et l'oignit ensuite entièrement d'alcoolat de calendula.

Elle s'activait dans un brouillard, inspectait fiévreusement chaque parcelle du petit corps, terrorisée à l'idée d'y voir naître un bubon. Si lui aussi mourait, elle se tuerait.

– Mère, protesta l'enfant, quand vas-tu cesser de me frotter ? Ça fait trois fois aujourd'hui.

– Et demain, ce sera peut-être quatre, rétorqua Tyra plus durement qu'elle ne l'aurait voulu.

Les yeux de l'enfant s'emplirent de larmes.

– Tu es méchante ! jeta-t-il avec colère.

Le reproche atteignit Tyra. Elle lâcha ses flacons et l'étreignit.

– Pardonne-moi, mon fils, murmura-t-elle en baisant la nuque claire. Je suis... un peu fatiguée.

Si seulement elle avait pu pleurer, expurger sa fureur et son désespoir. Dans le quartier juif, cela avait été un véritable massacre ! Comme si l'épidémie n'avait point suffi.

Les morts se comptaient par centaines. Les religieux n'avaient rien pu faire. Seul l'épuisement était venu à bout de la folie du peuple. Cependant, en obtenant du chanoine le droit d'exposer un jour durant sur la grande place d'Arles les corps des victimes, Tyra avait réussi à faire naître chez les citadins un sentiment de malaise, puis de honte. Bien des juifs étaient morts et la peste demeurait. Bien que...

Son regard se porta spontanément vers cette substance verte sur laquelle elle fondait toutes ses espérances. Se pouvait-il que ce soit un hasard ? Elle craignait tellement d'y croire ! Et pourtant, chez ceux auxquels elle en avait fait prendre, le mal semblait rencontrer quelque résistance. Si seulement elle avait eu le temps d'en administrer à Vigtis ! Hélas, en regagnant la maison au soir de ce funeste jour où elle-même et son fils avaient manqué périr, elle avait trouvé sa chère nourrice morte. Ce chagrin-là avait achevé de la briser.

Elle revêtit Tammam d'une longue tunique chaude et le coucha. Voilà trois nuits qu'elle ne dormait plus et chaque geste lui coûtait. Tammam entoura le cou de sa mère de ses petits bras. Il détestait la voir malheureuse.

– Vigtis était très vieille, tu sais. Elle devait mourir. Vois le vieux chien de Sarah, il est mort lui aussi.

Tyra parvint à sourire et hocha la tête. Un vrai petit animal que cet enfant ! Tammam ressentait tout ce qu'elle éprouvait. Il lui fallait être sur ce point vigilante. Par chance, les cinq ans du garçonnet avaient été moins impressionnés par la foule, le sang, les cris de haine, que par le saut superbe effectué depuis le haut du mur, durant leur fuite éperdue. Elle l'embrassa tendrement et souffla la chandelle.

Dans sa propre chambre, le feu s'était éteint et le bain préparé par Sarah avait refroidi. Elle se glissa quand même dans le cuvier.

Au-dehors, le mistral dégageait les étoiles à grands coups de rafales. Tyra sentit un filet d'air glacé sur ses épaules. Sans doute une brèche dans le toit occasionnée par les récentes pluies. Subâhu la colmaterait. La maison vieillissait, elle aussi.

La morsure de l'eau froide rendit à Tyra la conscience de son corps. C'était bien le seul moment où elle s'en occupait. Sans s'attarder, elle prit le pain de savon au romarin et bientôt sa peau se couvrit d'une mousse douce et parfumée.

Quand elle sortit de l'eau, elle se tourna instinctivement vers la porte. Sa gorge se serra alors jusqu'à l'étouffement, elle réalisa vraiment à cet instant que Vigtis était morte ; que plus jamais elle ne viendrait la sécher avec un linge chaud, en maugréant sur sa minceur. En partant, elle venait d'emporter les derniers pans de son enfance. Elle dut boire un gobelet d'eau pour desserrer l'étau. Pour Tammam, elle n'avait pas le droit de flancher. Il n'avait qu'elle. Elle revêtit une tunique de lin blanc et brossa ses longs cheveux, trop lasse pour les tresser.

Devant le grand lit froid, pourtant, elle renonça. En dépit de son épuisement, le sommeil ne viendrait pas, elle le savait. Une drogue se révélait nécessaire.

La maison était silencieuse quand elle redescendit. Dès qu'elle fut dehors, une rafale glacée la cingla et plaqua sa tunique. Pas un bruit ne montait du quartier. Les murs étouffaient les pleurs et le désespoir.

Sous l'œil rond et froid de la lune, elle longea la cour intérieure et dépassa avec un fort pincement le grand pin qui s'agitait au-dessus de la terre fraîchement retournée. Vigtis reposait là, près du massif de roses.

Elle s'apprêtait à pénétrer dans l'officine quand le heurtoir de la porte d'entrée fut violemment secoué.

– Par Dieu, s'il y a quelqu'un qu'il ouvre ! jeta une voix d'homme.

Aussitôt Subâhu fut près d'elle.

– Laisse, dit Tyra. J'y vais.

A l'angoisse qui perçait dans l'appel, elle savait qu'elle ne risquait rien. Sans doute venait-on encore la chercher pour quelqu'un qui se trouvait au plus mal. C'était à se demander comment elle avait échappé à la peste jusqu'à ce jour ! Penser qu'elle allait devoir se rhabiller pour sortir la découragea. Ce fut d'un pas las qu'elle emprunta le long couloir qui menait à l'entrée.

Le heurtoir ne cessa d'être malmené que lorsqu'elle tourna la clé. Les torches l'éblouirent si fort qu'elle ne vit tout d'abord que des ombres. L'une d'elles se détacha des autres et l'étreignit à lui couper le souffle.

– Vivante ! Dieu soit loué, tu es vivante.

Hugues ! C'était lui ! L'émotion fut si forte que Tyra se laissa aller sans réagir contre le grand corps.

– Puis-je entrer ? souffla-t-il, s'écartant d'elle.

La gorge nouée, incapable de parler, Tyra s'effaça.

Dans l'officine, avec des mains tremblantes, elle ralluma les lampes. Hugues la fixait intensément.

« Que n'es-tu seulement belle ! » songea-t-il, la gorge nouée.

Tyra avala péniblement sa salive. De son côté, elle l'observait discrètement. Hormis quelques ridules aux commissures des lèvres et des paupières, Hugues n'avait guère changé. C'était un homme dans la force de l'âge qui se dressait devant elle. Sa haute stature qu'accentuait son long mantel de voyage paraissait emplir la petite officine.

Avec un pincement, elle le jugea plus séduisant que jamais. D'un coup, elle réalisa qu'elle ne portait qu'une mince chemise, ce qui accentua son malaise. Pour se donner contenance, elle entreprit de dégager la table des pots d'onguents qui l'encombraient, attendant vainement qu'il rompît le silence.

– Je ne puis, hélas, rien t'offrir à boire ni à manger sans mettre ta vie en péril, attaqua-t-elle, n'y tenant plus. La peste vient de frapper cette maison. Vigtis, ma nourrice, est morte hier. Tu ne devrais point, prince, t'attarder céans. Le risque est grand. Que puis-je pour ton service ?

Hugues baissa la tête. L'angoisse lui avait fait oublier le gouffre qui les séparait. Un gouffre qu'il avait creusé délibérément bien des années plus tôt. Dans un geste qui lui était familier, il passa ses mains sur son visage fatigué. Depuis Goudargues, il avait chevauché sans répit. Ses doigts étaient gourds d'avoir tenu les rênes, son dos le faisait souffrir, tout son corps n'était qu'une crispation. Le vent et la froidure n'étaient pas seuls en cause.

– Je ne veux rien, avoua-t-il d'une voix sourde, en contemplant douloureusement les beaux traits tant aimés.

Dans cette tenue fluide et avec ses cheveux dénoués, elle ressemblait de façon bouleversante à la fragile adolescente du passé. Toutefois, le pli amer qui barrait les commissures de ses lèvres le ramena au présent.

– J'avais besoin de te savoir vivante, acheva-t-il.

Tyra resta confondue. A quoi tout cela rimait-il ? Avait-il oublié avec quelle dureté il l'avait éconduite du palais de Vienne six années plus tôt ? Ce souvenir lui rendit sa maîtrise.

« Pourquoi reviens-tu soudain dans ma vie ? s'insurgea-t-elle en son for. Ne m'as-tu pas fait assez de mal ? »

– C'est trop d'intérêt et d'honneur, prince, lâcha-t-elle froidement. Un messager t'eût épargné la course et le danger. Ce quartier n'est plus très sûr depuis quelque temps.

En le voyant pâlir, elle n'éprouva nulle joie mauvaise. Face à lui ne demeurait que la brûlure. Elle s'y raccrocha.

– Comme tu peux en juger, j'ai résisté à la peste et à la folie meurtrière de ton neveu, notre bon archevêque.

– Je sais.

– Tu sais quoi ? La maladie ? Les morts ? Mais que sais-tu du reste ? De la face atroce de ce carnage ? Du ventre ouvert des femmes enceintes ? De leurs bébés plantés au bout des piques ? As-tu déjà dû donner de la belladone à un enfant de quatre ans pour abréger son agonie ? Que sais-tu de la souffrance ?

Il retint un rire douloureux.
« J'en sais là-dessus plus que tu ne le crois », pensa-t-il.
– Je ne l'ai su qu'après. Trop tard.
– Il n'est pas trop tard pour tout, jeta-t-elle avec force. Cette cité semble un navire en perdition. Le chaos règne en maître et les cœurs sont en deuil. Les mesures que me refusa Manassès pour enrayer l'épidémie, le comte d'Arles doit les prendre. Ferme le port, interdis les offices et autres rassemblements de foule. Fais nettoyer les rues, distribuer du vinaigre aux habitants, surveiller les sépultures que pillent les indigents.
Elle s'arrêta le souffre court avant d'assener :
– Et surtout, donne un autre archevêque à la ville. Celui-ci ne mérite que la corde.
Hugues se rembrunit.
– Manassès dépend de l'Eglise. Je n'ai aucun pouvoir sur lui.
– Tu en eus, pourtant, pour le placer là.
Le masque glacial du duc remplaça celui de l'amant.
– N'abuse point, veux-tu !
Tyra rejeta la tête en arrière, l'œil étincelant.
– Point ne fallait venir si la vérité t'incommode ! Crois-tu qu'il me sied qu'elle soit si laide ? Qu'Arles ne soit plus qu'un cimetière à ciel ouvert ! A cette heure, comte, que ça te plaise ou non, tu règnes sur des morts et sur des assassins.
– Mère ! Mère ! Pourquoi ces cris ?
Tyra se glaça. Tout à leur querelle, ils n'avaient point entendu Tammam pousser la porte. La stupeur figea Hugues.
– Mère ! Il t'a appelée « mère » ?
Un vent de panique souffla dans l'esprit de Tyra. Jamais Tammam n'avait quitté sa couche en pleine nuit. Pourquoi fallait-il qu'il le fît ce jour-là ! Elle le poussa hâtivement vers la porte.
– Retourne te coucher.
– Attends !
Hugues s'approcha du garçonnet et s'accroupit pour être à sa hauteur. Fiévreusement, il scruta les traits juvéniles. Ce regard, ce nez, ces cheveux, ces membres robustes et déliés à la fois... Le cœur cognant à se rompre, Tyra faisait le même constat en les regardant. La ressemblance était frappante.
– Quel âge as-tu ? s'enquit Hugues doucement.
Les prunelles embuées de sommeil, Tammam fixait l'inconnu sans le voir.

– Cinq ans, balbutia-t-il.

Tyra prit l'enfant dans ses bras pour le soustraire à l'examen.

– Subâhu ! appela-t-elle.

L'Indien apparut. Elle lui tendit le petit :

– Recouche-le.

– J'ai un fils, murmura Hugues, les yeux rivés sur la porte qui se refermait.

Il tourna vers Tyra un visage bouleversé :

– Un fils de toi ! Par Dieu, pourquoi ? Pourquoi me l'avoir caché ?

Abasourdie par la démesure de la réaction, Tyra ne chercha pas à mentir. Elle vit alors le marteau de Thor briller au cou de Hugues. Ainsi, il le portait toujours. Comme elle. Elle fut soulagée que sa chemise dissimulât le sien. Se sentant faiblir, elle réagit avec vivacité.

– Quelle raison avais-je de t'annoncer la naissance d'un bâtard de plus ?

– De mon unique fils, rectifia Hugues.

– Fruit d'un accouplement que tu maudis sitôt consommé ! Dois-je te rappeler que tu me congédias du palais royal en souhaitant ne plus jamais me revoir ?

– Sait-il au moins qui est son père ?

– Non et il ne le saura jamais.

– Est-ce si infamant d'être le fils du premier personnage du royaume ?

– Mon fils n'a pas de père.

– Nom de Di...

Hugues cogna si fort du poing sur le mur que les pots sur les étagères vibrèrent avec un son cristallin. La colère le défigurait.

– Très bien ! Puisque tu m'y contrains, c'est le duc qui t'ordonne de faire tes paquets et de quitter avec mon fils ce lieu pourri par la peste ! Je vous ramène à Vienne.

La rage manqua étouffer Tyra.

– Qui m'ordonne ? Comment... ? Comment oses-tu... ? De quel droit ? Et crois-tu que je vais t'obéir ?

Ils s'affrontèrent du regard, haletants, ennemis. Hugues avait soudain du mal à la reconnaître dans cette femme virulente et déterminée. Hélas, l'alchimie opérait toujours. Son corps appelait de toutes ses forces celui de Tyra. Tout son être se portait vers elle, sa souffrance, sa déchirure. C'était à devenir fou.

– Tu n'as pas le choix.

Mue par une fureur aveugle, Tyra attrapa une lancette oubliée sur un plan de travail et la brandit devant lui, menaçante.

– Ne me contrains pas à m'en servir, siffla-t-elle. Va-t'en ! Oublie-nous.

La situation devenait si incongrue que la colère de Hugues retomba d'un seul coup. Partant d'un grand éclat de rire, il tendit la main pour lui ôter son arme.

Avec une folle rapidité, Tyra dressa la lancette. Il n'eut que le temps de dévier la lame qui lui entailla profondément le poignet. La douleur zébra son bras.

– Maudite ! fit-il entre ses dents, lui arrachant son arme.

– Lâche-moi ! hurla-t-elle, se débattant comme un chat sauvage, pour lui échapper. Subâhu !

La gifle retentissante qu'elle reçut en retour la sonna à demi. Hugues en profita pour emprisonner ses mains. Empoignant la masse sombre de sa chevelure, il lui ploya le buste en arrière.

– Es-tu folle ? rugit-il.

Un violent spasme la secoua. Hugues ne la lâcha pas. Le col toujours ployé, sa chemise ouverte sur ses seins, elle était devenue livide. Pourquoi Subâhu ne répondait-il pas à son appel ? Sous la lampe, ses yeux embués de larmes semblaient deux cercles d'or.

– Il est mon fils ! hoqueta-t-elle. Mon fils ! Mon fils...

Hugues s'empara de sa bouche avec une douce violence. Sous les siennes, les lèvres de Tyra restèrent froides et inertes. Elle eût voulu se rebeller mais ses forces l'abandonnaient. Les mains qui la tenaient n'étaient plus prison. Elle chancela. Doucement, il la souleva et l'emporta jusqu'à l'étroite couche destinée aux patients. Les bras de Hugues étaient délicieusement chauds. Elle tenta de réagir.

– Laisse-moi, fit-elle, essayant de se redresser.

Mais il la tenait fermement. S'emparant d'un flacon de vin et d'une coupe posés sur un plateau, il la servit et la contraignit à boire. L'alcool coula en elle comme une langue de feu.

– Merci, murmura-t-elle, sans le regarder.

Elle vit trop tard qu'il achevait sa coupe.

– Arrête ! s'affola-t-elle. Ne bois pas. Je suis peut-être infectée.

– Alors je le serai aussi, laissa-t-il tomber calmement.

Elle releva les yeux et rencontra son regard. Ce qu'elle y lut la bouleversa. Se redressant sur un coude, elle saisit le poignet blessé du prince. La plaie nette et profonde saignait abondamment.

– Qu'ai-je fait ! murmura-t-elle, horrifiée par son propre geste. Laisse-moi arrêter le sang. Après, tu pourras appeler tes gardes.

– Arrête, fit-il d'une voix rauque.

S'emparant de la paume posée sur son poignet, il la baisa, paupières closes. « Elle a voulu me tuer, réalisa-t-il, et je ne songe qu'à l'étreindre. Seigneur, aide-moi. » Mais Dieu ne répondit pas, et bientôt Hugues n'entendait plus que les battements désordonnés de son propre cœur. Ses mains se mirent à parcourir le buste de la jeune femme, laissant des traces sanglantes sur la chemise blanche, dénudant la poitrine tiède. La respiration de Tyra s'accéléra. Les pointes de ses seins se dressaient sous la caresse.

– Ote tes mains, supplia-t-elle, dans une plainte.

– Non.

Le souffle brûlant balaya son visage. Entrouvrant les paupières, elle vit tout près du sien le regard voilé, presque douloureux de Hugues. L'homme penché au-dessus d'elle, les traits torturés, n'était plus son ennemi, mais le seul qu'elle voulait pour amant. Celui dont le simple contact éveillait en elle un besoin féroce d'être possédée, dominée, asservie ; soudain, plus rien ne comptait que ce ventre pesant sur le sien, ce torse dur écrasant ses seins. Elle comprit qu'une fois de plus elle était vaincue. Arrachant sa tunique elle lui tendit les bras.

– Viens.

Sans la quitter des yeux, il se redressa et ôta sa tenue de voyage. Il ne sentait plus sa blessure au poignet. Seuls son ventre et son sexe le faisaient souffrir. Il se coucha sur elle et la pénétra dans un gémissement.

Malgré la faim qu'il avait d'elle, il voulut lui faire l'amour tendrement, sans rien précipiter. Mais le corps de Tyra se mit à vibrer sous le sien, à appeler la joute. Les jambes fines encerclèrent sa taille, la bouche haletante chercha la sienne. Alors, n'y tenant plus, il se déchaîna et se mit à fouiller le ventre tendre avec une violence qui leur arracha des plaintes, mordant dans son délire les lèvres, la gorge offerte, étouffant dans la chevelure parfumée les mots fous qui lui venaient.

Ils partirent ensemble dans un long, un interminable cri et retombèrent sur la couche, bras et jambes mêlés, tétanisés par la force de leur plaisir.

Dans un brouillard, Tyra sentit brusquement le corps de Hugues peser sur le sien de façon anormale. Il ne bougeait plus. Doucement, elle le repoussa et s'aperçut qu'il avait perdu connaissance et que tous deux étaient couverts de sang.

« La blessure ! » paniqua-t-elle.

Dégrisée d'un seul coup, elle bondit hors de la couche et courut chercher dans son armoire de quoi faire un garrot. Sa terreur était telle qu'elle jeta à terre le contenu du meuble sans trouver ce qu'elle cherchait. S'emparant alors de sa tunique de nuit, elle en déchira un pan qu'elle serra comme une corde.

Quel ne fut pas son soulagement lorsqu'elle vit que Hugues la regardait !

– Tu m'as fait très peur, lui avoua-t-elle, en nettoyant la plaie avec dextérité.

Elle voulut attacher le garrot. De sa main valide, il la retint par la taille et chercha son regard.

– Et toi, de me donner un bonheur fou, fit-il, conscient de ne point être rassasié d'elle.

Le serait-il jamais ? Lui prenant le linge des mains, il acheva lui-même de panser son bras.

Tout à coup, les meubles se mirent à tournoyer autour de lui. Une sueur froide baigna son front.

– Donne-moi un peu de vin, je te prie.

Il vida la coupe d'un trait. La folle danse cessa enfin. Se relevant, il se rhabilla, visiblement préoccupé.

Frissonnante, Tyra s'enveloppa dans la vieille chape de laine qu'elle mettait pour faire ses préparations.

« Tout cela est trop irréel, songea-t-elle. Sans doute un rêve dû à l'épuisement. Je vais m'éveiller. »

Près d'elle, la voix de Hugues la fit sursauter.

– Ma femme est morte, laissa-t-il tomber en pesant ses mots. Je veux t'épouser et légitimer notre fils.

Le cœur de Tyra s'emballa. Resserrant sa chape autour de son corps nu, elle alla d'un pas mal assuré entrouvrir la porte. L'air glacé lui fit du bien.

– Ne prononce pas des paroles que tu regretteras demain.

Hugues boucla sa ceinture et remit son mantel.

– Tu te trompes.

Tyra lui tournait toujours le dos. Il fit un pas vers elle. Elle ne bougea pas, dissimulant ses traits dans la pénombre. Il voulut encore parler, puis se ravisa.

– Fais emballer tes affaires et celles de notre fils, dit-il simplement. Je serai là demain pour sexte.

Tyra paniqua. Tout arrivait trop vite. Elle avait besoin de réfléchir.

– Accorde-moi trois jours. J'ai... certaines mesures à prendre auparavant.

Ses prunelles ne trahissaient rien. Hugues hocha lentement la tête.

– Trois jours, pas un de plus.

Il passa devant elle sans chercher à l'étreindre, comme s'il craignait de perdre à nouveau tout contrôle.

Ses pas décrurent dans la nuit. Elle referma la porte et s'y adossa, l'esprit en déroute.

Subâhu entra par la porte de derrière, les bras chargés de bois.

– Je t'ai appelé, l'apostropha Tyra. Pourquoi n'as-tu point répondu ?

Subâhu disposa posément dans l'âtre branchettes et bûches avant de répondre.

– Ta voix m'appelait, mais ton cœur me criait de ne pas venir.

Confondue, Tyra n'insista pas. Le feu craqua et une flamme haute et claire s'éleva, accrochant un éclat métallique sur le sol. Il s'agissait de la lancette souillée du sang de Hugues.

Tyra ferma les yeux. Où tout cela allait-il les mener ?

Boson buvait pensivement une coupe de vin chaud devant un feu lorsque des pas de chevaux résonnèrent dans la cour. Aussitôt sur pied, il bondit jusqu'à l'ouverture.

Le ciel avait perdu de son opacité. L'aube pointait sur Arles, détachant les murs de la résidence comtale du reste de la cité. A l'empressement des serviteurs qui se précipitaient au-devant des cavaliers, Boson sut que Hugues rentrait enfin. Il arrivait, à n'en point douter, de chez cette femme.

Sourcils froncés, il considéra avec réprobation la haute silhouette qui dépassait les autres. Après leur avoir fait mener à tous depuis Goudargues un train propre à se rompre le col, Hugues l'avait quitté sitôt franchi les portes d'Arles. Cette catin déguisée en vertu le travaillait si fort qu'il fût parti sans escorte si lui, Boson, n'y avait veillé.

Il soupira, le front sombre. L'affaire prenait un tour qui commençait à lui déplaire. Hugues n'était plus le même depuis que, par une parole malencontreuse, Manassès avait fait resurgir du passé cette garce trop belle. Jetant sa coupe à terre, il quitta sa chambre. Il lui fallait en avoir le cœur net.

Hugues portait encore son mantel lorsque Boson le retrouva dans ses appartements. Assis sur sa couche, la tête dans ses mains, il était l'incarnation de l'accablement. En entendant son frère, il se redressa et alla se servir une coupe d'hypocras.

Boson ne chercha point d'excuse à sa venue. Il venait souvent ainsi au cœur de la nuit rendre visite à son aîné lorsqu'il le savait seul et éveillé. Leur complicité prenait en ces heures nocturnes un autre relief et il leur arrivait parfois de converser jusqu'aux primes lueurs du jour sans voir le temps passer.

Une rafale de mistral se rua sur l'âtre, violant avec hargne le silence environnant. Le feu qui couvait sous les braises embrasa les bûches avec une surprenante force. Noir et mort un instant plus tôt, le bois se tordait à présent sous des langues brûlantes. Un incendie surgi des cendres. Boson y vit un signe et frissonna. La voix de Hugues lui parut lointaine :

– Bien t'en a pris, mon frère, de venir me visiter. J'allais te faire quérir.

Boson masqua ses craintes sous un sourire.

– Eh bien, parle donc, l'engagea-t-il avec un calme qu'il était loin d'éprouver.

Une flammèche s'échappa de l'âtre et vint mourir aux pieds de Hugues. Fixant sans le voir le bois carbonisé, il laissa tomber :

– Je vais rompre mes engagements avec la princesse Hilda. Dans moins d'un mois, Tyra deviendra ma femme et le fils de cinq ans qu'elle m'a donné, mon héritier légitime.

Boson crut recevoir un coup de massue sur la nuque.

« Ne rien montrer, se raisonna-t-il. Gagner du temps, surtout ne pas le prendre de front. »

– Es-tu certain qu'il soit ton fils ?

Hugues eut un pâle sourire.

– En le voyant tu n'en douteras plus.

– As-tu songé, fit doucement Boson après un instant, aux implications d'une telle décision ? Le père de Hilda est l'un des plus puissants princes de Francie Orientale. Crois-tu qu'il passera sur un tel affront ? Il faut nous attendre à de fortes représailles, voire à la guerre. Nous n'avons point besoin de cela.

– Qu'ils viennent et nous les recevrons ! Je t'accorde le choix des termes de la rupture, ne te préoccupe pas du reste ! Laisse-moi seul maintenant.

– Je te laisse. Mais auparavant permets-moi de te demander de mesurer ce que tu t'apprêtes à faire. Dans l'étrange façon dont cette femme conduit sa pratique, certains voient de la sorcellerie. Avec son maître, il fut dit qu'elle disséquait des cadavres d'hommes. A présent, elle prétend sauver Arles de la peste avec ce poison vert qui naît sur le pain corrompu et sur les arbres morts. Et pour elle, tu irais compromettre toutes tes ambitions ? Réfléchis bien, mon frère.

– C'est tout réfléchi.

Boson retint une remarque acide et tourna les talons. La réalité dépassait de loin tout ce qu'il avait craint. Cette Tyra avait pris sur Hugues une emprise démoniaque. Un pouvoir qu'il lui fallait conjurer pendant qu'il en était encore temps.

En voyant le plateau du déjeuner, Tyra eut un haut-le-cœur.

– Tu peux le ramener. Je dois sortir et le temps me fait défaut.

Sarah perdit son sourire.

– Il y là, dame, tout ce que tu aimes, se courrouça-t-elle, désignant les belles tranches de pain bis, le gobelet de lait de chèvre, le pot de miel et les beignets de pomme. Comment veux-tu résister au mal, le ventre creux ?

Pour la calmer, Tyra lui prit le plateau des mains.

– Très bien, je me rends à tes raisons.

Satisfaite, la servante s'éclipsa de la chambre. Aussitôt, Tyra mit dans un linge pain et beignets qu'elle glissa dans sa mallette de médecine destinée aux visites. Les nécessiteux ne manquaient pas dans Arles, son déjeuner ferait un heureux.

Elle s'efforça d'avaler quelques gorgées de lait. En reposant le gobelet, elle tomba en arrêt devant son reflet dans le miroir et prit peur. Sous sa sévère couronne de tresses, son visage était blême. « L'amour en épanouit certains, songea-t-elle, suivant d'un doigt les méchantes cernes qui creusaient ses yeux, moi, il me brise et me détruit. » Mais ce feu dévorant qui les jetait l'un contre l'autre et les brûlait sitôt qu'ils se retrouvaient méritait-il le nom d'amour ? Bien que contrarié en ses débuts, le sentiment qui unissait sa mère à Nasir lui paraissait fort différent.

Dès que Hugues la touchait, elle tombait sous son joug, devenait sa chose. Pourquoi tant de violence quand ils faisaient l'amour ? Leurs joutes comme leur jouissance n'étaient que démesure. Des combats dont elle ressortait rompue, vidée, presque malade. Se pût-il qu'une passion détruisît à ce point ? Jusqu'où risquait de les mener ce délire des sens ?

L'angoisse qui la rongeait depuis le départ de Hugues et l'avait laissée pétrifiée et pantelante devant le feu de l'officine jusqu'au matin se transforma d'un coup en panique. « Il me veut pour femme, se répéta-t-elle comme elle l'avait fait la nuit durant, pour s'en convaincre. Moi, Tyra, fille d'un régisseur, l'épouse du plus haut personnage du royaume après le souverain... C'est folie ! »

Une folie qui la terrorisait mais qui, aussi, la bouleversait de par ce qu'elle prouvait. « Est-il possible qu'il m'aime tant ? »

L'exultation remplaça l'affolement, puis la peur revint, et la joie à nouveau. Elle perdait pied, incapable d'empêcher son esprit de dériver d'un sentiment à l'autre, d'aller du plus haut au plus bas. En une nuit, elle avait perdu une sérénité qu'elle avait mis des années à conquérir.

Pestant contre cette maîtrise qui la désertait, elle enfila une chape, empoigna sa mallette et sortit après avoir laissé son fils à la garde de Subâhu. Il lui restait trois jours pour réfléchir. Retrouver ses malades lui rendrait peut-être un semblant de bon sens.

D'un pas déterminé, elle s'en fut par les venelles du quartier juif, n'accordant qu'un regard distrait aux deux mendiants recroquevillés sous l'abri d'une porte cochère, à deux maisons de la sienne. Elle ne vit pas davantage l'un d'eux se relever prestement et lui emboîter le pas.

Un air glacé et immobile planait sur Arles. Depuis la peste et les massacres, l'industrieuse cité tournait au ralenti. Sur le fleuve, les nouvelles allaient vite et les navires n'accostaient plus que rarement au port. Les hommes de mer se signaient avant de décharger leurs cargaisons et s'empressaient de lever l'ancre sans plus fréquenter le marché ni les autres quartiers commerçants dans lesquels ils venaient d'ordinaire dépenser leur solde. Quant aux manufactures de tissage qui, depuis Saint-Césaire, faisaient la fierté de la ville, leurs portes étaient fermées faute de lin. Les régisseurs des domaines préféraient courir vendre leurs produits jusqu'à Marseille ou Avignon, plutôt que de faire franchir à leurs gens les portes de la cité pestiférée.

Tyra dut contourner un amas de meubles brisés, témoignage du sac des maisons juives, et manqua glisser sur des déjections. A quelques pas, des rats se disputaient des épluchures de raves. Les venelles croulaient sous les immondices. Nul ne nettoyait plus le pas de sa porte. Une saleté que seule Tyra semblait encore voir.

Elle avisa avec effarement des enfants qui jouaient au cœur des ordures et les chassa de là avec virulence. Alors qu'elle s'apprêtait à entrer dans une maison où le père s'en allait d'un flux de poitrine, une main se posa sur son épaule.

Elle fit volte-face et reconnut aux hardes de l'homme qui lui tendait la main pour une obole l'un des deux mendiants aperçus près de chez elle. Une capuche cachait son visage.

– C'est moi, Aimery, souffla-t-il très vite. Dis-moi seulement si ta maison est surveillée. Je suis en fuite avec un blessé qui a besoin de soins.

Le cœur de Tyra s'emballa. Instinctivement, elle fouilla la rue du regard.

– Non, bien sûr que non, répondit-elle sur le même ton.

Elle fit mine de chercher un denier dans sa bourse.

– Par qui veux-tu qu'elle soit surveillée ?

Aimery fit disparaître la pièce dans ses haillons, en remerciant d'un hochement de tête.

– Par le maudit qui partit de chez toi au cœur de la nuit et me fit craindre de frapper à ta porte, lâcha-t-il aigrement. Mais le temps presse : mon compagnon agonise à deux pas de ton logis. Toi seule peux le sauver.

Tyra retint une remarque cinglante. Son frère resurgissait d'un seul coup dans sa vie et lui jetait aussitôt à la face des paroles acides. Comment savait-il, pour Hugues, la nuit d'avant ? Depuis quand la guettait-il ?

– Prends un autre chemin, lui glissa-t-elle en renouant les cordons de sa bourse. Je te retrouve chez moi.

– Tu es trop bonne, dame, avec la vermine, l'apostropha une grasse commère chargée d'un panier d'anguilles encore vives.

Elle décocha un regard mauvais au faux mendiant avant de poursuivre son chemin. Tyra ne releva pas et s'éloigna tandis qu'Aimery, rabattant plus bas encore sa capuche, tournait le coin de la ruelle.

Son frère se trouvait déjà près de chez elle lorsqu'elle arriva. Dès qu'il la vit, il aida son compagnon à se relever. Tyra referma derrière eux la porte à double tour et les conduisit directement à l'officine. Dans un éclair, elle remarqua les tempes grisonnantes de son jumeau. « A trente-trois ans ! A quoi donc avait-il occupé toutes ces années ? Dans quelle lutte s'était-il fourvoyé ? »

– Dépose-le là, dit-elle, indiquant la couche témoin de ses ébats nocturnes avec Hugues.

Lorsque Aimery l'allongea, l'homme émit une sourde plainte, puis perdit conscience.

Pour la première fois, Tyra le regarda. Elle ne se souvint pas l'avoir jamais rencontré à la cour de Vienne. De tels traits l'eussent frappée : rien de commun dans ce visage étroit aux pommettes saillantes. Ni le nez effilé et trop long qui surmontait une bouche au contour sensuel et un menton volontaire. Ni les sourcils noirs, très fournis, ni l'épaisse toison aile-de-corbeau qui retombait sur ses épaules et donnait une pâleur d'albâtre au front dégagé. Tyra lui donna environ trente-cinq ans.

Tandis qu'il aidait sa sœur à dévêtir l'inconnu, Aimery la renseigna sur lui.

– Le comte Amiel. Il a reçu un méchant coup d'épée au ventre. C'est un très proche ami du comte Nictaire et de Mathilde. Ou plutôt, c'était...

Sa voix se cassa. Tyra fut saisie d'un terrible pressentiment.

– Que s'est-il passé ?

Aimery ravala son émotion.

– Gerbert, notre agent auprès de l'archevêque Manassès, dut être suivi jusqu'à la villa d'Amiel où nous étions réunis, expliqua-t-il.

– Qui nous ?

– Mes frères provençaux. Du moins, ceux qui osaient se révolter contre le vol de leurs domaines par le prince Hugues et dont je suis l'aumônier.

Aimery déglutit avec difficulté et poursuivit :

– Durant la nuit qui suivit l'arrivée de Gerbert, nous fûmes attaqués. Nombre d'entre nous périrent sans même avoir eu le temps de se saisir d'une arme. Josselin, Nictaire, jusqu'à ton amie Mathilde et leurs enfants, tous furent égorgés dans leur lit par les hommes de Manassès, qui lui-même exécutait les ordres de Hugues. Ce vendu à Satan !

Aimery regarda Tyra avec une rage désespérée.

– Ton amant, ma sœur, est le plus féroce assassin que compte ce territoire !

– Où est le vicarius ?

L'auxiliaire de celui qui représentait à Arles la loi et l'ordre en l'absence du comte baissa la tête, incapable de soutenir le regard impérieux de Hugues.

– Parti voir en ses terres son père malade, prince, bredouilla-t-il.

– Sang du Christ, rappelle-le sur l'heure ! S'il n'obéit, je lui fais trancher la gorge. En attendant, envoie ses hommes nettoyer les rues. Ferme le port et la cité. Personne ne doit plus sortir d'Arles ni y entrer. Que les pesteux soient tous resserrés en un seul bâtiment et, sitôt morts, mis en terre par les plus valides d'entre eux. Ceux qui refuseront de quitter leur logis seront exécutés sur l'heure. La nourriture leur sera déposée devant l'entrée. Les visites, évidemment proscrites. C'est bien le Diable si ces mesures ne viennent à bout de l'épidémie ! Va.

Dès qu'il fut seul, il plongea son visage dans le bassin d'eau fraîche. Mais le mal de crâne résista. Il remarqua alors que l'eau rougissait et regarda son poignet blessé. La plaie s'était rouverte et saignait, souillant la manche de son bliaud jaune. Avec un juron, il défit le pansement sanglant et, appelant un serviteur, commanda de la charpie.

Boson survint sur ces entrefaites, à sa vive contrariété. Il brandit sous les yeux de son aîné un pli scellé.

– Un message frappé aux armes de notre mère, annonça-t-il, le lui tendant.

Hugues regarda le sceau. C'était bien les armes des ducs de Toscane qui figuraient dans la cire.

– Eh bien, lis-le donc le premier, maugréa-t-il, conscient que s'il avançait la main pour prendre le parchemin, son cadet verrait immanquablement sa blessure et ne manquerait pas de s'en étonner.

Surpris, Boson s'exécuta et rompit le cachet en soupirant. Pour éviter de nourrir les renseignements des agents qui grouillaient dans la suite comtale, aucun document n'était lu à voix haute. Aussi parcourut-il le pli en silence.

Dès les premières lignes, son cœur bondit. Extraordinaire Berthe qui, après avoir œuvré des années dans l'ombre pour offrir à son fils aîné la couronne de fer, semblait tout près d'atteindre son but. A coups d'intrigues, elle venait de saper un à un tous les appuis du roi Bérenger, parvenant à l'isoler de ses féaux au sein de sa propre cour. Par elle, les princes lombards se souvenaient soudain que le duc de Provence était d'aussi haute naissance que Louis l'Aveugle ou Bérenger, et possédait, en outre, l'étoffe d'un grand roi. De là à lui proposer la couronne de fer, le pas ne demandait qu'à être franchi.

Le mesuré Boson eut du mal à contenir son exultation. Hugues sur le trône de Lombardie ! Les grands battants de bronze des portes du palais de Pavie s'ouvrant devant son frère ! Le premier pas vers la pourpre impériale ! Leur famille régnant sur Rome et sur l'empire ! Boson n'en finissait plus de rêver. Et son immense joie se doublait d'un sentiment de gratitude envers le Très-Haut : cette nouvelle tombait trop à point nommé pour qu'il n'y vît un sceau divin. Sans le savoir, leur mère lui fournissait le meilleur prétexte pour éloigner son frère d'Arles et de cette femme médecin qui lui faisait perdre son sens.

Gardant prudemment ses pensées pour lui, il tendit le rouleau à Hugues.

Celui-ci le prit de sa main valide. Il le lut et blêmit. Le royaume de Lombardie. Pour lui ! Maintenant !

Un serviteur entra, portant la charpie commandée.

– Pose-la là, jeta Hugues distraitement, désignant de son bras blessé un coffre à l'autre extrémité de la salle.

Boson avisa la plaie et la charpie mais ne posa pas de question.

– Notre mère a fait de la belle ouvrage, dit-il pour rompre le mutisme prolongé de son frère.

Hugues opina, visiblement tourmenté. Soudain Boson comprit. La chose lui parut si énorme qu'il dut planter ses ongles dans ses paumes pour étouffer sa rage. « Cette femme est le Diable ! Mon frère est possédé », fulmina-t-il en son for.

– Notre mère te demande de partir sur l'heure, rappela-t-il, se contraignant à la mesure. Elle a même payé des troupes pour toi. Tu dois...

– Je sais ce que j'ai à faire, coupa Hugues d'une voix cassante, se redressant si brusquement que son siège bascula en arrière.

Une douleur zébra son poignet. Il sut qu'il venait de rouvrir un peu plus sa blessure mais n'en eut cure. Pourquoi cette nouvelle ne lui procurait-elle pas plus de joie ? Ne convoitait-il pas ce trône plus que tout au monde ? Plus que tout... ? Déjà, la soif qu'il avait d'elle le taraudait. Leur nuit n'avait fait que souffler sur les braises. La posséder encore et encore, voilà tout ce qu'il voulait. Mais comment faire comprendre cela à son glacial cadet ?

Boson sentit qu'il devait le convaincre très vite.

– Je me charge d'écrire au père de la princesse Hilda. Quant à ton fils et ta... future épouse, je les emmènerai au palais de Vienne où ils seront à l'abri de la peste. Dès que tu seras dans Pavie, il te suffira de m'envoyer un message pour que je les conduise auprès de toi.

Hugues se retourna. Il considéra un instant son frère d'un air insondable. Puis un lent sourire détendit ses traits. Le poids qui oppressait la poitrine de Boson s'envola d'un coup. Il sut qu'il avait gagné.

Quelques heures plus tard, escorté de ses plus proches compagnons et d'une petite troupe armée, Hugues quittait Arles. A peine franchissait-il le mur d'enceinte que Boson brûlait la lettre que son frère lui avait demandé de remettre à Tyra. Ne restait plus qu'à se débarrasser de la gueuse et de son bâtard.

Tyra fit signe à Sarah d'enlever les charpies sanglantes, le bassin d'eau qui n'était plus qu'un lac rouge et les aiguilles d'or ayant servi à recoudre la plaie.

La servante s'exécuta avec soulagement, le cœur soulevé d'avoir dû assister sa maîtresse durant l'intervention. Jamais elle n'aurait cru que le corps d'un homme pût contenir autant de sang. Il y en avait partout : sur la longue table qui avait reçu le blessé au cours des soins, sur les instruments de chirurgie, jusque sur les dalles du sol. Sa fade odeur dominait celles pourtant puissantes des alcoolats, élixirs, onguents et sommités séchées qui tapissaient les murs de l'officine.

On avait l'impression qu'un rite barbare venait de se dérouler là. Avec ses mains, son devantier souillés de taches pourpres, Tyra semblait l'auteur du sacrifice.

Sarah eut un élan de pitié pour le malheureux qui gisait à présent sur la couche voisinant son autel de torture. Aussi blanc que son drap, il semblait plus proche du monde des trépassés que de celui des vivants. A se demander ce qui coulait encore dans ses veines ! Alors qu'elle allait franchir le seuil, Tyra l'interpella.

– Prépare pour mon frère un bain, des vêtements propres et un repas. Et sache que je n'ai reçu aucune visite et que nul étranger ne séjourne ici. Il en va de notre vie. Evidemment, de tout le jour je n'y suis pour personne. Ne me dérange sous aucun prétexte.

– Et pour ton repas, dame ? s'inquiéta Sarah.

– J'ai dit : sous aucun prétexte.

Vaincue, la servante sortit.

Assis près de la couche, Aimery qui ne cessait depuis le début des soins d'égrener son chapelet leva la tête.

– Crois-tu, ma sœur, que Dieu continuera à lui prêter vie ?

Tyra lui jeta un regard en coin. Décidément, son frère ne changeait pas. Elle acheva son pansement avant de répondre.

– La lame a glissé entre les côtes sans toucher d'organe vital. Il a perdu beaucoup de sang mais possède une robuste constitution. Il survivra... Du moins, si ton Dieu l'épargne de la peste. A présent, va retrouver Sarah à la cuisine. Rien ne sert d'être deux pour le veiller.

Sitôt la porte refermée, Tyra se laissa choir sur le siège qu'occupait son frère un instant plus tôt, les bras ballants, la tête en feu.

Josselin ! Mathilde ! Ses enfants ! Comment Hugues avait-il pu ? Le visage riant de son amie passait et repassait devant ses yeux comme une brûlure. Celui si doux de Josselin...

Elle se mordit les lèvres pour ne pas crier. Pourquoi ces deux faces chez Hugues ? D'un côté, le commanditaire du massacre des enfants de Mathilde, de l'autre, un homme éperdu de bonheur devant son bâtard. Comment croire que cet être cruel, dépourvu de scrupules, et celui lui criant des mots fous, ne faisaient qu'un ? N'était-il pas allé jusqu'à mettre son nom à ses pieds ? Et elle avait failli y croire...

Son regard tomba sur le flacon de poudre de pavot qu'elle avait déposé au chevet du blessé en prévision des souffrances du réveil. Elle fut tentée d'en prendre pour oublier, ne fût-ce que quelques heures.

Lorsque son frère revint, baigné et restauré, Tyra n'avait pas bougé d'un pouce. Le bliaud grège ayant appartenu à maître Tammam, que lui avait donné Sarah, flottait autour du corps maigre d'Aimery et recouvrait ses pieds. Mais du moins ne ressemblait-il plus à un gueux en fuite. Aussitôt, il s'inquiéta de son ami.

– Comment va Amiel ?

Tyra haussa les épaules.

– Ainsi que tu le vois ! Calme, en dépit de la fièvre qui le gagne et assurément très faible. J'attends qu'il reprenne conscience pour lui faire absorber une infusion de fleurs de bourrache et un peu de poudre de pavot. Je ne puis rien faire de plus pour l'instant.

Aimery sourit pour la première fois. Et Tyra retrouva sur ses traits un peu de sa douceur d'antan.

– Tu as fait, ma sœur, bien plus que ce que j'espérais.

Tyra arrangea les draps du blessé, l'air absent. Elle réfléchissait. Bien des questions lui venaient, notamment sur le silence de son frère durant toutes ces années.

– Tu ne me demandes pas des nouvelles des nôtres ? attaqua-t-elle, le scrutant du regard.

Aimery ne baissa pas le sien. Instantanément, il s'était refermé.

– Notre mère a choisi de vivre dans le péché d'adultère avec un Mozarabe au milieu des païens. Tu sais ce que j'en pense.

La colère empourpra les joues de Tyra.

– Elle ignorait que notre père était toujours vivant, s'insurgea-t-elle.

– L'eût-elle su, crois-tu qu'elle aurait renoncé à Nasir pour autant ?

Tyra bondit et lui fit face.

– De quel droit la condamnes-tu et absous-tu la fuite de notre père ? Tes tempes grises, mon frère, ne t'ont point rendu plus tolérant. Aumônier ? Un cœur sec et un regard de juge !

– Mensonges ! s'étouffa Aimery.

– Alors montre-moi que tu es encore vivant et pleure, assena-t-elle. Vigtis, notre seconde mère, vient de mourir de la peste.

Aimery resta hébété, sa colère cassée net. Ses yeux bleus s'embuèrent.

– Dieu, non ! souffla-t-il.
Sarah surgit alors.
– Dame ! Trois hommes ont demandé après toi, fit-elle d'une voix que la peur tournait à l'aigu. Je leur ai dit que tu n'étais pas là.
Tyra fronça les sourcils.
– Pourquoi tant d'agitation, ma bonne Sarah ?
La servante tordit ses mains, au bord des larmes.
– C'est... qu'ils avaient des faces d'hommes qui s'apprêtent à tuer. Ils m'ont demandé quand tu devais regagner la maison.
– Que leur as-tu répondu ?
– Que tu rentrerais tard, ce soir, dame. Pour sûr, ils vont revenir. Dieu de miséricorde, aie pitié de nous, voilà que tout ça recommence !
Oubliant leur dispute, Tyra et son frère échangèrent un regard inquiet. Qu'est-ce que cela signifiait ? Aimery avait-il été suivi ? S'agissait-il d'hommes envoyés par Hugues pour aider Tyra à faire ses paquets ? Si cela avait été le cas, ils se fussent présentés...
Réagissant contre l'angoisse qui l'étreignait, elle reconduisit Sarah à la porte.
– Rien ne recommence, ma bonne Sarah, la rassura-t-elle. Contente-toi d'aller vérifier si les verrous de la porte sont mis, et dis à Subâhu de venir nous rejoindre. Ensuite, tu rejoindras Tammam dans sa chambre.
– Il y est depuis ce matin, protesta Sarah, et ne souffre plus d'être enfermé.
– Il restera pourtant, fit Tyra sur un ton sans appel.
– Tammam ? interrogea Aimery, surpris.
– Mon fils, le renseigna sommairement Tyra.
Sarah sortait lorsque l'Indien survint.
– Quelqu'un te demande, fit-il à Tyra. Tu dois le recevoir.
Au visage du serviteur, elle comprit que c'était grave. Se redressant, elle ôta son devantier taché de sang.
– Fais-le attendre dans la cour. J'arrive.
Aimery retint sa sœur par le bras. Il était si tendu que ses doigts se crispaient comme des serres sur la peau de Tyra.
– Notre présence te met en danger. Demande à Subâhu de nous trouver une charrette pour transporter Amiel et disons-nous adieu.
– Ne bouge pas d'ici, lui intima-t-elle avant de sortir.
Sa surprise fut grande en reconnaissant dans le religieux qui arpentait d'un pas fébrile la petite cour fermée le chanoine qui leur avait

sauvé la vie le jour du massacre des juifs. Dès qu'il la vit, il s'avança vers elle.

– Le temps nous presse, ma fille, fit-il à voix basse.

Il regarda autour de lui :

– Où pouvons-nous parler sans être entendus ?

Tyra le conduisit dans la cuisine. De l'étage, lui parvinrent les protestations de Tammam. Une berceuse juive en vint à bout.

– L'affaire qui m'amène, ma fille, commença le chanoine, est gravissime. Je te demande de m'écouter sans m'interrompre.

Tyra considéra la face de carême du religieux et croisa son bon regard. Elle y lut de la peur. D'un signe, elle l'engagea à se livrer.

– L'un de mes prêtres, attaqua-t-il, attendait dans l'antichambre du comte Boson, quand il surprit, bien malgré lui, une conversation entre celui-ci et un individu qu'il reconnut plus tard en le voyant sortir comme son exécuteur des basses besognes. Lorsque ton nom, ma fille, y fut mêlé, mon prêtre dressa l'oreille. Bien l'en prit !

Le chanoine se tut avant de laisser tomber :

– Le frère du duc Hugues ordonna à sa créature du Diable de vous assassiner, toi et ton fils, et de faire disparaître vos dépouilles dans la fosse destinée aux pesteux.

Tyra eut du mal à croire qu'elle avait bien entendu. Pourquoi cette haine soudaine du prince Boson à son égard ? Elle n'avait jamais fait que le croiser dans les couloirs du palais de Vienne. Elle affichait un air de si profonde incompréhension que le chanoine se sentit obligé de tout dire. D'autant que le pire était lâché.

– Le comte d'Arles est quasiment fiancé à la fille d'un des plus puissants princes de Francie Orientale. Or les sentiments qu'il te porte sont en passe de compromettre ses projets d'épousailles. Une rupture que le père de la princesse Hilda prendrait pour un outrage. Ce qui ne manquerait point d'engendrer de fâcheuses tensions entre nos deux royaumes. Voilà ce que le comte Boson veut éviter à toute force. Aussi a-t-il arrêté de détruire les causes du mal : toi et ton enfant !

Tyra allait d'une stupeur à l'autre, aspirée par un tourbillon infernal. Hugues, fiancé ? Pourquoi le lui avait-il tu ?

– Où est Hu... le duc Hugues ?

– Il vient de quitter Arles au pied levé pour la Lombardie et ne sait rien de ce qu'ourdit son frère.

En dépit de son trouble, Tyra s'étonna de voir le chanoine si bien informé. Elle comprit que le prêtre n'avait rien surpris fortuitement mais qu'il faisait espionner la résidence comtale. Il esquissa sur le front de Tyra un signe de croix.

– Sauve-toi, ma fille, pendant que tu le peux encore. Dieu vous garde, ton fils et toi.

Avant qu'elle ait pu lui dire sa gratitude, il avait tourné les talons et quitté la maison.

Tyra serra les poings. Un sang furieux battait ses tempes. La révolte la soulevait. Elle allait voir Boson et arrêter net ses élans meurtriers. Que Hugues épouse le Diable si ça lui chantait ! Mais qu'on les laisse vivre en paix, avec Tammam.

Une voix lui souffla que sa démarche ne ferait que précipiter les desseins de Boson. Jamais elle ne le persuaderait qu'elle ne voulait pas devenir l'épouse du puissant duc de Provence.

La rage au ventre, elle fonça vers la maison. Fuir avec son fils, ses serviteurs et deux proscrits dont l'un à demi mort ne serait pas une mince affaire.

Tyra jeta prestement dans un sac pots d'onguents, sachets d'herbes et autres médecines nécessaires au blessé. Elle y ajouta la cassette renfermant ses économies, la grossière effigie de bois de Mjoëlnir, quelques instruments de médecine, dont les précieuses aiguilles d'or de son maître et l'ultime lettre de celui-ci. Avec quelques effets pour elle et son fils, et une petite provision de bouche, c'était tout ce qu'elle emportait.

Abandonner les inestimables manuscrits lui venant de Sédéchias et de Tammam, les balances à cinq plateaux et autres objets d'un quotidien de tant d'années lui arrachait le cœur.

La gorge serrée, elle enveloppa d'un dernier regard l'officine dont l'âtre fumait encore. Une appétissante odeur de fricot de mouton arrivait de la cuisine. La maison sentait la vie jusqu'à l'insupportable.

– Vite, dame. Jacob va nous appeler. Il faut y aller.

Tyra écrasa une larme et suivit Sarah dans la cour.

La nuit s'annonçait si belle que l'on voyait courir sur le mur blanc les branches nues de la vigne grimpante.

Tandis que Subâhu positionnait l'échelle, Tyra prit le pouls d'Amiel, toujours inconscient, que l'on venait d'étendre sur un banc de pierre. Il lui parut bien faible. Cela tiendrait du miracle s'il survivait à cette fuite.

Tammam considéra sa mère et Sarah avec des yeux ronds.

– Mère, pourquoi ces habits de garçon ? fit-il désignant leurs bliauds courts et leurs braies collantes. Et tes cheveux ? Qu'en as-tu fait ?

Tyra pointa un doigt vers la large bande de lin qui enfermait sa chevelure.

– Tous mes cheveux sont là, bien au chaud, le rassura-t-elle.

– Mais pourquoi tout ça ? insista-t-il, point satisfait par la réponse et intrigué par cette agitation dans la cour à la nuit tombée.

Aimery s'agenouilla à sa hauteur et le prit doucement par les épaules. Les traits du garçonnet dont il découvrait l'existence lui parurent familiers. Il ne ressemblait pourtant à aucun membre de leur famille. Tyra lui avait tu le nom du père. Tammam, le médecin arabe dont il portait le nom ? Les cheveux et les yeux clairs de l'enfant ne rappelaient en rien le maître de Tyra. Alors qui ?

– Nous allons, mon neveu, faire une petite escapade sous les étoiles.

Tammam le dévisagea avec méfiance et partit rejoindre sa mère.

Aimery laissa retomber ses mains et baissa la tête. Pourquoi Dieu lui avait-Il infligé de survivre à la plupart de ses compagnons ? Il regrettait d'avoir dû s'en remettre à sa sœur pour Amiel. Les siens lui étaient devenus étrangers. Il ne reconnaissait plus sa douce jumelle dans cette femme décidée, si virulente dans ses propos. Que signifiait ce départ précipité ? Pourquoi les sbires du comte Boson en avaient-ils brusquement après elle ? Qu'avait-elle fait pour qu'on veuille la tuer ? Cela avait-il un rapport avec sa venue chez elle ? Lui et Amiel avaient-ils été repérés aux abords de sa maison ? D'un geste, elle avait arrêté ses questions, lui promettant d'y répondre dès qu'ils seraient hors de danger.

De l'autre côté du mur monta la voix chevrotante de Jacob, le vieux marchand d'étoffes.

– Il est temps, mes amis.

Les uns après les autres, Aimery, Sarah, Tyra et Tammam escaladèrent l'échelle. Une autre, posée de l'autre côté, leur permit de gagner le jardin de Jacob. La maison de ce dernier donnait sur une rue peu fréquentée. C'était par là qu'ils escomptaient fuir.

Lorsque Subâhu souleva dans ses bras le blessé, celui-ci n'émit aucune plainte. Il pesait comme un mort. L'Indien peina pour se hisser sur l'échelle avec son fardeau sans perdre l'équilibre. Il ressentit à cet instant, et pour la première fois de sa vie, les limites de son corps. Son âge le rappelait soudain à l'ordre.

Dès qu'il eut passé le mur, Abraham, le fils aîné de Jacob, le soulagea d'Amiel qu'il déposa sur une grande planche de bois avant d'aller enlever les échelles. Tyra étreignit les mains de son vieux voisin avec gratitude. Pour les sauver, Jacob risquait sa vie et mettait en péril celle de sa famille. Mais sans lui...

Subâhu avait vite remarqué que la maison de sa maîtresse était surveillée. La fuite par la porte se révélant compromise, Tyra avait vu dans son voisin et ami l'ultime recours. Leurs jardins étant accolés, il lui avait suffi de passer le mur pour quémander son aide.

De sa main que l'âge faisait trembler, Jacob avait alors arrêté ses explications vagues et embarrassées.

– Sédéchias soigna tous les miens et me compta pour ami, lui avait-il dit. Ton maître arabe me devint lui aussi très proche, et tu fus comme son enfant. Comment pourrais-je t'abandonner dans la détresse ! La cause de tes tracas ne me concerne point. Il me suffit de te savoir en danger. Dieu nous aidera à vous sauver, toi et les tiens.

Abraham se tourna vers Tyra. Son visage rond et débonnaire trahissait une vive angoisse.

– En raison de la peste, le duc Hugues a ordonné la fermeture des portes de la cité, annonça-t-il. Je viens d'apprendre que nul ne peut plus entrer ni sortir d'Arles.

Tyra manqua partir d'un rire hystérique. Ces mesures contre l'épidémie, qu'elle avait tant réclamées à Manassès puis à Hugues, se retournaient contre elle. Elles devaient par contre faire l'affaire de Boson.

– Comment allons-nous fuir ? s'affola Sarah.

L'évidence apparut à Tyra comme un trait de lumière.

– Par le fleuve !

Abraham secoua la tête.

– Impossible. Le port aussi vient d'être interdit.

– Mais notre barque n'est pas au port, fit remarquer Jacob, en caressant d'un air pensif sa barbe blanche.

Son fils le regarda, interloqué.

– Père ! Ce vieil esquif ne peut contenir six personnes et la force du courant...

– Il le faudra pourtant, l'arrêta Tyra.

– Il n'y aura pas six personnes, intervint Aimery. Je trouverai un autre moyen pour quitter Arles.

– Avec cet homme mort à demi ? l'apostropha Tyra.

Elle sortit la cassette de son sac et prit une poignée de livres d'argent qu'elle tendit à Jacob :

– Voilà, ami, pour le prix de ton bateau. Je ne pourrai, hélas, te le rendre. Dis-nous seulement où il est ancré.

Jacob repoussa doucement la main.

– Range ceci, ma fille. Abraham va vous conduire jusqu'à la barque. Mon cousin Elie possède un petit domaine aux abords du Rhône où tous les juifs de notre cité se fournissent en vin. Il se trouve à moins d'une heure d'ici. Il vous suffira de vous laisser porter par le courant. La nuit est claire et sa maison se voit depuis le fleuve. Elle est la seule à posséder un ponton d'amarrage. Vous y laisserez la barque. Chez Elie, vous serez en sécurité. Allez, mes enfants. Je vais allumer le ménorah, notre chandelier sacré, et prier pour votre salut. Le Miséricordieux veille sur vous !

Alors qu'ils quittaient la maison de Jacob, un bruit de porte défoncée les fit tressaillir. Tyra comprit que les gens de Boson venaient d'investir sa maison. Peu de temps leur suffirait pour constater sa fuite. Le danger prenait corps.

La lune jetait sur les venelles désertes une clarté métallique. Tenant fermement la main de son fils, Tyra avançait avec l'impression que l'écho de leurs pas s'entendait dans toute la cité. Son regard allait de la rue à Amiel, malmené sur sa planche par le pas rapide d'Aimery et Subâhu, ses deux porteurs. En dépit du froid, Abraham qui ouvrait la marche suait comme au cœur de l'été. Lui aussi avait peur.

– Nous y sommes presque, souffla-t-il.

En effet, l'air se chargeait d'humidité et les rues pentues se nappaient d'une fine brume. Enfin, le ruban noir et fluide du fleuve se distingua entre les ajoncs.

– La barque se trouve en amont, les renseigna encore le fils de Jacob, à moins de cent pas d'ici. Bonne chance, mes amis.

Il rebroussa chemin et la nuit l'avala.

– J'ai faim et je suis fatigué, se plaignit Tammam.

– Tais-toi, lui intima Tyra, l'enlevant dans ses bras.

Derrière eux, retentit alors l'écho d'une course et les cris d'Abraham percèrent le silence. Le dernier s'interrompit net.

– A la barque, vite, fit Subâhu, prenant Amiel à bras-le-corps.

Ils dévalèrent la pente en courant mais, alors qu'ils allaient atteindre l'abri des ajoncs, des hommes se dressèrent sur la hauteur. Les lumières des torches balayèrent la rive, enfermant les fuyards dans leur halo.

– Là, je les tiens, vociféra une voix victorieuse.

– Dieu, Dieu, sanglota Sarah, terrorisée, en trébuchant dans sa course.

Aimery l'attrapa par la main et la tira en avant. Les flammes échevelées des torches dansaient sur leurs talons.

Tyra ne sentait plus ni la peur ni le poids de son fils. Elle courait, courait, mue par un furieux instinct de survie.

Enfin, la barque fut là, frêle esquif échoué sur la rive vaseuse, entre deux buissons. Tyra y précipita son fils et Sarah. Subâhu s'y déchargea du comte Amiel.

– Saute, adjoignit-il à Tyra en poussant la barque dans l'eau, aidé par Aimery.

Mais Tyra n'entendait que le bruit de la course qui se rapprochait dans leur dos. Le bateau n'était pas à flot et leurs poursuivants allaient les atteindre. Désespérément, elle joignit ses forces à celles des deux hommes. L'esquif bougea et se mit à glisser dans la vase avec une effroyable lenteur.

– Sarah, les rames ! lança Tyra. Sors-les.

Plus morte que vive, la servante ne comprit goutte à ce que voulait sa maîtresse.

– Dame, ils sont là, bafouilla-t-elle, pupilles dilatées. Ce sont eux. Je les reconnais ! Dieu, tout est per...

– Mère, j'ai peur.

– Occupe-toi de Tammam au lieu de geindre, intima Tyra à la servante, le corps ployé sous l'effort, de l'eau jusqu'aux cuisses.

La barque glissa plus vite et oscilla. Ce fut alors qu'ils surgirent, à quelques pas, en nombre bien trop grand pour les quelques fuyards.

– Cette racaille comptait filer par l'eau.

– Sautez dedans, ordonna Subâhu.

Aimery obéit, pas Tyra. L'Indien décida pour elle. La saisissant par la taille, il la projeta sans ménagement à l'intérieur de la coque. Puis, bandant ses muscles, il élança la barque dans le courant.

– Viens, s'affola Tyra.

Mais déjà Subâhu se retournait contre leurs poursuivants. Un ramassis de brutes que le hasard avait fait atterrir dans la garde de Boson. Son lacet quitta sa ceinture et le premier qui lui sauta dessus fut happé par la mort sans s'en rendre compte.

– Plonge, lui hurla Tyra, horrifiée.

Elle retint le bras de son frère qui les éloignait de la rive à grands coups de rames :

– Attends-le ! Arrête-toi !

Aimery se dégagea et fit un rapide signe de croix.

– Il n'y a plus rien à faire, murmura-t-il en reprenant les rames.

Pendant ce temps, Subâhu tentait de contenir la horde, lui défendant l'étroit passage permettant d'accéder au fleuve. Avec une foudroyante rapidité, sa lame plongea dans la gorge d'un assaillant, puis dans le ventre d'un second, refroidissant d'un coup l'élan des autres. Seul leur chef ne recula pas. Front bas, muscles courts et massifs, sa force lui tenait visiblement lieu d'intelligence.

– Par Dieu, quelle est cette bête sauvage ? rugit-il.

– La femme nous échappe, s'écria son voisin.

– D'abord celui-là !

Prêt à bondir, Subâhu les attendait, brandissant son arme sanglante. Un coup d'œil lui suffit pour voir que son sacrifice ne serait pas vain. La barque se trouvait maintenant au milieu du courant ; et Tyra, comme Tammam, hors d'atteinte.

– Même dur, le bois d'ébène brûle, lança la brute qui commandait en lui jetant sa torche à la face. Subâhu évita la première, mais la seconde enflamma son bliaud, lui brûlant le dos, la troisième l'attrapa au visage.

Se débattant, il parvint à enlever son vêtement en feu. Mais une lame se planta entre ses côtes. Avec un cri rauque, il l'arracha et la vrilla dans le cœur du chef de la bande. Lorsqu'un couteau qu'il n'avait vu venir lui cloua le ventre, un autre le dos, il tomba à genoux.

– Crève donc ! brailla l'un des hommes tandis qu'un coup de pied l'envoyait rouler parmi les ajoncs.

– Non !

Le cri de Tyra lui parvint de très loin, tout comme la souffrance qui s'estompait. Il discerna une ombre qui s'avançait vers lui et ferma les yeux. Le coup de pied l'atteignit en pleine poitrine. Il ne tressaillit point.

– La bête est morte, exulta celui qui venait de frapper.

– Oui, mais la femme a filé, s'emporta un autre, joignant à sa remarque une bordée d'injures.

La barque n'était plus qu'un point diffus dans le courant, impossible à suivre depuis les berges.

– Noyée avec son fils, trancha l'un des hommes avec autorité.

Un sourire qu'ils ne virent point s'esquissa sur les lèvres de Subâhu. Leurs pas décrurent, remplacés par celui des éléphants. Leurs pattes majestueuses soulevaient des volutes de poussière jaune au rythme des tambours. Leur front peint comme aux plus beaux jours de fête de son enfance, ils portaient de somptueux harnachements. Civa, dieu du Sacrifice, s'avança, son troisième œil au milieu du front paré de ses serpents et coiffé de son croissant de lune. Ses quatre bras de bronze se tendirent vers le mourant. Celui-ci comprit que son dieu l'avait retrouvé et venait le chercher. Rassemblant ses ultimes forces, il leva la main vers Civa et murmura une dernière fois son nom.

– Subâhuuuu !

L'appel déchirant de Tyra courut sur le fleuve et s'acheva dans un sanglot.

– Elle et l'enfant sont morts noyés en voulant fuir.

– As-tu retrouvé leurs cadavres ? interrogea Boson.

L'homme eut du mal à soutenir le regard qui le fouillait. Il s'y efforça pourtant, sachant que, s'il baissait les yeux, le comte saurait qu'il mentait.

– Nous les avons enterrés, selon ton souhait, dans la fosse des pesteux.

Sans mot dire, Boson se leva et tendit à l'autre la bourse qu'il avait préparée.

– Sors maintenant, et oublie à jamais cette histoire. Sa seule évocation te coûterait la vie. Fais-le savoir à tes comparses.

L'homme parti, Boson appela un clerc. Laissant errer son regard sur les toits de la ville, il dicta une longue lettre dans laquelle il annonçait à Hugues que la peste avait emporté Tyra et son fils. Puis il en adressa une autre au père de la princesse Hilda, chargée de promesses.

Tyra ôta la charpie et tâta la blessure du bout des doigts. Pas trace d'infection. Elle l'oignit d'huile de millepertuis et refit le pansement avec des gestes dictés par l'habitude. La perte de Subâhu l'affectait profondément. Plus de vingt années qu'il se dressait entre elle et le danger. Sa mort lui causait un tel chagrin qu'elle n'avalait rien depuis la veille au grand dam de Léa, la femme d'Elie.

Le couple, âgé d'une soixantaine d'années, avait fait preuve à l'égard des fuyards d'une bonté sans pareille. Au seul nom de Jacob, Elie leur avait ouvert sa maison sans poser de questions.

Aimery rentra dans la chambre pour annoncer le repas.

– Pour ton fils, essaie de manger quelque chose. Cet enfant n'a déjà point de père, veux-tu qu'il perde aussi sa mère ?

– Il a un père, le reprit calmement Tyra tout en rangeant ses pots. Il s'agit du prince Hugues.

Aimery resta sans voix, abasourdi. Sa sœur en profita pour lui expliquer pourquoi Boson en voulait à sa vie.

– À présent tu sais tout, conclut-elle.

– Comptes-tu épouser cette engeance du Diable ?

– Non ! Et cesse, je te prie, de mêler à tout instant Dieu et le Diable à nos propos ! Ces deux-là n'ont que faire dans cette histoire.

Aimery blêmit.

– Jusqu'à quand, ma sœur, vas-tu m'infliger tes blasphèmes ?

– Jusqu'à ce que tu oublies, pour un temps, ton chapelet et tes prières et revienne sur terre. Nous sommes à moins d'une heure d'Arles et de Boson qui, sans nul doute, a lancé ses hommes à notre poursuite. Abraham et Subâhu sont déjà morts pour nous sauver. Devons-nous mettre aussi la vie de nos hôtes en péril ? Ne crois-tu pas qu'il faut songer à libérer la place ?

– Pour aller où ?

– A Fabrègue. Nous y serons en sécurité.

– En sécurité ! ricana Aimery. En plein territoire païen !

Tyra l'aurait giflé.

– Que crois-tu avoir à craindre du qâ'id ? Tu es le fils d'Inga.

– Et celui d'Audifré que ses hommes abattirent comme un chien.

– Le qâ'id était contre cette attaque, et tu le sais.

– Cela n'enlève rien au meurtre de notre père. Comment peux-tu seulement envisager que je retourne à Fabrègue tant qu'ils y sont ?

Tyra repoussa sa tresse avec rage et rajusta sans douceur le trop ample bliaud vert prêté par Léa et qui, à tout instant, dénudait ses épaules. Elle désigna Amiel.

– Lui n'a que faire de tes ressentiments. Tu tranches à sa place avec la haine pour seul jugement. Le bon chrétien que nous avons là !

Aimery manqua étouffer de fureur.

– Comment oses-tu... ?

– Laisse, moine. C'est un combat perdu d'avance. Tu ignores combien est grande l'habileté des femmes en ces joutes de mots. Dieu, que j'ai soif...

La voix faible et cassée leur fit tourner la tête. Tyra tomba en arrêt devant deux grands yeux bruns, étrangement lumineux dans ce visage pâle piqué d'une barbe naissante. En dépit de sa faiblesse, Amiel la dévisageait avec intérêt.

– Loué sois-tu, Seigneur, murmura Aimery, se précipitant au chevet de son ami.

Tyra versa au blessé un gobelet d'eau fraîche, mouvement qui découvrit instantanément ses épaules.

– Bienvenue, comte, dans le monde des vivants. Souffres-tu ?

– Bien moins qu'avant de passer par tes mains, répondit-il avec un rictus douloureux qui se voulait sourire.

Tyra approcha l'eau des lèvres d'Amiel et l'aida à boire, en se demandant s'il avait tout entendu de leur conversation. Si tel était le cas, il n'en montra rien.

– Merci, dame.

Il se laissa retomber sur sa couche, épuisé par l'effort, et considéra Tyra en silence. Jamais il n'avait vu des prunelles pareilles, d'or et de vert mêlés. Des cernes de chagrin ou de fatigue en rehaussaient encore l'éclat. Et comme elle semblait menue dans cette tenue trop grande qui lui dénudait si sensuellement les épaules. Jamais il n'eût imaginé la sœur du moine aussi... femme. Sa réflexion lui arracha un rire sourd. La douleur le rappela à l'ordre et ne le lâcha plus.

– Pourquoi ris-tu, ami ? s'inquiéta Aimery.

Mais déjà la faiblesse reprenait Amiel. Il sombra avec l'image de ce superbe regard d'or penché au-dessus du sien.

Le lendemain, alors qu'elle allait entrer dans la chambre du blessé, Tyra croisa son frère qui en sortait, portant brocs et bassins.

– Un serviteur eût pu s'acquitter de cette tâche, remarqua-t-elle.

Aimery haussa les épaules et s'éloigna, aussi taciturne que d'ordinaire.

Tyra trouva Amiel assis sur sa couche, lavé et rasé de frais. Il portait un bliaud et des braies trop courts qui appartenaient sans nul doute à Elie. Sa pâleur trahissait l'effort que lui avait coûté cet exercice.

– Ne présume point de tes forces, le prévint-elle, lui tendant le bol de bouillon de poule qu'elle avait apporté. Seuls quelques points ferment ta plaie. Un rien suffit pour la rouvrir.

Le comte la rassura d'un sourire et but en silence tout en l'observant. Ainsi, il n'avait point rêvé la beauté de la jeune femme. Elle portait la même tenue que la veille mais l'avait resserrée à la taille par une ceinture de cuir. De sa tresse refaite ne dépassait aucune mèche. Bien vêtue, la sœur du moine devait être remarquable.

Rien d'étonnant à ce que, comme il avait cru l'entendre, ce chien de Hugues en soit épris au point de la vouloir pour femme. Plus surprenant se révélait le refus de celle-ci. Que cachait cette tête joliment faite et vraisemblablement fort pleine ?

Le deuil dont il souffrait le détourna très vite de Tyra. Il fut pourtant sensible au parfum de romarin de ses cheveux et à la douceur des mains qui défaisaient son bandage.

– Quand, dame, puis-je prendre la route ? demanda-t-il.

– Sais-tu seulement où nous sommes ?

Amiel opina.

– Et pourquoi nous y sommes, ajouta-t-il.

Tyra rougit et se mordit les lèvres. Que savait-il exactement ? Elle s'en voulut aussitôt de s'en inquiéter. Qu'importait ce qu'il savait d'elle. Dans quelques jours, elle l'aurait oublié.

– Pour pouvoir chevaucher sans risque, il te faudra attendre un couple de semaines, le renseigna-t-elle, sans cesser son ouvrage.

Il s'empara de sa main et chercha son regard. Tyra fut prise pour la seconde fois par la lumière intense des yeux d'Amiel. Cet homme dégageait une force de caractère peu commune.

– Dix jours. Il faut qu'en dix jours je sois sur pied. Il en va de la vie de mes compagnons, et il m'en reste peu.

Tyra se dégagea posément.

– Je ferai mon possible.

Elle examina la blessure :

– La lame est passée très près d'un point vital. Tu as eu de la chance.

Un rire grinçant lui répondit.

– De la chance ! Mon père, mes frères et mon épouse massacrés, et je dois rendre grâce au Ciel ? Dieu, non !

– Pardonne-moi, se confondit Tyra, ébranlée. J'ignorais.

Mais le comte s'était calmé et affichait une expression si indéchiffrable qu'elle se demanda si elle n'avait pas rêvé ce qu'elle venait d'entendre.

– C'est moi qui te fais des excuses. Je sais que je te dois la vie.

– Toi et tes amis devez négocier une trêve avec les Sarrasins, assura Tyra après réflexion. Qu'au moins de leur côté les coups ne pleuvent plus.

Amiel resta interloqué.

– Une trêve avec les païens ? Par Dieu et avec quoi la paierions-nous ? Ne sais-tu qu'avec eux tout s'achète ?

– Je puis, si tu m'y autorises, intervenir auprès du qâ'id. Il me tient en estime pour avoir sauvé l'un de ses fils et acceptera de m'entendre.

Le rire d'Amiel sonna à nouveau comme un coup de griffe.

– T'entendre, ce scorpion le fera peut-être, mais il se bornera à cela. Il n'y a rien à attendre de lui. Ignores-tu qu'il servit tour à tour Thibert et Hugues, et se vend au plus offrant ? Voilà des lustres qu'il joue de nos divisions pour asseoir son pouvoir. Qu'a-t-il à gagner à cesser de nous dépouiller ?

Tyra regretta sa remarque. Que venait-elle se mêler de cette affaire ! Elle ramassa ses pots de médecine.

– Alors, continuez de clairsemer vos rangs !

– La liberté est à ce prix.

Dix jours plus tard, les fugitifs prenaient congé de leurs chaleureux hôtes, pourvus de vivres et de montures.

Bien qu'encore faible, Amiel tint à accompagner Tyra, l'enfant et la servante, jusqu'aux limites du Fraxinet. Plus d'une fois, la jeune femme surprit le regard du comte posé sur Tammam et sur elle. Au moment de se séparer, elle ouvrit la bouche pour tenter une dernière fois de fléchir son frère quant à leur mère. Celle-ci eût été si heureuse de revoir son fils. Le visage fermé d'Aimery l'en dissuada. La rage au cœur, elle talonna sa monture.

Au moment de s'enfoncer dans la forêt du Fraxinet, la voix de Sarah l'appela loin en arrière.

– Dame ! Dame ! Pas si vite !

Tyra se retourna. Derrière la servante, Aimery avait disparu, mais le comte Amiel la fixait toujours.

Hugues reçut le message de Boson alors que les troupes du roi Bérenger venaient d'écraser les siennes et qu'il s'apprêtait, après sa cuisante défaite, à regagner la Provence. Il se trouvait à Lucques, dans l'une des résidences des ducs de Toscane, auprès de sa mère Berthe, de son beau-père Adalbert le Riche et de ses demi-frères et sœur.

Son hurlement précipita le palais dans ses appartements. Tous le crurent pris d'un accès de démence et reculèrent. La princesse Berthe elle-même n'osa intervenir et poussa hâtivement sa fille Ermengarde, encore fort jeune, vers la sortie.

De son épée, Hugues fracassait avec une incroyable violence tout ce qui l'entourait. Enfin, la souffrance eut raison de lui, le laissant cassé en deux, le regard fou, le souffle court.

Tyra et leur fils, les deux ensemble... De quel prix payait-il ses ambitions lombardes ! Et tout cela pour rien puisqu'il n'avait pu ravir à un Bérenger dont la duchesse Berthe avait sous-estimé la ruse et la puissance cette couronne maudite !

Il réalisa qu'il ignorait le nom du fils que Tyra lui avait donné et ne le connaîtrait jamais. Le rugissement qu'il poussa alors fit trembler les murs du palais de Lucques.

9

Amiel

An 916

– Courage, mes amis, nous voilà presque rendus ! L'excellence de mon vin et la saveur de mes jambons vont nous faire oublier notre misérable chasse. J'eusse dû, toutefois, prévenir mon intendant afin qu'il nous fasse mettre quelques oies en broche et préparer des perches de mes ét...

Guillaume s'arrêta net, les yeux rivés sur les colonnes de fumée grise qui s'élevaient derrière la colline. Talonnant sa monture, il fonça ventre à terre vers sa propriété. Hugues Taillefer et Enguerrand se jetèrent derrière lui.

La villa offrait une vision apocalyptique. La réserve, les manses, tout le domaine avait été mis à sac avant d'être brûlé.

Guillaume manqua pleurer de rage devant ce qui restait de sa plus riche exploitation. Près d'une grange, il découvrit son intendant transpercé d'un épieu, la main encore crispée sur sa pioche.

– Dieu tout-puissant, rugit-il, se précipitant dans la première masure. Vide.

Comme fol, ses compagnons sur ses talons, il courut d'un manse à l'autre, à la recherche de l'un de ses tenanciers. Il ne trouva que le vieux Peïre, l'ancien forgeron, agonisant devant sa maison, parmi des plumes de volailles et ses porcs dont on avait coupé les jarrets et qui s'étaient vidés de leur sang.

– Les Sarrasins, lui confirma-t-il dans un souffle. Ils ont... emmené mes... fils... et tout le vill...

Il expira dans les bras d'un Guillaume tremblant de fureur. Outre le fruit des récoltes et le bétail, les païens avaient enlevé tous ses gens.

– Voilà trois mois, l'un de mes domaines subit ce sort-là, dit Enguerrand sombrement.

– Deux des miens furent ravagés de même, réagit à son tour Hugues Taillefer. Jusqu'à quand allons-nous accepter sans broncher les coups de ces démons ? Devons-nous courir à la ruine sous prétexte que Hugues refuse de lever l'ost contre eux ?

Guillaume se releva, fixant toujours le cadavre du vieil homme. Il avait recouvré sa maîtrise.

– Mais nous sommes l'ost, fit-il remarquer avec un calme glacé. Dieu sait combien j'aime notre prince et le sers fidèlement, mais cette fois, c'en est trop. Je n'attendrai point d'avoir son aval pour agir. Que les païens approchent encore de mes terres et je les recevrai.

– Nous serons avec toi.

– Voilà, le nœud est fait. Selim, fais passer la corde par-dessus la branche.

– Et moi ? fit Mourad renfrogné. Qu'est-ce que je fais, moi ? Et puis, pourquoi c'est toujours toi qui commandes ?

Tammam qui dissimulait tant bien que mal le nœud coulant sous quelques brins de thym s'arrêta net et planta ses prunelles claires dans le regard chafouin de Mourad. Décidément, il n'aimait pas le frère de Nora.

– D'abord, c'est pas toujours moi. Ensuite, qui a eu l'idée de ce piège ? Si tu n'es pas content, tu pars.

Nora, qui faisait le guet, donna le signal avant de plonger sa jolie frimousse brune derrière une touffe de bruyère.

– Quelqu'un vient, traduisit Selim.

– Vite, derrière l'arbre, intima Tammam. Tous à la corde.

Adeline, la grasse épouse du potier de Grimaldum, posa le pied sans méfiance sur les brindilles de thym. Mal lui en prit. A sa grande frayeur, quelque chose encercla son épaisse cheville, l'enlevant dans les airs, tête en bas, jetant aux quatre vents les poissons de roche que contenait son grand panier. Son cri strident vrilla les oreilles des enfants.

– Tirez, mais tirez donc avec moi sur la corde, fit Tammam à ses trois compagnons. Dieu, qu'elle est lourde !

Enfin, quand la malheureuse Adeline, toujours hurlante, fut jugée suffisamment haute pour balancer au-dessus du sol son énorme carcasse sans risquer de se cogner la tête, les enfants nouèrent l'extrémité de la corde à une branche maîtresse et purent s'esclaffer tout leur saoul. La corpulente femme, dont le bliaud s'était retourné comme une peau de lapin, livrait à leurs yeux réjouis ses jambons laiteux, son impressionnant fessier et ses mamelles effarantes, l'ensemble ballottant au rythme désordonné de ses gesticulations.

– On dirait un ver coupé, hoqueta Tammam en se tenant les côtes.

– Sales petits pesteux, vociférait Adeline entre deux hurlements entrecoupés d'appels à l'aide. Redescendez-moi vite ou je vous fais fouetter par vos parents !

Mais les enfants riaient trop pour l'écouter.

– Avec du sel dans les yeux, elle dansera mieux, affirma Mourad, défaisant le petit sac accroché à sa ceinture entre une patte de lapin et un couteau.

– Non, s'interposa Tammam. Ça la brûlerait trop.

– Jamais d'accord, hein, bâtard ?

Tammam devint cramoisi et empoigna Mourad par le col. Bien qu'âgé lui aussi de huit ans, ce dernier se révélait plus massif que son agresseur. Force qui ne lui donna pas pour autant l'avantage face à la fureur sans nom qui animait le fils de Tyra.

– Ne m'appelle jamais comme ça, entends-tu, jamais ! jeta-t-il, cognant la tête de Mourad sur la terre sèche avec une violence qui affola Nora.

Elle attrapa le bras de son cousin Selim.

– Fais quelque chose ! Arrête-le ! Il va tuer mon frère !

Selim dut peser de tout son poids sur le dos de son ami pour parvenir à le maîtriser. Il avait un an de plus que celui-ci sans être guère plus grand en taille. L'agilité qu'il tenait de Zaïd, son père, en faisait cependant un redoutable adversaire aux jeux de combat où il n'était point rare qu'il battît ses deux frères aînés.

– Ce chien n'en vaut pas la peine ! Laisse-le.

Il réussit à faire lâcher prise à Tammam. Mourad frotta sa tête ensanglantée et s'en fut en lâchant à l'adresse de Tammam un flot d'injures.

– La femme ! s'écria alors Nora. Elle ne bouge plus et elle est toute rouge.

Proche de l'apoplexie, la pauvre Adeline ouvrait et refermait la bouche comme un poisson hors de l'eau, les yeux exorbités.

– Il faut la descendre, dit Tammam, plus très fier, en s'emparant de la corde.

Non loin de là, un labeur aussi long et fastidieux que la cueillette des olives retenait sur la colline femmes et enfants de Fabrègue. Le ramassage de la cochenille ou galle de kermès nécessitait patience et délicatesse pour décrocher un à un avec l'ongle ces parasites femelles pas plus gros qu'un pois, sans écraser les milliers de vers rouges qu'ils renfermaient et donneraient par la suite au fil de lin un rouge éclatant.

Tyra chantonnait en travaillant. Elle avait quitté à l'aube sa petite maison des bois à laquelle elle avait su rendre vie, pour prêter main-forte à sa mère et aux femmes du domaine. Cet ouvrage qui occupait les mains sans encombrer l'esprit ne lui déplaisait point. D'autant qu'il faisait, ce matin-là, particulièrement doux et que la terre exhalait des parfums de menthe sauvage propres à apaiser les âmes les moins sereines.

Tout en débarrassant méticuleusement de sa galle les rameaux du chêne vert voisin, Inga coula vers sa fille un regard heureux. Trois ans déjà que Tyra était revenue avec Tammam vivre à Fabrègue. Une période qu'elle n'avait vue passer et un retour qu'elle n'eût osé rêver quelque temps plus tôt tant Tyra semblait bien établie à Arles.

De la cause de ce retour, celle-ci n'avait rien dit. Fidèle à elle-même, Inga s'était gardée de toute question. Elle devinait cependant là-dessous quelque méchante histoire. Une remarque de Tammam à propos d'une prétendue fuite ainsi que la quasi-absence de bagages renforçaient ses soupçons.

Inga aurait juré que le prince Hugues se trouvait au centre de cette histoire. Tyra n'avait point d'ennemi et ne vivait que pour son fils et son ouvrage. La cause ne pouvait tenir que dans une affaire de cœur. L'acte insensé commis par Hugues, bien des années auparavant, en ramenant Tyra mourante au domaine, laissait présager bien d'autres folies. Tammam qui ressemblait à son père de façon saisissante était la preuve que cet amour tourmenté traversait le temps.

Tyra n'avait pas drainé dans son sillage que de la joie. Par elle, Inga avait appris la mort de Vigtis, son dernier lien avec son clan et sa terre du Grand Nord. Ne restait plus désormais que la mémoire pour s'en souvenir. De son côté, Nasir avait été fort affecté par la perte de Subâhu, le compagnon de sa jeunesse.

D'un revers de main, Inga chassa de ses tresses filetées de gris quelques œufs de cochenille. Par Tyra, elle avait aussi appris que son fils Aimery était toujours vivant. La cause qu'il défendait ne l'avait point surprise. Sa quête d'absolu devait y trouver son compte. Quant aux raisons invoquées par Tyra pour expliquer son refus de revenir à Fabrègue, elle n'y croyait qu'à demi. Certes, les Sarrasins qui avaient tué leur père tenaient le Fraxinet. Mais il y avait aussi Nasir, l'usurpateur, l'ami qui avait trahi Audifré en lui prenant sa femme.

Inga écarta de son esprit son fils aîné. Songer à lui la torturait toujours. Ses pensées se portèrent tout naturellement vers Romanus, son plus jeune fils, un enfant qui n'avait, quant à lui, jamais posé problème. Si tant était que l'on pût encore parler d'enfant face à ce beau garçon de vingt-quatre ans, blond et fort comme un dieu viking. Parti dix jours plus tôt avec les nefs du Fraxinet livrer en al-Andalus la dernière cargaison de bois de l'année, il lui manquait déjà.

Quand la terre se trouvait au repos, Romanus ne perdait pas une occasion de naviguer vers la terre natale de son père. Il prisait tant ses couleurs, ses odeurs, le grouillement coloré de ses souks et la beauté de ses palais de marbre qu'Inga craignait toujours que la flottille du qâ'id ne s'en revînt sans lui.

– Quels sont ces cris ? jeta soudain Tyra.

Inga tendit l'oreille et perçut à son tour des hurlements aigus. Ils provenaient d'un bouquet d'arbres dans la plaine. Tyra défit prestement son devantier.

– J'y vais.

Elle dévala la colline et arriva à temps pour voir son fils, Selim et Nora redescendre sur terre, tête première, une Adeline qu'elle mit un moment à identifier tant sa couleur avait changé.

– Tammam !

A son cri, les enfants s'éparpillèrent telle une volée de moineaux. Tyra parvint à attraper le sien et lui administra deux gifles retentissantes.

– A présent, rentre à la maison et n'en ressors plus.

Le garçonnet ne se le fit point dire deux fois et s'éloigna en sautant par-dessus les fourrés.

Tyra aida la femme du potier à reprendre ses esprits et défit le nœud qui étranglait sa jambe. La brave Adeline formée par ses soins aux rudiments de la médecine bien des années plus tôt avec Aïcha, Marie et Hélène, chacune pour son village respectif, ne méritait point pareil traitement. Quand elle put parler, elle jeta, hors d'elle :

– Voici ce que me valent mes visites à Fabrègue ! Qu'ai-je eu de vouloir vous porter ces poissons ! Si tu n'y veilles mieux, Tyra, ton fils finira comme tous ces mécréants qui tiennent le fort : une lance à la main et le meurtre facile.

Tyra n'eut pas l'occasion de répondre. Une troupe guerrière arrivait droit sur elles. Nombre d'hommes étaient couchés sur la crinière de leur cheval qu'ils souillaient de leur sang. Les plus atteints étaient sanglés pour éviter la chute.

Sous le mighfar de maille de celui qui allait en tête, Tyra reconnut Zaïd. Dès qu'il la vit, il arrêta sa monture.

– C'est Allah qui t'envoie. J'ai beaucoup de blessés.

– Je prends ma mallette et je viens.

– Aïcha a ce qu'il faut au camp. Nous n'avons besoin que de ton savoir. Le sien ne suffira pas.

Il lui tendit la bride de l'un des chevaux qui rentrait à vide. Tyra sauta en selle et se tourna vers Adeline encore toute retournée :

– Préviens ma mère, la pria-t-elle. Qu'elle garde Tammam cette nuit. Je ne rentrerai probablement pas avant demain.

A l'arrivée de la troupe, les femmes jaillirent des maisons. Ce jour-là, le fort résonna longtemps de leurs pleurs et de leurs plaintes. En apprenant la perte d'un fils, d'un époux, d'un frère, certaines furent saisies d'une crise d'hystérie. Tyra dut user de sédatifs pour les empêcher de se griffer la face ou de s'arracher les cheveux. Sur sa demande, le qâ'id les fit toutes refouler chez elles. Quand le dernier voile eut disparu de la cour, rendant la place aux enfants et aux volailles, un silence lugubre s'abattit sur le piton rocheux.

Dans la salle qu'elle avait fait aménager des années auparavant, Tyra s'activa avec Aïcha fort tard dans la nuit. Celle-ci allait de l'un à l'autre, administrant calmants et réconfort, s'occupant des moins atteints. Mais beaucoup souffraient de blessures dépassant ses compétences. Des heures durant, Tyra resta penchée au-dessus de la table, à inciser, nettoyer, recoudre des plaies et remettre des membres en place. Pour quelques-uns, hélas, elle perdit le combat.

Au point du jour, voyant Aïcha, qui n'était plus toute jeune, tituber de fatigue, elle la congédia, l'assurant qu'elle en avait presque terminé. Peu après, Kheira, l'épouse du vieux qâ'id, pénétra dans la salle, chargée d'un plateau. Elle drainait son habituel sillage de voiles élégants et musqués. Tyra leva vers elle un visage harassé.

– Tu puis dire à leurs femmes d'entrer. J'en ai fini.

L'épouse du qâ'id secoua la tête en souriant.

– Pas avant que tu aies avalé ceci. Ta mère m'en voudrait de te laisser rentrer le ventre vide après pareille nuit.

Elle contraignit Tyra à boire un gobelet de lait d'amande et à avaler un gâteau au miel.

– A présent, viens. Mes fils et mon époux tiennent à te remercier.

Elle conduisit Tyra jusqu'à la grande salle aux murs rocheux adoucis de tentures, et s'éclipsa.

Assis près de leur père sur le tapis de haute laine, visiblement tendus, Khaled et Zaïd sirotaient de l'hypocras. Comme eux, beaucoup au fort, oublieux des lois du Coran, consommaient vin aux épices et hydromel. La cohabitation laissait des traces des deux côtés. Seul le qâ'id s'en tenait encore au lait d'amande.

Des quatre fils de celui-ci n'en restaient plus que trois. Yahya avait succombé l'année d'avant à une chute de cheval. Redouane, le préféré de Kheira, habitait Fabrègue avec Marie, son épouse chrétienne, et leurs enfants. Zaïd et Khaled, les deux autres fils du qâ'id, demeuraient au fort et secondaient leur père. Zaïd avait trois fils : Abda, Osni et Selim, le dernier, grand ami du petit Tammam. Mourad et Nora étaient les enfants de Khaled.

Zaïd sourit spontanément à l'entrée de Tyra. Khaled, toujours très neutre, la salua d'un hochement de tête.

– Combien sont morts? s'enquit le vieux Nasr Ibn Ahmad.

– Six n'ont pu être sauvés, avoua Tyra.

– Plus les trente que nous venons de perdre, énonça sombrement Khaled en contemplant le fond de son gobelet.

– Par Muhammad, si le cousin du roi veut la guerre, explosa Zaïd, il va l'avoir!

– L'assaut ne venait pas de lui, corrigea le qâ'id.

– Mais de ses féaux, riposta Zaïd, ce qui est égal.

– Rien ne prouve que lui sache ce qui vient de se passer, le tempéra encore son père.

– Il le sait. Il sait toujours tout, lâcha Tyra.

Les trois hommes se tournèrent vers elle, surpris. Elle regretta aussitôt son intervention. Entendre parler de Hugues lui avait fait perdre son sang-froid.

Khaled détourna l'attention :

– Il n'a rien à gagner à nous provoquer. Nous pouvons mettre son territoire à feu et à sang.

– Alors choisissez bien vos cibles, intervint Tyra, cette fois sciemment. Car en continuant de frapper les domaines des seigneurs provençaux, vous faites son jeu. Rien ne vaut de combattre les ennemis de son ennemi.

Un silence hostile accueillit ses paroles. Khaled affichait un air désapprobateur des plus éloquents. Quant au vieux qâ'id, seul le respect qu'il avait pour le savoir de la jeune femme l'empêcha de la remettre à sa place. Il lui opposa un masque glacial.

Tyra salua roidement et sortit. Zaïd la rattrapa. Après l'avoir remerciée avec son affabilité habituelle, il lui adjoignit une escorte. Longtemps, il fixa le chemin par lequel elle avait disparu, réfléchissant à ses propos.

Au même instant, palais royal de Vienne

– Pourquoi laisses-tu tes vassaux provoquer les païens ? Les temps sont mal venus pour donner du pied dans ce nid de frelons ! Arles se relève à peine de la peste et le pays est proche de la ruine. Nous avons besoin de la paix, que diable !

Au seul nom de l'épidémie, Hugues frémit. Pourquoi son frère l'évoquait-il juste ce jour-là ? Il reposa son cuissot de chevreuil. Cette collation destinée à tromper sa fébrilité prenait un tour déplaisant. Boson l'irritait.

– La paix ! Crois-tu que ce pays l'ait jamais connue ?

– A défaut des campagnes, nos cités en jouissent ! Sans compter que les païens font notre jeu quand ils visent les terres des rebelles provençaux.

– Mes féaux pâtissent tout autant de leurs coups et ne le souffrent plus. Veux-tu qu'ils se dressent à leur tour contre moi ?

– Alors assiégeons le Fraxinet et qu'on en finisse ! Voilà des années que nous en parlons.

– Laisse-moi d'abord venir à bout d'Amiel, de Fouquier et de leurs comparses. Et dire que Manassès prétendit les avoir tous terrassés !

– Ils ne sont plus qu'une poignée. Les représailles désordonnées de tes vassaux contre le camp sarrasin devraient t'inquiéter bien davantage !

– Sang du Christ, je suis las, mon frère, de tes conseils et de tes mises en garde. Tu sembles parfois oublier que c'est moi qui mène ce pays et, pour l'heure, il m'importe plus d'abattre Amiel et Fouquier que d'empêcher mes vassaux de défendre leurs terres contre les Sarrasins. Rompons là !

Boson blêmit, cinglé par l'injustice d'un tel rappel à l'ordre. « Qui œuvra dans l'ombre à te faire occuper cette place ? se rebella-t-il en son for. Qui dirigea le royaume tandis que tu galopais vers la Lombardie ? » Aussi fut-ce d'une voix blanche qu'il répliqua :

– Tu parles d'or, mon frère. Voilà trop longtemps que je prends à mon compte des soucis qui t'incombent. A l'avenir, je me contenterai des miens.

Les deux frères s'affrontèrent du regard, tous deux dressés de part et d'autre de la table, antagonistes pour la première fois. Hugues se calma le premier. Le moment n'était point à des querelles de cet ordre.

– Allons, mon frère, fit-il, radouci, oublions nos désaccords. L'événement qui s'annonce prête à la liesse, non à la colère.

Une servante d'Hilda se présenta à cet instant. La joie colorait ses joues. Elle s'inclina devant Hugues.

– La princesse ton épouse t'attend, haut seigneur.

Hugues brûla de poser la question capitale mais se retint. Il avait peur, soudain, terriblement peur de la réponse. Tout à son angoisse, il croisa sans le voir le prince Charles-Constantin, bâtard du roi Louis et de Waldrade. L'insipide jeune homme ne s'en offusqua point. Au grand dam de sa mère, il avait pris l'habitude de s'effacer devant son trop puissant cousin.

Hugues fonça au pas de charge vers la chambre d'Hilda. Il y régnait une grande fébrilité et les cassolettes d'herbes aromatiques ne parvenaient pas à combattre entièrement l'odeur du sang. Bousculant les servantes qui enlevaient bassins et linges souillés, il se fraya un chemin jusqu'à la couche.

Hilda reposait, encore plus blême que d'ordinaire, presque diaphane sous son auréole de cheveux lunaires. Ses femmes, toutes franques de l'Est comme elle, l'entouraient, redressant ses oreillers, s'extasiant sur l'enfançon dans leur langue à couper au couteau. En voyant son époux paraître, elle les congédia, désireuse de rester seule avec lui pour partager cet instant. Elle lui offrit un sourire épuisé.

– Sois heureux, mon seigneur, fit-elle avec l'accent guttural des Francs Orientaux, c'est un fils.

Hugues ferma les yeux et remercia le Ciel. Son cœur battait très fort lorsqu'il se pencha au-dessus du berceau de bois. Il ne vit d'abord qu'une petite ombre recroquevillée sous un tas de fourrure. L'enlevant doucement de son nid, il l'exposa dans la lumière. Le nouveau-né protesta par de faibles vagissements. Hugues refusa de voir son corps malingre, ses yeux sans couleur, sa peau livide. Il avait enfin un fils légitime.

– Mon fils! murmura-t-il.

Les yeux pâles d'Hilda s'embuèrent. Elle mettait dans cette naissance tous ses espoirs de gagner l'amour de cet époux si froid. Combien de cierges avait-elle fait brûler et dire de messes afin que ce fût un fils! L'émotion qu'il manifestait la payait de bien des tourments.

– J'aimerais l'appeler Lothaire, avança-t-elle timidement. D'illustres rois de ta lignée se nommèrent ainsi. Y vois-tu un inconvénient ?

– Aucun.

Hugues reposa son fils dans le berceau. Sentant qu'Hilda attendait quelque chose, il vint s'asseoir au bord de la couche et, l'enlaçant, effleura d'un baiser le front blême.

Le contact des bras chauds qu'elle n'avait guère sentis au cours de ces derniers mois la plongea dans un bien-être qui, avec l'épuisement des heures de douleurs, se mua en torpeur.

Quand elle se fut assoupie, Hugues se redressa et revint près du berceau. Mettant à nouveau son fils à l'épreuve des lampes, il chercha à déceler dans les traits indécis quelque chose de lui. Pourquoi ne sentait-il vibrer en lui ce qu'il avait aussitôt éprouvé en présence du fils qu'il avait eu de Tyra ? Tyra ! Leur si bel enfant !

Un étau lui broya la poitrine. Ne pas comparer ! Jamais ! Mais le visage des disparus tant pleurés s'imposa à lui avec une telle force qu'il manqua en laisser choir son héritier. Le jetant dans les bras de la nourrice qui arrivait, il quitta précipitamment la chambre.

Fouquier brandit son épée mais l'autre fut plus rapide et, d'un coup de hache, lui pourfendit la poitrine. Le seigneur de Valensole s'écroula dans une gerbe de sang.

Manassès qui suivait la scène de loin partit d'un rire dément. Savoir ses proies prises au piège lui procurait une jouissance qu'aucun de ses amants ne lui avait donnée. Aucun, excepté Gerbert. Le souvenir de son amour trahi trempa d'acide sa haine à l'encontre de ceux qu'il tenait dans sa nasse. C'était uniquement pour servir leur cause que Gerbert avait échoué dans sa couche. Et cela, ils le payeraient jusqu'au dernier.

Des yeux il chercha Amiel, l'âme du camp des seigneurs rebelles. Il le vit se jeter furieusement sur le meurtrier de Fouquier et lui planter son épée dans la gorge.

Manassès sortit sa lame. Il ne laisserait à personne le soin de le tuer. Ses hommes lui jetèrent alors, presque dans les jambes, l'un des Provençaux qui reculait sous leurs assauts furieux. Il s'en débarrassa d'un coup d'épée dans le dos. Quand il regarda à nouveau vers Amiel, celui-ci avait disparu.

Le comte rebelle n'était pourtant pas bien loin. Ecartant Fouquier, son frère d'armes, du centre du combat, il l'avait fait glisser derrière un fourré, en lisière de la forêt.

Fouquier de Valensole tourna vers lui des yeux déjà vitreux.
– Mes fils... mon épouse... Sauve-les, ami... Promets...
– Devant Dieu, je le jure, murmura Amiel.
Le regard du seigneur de Fabrègue se figea. Ravalant ses larmes, Amiel croisa les bras de son ami et se signa rapidement. Lorsqu'il risqua un œil à travers les taillis, la moitié de ses compagnons gisaient à terre. Les autres ferraillaient en reculant vers le sous-bois, leur seul espoir de fuite.
Amiel dut se faire violence pour ne point les rejoindre. Il s'enfonça dans la forêt, priant Dieu de lui permettre d'atteindre le domaine de Reillane et les enfants, avant Manassès.

– Parle-moi encore de Dieu. Et les anges ? A quoi ressemblent-ils, les anges ?
Aimery prit le temps de fixer sur l'autel le cierge qu'il venait d'allumer et se tourna vers Mayeul. Cela le surprenait toujours que cet enfant de seulement cinq ans fût si proche du Très-Haut. Les prunelles d'un bleu très pur le fixaient intensément, quêtant la réponse. Aimery décoiffa la tête blonde en souriant.
– A toi, mon petit. Les anges te ressemblent.
A ce garçonnet qui sortait du commun, il s'attachait chaque jour davantage, le préférant à Eyric, son turbulent aîné. La réciproque semblait vraie : de l'aube à la nuit Mayeul suivait Aimery partout, lui montrant par mille détails combien il l'affectionnait.
Aimery sentit un liquide froid glisser le long de son cou. Il leva la tête et soupira. La neige recommençait à tomber à gros flocons dans la chapelle par le trou béant du toit, noyant la fresque murale près de l'autel de pierre, et défaisant un peu plus le visage de la Vierge Marie. La flamme du cierge vacilla. Si c'était pas malheureux de célébrer dans de telles conditions la naissance du Christ ! Fouquier avait-il jugé de l'état de sa chapelle avant d'inviter tant de monde ?
Le lendemain, à l'occasion de la Nativité, tous les seigneurs rebelles seraient là pour assister à l'office. Ils devaient arriver tantôt des quatre coins de la Provence. Un rassemblement exceptionnel et risqué auquel le comte Amiel se montrait réfractaire, bien qu'il se fût plié au désir du nombre.
Aimery fut tenté de prendre une échelle et d'essayer de colmater la brèche, puis y renonça. A quoi bon ! Dans quelques jours, ils seraient partis. S'agenouillant près de Mayeul, il referma son mantel de mauvais drap et noua les cordons de son col. Sa tenue usée jusqu'à la

trame fit venir les larmes aux yeux d'Aimery. Qu'allaient devenir cet enfant et son frère en ces temps si troublés ? Depuis que leur père, Fouquier II de Valensole, luttait aux côtés d'Amiel, de Pons, d'Arbald et d'autres seigneurs provençaux, contre Hugues, ils menaient une errance de proscrits, indigne de leur rang.

Jamais ils ne séjournaient plus d'un mois dans les mêmes lieux. Quant aux domaines appartenant à leur famille, suprême dérision, seul Fabrègue, sous domination sarrasine, avait échappé à la férocité de Hugues et de Manassès. Les autres n'étaient plus que ruines et ronces, comme cette villa de Reillane dans laquelle ils se trouvaient présentement et qui, à voir la noblesse de ses vestiges, avait dû faire l'orgueil des aïeux de Mayeul et d'Eyric.

Manassès ! Jamais homme de Dieu ne servit mieux Satan ! Chaque fois qu'Aimery songeait à lui, une flambée de haine embrasait son sang. Le bon archevêque qu'Arles comptait là ! Comment osait-il encore porter la chasuble après tant de crimes ? En broigne, la hache à la main, à la tête de ses hommes d'armes, il pourchassait les seigneurs rebelles à travers la Provence, prenant visiblement à cette traque un plaisir féroce.

– Quand père arrive-t-il ? s'enquit l'enfant en frissonnant.

– Bientôt. Très bientôt.

Aimery retint un soupir. Où tout cela allait-il les mener ? De par la faiblesse grandissante de leurs forces, et celles si imposantes de leurs ennemis, il jugeait maintenant leur lutte perdue. D'autant que ceux-ci n'enduraient ni la faim ni le froid. Ainsi, peu à peu, le lierre étouffait l'arbre et l'étau se resserrait autour des résistants provençaux. Ce que voyant, Aimery ne se consacrait plus qu'à Mayeul et Eyric, livrés à eux-mêmes dans cette tempête. Sollicitude dont Raimondis, la jeune épouse de Fouquier II, mère des enfants, lui était reconnaissante.

Aimery balaya d'un geste irrité les flocons qui tapissaient l'autel.

– Allons, Mayeul, que dirais-tu de m'aider à donner un petit air de fête à notre chapelle ? fit-il avec une gaieté contrainte. Il importe de célébrer dignement la naissance du Christ.

Le garçonnet s'illumina. Presque aussitôt, son sourire se figea : sa mère venait de surgir, bouleversée, le visage inondé de larmes, tenant par la main Eyric qui sanglotait. Amiel les accompagnait.

Aimery remarqua immédiatement la manche du corselet de son ami, fendue net, laissant voir une estafilade. Sur son front, entre les mèches noires, il portait trace d'un second coup de lame.

– Il ne faut pas rester ici, jeta-t-il précipitamment.
– Qui ? se borna à demander Aimery.
– Fouquier, et presque tous ceux qui étaient avec moi. J'ignore qui en a réchappé. Manassès nous a pris dans une embuscade. Mais vite ! Il faut fuir avant que ce chien ne surgisse.
– Ne restent que quelques vieilles montures, bredouilla Aimery sous le coup de la nouvelle. Le seigneur Fouquier avait pris toutes les bonnes.
– Il nous faudra faire avec, dit sombrement Amiel, les poussant vers la porte.
Avec la servante de Raimondis, ils étaient quatre adultes. Les enfants seraient pris en croupe. Y aurait-il seulement assez de bêtes ? Il en restait cinq dont une mule à demi aveugle qu'ils laissèrent. Au premier trot, Amiel sut qu'il ne pourrait aller bien loin avec de telles bêtes.
A peine atteignaient-ils le milieu de la colline que Manassès et ses hommes investissaient le domaine de Reillane.
– Ils vont suivre nos traces dans la neige, pesta Amiel. Prie, moine, prie pour que les flocons recommencent à tomber et effacent les pas de nos bêtes.
La fouille de la villa et des communs ne donna rien. Dans la chapelle, le cierge à peine consumé sur l'autel, la coupe, le fût de vin, trahissaient un départ précipité. Parmi les empreintes humides sur le sol de pierre, Manassès remarqua celles d'un homme faites de boue et de neige fraîche.
– Amiel, j'en jurerais. Aux chevaux !
Depuis le sommet de la colline, Amiel vit l'archevêque et sa troupe attaquer la pente dans leur direction. Avec leurs puissants destriers, ils auraient tôt fait de les rattraper. Il prit une rapide mesure du relief. Il n'y avait que deux chemins possibles : à leurs pieds, à dextre, la plaine blanche. A senestre, une chaîne de monts découpés, redoutables sous le ciel bas.
– Par là, décida Amiel, désignant les hauteurs.
– Es-tu fol ? réagit vivement Aimery, manquant désarçonner le petit Mayeul qu'il maintenait contre lui. Sais-tu qui tient ce territoire ?
– Nous n'avons pas le choix. Dans la plaine, nous sommes perdus. Leurs montures sont trop rapides.
– C'est un piège pour un autre, s'emporta Aimery. Crois-tu que les Sarrasins vont te laisser repartir ?

Amiel tourna vers lui un regard flamboyant.
– Si tu connais une autre issue, ne te gêne pas pour m'en faire part.
Talonnant sa monture, il prit la direction qu'il venait d'arrêter. Raimondis guida sans hésiter sa monture dans les traces du comte, puisant dans la volonté de sauver ses enfants la force de surmonter sa terreur et son désespoir. Contre elle, le petit Eyric tremblait de frayeur et la servante à ses côtés semblait avoir perdu l'usage de la parole. Aimery ne put faire autrement que de suivre.
Peu après ils atteignaient la plaine qu'ils quittaient aussitôt pour s'enfoncer dans les collines du Fraxinet.
– Là, en bas, rugit depuis le sommet qu'ils venaient de quitter une voix triomphante. Nous les tenons.
– Foncez ! cria Amiel.
Derrière eux, la horde dévalait la pente à bride abattue. Couché sur le col de sa bête, Manassès gardait les yeux rivés sur l'homme qu'il pourchassait depuis des années et qu'il allait enfin pouvoir abattre.
– Ils filent droit sur le Fraxinet ! l'alerta Mathieu, son lieutenant.
Mais Manassès n'entendait plus rien. La racine du mal était là, à quelques jets de flèche, à sa portée. Dans un instant, son destrier aurait rejoint la méchante monture d'Amiel. Dieu lui offrait là le suc de sa vengeance.
– Pour l'amour de Dieu, Monseigneur, arrête-toi ! l'adjura Mathieu. Nous sommes aux portes du territoire sarrasin.
Son cri n'eut aucun effet sur Manassès. Celui-ci n'avait plus qu'une obsession : quitter ce bois dont les branches freinaient sa course. Au premier endroit dégagé, son roussin rattraperait en quelques enjambées les haridelles des fuyards. Déjà il était si près qu'il pouvait ouïr l'un des enfants pleurer. Des pleurs qu'il ferait taire pour éteindre à jamais cette race rebelle.
– Arrête !
Mathieu lui arracha la bride au vol et tira dessus comme un forcené. Saisie en pleine course, la bête fit un tel écart que Manassès manqua verser dans la neige et fut contraint de stopper sa bête. Derrière lui, ses hommes eurent du mal à briser l'élan de la leur.
– Imbécile ! rugit l'archevêque, tentant de calmer sa monture écumante.
Le souffle court, Mathieu lui répondit en indiquant un point.
– Vois, Monseigneur.

Entre les branches nues, ils virent dévaler de la colline qui leur faisait face une forte patrouille montée sur de courts chevaux. Les cavaliers portaient mighfars et capulets de fer. Leurs tabarzins attachés aux selles brillaient d'un éclat dissuasif. Certains tenaient des lances.

– Des Sarrasins, fit l'un des hommes de Manassès.

– Leur nombre est supérieur au nôtre, insista Mathieu et ils tiennent ces collines. Aller plus loin serait folie. Si nous quittons l'abri des arbres, nous serons repérés comme Amiel.

En effet, les Sarrasins barraient déjà le chemin aux fuyards, tabarzins au poing.

– Il est temps, moine, dit Amiel, de faire jouer ta parentèle.

Maîtrisant mal sa fureur d'être contraint de traiter avec ces gens qu'il haïssait, Aimery s'avança.

– Je le savais ! fulmina Manassès, voyant, après un court échange, les Sarrasins tourner bride vers leur repaire, suivis des Provençaux.

Avant de disparaître dans l'épaisseur des collines, Amiel jeta un regard en arrière, vers le bois où se dissimulaient ses poursuivants. En dépit de la distance, Manassès fut certain qu'il souriait.

– Un sursis, siffla-t-il. Tu n'as gagné qu'un sursis. Tôt ou tard, il te faudra sortir de là.

La neige brisait l'écho du pas des chevaux, enveloppant hommes et bêtes dans son silence blanc.

Les mains de Raimondis tremblaient sur les rênes et elle serrait plus que de raison son fils aîné contre elle, l'œil rivé sur les Sarrasins qui ouvraient la marche. S'ils ne tenaient point du Diable ainsi qu'elle l'avait toujours cru, ils n'en semblaient pas moins redoutables, sur leurs étranges petits chevaux, avec leur harnachement guerrier.

Tout le restant du voyage, la jeune veuve du seigneur Fouquier II se raccrocha à Dieu et à la prière, serrant les lèvres pour retenir la longue plainte qui lui montait du ventre. Sa servante montrait moins de courage et son visage épouvanté parlait pour elle.

Amiel, lui, progressait tel un animal en danger. Il remarquait tout : les postes de surveillance sur les hauteurs, les épineux si bien entretenus que deux cavaliers ne pouvaient chevaucher de front dans l'étroit passage ; les gardes, enfin, dissimulés dans chaque caprice du relief, et dont on devinait la présence au frisson d'un taillis ou à l'éclat d'une lame. Le territoire païen grouillait d'hommes d'armes et leur repaire paraissait mieux défendu que le palais d'un roi.

De ce système défensif, Aimery ne vit rien. Il avançait, furieux et le cœur fermé. Cependant, au fil du parcours, des détails accrochaient son regard : un arbre qui avait grandi, un nouveau pont de bois sur la rivière où il aimait nager en ses tendres années ou encore un buisson qui naguère abritait ses collets. Son nez se mit à reconnaître des parfums d'enfance, lui rappelant qu'avant d'être moine il avait aimé cette terre passionnément. Bientôt il en oublia les guerriers qui le devançaient, pour ne plus voir que le pays où il était né et qu'il avait quitté dix-huit ans plus tôt.

Lorsque les feux de Fabrègue lui apparurent sous le ciel bas, son émotion fut telle qu'il ferma les yeux pour ne point pleurer.

Quand il les rouvrit, ils venaient de passer le grand portail de bois et progressaient entre deux rangées de nouvelles bâtisses. Seule la maison au fond de la cour restait fidèle à son souvenir. Le même figuier en rafraîchissait l'entrée les soirs d'été, et les murs refaits de peu lui redonnaient son bel aspect d'antan.

Près de là, une grande femme aux nattes presque grises, vêtue de braies et d'un bliaud court, dégageait à vigoureuses pelletées la neige devant la porte de l'écurie. Quand le bruit des sabots la fit se retourner, le cœur d'Aimery s'arrêta. Cette femme aux cheveux gris n'était autre que sa mère.

De stupeur, Inga lâcha sa pelle. Un regard lui avait suffi pour reconnaître son fils dans cet homme fait. Pétrifiée, incapable de parler, elle le vit glisser de sa monture. Lequel fit le premier pas ? Nul ne le sut mais, un instant plus tard, ils tombaient dans les bras l'un de l'autre en pleurant.

Respectant cet instant, les Sarrasins restèrent en retrait.

Alertée par les hennissements des bêtes, Tyra qui baignait Tammam aux étuves sortit telle qu'elle était : manches retroussées, les bras mousseux de savon, les mèches humides de vapeur, son devantier trempé. Devant son frère et sa mère embrassés, sa joie fut telle qu'elle ne vit d'abord qu'eux.

Tyra prit conscience de la présence de la troupe au regard qui pesait sur elle : c'était celui d'Amiel.

– Vos poursuivants ne peuvent pénétrer sur ce territoire, assura Nasir. Vous y êtes à l'abri.

Amiel fit mine de le croire sans pour autant être dupe ; à l'abri, ils le seraient tant qu'ils ne s'aviseraient point de sortir du Fraxinet. Mais demain était demain. Pour l'heure, dame Raimondis et ses enfants se trouvaient saufs, et seul cela comptait. Il pensa encore à l'embuscade, aux compagnons perdus de façon si stupide. Tout cela pour fêter la Nativité ! De tels repères n'avaient plus place en ces temps sauvages ! Une évidence qu'il n'était point parvenu à leur faire admettre.

Le silence se fit autour du feu. Au-dehors, le vent d'est se leva, tournant la neige en pluie. Des gouttes se mirent à cribler la porte à petits traits furieux, manière de rappeler que ce pays ne souffrait point longtemps les cieux immobiles. Déjà la cour se dépouillait de sa chape blanche. Demain, les flocons ne seraient plus qu'un souvenir.

Perrette servit à la ronde des rissoles aux raisins secs et Inga sortit des braises le cruchon d'hypocras. Tyra qui, pour demeurer avec les arrivants, avait décidé de ne point rejoindre avant le lendemain sa maison de la colline emplit les gobelets.

Amiel constata que, depuis son arrivée, il n'avait entendu le son de sa voix. Pourtant, il était certain qu'elle n'avait rien perdu du récit qu'il venait de faire.

En se penchant pour lui offrir le vin aux épices, elle remarqua que le comte portait une entaille à un bras, et une autre au front à demi dissimulée par les mèches noires. Elle n'en dit rien et lui tendit son gobelet en souriant ; Amiel eut alors l'impression d'avoir moins froid. Aussi regretta-t-il de la voir reposer le pichet et sortir.

– Te rappelles-tu Frambert, le vieux prêtre de Fraxinetum ? dit tout à coup Nasir à Aimery. Il rendit l'âme voici un mois et nous n'avons personne pour servir la messe de la Nativité, demain. Acceptes-tu de le remplacer ?

La Nativité ! Aimery revit la chapelle aux quatre vents dans laquelle il aurait dû célébrer cet office parmi ses amis. Le cierge qu'il avait allumé le matin même devait encore brûler, à moins que Manassès et ses acolytes ne l'eussent jeté à terre. Ce fut comme si Nasir venait de lui appuyer sur le nerf d'une dent douloureuse et il retint une repartie acide. Combien pouvait-il subsister de chrétiens sur cette terre soumise aux païens ?

Mais dans le regard clair posé sur lui, il lut une bonté d'âme qui lui fit honte. Face à celui qui occupait depuis vingt-cinq années la place de son père, il sentait mollir ses ressentiments. Ceux-ci s'étaient nourris du souvenir d'un homme dans la force de l'âge qui regardait Inga avec des yeux d'amant. Comment pouvaient-ils perdurer devant cet être aux cheveux gris qui le considérait en semblant oublier combien ses actes avaient été jugés ? Aimery accepta.

– Nous partirons ensuite. Amiel et moi avons promis à dame Raimondis de la conduire, ainsi que ses enfants, auprès de son père, en Mâconnais.

Inga dissimula son pincement au cœur sous un sourire. Voilà dix-huit ans qu'elle n'avait eu le bonheur de voir ses enfants réunis sous son toit. Pourquoi devait-ce être si éphémère?

Elle les regarda l'un après l'autre et les trouva tous les trois beaux dans leurs différences. Aimery le tourmenté, Tyra si forte, si déterminée, et enfin Romanus, le fruit de son plus bel amour. Elle nota combien celui-ci se montrait peu bavard depuis l'arrivée de son frère. Assis de l'autre côté de l'âtre, sa carcasse de géant blond penchée sur un bâton fouisseur qu'il sculptait d'un air sombre, il paraissait avoir oublié la présence des arrivants. Sa mère comprit qu'il gardait rancune à cet aîné dont il avait gommé les traits de sa remembrance, du mal fait à leurs parents. Les deux frères resteraient étrangers, selon toute évidence.

Voyant des larmes rouler sur les joues de la jeune veuve, Inga prit ses mains dans les siennes et tenta de la réconforter :

– Les circonstances ne me permirent point de connaître ton époux, mais j'eus le bonheur de servir son père, le seigneur Fouquier Ier pour lequel j'éprouvais le plus grand respect. Ce domaine appartient de droit à la famille de ton défunt mari. Tu peux y demeurer aussi longtemps que tu le désires. Tu es ici chez toi.

Raimondis remercia d'un pauvre sourire. A présent que le péril s'éloignait, elle accusait le coup du malheur qui la frappait.

Perrette entra pour prévenir que la maison du seigneur Fouquier était rouverte et fin prête. Inga aida dame Raimondis à se relever et la couvrit de sa propre chape.

– Mes enfants? s'inquiéta celle-ci.

– Ne t'en soucie point, dame, l'assura Aimery. Je me charge d'eux.

Rassérénés par la bonne chère et épuisés après tant d'émotions, Mayeul et Eyric s'étaient endormis sur le banc près du feu. Aimery et Perrette les emportèrent dans une couverture.

Quand le calme fut revenu, Nasir reprit la parole :

– Il faut, comte, t'attendre à être interrogé par le qâ'id avant ce soir. Ne lui cèle rien de ce que tu me dis. La vérité ne peut que te servir.

Tyra revint alors, chargée de pots et de charpies.

– Montre-moi ce bras, demanda-t-elle doucement à Amiel.

En d'autres temps, il eût protesté, arguant qu'il s'agissait d'une navrure légère. Là, il se laissa faire.

Nasir, qui avait maintes choses à faire, en profita pour s'esquiver. Romanus se leva et le suivit.

Tandis que Tyra le soignait, Amiel ferma les yeux. Il faisait bon dans la salle. Le parfum des herbes aromatiques jonchant le sol se mêlait à celui du feu de bois et aux derniers effluves du savoureux repas qu'ils venaient de prendre. Les doigts habiles qui couraient sur sa blessure semblaient des ailes de papillon. Peu à peu, son corps se décrispa, laissant place à un bien-être point ressenti depuis longtemps.

Elle s'occupait à présent de sa blessure au front et se trouvait si près qu'il sentait son souffle tiède sur ses paupières. Il s'en voulut d'en être troublé alors que le matin même venaient de mourir ses plus chers compagnons. Délicatement, il écarta la main de Tyra.

– Merci, dame. La nature fera le reste.

– Si tes poursuivants n'achèvent leur ouvrage, repartit-elle, combattant le feu qui envahissait ses joues sous le regard intense. Ce qui ne manquera point d'advenir si tu quittes ce territoire sans escorte.

– Il ne la quittera ni avec ni sans, tant que nous ignorons qui il est, et ce qu'il fait là.

Le couple se retourna et tomba nez à nez avec Zaïd, le fils aîné du qâ'id qu'il n'avait entendu entrer.

Deux heures plus tard, après avoir affronté une pluie glacée sur le flanc du piton rocheux, Amiel se retrouvait face à Nasr Ibn Ahmad.

Dans cette salle aux murs de roche, que plusieurs lampes sortaient de la nuit, devant ce vieillard qui se tenait aussi raide qu'un roi sur son tapis de haute laine, il relata pour la seconde fois son histoire.

– Seigneur Amiel, fit le qâ'id lorsqu'il eut achevé. Ton nom m'est connu, rebelle. Qu'est-ce qui te fait sourire ?

– Juges-tu rebelle celui qui se révolte quand on lui coupe bras et jambes ? Hugues m'amputa de mes terres et de mes titres. Il en usa de même avec mes compagnons. Et toi, païen, tu achevas l'ouvrage en ruinant ce qui nous restait. Ne trouves-tu là matière à riposter ?

– J'y trouve surtout matière à réfléchir, dit lentement le qâ'id. Te tuer ne m'apporterait rien, et te mettre à rançon pas davantage puisque tu n'aurais point de quoi payer ta liberté. Quant à te vendre comme esclave en al-Andalus, cela vaudrait la peine si tu avais vingt ans et non presque le double.

Le vieux musulman changea de position. Le temps rendait ses os douloureux et lui rappelait son âge.

– Vois-tu, reprit-il après un silence, par un heureux hasard, tes ennemis sont devenus les nôtres. Les féaux du duc Hugues deviennent par trop agressifs à notre endroit. Il est temps de leur rappeler qu'il ne fait point bon s'attaquer à nous. Que dirais-tu de nous ouvrir le chemin jusqu'à eux ?

– Qu'y gagnerais-je à part une vie qui m'indiffère ?

Zaïd répondit pour son père :

– Une escorte pour la femme de ton ami et ses enfants jusqu'au terme de leur voyage, mais aussi et surtout la vengeance.

L'odeur d'encens et de cire chaude pliait d'entrée les fidèles à l'ordre de Dieu. Des cierges par dizaines illuminaient le chœur. Nul n'avait jamais vu l'église ainsi apprêtée. Instinctivement, à peine franchi le seuil, les voix se taisaient et les bliauds rouges, bleus, verts ou bruns venaient se ranger dans un froissement respectueux près des corselets de cuir de Cordoue et des tashmirs de peau de mouton. Tous avaient fait toilette pour cet office de la Nativité, et arboraient leurs meilleures vêtures.

Aimery voyait avec stupeur la petite église de Fraxinetum continuer à se remplir de teints bistres ou clairs, de nuques courtes et frisées, de voiles et de cheveux tressés. Aux gens de Fabrègue et du village, s'ajoutaient les Mozarabes du fort qui, pour être nés en al-Andalus, n'en demeuraient pas moins chrétiens. Leur nombre surprit le jumeau de Tyra. Ce matin-là, il prit conscience que le Christ tenait autant de place que Muhammad le Prophète dans la communauté sarrasine.

Bien qu'il sût qu'elle était là pour lui et non pour le Très-Haut, la présence de sa mère sur le premier banc, près de dame Raimondis, acheva d'émouvoir Aimery. Seule l'absence de sa sœur mit une ombre sur ce moment de communion intense si inattendu.

Jamais messe de la Nativité ne fut suivie avec plus de ferveur. Après avoir subi des années de rang les radotages du vieux prêtre ivrogne de Fraxinetum, entendre et voir officier cet enfant du pays que le Seigneur irradiait de sa lumière émut aux larmes les fidèles.

Seul Amiel resta insensible à l'émoi du nombre. Le pacte convenu avec le chef sarrasin l'avait gardé éveillé la nuit durant. Se pût-il qu'il tînt là le moyen de continuer la lutte ? Et quel moyen ! Des centaines de guerriers passés maîtres dans l'art de l'attaque surprise et qui frappaient sans haine ni émotion. De véritables machines à tuer auxquelles il allait désigner les cibles à abattre.

Bien que le qâ'id ne le lui eût point demandé, lui-même voulait être de tous les assauts. Une façon de venger ses compagnons morts. En restait-il seulement un vivant ? Dès le premier raid, il tenterait de s'en assurer.

Près de lui, un murmure discontinu finit par attirer son attention. Il s'agissait du petit Mayeul. A genoux sur les dalles glacées, il priait, levant vers le chœur un visage radieux.

« Surprenant enfant », jugea Amiel, rappelé à l'ordre par son prime devoir. Il avait obtenu du qâ'id d'être de ceux qui escorteraient Raimondis et ses deux fils jusqu'aux terres mâconnaises de l'aïeul maternel, Mayeul Ier, auprès duquel la veuve de Fouquier II savait trouver un asile sûr. Sa parole tenue, il pourrait ensuite s'occuper de saigner comme des gorets tous les féaux de Hugues et, surtout, son ignoble inverti de neveu.

Lorsque l'office prit fin et qu'il revit Tyra, à Fabrègue, Amiel réalisa que son visage lui avait manqué durant l'office, constatation qui l'inquiéta. Les nouveaux jours de violence qui l'attendaient ne laissaient nulle place pour l'amour d'une femme.

Un festin au domaine succéda aux chants vers Dieu. Comble de chance, le vent d'est s'était tu, laissant renaître un pâle soleil d'hiver.

Nombre de Sarrasins, mozarabes comme musulmans, arrivèrent les bras chargés de présents destinés à leurs amis de Fabrègue. Pour les fils de l'islam échoués sur le rocher, la Nativité n'était rien d'autre qu'une occasion de partager un jour de joie avec ceux qui célébraient la naissance du Christ.

Le qâ'id offrit à Nasir une selle en cuir rouge de Cordoue qui fit l'admiration de tous et que Romanus s'empressa d'essayer sur l'alfaraz de son père.

Par égard pour le deuil de dame Raimondis, Inga avait demandé à ce que l'on ne dansât point après le repas. Celui-ci se déroulait comme chaque année devant les maisons contiguës de Nasir et du seigneur Fouquier. Pour éviter de patauger dans la boue et les restes de neige fondue, l'on avait jonché la cour de paille. Les broches tournèrent sans discontinuer tout au long du jour. Pâtés, volailles, gibiers, moutons, légumes parfumés à l'ail ou au miel furent copieusement arrosés de vin nouveau et d'hydromel. Très vite, la fête du Christ tourna à la fête des hommes.

Ce jour-là, entourée des siens, Tyra fut heureuse comme elle ne l'avait pas été depuis maintes années. Afin de faire honneur à sa famille, elle avait troqué ses bliauds de lin grossier contre une tenue d'étoffe souple du même vert bronze que ses prunelles soulignées de khôl brun. Une ceinture de glands d'argent la rehaussait. D'autres glands du même métal piquaient ses cheveux tressés ramenés en couronne.

Dans les yeux sombres du comte Amiel, elle se sentit femme pour la première fois depuis longtemps et se surprit à en concevoir du plaisir. Rien de commun avec l'impression de brûlure toujours ressentie en présence de Hugues. Le fait de les comparer accrut son trouble et lui fit quelque peu oublier les regards fiévreux dont Raimbaud, son ami d'enfance, la gratifia jusqu'au couchant, en dépit de la présence d'Hélène, son épouse.

Une brume rose annonçait l'aube nouvelle quand dame Raimondis et Aimery firent leurs adieux à Nasir et Inga. En étreignant une dernière fois son fils aîné, celle-ci eut le pressentiment qu'elle ne le reverrait jamais plus.

La troupe composée d'Amiel et d'une trentaine de Sarrasins s'ébranla alors qu'un soleil timide apparaissait au-dessus de Fabrègue.

Tyra qui avait préféré prendre congé de son frère la veille suivit leur départ depuis le flanc de la colline. Serrant frileusement sa chape autour d'elle, elle les regarda s'éloigner entre les arbres nus. A la façon dont Amiel fouilla jusqu'au bout les environs des yeux, elle sut qu'il la cherchait.

La troupe revint au domaine quinze jours plus tard par un crépuscule pourpre de grand mistral, sans Aimery. Acceptant l'offre de dame Raimondis, il veillait désormais sur l'éducation d'Eyric et de Mayeul, avec à charge pour lui de faire de ces futurs seigneurs d'épée des hommes de cœur et de foi.

Le retour d'Amiel marqua le début d'une année noire pour les grands féaux du duc de Provence : Enguerrand n'atteignit jamais Vienne pour assister à la fête donnée par Hugues en l'honneur de la naissance de son fils Lothaire ; il tomba dans une embuscade alors qu'il allait passer la Durance. Après l'incendie qui ravagea le domaine dans lequel il séjournait, seule l'épée que ses doigts carbonisés tenaient encore permit d'identifier le corps de Hugues Taillefer. Thierry, Eldebert, Vuidran périrent massacrés, les uns sur les chemins, les autres dans leurs villas.

L'on imputa en haut lieu cette succession de meurtres aux Sarrasins. Et l'on y vit de prime une riposte aux récents assauts que les féaux de Hugues venaient de mener contre eux.

Lorsque, après avoir suivi dans la colline un jeune berger aux traits d'archange, Manassès revint à la nuit tombée dans le domaine où il séjournait toujours à cette époque de l'année, il découvrit Mathieu, son lieutenant, ainsi que tous ses hommes, mis en pièces à coups de hache. Abandonnant les cadavres aux corbeaux, il rallia Vienne à bride abattue pour alerter son oncle Hugues.

Celui-ci suivait d'un air tendu l'entraînement que son fauconnier faisait subir à ses jeunes rapaces au-dessus du parc du palais. Nul n'aurait idée de le chercher là à une heure où les solliciteurs se bousculaient dans son antichambre, et c'était bien ce qu'il voulait. Il lui fallait un instant d'isolement pour se calmer après la houleuse conversation qu'il venait d'avoir avec le roi Louis.

Convoqué dans l'instant par celui-ci, il avait dû laisser là ses multiples obligations pour entendre son cousin lui narrer un nouveau songe fait la nuit précédente. Et des songes, hélas, Louis l'Aveugle en faisait beaucoup.

Jusqu'ici, les apparitions nocturnes de sa mère se bornaient à lui demander l'octroi de dons à quelque abbaye ou un office particulier à sa mémoire, ou encore l'offre d'écheveaux de fils d'or à l'église de Vienne pour la fabrication de nouvelles chasubles. Des désirs auxquels Hugues s'était toujours plié pour avoir la paix. Mais, cette fois, les errements de Louis allaient beaucoup plus loin que les précédents.

Après une nuit passée à converser avec la défunte reine Ermengarde, le roi s'était mis en tête de commander, dans le plus beau marbre, une nouvelle sépulture pour ses parents, jugeant la présente en dalles de pierre indigne d'eux. Dans le même esprit, devait-on faire tailler pour la cathédrale abritant leurs dépouilles des dizaines de colonnes, elles aussi de marbre, ainsi qu'une immense statue représentant sa chère mère ? Le coût de l'ensemble représentant une fortune propre à ruiner un trésor royal déjà mis à mal par les désordres du pays, Hugues s'était opposé sans détour à ce projet ; des objections qui avaient soudain rendu à Louis l'Aveugle des velléités d'autorité. Redressant sa tête aux cheveux clairsemés, il avait foncé vers Hugues de son pas maladroit, se heurtant aux meubles.

– Sang du Christ, je suis l'empereur ! avait-il hurlé. Vous devez tous vous plier à mes ordres, y compris toi, mon cousin !

Incapable de supporter plus longtemps ce sursaut pathétique, Waldrade était sortie en claquant la porte, priant une fois de plus le Ciel de ne point avoir gâché sa jeunesse en vain et suppliant Dieu de faire de Charles-Constantin un roi digne de porter la couronne, à l'inverse de son méprisable père.

Hugues, quant à lui, avait dû se faire violence pour ne point jeter à la face de son cousin l'état alarmant du pays : l'assassinat de la plupart de ses seigneurs bourguignons et, de ce fait, la perte du fleuron de son ost, les attaques sarrasines, la famine qui perdurait en sa bonne cité d'Arles depuis l'épidémie de peste, enfin, toutes les créances accumulées pour arriver à payer encore la solde du domestique royal et des nombreux hommes d'armes nécessaires pour maintenir un semblant d'ordre aux alentours du palais et de Vienne. A maintes reprises, pour éviter d'approfondir le gouffre, il avait dû puiser dans son propre trésor. Mais de cela, l'empereur déchu, pris entre ses conversations avec les morts et ses souvenirs d'un temps où Rome l'acclamait, ignorait tout.

Hugues en était là de ses sombres pensées quand Manassès se fit annoncer. D'une traite, ce dernier lui relata ce qui venait de se produire. Son oncle ne le laissa pas achever.

– Les frappes sont trop précises, le coupa-t-il d'une voix frémissante. Quelqu'un renseigne ces maudits ! Quelqu'un qui connaît les habitudes de mes féaux et des membres de notre famille. Ce ne peut être un Sarrasin.

– Alors qui ?

Le fauconnier ôta le capuchon qui aveuglait le gerfaut et défit le lien enserrant sa patte. Le rapace s'élança dans le ciel crème à battements puissants et élégants. Hugues suivit son vol des yeux et attendit qu'il eût piqué sur la grive que le jeune aide du fauconnier venait de lâcher, pour répondre :

– Réfléchis, mon neveu. Outre ces Sarrasins qui frappent pour qui les paient, quel ennemi n'ai-je encore terrassé ? Lequel fut le seul à ne point être du nombre des morts lors de l'embuscade que tu tendis aux seigneurs provençaux ? Ne t'échappa-t-il, ainsi que tu me le rapportas, en fonçant droit sur le territoire païen ?

– Amiel !

– Je n'en vois nul autre. Prends autant d'hommes que nécessaire et fais quadriller le pays autour du Fraxinet. Il me faut ce fils de ribaude. Je le veux vivant ! Après seulement, nous nous occuperons des Sarrasins.

– Attaque ! Mais frappe donc !

Tammam tournait autour de la petite arène, aussi excité que les coqs qui se piquaient la crête. Près de lui, Selim et d'autres enfants du camp poussaient les bêtes à la bataille en criant et gesticulant sous l'œil amusé de quelques Sarrasins.

Soudain Tammam se sentit happé par le col et son cri s'étrangla dans sa gorge.

– Peux-tu me dire ce que font mes lancettes aux pattes de ces bêtes ? Et puis d'abord, à qui as-tu pris ces coqs ? D'où te viennent, mon fils, d'aussi sottes idées ?

Un grand éclat de rire répondit à Tyra. Furieuse, elle se retourna et tomba en arrêt devant Amiel qui, adossé au mur du fort, s'esclaffait de bon cœur. Posant les armes qu'il était occupé à fourbir, il s'approcha :

– Par Dieu, dame, ne te plains point ! Il eût pu faire de même avec des moutons.

La réflexion parut si incongrue à Tyra qu'elle en oublia sa colère. Depuis trois mois qu'il était là, c'était la première fois que le comte lui adressait à nouveau la parole, se contentant jusque-là, quand il la croisait à Fabrègue ou au camp sarrasin, de la saluer d'un signe de tête martial. Souvent, Tyra avait eu l'impression qu'il l'évitait. Ne trouvant nul fondement à une telle attitude, elle se disait ensuite qu'elle se trompait. Avec les raids incessants qu'il menait dans le haut pays, Amiel devait avoir bien d'autres soucis qu'elle.

– Je dois donc m'estimer heureuse ! railla-t-elle, avec un air faussement courroucé.

Elle se tourna vers Tammam :

– Apaise ces malheureux volatiles et fais en sorte de ne point te blesser en les libérant de mes lames.

L'enfant échappa à l'emprise maternelle, heureux de s'en sortir avec une simple réprimande.

Lorsque Tyra releva les yeux vers Amiel, ce qu'elle y lut lui rappela un autre regard. Bredouillant quelque chose de vague, elle prit congé de lui abruptement.

Elle dormit mal cette nuit-là et les nuits qui suivirent. Le souvenir de ce regard avait réveillé une part d'elle-même qu'elle étouffait délibérément depuis sa fuite d'Arles.

Ce matin-là, en brossant ses longs cheveux devant son miroir, elle se surprit à scruter sur son visage les marques du temps. L'étain poli lui révéla des traits épurés, au dessin plus fragile. « Bientôt trente-sept ans, se dit-elle effarée. Qu'as-tu fait de ces ans ? »

Pour tuer la tristesse qui naissait en elle, elle ombra soigneusement ses yeux de brun, ses joues d'un ambre léger et sa bouche d'une belle couleur d'automne. Puis elle piqua sa longue tresse d'épingles à tête de perle achetées au marchand juif d'al-Andalus. Le résultat allégea son cœur et lui permit de mieux aborder l'heure de torture quotidienne qui s'annonçait.

– Comme tu es belle, mère ! admira Tammam en la voyant.

Ce furent les seules paroles aimables qu'il lui accorda. Peu après, il resservait à Tyra la scène ordinaire et les arguments habituels :

– Ça ne m'intéresse point d'apprendre à écrire. Et puis, dis-moi à quoi ça va me servir ici ? Avec Selim et les autres, on parle l'arabe.

– Crois-tu, mon fils, que je saurais autant de choses si je ne savais lire et écrire ?

– Mais moi, je ne veux pas de tout ça. Je veux être un guerrier comme le père de Selim et le mien. Tu m'as bien dit que mon père était un noble guerrier franc et qu'il mourut vaillamment au combat, n'est-ce pas ?

Tyra dissimula son trouble en ramassant la tablette de cire et le stylet que Tammam venait de jeter à terre. Le voir se raccrocher si fort à cette histoire qui n'était qu'un demi-mensonge la mettait mal à l'aise.

– Certes, mon fils. Il fut fort courageux. A présent, reprends ce stylet et forme les lettres que je viens de te montrer.

De mauvais gré, l'enfant s'exécuta. Tandis qu'il s'attelait à sa tâche, Tyra sortit sur le pas de sa porte pour profiter de la douceur des premiers beaux jours. Les yeux fermés, elle s'adossa au mur couvert de vigne grimpante, sensible aux parfums de la colline en fleurs.

Voilà trois jours qu'une troupe sarrasine avait quitté le camp avec Amiel à sa tête. Pourquoi n'était-elle de retour ?

Le fait de s'en inquiéter l'agaça si fort qu'elle laissa là le soleil du matin et rentra voir où en était Tammam. Il avait disparu et la fenêtre était grande ouverte. Sur la tablette de cire, à la place des lettres demandées, il avait dessiné un tabarzin et un cheval.

– Petit renard ! pesta-t-elle, s'empressant d'effacer l'esquisse avec ses doigts.

– L'animal que tu cherches vient de manquer me heurter de plein fouet en dévalant la colline.

Tyra sursauta et fit volte-face. Appuyé contre le chambranle de la porte, Amiel se tenait le bras.

– Je crains d'être une fois de plus obligé de recourir à tes services, s'excusa-t-il.

Tyra se précipita, refusant d'entendre son cœur qui battait comme fol. Jamais il n'était venu la voir ici.

– Ce logis te ressemble, dit-il après avoir pris une rapide mesure de l'ensemble.

Se raccrochant à sa science, Tyra examina la navrure. La lame avait dérapé sur le corselet de cuir pour atteindre le bras.

– Un coup d'épée?

– De hache. Le dernier de celui qui me frappa.

En prenant ce qu'il fallait, Tyra laissa échapper un pot d'huile de millepertuis qui se brisa à terre. L'essence répandit dans la salle un parfum d'été.

– Suis-je donc maladroite! se morigéna-t-elle, saisissant un autre pot.

Dès qu'elle posa la charpie sur la plaie, elle le sentit frémir.

– T'ai-je fait mal? s'inquiéta-t-elle.

Le souffle court, Amiel mit un instant pour répondre.

– Dis-moi de partir, la conjura-t-il. De moi-même je ne le ferai pas.

Tyra leva les yeux. Ceux d'Amiel semblaient deux lames étincelantes. Leurs visages se touchaient presque. Pour toute réponse, Tyra lui tendit ses lèvres.

Le bas de son bliaud pris dans sa ceinture, Tyra ramassait des algues rouges qui, séchées puis pilées, feraient un remède souverain contre les coliques des nourrissons.

L'ouvrage se révélait des plus agréables avec l'été. Les vagues venaient mourir en douceur dans la crique abritée du vent et, sous le soleil qui gagnait en force, c'était un vrai plaisir de plonger les bras nus dans l'eau claire.

Tyra se redressa et sourit d'un cœur léger à son reflet mouvant. Elle aimait, se savait aimée et, de ce fait, se sentait belle. Jamais auparavant elle n'avait éprouvé ce sentiment d'allégresse qui lui donnait envie de rire sans raison et de savourer chaque instant du jour. Elle trouvait au ciel, à la mer, aux collines, des teintes éclatantes, comme si le voile qui les ternissait avant Amiel s'était déchiré d'un coup.

Dieu, que l'amant était loin de l'homme de guerre! Avec lui, elle découvrait que l'amour pouvait être source de bonheur et non de tourments. Rien de commun dans leurs étreintes avec le feu dévorant auquel, avec Hugues, elle s'était tant brûlée. Amiel lui apprenait à moduler leur passion, à se jouer des impatiences de leurs corps, à en user comme d'un instrument précieux et rare. Des moments de fièvre dont ils sortaient bouleversés par l'intensité de ce qu'ils venaient de vivre, et heureux.

Une main se plaqua sur ses yeux, une autre l'enleva de l'eau.

– Laisse-toi conduire, murmura Amiel à son oreille en déposant un baiser sur son cou. N'ouvre les yeux que quand je te le dirai.

Tyra acquiesça, follement heureuse qu'il fût cette fois rentré si vite d'expédition.

Il la déposa sur un coin de sable ombragé de grands pins et entreprit de la dévêtir.

– Si quelqu'un vient? protesta Tyra.

Amiel rit de sa pudeur. A peine fut-elle nue qu'elle sentit quelque chose de froid glisser autour de son front et de son poignet. Lorsqu'un anneau de métal encercla son doigt, elle comprit.

– Tu peux ouvrir les yeux.

Tyra resta sans voix devant les inestimables joyaux qui la couvraient. La taille des rubis et saphirs était d'une facture ancienne ainsi que les motifs barbares de l'or ouvragé.

– Rien que ta peau et l'or, fit Amiel, admirant la nudité splendide de sa maîtresse.

– D'où tiens-tu cela? s'inquiéta Tyra.

– Je les ai dérobés.

La voyant pâlir, il précisa :

– A la vigilance de ceux qui surveillaient mes domaines. En fuyant, j'ai omis d'indiquer à mes ennemis l'emplacement de certains mécanismes scellés dans les murailles de mes villas. Cette parure appartenait à ma mère. Toi seule es digne de la porter.

Tyra ne savait plus que dire. Amiel venait de risquer sa vie pour lui faire ce présent. Et quel présent!

– C'est folie! bredouilla-t-elle. Tu pouvais te faire prendre! Et puis, quand veux-tu que je porte de tels joyaux?

– Là n'est pas l'important. Je tenais à ce qu'ils te reviennent.

Tyra se figea.

– Comptes-tu partir?

Amiel caressa d'un air mélancolique les longues mèches qui s'échappaient du diadème royal.

– Il est tant de façons de partir. Dans la lutte que je mène, ma douce, l'on ne vit guère vieux.

« D'autant, songea-t-il, lorsque l'on aime. Aimer rend vulnérable. Voilà pourquoi point ne fallait que je t'approche. Tu tues en moi tout désir de vengeance. C'est ce qui me perdra. »

– Ne parle pas ainsi ! protesta Tyra violemment.

Amiel la fit taire d'un baiser.

– Prends chaque instant comme un cadeau, lui murmura-t-il en la caressant. Et oublie demain.

Tyra avisa alors une tache sombre sur le corselet de son amant.

– C'est du sang !

– Point le mien, la rassura-t-il en l'étreignant.

Un nuage venu de nulle part jeta un voile noir devant le soleil. En dépit de la chaleur, Tyra frissonna. Elle eut soudain très peur que tout cela prît fin.

Armés de tabarzins de bois, Tammam et Selim pourfendaient l'eau de la rivière avec des hurlements sauvages.

Perrette, qui lavait du linge sur une pierre plate un peu plus bas dans le courant, fronça les sourcils.

– Par saint Pons, dame, tu devrais mesurer ton petit-fils. Même en bois ces haches peuvent causer du mal.

Inga sourit des craintes de sa servante et se garda de lui dire qu'à ses heures perdues elle enseignait à Tammam le maniement du poignard, ce à l'insu de sa fille. Il fallait être Tyra pour ne point voir que cet enfant avait la guerre dans le sang. Son obstination à tenter de lui apprendre l'écriture et la lecture ne servirait à rien. Tyra... Le tour que prenait son histoire avec Amiel plaisait bien à Inga. Sa fille semblait si heureuse depuis quelque temps.

Elle contempla avec fierté le robuste garçonnet à la crinière dorée par le soleil. Les joues en feu, l'œil brillant, il bataillait comme un furieux, ignorant la canicule et les galets pointus.

– Dieu bon, ce soleil brûle comme les enfers, grommela Perrette en bassinant son visage écarlate. Mais que fait Tammam... ?

Son arme dressée, l'enfant ne bougeait plus, pétrifié au milieu du cours d'eau.

– Tammam ! Tammam ! l'appela Selim, inquiet de voir soudain les pupilles de son ami se dilater et sa respiration devenir saccadée.

Retrouvant la vivacité de sa jeunesse, Inga bondit et retint l'enfant alors qu'il s'écroulait dans l'eau, le corps brûlant, les traits convulsés.

– Seigneur Jésus, le Malin le possède ! geignit Perrette en se signant.

– Paix, idiote ! la rabroua Inga. Selim, cours vite prévenir Tyra. Je le ramène à Fabrègue.

Tyra rejoignait sa maison en compagnie d'Amiel lorsque Selim déboula. En quelques mots hachés, il l'avertit.

– Les convulsions, ça recommence, fit Tyra, folle d'angoisse en se précipitant vers ses étagères de médecines.

D'une main fébrile, elle chercha parmi ses flacons la belladone et n'en trouva qu'un fond. Point d'aconit non plus, ni d'opium.

– Ce n'est pas possible ! gémit-elle, réalisant sa négligence.

– Que te manque-t-il ? s'enquit Amiel.

– Tout ce qu'il me faut pour sauver mon fils, fit Tyra d'une voix sans timbre.

– Aïcha, au camp, en a peut-être.

Tyra secoua la tête et entreprit de troquer son bliaud contre une tenue de voyage.

– Aucune ne sait user de ces substances. Trop dangereuses. Je suis la seule à en détenir. Il n'y a qu'à Arles que j'en trouverai.

– Je t'accompagne.

– Non, ta tête est mise à prix ! J'ai fait ce trajet maintes fois seule.

– Je t'escorte jusqu'aux portes de la cité, trancha Amiel sur un ton sans réplique.

Quelques instants plus tard, après avoir administré à son fils le restant de belladone et indiqué à sa mère ce qu'il fallait lui donner en attendant son retour, Tyra et Amiel quittaient sur de rapides alfaraz le Fraxinet.

Ils chevauchèrent ventre à terre deux jours durant. Quand, dans le crépuscule, Amiel vit briller l'éclat des haches de la troupe qui fonçait sur eux et reconnut la tenue des hommes de Manassès, il sut qu'ils étaient pris.

Le soir tombait sur Arles lorsqu'ils passèrent les portes. Un soir d'été où l'on s'attarde pour bavarder sur le pas des portes en surveillant les enfants dans la rue. Les commères jetèrent un regard curieux au bel homme brun qui avançait en semblant ignorer ses liens aux mains et le cordon de gardes qui les serraient de près, lui et son mince compagnon. Nul ne s'avisa que celui-ci était une femme. Une erreur qui ne tenait qu'à l'étroite coiffe de lin renfermant sa chevelure et à la bande d'étoffe qui plaquait sa poitrine.

Tyra traversa dans un brouillard la cité où elle avait vécu tant de douces années. Elle manqua hurler en passant devant l'échoppe de l'apothicaire. La belladone et l'aconit se trouvaient là, à deux pas, inaccessibles... Elle ravala ses larmes. Tammam ! Amiel ! Se pût-il qu'elle soit sur le point de les perdre tous deux ! Si tel était le cas, mieux valait qu'ils en finissent avec elle aussi.

Le cachot dans lequel on les enchaîna empestait l'urine et la paille pourrie. La porte qui se referma les plongea dans la nuit. Bras et jambes entravés par des boucles de fer, ils ne pouvaient se toucher, bien qu'ils fussent très proches.

Soudain Tyra partit d'un rire douloureux.

– Etait-ce hier matin que nous faisions l'amour au soleil dans la crique ? Ou dans une autre vie ?

– Garde ton calme, la conjura Amiel sur un ton volontairement dur, et écoute-moi. Si les choses venaient à tourner mal pour toi, avance l'estime en laquelle te tient le prince Hugues et demande à ce qu'on le prévienne de ton arrestation.

– Jamais !

– Songe à Tammam !

– Je ne fais que cela. A lui, à toi, à nous.

Un silence terrible ponctua ses paroles. Amiel bénit l'obscurité qui lui dérobait les traits de sa maîtresse et effaçait les siens. Sans elle, mourir eût été si simple...

– C'en est fait de moi, Tyra, laissa-t-il tomber au bout d'un moment. Tourne tes pensées vers ton fils et lui seul. Sa vie dépend de la tienne et des médecines que tu es venue chercher. Ton unique chance de les lui rapporter est d'en passer par le prince Hugues.

– Pourquoi ai-je accepté que tu m'accompagnes ? se maudit Tyra en étouffant un sanglot. Ta capture était à prévoir.

– Je n'ai fait que devancer l'inéluctable.

La chaîne de la porte tinta et la flamme d'une torche les aveugla.

– Par Dieu, voilà viande qui n'eut point le temps de se couvrir de mouches, fit une voix grasse aux accents vulgaires. Détachez-les.

Ils marchèrent longtemps dans le boyau souterrain, serrés de près par une quinzaine de gardes. Ils débouchèrent enfin dans une cour sombre et fermée, couverte de détritus, et dépassèrent des cuisines où toute une armée de servantes s'agitait. Il y eut ensuite un long couloir, puis des degrés de nobles pierres.

Dans la somptueuse antichambre où on les conduisit, leurs geôliers semblaient moins à l'aise que dans leur royaume de l'ombre. Ils confièrent leurs prisonniers au chef des gardes et à ses hommes et s'éloignèrent avec un évident soulagement.

Dans le vaste cabinet de travail aux meubles d'une riche facture, un homme regardait les étoiles par l'ouverture, leur tournant le dos. Lorsqu'il pivota et leur fit face, Tyra faillit pousser un cri. Ce n'était pas Manassès qui se trouvait là mais Hugues. Le cœur battant, elle se coula hors du halo des torches.

Devant son ennemi enchaîné, le duc de Provence eut un de ces lents sourires qui n'appartenaient qu'à lui.

– Dieu exauce ceux qui savent attendre, fit-il en s'approchant d'Amiel. Il y a longtemps que j'espérais cette heure. La chance voulut que je sois dans ma bonne ville pour mieux savourer ta capture.

– C'est faire trop d'honneur, prince, à un simple proscrit.

Ils se faisaient face. Tous deux de même taille. L'un mince et brun comme un pur-sang, l'autre, châtain de poil, clair de prunelle et la carrure solide des guerriers francs. Si différents et pourtant si semblables dans leur haine implacable.

Au passage, Hugues effleura du regard l'individu en court bliaud et braies collantes qui se tenait auprès d'Amiel, et revint aussitôt s'y fixer, sourcils froncés. Enlevant une torche du mur, il l'approcha de l'inconnu et arracha sa coiffe. Libérée, la chevelure souple et brillante de Tyra croula jusqu'à ses reins.

Hugues devint livide. La torche dans sa main vacilla.

– Jésus-Christ, c'est impossible, souffla-t-il.

Bien étrange fut ce qu'elle ressentit alors entre ces deux hommes. Elle remarqua qu'en trois années les traits de Hugues s'étaient accusés et que ses tempes prenaient du gris.

– Que t'a dit ton frère ? Que j'étais morte ? Ce n'est point faute de sa part d'avoir tout fait pour qu'il en fût ainsi !

Hugues dut faire appel à toute sa maîtrise pour garder un semblant de sang-froid. Tyra, qu'il avait tant pleurée, là, devant lui, le fixant de ses yeux d'or vert, belle et vibrante de vie. Le rêve fait tant de fois prenait-il corps ou empruntait-il, comme Louis l'Aveugle, la voie de la déraison ?

Il ficha la torche dans le premier anneau comme s'il se fût agi d'une lame. Boson ! Que venait faire son frère dans cette histoire ? Qu'avait-il ourdi dans son dos ? Et leur fils ? Etait-il vivant lui aussi ? Les questions se bousculaient sans ordre dans sa tête.

La voix d'Amiel s'éleva, neutre et calme :

– Fais de moi ce qu'il te plaît, prince, mais laisse-la partir. Elle n'a pris nulle part dans ma lutte.

A la façon dont il évitait le regard de Tyra, Hugues comprit que le rebelle en était violemment épris. Et elle ? Qu'en était-il de ses sentiments ? L'expression douloureuse de son visage lui fournit la réponse. Ce fut comme si on lui versait de l'acide dans la gorge.

– Puis-je te parler en particulier ? fit-elle aussi posément qu'elle put.

Hugues se retint de la gifler. Il ne savait que trop bien ce qu'elle voulait lui demander.

– Gardes ! Emmenez cette femme dans mes appartements.

Le regard que Tyra et Amiel échangèrent à cet instant valait tous les discours. Le comte se détourna le premier, dissimulant ses poings crispés dans son dos. Le claquement de la porte le cingla. A la haine qu'il lut sur le visage du duc, il sut que celui-ci avait tout compris.

– Libère-la, réitéra-t-il d'une voix sourde. Sa mort ne t'apporterait rien. Seule la mienne t'importe.

Hugues chercha chez l'autre quelque chose d'indigne, de vil à quoi se raccrocher. Il ne vit qu'un fier seigneur qui, avec ses cheveux noirs, sa peau mate et son corps délié et nerveux, sentait la race du Sud. Une allure propre à attirer l'intérêt de bien des femmes. Pourquoi avait-il fallu que ce fût Tyra ?

Il essaya de se calmer, d'oublier l'homme pour ne plus voir que l'ennemi. Rien n'y fit. Son esprit s'emballait, voulait trouver une logique à ce qui arrivait. Après Arles, Tyra devait être retournée vivre parmi les siens au cœur du Fraxinet, lieu où ce maudit auquel elle semblait tant tenir avait trouvé refuge et par là même l'avait séduite.

– Depuis quand est-elle ta maîtresse ?

Amiel ne put retenir un sourire.

– Qui t'apprêtes-tu à condamner ? lança-t-il, sarcastique. Le rebelle ou l'amant de Tyra ?

Hugues l'empoigna par le col mais l'autre le fixa avec un tel mépris qu'il le lâcha.

– En d'autres temps, siffla-t-il, en dépit de tes crimes, j'eusse essayé de te rallier à moi. J'aime m'entourer d'hommes de ta trempe.

Ce fut au tour d'Amiel de rire. Un rire insultant.

– N'aie nul regret. Les hommes de ma trempe ne servent que des princes au cœur droit.

Hugues blêmit mais ne broncha pas.

– Tu viens de signer ton arrêt de mort.

– Je le signai le premier jour où Tyra m'apparut. Tu peux m'occire, prince, point détruire ce que nous vécûmes, elle et moi.

– Gardes !

Les prunelles sombres d'Amiel prirent un éclat métallique.

– J'espère que tu sais exactement pourquoi tu vas me faire exécuter.

L'œil aussi brillant que la flamme de la lampe, Tyra fixait un point visible d'elle seule lorsque la porte s'ouvrit. C'était Hugues. Elle voulut parler. Il l'arrêta.

– Je veux d'abord tout savoir sur ce qui s'est passé après mon départ pour la Lombardie.

Comprenant qu'il fallait en passer par là, Tyra s'exécuta. Ces paroles qu'elle eût aimé pouvoir lui jeter à la face trois ans plus tôt, elle les prononça sans haine ni émotion, trop tourmentée par le précipice qui s'ouvrait aux pieds d'Amiel et de Tammam.

De plus en plus décomposé, Hugues l'écouta sans l'interrompre une seule fois. Lorsqu'elle se tut, il resta silencieux, fermé, foudroyé. Sa fureur contre son frère était telle, qu'il l'eût fait abattre sur l'heure s'il se fût trouvé là. Les raisons qui avaient motivé de tels agissements ne lui apparaissaient que trop clairement. Son cadet aussi avait été nourri aux mamelles de l'ambition.

– Notre fils ? s'enquit-il d'une voix méconnaissable.

Tyra n'hésita pas.

– Il est mort de la peste durant notre fuite.

Hugues passa ses mains sur son visage, terrassé par l'étendue du gâchis. Une voix lui souffla pourtant qu'il n'était peut-être pas trop tard. D'Hilda il avait eu l'héritier qu'il voulait et n'avait plus de raison d'endurer davantage sa placide présence. Son domaine comptait nombre de villes où elle pourrait continuer à mener un train princier entourée de ses femmes.

Ce fut alors que Tyra parla.

– Au nom du passé, attaqua-t-elle en pesant ses paroles, je te supplie...

– De le libérer ? Jamais ! Demain, sa tête roulera à terre.

Tyra secoua la tête, les yeux écarquillés.

– J'ai appris que tu avais une épouse, un fils. Moi je n'ai que lui. S'il te reste l'ombre d'une amitié pour moi, laisse-le vivre !

Sut-elle à quel point ses propos l'atteignaient ? Il dissimula la jalousie qui le dévorait sous un masque glacial.

– L'ombre d'une amitié ! railla-t-il, mordant. Et pour cela il me faudrait relâcher mon pire ennemi ! Mais par Dieu, nul te t'obligeait à frayer avec cette engeance. Il fallait mieux choisir tes amants, ma belle !

Tyra rejeta la tête en arrière comme sous l'effet d'un soufflet.

– Dans les veines de cette engeance coule l'un des plus nobles et des plus anciens sangs de Provence. Quant à mes amants, sache que je n'en eus que deux, et que tout le mal me vint du premier ! De toi, prince, qui pris mes dix-sept ans et ma jeunesse ! Pour mon frère, je me jetai à genoux devant toi. Que dois-je faire pour sauver Amiel ? Sais-tu seulement pourquoi il fut capturé ? Il n'y a là-dessous ni complot ni pièges. Il voulait simplement m'escorter jusqu'à Arles où je venais quérir la belladone et l'aconit qui m'eussent permis de sauver mon... frère cadet gravement malade. Voilà quel monstre tu t'apprêtes à occire.

A bout de souffle, blême, l'œil flamboyant, elle leva vers Hugues un visage qui fit à celui-ci encore plus mal que tout ce qu'elle venait de lui assener. Belle, émouvante, elle l'était plus que jamais, mais sa souffrance se tournait vers un autre et cela il ne put le supporter.

– Chacune de tes paroles rapproche le cou de ton amant de la hache du bourreau, laissa-t-il tomber en détachant ses mots.

Un garde entra alors, suivi de l'un des geôliers qui paraissait paniqué.

– Le prisonnier s'est jeté sur ma lame, bredouilla-t-il. Je n'ai rien pu faire. Il est... mort.

– Non ! hurla Tyra.

Elle frappa et frappa encore la muraille de pierre, sous l'œil effaré des gardes que le duc s'empressa de congédier. Enfin elle glissa le long du mur en gémissant, à bout de forces, les mains en sang.

Hugues voulut la relever.

– Ne me touche pas, le repoussa-t-elle d'une voix hystérique.

D'elle-même elle se releva, le corps replié sur des sanglots secs et convulsifs. Hugues versa hâtivement une coupe de vin qu'il lui tendit. Elle l'envoya voler à travers la salle.

– Vas-tu cesser ? siffla-t-il, pesant sur elle de tout son poids pour la maîtriser.

Elle arrêta brusquement de se débattre et sa tête roula sur l'épaule de Hugues. Elle venait de perdre connaissance.

Il l'emporta jusqu'à la couche où il la déposa doucement. Un long moment, il la contempla évanouie. Puis il envoya quérir une servante à laquelle il donna des instructions. Quand il quitta la salle, il lui sembla qu'en quelques heures il venait de vieillir de dix ans.

L'aube balbutiait lorsque Tyra revint à la conscience et par là même à la souffrance. Une souffrance si profonde qu'elle lui laissa cette fois les yeux secs. Bien que douloureuses, ses mains lui parurent extrêmement légères. Elle remarqua alors que des bandages remplaçaient ses chaînes.

Sur un siège la jeune servante qui la veillait s'était assoupie. En entendant Tyra bouger, elle se réveilla et lui sourit.

– Te sens-tu mieux, dame ? lui demanda-t-elle gentiment. Que désires-tu manger ?

D'un geste, Tyra lui fit comprendre qu'elle ne voulait rien.

– Ta monture t'attend aux écuries, reprit la servante.

Elle parut se souvenir de quelque chose et alla chercher un sac de peau sur un coffre :

– Le duc m'a demandé de te remettre ceci.

Voyant que Tyra ne faisait point mine de l'ouvrir, elle s'en chargea. Le sac contenait des pots de belladone et d'aconit.

Hugues était devant sa table de travail quand le pas de l'alfaraz résonna dans la cour. De la nuit, il n'avait bougé de là. Il ne se leva pas pour regarder Tyra partir. Soudain sa vue se brouilla. Il mit cela sur le compte de l'épuisement avant de s'apercevoir qu'il pleurait.

Le plaid venait de prendre fin. Entouré des notables de sa bonne cité d'Avignon et de ses seigneurs, Boson quitta la grande salle de son palais pour se retrouver dans l'éblouissante lumière du plein été.

Afin de bénéficier de l'ombre fraîche des arbres, les tables et la loge comtale avaient été dressées sur les berges. Suant sous le feu des braises et celui du soleil de sexte, des dizaines de gens de bouche s'activaient autour des broches sur lesquelles achevaient de dorer moutons gras, cochons de lait, cailles et perdrix lardées. Près de là, un nombre impressionnant de fûts de vin attendaient d'être mis en perce.

Tout ce que la cité comptait de nobles et d'influents s'avançait dans ses meilleurs habits, sur l'herbe rase du pré, derrière le comte Boson.

Ce banquet qu'il donnait chaque année après le plaid d'été lui permettait de prendre le pouls de sa plus riche cité. Le vin et la bonne chère aidant, les langues se libéraient des discours onctueux pour retrouver leur vérité.

Ils arrivaient au milieu du pré lorsqu'une troupe déboula au cœur des parterres fleuris. Boson fronça les sourcils. Que faisaient donc ses gardes ? En reconnaissant celui qui menait la troupe, il se détendit et s'avança au-devant de son frère.

Hugues sauta à terre et parcourut à grandes enjambées la distance qui le séparait de son cadet. Sans lui laisser le temps de prononcer un mot, il l'empoigna par le col et l'entraîna à l'intérieur du palais, devant une assistance muette de stupeur et des gardes qui n'osaient intervenir.

– Qu'est-ce qui te prend ? tenta Boson à demi étranglé par la poigne de son aîné bien plus solide que la sienne.

Hugues referma la porte d'un coup de pied et projeta Boson à l'autre bout de l'antichambre. Livide, point rasé, il avait un air dément. Avant que son frère ait eu le temps de se protéger, il lui assena une gifle qui l'envoya rouler à terre. Boson essaya de se relever mais la violence du second coup fut telle qu'il crut que son nez éclatait.

Hugues ne s'arrêta de frapper que lorsqu'il vit le sang noyer le bliaud clair de son frère.

– Seigneur, pourquoi ? bredouilla Boson, à demi sonné.

Hugues l'arracha du sol et le mit à hauteur de son visage.

– Tu eus beaucoup de chance, siffla-t-il, de ne point t'être trouvé à Arles hier. Vois-tu, une morte m'y apparut. Son nom te parlera peut-être : Tyra ! Tyra, emportée par la peste voilà trois ans.

Entre les traînées sanglantes, la peau de Boson vira au gris.

– Je t'assure qu'elle est m...

– C'est ce que t'affirmèrent sans doute les hommes que tu payas pour les assassiner, elle et mon fils ! Dieu, comment as-tu osé toucher à eux ?

Boson ne se déroba pas. Essuyant d'un revers de main le sang qui coulait de son nez, il fit face à son frère :

– Cette femme t'empoisonnait le sang et aliénait ta raison. Devais-je te laisser te perdre ? Oublies-tu tes visées sur la couronne de fer ?

Hugues se retint de le frapper encore. Cette fois, il l'eût tué.

– Prie, mon frère. Prie Dieu que je la ceigne un jour. Alors, seulement pourrai-je peut-être te pardonner d'avoir détruit ce que j'avais de plus cher !

10

Les Magyars

Tammam fit bruyamment irruption dans la salle. Tyra, qui puisait de l'eau derrière la maison, lâcha tout et le rejoignit. En le voyant lacer son corselet de mailles, elle se figea.

– Que se passe-t-il ?

– Abda, Osni et leur oncle Khaled, jeta très vite Tammam sans cesser de se préparer. Massacrés aux abords de notre territoire.

Tyra songea aussitôt à Zaïd qui perdait là deux fils sur trois et l'un de ses frères.

– Qui les a attaqués ?

Tammam eut le même rictus qu'aurait eu son père.

– La question ne se pose pas, mère ! fit-il, acide, en vérifiant l'armature de bois et la tension de sa targe en cuir d'antilope, un présent de son ami Selim. Le mal a toujours la même racine : les seigneurs bourguignons de ce chien de duc Hugues, aidés de Manassès. Cette fois, ils vont verser des larmes de sang pour ce qu'ils ont fait ! Point ne fallait toucher à la famille du qâ'id.

Tyra se détourna pour qu'il ne la vît pas blêmir et alla suspendre un pot d'eau au-dessus de l'âtre. Mais Tammam était bien trop préoccupé pour remarquer quoi que ce fût. Il enferma ses cheveux clairs sous son mighfar et glissa son poignard dans sa ceinture. Il ne s'en servirait que si les choses tournaient mal et qu'il faille en venir au corps à corps. De loin, il lui préférait la lance et le tabarzin.

Tyra le regardait bouger, inspecter une dernière fois son armement. Même haute taille, même carrure, mêmes traits et attrait pour les exercices violents. Mieux valait qu'il ignore à jamais combien il ressemblait à ce « chien ».

Une angoisse qu'elle connaissait commença à la gagner. Son corps découplé et son allure d'homme ne changeaient rien au fait que Tammam n'avait que quinze ans et la témérité de ceux de son âge. Tyra avait bien demandé à son frère Romanus de tenter de l'intéresser aux travaux de la terre. Celui-ci l'avait même emmené jusqu'en al-Andalus où il allait livrer sur l'une des nefs du Fraxinet une cargaison de bois. Rien n'y avait fait. En dépit des adjurations de sa mère, Tammam s'était enrôlé dès ses quatorze ans dans les troupes du qâ'id et était, depuis, de toutes les expéditions, aux côtés de son ami Selim, fils de Zaïd.

– Où partez-vous combattre ? s'enquit-elle, dissimulant du mieux qu'elle put sa peur.

Le léger tremblement de sa voix la trahit. Tammam s'interrompit et se retourna. Il remarqua pour la première fois les rides autour des yeux d'or qu'il trouvait si beaux. Et Dieu, qu'elle lui paraissait petite tout à coup. Spontanément, il l'étreignit.

– Rien de fâcheux ne m'adviendra, mère. En moi coule le sang des rois vikings et des seigneurs de Provence.

Il baisa tendrement Tyra au front. Soudain, paraissant se souvenir de quelque chose, il plongea la main dans son corselet.

– J'espère, mère, que tu n'en prendras point ombrage : je viens de t'emprunter ceci. C'est bien le marteau du dieu Thor dont me parle parfois grand-mère ? Je me souviens que tu le portais, autrefois. Me permets-tu de le garder lors des combats ?

Tyra opina en silence. Voir ce pendentif au cou de son fils la troublait au-delà du possible.

– Il te vient de mon père, n'est-ce pas ?

Tyra acquiesça une seconde fois.

– Garde-le. Il te revient.

Son fils l'embrassa encore et tourna les talons. Au moment de sortir, il se ravisa.

– Tu ne m'as jamais dit le nom de mon père ? lança-t-il à brûle-pourpoint. De lui, je sais seulement qu'il fut un grand seigneur de Provence.

– Hugues, souffla Tyra. Il s'appelait Hugues.

– Comme ce...

– Comme lui et d'autres. C'est un nom fort courant en Provence. A présent, va. Et prends garde à toi.

Sitôt la porte refermée, Tyra se laissa choir sur un siège. Devant elle, sur la table, Tammam avait laissé le coffret à bijoux ouvert. Sur le dessus, aussi belle que le jour où il la lui avait offerte sept ans plus tôt, dans la crique, scintillait la parure d'Amiel. Son visage se crispa. D'un geste sec, elle rabattit le couvercle.

Deux jours plus tard, à la grande terreur de sa population, Marseille vit déferler pour la première fois dans ses entrailles les Sarrasins. Là, Zaïd vengea dans le sang la mort de ses fils. Au soir de ce funeste 13 juin de l'an 923, les églises de Saint-Zacharie et de Saint-Jean-Baptiste n'étaient plus que ruines et des tas de cadavres jonchaient les venelles. Par miracle, l'évêque Drogon en réchappa et courut se réfugier auprès de Manassès où il témoigna de la férocité des démons païens.

Viennois, an 924

– Voici la carte établie d'après les renseignements de notre espion, dit sombrement Boson en tendant le parchemin à son frère.

S'il n'en montra rien, Hugues apprécia une fois de plus l'efficacité de son cadet. Depuis l'épisode de Tyra qui pourtant remontait à sept ans, il ne pouvait se départir à l'encontre de celui-ci d'une certaine froideur. Quelque chose s'était rompu.

Si Boson restait le conseiller, il n'était plus le confident, encore moins l'ami et, bien qu'il en souffrît, il ne regrettait pas ce qu'il avait fait. Cette femme eût tué toute ambition chez Hugues. Il n'était qu'à voir quelle folie il s'apprêtait à commettre pour elle. Plus tard, quand la blessure serait refermée, son frère le remercierait d'avoir agi ainsi.

Hugues déroula le parchemin sur sa table de travail et parcourut fébrilement le tracé du lieu maudit. Des monts, toute une chaîne de monts hérissés de pics qui se jetait dans la mer. L'espion avait pris soin de relever tous les points de surveillance : il y en avait sur chaque sommet. Impossible pour une armée de pénétrer ce territoire à l'insu de ceux qui le tenaient. Et quand bien même l'eût-elle pu, restait à monter jusqu'au piton rocheux qui leur servait de base par un sentier plus propre aux chèvres qu'aux chevaux. « Et dire qu'elle vit là, dans ce camp retranché, parmi ces païens », ne put s'empêcher de songer Hugues.

Farouchement, il se détourna d'elle pour revenir à l'effarant relief.

– C'est à croire que le Diable en personne leur a désigné ce lieu, fulmina-t-il. Nulle attaque possible par voie de terre.

– Il n'en va guère mieux par la mer, assura Boson qui avait déjà étudié la carte. Si seulement nous avions une flotte !

Hugues suivit attentivement le tracé de la côte bordant le Fraxinet. Son frère disait vrai : déchiquetée, frappée de plein fouet par les vents, les Sarrasins comptaient là leur meilleure défense. Cependant...

– Par là, nous pouvons les posséder, fit Hugues, pointant un doigt sur le golfe Sambracitain. Même nuitamment, l'endroit est abordable.

– Par navire et nous n'en avons point. Seigneur Jésus, il nous faut pourtant trouver remède à ce fléau ! Trente-cinq années que ces fils de Satan font de ce royaume un désert ! Après Marseille, à quelle cité vont-ils s'en prendre ? Arles ? Avignon ? Pourquoi pas Vienne ?

– Epargne-moi ces propos stériles, l'arrêta Hugues, cassant. J'ai fait serment de les anéantir et rien ne m'arrêtera. D'autant que je sais à présent où frapper !

Un serviteur envoyé par Hainon, le maître d'armes, interrompit leur discussion houleuse. Il annonça à Hugues que l'exercice avait commencé.

En voyant son père approcher, Lothaire ravala ses larmes. Ce marcassin qui chargeait comme un sanglier le terrifiait et cet enclos boueux prenait pour lui allure de salle de torture. Son père, il le savait, ne le tiendrait pour quitte qu'une fois la bête abattue et celle-ci ne semblait point décidée à mourir.

Pour lui, ces séjours dans les villes royales tournaient au cauchemar. Ici, loin de Vienne et de ses obligations ducales, celui qu'il admirait et craignait tout autant ne cessait de le mettre à l'épreuve. Et nombreux étaient les soirs où, dans sa couche, l'enfant versait des larmes amères pour n'avoir pu répondre à l'attente paternelle.

Sans lui laisser le temps de se remettre du précédent assaut, le marcassin fonça sur lui comme un possédé, envoyant voltiger d'un coup de gueule l'épieu contre les lices. Lothaire fit un effort surhumain pour ne point prendre ses jambes à son cou et fuir ce jeune fauve pris de folie. D'un pas de condamné, il alla ramasser l'épieu. Le visage fermé de son père ajoutait à sa torture.

Inquiet, Hainon s'approcha le plus près qu'il put de l'enfant de huit ans. Excepté si la vie de celui-ci se trouvait en danger, il avait ordre de ne point intervenir et de rester hors du champ clos.

– Tiens plus fermement ton arme, conseilla-t-il à Lothaire à mi-voix, et attends que la bête soit sur toi pour frapper.

L'enfant opina, serrant les dents pour les empêcher de claquer.

N'y tenant plus, Hilda qui observait la scène depuis l'autre côté du pré laissa ses femmes et rejoignit Hugues aussi vite que le lui permettait son embonpoint. Elle arriva essoufflée, maudissant le soleil du Sud qui, en ce printemps, frappait déjà avec un zèle forcené.

– Tu devrais, mon seigneur, laisser notre fils prendre de l'âge avant que de lui faire affronter des fauves.

Hugues ne daigna pas la regarder. Rien qu'à sa voix, il savait que ses traits mous tremblotaient comme gelée de coing. Le temps avait fait de sa très blonde et pâle épouse une femme grasse qui, sur la nourriture, se consolait de ses désillusions.

En effet, de Hugues, Hilda n'espérait plus rien. Voilà longtemps qu'il avait définitivement déserté sa couche. Elle eût de loin préféré de la haine à cette indifférence. Quant à la cour de Vienne avec laquelle force lui était de composer, elle la subissait comme un calvaire. Les regards qui se posaient sur elle se nuançaient toujours de moquerie ou de pitié. Certaines dames ne se gênaient plus pour rappeler en sa présence la royale beauté de Wille, la première épouse de Hugues. Sous couvert de l'aider, d'autres lui infligeaient la liste des conquêtes de son trop séduisant époux, sans lui dissimuler que celle-ci continuait à s'allonger. Aussi demeurait-elle le plus possible cloîtrée dans ses appartements, entourée de ses femmes. Avec elles, elle parlait sa langue et évoquait la rude beauté des paysages de son enfance.

Hugues se retint de lui jeter son embonpoint et sa mollesse à la face. Travers qu'il ne lui pardonnait pas d'avoir légués à leur fils.

– Un fauve ! la reprit-il, sarcastique. Si à huit ans il ne peut venir à bout d'un marcassin, qu'en sera-t-il lorsqu'il devra livrer combat véritable ? Ton fils, ma chère, n'a pour l'heure de mâle que le nom. Rien ne t'oblige à assister à la façon dont je m'efforce d'en faire un homme.

Laissant là Hilda au bord des larmes, il partit à grands pas vers la villa retrouver Boson et cette carte du Diable, regrettant de s'être dérangé pour si lamentable spectacle.

S'armant du courage des désespérés, Lothaire suivit le conseil de Hainon et laissa charger la bête. Alors qu'elle arrivait sur lui, il se jeta en avant et ficha rageusement son épieu entre les yeux du marcassin. L'animal eut un ultime sursaut et s'écroula. Fou de joie, l'enfant se tourna vers son père. Mais celui-ci n'était plus là. Ne restait que sa mère qui pleurait.

Hugues regagna la villa de fort mauvaise humeur, ignorant les têtes qui s'inclinaient sur son passage. Il allait pénétrer dans la salle lorsqu'il entendit des cavaliers approcher.

Guillaume, l'un des rares compagnons qui lui restât après l'hécatombe perpétrée par les Sarrasins, menait une troupe que Hugues ne reconnut point pour sienne.

« Encore quelque délégation étrangère », songea-t-il, contrarié que Guillaume la lui eût amenée au lieu de patienter deux jours de plus qu'il fût rentré à Vienne. L'allure et l'arrogant port de tête de celui qui chevauchait près de Guillaume lui parurent familiers. Dès qu'il put lui mettre un nom, il sut qu'il venait d'advenir quelque chose de grave.

– Le roi Bérenger vient d'être assassiné à Vérone, le 7 avril, par Flambert, son filleul. Notre mère te fait dire qu'elle t'espère au plus tôt en Toscane.

Hugues échangea un regard avec Boson, se gardant de toute démonstration de joie. Pourquoi leur mère lui avait-elle envoyé Gui, l'un des fils qu'elle avait eus du duc de Toscane pour lui annoncer cette superbe nouvelle ? Ce glacial jeune homme qu'il n'arrivait pas à considérer comme son frère lui déplaisait encore plus que Lambert, son turbulent cadet. Grâce à Dieu, bien qu'élevée elle aussi à la cour de Lucques, leur sœur Ermengarde ne leur ressemblait en rien.

– Est-ce tout ? s'enquit-il en lui tendant une coupe de vin.

Gui retint une réponse cinglante.

– C'est tout, dit-il, acceptant la coupe sans la porter à ses lèvres.

Il enveloppa d'un regard méprisant les fourrures jetées à même les dalles de pierre, les tapis de grosse laine et les tentures d'étoffe épaisse. A Lucques comme à Pise, même le sol des villas était de marbre ou de mosaïque, de soie les tapis et tentures, et d'or le moindre gobelet. Offrir la prestigieuse couronne de fer au fruste qui acceptait de vivre dans ce décor était purement scandaleux. Il n'y avait que leur mère pour ne point voir son fils aîné sous son jour véritable.

En bougeant, Boson se rappela à lui. Gui vit que celui-ci le fixait sans ciller et eut soudain la détestable impression de se trouver face à deux juges.

– Si je voulais te tuer, fit Hugues en désignant la coupe encore intacte de son demi-frère, j'userais du fer, non du poison.

Sous le sinueux sourire, Gui se sentit deviné et comprit que l'animal était plus perspicace qu'il ne l'avait pensé.

L'un des clercs qui travaillait dans la salle voisine vint annoncer qu'un messager du roi de Bourgogne avait un pli d'une extrême importance à remettre au duc de Provence en personne.

Dès qu'il en eut pris connaissance, Hugues perdit d'un coup la belle allégresse dans laquelle venait de le plonger la nouvelle de la mort de Bérenger. Il releva les yeux sur Gui qui l'observait.

– Notre mère devra m'espérer un peu, lui dit-il. Les Magyars auxquels Bérenger s'était allié viennent de prendre Pavie et se dirigent à présent sur la Bourgogne et la Provence en saccageant tout sur leur passage. Dieu bon, ne manquaient plus que ces Barbares !

A peine Gui fut-il sorti que Hugues se tourna vers Boson.

– Nous tenons là notre flotte.

Boson le regarda sans comprendre. Hugues eut un sourire froid.

– Que pourront faire, à ton sens, les quelques nefs du Fraxinet contre la flotte du basileus de Constantinople ?

– Tu divagues ! Le basileus ne consentira jamais...

– L'aide qu'il eût refusée au duc de Provence, il l'accordera au roi de Lombardie. Cette couronne, mon frère, est un présent de Dieu. Laisse-moi bouter les Magyars hors de notre territoire et reprendre Pavie. Après, le temps des Sarrasins du Fraxinet sera compté. Il l'est déjà.

– Je hais les montagnes et les mouches qui les infestent ! fulmina Mourad, chassant avec impatience les envahissants insectes.

Selim haussa les épaules et écarta une branche de sapin qui gênait sa monture. Depuis qu'on avait abordé les montagnes, son cousin ne cessait de pester contre tout.

– Quel djinn, continua Mourad sur le même ton, a soufflé à grand-père d'installer un camp sur ces hauteurs perdues ? Et pourquoi ne point utiliser des hommes du commun pour le ravitailler ? Notre base n'en manque pourtant pas !

La peau mate de Selim vira au pourpre.

– Par Muhammad, d'où te crois-tu issu ? explosa-t-il, excédé. Que sommes-nous sinon des gens du commun ? Notre famille vient de la 'amma, point de la riche khassa arabe ! Avant de commander le fort, notre grand-père tirait la charrue dans les monts arides d'al-Andalus, faute de pouvoir s'offrir une mule. Tu ne dois qu'à son courage de ne point faire de même et d'ignorer ce qu'est la faim.

Mourad eut un rictus mauvais. Cela le rendait fol qu'on lui tînt tête, et Selim comme Tammam étaient les seuls à s'y risquer. Lorsque son grand-père et son oncle Zaïd ne seraient plus et qu'il dirigerait la base, il le leur ferait payer.

– Il n'empêche que ce camp isolé...

– Ce camp, mon cousin, se trouve sur le chemin de Rome. Chaque rançon extorquée aux Romieux et chaque caravane interceptée valent trois expéditions. Dois-je te rappeler que celles-ci ne rapportent plus rien ou presque et que le Fraxinet compte plusieurs milliers de bouches à nourrir?

– Point ne fallait dévaster toutes les terres à cultures autour de notre zone.

Selim serra les rênes pour ne pas le frapper. Pourquoi son père lui avait-il infligé la présence de Mourad au lieu de le laisser aller en la seule compagnie de son ami Tammam?

– Ta selle, siffla-t-il, ne viendrait point de Cordoue et tu ne monterais pas un pur-sang si notre grand-père, puis ton regretté père et le mien ne s'étaient taillé ce territoire à coups de tabarzin. Honte à toi de critiquer leurs actes!

Tammam ouvrait la marche sans prêter attention à la dispute des deux cousins. Celle-ci avait débuté en quittant le Fraxinet et ne cesserait sans doute qu'au terme de l'expédition. Aussi se contentait-il de frayer un chemin à sa monture entre les grands sapins. Lui qui n'aimait pas Mourad se trouvait, chose étonnante, en accord avec lui sur un point : ces pics vertigineux le mettaient mal à l'aise. Une impression qu'il ne se souvenait pas d'avoir éprouvée les précédentes fois et qui lui gâchait la beauté puissante de ce paysage. Il enveloppa d'un regard méfiant la masse menaçante des arbres, les rameaux qui traînaient jusqu'au sol moussu et tenta vainement d'apercevoir la rivière en contrebas. Ce manque d'horizon le gênait, lui, le fils de la garrigue et des collines.

Instinctivement, il s'assura de la présence du tabarzin contre son flanc et du poignard dans sa ceinture. Il fouilla une nouvelle fois le sous-bois des yeux. Rien, sinon toujours et encore des sapins. Pourtant, depuis quelques heures, il avait la sensation d'être épié. Soudain, il entendit nettement un froissement de branches.

– Taisez-vous, intima-t-il à ses deux compagnons, stoppant net sa monture.

– Qu'y a-t-il? s'enquit Selim.

Tammam tendit l'oreille. Il ne perçut rien d'autre que le glissement fluide de la rivière et le bourdonnement des mouches attirées par la sueur des chevaux. Une imperceptible brise faisait se frôler les aiguilles des sapins. Sans doute était-ce cela qu'il venait d'entendre.

D'un geste, il rassura ses compagnons sans parvenir à se rassurer lui-même. Il chercha le soleil dans le coin de ciel bleu concédé par les arbres et comprit qu'il déclinait en ne le voyant point. Dans le sous-bois, la lumière baissait déjà. Son intervention avait eu au moins l'heureux effet de faire taire les deux antagonistes.

– A combien juges-tu que nous soyons du camp ? demanda Selim qui n'avait point le sens des distances et du temps de son ami.

– Si tout va bien, à moins d'une heure, assura Tammam surpris que nul avant-poste ne se fût encore manifesté.

Peu après, le fortin apparut à flanc de montagne, ensanglanté par les feux mourants du crépuscule. Personne ne se pressa à leur rencontre quand ils mirent pied à terre.

– Il devrait y avoir au moins quelques gardes, s'étonna Selim.

Mais à l'intérieur de la fruste bâtisse, il n'y avait âme qui vive. Tammam eut beau chercher, il ne décela nul signe de départ précipité ou de violence. Dans l'âtre qui rougeoyait, une bûche achevait de se consumer et, posé dans les braises, le pot de vin aux herbes était encore intact.

– La nuit les ramènera, affirma Mourad en commençant à décharger les sacs de nourriture.

Mais l'obscurité ne ramena personne. Ils dînèrent d'un morceau de pain et de fromages de chèvre, sans chercher à rompre le silence environnant. Tout en ranimant le feu, Tammam réfléchissait, soucieux.

– Cette absence me semble étrange, avoua-t-il au bout d'un moment. Mieux vaut instaurer un tour de garde.

– Par quoi veux-tu que nous soyons attaqués ? railla Mourad. Les loups ne passent point les portes et les hommes ne sont point fols pour venir se perdre ici.

– Les gens du fort doivent pister une caravane, appuya Selim. Demain ils seront là.

Vexé d'être désavoué par son meilleur ami, Tammam n'insista pas. Roulant une couverture sous sa tête, il s'allongea près du feu, très vite imité par ses compagnons. L'épuisement du chemin et leur jeunesse eurent très vite raison d'eux.

L'aube pointait quand un bruit réveilla Tammam. Il battit des paupières, encore engourdi de sommeil et, soudain, sursauta : face à lui, les pieds chaussés de bottes de poils, tenant d'épaisses lames, se dressaient des guerriers aux yeux bridés.

Tyra s'agitait dans son sommeil, perturbée par des rêves sans suite. Tout à coup, de ce désordre invraisemblable émergea une grande femme, auréolée d'une lumineuse chevelure blanche.

Immédiatement, Tyra reconnut les longues paupières de chat d'Azélaïs. Un grand frisson la parcourut et elle ouvrit les yeux. Mais la vision ne se dissipa point. Les traits de la ventrière trahissaient l'angoisse et ses lèvres bougeaient sans qu'un son n'en sortît.

Glacée en dépit de l'été, Tyra remonta son drap jusqu'au menton, incapable d'appeler Sarah, qui devait dormir derrière la tenture. Très vite, l'effroi fit place à la stupeur. Près d'Azélaïs se dressaient maintenant trois hommes cernés de hautes flammes. Puis celles-ci baissèrent, révélant dans leur rougeoiement les traits de Mourad, ceux de Selim et enfin de Tammam. Presque aussitôt, les flammes se divisèrent en lances de feu brandies par d'effroyables guerriers à la peau de terre cuite et aux pommettes hautes.

Tyra se redressa d'un bond sur son séant, la bouche ouverte sur un hurlement muet. Elle demeura ainsi un instant, paralysée par la terreur, les pupilles dilatées sur les ocelles de la tenture que l'aube redessinait, ne réalisant pas sur-le-champ que la vision avait disparu. Toutefois, le sens de celle-ci lui apparut instantanément. « Azélaïs m'avertissait. Mon fils est en danger. »

Sautant au bas de sa couche, sans prendre la peine de réveiller Sarah, elle fit une rapide toilette et passa ses braies et son bliaud de voyage. Puis elle fonça vers la petite écurie édifiée par Tammam derrière la maison et détacha son alfaraz. Le soleil n'était point levé qu'elle filait vers le camp à bride abattue.

Zaïd buvait en compagnie de son père un gobelet de lait de chèvre lorsque Tyra fit irruption dans la salle du fort.

– Un malheur vient d'arriver à nos enfants, leur jeta-t-elle à brûle-pourpoint.

Son air égaré autant que ses propos laissèrent les deux hommes sans voix. Tyra prit alors conscience de la difficulté qu'elle allait rencontrer pour rendre crédible une telle assertion.

Zaïd blêmit : Selim était le seul fils vivant qui lui restait.

– Que dis-tu ? dit-il d'une voix sans timbre.

Tyra prit une inspiration et relata d'un trait ce qu'elle venait de vivre.

– Il faut me croire, les adjura-t-elle. Azélaïs avait pouvoir de divination. Ce n'est pas la première fois qu'elle me prévient d'un danger.

Devant leur silence, elle paniqua. Comment les convaincre ? Soudain elle sut.

– Kheira ! Je t'en prie, ô qâ'id. Fais appeler ton épouse et demande-lui de lire dans les grains de blé et d'orge.

Ce fut Zaïd qui réagit. Quelque peu ébranlé par ce qu'il venait d'entendre, il alla quérir sa mère que Nora, la sœur de Mourad, aidait à s'apprêter.

Tyra fut frappée par la blancheur de ses cheveux et ses traits creusés. Elle semblait porter sur ses épaules tous les deuils qui venaient de frapper les siens.

Contrairement à son époux et à son fils, Kheira prit aussitôt la chose au sérieux et partit chercher dans le vase les précieux grains. Dès qu'elle les jeta sur le sol, son visage se figea.

– Tyra a vu juste. Ils sont en danger de mort.

Le qâ'id se tourna vers son fils.

– Prends autant d'hommes que nécessaire et ramène les enfants.

Mais Zaïd n'avait pas attendu son ordre pour filer vers la porte. Tyra lui emboîta le pas et lança sur un ton qui ne souffrait nulle protestation :

– Mon fils est du nombre. Je viens aussi.

– Han !

Le cri de l'exécuteur ponctua le coup de hache. Figée dans son ultime geste, la main tranchée retomba sur l'herbe au cœur du macabre amas.

Un autre Magyar s'agenouilla avec calme devant le billot rougi. Lorsqu'il avança sa main droite, ses yeux noirs étirés vers les tempes ne cillaient point. Pas un muscle de son visage ne bougeait. Nulle pâleur n'altérait le cuivre de ses pommettes hautes. Quand le tranchant de la hache frappa son poignet, il n'émit aucun cri. Rien.

– Ces Barbares ne sont pas de chair ! siffla Rodolphe, le roi de Bourgogne-Transjurane dont le territoire venait de subir leurs ravages. C'est bien le Diable si l'un d'eux ne réagit !

Hugues garda le silence. Sa fureur était telle de les voir se laisser mutiler sans broncher qu'il n'eût point patienté que les quarante y passent pour les faire tous abattre. Pourtant il avait tant misé sur cette prise ! Les premiers Magyars capturés vifs depuis que ses troupes et celles du roi Rodolphe les poursuivaient dans les défilés des montagnes. Quarante d'un coup ! De quoi exulter, même si cette capture ne tenait qu'à un pont de bois qui avait cédé providentiellement sous les sabots de leurs chevaux furieux. On avait dû repêcher les Barbares avec des rets dans le courant. Un mode qui, selon Hugues, leur allait bien. Capturait-on autrement qu'avec des rets des sauvages que leurs chefs menaient au combat à coups de fouet ?

L'exaltation était cependant vite retombée dans l'armée coalisée des Francs : les prisonniers préféraient se laisser tuer que de guider l'ennemi jusqu'à leur camp. Un camp qu'eux seuls étaient à même de localiser, car jamais ces maudits ne plantaient leurs yourtes deux jours de suite au même endroit. Plus d'une fois croyant les surprendre, Hugues et Rodolphe s'étaient rompu le nez sur leurs feux encore fumants. Du sable entre les doigts que ces Magyars ! Et tandis que les captifs faisaient preuve d'une détermination suicidaire, leur horde filait vers le sud et s'apprêtait à déferler sur la Provence.

Hugues parcourut du regard les rangs des condamnés. Tous affichaient un égal mépris de la peur et de la douleur. Jamais il n'avait lutté contre de tels guerriers. Même défaits, ces démons féroces surgis de l'enfer glacé des plaines de Pannonie donnaient froid dans le dos. A quoi pouvaient donc ressembler ces Petchénèques qui étaient parvenus à les jeter hors de leur territoire ? Que ne s'était-il trouvé un autre peuple sauvage pour les exterminer dans les plaines de la Tisza et du Danube avant qu'ils ne fondent sur l'Occident chrétien !

Derrière leurs chefs, les Francs se pressaient en nombre pour regarder tout leur saoul les captifs. Des Magyars, ils n'avaient vu jusque-là que la queue des montures et la pointe effilée des flèches.

– Il faut les avoir combattus pour ne point rire de tels accoutrements ! lança un anonyme, traduisant l'opinion générale.

Des plus étonnantes, en effet, la tenue des guerriers magyars ! Malgré la chaleur, crânes rasés et cheveux longs arboraient des couronnes de fourrure de loup, des bonnets de feutre, certains des pots de fer d'où surgissaient des cornes. Leurs torses étaient couverts de peaux de bêtes, de corselets de mailles ou de plaques de bronze. Leurs braies amples ou moulantes, de couleurs agressives, se terminaient par de courtes bottes poilues. D'aucuns allaient pieds nus. Tous étaient sales à faire peur et avaient l'œil farouche.

– Ils sont nés pour combattre, murmura Guillaume près de Hugues.

Et une pointe d'admiration perçait dans sa voix.

– Dis plutôt pour tuer, grinça Boson encore marqué par la fureur inouïe dont venaient de faire montre une fois de plus ces petits hommes au combat.

– Des traits de ceux-là, nous ne pâtirons plus, jeta le roi Rodolphe.

– Les autres tomberont aussi, assura froidement Hugues.

Le prince Charles-Constantin préféra tourner les talons. Pour le bâtard de Louis l'Aveugle, cette première campagne prenait tournure de cauchemar. La peur qu'il tentait de dissimuler devant les autres seigneurs, et surtout son cousin Hugues, lui tordait le ventre. Il était sûr à présent d'avoir affaire à l'un de ces peuples de Magog [1] annonciateurs de l'Apocalypse, tant leur ruse se révélait diabolique. Rien ne servait de savoir croiser le fer, jouer de la lance ou de la hache face à un ennemi qui se dérobait pour ensuite se retourner et décocher en plein galop des flèches meurtrières. Une l'avait frappé au bras, une autre à la jambe, la troisième l'atteindrait-elle au cœur ?

Il n'était point le seul à pâtir. A ce jeu dont elle ignorait les règles, l'armée franque ne cessait d'essuyer des pertes.

Dans un geste de cruelle dérision, l'exécuteur rendait à chaque mutilé son arc et son carquois. Et chaque fois l'homme glissait son arme sous son bras blessé, déchirant de sa main valide un pan de son vêtement dont il enserrait le moignon à vif.

N'y tenant plus, Hugues planta son épée dans l'herbe et arracha la hache des mains du bourreau. Restaient dix sentences à exécuter.

Le Magyar dont le tour venait ne ressemblait point aux autres. A voir les plaques de son pectoral enrichi d'or, il devait s'agir d'un chef. Il portait sur les joues de profondes cicatrices et allait nu-tête. Une toison noire et lisse atteignait le milieu de son dos. Gog, le roi scythe des ennemis de Dieu, avait dû lui ressembler. Il tendit à Hugues ses deux poignets.

– Tranche les deux, dit-il dans un mauvais latin avec un lourd accent. Je n'ai que faire d'un seul bras.

– Libre à toi ! rugit Hugues.

La hache siffla dans l'air. Tous suivaient, hypnotisés, l'éclat bleu du tranchant. La lame s'abattit avec un bruit sourd à deux reprises. Puis, pour ne plus voir ce regard noir qui le fixait toujours, il brandit une troisième fois son arme et lui trancha la tête.

Des cris de stupeur jaillirent de l'ost franc. Où voulait en venir le duc de Provence ?

– A qui le tour ?

Son œil s'arrêta sur un très jeune garçon. Le seul à avoir une crinière blonde. Contrairement aux autres condamnés, il semblait commencer à perdre son calme. Hugues se le fit amener et vit alors que, sous le masque de crasse, l'adolescent avait des yeux clairs et des traits chrétiens. Sans doute l'un de ces enfants razziés très jeunes sur

1. Dans l'Apocalypse, nations païennes coalisées contre l'Eglise.

les marches franques pour en faire des guerriers. Il lui désigna le corps mutilé de celui qu'il venait d'abattre.

– Veux-tu subir le même sort?

L'adolescent n'eut point besoin de la traduction du truchement pour comprendre. Décomposé, il se laissa choir à genoux et commença une longue tirade dans sa langue. L'un des Magyars se rua alors sur lui et tenta de l'étrangler avec ses chaînes. Les Francs durent s'y mettre à deux pour le maîtriser.

– Qu'a-t-il dit? s'enquit Hugues auprès du truchement.

– Il implore ta clémence, traduisit l'homme, un chrétien qui avait réussi à fuir le camp magyar après plusieurs années d'esclavage.

Hugues ficha sa hache ensanglantée dans l'herbe à un doigt des pieds du garçon qui recula d'un bond.

– Tu l'obtiendras, assura-t-il, si tu nous guides jusqu'à ton camp.

Tammam ne parvenait pas à trouver le sommeil. Des yeux, il suivait les colonnes de fumée claire qui s'élevaient des centaines de foyers pour mourir dans la nuit. Tout un peuple se trouvait là sous ces abris de peaux puantes que les feux de camp détachaient de l'obscurité. Comment fuir ces Barbares?

En bougeant il tira sur les maillons de fer et arracha un grommellement à Selim endormi. Les Magyars les avaient tous enchaînés ensemble. Que comptaient-ils faire d'eux et de ces dizaines d'hommes, de femmes et d'enfants qu'ils traînaient dans leur sillage? Chaque soir ils en arrachaient quelques-uns au nombre, sans distinction de sexe ou d'âge. Ils les ramenaient à l'aube dans un état si terrible que certains succombaient aux violences de la nuit. Et chaque soir, Tammam et ses deux compagnons se glaçaient à l'idée d'être des « élus ».

Tammam sentit ses brûlures de ventre revenir. Il avait si faim qu'il ne pensait plus qu'au moment où l'esclave viendrait leur apporter ce bol de lait aigre et caillé au goût détestable, leur seul repas de la journée. Combien de temps pourraient-ils tenir ainsi? A la faim s'ajoutaient le froid nocturne de la montagne et les marches harassantes du jour sous un soleil brûlant. Vers quoi couraient ces êtres à demi bêtes? Qu'est-ce qui les poussait à lever le camp sans cesse?

Soudain s'éleva dans la nuit une sorte de cri d'alerte. Aussitôt des têtes émergèrent des yourtes. Le cri se répéta de bouche en bouche. Les femmes se jetèrent sur les feux pour les éteindre et, dans le noir le plus absolu, tous entreprirent fébrilement de démonter tentes et piquets.

Tammam les écoutait lancer des ordres et s'exciter, le cœur battant. Pour qu'ils lèvent le camp au cœur de la nuit, il fallait que le danger fût grand.

Selim se redressa sur son séant.

– Que se passe-t-il ? demanda-t-il d'une voix pâteuse.

– Même la nuit ces furieux vont nous faire marcher à présent, jeta aigrement Mourad.

– Doux Jésus, prends-nous en pitié, murmura une prisonnière.

– Paix, intima Tammam, l'oreille tendue. Ils sont aux chevaux.

En effet, aux bruits de courses précipitées succédaient à présent des hennissements de bêtes bousculées. Tammam sentit la terre trembler sous le galop des chevaux qui s'éloignaient. Etait-ce possible ?

Tous se turent, tendus à l'extrême. Près d'eux, une brindille craqua, ranimant l'un des feux. L'enclos dans lequel ils étaient parqués émergea de la nuit, révélant des visages hébétés. Leurs gardes avaient disparu.

– Ils sont partis sans nous, exulta Selim.

– Dieu soit loué, sanglota une femme.

– Ils reviendront, assura un homme à la voix râpeuse. Ni Dieu ni les hommes ne pourront nous arracher aux griffes de ces fils de Belzébuth.

Tammam se jeta sur le piquet de fer qui retenait leurs chaînes. Il était si profondément enfoncé qu'il ne put l'arracher.

– Selim, aide-moi !

– Arrêtez, les adjura une voix tremblante. S'ils s'aperçoivent que nous tentons de fuir, ils vont nous massacrer. Vierge Marie, les voilà ! Nous sommes perdus !

Mais les cavaliers qui se dressaient devant eux sur de puissants destriers portaient des broignes et des épées franques.

– Quel est ce tas puant ? fit l'un d'eux tandis que sa torche balayait l'enclos.

– Des prisonniers, jeta un autre.

L'un des captifs tomba à genoux.

– Pitié, seigneurs ! Nous sommes des chrétiens !

– Leur fiente et des prisonniers ! fulmina un seigneur dont la broigne toute de plaques d'argent et d'or était sans commune mesure avec celle de ses compagnons. Voilà par quoi se solde la prise de leur camp !

Il passa dans un trait de lumière avant de talonner rageusement sa bête et de disparaître. En voyant son visage, Tammam avait sursauté sans raison. Quel était donc ce haut personnage ?

Voyant que les autres cavaliers faisaient demi-tour aussi, l'un des prisonniers bondit.

– Pour l'amour de Dieu, détachez-nous !

– N'attends rien de ces chiens ! siffla Tammam. Ils ne valent pas mieux que les autres.

L'un des derniers cavaliers le balaya de sa lumière.

– Qui es-tu pour oser... ?

Mais Boson arracha la torche des mains de Guillaume et mit pied à terre, croyant à une hallucination.

– Approche, fit-il à Tammam.

Lorsque le visage du jeune homme apparut sous la flamme, il se figea. L'inconnu qui portait une vêture de guerrier sarrasin avait les traits de son frère.

– Sang du Christ, je crois rêver ! s'exclama près de lui Guillaume, stupéfait. Il me semble voir...

– Conduis-le sous ma tente, l'interrompit brusquement Boson avant de s'éloigner.

Tandis que les hommes d'armes détachaient Tammam, Guillaume ne le quittait pas des yeux. Devant lui se dressait Hugues au temps de leurs vertes années. La ressemblance était frappante.

Serré de près par ses gardes, Tammam ne put rien tenter. Il ne comprenait goutte au comportement des Francs à son endroit et ne cherchait point. Une seule chose lui importait : fuir cet endroit au plus vite.

Après avoir traversé le camp où l'ost franc errait comme une âme perdue, Guillaume conduisit Tammam sous une tente dont les hommes plantaient le dernier piquet. Avant de le laisser sous bonne garde, il lui jeta un long regard et s'en fut retrouver Boson et Hugues qui discutaient.

– Le prisonnier est sous ta tente, annonça-t-il à Boson. Sur mon salut, jamais je ne vis une telle ressemblance !

Ne remarquant point l'ordre muet que lui adressait Boson par le regard, il se tourna vers Hugues :

– Ce jouvenceau a tes traits, tes cheveux et même ta stature.

Hugues fronça les sourcils.

– De qui parles-tu ?

Au grand dam de Boson, Guillaume s'expliqua.

– Tu as parlé d'une vêture sarrasine ? le coupa Hugues saisi soudain d'un fol espoir.

Sans attendre la réponse, il fonça vers la tente de son frère. Aucun garde ne la surveillait. Son cœur battait très fort lorsqu'il souleva le battant de peau. Au moment d'entrer, il buta sur un corps à terre : celui d'un garde, la poitrine perforée d'un poignard sarrasin. Le prisonnier avait disparu et, dans le fond, la tente était fendue de haut en bas.

Non loin de là, Tyra étreignait déjà son fils que Zaïd et ses hommes venaient de lui ramener vivant.

11

Le roi Hugues

Les cloches de la cathédrale élancèrent vers le ciel de Milan leur carillon de fête. Les églises de la cité se mirent à l'unisson.

En habit d'or et de brocart, Hugues retraversa sous les vivats la nef d'un pas solennel. En ce dimanche 9 juillet de l'an 926, il vivait un moment crucial. Devant un parterre de hauts seigneurs, de prélats et de prêtres, Lambert, archevêque de Milan, venait de le sacrer roi des Lombards. Seul regret : que sa mère, la duchesse Berthe, ne fût plus de ce monde pour assister à son triomphe, elle qui y avait tant œuvré. La mort l'avait emportée un an trop tôt.

Sur sa tête, la couronne de fer pesait d'un siècle et demi d'histoire carolingienne. Charlemagne l'avait ceinte. Hugues ne voulait se souvenir que de ce règne-là et oublier les suivants. A l'instar du grand empereur, il portait la couronne sacrée dont l'or cachait un cercle de fer contenant un clou de la Sainte Croix.

Tout à ses pensées, il ne vit point Marozie, l'épouse de son demi-frère Gui de Toscane, qui l'observait avec un mélange d'inquiétude et d'admiration. L'envergure de son royal beau-frère donnait fort à craindre à la dame. Son jeune et ambitieux mari n'était point de taille face à son aîné. Hugues la laisserait-il continuer à exercer sa puissance sur Rome, le Latran et le pape Jean X ? Par ses espions, elle savait que ce dernier venait d'inviter Hugues à Mantoue, démarche qui n'était pas pour lui plaire. Elle finit par se moquer de ses angoisses. Dieu ou le Diable lui avait donné le don de tenir les hommes. Par les sens ou le poison, elle aurait raison de celui-ci comme de tous les autres.

Sur le parvis, le plein été prit le roi Hugues dans sa lumière éblouissante. Milan était belle sous le soleil ! Sans les saccages successifs perpétrés par les Huns, puis les Ostrogoths, jamais Pavie n'eût supplanté cette florissante cité commerçante située au croisement des chemins du Pô, du Giovi et des grands cols des montagnes.

En le voyant paraître, le petit peuple qui n'avait pu assister à l'office laissa éclater sa joie. Pour lui, le sacre de Hugues clôturait définitivement le règne de Bérenger, ce vendu aux Magyars.

Sur ce point, le nouveau roi entamait le sien de belle manière. Tout un chacun savait qu'il avait couru sus aux Barbares et les avait exterminés. La vraie version se révélait beaucoup moins glorieuse. En fait, ni Hugues ni le roi Rodolphe n'avaient pu en venir à bout. Après avoir tout saccagé sur leur passage et laissé Nîmes à l'état de ruines, les Magyars avaient fondu sur la Gothie. Leur course folle s'y était achevée de la manière la plus inattendue qui fût : une épidémie de dysenterie les avait décimés jusqu'au dernier.

Hugues survola la foule d'un regard de César. Vingt années qu'il attendait cette heure. Elle arrivait dans sa maturité. En dépit de ses tempes grisonnantes, jamais il ne s'était senti aussi robuste. Preuve en était les garces qui dans son lit se succédaient.

Tandis qu'il descendait les marches, il avisa parmi les dames Bezzola, qu'il se plaisait à appeler Vénus. Dans sa tenue de soie aurore, avec ses longues tresses châtaines et sa peau ambrée, l'illusion était telle de loin qu'il s'arrêta, à la surprise des dignitaires, au beau milieu des degrés de pierre. Ce n'était plus Bezzola mais Tyra qui levait son visage vers lui, quêtant un sourire. Tyra, qui portait une vêture de couleur semblable lors de cette ultime fête champêtre donnée par la reine Ermengarde dans sa villa des monts du Diois. Tyra qui avait dix-sept ans...

Il comprit soudain pourquoi il avait fait de Bezzola, cette Souabe sans naissance, sa favorite. La chose lui parut si grotesque qu'il fut pris entre l'envie d'en rire et d'en hurler. A quarante ans passés, continuer à pleurer sur la passion de sa jeunesse ! Il lui fallait à toute force en finir avec elle et ce stupide espoir de croire leur fils toujours en vie à cause d'une simple remarque de Guillaume. Que signifiait une ressemblance ? Tant de gens se ressemblaient sans être parents ! Et puis, comment son compagnon avait-il pu en juger correctement alors que la nuit régnait sur le camp magyar ?

Lorsqu'il réalisa ce qu'il ressassait en ce jour merveilleux, la rage le prit. Contre lui, contre Tyra, contre la vie qui n'avait su les réunir. Ce fut en vain qu'il en appela à la raison. Tyra revenait l'obséder, lui rappeler de quel prix il payait cette couronne de fer. L'odieuse présence d'Hilda, celle si pâle de leur fils Lothaire, de ses concubines sans nombre, de ses prélats et de sa cour faisaient de lui, même en ce jour béni, un homme seul.

Soudain, la presse, les seigneurs et archevêques, ces milliers de bouches qui scandaient son nom lui furent insupportables. Laissant là son illustre cortège et la malheureuse Hilda vers laquelle il n'avait pas porté un seul regard depuis le début de la cérémonie, il dévala les marches et sauta sur son cheval.

Inquiet, Boson le rattrapa. Les traits douloureux de son aîné l'alarmèrent. Excitée par ses propres cris, la foule hurlait de plus belle.

– Quelque chose ne va pas, mon frère ?

Hugues ferma les yeux. Quand il les rouvrit, il avait recouvré sa maîtrise. D'un sourire, il rassura l'archevêque Lambert resté au pied des marches et, bras levé, se mit à saluer son peuple. A son frère demeuré près de lui, il glissa :

– Dès demain, je veux que tu partes pour Pavie et me ramènes sous bonne escorte la lance du vénérable Charlemagne et l'épée de Constantin.

Boson crut avoir mal entendu :

– Dieu, pourquoi ? Ce sont là pièces inestimables du trésor lombard ! Les transporter...

– Le basileus de Constantinople les appréciera d'autant. Veille aussi à ce que sa députation présente à mon sacre soit logée au mieux.

Boson s'affola. A peine roi, Hugues touchait aux objets les plus précieux de la royauté lombarde. De quoi provoquer d'entrée le mécontentement de son haut clergé, de ses seigneurs et peut-être du pape.

– Il est d'autres présents tout aussi...

– Si tu veux voir tomber le Fraxinet, il faut, mon frère, y mettre le prix.

Tandis que Milan fêtait le sacre de son souverain, une forte troupe sarrasine déferlait sur le Piémont. A sa tête, Selim, petit-fils du vieux qâ'id du Fraxinet, et Tammam, bâtard du nouveau roi de Lombardie.

Tyra brandit l'enfantelet hurlant, sous le regard épuisé de sa belle-sœur.

– C'est un garçon, claironna-t-elle.

– Et fort robuste ! ajouta Inga, souriant de toutes ses rides.

Constance et sa fille Marie s'extasièrent à leur tour tandis que la vieille Perrette essuyait ses yeux avec un coin de son devantier. Romanus qui, depuis des heures, se torturait d'angoisse dans la salle voisine manqua arracher la porte de ses gongs en entendant les cris du nouveau-né.

– Holà, mon frère ! le tempéra Tyra. Je n'en ai point encore fini avec ta femme et ton fils.

Romanus resta cloué de joie sur le pas de la porte. Soudain, intimidé par la présence de toutes ces femmes qui s'agitaient auprès de sa douce épouse, il n'osait plus approcher. Ce fut sa mère qui alla le chercher.

– C'est... un fils ? commença-t-il sans oser poursuivre de crainte d'être déçu.

Inga opina, émue de le voir si bouleversé.

– Tu as, mon fils, un beau garçon. Malika et toi avez bien travaillé. Va les embrasser et laisse ensuite Tyra procéder à la délivrance.

Romanus s'approcha de la couche, gauche comme un adolescent. Sa jeune femme lui adressa un sourire radieux. Chaque jour il remerciait le Ciel d'avoir rompu le gouvernail de son navire à la hauteur de ce petit port de pêche d'al-Andalus où vivait la famille de Malika. Sans cet incident, jamais il n'eût rencontré celle dont il s'était épris au premier regard et qu'il avait épousée un mois plus tard, puis ramenée à Fabrègue.

Après avoir embrassé tendrement le front en sueur de sa femme et admiré le petit paquet rouge qui gigotait en tous sens dans les mains de Tyra, il sortit rejoindre son père dans la salle. Peu après, Inga appela celui-ci, qui brûlait de faire connaissance avec son petit-fils.

Tyra, qui en avait fini, se tourna vers la couche pour prendre congé. Devant les têtes blanches d'Inga et de Nasir penchés au-dessus du berceau, l'émotion lui noua la gorge. Dans leurs vieilles années, elle les jugeait encore plus beaux qu'au temps de leur jeunesse. Sans doute était-ce dû à l'immense amour qu'ils continuaient à se porter.

Tirant la porte doucement sur cette belle image, elle sortit. Le souci qui la taraudait depuis qu'elle avait fortuitement appris où se trouvait son fils la reprit. N'y tenant plus, elle prit le chemin du fort. A peine avait-elle entamé l'ascension que des hommes du camp dévalèrent le sentier à sa rencontre.

– C'est Allah qui t'envoie, ô dame, fit l'un d'eux, visiblement paniqué. Zaïd te demande de venir au plus vite. Notre qâ'id a eu un malaise. Il est très mal.

Lorsque Tyra vit le vieux qâ'id, elle sut d'emblée que l'heure de sa mort arrivait. Elle l'avait maintenu plusieurs mois grâce à ses médecines, mais le sursis touchait à son terme. Il lui fit signe d'approcher et demanda à ses femmes, son fils Redouane, ses brus et ses petites-filles de sortir. Seul demeura Zaïd, son fils aîné.

Comme Tyra faisait mine de vouloir l'examiner, le qâ'id l'arrêta :

– Dieu m'appelle, amie, souffla-t-il. Il ne faut point s'y opposer. Mais avant, je tenais à te rendre grâce pour tous tes soins prodigués aux miens depuis tant d'années. Comme je te le dis jadis, tu me fus aussi précieuse que les larmes d'Allah.

Tyra baissa la tête pour dissimuler son chagrin. Le temps lui avait appris à connaître la bonté du qâ'id.

– Je voulais d'autre part te parler de Tammam, reprit-il. Je sais que tu n'approuves pas l'expédition qu'il mène avec Selim en Lombardie.

Tyra releva les yeux.

– Et tu sais pourquoi ! repartit-elle plus vivement qu'elle ne l'eût voulu face à un mourant. Ni toi ni Zaïd n'ignorez qui est son père. Pourquoi l'avoir laissé partir là-bas sans me le dire ?

– Nous taisons toujours le but de nos expéditions, intervint Zaïd. Des espions sont toujours à craindre.

Elle lui fit face.

– Ce n'est point de cela que je parle et tu le sais. Toi qui te réfères à Dieu, crois-tu qu'Il approuve que le fils combatte le père ? C'est ce qui risque d'advenir si Hugues qui tient maintenant ce pays lève des troupes.

Zaïd ne répondit pas. Ce fut son père qui le fit pour lui. D'un geste, il invita Tyra à se rapprocher encore. Il ne pouvait plus élever la voix.

– Tammam fait partie de mes meilleurs guerriers. C'est pour cela qu'avec mon petit-fils Selim il devait conduire cette expédition. Tous deux seront appelés à en mener beaucoup d'autres. La guerre est le lot des hommes du Fraxinet, le seul moyen de conserver ce territoire gagné sur les Francs. Mais il n'y a pas que cela : le temps, amie, fit de ton fils un Sarrasin. Il parle notre langue, monte nos alfaraz et c'est avec mes hommes qu'il a appris à combattre. Si de son père il a les traits, il vit et pense comme nous.

Il eut un faible sourire.

– Tu dus le pressentir puisque tu lui donnas un nom arabe.

– Cela n'enlève rien au fait que...

– Avant d'être son père, Hugues est notre ennemi. Tôt ou tard, Tammam sera appelé à le combattre... pour sa propre survie.

Nasr Ibn Ahmad mourut le lendemain. Ses petits-fils rentrèrent à temps de leur expédition de par-delà les monts pour assister aux funérailles. A la demande de Zaïd, Tammam se joignit à eux pour porter la dépouille de celui qui, durant quarante années, avait œuvré à faire du Fraxinet un bastion imprenable.

Fin de l'an 931

– C'est là, dame, vêture royale, s'extasia la servante devant le bliaud de cendal rouge passementé d'or et de fleurs de perles.

– Quoi de plus normal puisque j'épouse un roi, rétorqua Marozie tout en détaillant d'un œil froid la tenue qu'elle porterait dans quelques semaines pour son mariage avec Hugues.

Elle resserra sa ceinture en mailles d'or pour prendre sa taille au plus près. Ce faisant, elle eut une pensée pour la grasse Hilda qui avait eu l'heureuse idée de trépasser peu après le sacre de Hugues. L'air de la Lombardie ne lui avait point réussi.

Elle ajusta son ricinum aux broderies arachnéennes. Avec un large collier qui cacherait les légères flétrissures de son col et un fard qui éclaircirait son teint et mettrait en valeur ses yeux noirs, elle ne paraîtrait point son âge.

D'Hilda, ses pensées se tournèrent vers Gui de Toscane, son jeune époux, rappelé à Dieu deux ans plus tôt. Celui-ci aurait été parfait jusqu'au bout puisqu'il n'était mort qu'après l'avoir aidée à se débarrasser du pape Jean X et de Pierre, frère de celui-ci et consul de Rome. Tous deux avaient payé de leur vie le fait d'avoir osé se rebeller contre l'autorité de Marozie sur Rome et le Latran. Jean X n'aurait jamais dû oublier que c'était le père de celle-ci, le sénateur Théophylacte, qui l'avait placé sur le siège de saint Pierre.

Après avoir vu son frère abattu sous ses yeux sur ordre de Gui et de Marozie, le pape avait été enfermé dans les geôles du château Saint-Ange où il avait péri étouffé sous un oreiller. Depuis, c'était le fils que Marozie avait eu du pape Serge III qui, à vingt-cinq ans à peine, portait la tiare sous le nom de Jean XI. Un nouveau pape qui avait fait taire d'entrée les protestations de Hugues en lui proposant... la pourpre impériale. Voilà ce que sous-tendaient les épousailles du roi et de sa mère. Marozie tenait là le moyen définitif de s'allier celui qui eût pu devenir son pire ennemi. Mieux valait cheminer de conserve avec lui ! Lambert, l'autre demi-frère de Hugues, l'avait appris à ses dépens.

Pour avoir fait trop étalage de ses richesses et de sa puissance, le belliqueux fils puîné de Berthe et d'Adalbert de Toscane avait eu les yeux crevés sur ordre de son frère Hugues, et croupissait depuis dans un infâme cachot, oublié de tous. Boson avait été aussitôt investi du duché de Toscane détenu par l'infortuné Lambert. Si le crime avait soulevé l'indignation, nul n'avait osé l'exprimer à voix haute.

Marozie s'adressa un sourire satisfait dans le grand miroir d'argent. Qui eût dit, en voyant sa lourde chevelure noire et son corps épanoui, qu'Albéric, le plus jeune de ses fils, avait déjà dix-huit ans. En perdurant sa séduction, le Ciel lui laissait son meilleur atout. Pour preuve, la façon dont Hugues l'avait honorée quelques jours plus tôt, lors de sa venue à Rome. Il n'avait point eu l'air de regretter les Bezzola, Junon et autres fruits verts qui peuplaient son palais de bâtards.

Elle arrangea la haute ceinture qui mettait en valeur ses seins toujours beaux. Même s'ils s'épousaient par pur calcul, elle tenait à soigner l'aspect physique de leurs accordailles. Cela lui pesait d'autant moins que son futur mari se révélait fort bel homme. Ils formeraient un beau couple à la tête de l'empire.

La porte parut s'arracher de ses gongs et Albéric pénétra au pas de charge dans la chambre de sa mère. Celle-ci fronça les sourcils. Ce fils qu'elle avait eu d'Albéric de Spolète, son premier mari, ne cessait de lui poser problème. Elle ne supportait ni son caractère trempé ni ses puissantes colères qui le faisaient déjà craindre et respecter des plus hauts membres de la garde romaine. Que n'était-il aussi faible et malléable que son demi-frère, le pape Jean XI !

– T'en coûterait-il beaucoup, mon fils, de te faire annoncer ?

Albéric secoua sa crinière fauve. D'un fauve, il avait aussi la mâchoire puissante et l'œil prédateur.

– Se fait-on annoncer dans la chambre d'une femme incestueuse ? C'est bien ainsi que l'Eglise considère celle qui épouse son beau-frère ? Des épousailles que tu t'obstines à vouloir conclure, si j'en crois mes sources.

Marozie blêmit et se hâta de congédier ses servantes.

– Tu me sembles, mon fils, oublier que tu t'adresses à ta mère, jeta-t-elle sur un ton glacial, et en outre, à la sénatrice de Rome. Ici, je fais loi.

– Le droit canon interdit de telles épousailles et tu le sais !

– Tu oublies que mon autre fils *est* l'Eglise!

Les traits d'Albéric s'altérèrent si fort que Marozie crut qu'il allait la frapper et songea appeler ses gardes.

– L'Eglise! railla-t-il. Tout au plus ton instrument! Hélas, mère, il n'en va pas de même pour moi. Jamais je ne permettrai à ce Bourguignon dont les ancêtres furent nos esclaves de régner sur Rome et sur l'empire. S'il faut en appeler au peuple et prendre les armes, je le ferai!

L'œil brillant, Manassès présenta à Hugues un coffret tendu de brocart.

– Je ne pense pas, mon oncle, m'être rendu pour rien à la cour de Constantinople.

Hugues considéra le riche objet. Cinq ans! Il aurait fallu cinq années et trois ambassades pour arriver à obtenir du basileus la réponse tant attendue.

Le cœur battant, il ouvrit le coffret. Il contenait un somptueux étui d'argent ciselé, pourvu d'un couvercle d'or dans lequel se trouvait enchâssée l'effigie du basileus Constantin. L'intérieur révéla un parchemin teint en azur. D'une main fébrile, Hugues fit sauter le sceau d'or. La missive était entièrement rédigée en lettres d'or et... en grec. Impatienté, il la tendit à Manassès.

– Livre-m'en le contenu.

L'archevêque d'Arles, nommé de fraîche date évêque de Vérone, commença à traduire :

– « Constantin, croyant en Christ, roi auguste, à l'illustre, au noble par son ascendance Hugues roi des Lombards, que Dieu... »

– Au diable, ces termes ampoulés! Va à l'essentiel.

Manassès parcourut la missive en silence. Lorsqu'il releva les yeux, il semblait embarrassé.

– Si j'en crois ce qui est dit, une flotte de chelandes armée du feu grégeois cinglera vers le Fraxinet avant un mois.

– Sang du Christ, mais nous sommes au plus fort de l'hiver! réagit aussitôt Hugues. Que lui prend-il de lancer ses nefs sans me concerter? Comment puis-je en si peu de temps lever une armée et lui faire passer les cols enneigés?

Manassès baissa la tête.

– J'ignorais le contenu du pli. Par ses dignitaires, je sus seulement que le basileus consentait à nous aider.

– Il consentait! Par Dieu, je crois rêver! Oublie-t-il que je puis à tout moment interrompre le commerce de Venise par lequel il noie l'Occident de ses soies et de ses parfums ? S'il le prend de si haut, il devra se passer du fer et du bois de nos montagnes, comme de la poix de Dalmatie.

Manassès leva une main apaisante :

– Tu n'as, mon oncle, nul besoin de lever des troupes. Le repaire sarrasin est à prendre par voie de mer et la flotte du basileus est l'une des plus fortes qui soit. Avant que les païens n'aient réalisé, ils seront tous exterminés.

Hugues songea dépêcher un messager à Vienne pour prévenir Charles-Constantin qui, depuis la mort de son père Louis l'Aveugle survenue trois ans plus tôt, en l'an 928, tenait le Viennois sans porter la couronne, puis y renonça. Jamais ce bâtard au sang de rave ne lèverait de troupes pour courir sus aux Sarrasins. Ces maudits devaient le sentir puisqu'ils multipliaient leurs ravages et faisaient des incursions de plus en plus sanglantes en Lombardie.

– Plaise à Dieu, mon neveu, que tu aies raison, fit Hugues avec humeur en reprenant le parchemin.

Il le froissa et le jeta à terre.

Ce faisant il accrocha le pendentif qu'il portait. La chaîne se rompit, lâchant sur le sol de marbre le marteau de gemmes et d'or. Hugues le ramassa et le contempla avec mélancolie. Portait-elle encore le sien ? Soudain, l'idée que le piège allait se refermer sur elle lui fut intolérable. Il se tourna vers son neveu.

– Ne défais pas ton bagage. Tu repars demain.

Tammam se piqua et envoya voler au loin la bogue encore pleine en jurant comme un furieux. Le rire de Nora monta haut et clair sous les châtaigniers.

– Pourquoi ris-tu ? fit Tammam, renfrogné.

– Parce que tu sembles aussi peu fait pour ramasser des châtaignes que moi pour chasser les loups.

La colère de Tammam retomba. Dieu, qu'elle était belle avec ses tresses brunes et ses longs yeux noirs si semblables à ceux de Kheira, sa grand-mère. Avec douceur, il lui caressa le visage. Nora prit la paume durcie par le maniement des armes et y déposa un baiser.

– Je vais parler dès ce jour à ton frère, dit Tammam d'une voix rauque.

La jeune fille secoua la tête, paniquée.

– Je t'en prie, pas maintenant. Laisse-moi amener doucement Mourad à accepter...

– Il y a plus d'un an que tu me dis cela, s'emporta Tammam. Une année que j'attends ! Pourquoi Mourad me refuserait-il ta main ? T'ai-je jamais manqué de respect ? Ai-je commis un crime de sang contre l'un des tiens ?

– Tu n'es pas musulman et pour Mourad...

– Raison absurde. Tu sais très bien que, pour t'épouser, je suis prêt à me convertir et même à vendre mon âme au Diable !

– Ne parle pas ainsi ! l'arrêta Nora à la torture.

Si seulement Khaled, leur père, était toujours de ce monde... Lui n'eût fait aucune difficulté. Mais Mourad haïssait Tammam. Il jalousait férocement son ascendant sur les troupes, l'amitié que lui portait Selim, l'estime en laquelle le tenait Zaïd, le nouveau qâ'id, estime qu'il ne semblait guère éprouver pour lui, Mourad, son propre neveu. Aussi Nora avait-elle préféré lui celer jusque-là l'amour qu'elle et Tammam se portaient. Elle ne connaissait que trop bien la réponse qu'il ferait à Tammam.

Celui-ci avisa alors Inga qui arrivait dans leur direction, peinant sous deux lourds paniers de châtaignes. Il courut au-devant d'elle et les lui prit des mains.

– Que portes-tu, grand-mère, de telles charges ! la gourmanda-t-il.

Inga eut du mal à reprendre son souffle. Un étau écrasait sa poitrine. Mieux valait que Tyra n'en sache rien. Elle s'inquiétait déjà suffisamment pour sa santé. Enfin, l'air passa librement. Le malaise s'estompait. Elle sourit aux jeunes gens. Ces deux-là s'aimaient, cela se voyait. Nora voulut prendre congé.

– Je t'accompagne, proposa aussitôt Tammam.

– Il est préférable que je rentre seule. Mourad ignore que je suis ici.

Tammam la regarda s'éloigner, la mine sombre. Inga glissa un coup d'œil vers son petit-fils.

– Ton choix est bon, remarqua-t-elle d'un ton léger.

– Ce n'est pas ce que jugera son frère, grinça Tammam, serrant les poings.

Inga le prit aux épaules, le contraignant à la regarder. Elle ressentit une bouffée de fierté face à ce grand et beau garçon qui était de sa chair.

– N'oublie jamais, mon fils, qu'en toi coule le sang des plus hauts princes vikings. Ce marteau de Thor que tu portes au col est signe de force. Si c'est Nora que tu as choisie, son frère devra plier.

Tyra marchait d'un bon pas, furieuse de n'avoir point trouvé sa mère au repos dans sa maison, ainsi qu'elle le lui avait demandé. Que venait-elle, à son âge et par ce mistral glacé, ramasser des châtaignes à l'autre extrémité du domaine alors qu'elle toussait encore ! A quoi servaient ses médecines si elle faisait le contraire de ce qu'il fallait ?

Derrière elle une branche craqua. Elle s'arrêta et se retourna. Personne. Pourtant, depuis quelques instants, il lui semblait sentir une présence...

– Qu'y a-t-il, dame ? s'inquiéta Sarah, en resserrant son mantel.

Tyra haussa les épaules :

– Rien. Tu aurais dû m'attendre au domaine, ajouta-t-elle, remarquant que la servante grelottait.

Elle reprit son chemin, Sarah sur ses talons, tentant de suivre son pas nerveux. Voilà plus d'une heure qu'elles avaient dépassé les dernières maisons de Fabrègue. Où diable était encore allée courir sa mère ?

Soudain elle fut projetée à terre. Un coup de poignard dans le dos fit taire le cri de Sarah. Une main se plaqua sur la bouche de Tyra. D'un coup de reins, elle tenta de se dégager mais son agresseur lui assena une gifle si forte qu'elle sombra dans l'inconscience.

Tammam et Inga perçurent le cri de Sarah.

– Ne bouge pas, intima-t-il à sa grand-mère.

Il sortit son poignard et fonça vers la forêt d'où venait l'appel. En pleine course, il buta contre un corps.

– Dieu, non ! Sarah !

Sur le dos de la servante une tache pourpre s'élargissait. Autour, il n'y avait âme qui vive. Pourtant, Tammam la savait trop peureuse pour s'être aventurée seule dans ce coin isolé. Et avec qui eût-elle pu venir sinon avec Tyra ? Fou d'angoisse, il se pencha vers elle et doucement la retourna.

– Sarah ! Sarah, tu m'entends ?

La malheureuse entrouvrit les yeux.

– Ma maîtresse, souffla-t-elle. Ils l'ont emmenée.

– Qui, ils ?

– Des hommes...

Sa tête retomba. Elle ne respirait plus.

Ils poussèrent leurs chevaux quatre heures de rang sur des chemins de ronces et de cailloux.

La monture de Manassès dérapa soudain sur une rupture de roche, manquant verser son cavalier à la mer. Une mer déchaînée par ce mistral dément qui, à deux jets de flèche en contrebas, battait un relief déchiré.

L'archevêque lâcha un juron et éperonna son cheval. Tant qu'il ne verrait point les murs de Pavie, il ne se sentirait pas en sécurité. Folie! Pure folie d'aller enlever cette femelle en plein territoire sarrasin! Il leur avait fallu des ruses de bête pour éviter les dizaines de points de surveillance et les gardes qui sillonnaient en permanence le Fraxinet. Des jours durant, ils avaient attendu le moment propice en retenant leur souffle. Et tout cela pour une femme! La même qui depuis trente années obsédait son oncle au point de lui faire ordonner ce fol enlèvement. Le temps, l'âge, ses nombreuses concubines, sans compter ses prochaines épousailles, eussent pourtant dû l'en détourner!

Manassès essuya son front d'un revers de main. En dépit du froid, il transpirait. La rage l'empêchait de sentir son épuisement. Avoir été contraint de repartir sitôt arrivé de Constantinople lui faisait encore plus détester la race femelle. Le bel éphèbe qui faisait ses délices serait-il encore au palais quand il rentrerait à Vérone? Des nuits durant, il avait rêvé de ces retrouvailles... La malchance voulait, hélas, que lui, Manassès, fut le seul de l'entourage de Hugues à connaître les abords du Fraxinet.

Il coula un regard vers l'arrière. Bâillonnée, les mains liées à celles de l'homme qui l'avait prise en croupe, Tyra était livide. Il fit aussitôt arrêter la troupe. Il répondait sur la sienne de la vie de cette femme.

– Si tu promets de ne pas hurler, j'ôte ton bâillon.

Tyra lui décocha un regard haineux et opina lentement. Elle avait immédiatement reconnu, en dépit des années écoulées, le neveu de Hugues. D'un geste brutal, il lui arracha le chiffon qui l'étouffait.

Tyra inspira quelques goulées d'air froid. Les couleurs lui revinrent.

– Où me conduis-tu?

– A Pavie.

Tyra dissimula sa panique sous un rire grinçant.

– Les Sarrasins tiennent tous les cols. Jamais tu ne passeras!

– Aussi irons-nous par la côte. Du moins au départ.

Tyra réalisa qu'il disait vrai et s'affola. Jamais son fils ne la chercherait par là.

– Que me veut Hugues? C'est lui, n'est-ce pas?

Manassès eut un mauvais sourire.

– Sans doute évoquer le passé.

Chez Tyra, la fureur l'emporta sur la prudence.

– Dès que les Sarrasins s'aviseront de ma disparition, ils partiront à ma recherche. Tu ignores, l'archevêque, ce qu'ils font subir à ceux qui touchent à l'un des leurs !

Elle le considéra avec mépris.

– Quoique, si j'en crois ce que je sais de toi, les parties qu'ils t'arracheront ne doivent guère te servir !

Les hommes se détournèrent pour dissimuler un sourire. La captive avait du cran.

Manassès s'était décomposé. Sa main glissa vers son poignard. Il allait la tuer, figer dans la mort ces yeux verts diaboliques !

Son lieutenant sentit le danger.

– Le roi a dit « vivante », Monseigneur.

Il régnait une tension silencieuse au pied du fort. Les hommes vérifiaient une dernière fois leurs armes et l'arrimage des sacs de vivres. Tous étaient des Berbères, des guerriers au pied montagnard, des pisteurs.

Zaïd rejoignit Tammam et Selim, déjà en selle. Un pli soucieux barrait son front.

– Vous ignorez à qui vous avez à faire. Soyez prudents mes fils. Allez avec Dieu.

Ce « mes fils » fit l'effet à Mourad d'un jet d'acide et ajouta à sa rancœur. Pour retrouver cette femme, Zaïd laissait Tammam prendre ses meilleurs hommes. Lui, Mourad, ne s'était pas proposé comme Selim pour suivre le bâtard. Il avisa sa sœur Nora qui fixait Tammam en se tordant les mains. Le sang lui vint au visage. D'un signe, il lui intima de rentrer.

Tammam ne vit rien de la scène. Déjà il tournait bride et s'éloignait au galop, ressassant deux questions : qui ? pourquoi ?

A peine franchi les limites du Fraxinet, les pisteurs indiquèrent un chemin à l'est très accidenté mais hors de vue des points de surveillance.

Tammam regarda le soleil. Ceux qu'ils poursuivaient n'avaient qu'une heure d'avance. Une toute petite heure. Se couchant sur l'encolure de sa monture, il la jeta sur le chemin. Ces hommes allaient regretter de s'en être pris à sa mère.

Soudain, les pisteurs qui allaient en avant-garde s'arrêtèrent et examinèrent attentivement les traces sur le sol et les buissons. Il n'y avait pas à s'y tromper : les empreintes des sabots quittaient le chemin et partaient droit vers la mer à travers les taillis. Ils firent de même. Brusquement, entre les pins secoués par le vent, la crique apparut en dessous ainsi que le navire qui s'en éloignait avec Tyra à son bord.

Le hurlement de Tammam fit lever la tête aux fuyards. Sa lance siffla dans l'air avant de se planter sur la grève de galets.

Manassès sourit, sarcastique.

– Il semble, dame, que tes amis soient arrivés trop tard et qu'ils le prennent mal.

Le cœur déchiré, Tyra fixait son fils qui se dressait sur l'éperon rocheux près de Selim. La remarque du neveu de Hugues lui fit serrer les dents.

– Il n'est point lieu d'exulter, l'archevêque. Très vite, ils apprendront qui m'a fait enlever. Les représailles seront féroces.

Un cheval oublié par les fuyards entama dans la crique des allées et venues paniquées. L'un des pisteurs le maîtrisa et regarda sous les sabots. Il n'y avait qu'un endroit où on les ferrait de la sorte : en Lombardie.

Tammam garda l'œil vrillé sur le navire jusqu'à ce qu'il se fonde dans l'horizon. Dans peu de jours, il en émergerait pour rallier un port, et ceux-ci n'étaient point nombreux sur la côte lombarde. Il suffirait d'y être au bon moment.

Il sentit ses mains devenir moites et réalisa qu'elles saignaient. Dans sa fureur, il avait si fortement serré les rênes qu'il s'était déchiré les paumes. Tout en les essuyant contre son corselet, il songea au commanditaire de l'enlèvement. Qui sinon un haut personnage pouvait se permettre d'affréter une nef et de monter une telle opération ? Il savait que jadis sa mère avait mis sa science au service des rois et commençait à soupçonner que ce qui venait d'arriver était rattaché à ce temps. De quelle façon, il l'ignorait. Sa mère s'était toujours montrée avare de confidences sur cette partie de sa vie.

– De qui crois-tu qu'il s'agisse ? lui demanda Selim.

– D'un lâche, et je brûle de me retrouver face à lui.

Quelques jours plus tard, ils tombèrent sur un port de pêche identique aux trois précédents trouvés sur leur chemin. L'endroit était lugubre sous le ciel menaçant : quelques cabanes serrées autour d'une anse protégée du vent. Des barques tirées au sec. Et toujours les mêmes relents de poissons montant des filets étendus sur la grève.

– Il est là ! exulta Selim, désignant le navire à demi caché par un ponton d'amarrage.

Tammam l'avait vu et engageait déjà sa monture sur les galets. Lui et ses hommes ne croisèrent âme qui vive aux abords des maisons. Le froid et le vent d'est chargé de pluie devaient retenir les pauvres hères qui vivaient là dans leurs cabanes.

Vide ! Le bateau était vide. Ils arrivaient trop tard. A l'intérieur, Tammam trouva une épingle de tête appartenant à sa mère. Pris d'une rage meurtrière, il se jeta sur la coque à coups de tabarzin et n'eut de cesse de frapper avant de voir l'eau s'infiltrer par les brèches et le bateau s'enfoncer lentement dans l'eau grise.

Selim, qui l'avait laissé faire sans broncher, lui désigna les cabanes. Le propriétaire du bateau devait s'y trouver.

Ils le découvrirent dans le fond d'une pièce puante et sombre. En voyant les Sarrasins, la femme émit un faible gémissement et se recroquevilla sur ses enfants. Tammam saisit l'homme par le col.

– Quand les as-tu déposés ? fit-il dans la langue des Provençaux. Qui commandait ? Parle ou je tue tes enfants.

Terrorisé, l'autre attaqua une explication dans une langue proche de celle que venait d'utiliser Tammam. Dans le flot, il lâcha deux choses : ils étaient arrivés la veille et, sitôt touché terre, ceux qu'ils transportaient avaient repris leurs montures et étaient partis. Où ? Il l'ignorait.

– Le nom ? Le nom de l'homme qui commandait ? hurla Tammam en resserrant sa prise.

Etranglé à demi, le malheureux eut du mal à souffler la réponse : c'était sans nul doute un puissant personnage puisque ses hommes lui donnaient du « Monseigneur ». Quant à son nom, il lui avait semblé l'entendre : Manassès.

L'attaque, hiver 931

Inga s'arracha au sommeil et s'assit sur le lit, une main sur son cœur emballé. L'insomnie des précédentes nuits n'était rien en regard du cauchemar qu'elle venait de faire. Vigtis, Gorm, son premier époux, Audifré, le second, ses frères, son père, tous les êtres chers qui avaient jalonné sa vie et que la mort avait pris étaient passés devant ses yeux. Et leur présence persistait dans la chambre...

Outre l'ombre des trépassés, lui revint avec le réveil la remembrance de ce qui était arrivé et l'angoisse reprit ses droits.

Où se trouvait Tyra ? Qui pouvait lui en vouloir ? Chaque fois qu'elle se le demandait, le visage du prince Hugues s'imposait à elle. Et chaque fois elle repoussait une telle éventualité. Trente années s'étaient écoulées et le puissant roi de Lombardie devait avoir oublié depuis bien longtemps cet amour de jeunesse. Alors qui ? Vers quel danger couraient Tyra et Tammam ? S'il advenait malheur à l'un d'eux...

D'une main tremblante, elle chercha Nasir près d'elle. Il n'y était plus. Son angoisse s'accentua jusqu'à l'insupportable. Il fallait qu'elle le voie, qu'elle lui parle. Elle avait peur soudain. Une peur étrange, indéfinissable, inconnue d'elle jusque-là. Le jour filtrait derrière les battants clos. Nasir devait être parti surveiller la réparation des canaux d'irrigation rompus par le gel. Romanus avait beau le seconder efficacement, il tenait à se trouver le premier à pied-d'œuvre. Ces champs qu'il avait fait mettre en culture au fond du golfe Sambracitain bien des années auparavant et qui donnaient tant, faisaient sa fierté.

En dépit de la distance à parcourir et du froid qui glaçait tout son être, Inga décida de le rejoindre. Elle tressa rapidement ses cheveux blancs et revêtit ses éternelles braies et son bliaud court auxquels, en dépit de l'âge, elle n'avait point renoncé. Sourde aux mises en garde de Perrette qui tentait de la dissuader de sortir par ces frimas, elle se couvrit d'une pelisse chaude et claqua la porte.

La froidure la prit aussitôt à la gorge, à moins que ce ne fût cette peur tapie en son for comme une bête prête à mordre.

« Je me fais bien vieille », se gourmanda-t-elle, prenant d'un pas décidé le chemin du golfe.

Sous le ciel bas, les vignes et les amandiers nus, les oliviers, les cyprès bordant les terres au repos, la nature entière semblait figée, arrêtée comme dans l'attente de quelque chose. Cela devait tenir à l'absence de vent et d'hommes. Ce matin-là, la vie se concentrait autour des canaux et du chantier de construction de navires qui connaissait en permanence une fébrile activité.

Plus Inga se rapprochait, plus sa peur prenait corps. Elle avait beau se raisonner, rien n'y faisait. Elle allait contourner la colline qui versait sur la mer quand elle entendit un cavalier arriver dans son dos.

– Selim ! Pourquoi es-tu seul ? s'affola-t-elle. Où est Tammam ?

– Il va bien, la rassura-t-il.

En peu de mots, il lui relata ce qu'il savait.

– En Lombardie ! souffla Inga, stupéfaite. « Ainsi, c'est bien le roi Hugues ! » songea-t-elle. Et Tammam ? Pourquoi... ?

– Il voulait foncer sur Pavie, fit Selim sombrement. J'ai eu du mal à le persuader de n'en rien faire avant que je ne le rejoigne avec des renforts. Il doit suivre Manassès à la trace avec nos pisteurs mais n'a aucune chance de le rattraper. Nous devons nous retrouver...

– Dieu, à l'aide! Jésus, Marie, secourez... nous...

Inga et Selim virent avec horreur Constance tituber vers eux, une flèche enflammée dans l'épaule, ses vêtements en feu.

Inga se jeta sur sa vieille amie et, aidée de Selim, parvint à étouffer les flammes. Ce dernier tenta vainement d'identifier la flèche. Il n'en avait jamais vu de cette sorte.

– Qui t'a fait cela? questionna Inga d'une voix étranglée.

Mais Constance ne pouvait plus répondre.

– Elle est morte, dit Selim.

Il vit alors s'élever de derrière la colline plusieurs colonnes de fumées noires.

– Retourne chez toi, vite.

Inga s'essuya les yeux et secoua la tête. Elle avait pressenti tout cela.

– Constance venait du golfe. Nasir et mon fils s'y trouvent encore.

Peu après, l'enfer s'étala à leurs pieds. Une vingtaine de bâtiments inconnus pourvus d'un rang de rames et d'une étrange tour centrale avaient envahi le golfe et crachaient sur les nefs sarrasines des boules de feu qui, même en touchant l'eau, ne s'éteignaient point. Comble d'horreur : arrimés les uns aux autres par une forte chaîne, les bateaux du Fraxinet se communiquaient le feu. Déjà cinq d'entre eux étaient perdus. Ils brûlaient d'autant mieux qu'ils étaient chargés jusqu'au franc-bord de bois. Le lendemain, ils eussent dû lever l'ancre pour al-Andalus. Quant au chantier où s'entassaient planches et pots de qîtran, il était en flammes. L'une d'elles avala Redouane, frère cadet du qâ'id Zaïd, qui tentait de sauver ce à quoi il avait consacré sa vie.

Selim ne vit point son oncle disparaître dans l'incendie. Son sang n'avait fait qu'un tour devant la flotte ennemie. Il avait suffisamment entendu parler de ces nefs pour les reconnaître.

– Par Muhammad, des chelandes et leur feu grégeois!

Tandis qu'il fonçait rejoindre ses hommes qui tentaient d'organiser une défense, Inga s'enfonça vers les terres du fond du golfe. Nasir? Leur fils? Où étaient-ils? Elle avait beau tendre le cou, marcher vite, elle ne les voyait pas. Refusant d'entendre la douleur qui augmentait dans sa poitrine, elle avançait sous une pluie de traits enflammés. Elle croisa des gens du domaine qui fuyaient en tous sens. Les flèches incendiaires les frappaient en aveugle et tuaient. Inga se fit violence pour ne point s'arrêter auprès des blessés. Il lui fallait trouver les siens, les savoir vivants.

Enfin, elle vit la crinière blanche de Nasir. Essayant de dominer les cris, il lançait des ordres de repli vers l'abri des arbres tandis que Romanus y transportait les blessés. Bousculant une femme hystérique, elle se porta vers eux. Mais alors qu'elle ne se trouvait plus qu'à quelques pas, la souffrance fut telle qu'elle la cloua sur place, une main crispée sur son cœur.

Lorsque Nasir l'aperçut ainsi, immobile au milieu des cris et de la fumée, crispée sur sa douleur, la terreur le glaça.

– Ing...

La flèche l'atteignit dans le dos. Un trait brûlant, ignoble.

– Père!

Le hurlement de Romanus lui parut venir de très loin. La douleur l'irradiait, l'empêchait d'avancer, de rejoindre Inga. Seul cela importait : la rejoindre une dernière fois.

Il vit qu'elle tentait de venir vers lui, crut entendre son appel déchirant. La main tendue, il s'écroula juste au moment où elle-même tombait. En se traînant sur le flanc, il continua de progresser. Dans un brouillard rouge, il vit Inga tourner la tête vers lui tandis que défilaient devant ses yeux les plus belles pages de leur histoire, la première fois qu'il l'avait aimée.... C'était en Andalousie, par un jour d'orage, dans un moulin, il y avait bien longtemps...

Inga tenta désespérément d'avaler un peu d'air. Si peu lui suffisait pour atteindre la main de Nasir. Il lui semblait que les glaces du Grand Nord se refermaient sur sa poitrine et elle comprit que ceux de son clan qui l'avaient visitée la nuit d'avant venaient la chercher. Elle irait, mais la main dans celle de Nasir. Enfin, elle l'effleura. La large paume se referma sur la sienne, et ensemble ils quittèrent le port.

Il pleuvait sur Pavie. Une pluie glacée de soir d'hiver. Tyra frissonna. Son corps était rompu mais son sang bouillonnait. Pourquoi? De quel droit Hugues avait-il fait cela? Quel tour voulait-il lui jouer? La mort d'Amiel ne lui avait-elle suffi?

Devant Manassès, les gardes du palais décroisèrent leurs lances et ouvrirent les portes. Les torches fichées sous l'imposant auvent de l'entrée tentaient vaillamment de résister à l'averse et jetaient sur la cour cernée de bâtiments un halo tourmenté.

Tyra refusa l'aide de son cerbère pour descendre de monture. Elle ne reconnut rien ou presque du vieux palais qu'elle avait connu du temps de Louis l'Aveugle et de la reine Adélaïde. Hugues y avait apposé son sceau et fait habiller les murs sombres de fresques lumineuses et de tentures galonnées d'or. Ils traversèrent des salles en chantier. Dans l'une d'elles, de splendides colonnes de marbre rose et vert attendaient d'être scellées. Et partout, des sièges d'ébène recouverts de soie ou de brocart, des tapis d'Orient, des coffres incrustés de nacre trahissaient le culte que vouait Hugues à la beauté. Belles aussi étaient les dames qu'ils croisèrent et que suivait un sillage de seigneurs empressés. Une ambiance de fête régnait au palais. Des rires résonnaient dans les couloirs et les propos semblaient légers.

Plus ils s'enfonçaient dans le palais, plus les salles devenaient somptueuses. Bientôt, le marbre du sol disparut entièrement sous des tapis, des peaux de martre et de zibeline. On arrivait dans les appartements royaux. Ils semblaient beaucoup moins fréquentés que le reste du palais. L'on n'y rencontrait plus guère que le corps domestique, des clercs et des prélats. Le silence régnait.

Ils atteignirent une grande antichambre au centre de laquelle se dressait une fontaine d'onyx vert. Des gardes veillaient de part et d'autre d'une porte à deux battants richement ouvragés.

Des servantes s'avancèrent à la rencontre des arrivants. Manassès leur désigna Tyra. De cette catin qui, durant tout le voyage, l'avait fixé avec haine sans desserrer les dents, il allait enfin se débarrasser.

– Conduisez cette... dame dans l'un des appartements libres et occupez-vous d'elle.

– Hors de question ! siffla Tyra. Le roi veut me voir, qu'il me voie !

Manassès eut une moue méprisante.

– Veux-tu un miroir, dame, pour savoir à quoi tu ressembles ?

– Je ressemble à quelqu'un que l'on a enlevé et contraint à chevaucher deux jours de rang sous la pluie après une traversée épouvantable. Dois-je à présent, pour complaire au roi, effacer toute trace de son forfait et m'apprêter comme pour un festin ?

Les servantes la regardèrent avec des yeux ronds. Manassès, lui, ne goûta guère cet ultime mouvement de résistance.

– A ta place, dame, je rentrerais bec et ongles. Comme tu as pu t'en rendre compte, tu n'es point en position de force.

Tyra se retint de lui sauter au visage. Cet inverti glacé lui donnait des envies de meurtre.

La porte s'ouvrit alors, livrant passage à un homme en habit d'archevêque. Prenant tout le monde de court, Tyra profita de ce que les gardes s'écartaient pour s'engouffrer dans l'entrebâillement.

En l'entendant entrer, les deux hommes qui étaient penchés au-dessus d'un parchemin levèrent la tête. L'un était Boson, l'autre Hugues.

Même trempée, les vêtements en charpie, il la reconnut et son cœur s'emballa. Grâce à Dieu, Manassès était arrivé à temps!

– Laissez-la, intima-t-il aux gardes qui voulaient la faire sortir.

Puis à Manassès, blême de rage :

– Merci, mon neveu, je te verrai plus tard. Toi aussi, mon frère.

Boson décocha à Tyra un long regard avant d'obéir. Elle et Hugues restèrent seuls.

– Qu'est-ce qui me vaut ce regain d'intérêt? attaqua Tyra, oubliant volontairement les marques de déférence dues à un roi.

Hugues arracha l'une des tentures du mur et lui en couvrit les épaules.

– Ce palais est glacé, dit-il d'une voix enrouée d'émotion.

Tyra arracha l'étoffe et la jeta à terre, l'œil furibond.

– La pluie aussi était glacée et la mer en furie! Vais-je enfin savoir ce que je fais ici?

Hugues passa dans la lumière. Le blanc avait gagné du terrain dans ses cheveux, des rides marquaient son visage et son corps avait forci. Tyra nota tout cela et, en dépit de la haine accumulée à son encontre, elle en fut remuée. La façon dont il la contemplait ne devait pas y être étrangère. Dans les yeux de Hugues, il lui semblait avoir toujours dix-sept ans. La suite le lui confirma.

– La première fois que je te vis, dans la grande salle du palais de Vienne, murmura-t-il, tes vêtements et tes cheveux étaient à tordre, ainsi qu'à présent. Mais Dieu, que je te trouvai belle!

– Il y a des heures que je t'espère, mon doux sei...

La beauté blonde rayonnante qui venait d'entrer par une porte latérale s'arrêta net devant le tableau que formaient cette inconnue dégoulinante qui eût pu être sa mère et son amant. Un lien puissant et invisible semblait les unir.

En voyant Rosa, ce joli fruit dans lequel il se plaisait à mordre et qu'il nommait Junon, Hugues ne cacha point son agacement.

– On n'entre pas ici comme dans une écurie, fit-il d'une voix cassante. Je te prie de sortir.

La jeune femme blêmit. Relevant d'un geste sec les pans de son bliaud de cendal bleu nuit, elle se retira, lèvres pincées.

Hugues se tourna vers Tyra. Le roi avait repris ses droits.

– Je ne puis te parler maintenant. Sache seulement que je ne te veux aucun mal.

Toujours par l'étroite porte, un gros adolescent au teint blafard se présenta. Il boitait vilainement et transpirait.

– Tu m'as fait demander, père?

Tyra en eut aussitôt pitié. Il lui semblait voir le pâle Louis l'Aveugle devant sa très puissante mère. L'odeur qu'il dégageait lui fit froncer les sourcils ainsi que l'éclat fiévreux de ses prunelles.

– Puis-je voir ta jambe, prince?

Comme il tournait vers elle un visage à la fois surpris et paniqué, elle ajouta :

– Je suis médecin.

Lothaire hésita. Il craignait tellement les éclats de colère de son père! Devant son air courroucé, il s'empressa de décliner l'offre.

– Ce n'est qu'un accident de chasse.

Sans l'écouter, Tyra se pencha vers la jambe blessée et souleva le long bliaud. Un regard lui suffit. Elle se tourna vers Hugues.

– Sans mes soins, il perdra sa jambe.

Hugues accusa le coup mais, en même temps, il réalisa qu'il tenait là le meilleur prétexte qui fût.

– Tu sais à présent pourquoi tu es ici.

Le nettoyage de la plaie confirma un état d'infection avancé.

– Avec quoi, prince, t'a-t-on soigné? s'enquit Tyra.

Lothaire grimaça un pauvre sourire. Dès qu'on touchait à sa navrure, il avait du mal à se retenir de hurler. Mais le visage franc de cette femme qui lui avait porté d'emblée un intérêt de mère lui inspirait confiance.

– Tout ou presque y est passé, dame. Le dernier à s'en être occupé y a même appliqué un emplâtre de plantes mêlées de terre.

– De terre!

Ce que cet homme avait fait était proprement criminel. Tout autour de la plaie, les chairs commençaient à se corrompre.

– Je tiens désormais, remarqua Lothaire, une bonne raison pour échapper aux chasses et aux entraînements guerriers.

Sous la raillerie perçait le désespoir.

– Mon père, poursuivit-il, n'a jamais toléré mon exécration pour les exercices violents. Ma mère l'acceptait, elle. Elle encourageait même mon goût pour la lecture des textes anciens. Paix à son âme ! Dieu lui accorde dans l'au-delà le bonheur qu'elle ne connut jamais dans l'ombre de mon père.

La violence avec laquelle il venait de dire cela éveilla chez Tyra un élan de pitié. Il semblait terriblement seul.

Liutprand, évêque de Crémone et précepteur du jeune prince, qu'il ne quittait guère que pour dormir, toussota en lui adressant un regard éloquent. Aussitôt, Lothaire reprit son masque de fils docile. Cependant, il osa encore une question :

– Crois-tu, dame, pouvoir sauver ma jambe ?

– Je vais m'y appliquer, lui assura Tyra en souriant.

Elle se tourna vers Liutprand.

– Il me faut des larves de mouches.

Le grave prélat fut l'incarnation de la stupeur.

– Des larves de mouches ! Seigneur, pour quoi faire ?

– Les vers se nourrissent de tissus morts et laissent les vivants intacts, nettoyant mieux que n'importe quoi les navrures surinfectées. Il s'agit là d'un procédé fort ancien. Et dans le cas qui nous occupe, il est le seul remède.

– Mais nous sommes en hiver ! bredouilla l'homme d'Eglise aux cent coups. Où veux-tu que je trouve...

– Aux écuries. Ne restera ensuite qu'à les enfermer dans un récipient contenant un morceau de viande corrompue et, peu après, les larves viendront.

A peine Liutprand fut-il sorti que Lothaire éclata de rire. Un rire clair qui contrastait avec son lamentable état.

– Par Dieu, dame, expliqua-t-il, je te dois le premier moment de gaieté que je connus ici ! Des vers ! Liutprand ne va point s'en remettre.

Hugues frissonna. L'immense cheminée qui couvrait un pan de mur était d'un noir sinistre. Depuis quand le feu s'était-il éteint ? Il régnait dans ses appartements un froid de tombe.

Sa coupe d'hypocras avait refroidi et pris un goût de vin de messe. Il la reposa près du plateau contenant son repas encore intact. Souper avec sa Cour, parler, rire ou même sourire lui était apparu ce soir-là comme une épreuve insurmontable. Tyra donnait par sa seule présence au palais un tout autre sens à l'air qu'il respirait.

Il se leva pour remettre une bûche et tenter de ranimer les braises.

Sans succès. Le feu était bien mort. Il y vit un symbole et comprit que c'était au-dedans qu'il avait froid. Un froid dont il avait pris conscience lorsque la porte s'était refermée sur Tyra, mais qui devait être né plus tôt...

Il lui sembla soudain impossible de demeurer plus longtemps si près d'elle sans la voir et il se leva.

Sitôt hors de ses appartements, des accords de cithares et de tympanons le rattrapèrent. La musique tentait de couvrir un brouhaha d'où émergeaient des rires gras ou cristallins. Dans la grande salle, le banquet battait son plein. Hugues se souvint alors que le palais recevait ce soir-là une ambassade de Francie Orientale et fut surpris que son frère ne fût point venu le rappeler à ses devoirs. Boson ! L'ordre, les convenances et l'ambition ! Un être au cœur froid qui ignorait le désordre des passions et par là même la souffrance.

– Dieu soit loué qui me fait, haut roi, te rencontrer !

Hugues cacha mal son irritation. Liutprand était la dernière personne qu'il eût aimé croiser à cette heure. Toutefois, l'inhabituelle agitation du précepteur de son fils l'inquiéta. Sans attendre d'y être invité, celui-ci s'en expliqua. Il le fit d'un trait, soulagé de pouvoir s'en remettre si vite au souverain.

– Des vers ! conclut-il. Entends-tu, haut roi ? Des vers comme on en voit sur les corps putréfiés ! Crois-tu que cette femme possède toute sa raison ? Est-il bien sage de la laisser s'occuper du prince ?

Hugues se garda de montrer sa surprise. Après la moisissure contre la peste, qu'avait-elle là encore imaginé ? Pourtant, d'emblée, il prit sa défense :

– Dans sa science, nul en Lombardie n'égale Tyr... cette femme. Pour étrange que te paraissent ses procédés, fais ce qu'elle te demande. Elle sait où elle veut aller.

Liutprand voulut protester mais déjà le roi s'éloignait. Avec un haussement d'épaules, l'évêque tourna les talons. Vrai, les libéralités de Hugues envers l'Eglise étaient grandes et l'on ne pouvait que louer sa générosité. Mais sa faiblesse avec les femmes finirait par le perdre.

Hugues n'hésita pas devant la chambre allouée à Tyra. Il avait à présent une puissante raison de la rencontrer.

Il crut d'abord la pièce vide. Le lit n'était point défait et le silence régnait. Du cuvier montait un délicat parfum de lavande et de thym. Tyra non plus n'avait pas touché à son repas. Elle était là, assise sur le tapis devant le feu, les genoux serrés entre ses bras, vêtue d'une ample tenue de lin blanc. Il devait y avoir peu de temps qu'elle était sortie du bain : ses longs cheveux étaient encore humides. Elle ne daigna pas se détourner du feu en entendant la porte.

Hugues vint s'asseoir près d'elle, sur le tapis.

– Le traitement que tu prévois pour mon fils...

– Je sais. Libre à toi de t'y opposer. Je suis trop lasse pour chercher à te convaincre. Tu sais ce qu'il encourt.

Le profil de Tyra se découpait en noir sur les flammes. Elle ne lui avait pas accordé un regard.

– Me hais-tu au point de ne pouvoir poser les yeux sur moi ? Par Dieu, regarde-moi !

Tyra tenta de ne pas faire cas des mains qui s'attardaient sur ses épaules. La pensée de son fils l'y aida. Elle leva vers lui un visage de pierre. Ils étaient si proches que leurs souffles se mêlaient.

– Je t'ai beaucoup haï. Plus maintenant. C'est peut-être pire.

Hugues sentit comme une morsure dans sa poitrine. Nul mieux qu'elle ne savait l'atteindre. Il laissa retomber ses mains et le silence.

Le regard de Tyra se perdit à nouveau dans les flammes. Elle semblait partie bien loin de là, alors qu'elle luttait de toutes ses forces contre les vieux démons qui renaissaient soudain dans l'intimité de Hugues.

– Je suis prête à tout faire pour guérir ton fils. Laisse-moi seulement envoyer un message à... aux miens, pour les rassurer. Leur souci pour moi doit être grand.

Hugues se referma.

– Qui étaient ces guerriers sarrasins qui t'ont poursuivie jusqu'au bateau ? Y a-t-il un autre Amiel ?

Tyra le cingla du regard. Entendre ce nom dans sa bouche...

– Pourquoi ? Voudrais-tu l'occire, lui aussi ? Tes futures épousailles devraient pourtant t'occuper ailleurs !

– Comment sais-tu ?

– Ton bon neveu, ainsi que les servantes ! Il semble qu'ici l'on ne parle que de cela et du tour grandiose que tu veux leur donner.

Il eut un sourire froid.

– Une alliance, juste une alliance entre deux ambitions.

– Tous mes vœux t'accompagnent, haut roi.

Hugues se releva, mâchoires serrées.

– Pour ton fils ? demanda Tyra.

– Use de ce que bon te semble mais guéris-le.

– Et mon message ?

Une main sur la poignée de la porte, Hugues se retourna.

– Que comptes-tu leur dire ? Que tu te trouves chez leur plus grand ennemi ?

Le visage de Tammam se superposa à celui de Hugues. Tyra frémit.

– Je cherche juste à éviter le pire.

Avec l'impression que les mots lui arrachaient la bouche, Tammam donna le signal du retour sur le Fraxinet. Plus de huit jours qu'il trépignait en attendant vainement Selim et les renforts. Et ce, alors qu'il savait où Manassès avait emmené sa mère. Les traces qu'il avait suivies un temps confirmaient ses craintes : elles menaient à Pavie, la cité royale de Hugues le maudit.

Devoir rebrousser chemin mettait Tammam dans un état de fureur indescriptible. Jamais son ami ne lui avait fait faux bond. Pourquoi fallait-il que ce fût cette fois ? Hafs, son lieutenant berbère, fit naître en lui une inquiétude qui ne le quitta plus.

– Ce n'est pas de Selim. Il a dû se passer quelque chose au camp.

Tammam fit mener aux chevaux un train propre à les crever. Le court temps qu'il mit pour regagner la Provence ne fit qu'accroître ses craintes. « Pas normal ! Pas normal ! » semblaient ponctuer les sabots.

Nul ne vint à leur rencontre quand ils pénétrèrent dans leur territoire. Cela non plus n'était pas normal. Tout comme le silence qui imprégnait les monts.

Soudain, alors qu'ils approchaient de Fabrègue, Hafs désigna à Tammam un interminable cortège. Les gens s'avançaient à pied sur le chemin du cimetière.

Fou de peur, Tammam fonça vers eux. Sa vue ne l'avait pas trompé : c'étaient bien des linceuls qu'ils suivaient. Des dizaines de linceuls qu'accompagnait un long gémissement. Derrière les quatre premiers, blêmes et dignes dans leur douleur, allaient son oncle Romanus et Zaïd, le qâ'id. A leur suite venaient Raimbaud et sa sœur, Marie, l'épouse de Redouane, qui mêlait ses pleurs à ceux de la vieille Kheira. Nora aussi était là, parmi les femmes, versant des larmes silencieuses.

Tammam se rua sur les premiers linceuls. Y reposaient Nasir, Inga, Redouane et Selim. Son hurlement figea le cortège.

– Qui a fait ça ? Qui ?

Mourad voulut s'interposer. Le qâ'id le retint. Il leva vers Tammam un regard atone.

– Des nefs byzantines, sur ordre du roi Hugues.

Sans un mot, Tammam se laissa choir à genoux devant le qâ'id Zaïd. Celui-ci le releva et, d'un hochement de tête, lui signifia son consentement : Tammam conduirait la vengeance.

Boson se tut enfin. Marozie laissa le craquement du feu meubler le silence. Ce que venait de lui relater le frère de Hugues la laissait fort troublée. Jusque-là, le froid personnage ne lui avait guère témoigné qu'une affabilité de circonstance. Il fallait qu'il fût inquiet pour s'être astreint à une telle démarche. Elle congédia avec impatience ses femmes qui venaient l'aider à s'apprêter pour le souper. Elle se sentait fébrile tout à coup.

– Pourquoi, mon frère, être venu jusqu'à Rome pour me confier tout cela ?

Ce « mon frère » agaça Boson, de même que le lourd parfum musqué qui flottait dans les trop riches appartements de Marozie. Il n'en montra rien, soucieux de ne pas la heurter. La pourpre impériale de Hugues dépendait d'elle et de son souverain pontife de fils.

– Pour te mettre en garde. Voilà trente années que cette femme détient sur Hugues une emprise démoniaque. Elle peut mettre en péril vos épousailles.

Marozie eut un sourire acide.

– Quelle sollicitude, mon frère ! Toutefois, que ne mis-tu toi-même un terme... définitif à cette emprise ?

Au visage de Boson, elle comprit que ce n'était point faute d'avoir essayé.

– Il te suffira de voir le regard qu'il tourne vers elle pour mesurer la portée du danger.

Quand il fut sorti, Marozie demeura un long moment pensive. Laisser son fils Albéric seul à Rome ne lui disait rien qui vaille. Il continuait à s'opposer avec virulence aux épousailles de sa mère et de Hugues, allant jusqu'à menacer son demi-frère le pape de représailles s'il bénissait cette union incestueuse. Cela prenait un tour d'autant plus dangereux qu'il commençait à éveiller des échos. L'autorité de Hugues, sa façon d'élever ses parents et fidèles aux plus hautes dignités, lésant de la sorte les grandes familles de Lombardie, faisaient craindre le pire à la noblesse romaine. Hugues ne serait point accueilli à Rome à bras ouverts. Toutefois, les propos de Boson sur l'étrangère... Lui qui pesait chaque mot avait fait de cette histoire un tableau diablement inquiétant. Et, assurément, il n'avait rien exagéré.

Refusant de balancer plus longtemps, Marozie appela ses femmes :
– Que l'on prépare mes coffres. Je pars pour Pavie.

– Que dirais-tu, Monseigneur, d'établir le camp pour la nuit sur ce sommet dégagé ?

Robert, archevêque de Tours, donna son accord au diacre Henri, responsable de l'intendance durant le voyage. Depuis Rome où il était allé accomplir un pèlerinage, le prélat ne s'était même pas accordé une halte à Pavie pour y saluer son ami, le roi Hugues, tant il avait hâte de regagner Tours. Avec un peu de chance, il pourrait y célébrer devant ses fidèles la fête de la Nativité.

Soudain, avec des hurlements à glacer le sang, des guerriers montés sur de courts chevaux surgirent de nulle part.

– Seigneur Jésus, les Sarrasins ! cria le diacre Henri en se signant.

Il jeta des regards paniqués alentour. Pas un arbre où se cacher sur cette cime. Rien qu'une neige désespérément lisse.

L'assaut fut si rapide que les hommes d'armes chargés de la protection de l'archevêque n'eurent point le temps de réagir. Lances et tabarzins les taillèrent en pièces.

L'archevêque n'avait pas bougé. Il savait toute fuite impossible. Le seul souhait qui lui tenait à cœur, il venait de l'accomplir en s'inclinant sur les tombeaux des apôtres Pierre et Paul. A présent, il pouvait mourir et commença ses prières.

Celui qui commandait vint vers lui et son diacre, les seuls laissés vivants.

– Qui es-tu ? demanda-t-il au prélat.

L'archevêque sursauta en croisant le regard clair. Ce n'était point un Sarrasin.

– Je suis Robert, archevêque de Tours et serviteur du Christ. Pourquoi, païen, t'en prendre à des Romieux ? Cherches-tu à te gagner l'Enfer ?

Le guerrier eut un lent sourire qui fit frémir l'archevêque. Où avait-il vu ce sourire, et ces yeux ? Si seulement le mighfar ne lui avait celé les traits de l'homme.

– L'Enfer !

Un éclair rouge passa dans le regard de Tammam.

– C'est là où tu vas, l'archevêque, et c'est moi qui t'y envoie !

Le tabarzin zébra l'air froid et atteignit sa cible avec un bruit mat.

La bouche ouverte sur un cri muet, le diacre Henri tomba à genoux, fixant avec horreur le corps mutilé de l'archevêque Robert.

Saisissant la tête sanglante par les cheveux, Tammam la jeta aux pieds du diacre.

– Tu vas t'en retourner à Pavie, porter ceci de ma part au roi de Lombardie pour le remercier de l'attaque du Fraxinet et de l'enlèvement de ma... de dame Tyra. Il a deux semaines pour la libérer. Passé ce temps, toutes nos forces marcheront sur la Lombardie dont nous avons pris soin de ruiner les marches. Et le sang baignera Pavie.

Le diacre Henri tremblait si fort qu'il dut faire un effort surhumain pour articuler :

– Qui... Qui... es-tu ?

Tammam arracha son mighfar, découvrant son visage et ses cheveux clairs.

– Tammam ! Un nom dont il ne tardera pas à se souvenir.

– Je veux l'entendre de ta bouche, mon neveu : le Fraxinet a ou n'a-t-il pas été détruit ?

Le ton de Hugues était calme. Trop calme. Que savait-il exactement ? Force fut à Manassès d'avouer la vérité.

– Les nefs du basileus se sont contentées de détruire le port et les vaisseaux qui s'y trouvaient avant de remettre le cap sur le large. Ils semblent, toutefois, avoir éclairci les rangs de nos ennemis.

– Eclairci ! explosa Hugues. Comment oses-tu avancer cela alors que leurs attaques se multiplient sur mon royaume ? Des attaques ! Mieux vaut parler de représailles : mes marches, prises d'assaut ! Les postes de surveillance, détruits ! Les gardes, massacrés ! Tous les passages des monts sous le contrôle de ces démons ! Ils ne rançonnent plus ceux qui tentent de les franchir, ils les massacrent ! C'est du sang qu'ils veulent ! Les voies des cols coupées au commerce comme aux hommes, sais-tu ce que cela signifie pour notre trésor ? Comprends-tu, à présent, pourquoi il fallait que cette attaque rase à jamais leur base ? Comment as-tu conduit les pourparlers pour que le basileus nous envoie cette misérable flotte ?

Liutprand vint interrompre le calvaire de Manassès en demandant audience. Hugues songea aussitôt à Tyra qu'il s'était contraint à ne plus rechercher. Un effort qui le mettait d'une humeur exécrable. Son neveu en faisait furieusement les frais.

– Parle, fit-il abruptement à Liutprand.

Ce dernier se méprit et tint à rassurer le roi.

– Ce n'est point, haut roi, la santé du prince Lothaire qui m'amène céans.

Il s'effaça, laissant apparaître un religieux à l'habit sale et déchiré. L'homme serrait contre lui, avec un regard égaré, un paquet rond et ensanglanté. En voyant Hugues, il se décomposa. Le roi ? Lui ? Etait-ce Dieu possible ? En plus vieux, les mêmes traits... De stupeur, il lâcha son fardeau qui se défit. La tête qu'il contenait vint rouler aux pieds de Hugues qui poussa un cri.

– Dieu, non ! L'archevêque Robert ! Qui a commis ce sacrilège ?

– Tammam, bredouilla le malheureux diacre. Celui qui a fait cela s'appelait Tammam...

L'aube naissait. Tyra quitta sa couche de fortune et s'apprêta. Pour pouvoir veiller sur Lothaire nuit et jour, mais aussi pour échapper à Hugues, elle avait obtenu, par l'intermédiaire de Liutprand, de ne plus quitter les appartements du prince.

Lothaire avait la mine de quelqu'un qui n'a pas fermé l'œil.

– Ces vers qui se repaissent de moi me sont une torture. Jusqu'à quand, dame, vais-je devoir supporter cela ? Deux jours que j'endure cette horreur !

Sans un mot, Tyra commença à défaire les bandages. Son cœur battait très fort. Qu'allait-elle trouver ? Lothaire, quant à lui, préféra se détourner. Tyra ne vit d'abord qu'un grouillement. La jambe semblait douée d'une vie propre.

– Les vers ont triplé de taille, commenta-t-elle. C'est bon signe.

Elle attrapa un pichet d'eau et le vida d'un geste vif sur la jambe. Les vers s'éparpillèrent, laissant apparaître une plaie d'un beau rouge.

Elle adressa au prince un sourire triomphant.

– Ta torture est finie, prince. Nous avons remporté la bataille. Place à présent aux huiles et aux onguents.

Lothaire étreignit la main de Tyra, les yeux pleins de larmes.

– Merci, dame.

Après avoir méticuleusement nettoyé la plaie, Tyra l'enduisit d'un baume cicatrisant et refit un bandage.

– Te voilà, prince, sur le bon chemin.

Lothaire se rembrunit.

– Demeureras-tu au palais encore quelque temps ?

Tyra lui avait rapporté d'où elle venait, celant, toutefois, l'existence de son fils et la façon dont Hugues l'avait fait enlever. Elle songea au pli dans lequel elle rassurait les siens, disant ce pour quoi elle se trouvait à Pavie. Le messager de Hugues avait-il réussi à remettre le parchemin à Nasir ? Celui-ci était le seul au domaine à savoir lire.

Tammam avait obstinément refusé de se plier à cet enseignement. Tammam ! Pourvu qu'il ait eu connaissance de son message à temps. Elle le savait capable du meilleur comme du pire. Soudain un soupçon l'effleura : et si Hugues avait menti et qu'aucun messager ne fût jamais parti ?

Devant son silence, Lothaire réitéra sa question. Tyra n'eut pas loisir de répondre. Hugues fit irruption dans la pièce comme une rafale furieuse et l'interpella durement :

– Qui est Tammam ?

Le sang se retira du visage de Tyra, ce qui n'échappa pas à Hugues. Il la releva brutalement.

– Sang du Christ, vas-tu me répondre ? Qui est ce Tammam ? Est-il parent avec celui qui fut ton maître ?

– Non !

– Père ! Père ! tenta de s'interposer Lothaire depuis sa couche. Hugues tourna vers son fils un visage féroce.

– Paix ou je t'enferme avec elle dans les prisons du palais.

– Lâche-moi et je te répondrai.

Hugues la projeta si fort contre le mur qu'elle eut l'impression que son épaule éclatait. Serrant les dents pour ne pas crier, elle lui jeta un regard meurtrier.

– Te sens-tu mieux, à présent ?

– Père ? Pourquoi ? se révolta Lothaire.

Hugues ne parut pas l'entendre.

– Qui est Tammam ? répéta-t-il plus calmement sans la quitter des yeux.

– Un chef sarrasin et... mon ami.

Le visage de Hugues prit une couleur de cendre.

– Un ami qui menace d'attaquer Pavie si je ne te laisse regagner le Fraxinet et me fait jeter à la face la tête du saint archevêque de Tours ! Un simple ami ? Et tu penses que je vais te croire ?

– C'est pourtant vrai.

Hugues se retint de la frapper.

– Gardes ! hurla-t-il. Enfermez cette femme dans son appartement !

Et à Tyra :

– Je te donne deux jours pour m'en dire plus long sur ton amant ! Deux jours ! Après, malgré ce qu'il m'en coûte, c'est sous la torture que tu parleras.

Prévenu par Manassès, Boson qui arrivait de Rome fila droit chez son frère. Ce fut pour se heurter aux lances croisées des gardes : le souverain ne voulait voir personne. Sans exception.

Ce soir-là, pour la première fois, Hugues battit Junon, sa maîtresse, jusqu'à ce qu'elle perde connaissance. Il était ivre mort.

Marozie arriva le lendemain matin. Ce fut Boson qui l'accueillit. En peu de mots, il lui rapporta les derniers événements.

– Il lui suffit de relâcher cette femme, conclut-il, pour calmer la fureur des païens. Au lieu de cela, il se préoccupe de savoir si ce Tammam est son amant. Nous n'avons pas le temps de lever des troupes. Si les Sarrasins marchent sur Pavie, ce sera un massacre. Une affaire propre à provoquer la chute de Hugues !

– Où est retenue cette femme ? se borna à demander Marozie.

Dès que Tyra la vit, elle sut à qui elle avait à faire. Le maintien était impérial et le luxe tapageur. Retenant les pans de son bliaud pourpre et noir, Marozie s'avança dans un tintement de bracelets d'or.

– Ainsi, voilà celle qui fait chavirer le cœur de Hugues, lança-t-elle roidement, dévisageant Tyra sans vergogne.

Tyra fut surprise de ne déceler dans le ton ni mordant ni haine. Elle ne put s'empêcher de sourire.

– Pourtant, dame, tu peux constater que si rivale tu as, elle n'est point dans cette chambre. Pour ce genre d'entreprise, je n'ai plus l'âge ni la beauté.

Marozie l'observa longuement. L'étrangère paraissait ignorer combien la lumière qui émanait de son étrange regard rendait ses rides accessoires.

– Qui est ce Tammam qui inquiète si fort Hugues ?

Tyra joua le tout pour le tout.

– Mon fils... et le sien.

Marozie resta confondue.

– Pourquoi le lui cèles-tu ?

– Crois-tu que le lui avouer soit la meilleure façon de sortir de sa vie ?

La surprise se lut une nouvelle fois sur le visage de Marozie.

– Est-ce bien là tout ce que tu recherches ?

– Cela, et arrêter mon fils avant qu'il ne soit sous les murs de Pavie.

Plus elle la regardait, plus Marozie la jugeait dangereuse.

– Tu encombres ma route, jeta-t-elle sans ambages. Te tuer me perdrait aux yeux de Hugues. Je n'ai d'autre choix que de t'aider à fuir. La perspective de la pourpre aidant, il me le pardonnera [1].

Le soir même, alors que les gardes drogués par le vin dormaient écroulés devant ses appartements, Tyra, ses cheveux habilement serrés, passait les portes de Pavie dans la tenue des messagers royaux. Deux jours plus tard, dans les chemins des monts, elle tombait dans les bras de son fils et apprenait le massacre du Fraxinet, ainsi que la mort d'Inga et de Nasir.

1. En mars de l'an 932, à Rome, le pape Jean XI bénit l'union de sa mère et du roi Hugues. A peine était-elle célébrée qu'Albéric, soulevant le peuple, vint assiéger le château Saint-Ange où se déroulait le banquet. Hugues fut le seul à parvenir à fuir. Marozie, quant à elle, tomba aux mains de son fils Albéric, promu sénateur, qui l'enferma dans un couvent où elle mourut sans que Hugues ait cherché à la faire libérer. Il avait trop à faire avec les nouvelles bandes magyares qui se jetaient sur son territoire, et une conspiration fomentée par des podestats de Pavie qui s'apprêtaient à ouvrir les portes de leur cité aux troupes du roi de Bourgogne-Transjurane, Rodolphe II. Hugues trouva un moyen définitif de faire renoncer ce dernier à ses prétentions au trône de Lombardie : il lui offrit la souveraineté sur... la Provence. Peu après, Hugues associait à son règne son fils Lothaire. Manière de rappeler à tous qui était le maître.

12

L'affrontement

Le crissement de la plume sur le parchemin épousait le chant des cigales. De temps à autre, Tyra levait la tête pour réfléchir, laissant son regard errer au-delà de la vigne grimpante qui croulait en cascades vertes sur le devant de sa maison. Elle aimait cet endroit pour écrire. D'autant qu'il faisait bon ce matin-là, sur la colline. La chaleur n'accablait pas encore la nature et les hommes, et les derniers genêts en fleurs embaumaient l'air de juin. L'été de cet an 936 s'annonçait torride.

Tyra trempa sa plume dans le pot d'encre noire. Que dire à Aimery ? La correspondance suivie qu'ils entretenaient ne lui faisait que plus cruellement ressentir le gouffre qui les séparait. Aimery ne lui parlait que de Mayeul, le fils de Fouquier II de Valensole dont il avait formé l'esprit aux choses de Dieu et qui venait d'être ordonné à l'abbaye de Cluny où lui-même s'était retiré. Elle lui racontait le domaine dont leur frère Romanus avait repris les rênes après la tragédie...

« Cinq ans, déjà », songea Tyra. Cinq années passées à maudire Hugues qui avait su si bien endormir ses soupçons en détournant son attention sur Lothaire, le prétexte. Et ce, tandis qu'il lâchait les nefs du basileus sur le Fraxinet. Pour Tammam, Tyra s'en était tenue à ce prétexte, lui rappelant que Hugues avait pu juger de son savoir bien des années plus tôt alors qu'il n'était que le cousin du roi Louis à la cour de Vienne, et qu'elle soignait, avec son maître, la reine Ermengarde. Tammam y avait cru, ce qui n'avait point calmé sa haine à l'encontre de celui qu'il n'appelait plus que « ce chien ».

Tyra sentit une brûlure sur son bras. Le soleil perçait déjà le toit de feuillage. Il devait déjà être près de sexte et il lui fallait rejoindre

Romanus et sa femme Malika pour mettre la dernière main à la grande fête qui se préparait.

Elle se mit à malmener sa plume d'une main nerveuse. Ecrire cette lettre maintenant, alors qu'elle avait tant à faire à Fabrègue, ne lui servait qu'à reculer l'instant où elle franchirait le seuil de la maison de ses parents, désormais celle de son frère. Y pénétrer depuis que ceux-ci n'étaient plus demeurait pour elle une épreuve. Là, il allait falloir ressortir la vaisselle de sa mère, ouvrir ses coffres à linge et plonger de plain-pied dans les souvenirs.

Lui revinrent les étranges propos que lui avait tenus, quelques semaines plus tôt, avant de mourir, la très vieille Kheira. Plusieurs personnes du camp et du domaine prétendaient avoir vu sur les collines du Fraxinet deux superbes chevaux, une jument blanche et un alezan. A peine tentait-on de les approcher qu'ils disparaissaient. Pour Kheira qui, sa vie durant, avait lu l'invisible dans les grains de blé et le plomb fondu, il s'agissait de Nasir et d'Inga, dont l'âme continuait à veiller sur le Fraxinet.

Sentant ses yeux s'embuer, Tyra se remit à l'ouvrage :

« Demain, mon frère, est un grand jour : Tammam épouse Nora. Mourad, le frère de celle-ci, n'y a point consenti sans peine. Nul n'ignore ici qu'il hait Tammam et jalouse l'affection que lui porte le qâ'id Zaïd. Celui-ci a dû intervenir pour le réduire à accepter. Mais je crains les suites de cette acceptation contrainte... »

Des hennissements résonnèrent dans la forêt. Qui cela pouvait-il être ? Lâchant sa plume, Tyra partit s'en enquérir, s'orientant aux pas des chevaux. Quand elle leva les yeux, un frisson la parcourut des pieds à la tête. Les deux chevaux étaient là, sur le sommet de la colline, l'un près de l'autre, qui la regardaient.

Les réjouissances se succédaient dans le grand pré bordant la rivière. Une douce brise ployait les blés murs dans les champs. La moisson commencerait la semaine suivante, pour la Saint-Jean.

– Vois, mère ! C'est Tammam qui mène la course.

Tyra sourit de l'enthousiasme de Nora. Celle-ci était radieuse sous ses voiles multicolores. L'amour qu'elle portait à Tammam, son bonheur d'être devenue sa femme, quelques heures plus tôt, se lisaient sur son visage. Refusant à l'instar des autres musulmanes de rester, pour ses épousailles, confinée dans ses appartements avec les femmes du camp, elle avait tenu à être présente à la fête qui se déroulait à Fabrègue. Son oncle le qâ'id Zaïd s'était incliné. Al-Andalus et ses us étaient bien loin du Fraxinet.

Sous une salve de cris de joie, l'étalon noir de Tammam arracha le ruban délimitant la ligne d'arrivée avec deux longueurs d'avance sur les cinq autres chevaux.

Ce fut l'instant que choisit le qâ'id pour annoncer qu'il confiait à Tammam le commandement de toutes les forces du Fraxinet, soit plusieurs milliers d'hommes. Une seconde vague de joie souleva la foule. Le sens d'une telle distinction n'échappait à personne : Zaïd, qui se sentait vieillir, désignait ainsi devant tous celui qui, à sa mort, lui succéderait.

– Ton fils fera un bon qâ'id, assura Zaïd à Tyra en souriant.

Tyra l'entendit à peine. La tête bourdonnante, elle suivait des yeux Tammam qui, debout sur ses étriers, dans une vêture sarrasine, effectuait un tour d'honneur sous les vivats. Le temps avait fait du fils de Hugues un Sarrasin.

Soudain, tandis que tous les regards étaient braqués sur Tammam, le qâ'id Zaïd poussa un cri et s'écroula. Derrière lui, la lame sanglante et l'œil fou, se dressait son neveu, Mourad. Mourad, qui n'avait pu supporter de voir Tammam nommer à ce poste qu'il jugeait devoir lui revenir.

– Non ! hurla Nora, se précipitant auprès de son oncle. Mère ! Vite !

Mais Tyra ne voyait que son fils qui fonçait sur Mourad.

– Laissez-le-moi, cria-t-il à ses hommes qui voulaient maîtriser le meurtrier.

Mourad brandit son poignard rouge en direction de Tammam.

– Viens ! Viens ! vociféra-t-il avec un sourire dément.

Une lame siffla et se planta roidement dans son dos.

La voix de Nora domina le tumulte.

– Non ! hurla-t-elle encore d'une voix hystérique, en voyant son frère tomber à son tour.

Hafs arracha calmement son poignard du dos de Mourad.

– J'avais ordonné qu'on me le laisse, fit Tammam d'une voix qu'étranglait la fureur.

Le Berbère lui désigna Nora qui sanglotait sous ses voiles.

– Ce n'était pas à toi de te salir les mains.

Tyra ferma les yeux de Zaïd et se redressa. Elle était livide.

– C'est fini ! souffla-t-elle.

Hafs déposa son arme et mit un genou à terre. Ce fut le signal : dans un silence troublé par les pleurs de Nora, toutes les armes quittèrent leur fourreau tandis que les hommes tombaient dans l'herbe devant Tammam, leur nouveau qâ'id.

Dix mois plus tard, avec l'aide de Tyra, Nora donnait naissance à un vigoureux garçon. Aussitôt, Tammam l'enleva des bras de sa mère et l'emmena en bordure du piton rocheux d'où l'on dominait tout le Fraxinet.

– Voici, mon fils, ton territoire !

Colombier, décembre 937

Il faisait sombre dans le cachot. De la paille pourrie montait une puanteur immonde. Un homme gisait là, ses poignets crucifiés aux murs par des chaînes. Sa tête grise retombait sur sa poitrine. Ses haillons laissaient voir ses jambes maigres, mangées de vermine. A ses pieds, des rats se disputaient un bout de pain noir qu'il n'avait eu la force de manger. L'homme leva la tête. Seuls ses yeux étaient reconnaissables dans ce visage de vieillard : Boson, c'était lui !

Hugues s'éveilla en sursaut, le souffle court. Rallumer les lampes. Vite, dissiper ce cauchemar qui revenait chaque nuit le hanter. Mais de lampe, point à portée de main.

La froidure de la chambre lui rappela qu'il se trouvait à Colombier, au cœur du royaume de Bourgogne-Transjurane, près du palais de la reine Berthe, la veuve du roi Rodolphe II, qu'il allait épouser le lendemain, lui-même étant veuf depuis peu. Après des années d'enfermement dans le couvent où l'avait cloîtrée son fils Albéric, Marozie venait de s'éteindre.

Il se releva et appela son valet. Peu après, les épaules couvertes, il regardait à travers l'épaisse pâte de verre martelée les primes lueurs de l'aube chasser les démons de la nuit. Ses nuits, il préférait les passer avec la dernière des gueuses plutôt que de rester seul. A la veille de ses quatrièmes épousailles, à deux pas du palais de sa future femme, il avait dû pourtant se plier aux convenances.

Il s'effondra sur un siège, la tête dans ses mains. Boson ! Son cher frère ! Pourquoi s'était-il soudainement dressé contre lui ? Soudainement ? Plus il y pensait, plus Hugues réalisait que, sous d'autres formes, cette rébellion se révélait fort ancienne. Avec le temps, Boson avait fini par confondre ses propres visées et celles de son aîné. Le pouvoir que lui conférait son duché de Toscane lui avait fait oublier qui était le véritable roi. Après les menaces, il avait fallu en venir à la destitution et, enfin, la prison. Voilà plus d'un an que Boson croupissait dans les geôles royales de Pavie et venait chaque nuit troubler son sommeil.

Hugues se servit une coupe de vin et la but lentement. L'alcool réchauffa son sang et retrempa son esprit combatif. Les cauchemars passeraient avec le temps, et même si cela n'était, jamais il ne prendrait le risque de libérer son frère. Boson ne sortirait de son cachot que pour gagner sa tombe. Cela ferait réfléchir les seigneurs lombards dont il se méfiait de plus en plus.

Haquenées, étalons et litières encombraient les rives du lac gelé. Les sapins couverts de givre étincelaient sous le soleil. Il faisait beau en ce 12 décembre 937, à Colombier. Sous une lumière transparente et glacée, la plus haute noblesse de Lombardie s'avançait derrière les rois Hugues et Lothaire. Massés près de leur souveraine, les grands de Bourgogne-Transjurane les voyaient approcher, d'un air sombre.

La reine Berthe attendait son futur époux en pressant convulsivement l'épaule de son fils, le jeune roi Conrad, âgé de douze ans. De l'autre main, elle tenait sa fille de sept ans, la princesse Adélaïde qui, ce jour-là, épousait le roi Lothaire, fils du roi Hugues. C'était donc un double mariage qui allait avoir lieu.

La puissance que dégageait Hugues de Lombardie jusque dans sa démarche travaillait la souveraine. Etait-ce là le protecteur qui convenait à Conrad ? Si Sarrasins et Magyars n'avaient, dès la mort de Rodolphe, déferlé sur son territoire, jamais elle n'eût consenti si vite à une nouvelle union après seulement six mois de deuil ! Une union que la plupart de ses féaux désapprouvaient.

L'ambition féroce du roi de Lombardie leur donnait tout à craindre, et plus encore son empressement à faire épouser la si jeune princesse Adélaïde par son fils tandis que lui-même épousait la mère. Cela ressemblait fort à une mainmise sur l'héritage de Rodolphe II. Et les douze ans de Conrad n'étaient point de taille à s'y opposer.

Hugues salua très bas sa future épouse qui portait roidement une riche tenue de brocart blanc. Même au jour de ses noces, la dévote et lugubre reine avait tenu à porter le deuil de son précédent époux. Il retint un sourire moqueur et lui adressa son plus noble regard. Derrière la femme maigre, triste, et sans beauté, se dressait le royaume de Bourgogne-Transjurane auquel Rodolphe avait annexé celui de Provence un an plus tôt. Deux royaumes qui, unis au sien, feraient sous peu de Hugues le souverain le plus puissant d'Occident. Dieu, que l'épouse devenait belle, soudain !

Adélaïde osa un sourire timide vers Lothaire qui se détourna. Il avait l'impression d'être un charognard sur une proie vive.

Quatre ans plus tard

Absorbé devant sa table de travail par la relecture de l'ordonnance qu'il venait de rédiger, Hugues n'entendit pas la porte s'ouvrir. Le garde fit mine de ne point voir la femme nue qui s'étirait nonchalamment dans la couche.

– Monseigneur Liutprand de Crémone est là, haut roi.

Hugues prit le rouleau de parchemin et se leva.

– Fais-le entrer.

Avec une claque sur la croupe de la belle, il la congédia. En entrant, l'évêque de Crémone eut cependant le temps de voir la fluide silhouette disparaître par l'autre porte. Il pinça les lèvres. A quel âge le roi cesserait-il ses débauches ? Rien d'étonnant à ce que la pieuse reine Berthe n'eût point tenu dans ce palais aux airs de lupanar et fût retournée vivre en Bourgogne-Transjurane. Sans le mépris avec lequel Hugues l'avait traitée, elle ne se fût point tant hâtée de mettre son fils Conrad sous la protection du roi Othon de Germanie, lequel s'était loyalement empressé de faire valoir les droits de l'enfant sur la Bourgogne-Transjurane et la Provence, réduisant en cendres les ambitions de Hugues sur ces deux royaumes.

Le visage de Liutprand trahissait si bien ses pensées que Hugues ne put s'empêcher de le railler :

– Tu es là, l'évêque, pour assurer la rédemption de mes péchés.

Le prélat ravala une réponse cinglante.

– Le Conseil t'attend, seigneur roi. Ils y sont tous.

Ils y étaient tous, en effet. Hugues leur jeta un regard qui les réduisit au silence. Pas un qu'il ne haïssait. Liutfred, évêque de Pavie, le comte Sarlion, Manassès, Lothaire, son stupide fils qu'il devait se retenir de gifler chaque fois qu'il le voyait. Comment ce funeste sot en était-il arrivé à aider Bérenger d'Ivrée à fuir le traquenard dans lequel lui, Hugues, comptait le faire tuer ? Il n'ignorait pourtant point que ce petit-fils de l'empereur Bérenger Ier conspirait contre eux pour s'emparer du trône de Lombardie. A présent, ce maudit avait passé les monts et s'était mis sous la protection d'Othon de Germanie, encore lui !

Il détourna les yeux de son fils légitime et un autre haut-le-cœur lui vint face à ses trois bâtards : Théolbald, archidiacre de Milan, Humbert, duc de Toscane, et enfin Boson, évêque de Toscane. Pour être né chacun d'une concubine différente, ces trois-là n'en étaient pas moins également odieux. Des vautours prêts à vendre leur âme au Diable et à s'entre-dévorer pour s'élever plus haut ! Rien à en espérer, et tout à en craindre.

Hugues lut de l'anxiété sur les visages et en éprouva une joie mauvaise. Il avait tu sciemment la raison de leur convocation à ce Conseil extraordinaire. Juste pour le plaisir de lire sur eux cette crainte qu'il voyait maintenant et qui prouvait ce qu'il savait déjà : aucun n'avait la conscience propre.

– Les Sarrasins viennent d'investir le Valais, attaqua-t-il, saccageant l'abbaye de Saint-Maurice-d'Agaume et ceux qui leur faisaient obstacle. Les abbayes de Disentis et l'église de Coire ont subi le même sort. Fréjus vient à nouveau d'être prise d'assaut. Cette fois, il n'en reste plus rien.

– Ce sont là les royaumes de Bourgogne-Transjurane et de Provence. Le problème en incombe au roi Conrad, lança Humbert sans y être invité.

Méprisant l'intervention, Hugues poursuivit :

– Les païens tiennent la Provence, la Bourgogne-Transjurane, tous les cols des montagnes et viennent de mettre à sac la moitié de mon royaume. Je ne peux plus le tolérer !

Il brandit le rouleau qu'il avait apporté.

– Voici l'ordonnance que mes missi vont se charger de faire appliquer : j'y commande la levée de troupes sur tout mon territoire. Aucun homme valide ne doit être exempté. Le rassemblement aura lieu devant les murs de Pavie à la fin du printemps. Nous attaquerons les Sarrasins par voie de terre tandis que les vaisseaux du basileus les prendront par la mer. Il nous envoie cette fois le plus gros de ses forces marines. Avant l'été, le Fraxinet sera tombé et je ramènerai la tête de ce Tammam au bout de ma lance.

Le Fraxinet, été 942

Le crépuscule embrasait la cour et la pierre du fort. Tout autour, les monts du Fraxinet se détachaient en sombre dans l'horizon rouge avant de plonger dans la mer. Le mistral arrachait au ciel un couchant superbe. L'on se sentait sur le piton rocheux comme sur le toit du monde.

– Père, fais-moi voler comme les oiseaux de mer!

Tammam saisit son fils et le lança en l'air, riant de ses cris de joie.

Assise près de Nora qui berçait dans ses bras sa fille née quelques mois plus tôt, Tyra souriait, heureuse du bonheur des siens. S'il était trop tôt pour voir se dessiner les traits de sa petite-fille, elle ne se lassait pas de regarder son petit-fils de cinq ans, brun et mat comme sa mère mais qui d'elle, sa grand-mère, avait hérité les yeux d'or et une insatiable curiosité pour toutes les choses de la nature. Il n'en possédait pas moins la vigueur et l'esprit combatif de son père, ce qui faisait dire à ce dernier qu'il avait engendré là le prochain qâ'id du Fraxinet.

Hafs apparut sur la plate-forme, suivi de quelques-uns de ses éclaireurs berbères. Il affichait une mine sombre.

– Les troupes du roi Hugues viennent de quitter Pavie. Elles se dirigent droit sur le Fraxinet.

Un éclair passa dans les yeux de Tammam.

– Leur nombre?

– Trop grand pour que nos hommes puissent les attaquer dans les défilés des montagnes. C'est une puissante armée qui avance vers nous.

Tammam eut un lent sourire.

– Je vais pouvoir enfin me mesurer à lui!

– Ça ne va pas, mère? s'inquiéta Nora en attendant le souffle rapide de Tyra et en la voyant blêmir.

Celle-ci la rassura d'un signe, tentant de dissimuler le soudain tremblement de ses mains. Ainsi, ce qu'elle pressentait depuis longtemps et qui lui faisait horreur était sur le point d'arriver! Le père et le fils allaient s'affronter.

Les monts du Fraxinet se découpèrent menaçants sous le ciel d'été. Lothaire, qui chevauchait près de son père, frémit. Pourchasser le Diable jusque dans son enfer lui donnait l'impression d'avancer vers des sables mouvants. Chaque arbre, chaque buisson devenaient hostiles. Le silence derrière lequel son père se renfermait n'était pas pour le rassurer.

Tout à coup, sur un sommet, un éclat aveuglant attira son œil. Il disparut puis revint. Un second émergea sur un autre sommet, il y en eut un troisième.

– Vois, père, ces signaux ! Nous sommes repérés.

Hugues porta un regard détaché vers les cimes et préféra ne pas répondre. Voilà des heures que tous les monts qu'ils longeaient annonçaient leur approche par ces mêmes signaux. Son fils était désespérant ! Avait-il seulement remarqué, durant la traversée des défilés, les pigeons qui allaient de l'un à l'autre des fortins sarrasins surveillant les passages des monts ? Des places trouvées curieusement désertes à leur arrivée. Pas l'ombre d'un Sarrasin depuis Pavie et, pourtant, on les sentait partout. Une sensation qui jetait une chape de silence et de trouble inquiétude sur l'armée lombarde.

– Quand les attaquons-nous ? demanda encore Lothaire.

– Sitôt que les nefs du basileus seront en vue, le renseigna Liutprand de Crémone qui arrivait à leur hauteur.

D'un regard, il tenta de dissuader le roi Lothaire de poser d'autres questions à Hugues dont l'humeur se dégradait à l'approche du Fraxinet. Mais Lothaire ne put retenir celle qui lui brûlait les lèvres depuis leur départ.

– Père, cette dame Tyra si bonne et si savante qui sauva ma jambe vivait bien au cœur du Fraxinet, n'est-ce pas ?

Hugues tourna vers lui un tel visage que Lothaire regretta aussitôt sa question. Sans un mot, son père talonna sa monture et partit rejoindre son avant-garde.

– Ne parle plus jamais de cette femme au roi, mon fils, conseilla l'évêque Liutprand à Lothaire. Voilà deux nuits que, depuis ma tente qui jouxte la sienne, je l'attends l'appeler dans son sommeil.

Depuis l'un des sommets, Tammam regardait l'interminable file approcher. Instinctivement, il savait que le roi Hugues ne donnerait point immédiatement l'assaut. Parmi les hommes maillés de fer, il le chercha des yeux. Soudain, il eut la certitude de le tenir. Cette crinière blanche qui allait fièrement en tête ne pouvait être que la sienne. L'arrogant port de tête le désignait autant qu'une couronne.

L'armée se déploya dans la plaine, fermant tous les accès du Fraxinet par voie de terre. Le siège s'installait.

Non loin de là, à flanc d'une autre colline, Tyra observait la même scène, folle d'angoisse.

Réunis en Conseil sous la tente royale, Hugues, son fils Lothaire et les seigneurs lombards écoutaient le rapport de leur messager. Devant son souverain, celui-ci éprouvait soudain un étrange malaise. Si l'on occultait rides et cheveux blancs, le roi et le chef sarrasin avaient les mêmes traits, le même regard. Etait-ce possible... ?

Hugues regarda son envoyé d'un air soupçonneux.

– Me dis-tu bien tout ?

Comme pris en faute, l'homme réagit vivement :

– Tout ce qui s'est passé, seigneur roi. Ainsi que je te le disais, le chef païen m'écouta rapporter ton ordre d'évacuer le Fraxinet de ses habitants et ce qu'il adviendrait s'il ne s'y pliait. Quand j'eus terminé, il me demanda ton âge et, devant mon silence, partit d'un rire insolent puis me congédia.

– Est-il jeune ? demanda Hugues qui ne goûtait point l'affront.

Le messager se racla la gorge.

– Environ trente-cinq ans, haut roi.

– Et il compte sur cela pour sauver sa tête ! siffla Sarlion.

Un garde souleva alors le pan de peau.

– Nous avons pris cette femme aux abords du camp sarrasin. Elle prétend, haut roi, vouloir te parler.

Le roi Lothaire et l'évêque Liutprand ne mirent pas un nom d'emblée sur la femme aux cheveux gris, vêtue de braies noires et d'une courte tunique sarrasine de même couleur. Ce fut à la lumière de son regard que Lothaire l'identifia. Hugues, lui, l'avait reconnue aussitôt.

– Sortez tous !

Bien qu'intriguée, la noble assemblée obtempéra, les laissant seuls. Tyra repoussa la stupide émotion qui la gagnait en lui voyant les cheveux blancs. On eût dit un vieux fauve. Elle refusa de même de traduire la façon dont il la contemplait. Le temps qui avait fait d'eux presque de vieilles gens les poussait maintenant vers l'abîme. Il fallait faire vite.

– Es-tu venue te rendre ? fit Hugues sur un ton bourru.

– A Pavie, je te dis un jour vouloir éviter le pire. Et le pire est sur le point d'arriver. Le qâ'id du Fraxinet n'est autre que ton propre fils !

Tyra crut l'avoir foudroyé. Tout passa dans le regard de Hugues : la stupeur, l'incompréhension, l'horreur, puis enfin le refus.

– Le camp sarrasin, fit-il d'une voix méconnaissable, est tenu par un Sarrasin qui porte un nom sarrasin.

– Tammam est ton fils, le reprit Tyra en détachant ses mots. Notre fils que tu vis un jour en Arles. Je lui donnai ce nom en hommage au grand maître qui fut le mien.

Les pupilles de Hugues se dilatèrent. La fureur l'étouffait.

– Pourquoi l'avoir prétendu mort ? De quel droit as-tu fait de mon fils l'ennemi qu'il me faudra combattre ? Pourquoi... ?

Il criait si fort que tous les hommes autour de la tente avaient fait silence. Ce qu'ils entendaient les atterrait.

Tyra enfonça ses ongles dans ses paumes.

– Je n'ai jamais entretenu sa haine à ton encontre. Il ignore que tu es son père. Mieux valait qu'il l'ignore !

– Oses-tu encore le prétendre aujourd'hui ? rugit-il. As-tu compté mes forces armées ? C'est à la mort que le conduit ton silence ! Par Dieu, qu'as-tu fait ?

Tyra tomba à genoux devant lui.

– Epargne-le ! N'attaque pas le Fraxinet !

Sourds au monde extérieur, ni l'un ni l'autre n'avaient fait cas de l'agitation soudaine du camp.

Lothaire surgit sans crier gare et se retrouva fort embarrassé devant la scène qui s'offrait à lui. Spontanément, il se précipita vers Tyra.

– Relève-toi, dame, lui dit-il gentiment.

Puis à son père :

– Les nefs du basileus viennent d'arriver et de donner l'assaut au port sarrasin. Il est temps d'attaquer.

– Ne fais pas cela, supplia-t-elle.

Hugues lui jeta un regard glacé.

– Il fallait y songer avant !

Puis à Lothaire :

– Confie-la à mes gardes. Qu'elle, au moins, en réchappe.

– Non ! Ma place est là-haut, avec les miens.

Où était passée Tyra ? Un œil sur la colline où habitait sa sœur, Romanus pressait ses protégés. Tammam l'avait chargé d'embarquer sur les vaisseaux de la base, femmes, enfants et vieillards du Fraxinet avant le lever du soleil, et de cingler vers le large. L'aube pointait, l'on était presque rendus et Tyra demeurait introuvable.

Le port reconstruit après l'assaut essuyé onze ans plus tôt apparut en contrebas avec ses nouvelles unités qui sentaient encore le bois fraîchement taillé.

Soudain, le vieux Laugier saisit le bras de Romanus et lui désigna la mer. Dans le levant éblouissant, des dizaines et des dizaines de points prenaient forme. L'horizon en était couvert.

– Des nefs ! souffla Romanus.

Une véritable flotte se dirigeait sur le Fraxinet et lui fermait la mer. Impossible de quitter le port.

– Ne nous reste plus qu'à nous recommander à Dieu, fit Laugier en étreignant la main de sa fille Marie.

Tous les yeux se tournèrent vers Romanus, quêtant une décision. Il croisa le regard inquiet de son épouse et son cœur se serra.

– Tous au fort! trancha-t-il.

– C'est folie! protesta une femme. Un seul chemin y conduit. Nous y serons pris comme dans une nasse!

– Nous n'avons pas le choix, la rabroua l'épouse de Romanus.

Le soleil se détachait des collines lorsque les portes du bastion se refermèrent sur eux. Depuis le port montaient déjà des colonnes de fumée noire.

En dépit du poids de sa broigne, Hugues refusa toute aide pour se mettre en selle. Lothaire lui tendit lance et épée.

– Père, tenta-t-il encore. Laisse-moi, ainsi qu'il était prévu, conduire l'assaut...

Se détournant, Hugues donna le signal. Autour de lui, ses seigneurs lancèrent des ordres et l'ost s'ébranla vers le fort, faisant trembler le sol sous les sabots de ses chevaux.

Très vite, l'épaisseur des taillis qui encadraient l'étroit sentier contraignit Hugues à diviser ses lignes. Lorsque les montures ne purent plus aller l'amble que deux par deux, flèches et pierres commencèrent à pleuvoir sur les cavaliers avec une précision diabolique. Cela venait de partout et de nulle part.

– Sarlion! commanda Hugues, indiquant un point d'où les projectiles pleuvaient plus drus.

L'averse meurtrière cessa aussitôt. Le comte Sarlion et ses hommes ne trouvèrent personne. Les avant-postes qu'ils dépassèrent étaient vides. Fabrègue aussi se trouvait désert. Mais, à mi-chemin du fort, les jets les criblèrent à nouveau.

Lothaire vit avec effarement que les traits ne venaient pas que du village de Fraxinetum qui les surplombait, mais aussi du bas. Ils étaient pris en tenaille.

– Père, protège-toi! s'écria Lothaire tandis que les flèches sifflaient à leurs oreilles.

– Le cor! rugit Hugues. Sonne du cor!

Couvert d'un mighfar et brandissant un tabarzin, Tammam se dressa sur le mur protégeant le village du vide. D'une voix forte, il apostropha les assaillants.

– Ce territoire est mien, roi du Diable, et je ne t'y ai point convié.

Hugues regarda l'élégante silhouette se découper dans le contre-jour. Le son du cor l'empêcha de répondre. Quand il le put, Tammam avait disparu. Depuis un autre point du village, celui-ci vit une énorme troupe avancer dans la plaine. Le gros de l'ost arrivait à l'appel de son roi. Trois, peut-être quatre mille hommes allaient fondre sur la partie de ses troupes restées en bas, et certainement l'écraser.

– Appelle nos hommes retranchés dans le fort ! cria-t-il à Hafs.

– Qui gardera les femmes ?

– Obéis ! fulmina Tammam.

Puis, à ceux qui étaient là :

– Lâchez les arcs, prenez vos tabarzins, sus à ces chiens ! Fraxinet akbar !

– Allah akbar ! répondirent-ils, se jetant avec lui sur les premiers assaillants qui prenaient pied dans le village.

Le corps-à-corps commença et très vite ce fut la mêlée. Tammam abattait sa hache comme un forcené, se taillant un espace sanglant entre lui et ses ennemis, hurlant des ordres et des invectives, tuant et tuant encore.

Hugues qui venait d'atteindre la place regardait, fasciné, ce démon combattre avec la férocité d'un dieu barbare !

– Au nom du roi, rends-toi ! lui cria-t-il.

Tammam l'entendit et fit volte-face. En apercevant la mèche blanche qui émergeait du casque à camail, il eut un sourire cruel et arracha son mighfar.

– Enfin !

Hugues ressentit un coup au cœur. Ce guerrier de haute taille qui s'avançait vers lui en brandissant sa hache sarrasine n'était autre que lui, trente ans plus tôt. Son exacte réplique ! Mais une réplique au sang brûlant qui, dans un cri terrible, tenta de lui trancher la gorge. Hugues para la lame de justesse, mais celle-ci siffla une seconde fois et heurta si fort l'épée lombarde qu'une étincelle jaillit.

Lothaire, Sarlion, les autres seigneurs lombards comme les Sarrasins avaient suspendu le combat et les regardaient. Le duel des chefs trancherait.

– Tu confonds glaive et écu, vieillard ! lança Tammam sur un ton méprisant.

Avec un rugissement, Hugues abattit son épée sur le manche du tabarzin qui se rompit. D'un bond, Tammam récupéra ce qui restait de son arme.

– Et tu apprécies mal ta cible !

– Par Dieu, mieux que tu ne le crois ! Dépose ta hache !

Un rire insultant lui répondit et il dut parer un assaut encore plus violent.

Tammam réalisa que le roi se contentait de se protéger. Pourtant, la précision de sa défense et la vigueur qui lui restait eussent pu le rendre encore redoutable.

– Qu'attends-tu pour attaquer ? le provoqua-t-il.

Le soleil jeta un éclat rouge sur son pendentif en forme de marteau.

– Au nom de ta mère, vas-tu cesser ! fulmina Hugues, les yeux rivés sur le joyau que portait Tammam.

– Laisse ma mère hors de...

Quelque chose frappa alors Tammam : ces traits que sa haine aveugle lui avait cachés, il les voyait soudain... si semblables aux siens...

– Non ! souffla-t-il, atterré.

Hugues lâcha son épée et arracha son col, découvrant le pendentif qu'il n'avait jamais quitté. Le même que celui de son fils. Tammam crut que le sol s'ouvrait sous lui. Les yeux écarquillés d'horreur, il fixait le joyau maudit, refusant de comprendre. Puis ce fut un long cri.

– Non !!!

Il releva son arme.

– Défends-toi ! rugit-il.

Hugues désigna à Tammam ses renforts qui montaient à l'assaut du fort.

– Ma mort n'épargnera pas ceux que tu as retranchés là-haut.

Tammam vit d'autres troupes qui arrivaient du port.

– Les forces du basileus, expliqua Hugues. Elles viennent de couler tes nefs. Le Fraxinet est encerclé par terre et par mer. Ta reddition, mon fils, évitera un massacre.

– Ne m'appelle pas ainsi !

Avec un hurlement de fureur et de rage, Tammam abattit sa hache. Le choc fut si violent que la pierre et la lame se fendirent ensemble... aux pieds de Hugues.

– Semence maudite ! siffla-t-il.

Hugues resta de marbre.

– Donne l'ordre à tes hommes d'ouvrir les portes du fort, après nous parlerons.

Les portes grincèrent avec un bruit lugubre, laissant apparaître femmes, enfants et vieillards. En tête, d'une pâleur mortelle, venait Tyra.

Arrachant son pendentif, Tammam cracha dessus et le jeta à terre. Puis, les yeux fichés dans ceux de son père, le roi, il hurla :

– Fraxinet akbar !

Dressé sur le piton rocheux, Tammam regardait l'ost lombard s'éloigner à cheval, sans oser y croire. Un retournement inconcevable ! Après son écrasante victoire, alors que dans le camp sarrasin l'on s'attendait au pire, le roi Hugues avait renvoyé la flotte du basileus et interdit viols et pillages à ses propres troupes sur le territoire vaincu. Puis il avait proposé à son bâtard un stupéfiant marché.

Hugues savait qu'avec des troupes germaniques du roi Othon, Bérenger II d'Ivrée se préparait à fondre sur la Lombardie pour tenter de lui usurper la couronne de fer. A Tammam, il demandait de fermer à Bérenger le passage des cols vers la Lombardie, moyennant quoi le Fraxinet demeurerait sarrasin et lui, Tammam, en resterait le maître.

Tammam fixait à s'en brûler les yeux la dense silhouette aux cheveux blancs qu'il avait tant haïe. Son père ! Soudain lui revint comme un éblouissement l'image d'un seigneur dans la force de l'âge sur lequel, à présent, il mettait un nom, et qui le considérait les larmes aux yeux, lui, l'enfant de cinq ans. Il se souvint que cela se passait à Arles, dans l'officine de la petite maison où il avait vu le jour et vécu ses premières années aux côtés de sa mère. Pourquoi ressentait-il tant d'émotion à ce souvenir ? Et pourquoi Hugues en éprouvait-il alors en le regardant ? Quel déchirant amour se cachait là-dessous ?

Derrière lui, il entendit un pas et se retourna. C'était Tyra qui venait vers lui. Les yeux rivés sur Hugues, elle songeait à la prédiction d'Azélaïs. Pour lointain que fût ce temps, elle se rappelait chaque parole : « Vos chemins n'arrêteront pas de se croiser et de se séparer. Tu te complais dans l'ombre, lui ne rêve que de gloire. Vous vous ferez beaucoup de mal car jamais vous n'eussiez dû vous aimer. Vous vous ferez beaucoup de mal... »

– Pourquoi, mère, ce mensonge à propos de mon père ?

– Pour te protéger de lui.

– Que t'avait-il fait ?

Tyra marqua un temps avant de répondre.

– Il m'aima d'un amour sans limite, me sauva par deux fois de la mort, et en t'épargnant vient encore de me démontrer ce qui n'était plus à prouver...

– Alors pourquoi ?

Les prunelles vert et or se perdirent très loin sur les collines.

– Il devait en être ainsi.

Hugues arrêta sa monture et tourna les yeux une dernière fois vers le fort. La haute silhouette qui se dressait sur le piton et celle si petite et si frêle de Tyra lui nouèrent la gorge. Il sut alors que, depuis le départ, il s'était trompé de chemin. Mais il était bien tard.

Épilogue

Trois ans plus tard, trahi par ses seigneurs et son neveu Manassès, discrédité auprès de ses sujets pour avoir traité avec les Sarrasins puis les Magyars qui, de nouveau, déferlaient sur la Lombardie, Hugues dut abandonner le pouvoir à Bérenger après dix-neuf années de règne.

Ce fut un vieillard las de la vie et de ses aléas qui franchit les monts en cet hiver 945 pour rentrer dans ses terres de Provence.

Il mourut à Arles le samedi saint 10 avril 947, les yeux tournés vers ce Fraxinet où devait terminer sa vie la seule femme qu'il ait jamais aimée et qui lui avait donné ce fils, conquérant, avec lequel il eût pu accomplir tant de choses...

Le Fraxinet tomba en l'an 972. Par un étrange hasard, ce fut la capture de celui qu'ils avaient sauvé des coups de Manassès, bien des années plus tôt, en l'accueillant à Fabrègue avec sa mère et son frère, puis en l'escortant jusqu'en Mâconnais, qui perdit les Sarrasins : Mayeul, fils de Raimondis et de Fouquier II, devenu l'illustre abbé de Cluny, réformateur de monastères en Francie, en Lombardie et en Germanie, confident des princes et des rois, était le dernier personnage à rançonner. Sa prise souleva dans tout l'Occident une levée de boucliers qui prit tournure de croisade.

Le saint abbé retrouvait la paix de Cluny quand les troupes coalisées de Guillaume, comte d'Arles, et d'Ardoin, comte de Turin, se lancèrent à l'assaut du fort sarrasin et détruisirent une empreinte de presque cent ans d'occupation.

Quant à Tyra et Tammam... l'Histoire ne dit rien de ce qu'il advint d'eux. Toutefois, longtemps, les bergers qui gardaient leurs troupeaux dans les environs prétendirent voir sur le piton rocheux, par jour de grand mistral, la silhouette d'un homme de haute taille et celle petite et frêle d'une femme, qui semblaient veiller sur la plaine...

Principaux personnages

(avec situation des titres nobiliaires en début du roman)

PROTAGONISTES D'ARLES ET DU DOMAINE DE FABRÈGUE :

TYRA : médecin. Fille d'Inga et d'Audifré.
AIMERY : son frère jumeau.
INGA et AUDIFRÉ : leurs parents.
NASIR : régisseur du domaine de Fabrègue. Second époux d'Inga.
ROMANUS : fils d'Inga et de Nasir. Demi-frère de Tyra et d'Aimery.
TAMMAM : médecin arabe, maître de Tyra.
SÉDÉCHIAS : médecin juif.
VIGTIS : servante de Tyra.
SUBÂHU : serviteur et garde de Tyra.
LAUGIER : tenancier du domaine de Fabrègue. Second de Nasir.
CONSTANCE : son épouse. Amie d'Inga.
MARIE, RAIMBAUD : leurs enfants.
AMIEL : comte provençal.

PROTAGONISTES DU CAMP SARRASIN DU FRAXINET :

NASR IBN AHMAD : chef arabe, qâ'id du Fraxinet.
KHEIRA : sa première épouse.
ZAÏD : leur fils aîné.
REDOUANE, KHALED : leurs deux autres fils.
FATIMA : seconde épouse du qâ'id.
SELIM : l'un des fils de Zaïd et petit-fils du qâ'id.
NORA et MOURAD : enfants de Khaled et cousins de Selim.
HAKIM : géomètre, architecte.
OKBA : envoyé de l'émir de Cordoue.
ABBAS : lieutenant du qâ'id.

PROTAGONISTES FRANCS ET LOMBARDS :

LOUIS : roi de Provence. Fils du défunt roi Boson et de la reine Ermengarde.
ADÉLAÏDE : son épouse.
RODOLPHE : leur fils.
HUGUES : cousin du roi Louis.
LOTHAIRE : fils légitime de Hugues.
TAMMAM : fils illégitime de Hugues.
BOSON : frère cadet de Hugues.
BERTHE : mère de Hugues et de Boson.
MANASSÈS : neveu de Hugues et Boson.
WALDRADE : concubine du roi Louis.
CHARLES-CONSTANTIN : leur fils illégitime.
THIBERT : duc de Provence et comte d'Arles.
MATHILDE et JOSSELIN : ses petits-enfants. Amis de Tyra.
ADALELME : comte de Valence.
ROSTAING : archevêque métropolitain d'Arles.
BERNOIN : archevêque métropolitain de Vienne.
BÉRENGER Ier : roi de Lombardie.
ADALBERT D'IVRÉE : son gendre.
ADALBERT dit « le Riche » : duc de Toscane. Second époux de la princesse Berthe, mère de Hugues et Boson.
BODERAD : comte lombard.
ANSELME : comte de Vérone.
SAMSON : comte de Pavie.

Table

Je remercie pour leur amical concours
les docteurs Jean-Claude Mauro et Carole Aussedat.

N.F.

Cet ouvrage a été réalisé par la
SOCIÉTÉ NOUVELLE FIRMIN-DIDOT
Mesnil-sur-l'Estrée
pour le compte des Éditions Albin Michel
en février 1997

Imprimé en France
Dépôt légal : mars 1997
N° d'édition : 1629 – N° d'impression : 37371